ଅଜଣା ତିଥିର ଜହ୍ନ

ଅଜଣା ତିଥିର ଜହ୍ନ

ତରୁଣକାନ୍ତି ମିଶ୍ର

BLACK EAGLE BOOKS

2020

BLACK EAGLE BOOKS

USA address:
7464 Wisdom Lane
Dublin, OH 43016

India address:
E/312, Trident Galaxy, Kalinga Nagar,
Bhubaneswar-751003, Odisha, India

E-mail: info@blackeaglebooks.org
Website: www.blackeaglebooks.org

First International Edition Published by
BLACK EAGLE BOOKS, 2020

AJANA TITHIRA JANHA
by **Tarun Kanti Mishra**

Copyright © **Tarun Kanti Mishra**

Cover Photo: **Amit Sahoo**
Cover & Interior Design: Ezy's Publication

ISBN- 978-1-64560-110-4 (Paperback)

Printed in United States of America

ସାନଭାଇ ସରୋଜକାନ୍ତିକୁ...

ସୂଚୀପତ୍ର

ଅଜଣା ତିଥିର ଜହ୍ନ

ଶେଷ ପର୍ଯ୍ୟନ୍ତ ଭାବୁଥିଲି, ମୁଁ ଏ ଗଳ୍ପଟି ଲେଖିବି ନାହିଁ। ଏ ଏମିତି ଏକ ତୁଚ୍ଛ ବୟସ ଓ ସମୟର କାହାଣୀ, ଯାହା ଏତେ ଦିନ ପରେ ଲେଖିବାର କିଛି ମାନେ ହିଁ ହୁଏ ନାହିଁ।

ମୁଁ କହିଲି - ତୁଚ୍ଛ ବୟସ ଓ ସମୟ। କିନ୍ତୁ ତାହା କ'ଣ ଠିକ୍? ଆଜିକୁ ଅଠର ବର୍ଷ ତଳେ, ଯେତେବେଳେ ମୋର ବୟସ ଥିଲା ମାତ୍ର ସତର ବର୍ଷ, ସେତେବେଳେ ସମୟର ନିଃଶ୍ୱାସ କ'ଣ ଆଜି ପରି ଏମିତି ଗଭୀର ନ ଥିଲା, ବୟସର ଅନୁଭୂତି କ'ଣ ଏତେ ନିଜସ୍ୱ, ନିବିଡ଼ ନଥିଲା? ନ ଥିଲା ଯଦି, ଆଜି ପର୍ଯ୍ୟନ୍ତ ସେହି ତୁଚ୍ଛ ଅସାର ଅନୁଭବ ମୋ' ଭିତରେ ବଞ୍ଚି ରହିଛି କିପରି?

ଏଇ ଗପଟି ଲେଖିବା ସମୟରେ ମୋ ଆଖି ଆଗରେ ଭାସି ଉଠୁଛି ଗୋଟିଏ ମୁହଁ। ଜ୍ୟୋତ୍ସ୍ନାଭିଜା ରାତି ପରି ସ୍ନିଗ୍ଧ କୋମଳ ଗୋଟିଏ କିଶୋରୀର ମୁହଁ ଏବଂ ତା' ସହିତ ଆଉ କିଛି ବିକ୍ଷିପ୍ତ ଦୃଶ୍ୟ। ମୋର ଭୟ, ମୁଁ ସେହି ମୁହଁଟି ସମ୍ପର୍କରେ, ଅଠର ବର୍ଷର ପୁରୁଣା ସେସବୁ ଦିନ ବିଷୟରେ ଠିକ୍ ଭାବେ କିଛି କହିପାରିବି ନାହିଁ।

ଅଠର ବର୍ଷ ହୁଏ ତ ମହାକାଳ ସଞ୍ଚାର ପଥରେ ଏତେ ଲମ୍ବା କିଛି ସମୟ ନୁହେଁ; କିନ୍ତୁ ଗୋଟିଏ ମଣିଷ ଜୀବନରେ ତାହା ଅନେକ ଲମ୍ବା ରାସ୍ତା। ଆଉ ମୁଁ ଯେଉଁ ପରିବେଶ ଓ ଅନୁଭବ ବିଷୟରେ କହୁଛି, ତାହା ମୋର ବର୍ତ୍ତମାନର ପୃଥିବୀ ଠାରୁ ଅନେକ ଭିନ୍ନ। ତଥାପି, ଆରମ୍ଭ କରିଛି ଯେତେବେଳେ, ଏ ଗଳ୍ପଟି ଶେଷ କରିବାକୁ ହିଁ ପଡ଼ିବ।

ଏଠାରୁ ପ୍ରାୟ ଦେଢ଼ ହଜାର ମାଇଲ୍ ଦୂରରେ ପଖାନ୍‌ଜୁର୍ ନାମରେ ଛୋଟ ଗୋଟିଏ ଜାଗା ଅଛି। ମଧ୍ୟପ୍ରଦେଶ ଓ ମହାରାଷ୍ଟ୍ର ସୀମାନ୍ତରେ ଅବସ୍ଥିତ ଏହି ସ୍ଥାନଟି ପଚିଶ ବର୍ଷ ତଳେ ଖାଲି ଜଙ୍ଗଲ ହିଁ ଜଙ୍ଗଲ ଥିଲା। ଦଣ୍ଡକାରଣ୍ୟ ପ୍ରକଳ୍ପ ଆରମ୍ଭ ହେବା

ପରେ ସେଠାରେ ପ୍ରଥମ କରି ମଣିଷର ପାଦ ଚିହ୍ନ ପଡ଼ିଲା। ଅନେକ ଶରଣାର୍ଥୀ ବସତି ଧୀରେ ଧୀରେ ଗଢ଼ି ଉଠିଲା। ତିଆରି ହେଲା ରାସ୍ତା, ଡାକ୍ତରଖାନା, ସ୍କୁଲ ଓ ବେଶ୍ୟାଳୟ।

ଦଣ୍ଡକାରଣ୍ୟ ସହିତ ମୋର ପରିଚୟ ଅନେକ ଦିନର। କାରଣ ଏହି ପ୍ରକଳ୍ପର ପାଞ୍ଚ ହଜାର କର୍ମଚାରୀଙ୍କ ଭିତରେ ଜଣେ ଥିଲେ ମୋର ବାପା। ଅଫିସର୍ ଗ୍ରେଡ୍‌କୁ ପ୍ରମୋଶନ୍ ପାଇ ସେ ପଖାନ୍‌ଜୁର୍‌କୁ ଆସିଲେ ସେତିକିବେଳେ, ଯେତେବେଳେ ମୁଁ ଆଇ.ଏସ୍.ସି ପଢ଼ିସାରି ରାୟପୁର ଇଞ୍ଜିନିୟରିଂ କଲେଜରେ ନାମ ଲେଖାଇଲି। କୋରାପୁଟ ଛାଡ଼ି ଏଇ ଦୁର୍ଗମ ଅଞ୍ଚଳକୁ ଆସିବା ପାଇଁ ବାପା ପ୍ରଥମେ ଇଚ୍ଛୁକ ନଥିଲେ। କିନ୍ତୁ ମାଆ କହିଲେ- ଏ ତ ଖୁବ୍ ଭଲ ହେଲା। ରାୟପୁରଠାରୁ ପଖାନ୍‌ଜୁର୍ ପାଖ ପଡ଼ିବ। ସରୋଜ ଇଚ୍ଛା କଲେ ଯେତେବେଳେ ସେତେବେଳେ ଘରକୁ ଆସି ପାରିବ। ତୁମେ ଡି.ସି.ଏ.ଙ୍କୁ 'ହଁ' କହିଦିଅ।

ପଖାନ୍‌ଜୁର୍ ଆସିବା ପାଇଁ ଆମ ଘରେ ଆଉ ଜଣଙ୍କର ବି ଆଦୌ ଇଚ୍ଛା ନଥିଲା। ସେ ହେଉଛି ନନ୍ଦିତା- ମୋର ସାନ ଭଉଣୀ। ସେଠାରେ ପାଠ ପଢ଼ିବା ପାଇଁ ତା'କୁ ସ୍କୁଲ ମିଳିବ, ସେ କଥା ସତ; କିନ୍ତୁ ସ୍କୁଲରୁ ଫେରି ସମୟ କାଟିବାକୁ ତା'କୁ ମନମାଫିକ ସାଙ୍ଗ ମିଳିବେ ତ?

ମାଆ ଗମ୍ଭୀର ସ୍ୱରରେ କହିଥିଲେ- ଏ ବର୍ଷ ତୋ'ର ବୋର୍ଡ ପରୀକ୍ଷା। ସାଙ୍ଗସାଥି ଖୋଜିବାରେ ସମୟ ନ କଟାଇ କୌଣସି ମତେ ମେଟ୍ରିକ୍ ପରୀକ୍ଷା ପାସ୍ କରିବାକୁ ପଡ଼ିବ। ବୁଝିଲୁ?

ବୁଝିବାକୁ କୌଣସି ଚେଷ୍ଟା ନ କରି ନନ୍ଦିତା ନୀରବ ବିଦ୍ରୋହରେ ମୁହଁ ବଙ୍କେଇଥିଲା।

କିନ୍ତୁ ପାଖନ୍‌ଜୁର୍‌ରେ ପହଞ୍ଚି ନନ୍ଦିତା ମତେ ପ୍ରଥମେ ଯେଉଁ ଚିଠି ଲେଖିଥିଲା, ସେଥିରେ ଥିଲା ଅଦ୍ଭୁତ ଏକ ଉଚ୍ଛ୍ୱାସଭରା ସ୍ୱର। ସେ ଲେଖିଥିଲା, ବଣ ପାହାଡ଼ ଘେରା ଏହି ସ୍ଥାନଟି ତା'କୁ ଭାରି ଭଲ ଲାଗୁଛି। ଖୁବ୍ ସୁନ୍ଦର ଏ ଜାଗାଟି। ଆଉ ବିଶେଷ ଭାବେ ସୁନ୍ଦର, ଜାପାନୀ ବିଶେଷଜ୍ଞମାନେ ରହୁଥିବା ଡାକବଙ୍ଗଳା ସାମ୍ନାରେ ବିରାଟ ଜଳଭଣ୍ଡାର। ଚମତ୍କାର ପ୍ରାକୃତିକ ହ୍ରଦଟିଏ ଯେମିତି!

ତା' ପରବର୍ତ୍ତୀ ଚିଠିଗୁଡ଼ିକରେ ପଖାନ୍‌ଜୁର୍ ସମ୍ପର୍କରେ ଆହୁରି ଅନେକ ଖବର ଥିଲା, ତା' ନିଜର ପଢ଼ାପଢ଼ି ସମ୍ପର୍କରେ ବି। କିନ୍ତୁ ଗୋଟାଏ କଥା ସେ ତା' ଚିଠିରେ ଲେଖି ନଥିଲା ଯେ ଏଠାକୁ ଆସି ସେ ଏକ ପ୍ରତିପତ୍ତି ସମ୍ପନ୍ନ ନାରୀନେତ୍ରୀ ବନିଯାଇଛି।

ତା'ର ପ୍ରମାଣ ମିଳିଥିଲା ମୁଁ ପଖାନ୍‌ଜୁର୍‌ରେ ପ୍ରଥମ କରି ପହଞ୍ଚିବା ପରେ।

ତା'ର ସମବୟସୀ କେତେକ ଝିଅଙ୍କୁ ଧରି ସେ ଗୋଟିଏ ସାଂସ୍କୃତିକ ସଙ୍ଘ ଗଢ଼ିଥିଲା ଓ ତା'ରି ଉଦ୍ୟମରେ ସେଥର ଗୋଟିଏ ନୃତ୍ୟନାଟିକାର ଆୟୋଜନ ବି ଚାଲିଥିଲା।

ଆରଣ୍ୟକ ପୃଥିବୀ ସହିତ କିଛି ସଂଘର୍ଷ କରି ଓ କିଛି ସାଲିସ୍ କରି ବଞ୍ଚିବାକୁ ଚାହୁଁଥିଲେ ପୂର୍ବବଙ୍ଗର ଶରଣାର୍ଥୀମାନେ। ସେମାନଙ୍କ ପାଇଁ କାମ କରୁଥିବା କର୍ମଚାରୀମାନେ ବି ଥିଲେ ସେହି ସଂଘର୍ଷ ଓ ସମନ୍ୱୟର ସମାନ ଅଂଶୀଦାର। ଏ ସମସ୍ତଙ୍କ ମିଳିତ ଅବଦାନରେ ଏକ ନୂତନ ସଂସ୍କୃତି ଜନ୍ମ ନେଇଛି ଏଇ ପ୍ରକଳ୍ପରେ। ପ୍ରତି ବର୍ଷ କିଛି କିଛି ସାଂସ୍କୃତିକ କାର୍ଯ୍ୟକ୍ରମ ହୁଏ, ତିନିଶହ ମାଇଲ୍ ଦୂରରୁ କେବେ କେବେ ପ୍ରକଳ୍ପ ମୁଖ୍ୟ ପ୍ରଶାସକ ବି ଆସି ଏଇ ଉତ୍ସବରେ ଭାଗ ନିଅନ୍ତି।

ସେଥର ବି ସେହି ଆୟୋଜନ ଚାଲିଥିଲା। କଲୋନୀର କିଶୋରୀମାନଙ୍କ ଭାଗରେ ଥିଲା ଏକ ନୃତ୍ୟନାଟିକା। ତା'ର ମୁଖ୍ୟ ପୃଷ୍ଠପୋଷକ ଥିଲା ନନ୍ଦିତା।

ରାୟପୁରରୁ ଆସି ଘରେ ପାଦ ଦେବାର ପର ମୁହୂର୍ତ୍ତରୁ ହିଁ ନନ୍ଦିତା ମତେ ଅନବରତ କହି ଚାଲିଥିଲା ତା'ର ବିବିଧ ସମ୍ବାଦ। ବିଶେଷ କରି ନୃତ୍ୟନାଟିକା। ଏମିତି ଗୋଟିଏ କାର୍ଯ୍ୟକ୍ରମ ଦେଖି ପ୍ରତ୍ୟାଶିତ ମୁଖ୍ୟଅତିଥି ଚିଫ୍ ଆଡମିନିଷ୍ଟ୍ରେଟର୍ ଯେ ମୁଗ୍ଧ ହୋଇଯିବେ, ସେଥିରେ ତା'ର ତିଳେମାତ୍ର ସନ୍ଦେହ ନାହିଁ।

ମୁଁ ହସିଥିଲି। ପ୍ରକଳ୍ପର ମୁଖ୍ୟ ପ୍ରଶାସକ ଜଣେ ଆଇ.ସି.ଏସ୍ ଅଫିସର୍। ଦୁର୍ଯୋଗକୁ କୋରାପୁଟରେ ଆସି ପଡ଼ିଛନ୍ତି। ସେ ପୁଣି ତୋ'ର ନୃତ୍ୟନାଟିକା ଦେଖି ଚମକିଯିବେ?

- ଚମକିବେ କି ନାହିଁ, ତୁମେ କହିବ। ଆମର ରିହର୍ସାଲ୍ ଦିନେ ଦେଖିଆସ, ତା'ପରେ।

ନନ୍ଦିତାର ରିହର୍ସାଲ୍ ଦେଖିବାର ବିନ୍ଦୁମାତ୍ର ଆଗ୍ରହ ମୋର ନଥିଲା। କିନ୍ତୁ ତା' ଠାରୁ ମୁଁ ଖବର ପାଉଥିଲି ଯେ ପ୍ରସ୍ତୁତି ବେଶ୍ ଭଲ ରକମ ଚାଲିଛି ଓ ଷ୍ଟେଜ୍‌ରେ ଠିଆ ହୋଇ ସୁଚରିତା ନିଶ୍ଚୟ ସମସ୍ତଙ୍କୁ ଚମତ୍କୃତ କରିଦେବ।

- ସୁଚରିତା କିଏ?

- ସେ ପରା ଶ୍ରୀରାଧା।

- ଶ୍ରୀରାଧା ପୁଣି କିଏ?

ନନ୍ଦିତାର ସ୍ୱର ତା'ପରେ କ୍ଷୁଣ୍ଣ ଶୁଣାଗଲା। ସେ କହିଲା- ତୁମେ ଏତେ ଶୀଘ୍ର ସବୁ କଥା ପାଶୋରି ଯାଅ? କାଲି ମୁଁ ତୁମକୁ କହୁ ନଥିଲି, ସୁଚରିତା ଆମ 'ଶ୍ରୀରାଧା' ନୃତ୍ୟନାଟିକାରେ ହିରୋଇନ୍ ହୋଇଛି ବୋଲି?

ତା'ପରେ ସେ ସୁଚରିତାକୁ ଧନ୍ୟ ଧନ୍ୟ କରି ଆଉ ଅନେକ କଥା କହିଥିଲା, ଯାହା ମୁଁ ମନ ଦେଇ ଶୁଣି ନ ଥିଲି।

ଠିକ୍ ତା' ପରଦିନ ମୋର ସୁଚରିତା ସହିତ ଭେଟ ହୋଇଥିଲା। ଯାହାକୁ ନେଇ ମୋର ଏଇ ଗଳ୍ପ।

ସେତେବେଳେ ମାଘ-ଫାଲ୍‌ଗୁନର କୋମଳ ଶୀତ ଥିଲା ପବନରେ। ଆକାଶ ଥିଲା ପରିଷ୍କାର ନୀଳ, ଅପାପବିଦ୍ଧ ଏକ କିଶୋରୀର ନୀଳ ଆଖି ପରି।

କିନ୍ତୁ ସେଦିନ ସଞ୍ଜବେଳକୁ ଆକାଶର ରଙ୍ଗ ପୂରାପୂରି ବଦଳି ଯାଇଥିଲା। ଅଦିନ ମେଘ ଘେରି ଆସିଥିଲା ପାହାଡ଼ ସନ୍ଧିରୁ ଓ ବର୍ଷା ହୋଇଥିଲା ଅଳ୍ପ କିଛି ପବନ ସହିତ।

ଶୋଇବା ଘରେ ଗୋଟିଏ ଚାଦର ଘୋଡ଼େଇ ହୋଇ ମୁଁ ବସିଥିଲି ଜର୍ଜ ଗାମୋଙ୍କର ଗୋଟିଏ ବିଜ୍ଞାନ ପ୍ରହେଳିକା ବହି ହାତରେ ଧରି।

ଠିକ୍ ସେତିକି ବେଳେ ବଡ଼ ଉଦ୍‌ବିଗ୍ନ ହୋଇ ରୁମ୍ ଭିତରକୁ ପଶି ଆସିଲା ନନ୍ଦିତା। କହିଥିଲା- ଭାଇନା, ଗୋଟେ ବଡ଼ ଅସୁବିଧା ହୋଇଯାଇଛି।

ବହିର ପୃଷ୍ଠାରୁ ମୁହଁ ଉଠାଇ ମୁଁ ତା'କୁ ଚାହିଁଲି। ପରିହାସ କରି କହିଲି- କ'ଣ ହେଲା ? ଶ୍ରୀରାଧା କାଲି ରାତିଠୁ ନିଖୋଜ ହୋଇ ଯାଇଛି ନା' କ'ଣ ?

ତା'ପରେ ମୁଁ ଅପ୍ରସ୍ତୁତ ହୋଇଗଲି। ପରଦା ଉହାଡ଼ରୁ ସେହି କ୍ଷଣି ଉଙ୍କି ମାରିଲା ଏକ ଅପରିଚିତ କିଶୋରୀର ମୁହଁ। ଆଉ ତା'ରି ଆଡ଼କୁ ଆଙ୍ଗୁଠି ଦେଖାଇ ନନ୍ଦିତା କହିଲା- ଭାଇନା ଏଇ ମୋ ସାଙ୍ଗ ସୁଚରିତା। ଯା'କୁ ନେଇ ଏବେ ଗୋଟେ ବଡ଼ ଅସୁବିଧା ହୋଇଯାଇଛି।

ସୁଚରିତା ହାତଯୋଡ଼ି ମତେ ନମସ୍କାର କଲା, କିନ୍ତୁ ମୁଁ ଏତେ ଅପ୍ରତିଭ ହୋଇଯାଇଥିଲି ଯେ ତା'ର ପ୍ରାପ୍ୟ ପ୍ରତିନମସ୍କାର ଫେରାଇ ପାରିଲି ନାହିଁ।

ତା'ପରେ ନନ୍ଦିତା ମତେ ତା'ର ସମସ୍ୟା କଥା କହିଥିଲା।

ସବୁଦିନ ଅପରାହ୍ଣରେ ସ୍କୁଲରୁ ଆଗତୁରା ଘଣ୍ଟାଏ ଛୁଟି ମାଗି ନେଇ ନନ୍ଦିତା ଓ ଅନ୍ୟମାନେ ବସି ରିହର୍ସାଲ କରନ୍ତି ସନ୍ଧ୍ୟା ଛଅଟା ପର୍ଯ୍ୟନ୍ତ। ତା' ପରେ ଯେ ଯାହା ଘରକୁ ଯାଆନ୍ତି।

ପଖାନ୍‌ଜୁର୍‌ଠାରୁ ସାତମାଇଲ ଦୂରରେ କାପ୍‌ସି, ପ୍ରୋଜେକ୍ଟର ଆଉ ଏକ କଲୋନୀ ଯେଉଁଠି ମେଡ଼ିକାଲ ଓ ଇଂଜିନିୟରିଂ ଅଫିସ୍‌ମାନ ଅଛି। ସେହି କଲୋନୀ ସହିତ ଯୋଗସୂତ୍ର ରକ୍ଷା କରେ ପ୍ରୋଜେକ୍ଟର ଗୋଟିଏ ମାତ୍ର ବସ୍। ଦଶଟାରେ ଆସି ଠିକ୍ ସନ୍ଧ୍ୟା ଛ'ଟାରେ ତାହା କାପ୍‌ସିକୁ ଫେରିଯାଏ।

ସୁଚରିତା ସେହି କ୍ୟାପ୍‌ସି ଡାକ୍ତରଖାନାର ଫାର୍ମାସିଷ୍ଟଙ୍କ ଝିଅ। ନିୟମିତ ଏଇ ବସ୍‌ରେ ଯିବା ଆସିବା କରେ। କିଛି ଅସୁବିଧା ନଥିଲା। କିନ୍ତୁ ଆଜି ଅଚାନକ ମେଘ

ବର୍ଷା ଫଳରେ ସେ ଅଟକି ଗଲା କ୍ଲବ୍‌ରେ। ବସ୍ ନିର୍ଦ୍ଧାରିତ ସମୟରେ ଵାପ୍‌ସି ଫେରିଗଲାଣି।

କିନ୍ତୁ ଏ ସମସ୍ୟା ପାଇଁ କି ସମାଧାନର ସୂତ୍ର ମୋ ହାତରେ ଅଛି ?

ଗୋଟିଏ ଗୁରୁତର ଅପରାଧ କରି ବସିଥିବା ପରି ସୁଚରିତା ତଳକୁ ମୁହଁ ପୋତିଥିଲା ଓ ମୁଁ ଗମ୍ଭୀର ଭାବରେ ନିଜକୁ ନିନ୍ଦୁଥିଲି ଯେ ଶ୍ରୀରାଧା ସମ୍ପର୍କିତ ପରିହାସଟି ଏବେ ନ କରିଥିଲେ ଅନ୍ତତଃ ମୋର ସତର ବର୍ଷୀୟ ବ୍ୟକ୍ତିତ୍ୱ ପକ୍ଷରେ ଅଧିକ ସମ୍ମାନଜନକ ହୋଇଥାଆନ୍ତା।

ନନ୍ଦିତା ମୋର ନୀରବତାକୁ ଲକ୍ଷ୍ୟ କରି କହିଲା- ଭାଇନା, ତୁମେ ଟିକିଏ ଆମକୁ ହେଲ୍‌ପ କରିବନି ?

କେମିତିକା ହେଲ୍‌ପ ? ବସ୍‌ବାଲାକୁ ଖବର ଦେବି ଯେ ଗାଡ଼ି ଫେରାଇ ଆଣ, ଶ୍ରୀରାଧା ଯିବେ ? ମୁଁ ମନେ ମନେ ଏହି ପ୍ରଶ୍ନ ପଚାରିଲି ଓ ମୋର ଏହି ଅପରିପକ୍ୱ ଚିନ୍ତା ପାଇଁ ପୁଣି ଥରେ କ୍ଷୁବ୍‌ଧ ହେଲି।

ନନ୍ଦିତା କହିଲା- ତୁମେ ଟିକେ ସୁଚରିତାକୁ ତାଙ୍କ ଘରେ ଛାଡ଼ି ଦେଇ ଆସିବ ?

ମୁଁ ପ୍ରଥମେ ଆତଙ୍କିତ ହୋଇ ଚିନ୍ତା କଲି, ନନ୍ଦିତା ଯାହା କହିଲା ତାହା ମୁଁ ଠିକ୍ ରୂପେ ଶୁଣିଛି କି ନାଇଁ। ଏବେ ରାତି ଆଠଟା ହେବାକୁ ଯାଉଛି ଏବଂ ଆକାଶରେ ଆହୁରି ଥାକ ଥାକ ମେଘ ଝୁଲି ରହିଛି, ଡାମୋକ୍ଲିସ୍‌ର ତରବାରି ପରି। ସେଥିରେ ପୁଣି ସାତମାଇଲ ରାସ୍ତା ଚାଲି ଚାଲି ଯିବି, ଏକୁଟିଆ ଗୋଟିଏ ଝିଅକୁ ସାଙ୍ଗରେ ଧରି ?

ନନ୍ଦିତା ସବୁ ଆଗୁ ଭାବି ଚିନ୍ତି ମୋ ପାଖକୁ ଆସିଥିଲା। ଉପଯୁକ୍ତ ପରାମର୍ଶ ନେଇ ବି। ସେ କହିଲା- ବାପାଙ୍କୁ ପଚାରିଛି, ତାଙ୍କର ଏବେ କୁଆଡ଼େ ଯିବାର ନାହିଁ। ତୁମେ ତାଙ୍କର ମଟର ସାଇକେଲ ନେଇ ସୁଚରିତାକୁ ତାଙ୍କ ଘରେ ଛାଡ଼ି ଦେଇ ଆସିବ ?

ସେଦିନର ସଂଳାପକୁ ମୁଁ ଆଉ ଅଧିକ ଦୀର୍ଘ କରିବାକୁ ଯାଉନାହିଁ, ତେବେ ଏତିକି ଉଲ୍ଲେଖ କରିବି ଯେ ନାନା ଦ୍ୱିଧା ଓ ଯୁକ୍ତି ପରେ ମୋତେ ନନ୍ଦିତାର ଅନୁରୋଧ ରଖିବାକୁ ପଡ଼ିଲା।

ଯୁକ୍ତି ଅପେକ୍ଷା ସେଦିନ ମୋର ଦ୍ୱିଧା ଥିଲା ବେଶି। ଅସୁବିଧାରେ ପଡ଼ି ସାହାଯ୍ୟ ମାଗୁଥିବା ଝିଅଟି ସାମ୍ନାରେ, ସତର ବର୍ଷର ଜଣେ ତରୁଣ ବେଶି ଯୁକ୍ତିତର୍କ କରିପାରିବ ନାହିଁ ଏକଥା ଠିକ୍। କିନ୍ତୁ ମନ ଭିତରେ ଦ୍ୱିଧା ପାଇଁ ଅନେକ କାରଣ ରହିଛି।

ଏବେ ଦିଲ୍ଲୀ ମହାନଗରୀର ବହୁତଳ ବିଶିଷ୍ଟ ଏକ ପ୍ରଖ୍ୟାତ ଇଞ୍ଜିନିୟରିଂ ଅଫିସ୍‌ରେ ବସି ମୁଁ ଭାବୁଛି ମୋର ଅଠର ବର୍ଷ ତଳର ସେହି ଅନୁଭବକୁ କିପରି ଭାଷା ଦେବି। ନାରୀ-ପୁରୁଷ ଭିତରେ ସହଜାତ ଯେଉଁ ସଂକୋଚ, ତା'ରି ଅବକ୍ଷୟର ନାମ

ଯଦି ସଭ୍ୟତା, ତେବେ ଏଇ ଦିଲ୍ଲୀ ସହର ହିଁ ତା'ର ଶେଷ ସୀମା। ସେହି ସୀମାନ୍ତରେ ବସି ମୁଁ କେମିତି ବର୍ଣ୍ଣନା କରିବି, ବନଛାୟାଛନ୍ନ ଅର୍ବାଚୀନ ଜନପଦର ସେଇ ଦୃଶ୍ୟ ? ସେତେବେଳେ ରାତି ପ୍ରାୟ ଆଠଟା। ପବନରେ ଭିଜା ଭିଜା ମାଟିର ଗନ୍ଧ, ଆଉ ଅନେକ ନାମ ଅଜଣା ଅରଣ୍ୟ ଫୁଲର ସୁରଭି। ଆଗରେ ଶୂନ୍‌ଶାନ୍ ରାସ୍ତା, ବର୍ଷାସିକ୍ତ ଅନ୍ଧକାର ଭିତରେ ମୋଟର ସାଇକେଲ୍‌ର ଧାରେ ଆଲୁଅ।

ବାଇକ୍‌ରେ ବସିବା ଯେ ସୁଚରିତାର ଏଇ ପ୍ରଥମ, ତାହା ମୁଁ ତା'ର ବସିବା ଢଙ୍ଗରୁ ଜାଣି ପାରୁଥିଲି। ଜଙ୍ଗଲର ଅଙ୍କାବଙ୍କା ରାସ୍ତା ଦେଇ ଯିବା ଭିତରେ, ସେ ନିଜର ଭାରସାମ୍ୟ ଠିକ୍ ଭାବରେ ରଖିପାରୁ ନଥିଲା। ପୁଣି ମୋ ପିଠି ଉପରେ ଆଶ୍ରୟ ନେବାକୁ ବିବ୍ରତବୋଧ କରୁଥିଲା।

ସାତ ମାଇଲ ରାସ୍ତା। ତା'କୁ ଅତିକ୍ରମ କରିବାକୁ ବେଶି ସମୟ ଲାଗିଲା ନାହିଁ। ମୁଁ ମୋଟର ସାଇକେଲ କଲୋନୀ ଭିତରକୁ ନେଇଗଲି। କିଛି ବାଟ ଯିବା ପରେ, ଧୀର ଫିସ୍‌ଫିସ୍ ସ୍ୱରରେ ସେ କହିଲା- ଏଇ ସାମ୍ନାରେ ଆମ ଘର।

ନିଃଶବ୍ଦରେ ସୁଚରିତା ମୋଟରସାଇକେଲରୁ ଓହ୍ଲେଇଲା। ପଦେ କିଛି କଥା ନ କହି ଗେଟ୍ ଭିତରକୁ ଚାଲିଗଲା। ଏମିତି ଢଙ୍ଗରେ, ଯେମିତି ଏ ପୃଥିବୀରେ ମୋର ସତ୍ତା ହିଁ ନାହିଁ।

ମୁଁ ଟିକିଏ ଆଶ୍ଚର୍ଯ୍ୟ ହୋଇଥିଲି। ବଡ଼ ଅଜବ୍ ଝିଅ ତ ! ପଦେ ମାତ୍ର 'ଧନ୍ୟବାଦ୍' ନ କହି କେମିତି ଫଟ୍ ଫଟ୍ ଚାଲିଗଲା ଦେଖ !

ନିଶ୍ଚିତ ଭାବେ ସେ ଲାଜକୁଳି ନୁହେଁ, ବରଂ ଗର୍ବୀ ହୋଇଥିବା ବେଶି ସମ୍ଭବ। ଝିଅମାନେ ତ ସାଧାରଣତଃ ଗର୍ବୀ। ପୁଣି ନାଚିଗାଇ ଜାଣିଥିବା ସୁନ୍ଦରୀମାନେ ଖୁବ୍ ବେଶି ଉଦ୍ଧତ ହେବା ହିଁ କଥା।

ପରଦିନ, ଖରାବେଳେ ଖାଇ ବସି ନନ୍ଦିତା ମତେ କହିଲା- ଭାଇନା, ଆଜି କ୍ଲବ୍‌ରେ ଆମେ ଗୋଟିଏ ଡିସିସନ୍ ନେଲୁ।

କି ଡିସିସନ୍ ?

ଡିସିସନ୍‌ଟି ବାସ୍ତବିକ୍ ସାଂଘାତିକ। ତାହା ଶୁଣୁ ଶୁଣୁ ମୋ ତଣ୍ଟିରେ ଭାତ ଅଟକିଗଲା।

ମୁଁ ଦି' ଢୋକ ପାଣି ପିଇ ପଚାରିଲି- ତା' ମାନେ ତୁ କ'ଣ ଭାବୁଛୁ...

ଖାଲି ସେ ନୁହେଁ, କ୍ଲବ୍‌ରେ ଅନ୍ୟାନ୍ୟ ସଦସ୍ୟମାନେ ବି ତାହା ଭାବି ସାରିଥିଲେ। ଗେମ୍‌ସ ପିରିୟଡ୍‌ରେ କ୍ଲବ୍‌ର ଏକ ଅଣଆନୁଷ୍ଠାନିକ ଆଲୋଚନା ପରେ ସେମାନେ ସିଦ୍ଧାନ୍ତ ନେଇଥିଲେ ଯେ ଏଇ ସମାଧାନ ହିଁ ବର୍ତ୍ତମାନ ପାଇଁ ପ୍ରକୃଷ୍ଟ ପନ୍ଥା।

ଏଗାର ଜଣ ଶିଳ୍ପୀଙ୍କ ଭିତରୁ ଏକା ସୁଚରିତା ହିଁ କାପ୍‌ସିରୁ ଯାଆସ କରୁଛି ଓ ସେ ଏହି ନୃତ୍ୟ ନାଟିକାର ନାୟିକା। ଆଉ ସାତଦିନ ପରେ ଅନୁଷ୍ଠିତ ହେବ ଯେଉଁ କାର୍ଯ୍ୟକ୍ରମ, ତା' ଲାଗି ଆହୁରି ରିହର୍ସାଲ ଆବଶ୍ୟକ। ଯଦି କୌଣସି ମତେ ସୁଚରିତା ରାତି ଆଠଟା ପର୍ଯ୍ୟନ୍ତ ରହିଯାଇ ପାରନ୍ତା, ଆଉ ଯଦି ଭାଇନା, ତୁମେ ରାଜି ହୁଅ ପ୍ରତିଦିନ ତାକୁ ମୋଟର ସାଇକେଲ୍‌ରେ ନେଇ ତା' ଘରେ ଛାଡ଼ି ଆସିବା ପାଇଁ...

ନନ୍ଦିତାର ଏହି ପ୍ରସ୍ତାବ ବଡ଼ ବିଚିତ୍ର ଥିଲା ମୋ ପାଇଁ। ଏହି ପ୍ରସ୍ତାବର କି ଉତ୍ତର ମୁଁ ଦେବି ତାହା ଭାବି ଠିକ୍ କରିବା ଆଗରୁ ମାଆ କହିଲେ - ଏଇ ନାଚଗୀତରେ ମାତି ତୁ ଯେ ଏବର୍ଷ ମେଟ୍ରିକ୍ ଫେଲ୍ ହେବୁ, ମୁଁ ଭଲ କରି ଆଗରୁ ଜାଣିଛି।

ମୁଁ ଅତି ଉତ୍ସାହର ସହିତ ମାଆଙ୍କ ସାଙ୍ଗେ ଏକମତ ହୋଇଥାଆନ୍ତି; କିନ୍ତୁ ମୁଁ ଜାଣେ ଏହି ବିଶେଷ କାର୍ଯ୍ୟକ୍ରମ ଅନ୍ତରାଳରେ ବାପାଙ୍କ ପ୍ରଚ୍ଛନ୍ନ ପ୍ରଶ୍ରୟ ରହିଛି। ସେ ଚାହାନ୍ତି ଚିଫ୍ ଆଡମିନିଷ୍ଟ୍ରେଟର ଏଠାକୁ ଆସି ଏମାନଙ୍କ କାର୍ଯ୍ୟକ୍ରମ ଦେଖି ଖୁସି ହୁଅନ୍ତୁ ଓ ଜାଣିବାକୁ ଅବସର ପାଆନ୍ତୁ ଯେ ନନ୍ଦିତା ପଟ୍ଟନାୟକ ତାଙ୍କ ଝିଅ। କିନ୍ତୁ ମୋର ବି ତ ଏକ ନିଜସ୍ୱ ବ୍ୟକ୍ତିତ୍ୱ ଅଛି। ନିଜସ୍ୱ ମତାମତ ବି ଅଛି। ମୁଁ ମାଛରୁ କଣ୍ଟାଛଡ଼ାଇବା କାମରେ କିଛି ସମୟ ନୀରବ ରହି, ନିଜ ବ୍ୟକ୍ତିତ୍ୱର ଏକ ସ୍ଥୁଳ ଚିତ୍ର ମନେ ମନେ ତିଆରି କଲି ଓ ଗମ୍ଭୀର ଭାବରେ କହିଲି - ମୁଁ ଯାହା କହୁଛି ଶୁଣ, ଏ ସବୁ ଫାଲତୁ କାମ କରିବାକୁ ମୋ ହାତରେ ଟିକିଏ ବି ସମୟ ନାହିଁ।

- ତୁମେ ଯାକୁ ଫାଲ୍‌ତୁ କାମ କହୁଛ ! କଳା ସଂସ୍କୃତି... ଏ ସବୁ ଫାଲ୍‌ତୁ ? ତୁମେ ସାଇନ୍‌ସ ପିଲା ବୋଲି କ'ଣ ଦୁନିଆ ସାରା ସମସ୍ତେ ଖାଲି ମାଥମେଟିକ୍‌ସ୍ ଘୋଷୁଥିବେ, ଲାବୋରେଟୋରୀରେ ବସି ବେଙ୍ଗ କି ଜିଆ ମୁଣ୍ଡ ଚୋବାଉଥିବେ ?

ଯା' ପରେ ଅନେକ ଆଲୋଚନା ଚାଲିଥିଲା, ଯାହାର ବିବରଣୀ ମୁଁ ଏଠାରେ ଦେବି ନାହିଁ। କିନ୍ତୁ ଶେଷକୁ ମୁଁ ରାଜି ନ ହେବାର କୌଣସି ବଳିଷ୍ଠ ଯୁକ୍ତି ନ ପାଇ, ନୀରବତାର ଆଶ୍ରୟ ନେଇଥିଲି।

ସେଦିନ ସନ୍ଧ୍ୟାରେ ବି ମୋତେ ସୁଚରିତାକୁ ନେଇ କାପ୍‌ସିରେ ଛାଡ଼ିବାକୁ ପଡ଼ିଥିଲା। ସେଦିନ ଅବଶ୍ୟ ଆକାଶରେ ମେଘ ନଥିଲା, ଭିଜା ଭିଜା ଶିହରଣ ବି ନ ଥିଲା ପବନରେ। କିନ୍ତୁ ସାତ ମାଇଲ ଲମ୍ବା ଅନ୍ଧାର ଭିତରେ ମତେ ଅନୁସରଣ କରୁଥିଲା ଏକ ଅସ୍ପୃଶ୍ୟ କୋମଳତା, ଆଉ କେତେ ଆଞ୍ଜୁଳା ଉଷୁମ ନିଃଶ୍ୱାସ।

ଘରକୁ ଫେରିଆସି ସେଦିନ ନନ୍ଦିତାକୁ କହିଥିଲି - ଯାହା କହ ତୋ'ର ଏହି ସାଙ୍ଗଟି ଭାରି ଅଭଦ୍ର।

ନନ୍ଦିତାର ଆଖି ଭିତରେ ବିସ୍ମୟର ପ୍ରଶ୍ନବାଚୀ ଉତ୍କୀର୍ଣ୍ଣ ହେବା ଆଗରୁ, ମୁଁ ମୋ

ମତାମତକୁ ଅଧିକ ପ୍ରାଞ୍ଜଳ କରିଥିଲି। କହିଥିଲି - ଏଇ ଦୁଇଦିନ ମୁଁ ତା' ପାଇଁ ଏତେ ହଇରାଣ ହୋଇ ଡ୍ରାଇଭରଗିରି କରୁଛି, କିନ୍ତୁ ତା' ଭଦ୍ରାମିକୁ ଦେଖ, ମାମୁଲି ଧନ୍ୟବାଦଟେ ବି ସେ ଦେଇନି ମତେ। ଏତେ ତା'ର ଗର୍ବ... !

ନନ୍ଦିତା କହିଲା- ଭାଇନା, ସୁଚରିତାକୁ ତୁମେ ଗର୍ବୀ କହୁଛ ? ତା'କୁ ଦେଖି ଶେଷକୁ ତୁମେ ଏଇଆ ଭାବିଲ ?

ନ ଭାବି ଉପାୟ ନଥିଲା। ଷ୍ଟେଜ୍ ଉପରେ ଠିଆହୋଇ ଧେଇଧେଇ ନାଚୁଥିବା ଝିଅଟି ଯେ ଲାଜକୁଳୀଲତା ନୁହେଁ, ସେକଥା ପ୍ରମାଣ କରିବା ଦରକାର ନାହିଁ।

କିନ୍ତୁ ନନ୍ଦିତା ଗମ୍ଭୀର ହୋଇ ତାହା ହିଁ କହିଥିଲା। କହିଥିଲା- ସୁଚରିତା ଭାରି ଲାଜକୁଳୀ। କାହା ସଙ୍ଗେ କଥା କହି ପାରେ ନାହିଁ ଭଲକରି। ଷ୍ଟେଜ୍‌ରେ ଠିଆ ହୋଇ ଏତେ ସୁନ୍ଦର ଗୀତ ଗାଏ, ନାଚେ କିନ୍ତୁ ଷ୍ଟେଜ୍‌ରୁ ଓହ୍ଲେଇ ଆସିଲେ ସେ ଏକ୍‌ଦମ୍ ଅଲଗା। ଏକଦମ୍ ଲାଜକୁଳୀ ଝିଅଟେ।

ତୁମେ ତା' ପାଇଁ ଏତେ ହଇରାଣ ହେଉଛ ବୋଲି ସେ ମନେ ମନେ ଭାରି ବ୍ୟସ୍ତ। ମତେ ବାରମ୍ବାର କହିଛି, 'ଭାଇନାଙ୍କୁ କହିଦେବୁ, କିଛି ଖରାପ ଭାବିବେନି; ମୋ ପାଇଁ ତାଙ୍କର କେତେ ସମୟ ନଷ୍ଟ ହେଉଛି, ସେ ଯେମିତି ମତେ କ୍ଷମା କରିଦିଅନ୍ତି।'

ଏତକ ଶୁଣିବା ପରେ ସତର ବର୍ଷ ବୟସର ଜଣେ ସବୁଜ ଶ୍ମଶ୍ରୁ ତରୁଣ ନୀରବ ରହିବା ହିଁ ସ୍ୱାଭାବିକ କଥା।

ସତକଥା ହିଁ କହିବି, ବିଗତ ଦୁଇଦିନ ଧରି ମୁଁ ସୁଚରିତାକୁ ଭଲ ଭାବେ ଦେଖି ନ ଥିଲି। ନିଃଶବ୍ଦରେ ସେ ଆସେ, ପିଲିୟନ୍‌ରେ ବସେ, ସାତମାଇଲ୍ ରାସ୍ତା ମୋ ଆଖି ଉହାଡ଼ରେ ବସି ରହିବା ପରେ, ପୁଣି ନିଃଶବ୍ଦରେ ମୋ ପଛଆଡୁ ବାହାରି ଆସି ଛାୟାଛନ୍ନ ଘର ବାରଣ୍ଡାରେ ଅଦୃଶ୍ୟ ହୋଇଯାଏ।

ଆଜି କିନ୍ତୁ ମୁଁ ତା'କୁ ଭଲ କରି ଦେଖିଲି। ଆଉ ସେ ବି ମତେ ଦେଖିଲା ଭଲକରି। ଦେଖିଲା - ମୁଁ ବି କେତେ ଲାଜକୁଳା।

କୃଷ୍ଣପକ୍ଷର ଜହ୍ନ ଆଲୁଅ ଖେଳାଇ ଯାଇଥିଲା କାପ୍‌ସି ଆଡକୁ ଲମ୍ବି ଯାଇଥିବା ରାସ୍ତାରେ ଓ ଦୁଇ ପାଖର ଜଙ୍ଗଲ ଭିତରେ। ମୋଟର ସାଇକେଲ୍ କିଛି ବାଟ ଯାଇ ଗୋଟିଏ ଶରଣାର୍ଥୀ ବସତି ପାର ହେବା ପରେ ଇଞ୍ଜିନ୍ ହଠାତ୍ ବନ୍ଦ ହୋଇଗଲା।

ମୁଁ କିଛି ଜାଣି ପାରିଲି ନାହିଁ। ସାମାନ୍ୟ ବିବ୍ରତ ବୋଧ କରି ବାଇକ୍ ଠିଆ କଲି।

ସାମାନ୍ୟ ଉଦ୍‌ବିଗ୍ନ ଶୁଣାଗଲା ସୁଚରିତା ସ୍ୱର। ସେ ପଚାରିଲା- କ'ଣ ହେଲା ?

କ'ଣ ହେଲା ମୁଁ ବି ଜାଣି ପାରୁ ନଥିଲି ? ମତେ ଖାଲି ମୋଟର ସାଇକେଲ ଚଲେଇ ହିଁ ଆସେ, ତା'ର କଳକବ୍‌ଜା ବିଷୟରେ ମୋ ଧାରଣା ବିଲ୍‌କୁଲ୍ ନାହିଁ।

ନିଜ ଅଜ୍ଞତାକୁ ମୁଁ ସ୍ୱୀକାର କରିନେଲି, ଇଞ୍ଜିନ୍ ଷ୍ଟାର୍ଟ କରିବାକୁ କେତେ ଥର ବିଫଳ ଚେଷ୍ଟା କଲା ପରେ। ମୃଦୁ ସ୍ୱରରେ କହିଲି - କ'ଣ କରିବା ?

ଆକାଶରେ ଅଜଣା ତିଥିର ଜହ୍ନ। ଗଛପତ୍ରରେ ଅଜଣା ପକ୍ଷୀ ଓ ପତଙ୍ଗର ସ୍ୱର। ଟିକିଏ ଦୂରରେ ଅଛି ଗୋଟିଏ ଶରଣାର୍ଥୀ ବସତି।

- କାପ୍‌ସି ଏଠୁ କେତେ ଦୂର ? ସୁଚରିତା ପଚାରିଲା।

- ଆଉ ପ୍ରାୟ ତିନି ମାଇଲ୍।

- ଠିକ୍ ଅଛି, ଚାଲି ଚାଲି ଯିବା।

ସୁଚରିତାର ଆଶ୍ୱାସନା ମତେ ସେତେ ନିର୍ଭରଯୋଗ୍ୟ ମନେ ହେଲା ନାହିଁ। ଯଦିଓ ସାମାନ୍ୟ ଜ୍ୟୋତ୍ସ୍ନାରେ ଆଲୋକିତ ଏଇ ରାସ୍ତା, ତିନି ମାଇଲ୍ ବାଟ ଜଙ୍ଗଲ ଭିତର ଦେଇ ଯିବା କେତେ ନିରାପଦ ? ପୁଣି ମୋଟର ସାଇକେଲ୍ ଠେଲି ଠେଲି ଏତେ ଦୂର ଯିବା କ'ଣ ଏତେ ସହଜ ?

କିନ୍ତୁ ଉପାୟ କିଛି ନ ଥିଲା।

ଆମେ ଧୀରେ ଧୀରେ ଆଗେଇଲୁ। ଚୁପ୍‌ଚାପ୍, ନୀରବ ଭାବରେ। ଟିକିଏ ବାଟ ଗଲାପରେ ସୁଚରିତା ମୃଦୁ ସଙ୍କୋଚର ସହିତ କହିଲା, "ଆପଣ ଆଜି ମୋ ଲାଗି ବଡ ହଇରାଣ ହେଲେ।"

ମୁଁ ତା'ର ଏ କଥାର କିଛି ଉତ୍ତର ଦେଲି ନାହିଁ। ଉତ୍ତର ଦେବାକୁ ହଠାତ୍ ଭାଷା ପାଇଲି ନାହିଁ।

କିନ୍ତୁ ତା' ଆଡକୁ ଭଲ କରି ଚାହିଁ ଦେଖିଲି। ଏଇ ନିକାଞ୍ଚନ ରାସ୍ତାରେ ସେ ଓ ମୁଁ- ଆମେ କେବଳ ଦୁଇଜଣ, ଏଇ କଥା ଭାବିବାକ୍ଷଣି ମୋ ଛାତି ଭିତରେ ଅଦ୍ଭୁତ ଭୟ ଓ ସାହସର ମିଶାମିଶି ଶୀତ୍କାର ଖେଳାଇ ହୋଇଯାଇଥିଲା। ତା' ପ୍ରଭାବରେ ମୋ ଦୃଷ୍ଟି ତା' ଉପରେ ଲାଖି ରହିଲା କିଛି ସମୟ।

ପନ୍ଦର ବର୍ଷ ବୟସର ଗୋଟିଏ କିଶୋରୀକୁ ମୁଁ କେମିତି ବର୍ଣ୍ଣନା କରିବି ? କେମିତି ମୁଁ ପ୍ରକାଶ କରିବି ମୋର ଅନୁଭବ, ଯେତେବେଳେ ମୋର ବୟସ ଥିଲା ମାତ୍ର ସତର ! ସୁଚରିତା ଯେ ଝିଅଟିଏ, ଜୀବନ୍ତ ଗୋଟିଏ ଦେହ-ମନ-ଆତ୍ମା, ତା' ଠାରୁ ଅଧିକ କ'ଣ ବା କହିବା ଦରକାର ?

ସୁଚରିତା ଦେହରୁ ବୋଧହୁଏ ଏକ ବାସ୍ନା ବାହାରୁଥିଲା। ତା'ର ପ୍ରତିଟି ପଦକ୍ଷେପରେ ଅଦ୍ଭୁତ ଏକ ସଙ୍ଗୀତର ସ୍ୱର, ଆଉ ତା'ର ଦ୍ରୁତ ନିଃଶ୍ୱାସରେ ନାମ-ଅଜଣା ଉତ୍ତାପର କୋମଳ ସ୍ରୋତ।

ମତେ କେମିତି ନିଶାଗ୍ରସ୍ତ ଲାଗୁଥିଲା। ପାଦ ଟଳମଳ ହେଉଥିଲା ସାମାନ୍ୟ।

ହୁଏତ ମୋଟର ସାଇକେଲର ଓଜନ ମୋ ପାଦକୁ ଦୁର୍ବଳ କରି ଦେଉଥିଲା, କିମ୍ବା ଆଉ କିଛି ଅନାସ୍ୱାଦିତ ଚେତନା।

ମୋ ଆଡ଼କୁ ଚାହିଁଲା ସୁଚରିତା। କହିଲା - ଆପଣ ଥକି ଗଲେଣି। ଏଇଠି ଟିକେ ବସିବା ?

ମୋର କୌଣସି ମତାମତକୁ ଅପେକ୍ଷା ନ କରି, ରାସ୍ତା କଡ଼ର ଗୋଟିଏ ଛୋଟ ପୋଲ ଉପରେ ସେ ବସିଲା।

ମୁଁ ମୋଟର ସାଇକେଲ୍ ଠିଆକରି ଚାରିଆଡ଼କୁ ଚାହିଁଲି। ପୋଲ ତଳେ ବହି ଯାଉଥିବା ପାହାଡ଼ି ଝରଣାର କଳକଳ ଶବ୍ଦ କାନକୁ ସ୍ପଷ୍ଟ ଶୁଣାଯାଉଥିଲା।

ସେହି ନିର୍ଜନତା ଭିତରେ ସୁଚରିତା ନୀରବତା ଭାଙ୍ଗି ପଚାରିଲା- ଆପଣ କ'ଣ ଆମ ପ୍ରୋଗାମ୍ ଦେଖିବାକୁ ଆସିବେ ?

ଆଉ ପାଞ୍ଚଦିନ ପରେ ପ୍ରୋଗ୍ରାମ୍। ମୋର ଛୁଟି ଆହୁରି ବାରଦିନ ବାକିଅଛି। ଏହି ପ୍ରୋଗ୍ରାମ ନ ଦେଖିବାର କିଛି କାରଣ ନାହିଁ। ମୋ ଠାରୁ ଏହି ମର୍ମରେ ଏକ ଉତ୍ତର ପାଇ ସୁଚରିତା କହିଲା- ମୁଁ ଭାବୁଥିଲି ଆପଣ ଆସିବେ ନାହିଁ।

ଏମିତି ସେ ଭାବିଥିଲା କାହିଁକି ? ଏ ପ୍ରଶ୍ନର ଉତ୍ତର ସେ ନିଜେ ହିଁ ଦେଲା। 'ନନ୍ଦିତା କହୁଥିଲା, ଆପଣଙ୍କୁ ନାଚଗୀତ ଜମା ଭଲ ଲାଗେ ନାହିଁ।'

ଝିଅଟି ଆଗରେ ନନ୍ଦିତା ଯେ ମୋର ଯଥେଷ୍ଟ ବଦ୍‌ନାମ କରିସାରିଛି; ଏଥିରେ ସନ୍ଦେହ ନାହିଁ। ଏବେ ମୁଁ କ'ଣ କହି ନିଜର ମହତ୍ତ୍ୱ ବଞ୍ଚାଇ ପାରିବି, ତାହା ହଠାତ୍ ଚିନ୍ତା କରି ପାରିଲି ନାହିଁ। କୁଣ୍ଠିତ ସ୍ୱରରେ କହିଲି- ନା, ସେ କଥା ନୁହେଁ ଯେ ମାନେ... ମୁଁ ସାଇନ୍‌ସ୍ ପିଲା ତ, ଏ ସବୁଥିରେ ଇଣ୍ଟରେଷ୍ଟ ନେବାକୁ ସମୟ ହୁଏ ନାହିଁ।

ସୁଚରିତା ଏ ଯୁକ୍ତିକୁ ସ୍ୱୀକାର କରି ନେଲା। କହିଲା- ହଁ, ଆପଣ ତ ପୁଣି କେତେ ଭଲ ଷ୍ଟୁଡ଼େଣ୍ଟ, ଆଇ.ଏସ୍.ସି.ରେ ପୋଜିସନ୍ ରଖିଥିଲେ, ମୁଁ ଶୁଣିଛି।

ବସ୍ତୁତଃ ମୁଁ ନିଜକୁ ଏମିତି ପରୋକ୍ଷ ଭାବେ ପ୍ରଶଂସା କରିବାକୁ ଆଦୌ ଚାହିଁ ନଥିଲି। ମତେ କେମିତି ଲାଜ ଲାଗିଲା। ସେହି ମନୋଭାବକୁ ଲୁଚାଇବାକୁ ଯାଇ ମୁଁ ପୁଣି ଚେଷ୍ଟା କଲି ମୋଟର ସାଇକେଲ୍ ଷ୍ଟାର୍ଟ କରିବାକୁ। ଆଉ ଦେଖ କେମିତି ଭାଗ୍ୟ, ଇଞ୍ଜିନ୍ ସଙ୍ଗେ ସଙ୍ଗେ ଷ୍ଟାର୍ଟ ହୋଇଗଲା। ପ୍ରଥମେ ବିଶ୍ୱାସ ବି କରିହେଲା ନାହିଁ।

ସେଦିନ କଥାବାର୍ତ୍ତା ସେତିକି। ଆମେ ଦୁହେଁ ଜୀବନରେ ହୁଏତ କେବେ ଦିନେ କଥାବାର୍ତ୍ତା ହୋଇ ନ ଥାନ୍ତୁ; ଯଦି ଏମିତି ଗୋଟେ ଅଭାବିତ ଅସୁବିଧା ଘଟି ନଥାନ୍ତା ଆମ ଯିବା ବାଟରେ।

ଗୋଟାଏ କଥା ମୁଁ ଭାବୁଛି: ଦୁଇଜଣ ଲାଜକୁଳା ମଣିଷ ବୋଧେ ଅତି ଶୀଘ୍ର ପରସ୍ପରକୁ ଚିହ୍ନିଯା'ନ୍ତି। ସେମାନଙ୍କ ସଙ୍କୋଚର ସହଜାତ ବାଧା ବୋଧେ ଅତିସହଜରେ ଅନ୍ତର୍ହିତ ହୋଇଯାଏ। ନ ହେଲେ ଏ କାହାଣୀର ପରବର୍ତ୍ତୀ ପୃଷ୍ଠା ଲେଖା ହୋଇଥାଆନ୍ତା କେମିତି ?

ପରଦିନ ବାଇକ୍‌ରେ ଯିବା ସମୟରେ ସୁଚରିତା ମୋ କାନ୍ଧରେ ଆସ୍ତେକିନା ହାତ ରଖିଥିଲା, ଠିକ୍ ସେତିକି ଚାପ ଦେଇ, ଯାହା ନିରାପଦ ଓ ସ୍ୱାଭାବିକ ଯାତ୍ରା ପାଇଁ ଆବଶ୍ୟକ। ତା'ର ସେହି ମୃଦୁ ସ୍ପର୍ଶରେ ମୋ ଦେହ କିପରି ଶିହରି ଉଠିଥିଲା, ଟୁକୁରାଏ ସ୍ୱାଦିଷ୍ଟ ବରଫ ପାଟି ଭିତରେ ମିଳେଇଗଲେ ଯେମିତି ଲାଗେ।

ସେଦିନ ଅବଶ୍ୟ ରାସ୍ତାରେ କିଛି ଅସୁବିଧା ହେଲା ନାହିଁ। ବାଇକ୍ ଚାଲିଥିଲା ଠିକ୍ ରକମ। କିନ୍ତୁ ମୁଁ ରହିଗଲି ଠିକ୍ ସେହି ପୋଲ ପାଖରେ, ଯେଉଁଠି ଗତକାଲି ଆମେ କିଛି ସମୟ ଅଟକିଥିଲୁ।

ପୋଲ ପାଖରେ ବାଇକ୍ ରହିବା କ୍ଷଣି ସୁଚରିତା ପଚାରିଲା- ଆଜି ପୁଣି କ'ଣ ହେଲା ?

ମୁଁ ନିଜେ ବୁଝିପାରୁ ନଥିଲି, ବାଇକ୍ କେମିତି ଓ କାହିଁକି ଏଠି ଅଟକାଇ ଦେଲି। ନିଜ ଅପରାଧକୁ ନିଜେ ସ୍ୱୀକାର କଲାପରି କହିଲି- କାଲି ମୁଁ ଏଠାରେ ଗୋଟିଏ ଜିନିଷ ଛାଡ଼ି ଯାଇଥିଲି।

- କି ଜିନିଷ ?

ମୁଁ ସମ୍ଭବତଃ ସେତେ ପ୍ରତ୍ୟୁତ୍ପନ୍ନମତି ନୁହେଁ। କହିଲି - 'ମୋର ଗୋଟେ କଲମ ହଜି ଯାଇଛି। ଭାବିଲି ଏଇଠି ବୋଧେ ପକେଇ ଦେଇଛି।' ମୁଁ ସାଙ୍ଗେ ସାଙ୍ଗେ କଲମ ଖୋଜିବାର ବୃଥା ଅଭିନୟ କଲି।

ମୋର ଏଇ ମିଥ୍ୟାବାଦୀ ମନୋଭାବ ପାଇଁ ମୁଁ ପରେ କେବେ ଦିନେ ଅନୁତାପ କରିନାହିଁ। କେବେ କେବେ ଭାବି ଲଜ୍ଜିତ ହୋଇଛି ଯଦିଓ।

ମୁଁ କଲମ ଖୋଜି ଲାଗିଲି ଏବଂ ସେହି ଅବସର ଭିତରେ ସୁଚରିତା ପୋଲ ଉପରେ ବସି ଚାରିପଟକୁ ଚାହିଁଲା। କିଛି ସମୟ ପରେ ମୃଦୁ ସ୍ୱରରେ କହିଲା- କି ସୁନ୍ଦର ଏ ଜାଗାଟି !

ମୁଁ ତତ୍‌କ୍ଷଣାତ୍ ରାଜି ହୋଇଯାଇଥିଲି। କହିଥିଲି, ଦଣ୍ଡକାରଣ୍ୟ ସତରେ ଭାରି ସୁନ୍ଦର।

- ଆପଣଙ୍କ କଲମ ମିଳିଲା ?

ସୁଚରିତାର ପ୍ରଶ୍ନ ପଚାରିବା ଢଙ୍ଗରୁ ମୁଁ ବୁଝିପାରିଲି ସେ ନିଜେ ଏହା ଉତ୍ତର ଜାଣେ। କଲମ ମୁଁ ପାଇନାହିଁ।

ଯାହା ଉତ୍ତର ଦେଇଥିଲି, ତା'ର ଅର୍ଥ: କଲମଟା ବୋଧେ ଆଉ କୋଉଠି ଛାଡ଼ି ଦେଇଛି। ଠିକ୍ ଅଛି, ଚିନ୍ତା କରିବାର କିଛି ନାହିଁ। ଏମିତି କିଛି ଦାମିକା କଲମ ବି ନୁହେଁ।

ମୋର ଏହି ଉତ୍ତର ପରେ, ସୁଚରିତା ତଥାପି ସେମିତି ବସି ରହିଲା ପୋଲ ଉପରେ।

ଅନ୍ୟମନସ୍କ ଭାବରେ ଚାରିଆଡ଼କୁ ଚାହିଁ କହିଲା ମନକୁ ମନ ଶୁଣାଇଲା ପରି- ମତେ ବଡ଼ ନର୍ଭସ୍ ଲାଗୁଛି।

ମୁଁ ପଚାରିଲି : କାହିଁକି ?

ଛୋଟ ବଡ଼ ପ୍ରତି ଶିଳ୍ପୀ ମନରେ ହୁଏତ ଏହି ସନ୍ଦେହ ଥାଏ, ଏଇ ଶଙ୍କା ବି। କଳ୍ପନାର ଗୋଟିଏ ରୂପକୁ ଜୀବନ୍ୟାସ ଦେଉଥିବା ପ୍ରତି କଳାକାର ଭିତରେ ଏକ ନପାରିଲା ପଣର କ୍ଷୁଦ୍ରବୋଧ ଥାଏ। ସୁଚରିତା ତା'ର ବ୍ୟତିକ୍ରମ ନଥିଲା।

ଏତେ କଥା ମୁଁ ସେଦିନ ଭାବି ନଥିଲି ଅବଶ୍ୟ। ତେବେ ସୁଚରିତା ଯେତେବେଳେ ଚାରିଦିନ ପରେ ଆସୁଥିବା ସନ୍ଧ୍ୟା ପାଇଁ ଉଦ୍‌ବେଗ ପ୍ରକାଶ କଲା, ମୁଁ କହିଲି - ଆପଣ ତ ଭାରି ଭଲ ପାର୍ଟ କରୁଛନ୍ତି, ନନ୍ଦିତା କହୁଥିଲା।

ତା' ପରେ ମୁଁ ଯେମିତି ସୁଯୋଗ ପାଇଲି, ଗତକାଲିର ଭୁଲ୍ ବୁଝାମଣାକୁ ସୁଧାରି ନେବାକୁ। କହିଲି ଯେ ନାଚ ଗୀତ ମୁଁ ନାପସନ୍ଦକରେ ନାହିଁ, କିନ୍ତୁ ସତ କଥା କହିବାକୁ ଗଲେ ସେତେ ଭଲ କରି ବୁଝି ବି ପାରେ ନାହିଁ। ଠିକ୍ ଯେମିତି ଏଇ ଯୋଉ ସବୁ ଆଧୁନିକ କବିତା, କ'ଣ ଯେ ତା' ମାନେ ?

ସୁଚରିତା ତା'ର ପନ୍ଦର ବର୍ଷ ବୟସର ଅନୁଭବ ଓ ଅଭିଜ୍ଞତାକୁ ନେଇ ମତେ ବୁଝେଇବାକୁ ଚେଷ୍ଟା କରିଥିଲା ନାଚ-ଗୀତ, କଳା-ସାହିତ୍ୟ ଏସବୁ ଅନେକ କଥା। ଶେଷକୁ କହିଥିଲା - ଅନେକ କଥା ବୁଝି ହୁଏ ନାହିଁ, ଖାଲି ଅନୁଭବ କରିହୁଏ। ଆଉ ତାହାହିଁ ଯଥେଷ୍ଟ। ଏ ତ ଆଉ ଗଣିତ ନୁହେଁ ଯେ ଷ୍ଟେପ୍-ବାଇ-ଷ୍ଟେପ୍ ସବୁ ବୁଝିବାକୁ ପଡ଼ିବ।

ସେଦିନ ନୁହେଁ; ତା' ପରଦିନ ମତେ ସେ ପଚାରିଲା- ଆପଣ ଗୀତାଞ୍ଜଳି ପଢ଼ିଛନ୍ତି ?

ମୁଁ ଅସ୍ୱୀକାର କରି କହିଥିଲି- ମତେ ବଙ୍ଗଳା ଭାଷା ଜଣାନାହିଁ।

ମୁଁ ବି ବଙ୍ଗଳା ଜାଣେନି। ମୋ ପାଖେ ଇଂରାଜୀ ଭାଷାର ଗୀତାଞ୍ଜଳି ଅଛି। ଅନେକ କଥା ବୁଝିହୁଏନି; କିନ୍ତୁ ଭାରି ଭଲ ଲାଗେ ପଢ଼ିବାକୁ। ଯେମିତି ଲାଗେ, ଏ ସାରା ପୃଥିବୀ ଭାରି ଆପଣାର। ସବୁ ଦୁଃଖର ଆଉ ସୁଖର। ମୁଁ ଦିନେ ଆପଣଙ୍କୁ ସେ ବହିଟି ଦେବି, ପଢ଼ି ଦେଖିବେ।

ଏବେ ସ୍ୱୀକାର କରିବାରେ ଲଜ୍ଜା ନାହିଁ, ମୋ ମନରେ ସୁଚରିତା ପ୍ରତି କିଭଳି ଦୁର୍ବଳତା ଆସିଯାଇଥିଲା। ମନେ ମନେ ଭାବିଥିଲି, ମୁଁ ଯେଉଁ ଝିଅକୁ ବାହା ହେବି, ସେ ଠିକ୍ ସୁଚରିତା ପରି ହେବା ହିଁ ଉଚିତ୍। ତା'ପରେ ଭାବିଥିଲି ଝିଅଟି ନିଜେ ସୁଚରିତା ହେଲେ କ୍ଷତି କ'ଣ?

କିନ୍ତୁ ତାହା କି କେବେ ସମ୍ଭବ?

ପୁଣି ମନକୁ ମନ ଭାବିଥିଲି, କାହିଁକି ସମ୍ଭବ ନୁହେଁ? ନାନା ଯୁକ୍ତି ଆସିଥିଲା ମନକୁ। ଏବେ ଅବଶ୍ୟ ତାହା ଅବାନ୍ତର।

ତିନି ଦିନ ପରେ ସାଂସ୍କୃତିକ କାର୍ଯ୍ୟକ୍ରମ ହୋଇଥିଲା। ମୁଖ୍ୟ ପ୍ରଶାସକ ଆସିଥିଲେ। ମୁଁ ମୁକ୍ତ ପ୍ରେକ୍ଷାଳୟର ଗୋଟେ କୋଣରେ ଠିଆ ହୋଇ ସୁଚରିତାକୁ ଦେଖୁଥିଲି। ତା'ପରେ ସେଇ ଅବଶିଷ୍ଟ ରାତି ମୁଁ ଶୋଇ ପାରି ନଥିଲି। ଅନ୍ଧାର ଭିତରେ ଉଠିବସି ଝରକା ପାଖେ ଠିଆ ହୋଇଥିଲି। ଦେଖିଥିଲି ନୀଳକୃଷ୍ଣ ଆକାଶକୁ, ଜ୍ୟୋତ୍ସ୍ନାଭିଜା ପୃଥିବୀକୁ, ଆଉ ଅଭିସାରିକା ଶ୍ରୀରାଧାର ଛଦ୍ମବେଶରେ ଅଭିନୟ କରୁଥିବା ସୁଚରିତାକୁ।

ମନକୁ ମନକୁ ମୁଁ ଅନେକ ପ୍ରଶ୍ନ ପଚାରିଥିଲି। କାହିଁକି ପୃଥିବୀ ଏତେ ସୁନ୍ଦର? କାହିଁକି ଫୁଲଟିଏ ଏତେ ସୁନ୍ଦର ବାସେ? କାହିଁକି ମେଘ ଆଉ ତାରା ଅନ୍ତରାଳରେ ସ୍ୱପ୍ନର ଛାୟାପଥ ଲମ୍ୱିଯାଏ ଦୂରକୁ, କାହିଁକି ମଣିଷର ଦେହ-ମନ-ଆତ୍ମାର ଅମୁହାଁ ଦେଉଳ ଭିତରେ ଅକାରଣ ଅନୁରଣିତ ହୋଇଉଠେ ବିଚିତ୍ର ଏକ ସଂଗୀତ? କାହିଁକି?

ସୁଚରିତା ସହିତ ତା'ପରେ ମୋର ପ୍ରାୟ ଆଉ ଦେଖା ହୋଇ ନାହିଁ କହିଲେ ଚଳେ। ଦେଖା ହେବାର ଆବଶ୍ୟକତା ବି ନଥିଲା। ସେମାନଙ୍କର ନୃତ୍ୟନାଟିକା ସଫଳ ଭାବରେ ପରିବେଷିତ ହୋଇଥିଲା ସାଂସ୍କୃତିକ ଅନୁଷ୍ଠାନରେ ଓ ନନ୍ଦିତା ତା'ପରେ ସେମାନଙ୍କ କ୍ଲବ୍ ପାଇଁ ଏକ ଲାଇବ୍ରେରୀ ତିଆରି କରିବାରେ ମନ ଦେଇଥିଲା।

ଏଇ ଯେ ମୁଁ କହିଲି, ସୁଚରିତା ସହିତ ମୋର ତା'ପରେ ଆଉ ପ୍ରାୟ ଦେଖା ହୋଇନାହିଁ, ତାହା ଠିକ୍ ନୁହେଁ। ତା' ସହିତ ମୋର ମାମୁଲି ଭାବେ ଭେଟ ହୋଇଥିଲା ମାତ୍ର ଥରଟିଏ- ମୋଟେ ଦୁଇ ମିନିଟ୍ ପାଇଁ। ମୁଁ ଯେଉଁଦିନ ରାୟପୁର ଫେରିବା କଥା, ତା'ର ଦୁଇଦିନ ଆଗରୁ ସେ ନନ୍ଦିତା ସହିତ ଆମ ଘରକୁ ଆସିଥିଲା। ସାମାନ୍ୟ ସୁଯୋଗ ପାଇ ସେ ମୋ ପାଖକୁ ଆସିଥିଲା। ବିଶେଷ କିଛି ଭୂମିକା ନ କରି ମୋ ହାତକୁ ବଢ଼େଇ ଦେଇଥିଲା ରବୀନ୍ଦ୍ରନାଥଙ୍କ ଗୀତାଞ୍ଜଳି। କହିଥିଲା- ଆଜି ରାତିରେ ଏ ବହିଟି ପଢ଼ିବେ। ଆଜି ରାତିରେ ନିଶ୍ଚୟ।

ତା'ପରେ ହୁଏତ ସେ ଆଉ କିଛି କହିଥାନ୍ତା, କିନ୍ତୁ ନନ୍ଦିତା ଆସିବାରୁ ସେ

ଦୁହେଁ ଏକାଠି ଲାଇବ୍ରେରୀକୁ ଯାଇଥିଲେ। ଗୀତାଞ୍ଜଳି ବହିଟି ହାତରେ ଧରି ମୁଁ କିଛି ସମୟ ଅନ୍ୟମନସ୍କ ହୋଇଯାଇଥିଲି।

ସୁଚରିତାର ମୁହଁରେ ଆଜି ଅନ୍ୟ ଏକ ଭାଷା ଥିଲା। ଅନ୍ୟ ଏକ ଆଲୋକ।

ମୋର ମନେହେଲା, ସୁଚରିତା ବୋଧ ହୁଏ ପୃଥିବୀର ସବୁଠାରୁ ସୁନ୍ଦରୀ ଝିଅ। ସବୁଠାରୁ ଅଧିକ କାମ୍ୟ ବି।

ବହିଟି ମୁଁ ଅତି ଯତ୍ନରେ ମୋ ବାକ୍ସ ଭିତରେ ରଖିଦେଲି।

ଦୁଇଦିନ ପରେ ରାୟପୁର ଗଲି। ଭିନ୍ନ ପରିବେଶ। ଭିନ୍ନ ଜୀବନଧାରା। ସେହି ବ୍ୟସ୍ତତା ଭିତରେ ରହି ମନେ ପଡ଼େ ସୁଚରିତାର ମୁହଁଟି। କେମିତି ହଠାତ୍ ଉଦାସ ହୋଇଯାଏ ମୋର ନିଃସଙ୍ଗ ହୃଦୟ।

ଗୀତାଞ୍ଜଳି ବହିଟି କଥା ମୁଁ ଅନେକ ଦିନ ଧରି ଭୁଲି ଯାଇଥିଲି। ଦିନେ, ଗୋଟିଏ ସେମିଷ୍ଟର ପରୀକ୍ଷା ଦେଇସାରି ଆସିବା ପରେ, ବହିଟି କଥା ହଠାତ୍ ମନେ ପଡ଼ିଗଲା। ବାକ୍ସରୁ କାଢ଼ି ବହିଟି ମୁଁ ହାତରେ ଧରିଥିଲି। ମତେ ଲାଗିଲା, ହାତରେ ମୋର ମୁଠାଏ କାଗଜ ନାହିଁ, ଅଛି ମୁଠାଏ ନିଃଶ୍ୱାସ, ଏକମୁଠା ସଶରୀରୀ ସ୍ପନ୍ଦନ।

ବହିର ପୃଷ୍ଠା ଓଲଟାଉ ଓଲଟାଉ ଠକ୍ କରି ଖସିପଡ଼ିଲା ଛୋଟ ଖଣ୍ଡେ କାଗଜ। ଆଶ୍ଚର୍ଯ୍ୟ ହୋଇ ମୁଁ କାଗଜଟି ଉଠାଇ ନେଲି। ଦେଖିଲି ତାହା ତିନି ଧାଡ଼ିରେ ଲେଖା ଖଣ୍ଡେ ଚିଠି। ସେ ଚିଠିରେ କାହା ପ୍ରତି ସମ୍ବୋଧନ ନଥିଲା। ଖାଲି ଲେଖାଥିଲା ନାମଟିଏ: ସୁଚରିତା।

ଚିଠିରେ ଲେଖା ଥିଲା :

ଆପଣଙ୍କୁ ମୋର ଗୋଟିଏ ବିଶେଷ କଥା କହିବାକୁ ଅଛି। ଆସନ୍ତାକାଲି ସନ୍ଧ୍ୟା ପାଞ୍ଚଟା ବେଳେ ଜାପାନୀ ଗେଷ୍ଟ ହାଉସ୍ ପାଖ ଲେକ୍ ନିକଟକୁ ଆସିବେ। ମୁଁ ଅପେକ୍ଷା କରିଥିବି। ଇତି। ସୁଚରିତା।

ଲେଖାଟି ମୁଁ ବାରମ୍ବାର ପଢ଼ିଲି। କାହାକୁ ଲେଖା ଏ ଚିଠି ? ମତେ ? ଏ ଚିଠିଟି ସୁଚରିତା ମତେ ଲେଖିଥିଲା ?

କିଛି ସମୟ ଭାବିଲା ପରେ ମୋ ମନରେ ଆଉ ସନ୍ଦେହ ରହିଲା ନାହିଁ। ମନେ ପଡ଼ିଲା ତା'ର ସେହି କଥା ପଦକ: ଆଜି ରାତିରେ ଏ ବହି ପଢ଼ିବେ। ଆଜି ରାତିରେ ନିଶ୍ଚୟ।

ମୁଁ କିନ୍ତୁ ସେଦିନ ରାତିରେ ବହିଟି ଫିଟାଇ ନଥିଲି। ଚିଠି ଖଣ୍ଡିକ ଦେଖିବାର ଅବକାଶ ହିଁ ନଥିଲା। ତା'ର ଦୁଇଦିନ ପରେ ମୁଁ ରାୟପୁର ଚାଲିଗଲି। ସୁଚରିତାର ସେ ଛୋଟ ଅନୁରୋଧଟି ରଖି ହେଲା ନାହିଁ।

ନିର୍ଦ୍ଧାରିତ ସେଇ 'ଆସନ୍ତାକାଲିର ସନ୍ଧ୍ୟାଟି' ଅନେକ ଆଗରୁ ମହାକାଳର

ଅନ୍ଧକାର ଭିତରେ ନିଶ୍ଚିହ୍ନ ହୋଇଯାଇଛି। ଆଜିକୁ ସତର ବର୍ଷ ତଳର ଏକ କୋମଳ ଫାଲ୍‌ଗୁନ ସନ୍ଧ୍ୟା, ଗୋଟିଏ ଅପ୍ରଶସ୍ତ ହ୍ରଦ ଉପକୂଳରେ।

କିନ୍ତୁ ସେଦିନ ମତେ କ'ଣ କହିବାକୁ ଚାହିଁଥିଲା ସୁଚରିତା? କି ବିଶେଷ କଥା? ଅବା କି ତୁଚ୍ଛ ବକ୍ତବ୍ୟ?

ମୁଁ ଜାଣେ ନାହିଁ, ଏ ଜୀବନରେ ତାହା ଜାଣି ବି ପାରିବି ନାହିଁ। ତା'ପରେ କେବେ ଦିନେ ମୋର ସୁଚରିତା ସହିତ ଦେଖା ହୋଇନାହିଁ। ଭବିଷ୍ୟତରେ କେବେ ଦେଖା ହୋଇ ବି ନ ପାରେ। ଆଉ ଦେଖା ହେଲେ ବି ସେ କ'ଣ ମତେ କହିବ, ଯାହା ତା'ର କହିବାର ଥିଲା ଆଜିକୁ ସତର ବର୍ଷ ତଳେ। ତା'ର ବୟସ ଯେତେବେଳେ ଥିଲା ପନ୍ଦର ବର୍ଷ ଆଉ ମୋର ସତରରୁ ସାମାନ୍ୟ ବେଶି।

ବେଳେବେଳେ ମୁଁ ଚେଷ୍ଟା କରେ ମନେ ମନେ ଦୃଶ୍ୟଟି ଆଙ୍କିବା ପାଇଁ: ବନବନାନୀଘେରା ଜଳାଶୟ ନିକଟରେ ଏକୁଟିଆ ଝିଅଟିଏ, ନିଶ୍ଚୁପ୍ ଠିଆ ହୋଇ ରହିଛି, କାହାରି ଉତ୍କଣ୍ଠିତ ପ୍ରତୀକ୍ଷାରେ। ପଛପଟେ ଫାଲଗୁନର କୋମଳ ସନ୍ଧ୍ୟା। ଆଖି ଆଗରେ ଦିଗହଜା ନୀଳ ଆକାଶ।

କେତେ ରାତି ହେଲା ପରେ, କେମିତି ନିରାଶ ହୃଦୟରେ ପନ୍ଦର ବର୍ଷର କିଶୋରୀଟିଏ ସେଦିନ ଫେରିଥିବ ଘରକୁ? କେମିତି ସେ ଯାଇଥିବ ସାତମାଇଲ୍ ଲମ୍ବା ରାସ୍ତା ଏକା ଏକା ଅନ୍ଧାର ରାତିରେ? କ'ଣ ଭାବି ଭାବି?

ମୋର ମନେ ପଡ଼େ ବେଳେବେଳେ ସେ କଥା। ବିଷାଦ ଏକ ଋତୁ ଘେରିଯାଏ ମୋ ଚାରି ପାଖର ପୃଥିବୀରେ।

କିନ୍ତୁ ସୁଚରିତା, ଯଦି ତୁମେ ତଥାପି ବଞ୍ଚିଥାଅ ତୁଚ୍ଛ ଅସାର ଏଇ ପୃଥିବୀର କେଉଁ ଅଜଣା ଠିକଣାରେ, ଦୟାକରି ବିଷଣ୍ଣ ହୋଇଯାଅ ନାହିଁ। ତୁମେ ତ କହିଥିଲ ସବୁ କଥା ବୁଝିବା ଦରକାର ନାହିଁ, ଅନୁଭବ କଲେ ହିଁ ଯଥେଷ୍ଟ। ସେଦିନ ଯେ ମୁଁ ତୁମର ବିଶେଷ କଥା ଶୁଣି ପାରିଲି ନାହିଁ, ସେଥିରେ କାହାର ଦୁଃଖ କରିବାର କ'ଣ ଅଛି।

ମୁଁ କ'ଣ ଅନୁଭବ କରିପାରି ନାହିଁ, ସେଦିନ ଯାହା କିଛି ମତେ ତୁମର କହିବାର ଥିଲା?

■

ରେବତୀ

ଭୋକିଲା ସାପ ପରି ଘୁଷୁରି ଘୁଷୁରି ଦୂରଗାମୀ ପାସେଞ୍ଜର ଟ୍ରେନ୍‌ଟି ପ୍ଲାଟ୍‌ଫର୍ମରେ ଆସି ଅଟକିଲା ବେଳକୁ ଈଶାନ ଆକାଶରେ ସଞ୍ଜତାରା ମିଞ୍ଜିମିଞ୍ଜି ଜଳି ଉଠିଥିଲା ।

ଅରଣ୍ୟର ଜଳନ୍ତା ଗଛ ଡାଳରୁ ପକ୍ଷୀମାନେ ଏଣେତେଣେ ଖେଳାଇ ହୋଇଯିବା ପରି ଯାତ୍ରୀମାନେ ଓହ୍ଲାଇ ଆସିଥିଲେ ରେଳଡ଼ବାଗୁଡ଼ିକରୁ । ଯଦିଓ ଏଇଟା ଶେଷ ଷ୍ଟେସନ୍, ଗାଡ଼ି ଆଗକୁ ଯିବାର ନାହିଁ, ତଥାପି ସେମାନଙ୍କ ବ୍ୟସ୍ତତା ଟିକେ ବି କମ୍ ନଥିଲା ।

ଗୋଟିଏ ଦ୍ୱିତୀୟ ଶ୍ରେଣୀ ଡବାର ଗହଳି ଭିତରୁ ବାହାରି ଆସିଲା ଲୋକଟିଏ ଓ ତା' ହାତ ଧରି ବାର-ତେର ବର୍ଷର ଗୋଟିଏ ଝିଅ ।

ଝିଅଟି ତା' ଜୀବନରେ କେବେ ଟ୍ରେନ୍ ଚଢ଼ିନାହିଁ, ଏ ବିରାଟ ସହରର ରେଳଷ୍ଟେସନ ଦେଖିନାହିଁ, ଏପରିକି ଏମିତି ଗହଳି ବି ତା' ପାଇଁ ଅପରିଚିତ ।

ବାପାଙ୍କ ହାତକୁ ଆହୁରି ଜୋରରେ ମୁଠାଇ ଧରି ଝିଅଟି ଫିସ୍‌ଫିସ୍ କରି କହିଲା- ବାପା ମତେ ମୂତ ମାଡୁଛି ।

- ପୁଣି ମୂତ ମାଡୁଛି ! ଏଇ ଟିକିଏ ଆଗରୁ ପରା ଯାଇଥିଲୁ ।

- ଯାଇଥିଲି, କିନ୍ତୁ ହେଲାନି ।

ଲୋକଟି ତା' ଧୋତି କୁଞ୍ଚକୁ ସଜାଡ଼ିଲା, ସାର୍ଟର ଦୁଇଟା ବୋତାମ ଖୋଲୁ ଖୋଲୁ କହିଲା - ଯା' ଶଳା କି ଗରମ କଲିକତାରେ ।

ଷ୍ଟେସନରୁ ବାହାରି ଆସିଲା ପରେ ଗରମ ଟିକିଏ କମ୍ ଜଣାପଡ଼ିଲା । ଗୋଟିଏ କାଠ କ୍ୟାବିନ୍ ପଛପଟେ ପରିସ୍ରା କରିସାରି ଝିଅଟି ବି ଟିକିଏ ଉତ୍‌ଫୁଲ୍ଲ ଦେଖାଗଲା ।

ଝିଅଟି ପଚାରିଲା- ବାପା, କଲିକତାରେ ପରା ଗୋଟେ ବଡ଼ ଚିଡ଼ିଆଖାନା ଅଛି ?

- ଚିଡ଼ିଆଖାନା ଅଛି। ହାଓଡ଼ା ବ୍ରିଜ୍ ଅଛି, ଏରୋପ୍ଲେନ୍ ଅଛି। ଟ୍ରାମ୍ ଅଛି, ବଡ଼ ବଡ଼ କୋଠାବାଡ଼ି ଅଛି। ଅନେକ ଜିନିଷ ଅଛି, ଦେଖିବୁ।

- ବାପା ଟ୍ରାମ୍ କ'ଣ ?

ବର୍ଣ୍ଣନା କରିବା ଦରକାର ହେଲା ନାହିଁ। ଆଖି ସାମନାରେ ଟଂ ଟଂ ଘଣ୍ଟି ବଜେଇ ଟ୍ରାମ୍‌ଟିଏ ଚାଲିଗଲା ହାଓଡ଼ା ବ୍ରିଜ୍ ଆଡ଼କୁ।

- ଇସ୍ ! ଏମିତି ଜିନିଷ ମୁଁ ଆଗରୁ ଦେଖି ନଥିଲି।

ଠୋ ଠୋ ହସି ଲୋକଟି ଝିଅର ମୂର୍ଖତାକୁ ମାନ୍ୟତା ପ୍ରଦାନ କଲା। କଳାହାଣ୍ଡି ଜିଲ୍ଲାର ସୁରୁଙ୍ଗିପଦର ଗାଆଁରୁ ଆସିଥିବା ଝିଅଟି ଅନେକ କିଛି ଦେଖିନାହିଁ, ଜାଣିନାହିଁ। ସେଇ ଅଜଣା ଅଦେଖା ତାଲିକା ଖୁବ୍ ଲମ୍ବା, ହାଓଡା ଷ୍ଟେସନର ବିଶାଳ ପ୍ଲାଟଫର୍ମ ପରି।

- ବାପା, ଭୋକ ଲାଗିଲାଣି।

ଗୋଟିଏ ଜଳଖିଆ ଦୋକାନ ଆଡ଼କୁ ଲୋଲୁପ ଆଖି ପକେଇ ଝିଅଟି କହିଲା।

- ଭୋକ ! ଏଇ ଟିକେ ଆଗରୁ ପରା ଆଠଣାର ମିକ୍ସଚର ମୁଢ଼ି ଖାଇଥିଲୁ।

ଲୋକଟି ଠିଆ ହୋଇପଡ଼ି ପାକିଟି ଅଣ୍ଡାଳିଲା। ତା'ପରେ କହିଲା- ଆ ଯା'ଡ଼େ।

ଗୋଟିଏ ସିଙ୍ଗଡ଼ା ଓ ଗୋଟିଏ ସନ୍ଦେଶ ବାବଦକୁ ଅଢ଼େଇ ଟଙ୍କା ଦେଇ ଲୋକଟି ଛୋଟ କାଗଜ ପୁଡ଼ିଆଟି ବଢ଼େଇ ଦେଲା ଝିଅ ହାତକୁ। ଝିଅଟି ଆଗ ସନ୍ଦେଶକୁ ଖାଇ ଦେଲା, ଦୁଇ କାମୁଡ଼ାରେ। ତା'ପରେ ମନେ ପଡ଼ିଲା ପରି କହିଲା- ବାପା, ତୁମକୁ ତ ଭୋକ କରୁଥିବ !

ବାପା କିଛି କହିବା ଆଗରୁ ସେ ସିଙ୍ଗଡ଼ାଟି ଦୁଇଖଣ୍ଡ କରି ସେଥିରୁ ଫାଳେ ବାପାକୁ ବଢ଼େଇଦେଲା, ଯେଉଁ ଖଣ୍ଡକ ଟିକେ ସାନ ପଡ଼ିଗଲା, ସେଇଟି ସେ ନିଜେ ଖାଇଲା।

- ବଢ଼ିଆ ଲାଗୁଚି ବାପା।

ଲୋକଟି ହାତରେ ଥିଲା ଗୋଟିଏ ପୁରୁଣା ଟିଣ ବାକ୍ସ। ଛୋଟ ବ୍ୟାଗ୍‌ଟି ଥିଲା ଝିଅଟି ହାତରେ। ଟ୍ରଙ୍କରେ ଥିଲା ଝିଅର ଲୁଗାପଟା, ବ୍ୟାଗ୍‌ରେ ତା' ନିଜର।

ବେଶି ଭାରି ନଥିଲା ବାକ୍ସଟି। କ'ଣ ବା ଲୁଗା ପଟା ଝିଅଟିର। ଖଣ୍ଡେ ଦି'ଖଣ୍ଡ ଫ୍ରକ୍, ତା' ମାଆର ପୁରୁଣା ଶାଢ଼ି ଦିଓଟି, ଗୋଟେ ଖେଳନା। ଚାରିବର୍ଷ ତଳେ ଭବାନୀପାଟଣା ହାଟରୁ କିଣା ରବର ଖେଳନା।

ଖେଳନାଟି ପ୍ରକୃତରେ ଝିଅ ପାଇଁ କିଣା ହୋଇ ନଥିଲା। ତା' ତଳକୁ ଜନ୍ମ

ହୋଇଥିବା କୁନି ଭାଇ ପାଇଁ କିଣା ହୋଇଥିଲା। ଭାଇ କିନ୍ତୁ ବେଶି ଦିନ ବଞ୍ଚିଲା ନାହିଁ। ବର୍ଷେ ନ ପୂରୁଣୁ ଚାଲିଗଲା।

ମଲାଭାଇର ଖେଳନାଟି ନିଜ ଅଧିକାରରେ ପାଇ ଝିଅଟି ହସିଥିଲା କି କାନ୍ଦିଥିଲା ବୁଝାଗଲା ନାହିଁ। ଯେମିତି ବୁଝାଗଲା ନାହିଁ ଯେଉଁ ଦିନ ତା' ମା' ଭାଲୁ କାମୁଡ଼ାରେ ଖଣ୍ଡିଆ ଖାବରା ହୋଇ ଘା' ଘଉଡ଼ ଦିହରେ ମରିଯାଇଥିଲା।

- ସେ ମରିଯାଇଚି, ଭଲ ହୋଇଚି ଲୋ ରେବତୀ। କେତେ କଷ୍ଟ ପାଉଥିଲା ସେ, କେତେ କଲବଲ ହୋଇଥିଲା। ଏବେ ସେ ଆକାଶରେ ତାରାଙ୍କ ସାଙ୍ଗରେ ସୁଖରେ ରହିବ।

କଳା ମିଟିମିଟି ଆକାଶର ପୁଞ୍ଜାପୁଞ୍ଜା ତାରାଙ୍କ ଆଡ଼କୁ ଚାହିଁ ରେବତୀ ହସିଥିଲା କି କାନ୍ଦିଥିଲା, ସେ କଥା ବି କେହି ଜାଣନ୍ତି ନାହିଁ।

- ଆଲୋ ହୁଣ୍ଡି। ଦେଖି ଚାହିଁ ବାଟ ଚାଲେ। ଏଇନା ତତେ ଗୋଟେ ଗାଡ଼ି ମାଡ଼ି ଦେଇ ଯାଇଥାଆନ୍ତା -

ଲୋକଟି ଝିଅକୁ ମଝି ରାସ୍ତାରୁ ଟାଣି ଆଣି ବଡ଼ ପାଟିରେ କହିଲା। ରାସ୍ତାର ଗହଗହ ଗର୍ଜନ ଭିତରେ ଝିଅଟି ପୂରା ଶୁଣି ପାରିଲା ନାହିଁ। ତା' ବାପା କ'ଣ କହିଲା।

- ଆମକୁ ବହୁତ ଦୂର ଯିବାକୁ ପଡ଼ିବ। ଚାଲିଚାଲି ଯାଇ ହେବ ନାହିଁ। ରହ ଟ୍ରାମ୍ କି ବସ୍ କ'ଣ ମିଳୁଚି ବୁଝେ।

ଲୋକଟି ତା' ଜୀବନରେ ଆଗରୁ ଥରଟିଏ ସହରକୁ ଆସିଥିଲା। ସେହି ଚିହ୍ନା ଅଚିହ୍ନା ସାମର୍ଥ୍ୟକୁ ନେଇ, ଅଧା ହିନ୍ଦୀ ଅଧା ଓଡ଼ିଆରେ ସେ ଖୋଜ୍ ନେଲା ସତୀନାଥ ଲେନକୁ ଯିବାକୁ କୋଉ ବସ୍ ଧରିବ।

ମୋଟ ପଚିଶି ମିନିଟ୍ ଲାଗିଲା ଖବର ବୁଝି ନେବାକୁ। ଏ ସହରରେ ଲକ୍ଷ ଲକ୍ଷ ମଣିଷ, ହଜାର ହଜାର ଗଳିକନ୍ଦି। ତା' ଭିତରେ ସତୀନାଥ ଲେନ୍ କୋଉଠି, ସେ କଥା ଅଧିକାଂଶ ଲୋକ କହିପାରିଲେ ନାହିଁ। ଅଧା ଲୋକ ତା' ପ୍ରଶ୍ନ ଶୁଣିବାକୁ ହିଁ ପ୍ରସ୍ତୁତ ନଥିଲେ।

ଚାରୋଟି ରାସ୍ତାର ନାମ ଓ ତିନୋଟି ବସ୍‌ର ନମ୍ବର ଘୋଷି ଘୋଷି ଲୋକଟି ରେବତୀ ପାଖକୁ ଆସିଲା। ରାସ୍ତା କଡ଼ରେ ଠିଆ ହୋଇ ବିସ୍ଫାରିତ ଆଖିରେ ଚାରି ଆଡ଼କୁ ଚାହିଁଥିବା ରେବତୀ ପାଖକୁ।

ସତୀନାଥ ଲେନ୍‌ର ମାଖନ ଲାଲ ଚଉଧୁରୀ ସାଙ୍ଗେ ଲୋକଟିର ପ୍ରଥମେ କେସିଙ୍ଗା ରେଲଷ୍ଟେସନରେ ଦେଖା ହୋଇଥିଲା। ଭକ୍‌ଭକ୍ ବିଡ଼ି ଧୂଆଁ ସାଙ୍ଗରେ ହିନ୍ଦୀ ବଙ୍ଗଳାର ଖିଚିଡ଼ି ମିଶାଇ ମାଖନ୍ ଲାଲ କହିଥିଲା - ଦେଖ ବନବାସୀ, ତୋ'ର କିଛି

ଅସୁବିଧା ହେବ ନାହିଁ ଠିକଣା ଜାଗାରେ ପହଞ୍ଚିବା ପାଇଁ। ଟ୍ୟାକ୍ସିରେ ଗଲେ ଶହେ ଦଶଟଙ୍କା, ବସ୍‌ରେ ଗଲେ ଆଠ ଟଙ୍କା। ତତେ ମୁଁ ଶହେ ଦଶଟଙ୍କା ହିଁ ଦେଲି, ତୁ ଯୋଉଥିରେ ଯାଉଚୁ ଯା। ମନେ ରଖିବୁ, ଅଠସ୍ତରି - ବି, ସତୀନାଥ ଲେନ୍।

ଆଗରୁ ଥରଟିଏ ବନବାସୀ କଲିକତା ଦେଖିଛି। ସେହି ସାହସ ବାନ୍ଧି ସେ ଏକା ଏକା ଆସିଛି ଝିଅକୁ ଧରି ଏତେ ବାଟ - କେସିଙ୍ଗାରୁ କଲିକତା। ଆଠଟଙ୍କା ବସ୍ ଭଡ଼ା ଦେଇ ସେ ସତୀନାଥ ଲେନ୍ ଯିବାକୁ ବି ପ୍ରସ୍ତୁତ, ସଞ୍ଜ ଅନ୍ଧାର ଭିତରେ ବି ଖାଲି ବସ୍ ନମ୍ବର ଗୁଡ଼ାକ ମାଲୁମ କରି ପାରିଲେ ହେଲା।

ଠେଲାପେଲା ଭିତରେ ପ୍ରଥମେ ଯେଉଁ ବସ୍‌ରେ ସେମାନେ ଚଢ଼ିଲେ, ସେଥିରେ ବସିବାକୁ ଜାଗା ନଥିଲା। ଠିଆ ହୋଇ ଯିବାକୁ ପଡ଼ିଲା କେତେ ବାଟ। ସେଇ ବସରୁ ଓହ୍ଲାଇ ପର ବସ୍‌ରେ ଚଢ଼ିବା ବେଳକୁ ଗହଳି କମିଯାଇଥିଲା। ଝରକା ପାଖ ସିଟ୍‌ରେ ବସି ରେବତୀ କଳିବାକୁ ଲାଗିଲା କଲିକତାର ବିଚିତ୍ର ବିଶାଳ ରୂପ। ମଣିଷ, ଗାଡ଼ି ଘୋଡ଼ା, ଆଲୁଅ, କୋଠାଘର ଓ ସନ୍ତସନ୍ତିଆ ପବନ। ଏ ସବୁ ଭିତରେ ମଣିଷ ହିଁ ଦିଶୁଥିଲା ସବୁଠୁ ଦୁର୍ବଳ ଓ ଅସହାୟ।

ବସ୍‌ଯାତ୍ରା ସମୟରେ, ନିଜକୁ ନିଜେ ନିରାପଦ ମଣିବା ଆଶାରେ ବନବାସୀ ଗପସପ କରିବାକୁ ଚେଷ୍ଟା କରିଥିଲା ସହଯାତ୍ରୀ ମାନଙ୍କ ସହିତ। ତା' ପାଟିରେ କିନ୍ତୁ ଠିକ୍ ଭାଷା ବାହାରୁ ନଥିଲା। ତା'ଛଡ଼ା ସାଙ୍ଗରେ ଯାଉଥିବା ଯାତ୍ରୀମାନେ ସାରା ଦିନର କ୍ଲାନ୍ତି ପରେ କାହା ସହିତ ଖୁସି ଗପ କରିବା ମିଜାଜ୍‌ରେ ହିଁ ନଥିଲେ। ଆଗଥର ସେ ଯେବେ କଲିକତା ଆସିଥିଲା ସେ ଏକା ନଥିଲା। ସାଙ୍ଗରେ କଳାହାଣ୍ଡି ଓ କନ୍ଧମାଳର ଆଉ ଚାରି ପାଞ୍ଚଟା ଲୋକ ବି ଥିଲେ। କଲିକତାର ଝୋଟକଳରେ କି ଜାହାଜ ଘାଟରେ ଚାକିରୀ ମିଳିଯାଏ, ଖାଲି ହାତର ମାଂସପେଶୀ ଠିକ୍ କାମ କରୁଥିଲେ, ଏମିତି ଭରସାରେ ସେମାନେ ଆସିଥିଲେ।

ନିରାଶ ଅବଶ୍ୟ ହେବାକୁ ପଡ଼ିଥିଲା। କାରଣ ଚିହ୍ନା ଜଣା ନଥିଲେ, ସୁପାରିସ ନଥିଲେ, ଚାକିରୀ ମିଳେ ନାହିଁ। ଯାଦୁଘର, ଗଙ୍ଗା ନଦୀ ଓ ହାଟବଜାର ଦେଖି ବୁଲି ସେମାନେ ଫେରି ଆସିଥିଲେ ନିଜ ନିଜ ମାଟିକୁ। ଅଯଥା ଗୁଡ଼େ ପଇସା ଯାହା ଖର୍ଚ୍ଚ ହୋଇଥିଲା।

ରେବତୀର ମାଆ କହିଥିଲା - ଆଉ ଥରେ ଯାଅ। ପୁଣି ଚେଷ୍ଟାକର। ଏମିତି ହାଲ ଛାଡ଼ି ଦେଲେ କ'ଣ ଚଳିବ? ଘରେ ଆଠ ପ୍ରାଣୀ କୁଟୁମ୍ବ, ପେଟକୁ ତ ଦାନା ଯିବା ଦରକାର।

ଆଠପ୍ରାଣୀ କୁଟୁମ୍ବ ଏବେ ଅବଶ୍ୟ ଛଅ ପ୍ରାଣୀ। ବୁଢ଼ାବୁଢ଼ୀ ବାପା ମାଆ ଦି'ଟା, ବାଳୁଙ୍ଗା ପୁଅ ଦି'ଟା, ରେବତୀ ଓ ସେ ନିଜେ।

ବଡ଼ ପୁଅର ବୟସ କୋଡ଼ିଏ। ସାନର ବୟସ ପନ୍ଦର। ଦୁଇଟା ଯାକ କିଛି କାମକୁ ନୁହନ୍ତି। ଗୁଲିଖଟି କିମ୍ବା ଗୁଣ୍ଡାମିରେ ସମୟ କଟାଇ ଦିଅନ୍ତି।

ଝିଅଟି ଶାନ୍ତ, ଧୀରସ୍ଥିର, ପାଠପଢ଼ିବାକୁ ମନ କରୁଥିଲା। କିନ୍ତୁ ଗାଁ ସ୍କୁଲରେ ମାଷ୍ଟର ନାହିଁ। ମାଷ୍ଟର ଟୋକା ଛୁଟିରେ ଯାଇଛି ଦି' ବରଷ ତଳେ, ଏଯାଏ ଫେରି ନାହିଁ। ସେ ଦିନଠୁ ଇସ୍କୁଲ ଘରର ତାଲା ବନ୍ଦ।

ଭାଲୁ କାମୁଡ଼ାରେ ଚାରିମାସ କଲବଲ ହୋଇ ରେବତୀର ମାଆ ମରିଯିବା ଗୋଟିଏ ଦୁଃଖ ନଥିଲା। ତା' ଚିକିତ୍ସାରେ ଆଠଶହ ହଜାରରେ ଖର୍ଚ୍ଚ କରିବାକୁ ପଡ଼ିଲା, ସିଏ ଥିଲା ଆଉ ଗୋଟିଏ ଦୁଃଖ। ଜମି ଅଧମାଣ ବିକି ପଇସା ଯୋଗାଡ଼ କରିବାକୁ ପଡ଼ିଥିଲା। ରେବତୀର ମାଆ ସେଥିରେ ପ୍ରବଳ ବିରୋଧ କରିବା ସତ୍ତ୍ୱେ।

ପୂଜ ରକ୍ତ ଜୁଡୁବୁଡୁ ମଶିଣାରେ ପଡ଼ି ରହି, କୁନ୍ଥେଇ କୁନ୍ଥେଇ କହିଥିଲା ରେବତୀର ମାଆ - ହୟେ କାହିଁକି ଜମି ବିକୁଚ। ମୁଁ କ'ଣ ସତରେ ବଞ୍ଚିବି ଭାବିଚ। ଖାଲି ପଇସା ଶ୍ରାଦ୍ଧ କରିବା କଥା।

ଜମି ବିକା ଟଙ୍କାରୁ କିଛି ଅବଶ୍ୟ ତା' ଶ୍ରାଦ୍ଧ ପାଇଁ ଖର୍ଚ୍ଚ ହୋଇଥିଲା।

ରେବତୀର ମାଆ ମଲାପରେ ଆଖପାଖରେ ଗୋଟେ ଚହଲ ପଡ଼ିଥିଲା। ସରକାର ବାହାଦୁର ଏତେ ଦିନରେ ଗରିବ ଗୁରୁବାଙ୍କର ଦୁଃଖ ବୁଝିଲା। କେସିଙ୍ଗାର ଏବେ ଗୋଟେ ବଡ଼ କାରଖାନା ବସିବ। ହଜାରେ ଲୋକଙ୍କୁ ଚାକିରୀ ଦେବ ସରକାର।

- କି କାରଖାନା ? କି କାରଖାନା ବସିବ କିହୋ ?

ପ୍ରଶ୍ନ ଶୁଭିଥିଲା ଚାରି ଆଡ଼େ।

ଫିନିଙ୍ଗ ମିଲ୍। ଫିନିଙ୍ଗ ମିଲ୍ ବସିବ କେସିଙ୍ଗାରେ। ଜଣେ ଜାଣିବା ଶୁଣିବା ଲୋକ କହିଥିଲେ।

- ସେଇଟା କି ଜିନିଷରେ ଭାଇ ? ସେଥିରେ କ'ଣ ପଶେ ଆଉ କ'ଣ ବାହାରେ ?

ବୁଝା ଗଲା ସେଥିରେ ତୁଳା ପଶେ। ସୂତା ବାହାରେ। ଭୁବନେଶ୍ୱର ବାବୁମାନେ କହନ୍ତି ଫିନିଙ୍ଗ ମିଲ୍।

ଦେଖୁ ଦେଖୁ ଜୋର୍‌ସୋର୍‌ରେ ଆରମ୍ଭ ହୋଇଗଲା କାରଖାନା ତିଆରି କାମ। ଜମି ମାପଚୁପ ହେଲା, ଲୁହା ସିମେଣ୍ଟ ବାଲି ଆସିଲା। ବାବୁମାନେ ଆସିଲେ, ଠିକାଦାର ଆସିଲେ, ଦିନ ରାତି ଆଲୁଅ ଜଳି କାମ ଚାଲିଲା।

ଜାଣିବା ଶୁଣିବା ଲୋକ ଜଣକ କହିଥିଲେ- ବନବାସୀ, ତୋ' ଜମିରୁ ମାଣେ ସରକାର ନେଉଚି, କାରଖାନା ତିଆରି ହେବ ବୋଲି।

- ମୋ ଜମି ?

ହଁ। କାରଖାନାର ବାବୁ ଆଉ ମଜଦୁରମାନଙ୍କ ରହିବା ପାଇଁ ପୁଣି ଘର ତ ଦରକାର ହେବ ? ସେଥିପାଇଁ ଜମି ନିଅଣ୍ଟ ପଡ଼ିଗଲା। ତେବେ ଚିନ୍ତା ନାଇଁରେ ବାୟା, ତତେ ସରକାର ଖଣ୍ଡେ ଚାକିରି ଦେବ କାରଖାନାରେ। ଯେତେହେଲେ ତୋ' ଜମି ପରା ସରକାର ନେଇଚି !

- ମତେ ବାବୁ କି କାମ ମିଳିବ ଫିନିଙ୍ଗି ମିଲ୍‌ରେ ?

ସେ କଥା ଜାଣିବା ଶୁଣିବା ଲୋକ ଜଣକ କହିପାରିଲେ ନାହିଁ। ବନବାସୀ ନିଜ ହାତ ଗୋଡ଼କୁ ଭଲ କରି ଦେଖିଲା। ସନ୍ତୁଷ୍ଟ ହେଲା ମନେ ମନେ, ଯେ ପ୍ରକାର କାମ ହେଉ ନା କାହିଁକି, ସେ କରିପାରିବ ।

ଫିନିଙ୍ଗ୍ ମିଲ୍ କିନ୍ତୁ ହେଲା ନାହିଁ। କାରଖାନା ଲାଗି ଏହେଁ ବଡ଼ ବଡ଼ କୋଠାବାଡ଼ି ବନେଇ ସାରି ବାବୁଭାୟାମାନେ ରହିବା ଲାଗି ମଲ୍‌ମଲ୍‌କା ଘର ତିଆରି କରିସାରି, ସରକାର ତା' ମୁଣା ଅଣ୍ଡାଳି ଦେଖିଲା ଆଉ ପଇସା ନାହିଁ। ଯନ୍ତ୍ରପାତି ମିସିନି ଖଞ୍ଜିବାକୁ ଆଉ ତା' ପାଖେ ପଇସା ନାହିଁ।

- ତେବେ କ'ଣ ହେବ ? ପାଖଆଖରେ ଶୁଭିଥିଲା ଗୋଟିଏ ପ୍ରଶ୍ନ।

- କ'ଣ ଆଉ ହେବ ? ଜାଣିବା ଶୁଣିବା ଲୋକ କହିଥିଲେ ଗମ୍ଭୀର ସ୍ୱରରେ, ଏ ଘର କୋଠାବାଡ଼ି ସବୁ ବିକ୍ରି ହୋଇଯିବ।

ପାଖରେ ଠିଆ ହୋଇ ହଁ କରି କଥା ଶୁଣୁଥିବା ଲୋକଟିଏ ପାଖରୁ ବିଡ଼ି ଖଣ୍ଡିଏ ମାଗି ନେଇ, ନିଆଁ ଧରଉ ଧରଉ ଜାଣିବା ଶୁଣିବା ଲୋକ କହିଲେ - ଆରେ ଚିନ୍ତା କାହିଁକି ପଡ଼ିଛି ? ଯିଏ ଏ କାରଖାନା କିଣିବ, ସିଏ ତ ତୁମକୁ ଚାକିରୀ ଦବ ! ଚାକିରୀ ତୁମର ଦାଣ୍ଡ ଦୁଆରେ ଥୁଆ ବୋଲି ଜାଣ।

ହଠାତ୍ ହାଁ ହାଁ ରୋଳ ଉଠିଲା ବସ୍ ଭିତରେ। ଦୁମ୍‌କିନା ବସ୍ ଅଟକି ଗଲା ଓ ଲୋକ ସବୁ ପାଟିକରି କଥା ହେବାକୁ ଲାଗିଲେ - ମରେ ଗେଛେ। ଏକଦମ୍ ମରେ ଗେଛେ ମାନୁଷଟା। ଆର୍ ବେଞ୍ଚେ ନେଇ।

ହଇଚଇ ପାଟି ଭିତରେ ବନବାସୀ ଚେଷ୍ଟା କଲା ଜାଣିବାକୁ : ଦାଦା କ୍ୟା ହୁଆ ? ଭାୟା କ୍ୟା ହୁଆ ?

ତା' ପ୍ରଶ୍ନର କେହି ଉତ୍ତର ଦେଲେ ନାହିଁ। ପାଟିତୁଣ୍ଡ ଭିତରେ ତଥାପି ବୁଝି ହେଲା - ବସ୍ ଚକ ତଳେ ବାଟୋଇଟିଏ ଚାପି ହୋଇ ମୃତ୍ୟୁ ବରଣ କରିଛି। ବାଟୋଇଟି ଭିକାରିଟିଏ କି ଦରିଦ୍ର ଲୋକଟିଏ କି ବେକାର ପିଲାଟିଏ, ତାହା ଜାଣିବା ସମ୍ଭବ ନୁହେଁ।

ତାହା ଜାଣିବା ଆଗ୍ରହ ଅବଶ୍ୟ କାହାରି ନଥିଲା । ସବୁତକ ଯାତ୍ରୀ ତରତର ହୋଇ ଗାଡ଼ିରୁ ଓହ୍ଲାଇ ଗଲେ ଓ ରାସ୍ତାରେ ଆଉ ଯେଉଁ ସବୁ ଗାଡ଼ି ଅଟକୁଥିଲା, ସେଥିରେ ଚଢ଼ିଯାଇ ଘର ମୁହାଁ ଯିବାକୁ ଓର ଖୋଜିଲେ ।

ସବାଶେଷକୁ ବସ୍‌ରୁ ଓହ୍ଲେଇଥିଲା ବନବାସୀ, ଝିଅକୁ ଧରି । ମଲା ମଣିଷ ଆଡ଼କୁ ସେ ଗଲା ନାହିଁ । ଝିଅର ଆତଙ୍କିତ ମୁହଁକୁ ସ୍ମରଣ କରି ।

ଭାଗ୍ୟ ଭଲ ଆଉ ଖଣ୍ଡେ ବସ୍ ଜୁଟିଗଲା ସାଙ୍ଗେ ସାଙ୍ଗେ ।

ରେବତୀ ଜାକିଜୁକି ହୋଇ ଗୋଟିଏ ସିଟ୍‌ରେ ବସିବା ପରେ, ଫିସ୍‌ଫିସ୍ ସ୍ୱରରେ କହିଲା - ବାପା, ମତେ ଡର ମାଡୁଛି ।

- ଡର କ'ଣ ! ସେ ଲୋକଟା ବୋଧେ ମାତାଲ୍ ଥିଲା କି କ'ଣ...

- ନା, ବାପା ! ମୁଁ ସେ ଲୋକ କଥା କହୁନାହିଁ । ମତେ ଡର ଲାଗୁଛି, ମତେ ଆସିବ ତ ! ମତେ ଯଦି ନ ଆସେ ....

ମାଖନ୍‌ଲାଲ କହିଥିଲା - ନା, ନାଚ ନ ଜାଣିଥିଲେ ବି ଚଳିବ । ଆମେ ସବୁ ଶିଖେଇବୁ । ତା'ପରେ ସେ କଲିକତାର ଡ୍ରାମା ହଲ୍‌ରେ ନାଚିବ, ଆକଟିଙ୍ଗ୍ କରିବ । ନାଚଶିଖିଲା ବେଳେ ଖାଇପିଇ ପାଇବ ଶହେ ଟଙ୍କା କରି, ଟ୍ରେନିଂ ସରିଲେ ପନ୍ଦରଶହ ଟଙ୍କା ମାସକୁ ।

ଅବିଶ୍ୱାସ, ବିସ୍ମୟ ଓ ଉତ୍ତେଜନାରେ ବନବାସୀର ଆଖି ବଡ଼ବଡ଼ ହୋଇଯାଇଥିଲା, ଏତେଗୁଡ଼ାଏ ଟଙ୍କା ।

ଅବିଶ୍ୱାସ କଟିଗଲା । ବିସ୍ମିତ ବନବାସୀର ଉତ୍ତେଜିତ ହାତ ପାପୁଲିରେ ଝଡ଼ିପଡ଼ିଲା ଆଠଟି ଶହେଟଙ୍କିଆ ନୋଟ୍ ।

ମାଖନଲାଲ୍ କହିଲା - ଏବେ ପାଇଁ ଏତିକି । ଝିଅ ଯଦି ଭଲ ନାଚିପାରେ ତ, ତିନିମାସକୁ ତିନିମାସ ଆଗତୁରା ଟଙ୍କା ମିଳିବ । ଯଦି କିଛି ମେଡାଲ କି ପ୍ରାଇଜ୍ ପାଏ ତ, ସିଏ ବି ତୁମର ।

ସରକାରଙ୍କ ହଜାର ରକମ ଯୋଜନା ଭିତରେ ଇଏ ହେଲା ଗୋଟେ ନୂଆ ଯୋଜନା । ମାଖନଲାଲ୍ ସବୁ ବୁଝେଇ କହିଥିଲା । ସରକାର ଏଥର ଜାଣି ସାରିଲେଣି ସ୍ତ୍ରୀ ଜାତି ଉନ୍ନତି ନ କଲେ ଏ ଦେଶ ଆଉ ନ ଚଳେ । ସବୁ ନଷ୍ଟଭ୍ରଷ୍ଟ ହୋଇଯିବ । ଝିଅ ପିଲାଙ୍କ ଉନ୍ନତି ପାଇଁ ତେଣୁ ଏବେ କଲିକତାରେ ଅନେକ ନାଚ ଇସ୍କୁଲ ଖୋଲିଚି । ଗାଆଁଗଣ୍ଡାର ଝିଅମାନଙ୍କୁ ତାଲିମ ଦେଇ ସେମାନଙ୍କୁ ଭବିଷ୍ୟତର ସୁନାଗରିକ ଭାବେ ଗଢ଼ି ତୋଳିବାକୁ ପଡ଼ିବ । ଦେଶର ଟେକ ରଖିବାକୁ ପଡ଼ିବ ।

ପିଲାଟି ଦିନରୁ ରେବତୀର ନାଚ ଗୀତରେ ବଡ଼ ସଉକ । ଅପେରା କି ଯାତ୍ରା

ଦେଖି ଆସି ଘରେ ସେ ମନକୁମନ ଅଭିନୟ କରେ । କେତେବେଳେ ଯଶୋଦା ତ କେତେବେଳେ ରାଧା ତ କେତେବେଳେ ମହିଷମର୍ଦ୍ଦିନୀ ଦୁର୍ଗା ।

ନାଚ ଶିଖିବା ପାଇଁ ସେ କଲିକତା ଯିବ ଶୁଣିଲା କ୍ଷଣି ଉତ୍ତେଜନା, ଆଶଙ୍କା ଓ ସୁଖ ସ୍ୱପ୍ନରେ ତା' ଛାତି ଭିତରେ ଦୁମ୍ ଦୁମ୍ ଶବ୍ଦ କରି କିଛି ଗୋଟାଏ ଚାଲିବାକୁ ଆରମ୍ଭ କରିଥିଲା । ଆଜି ସକାଳେ ଟ୍ରେନ୍‌ରେ ବସି ଲେମ୍ବୁଆଚାର ଚାଟି ଚାଟି ଖାଇବା ଅବସର ଭିତରେ ତା' ଛାତି ତଳେ ବି ଗୋଟେ ରେଳଗାଡ଼ି ଚାଲିଥିଲା । ଠିକ୍ ସେମିତି ଦୁମ୍‌ଦୁମ୍ ଆବାଜ୍ କରି ।

ବସ୍ ଭିତରର ଗହଳି ଧୀରେ ଧୀରେ କମି ଆସିଥିଲା । ବାହାରଟା ଅନ୍ଧାରୁଆ ଦିଶୁଥିଲା ।

ରେବତୀ ଚାପା ସ୍ୱରରେ ଡାକିଲା - ବାପା !

କ'ଣ ?

ରେବତୀ କିଛି କହିଲା ନାହିଁ ।

- କ'ଣ ଫେରେ ଭୋକ ଲାଗିଲାଣି ?

- ନାଇଁ ବାପା ।

- ତେବେ କ'ଣ ?

ଟିକିଏ ନୀରବ ରହି, ଝିଅଟି କହିଲା - ବାପା ଆମେ ଫେରିଯିବା ।

- ଫେରିଯିବା । ଫେରିଯିବା କାହିଁକି ?

- ମତେ ଡର ଲାଗୁଚି ।

ଧମକ ଦେଇ ନା ଆଶ୍ୱସନା ଦେଇ, କିଭଳି ରେବତୀକୁ ଶାନ୍ତ କରିବ, ସେକଥା ଲୋକଟି ଭାବିପାରିଲା ନାହିଁ । ତାକୁ ବି କେମିତି ଡର ଡର ଲାଗୁଥିଲା । ଅଜଣା ଅନିଶ୍ଚିତ ଭୟ ।

ନିହାତି ନିରୁପାୟ ଅବସ୍ଥାରେ ବନବାସୀ ରାଜି ହୋଇଯାଇଥିଲା ମାଖନଲାଲର କଥାରେ । ଦପ୍‌ଦପ୍ ଗୋଟେ ଆଶଙ୍କା, ଅନିର୍ଦ୍ଦିଷ୍ଟ ଗୋଟିଏ ସନ୍ଦେହ ଅବଶ୍ୟ ଦାନା ବାନ୍ଧୁଥିଲା ତା' ମନ ଭିତରେ । କିନ୍ତୁ ଭୋକ, ଅଭାବ ଓ ଅସହାୟ ଦିନଗୁଡ଼ିକର ଆତଙ୍କ ସାମନାରେ ସେ ଦୁର୍ବଳ ହୋଇପଡ଼ିଥିଲା ।

ସତୀନାଥ ଲେନ୍ ! ସତୀନାଥ ଲେନ୍ !

ବସ୍ କଣ୍ଡକ୍ଟର ପାଟି କରି ଉଠିଲା ନିଦରୁ ବାଉଳି ହେବା ପରି ।

ଡାକ ଶୁଣି ବନବାସୀ ହୋସ୍‌କୁ ଆସିଲା । ଧଡ଼ପଡ଼ ହୋଇ ଝିଅର ହାତ ଟାଣି

ଟାଣି ସେ ତଳକୁ ଆସିଲା। ବସ୍ତୁତଃ ସେ ନିଜକୁ ନିଜେ ଟାଣିବାକୁ ଆରମ୍ଭ କରିଥିଲା ତା'ରି ଭିତରେ। ତା' ମନ ଭିତରେ ଶଙ୍କା, ଉତ୍ତେଜନା ଓ ବିଭ୍ରମ, ଅନିଶ୍ଚିତତାର କୁହୁଡ଼ି ଭିତରୁ ଫୁଟିଆସିଥିଲା ଦିନ ଆଲୁଅ ପରି। କିଏ ଜଣେ ଯେମିତି ତା' ଭିତରେ ଥାଇ କହୁଥିଲା, ବାଃ ତୁ କ'ଣ ସତରେ କିଛି ଜାଣି ନଥିଲୁ! ସବୁ ଜାଣିଥିଲୁ, ଠିକ୍‌ଠିକ୍ ଅନୁମାନ କରିଥିଲୁ। ଏବେ କାହିଁକି ପାଦ ପଛକୁ ପକାଉଛୁ?

ଅନିଚ୍ଛାଟିଏକୁ ଟାଣି ଟାଣି ନେବା ପରି, ବନବାସୀ ଆଗଉଥିଲା ଝିଅର ହାତ ଧରି। ଝିଅଟି ଏବେ ଆଉ ଦେଖୁ ନଥିଲା ତା' ଚାରିପାଖର ବିସ୍ମିତ ଅଭିନବ ପୃଥିବୀକୁ, କଳ୍ପନାଠାରୁ ଆହୁରି ଅବିଶ୍ୱାସ୍ୟ ତା'ର ସତ୍ତାକୁ। ସେ ବି କେମିତି ମୁହ୍ୟମାନ ହୋଇଯାଇଥିଲା।

ସତୀନାଥ ଲେନଟି ସଂକୀର୍ଣ୍ଣ, ଅନ୍ଧାରୁଆ ଓ ଛମ୍‌ଛମ୍। ତଥାପି ୭୮-ବି ଘର ନମ୍ବରଟି ପାଇବାରେ ଅସୁବିଧା ହେଲା ନାହିଁ।

ଅଣଓସାରିଆ ପିଣ୍ଡାଟି ଉପରେ ମୋଟାସୋଟା ଲୁଙ୍ଗି ପିନ୍ଧା ଦରଲଙ୍ଗଳା ମଣିଷଟିଏ ବସିଥିଲା। ଅନ୍ଧାର ଭିତରେ ମଣିଷର ଛାଇଟିଏ ଦେଖି ପାଟିକରି ପଚାରିଲା ବଙ୍ଗଳା ଭାଷାରେ - କିଏ ତୁମେ! କ'ଣ ଦରକାର?

ତା' ପରେ ସେ ଚିହ୍ନିଲା ଆଗନ୍ତୁକର ମୁହଁଟି। ନାଆଁଟି ମଧ୍ୟ ମନେ ପଡ଼ିଗଲା ସେଥି ସହିତ। 'କିଏ! ବନବାସୀ! ଆସିଗଲ ତେବେ...'

ମାଖନଲାଲ୍ ଅନ୍ଧାର ଭିତରୁ ତୁଙ୍ଗି ଦେଖିଲା ରେବତୀର ଛାଇ-ଛାଇକା ରେଖାଚିତ୍ରଟି। କହିଲା- ଓ, ଝିଅକୁ ବି ନେଇ ଆସିଚ। ବେଶ୍, ଆସ ଉପରକୁ।

ତା'ପରେ ସେ ଘର ଭିତରକୁ ଉଦ୍ଦେଶ୍ୟ କରି ଡାକିଲା-

ଶମ୍ଭୁଭାୟା, ଟିକେ ଆସନ୍ତୁ ତ ଯା'ଡକୁ। ଗୋଟେ ନୂଆ ଆର୍ଟିଷ୍ଟ ଆସିଛି।

ଠିଆ ହୋଇପଡ଼ି, ମାଖନଲାଲ୍ ଧୋତିଟି ଭଲକରି କଷିଦେଇ ପିନ୍ଧିଲା। ଯେମିତି କସରତ କରିବାକୁ ତିଆର ହେଉଛି। ତା' ଚର୍ବିଳ ଦେହର ଝାଳ ଚିକ୍‌ଚିକ୍ ଦେଖାଗଲା ବତିଖୁଣ୍ଟର ମଇଳା ଆଲୁଅରେ।

- ଆରେ ବନବାସୀ, ଠିଆ ହୋଇ ରହିଲ କାହିଁକି? ବସ ନା, ବସ!

ବନବାସୀ ଜାଣିପାରୁ ନଥିଲା ସେ କେଉଁଠି ବସିବ। ବାରଣ୍ଡାରେ ପଡ଼ିଥିବା ଭଙ୍ଗା ବେଞ୍ଚ ଉପରେ, ନା ତେଲ ଚିକିଟା ସପ ଖଣ୍ଡିକ ଉପରେ, ନା ପାହାଚ ଉପରେ। ସେ ଠିଆ ହୋଇ ରହିଲା।

ହାତରେ ଲମ୍ବା ଟର୍ଚ୍ଚ ଖଣ୍ଡେ ଧରି ଘର ଭିତରୁ ବାହାରି ଆସିଲା କଳା ମଚମଚ ନିଶ ରଖିଥିବା, ବିଡ଼ିଧୂଆଁ ଶୋଷୁଥିବା ମଣିଷଟିଏ।

କହିଲା - କ୍ୟା ହୁଆରେ ମାଖନଲାଲ୍।

- ଶମ୍ଭୁ ଭାୟା, ମୁଁ ଯୋଉ ଆର୍ଟିଷ୍ଟ କଥା କହୁଥିଲି, କଳାହାଣ୍ଡିର ନୂଆ ଆର୍ଟିଷ୍ଟ, ସେ ଆସିଚି।

ଅନ୍ଧାର ଭିତରକୁ ଝୁଙ୍କିପଡ଼ି, ରେବତୀକୁ ଥରେ ଲମ୍ବା ଦୃଷ୍ଟିରେ ଦେଖି ଶମ୍ଭୁ ଭାୟା କହିଲା - ଏଇ ତ ?

ନାକଚ କରି ଦେଲା ପରି, ନାପସନ୍ଦ କଲାପରି ଢଙ୍ଗରେ କହିଲା ଶମ୍ଭୁ ଭାୟା।

ଛାତି ଉପରୁ ପଥରଟିଏ ଓହ୍ଲାଇଗଲା ପରି ଲାଗିଲା ବନବାସୀକୁ। ସେ ଚାପି ଚାପି ଦୀର୍ଘଶ୍ୱାସଟିଏ ଛାଡ଼ିଲା। ତା'ର ମନେପଡ଼ିଲା, ତା'କୁ କେବେଠୁ ଶୋଷ ଲାଗୁଛି।

- ଭଲ ଆର୍ଟିଷ୍ଟ। ଏକଦମ୍ ନୂଆ ଆର୍ଟିଷ୍ଟ। ମୁଁ ଖବର ନେଇଛି। ମାଖନଲାଲ୍ ଗୋଟିଏ ସ୍କୁଲ ଛାତ୍ର ମୁଖସ୍ଥ ଦେବା ପରି କହିଲା।

- କେତେ ବର୍ଷ ?

- ଷୋହଳ ବର୍ଷ।

- ଷୋହଳ ବର୍ଷ !

ଶମ୍ଭୁ ଭାୟା ଟର୍ଚ୍ଚ ଜଳାଇ ରେବତୀର ମୁହଁକୁ ପକାଇଲା। ତଳକୁ ମୁହଁ କରିଥିଲା ରେବତୀ, ତା' ମୁହଁ ଦିଶିଲା ନାହିଁ। ଟର୍ଚ୍ଚର ଅନୁସନ୍ଧାନୀ ଆଲୁଅ ଝିଅଟିର ଛାତି ଉପରେ ପଡ଼ିଲା। ତା' ଜଙ୍ଘ ଓ ଅଣ୍ଟା ଉପରେ।

- ନା ଷୋହଳ ନୁହେଁ। ବାର କି ତେର।

ଦୁର୍ବଳ ସ୍ୱରରେ, କ୍ଷୀଣ ପ୍ରତିବାଦ କଲା ମାଖନଲାଲ୍- ନା, ପନ୍ଦର କି ଷୋହଳ ନିଶ୍ଚୟ। ଖାଇବାକୁ ପାଉ ନଥିଲା ତ, ଫିଗର୍ ବାହାରି ନାହିଁ। ଏଠି ଛଅ ମାସରେ ଦେଖିବେ କେମିତି ଦିଶିବ।

- ଛଅ ମାସ ! ସର୍ବନାଶ ! ଏତେ ଦିନ ଧରି କିଏ ଅପେକ୍ଷା କରିବ। ଦେଖୁଛୁ ତ ଏବେ କେତେ ସପ୍ଲାଇ କମ୍ ଅଛି।

ଶମ୍ଭୁ ଭାୟା ଶୁଣି ଆଦୌ ଖୁସି ହେଲା ନାହିଁ ଯେ ଆର୍ଟିଷ୍ଟ ପାଇଁ ବର୍ଷକର ଆଡ୍‌ଭାନସ ଦିଆସରିଛି। ମାଖନଲାଲର ବିଚାର ଶୂନ୍ୟ କାମକୁ ବିଶେଷ ପସନ୍ଦ ନ କରି, ସେ ମୁହଁ ଫେରାଇ ଡାକିଲା ରେବତୀକୁ - ଏ ଝିଅ, ଏଣିକି ଆ।

ବାପା ମୁହଁକୁ ନ ଚାହିଁ, କୁଆଡ଼କୁ ଆଦୌ ନଚାହିଁ ତେର ବର୍ଷର ରେବତୀ ଏବେ ମନ୍ତ୍ରବଶ ହେଲା ପରି ଆଗେଇ ଆସିଲା ଶମ୍ଭୁଭାୟା ପାଖକୁ।

ଶମ୍ଭୁ କହିଲା- ଖୋଲ୍। ତୋ' ଫ୍ରକଟା ଖୋଲିବୁଟି ଦେଖି।

କ୍ଷୀଣ କଣ୍ଠରେ ମାଖନଲାଲ୍ କହିଲା- ଶମ୍ଭୁ ଭାୟା, ତା' ବାପା ଏଇଠି ଅଛି।

ଏବେ ଯାଇ ଶମ୍ଭୁର ଆଖି ପଡ଼ିଲା ଲୋକଟି ଉପରେ। ପାହାଚ ପାଖେ ରଙ୍ଗଛଡ଼ା ଖୁଣ୍ଟକୁ ଆଉଜି ଠିଆ ହୋଇଥିବା ମଣିଷଟି ଉପରେ।

- ଇଏ ବନବାସୀ, ଆର୍ଟିଷ୍ଟର ବାପା।

ଶମ୍ଭୁ ପଚାରିଲା ମାଖନଲାଲକୁ- ତା'ର ଯିବା ଆସିବା ଖର୍ଚ୍ଚ ଦେଇ ସାରିଚୁ ତ?

ସ୍ୱୀକୃତିବାଚକ ଉତ୍ତରଟି ପାଇ ଶମ୍ଭୁ ନିର୍ଲିପ୍ତ ସ୍ୱରରେ କହିଲା- ତେବେ ସେ ଆଉ ଅଛି କାହିଁକି? ଏବେ ସେ ଯାଉ।

ତା'ପରେ ବୁଲି ପଡ଼ି ସେ ରେବତୀକୁ କହିଲା- କାଇଁ ଖୋଲିଲୁ ତୋ' ଜାମା! ନାଇଁ, ଏଠି ଅନ୍ଧାର, ଏଠି କ'ଣଟା ଦେଖିବି? ଘର ଭିତରକୁ ଆ।

ଘର ଭିତରକୁ ଆସ୍ତେ ଆସ୍ତେ ପଶିଲା ରେବତୀ। ତା' ଆଗରୁ ସେ ଥରେ ଖାଲି ଚାହିଁ ଦେଲା ବନବାସୀକୁ, ତା' ବାପାକୁ। ଏବେ ରେବତୀର ଆଖିରେ ତେରବର୍ଷର ବାଳିକାଟିଏ ନଥିଲା, ତା' ଆଖିରେ ରବର କଣ୍ଢେଇ, ଚିଡ଼ିଆଖାନା କି ଚିମୁଟାଏ ଆଚାରର ଅଭିଳାଷ ନଥିଲା। ଏବେ ତା' ଆଖିରେ ଥିଲା ଚିରନ୍ତନ ସ୍ତ୍ରୀ ଲୋକଟିଏ, ଯାହାର ବୟସ ଆଉ କେବେ ମାପିବା ଦରକର ପଡ଼ିବ ନାହିଁ।

ସେ ସ୍ତ୍ରୀ ଲୋକଟି ଠିକ୍ ଠିକ୍ ବୁଝି ସାରିଥିଲା, ଅନ୍ଧାର ଘର ଭିତରେ ଏବେ କେଉଁ ଲୋମଶ ଲୋଲୁପ ଭବିଷ୍ୟତଟିଏ ତା' ଉପରକୁ ଝାମ୍ପି ପଡ଼ିବାକୁ ଅପେକ୍ଷା କରି ରହିଛି। ସେ ଆଉ ଭୟ କଲାନାହିଁ, ତା' ଦେହ ଟିକିଏ ବି କମ୍ପି ଉଠିଲା ନାହିଁ। ସେ ଅକାତରେ କ୍ଷମା କରିଦେଲା ସାରା ପୃଥିବୀକୁ, ଯେଉଁ ପୃଥିବୀରେ ଆଉ ସମସ୍ତେ ଅଛନ୍ତି, କିନ୍ତୁ ଏକା ସେ ନାହିଁ, ସେ କେବେ ବି ନଥିଲା।

■

ଅରଣ୍ୟ ଆଦିମ

ଅଦିନ ଝଡ଼ ବର୍ଷାରେ ଭିଜି ଭିଜି ବସ୍‌ଟି ଯେତେବେଳେ ଆସି ବସ୍‌ଷ୍ଟାଣ୍ଡ୍‌ରେ ଅଟକିଲା, ସେତେବେଳେ ସମୟ ପ୍ରାୟ ପାଞ୍ଚଟା। ମାର୍ଗଶିର ମାସ ଆସନ୍ନ ସନ୍ଧ୍ୟା।

ଛୋଟ ବସ୍‌ଷ୍ଟାଣ୍ଡ। ଗାଡ଼ିରେ ଉଠିବାକୁ କେହି ଯାତ୍ରୀ ନଥିଲେ। କେବଳ ଜଣେ ଗାଡ଼ିରୁ ଓହ୍ଲାଇ ଯିବା ପରେ ବହଳିଆ ଡିଜେଲ ଧୂଆଁ ଓ ଶବ୍ଦ ଭିତରେ କମ୍ପି କମ୍ପି ବସ୍ ଆଗକୁ ଚାଲିଲା। ଆଗରେ ଘାଟି ରାସ୍ତା ନାହିଁ, ଧରମପାଲିଠୁ ବାଲିମେଳା ପର୍ଯ୍ୟନ୍ତ ରାସ୍ତା ଏବେ ସମତଳ, ଅପେକ୍ଷାକୃତ ମସୃଣ ବି।

ଗାଡ଼ିରୁ ଯିଏ ଓହ୍ଲାଇଲା, ସେ ଗୋଟିଏ ଯୁବତୀ। ଏକଦମ୍ ଅଚିହ୍ନା ଅଜଣା ଜାଗାକୁ ସେ ଏଇ ପ୍ରଥମ ଆସିଚି, ତା'ର ନିର୍ଭୁଲ ପ୍ରମାଣ ଥିଲା ତା' ଚାଲିବା ଢଙ୍ଗରେ, ବାରମ୍ବାର ଏଣିକି ତେଣିକି ଚାହିଁବା ଭଙ୍ଗୀରେ।

ମାର୍ଗଶିର ମାସ ଅଦିନ ବର୍ଷା। ପୁଣି ପାହାଡ଼ି ଇଲାକାରେ। ଶୀତ ଥିଲା ପ୍ରଚଣ୍ଡ। ଶୂନ୍ୟତା ବି।

ଝିଅଟି ଦେଖିଲା, ବସ୍‌ଷ୍ଟାଣ୍ଡ୍‌ରେ କେହି ନାହିଁ, କେହି ଜଣେ ବି ନାହିଁ। ଦୁଇ ତିନିଟା ଚା' ଜଳଖିଆ ଦୋକାନ ଭିତରୁ ବନ୍ଦ। ଗୋଟିକରେ ଖାଲି କୋଇଲା ଚୁଲିର ରଡ଼ନିଆଁ ଦାଉଦାଉ କରୁଚି। ଆସନ୍ନ ସନ୍ଧ୍ୟାକୁ ଧ୍ୟାନରେ ରଖି ଦୋକାନଦାରଟି ଲଣ୍ଠନକାଚ ପୋଛୁଚି।

ଯୁବତୀଟି ପାଖକୁ ଆସିଲା।

କାଠକ୍ୟାବିନ୍ ଦାଢ଼ରେ ପାଣିଛିଟିକା ତଳେ ଠିଆ ହୋଇ ପଚାରିଲା – ଥାନାକୁ ଯିବାକୁ ବାଟ କୁଆଡ଼େ ?

ପତଳା ନିସ୍ତେଜ ସ୍ୱର ଝିଅଟିର।

ଦୋକାନୀ ବେକ ଟେକି ଝିଅକୁ ଦେଖିଲା। ପାଟିର ସଞ୍ଚିତ ପାନଛେପ

ସନ୍ତର୍ପଣରେ ନିଃସାରିତ କରି କହିଲା- ଥାନାକୁ ନା ପୋଲିସ କଲୋନୀକୁ ? ପୋଲିସ୍ କଲୋନୀ ଯିବେ ତ ରାସ୍ତା ହେଇ ବାଁ ହାତି। ସାବଧାନରେ ଯିବେ ଥାନା ବାବୁଙ୍କ ପୋଷାକୁକୁର ଏବେ ପାଗଲା ହୋଇଯାଇଛି...

ଝିଅଟି କହିଲା, ମୃଦୁସ୍ୱରରେ- ନା, ମୁଁ ଥାନାକୁ ଯିବି।

ସାମାନ୍ୟ ବିସ୍ମିତ ଆଖିରେ ଦୋକାନୀ ଦେଖିଲା ଆଗନ୍ତୁକାଟିକୁ।

ବାଇଶ ତେଇଶ ବର୍ଷର ଯୁବତୀଟିଏ। କୋରାପୁଟର ଆଦିବାସୀ ଇଲାକାରେ ତାକୁ ମୋଟାମୋଟି ଭାବେ ସମ୍ଭ୍ରାନ୍ତ ବୋଲି ଗ୍ରହଣ କରି ନେବାକୁ ହେବ। ଦେହରେ ଛୋଟ ଛୋଟ ଫୁଲ ଫୁଟିଥିବା ସିନ୍ଥେଟିକ୍ ଶାଢ଼ି, ହାତରେ ପ୍ଲାଷ୍ଟିକ୍ ବ୍ୟାଗ୍, ପାଦରେ ସରୁ ଷ୍ଟ୍ରାପ୍ ଥିବା ଚମଡ଼ା ଚଟି। ଦୋକାନୀଟି ଯା ବି ନଜର କରି ଦେଖିଲା ଯେ ଝିଅଟିର ମୁଣ୍ଡରେ ସିନ୍ଦୂର ନାହିଁ, କୁଙ୍କୁମ ଟୋପାଟେ ବି ନାହିଁ।

ପଚାରିଲା- ଥାନାକୁ ଯିବେ ?

- ହଁ।

ଲଣ୍ଠନର କୁଣ୍ଠିତ ଆଲୁଅକୁ ଚାହିଁ, ତା'କୁ ସାକ୍ଷୀ ମାନିଲା ପରି ଦୋକାନୀଟି କହିଲା- କିନ୍ତୁ ଥାନାବାବୁ ତ ବସାରେ ଶୋଇଥିବେ, ପାଗ ଯେମିତି ଖରାପ କରିଚି।

ତା' ପରେ ଏସବୁ ଅନଧିକାର ଚର୍ଚ୍ଚା ମନେକରି ଦୋକାନୀ ହାତଠାରି ରାସ୍ତା ଦେଖାଇଦେଲା। ଡାହାଣ ହାତି ରାସ୍ତାରେ ପାଏ ହାତ ଗଲା ପରେ, ଆଉ ଥରେ ଡାହାଣ ହାତି। ପୁଣି ପାଏ ରାସ୍ତା, ତା'ପରେ ଥାନା।

ବର୍ଷା ଠିକ୍ ଅପେକ୍ଷା କରି ରହିଥିଲା। କ୍ୟାବିନ୍‌ର ଆଂଶିକ ନିରାପତ୍ତାରୁ ଯୁବତୀଟି ବାହାରି ଆସିବା ପରେ ବର୍ଷା ପୁଣି ଝମ୍ପି ପଡ଼ିଲା ତା' ଦେହ ଉପରକୁ।

ସୁଶାନ୍ତ କହେ- ନାନୀ, ବର୍ଷାରେ ଭିଜିଲେ କେମିତି ଗୋଟେ ଭଲ ଲାଗେ ନାହିଁ ? ଛମଛମ ଲାଗେ ଦେହସାରା। ସତେ ଯେମିତିକା ଭଗବାନ ସ୍ୱର୍ଗରୁ ଥାଇ ଦେହଟା ଆଉଁଶି ପକଉଛନ୍ତି।

ସେହି ସୁଶାନ୍ତ ଦିନେ ରାତିର ଅନ୍ଧାର ଭିତରେ ଆକାଶକୁ ଚାହିଁ ପଚାରିଥିଲା, ନାନୀ, ସତରେ କ'ଣ ଭଗବାନ ଅଛନ୍ତି ? ଅଛନ୍ତି ଯଦି, ପୃଥିବୀରେ ଏତେ ଅନ୍ୟାୟ ହେଉଛି କାହିଁକି ?

ସୁଶାନ୍ତର ଅଧିକାଂଶ ପ୍ରଶ୍ନର ଉତ୍ତର ଆରତି ଆଦୌ ଦେଇପାରେ ନାହିଁ। ସାନ ଭାଇର ମୁଣ୍ଡରେ ସସ୍ନେହ ହାତଟିଏ ରଖି କୁହେ - ଏତେକଥା ମତେ ଜଣାନାହିଁରେ ସାନୁ। ଏତିକି ମତେ ଜଣାଅଛି, ଆମକୁ ଭଲ ହେବାକୁ ହେବ। ଆମକୁ ଭଲ କାମ କରିବାକୁ ହେବ।

– କୋଉ କାମଟା ଭଲ ନାନୀ, କୋଉ କାମଟା ଖରାପ ? ଭୋକରେ କଲବଲ ହୋଇ ମରିବାକୁ ଗଲାବେଳେ ଚୋରି କରିବାଟା ଭଲ ନା ଖରାପ ? କହିଲୁ ଦେଖି ?

ଏ ପ୍ରଶ୍ନର କି ଉତ୍ତର ଦେବ ଆରତି ? ପଚାଶ ହଜାର ବର୍ଷର ଲମ୍ବା ମଣିଷଜାତିର ଇତିହାସରେ ଏ ପ୍ରଶ୍ନ ବାରମ୍ବାର ଉଠିଛି, ପୁଣି ପୋଛି ହୋଇ ଯାଇଛି, ଲୁହରେ, ରକ୍ତରେ, ଡହଡହ ନିଃଶ୍ୱାସରେ।

ଏବେ ଆରତିର ମନେପଡ଼ିଲା, ଅନେକ ବେଳୁ ସେ କିଛି ଖାଇନାହିଁ। କାଲି ରାତି ଏଗାରଟାରେ ପାଣିକୋଇଲିରୁ ଛାଡ଼ିଥିବା ବସ୍ ଛଅଶହ କିଲୋମିଟର ଆସିବା ବାଟରେ ଅନେକ ଜାଗାରେ ରହିରହି ଆସିଛି, କିନ୍ତୁ ଆରତିର ଥରେ ବି ଖିଆଲ ପଡ଼ି ନାହିଁ, ତା'ର କିଛି ଖାଇବା ଦରକାର। ଅନ୍ତତଃ କପେ ଚା'।

କାଠ କ୍ୟାବିନ୍ ତଳୁ ବାହାରି ଆସିବା ପରେ ଆରତି ଭାବିଲା, କପେ ଚା' ଏବେ ପିଇଥିଲେ ଭଲ ହୋଇଥାନ୍ତା କିନ୍ତୁ ପରେ ଭାବିଲା, ନା ଥାଉ।

ପଛରୁ ଦୋକାନୀଟି ଚିତ୍କାର କରି କହିଲା – ଡାହାଣ ହାତି ଯାଅ , ଡାହାଣ ହାତି। ଆଗକୁ ଆଉ ରାସ୍ତା ନାହିଁ।

ଆରତିର ଅନ୍ୟମନସ୍କତା କଟିଗଲା। ବର୍ଷାର ଦୌରାତ୍ମ୍ୟ ବି।

ଥାନା ପାହାଚ ଉପରେ ଅନିଶ୍ଚିତ ପାଦ ରଖୁ ରଖୁ ଆରତି ଚାରିଆଡକୁ ଚାହିଁ ଦେଖୁଥିଲା। କେବେ କ'ଣ ସେ ଦିନେ ସ୍ୱପ୍ନରେ ଭାବିଥିଲା, ତା'କୁ ଦିନେ ଏଠିକି ଆସିବାକୁ ପଡ଼ିବ ? ପାଣିକୋଇଲିଠାରୁ ଛଅଶହ କିଲୋମିଟର ଦୂରରେ, କୋରାପୁଟର ଏକ ଅନାମଧେୟ ଜଙ୍ଗଲୀ ଇଲାକାକୁ, ସେ ଆସିବ ଏକା ଏକା, ବର୍ଷା ଭିତରେ, ମାଟିକାଗଜରେ ଲେଖା ଖଣ୍ଡେ ଚିଠି ହାତରେ ଧରି ?

ଥାନା ଘରଟା ଖୁବ୍ ପୁରୁଣା, ଜରାଜୀର୍ଣ୍ଣ। ଖପରଛାତରେ ଅନାବନା ଗଛ, କାନ୍ଥରେ ଶିଉଳି ଓ ସମ୍ବାଳୁଆ, ଆଉ ଚଟାଣ ଗୋଟାକ ପାଣି ସନ୍ତସନ୍ତ।

ଅଣଓସାରିଆ କାଠ ବେଞ୍ଚ ଉପରେ ନା-ବସା-ନା-ଶୁଆ ଅବସ୍ଥାରେ ଘୁମଉଥିଲା ସିପାହିଟିଏ। ଓଦାମାଟିରେ ଆରତିର ପାଦଶବ୍ଦ ଶୁଣି ସେ ଉଠି ବସିଲା।

ଆଗରୁ କେବେ ଦିନେ ଲୋକଟି ଆରତିକୁ ଦେଖି ନଥିଲେ ସୁଦ୍ଧା ତା'ର ଚିହ୍ନିବାରେ ଭୁଲ୍ ହେଲାନାହିଁ। ସେ କହିଲା – ତମର କାଲି ଆସିବା କଥା ଥିଲା ନା ?

କ୍ଷୀଣସ୍ୱରରେ ଯୁବତୀଟି କହିଲା – ଆସି ହେଲାନି। ଛୁଟି ମିଳିଲା ନାହିଁ।

ସିପେଇଟି କ୍ଷମା ଦେଲା ନାହିଁ। କହିଲା – ବଡ଼ବାବୁ ଆଜି ସକାଳଟା ସାରା ଅପେକ୍ଷା କରିଥିଲେ।

ଆରତି ପଚାରିଲା – ଘରୁ କେତେବେଳେ ଆସିବେ ?

– ଘରୁ ?

ସିପେଇଟି ବୁଝେଇ ଦେଲା ଥାନାବାବୁ ଘରେ ନାହାନ୍ତି କି ଥାନାରେ ନାହାନ୍ତି। ସେ ଯାଇଛନ୍ତି ପାଖ ଗୋଟେ ଆଦିବାସୀ ଗାଁକୁ। ଆଟିକାଏ ଖଜୁରି ରସ ପାଇଁ ଭାଇ ଭାଇ ଭିତରେ ମାରପିଟ ହୋଇ ଜଣେ ଜଖମ ହୋଇଛି। ଆରଜଣକ ଫେରାର୍। ସେଇ ମାମଲା ବୁଝି ଥାନା ବାବୁ ଫେରିବା ବେଳକୁ ରାତି କେତେ ହେବ ଭଗବାନଙ୍କୁ ଗୋଚର। ଯାହା ବୁଝାପଡୁଛି, ବାବୁ କାଲି ସକାଳେ ଥାନାକୁ ଆସିବେ।

ଏବେ ଆରତି କ'ଣ କରିବ ? ଧରମପାଲିରେ କ'ଣ ଏମିତି ଗୋଟିଏ ବୋଲି ଜାଗା ଅଛି, ଯେଉଁଠି ସେ କାଟି ଦେଇ ପାରିବ ରାତି ଗୋଟାକ, ନିରାପଦରେ, ଏକୁଟିଆ ?

ସିପାହିଟି କହିଲା – ବଡ଼ ଭୁଲ୍ କଲ ତୁମେ। ସକାଳ ବସ୍‌ରେ ଆସିଥାଆନ୍ତ, କାମ ଛିଡ଼ାଇ ଓରକେଲ୍ ବସ୍ ଧରି ସଞ୍ଜସଞ୍ଜ ଫେରିଯାଇ ଥାଆନ୍ତ ଜୟପୁର ଟାଉନ୍‌କୁ। ଏବେ କ'ଣ କରିବ ବସି ଭାବ !

ବସି ଭାବିବାକୁ କିନ୍ତୁ ଆରତି ପାଇଁ ଜାଗା ନଥିଲା। ସିପାହିଟି ଦିବ୍ୟ ଆରାମରେ ବସି ପଡ଼ିଲା ତା'ର ସର୍ବସ୍ୱତ୍ୱ ସଂରକ୍ଷିତ ବେଞ୍ଚଟି ଉପରେ। ଗୋଟିଏ ଗୋଡ଼ ଟେକି ଦେଇ। ତା'ର ଢିଲା ଖ୍ୟାକିପ୍ୟାଣ୍ଟର ଫାଙ୍କରୁ ଲୋମଶ ଜଙ୍ଘ ଭାରି ଅଶ୍ଳୀଳ ଦେଖାଗଲା।

ହଠାତ୍ ଦୂରରେ କେଉଁ ଗୋଟିଏ ଶୀତସନ୍ତ୍ରସ୍ତ ଛେଳିଛୁଆର ଆର୍ତ୍ତ ଚିତ୍କାର ଶୁଣାଗଲା।

ସେହି ଚିତ୍କାରକୁ କାନ ଡେରି ସିପାହି ମୁହଁରେ ଚିର ଅଭ୍ୟସ୍ତ ନିର୍ବିକାର ଭାବ ଫୁଟାଇ କହିଲା – ହେଇ, ଆଜି ବି ଗୋଟେ ଉଠେଇ ନେଇଗଲା।

ତା' ପରେ ଆରତି ମୁହଁକୁ ଚାହିଁ ସିପାହି କହିଲା – ବାଘ ମାତିଛି। ମଣିଷଖିଆ ବାଘ। ଶଳା କଂଜରଭେଟରକୁ ଦି' ଦି'ଟା ମେସେଜ୍ ଗଲାଣି, ବାଘ ମାରିବାର ନାଁ ଗନ୍ଧ ବି ନାହିଁ।

ସିପାହିର ଅଭିଯୋଗ ବର୍ଷାର ଛମଛମ ଆବାଜ ଭିତରେ ମିଳେଇ ଗଲା, କିନ୍ତୁ ହତଭାଗା ଛେଳିଛୁଆର ବିକଳ କାନ୍ଦ ଶୁଣାଯାଉଥିଲା ଦୂର ବଣବୁଦା ଭିତରେ, ରହିରହିକା, ପବନର କ୍ଷୁଧିତ ସାଁ ସାଁ ଶବ୍ଦ ଭିତରେ।

ସୁଶାନ୍ତ ଗୋଟିଏ ଆଙ୍ଗୁଠି ହଲାଇ ନାନୀକୁ ପଚାରେ – ତୁ କେମିତି କହୁଚୁ ନାନୀ, ଭଗବାନ୍ ପୃଥିବୀରେ ଅଛନ୍ତି ? ଯଦି ସେ ଅଛନ୍ତି, ସେ କେମିତିକା ନିଷ୍ଠୁର ଭଗବାନ୍ ? ସେ ଛେଳିକୁ ସୃଷ୍ଟି କଲେ ପୁଣି କଲବଲ କରି ଖାଇବା ପାଇଁ ବାଘକୁ ବି ଜନମ ଦେଲେ। ସତ କହୁଚି ନାନୀ, ସଂସାରରେ ସବୁଠୁ ଖରାପ ଭଗବାନ୍, ସେ ହିଁ

ସବୁ ହିଂସା, ସବୁ ଅନ୍ୟାୟ ତିଆରି କରିଛନ୍ତି, ଇଚ୍ଛା କରି। ପାପପୁଣ୍ୟ, ସତମିଛ, ଏସବୁ ତାଙ୍କରି ଖେଳ, ତାଙ୍କରି ସଇତାନି ମଉଜ।

ଏତେ ବଡ଼ ତାତ୍ତ୍ୱିକ ପ୍ରଶ୍ନର ଜବାବ କେମିତି ଦେବ ଆରତି, ପ୍ଲସ - ଟୁ ପାସ୍ କରି, କଟକ ବୃହତ୍ ବନ୍ଦୋବସ୍ତ ଅଫିସ୍‌ରେ ଅସ୍ଥାୟୀ ସଫେଇ ମୋହରିର କାମ କରି ପେଟ ପୋଷୁଥିବା, ତେଇଶବର୍ଷର ଗୋଟିଏ ଯୁବତୀ, ଆରତି।

ଆରତି ତା'ର ଚିରାଚରିତ ଉତ୍ତରଟି ଦୋହରାଇଥାଏ। କହେ - ଏତେ କଥା ମତେ ଜଣା ନାହିଁରେ ସୁଶାନ୍ତ, ଏତିକି ଜାଣେ ଆମକୁ ଭଲ ହେବାକୁ ପଡ଼ିବ, ଭଲ କାମ କରିବାକୁ ପଡ଼ିବ।

- ଆଉ ମରିବାକୁ ପଡ଼ିବ ବାପାଙ୍କ ପରି ? ବିନା ଔଷଧରେ, ବିନା ଡାକ୍ତରୀ ଚିକିତ୍ସାରେ ? ଚୋରା ବେପାରୀଙ୍କ ପିଛା ଲାଗି ଗଲେ ବୋଲି ତାଙ୍କୁ କଟକ ସପ୍ଲାଇ ଅଫିସ୍‌ରୁ ପଠାଇ ଦେଲେ ଗୁରୁଣ୍ଡିଆ ବ୍ଲକ୍‌କୁ, ସେଠି ତାଙ୍କୁ ମେଲେରିଆ ହେଲା, ସେରିବ୍ରାଲ୍ ମେଲେରିଆ, ଔଷଧ ନ ପାଇ ସେ ମରିଗଲେ ରାତାରାତି, ଆଉ ତୁ କହୁଚୁ କ'ଣ ନା - ଆମକୁ ଭଲ କାମ କରିବାକୁ ପଡ଼ିବ, ହୁଃ !

ସୁଶାନ୍ତର ସେଇ ଶାନ୍ତ ସୁଶୀଳ ମୁହଁଟି ଯାହା କ୍ୟାଲେଣ୍ଡରର କୁମାରକୃଷ୍ଣ ଛବିଟି ପରି କମନୀୟ, ତାହା ହଠାତ୍ କଳାପଡ଼ିଯାଏ ଅତିରିକ୍ତ ବିଦ୍ୱେଷ ଓ ପ୍ରତିହିଂସାରେ।

କାହା ପ୍ରତି ପ୍ରତିହିଂସା ? ବିଚାରବୋଧଶୂନ୍ୟ ସେଇ ଈଶ୍ୱରଙ୍କ ପ୍ରତି, ଯିଏ ସୁନ୍ଦର ହରିଣକୁ ଜୀବନ୍ୟାସ ଦେଇ ପୁଣି ହିଂସ୍ର କ୍ଷୁଧା ଭରି ଦେଲା ମହାବଳ ବାଘର ପାଟିରେ, ନା ଏଇ ମଣିଷ ଜାତି ପ୍ରତି, ଯିଏ ସମାଜ ନାମରେ ପରିଚିତ ଗୋଟିଏ କାରାଗାର ତିଆରି କରି, ବନ୍ଦୀ କରି ରଖିଲା ଭୋକକୁ, ଆଉ ଭୁରି ଭୋଜନକୁ ପିନ୍ଧାଇ ଦେଲା ପ୍ରହରୀର ପୋଷାକ।

ଆରତି ଦୁର୍ବଳ ଯୁକ୍ତିକୁ ଆଶ୍ରୟ କରି କହିବାକୁ ଚେଷ୍ଟା କରେ, ଭଲ ହେବା ଅର୍ଥ ଆରାମରେ ରହିବା ନୁହେଁ, ଭଲ ହେବା ଅର୍ଥ ଦୁଃଖ ସହିବାର ସାମର୍ଥ୍ୟ ଥିବା। ଯିଏ ଭଲ, ତା' ପାଇଁ ସୁଖ ଦୁଃଖ ଦୁଇଟା ଏକା କଥା, ନିନ୍ଦା ପ୍ରଶଂସା ତା' ପାଇଁ ଏକାକଥା।

ପିଲାଟି ଦିନୁ ସୁଶାନ୍ତ ଥିଲା ଶାନ୍ତ। ବିଚାରଶୀଳ ପୁଣି ଭାବ ପ୍ରବଣ। ଆକସ୍ମିକ ବାପା ମରିଗଲା ପରେ ସେ ଆଉ ଶାନ୍ତ ହୋଇ ରହିଲା ନାହିଁ। ଆଉ ଯେଉଁ ଦିନ ଆରତିର ଅସ୍ଥାୟୀ ସଫେଇ ମୋହରିର ଚାକିରୀର ସୁଯୋଗ ନେଇ ଜଣେ ଉପରିସ୍ଥ ହାକିମ ବନ୍ଦୋବସ୍ତ ଅଫିସ୍‌ର ପ୍ରଶସ୍ତ ପେଣ୍ଟାଗ୍ରାଫ୍ ଟେବୁଲ ଉପରେ ଆରତିକୁ ବଳାତ୍କାର କରିଥିଲେ, ସେଦିନ ଠାରୁ ସୁଶାନ୍ତ ବିଚାରଶୂନ୍ୟ ହୋଇଗଲା।

ପରଦିନ ରାତିରେ, ସୁଶାନ୍ତର ଅନଭ୍ୟସ୍ତ ହାତରୁ ଛୁରୀ ଠିକଣା ସ୍ଥାନରେ ବାଜିଲା ନାହିଁ। ଅଫିସର୍ ଜଣକ ବଞ୍ଚି ଗଲେ ଓ ସପ୍ତାହେ ଭିତରେ ବଲାଙ୍ଗୀର ବଦଳି ହୋଇ ଚାଲିଗଲେ। କିନ୍ତୁ ସେଦିନ ଠାରୁ ନିଖୋଜ ହୋଇଗଲା ସୁଶାନ୍ତ ନାମକ ଅଠର ବର୍ଷର ତରୁଣ ଜଣେ, ଯେ ଏବେ ଶାନ୍ତ ନୁହେଁ, ବିଚାରଶୀଳ ନୁହେଁ, ଖାଲି ଭାବପ୍ରବଣ।

ସିପାହିଟି ଫିସଫିସ୍ କରି କହିଲା - ନମସ୍କାର କର, ଇଏ ଆମ ବଡ଼ବାବୁ। ଭାରି ରାଗୀ ଅଫିସର।

ଭାରି ରାଗୀ ଅଫିସର ଜଣକ କିନ୍ତୁ ଏତେ ବେଶି ନିଷ୍ଠୁର ଦେଖାଯାଉ ନଥିଲେ ବାହାରକୁ। ଦେହରେ ଖାକି ପୋଷାକ ନଥିଲେ ତା'ଙ୍କୁ ଅତି ସହଜରେ ମାଧ୍ୟମିକ ସ୍କୁଲର ଧୀରସ୍ଥିର ଡ୍ରଇଂ ଶିକ୍ଷକ ପରି ଲାଗିଥାଆନ୍ତା। ଆହୁରି ଭଲ ବି ଦେଖା ଯାଉଥାନ୍ତା ତାଙ୍କ ଚେହେରାଟି।

ବଡବାବୁ ମୋଟର ସାଇକେଲରୁ ଓହ୍ଲାଇ, ଦେହର ବର୍ଷାତି ଖୋଲୁ ଖୋଲୁ ଆରତି ଆଡ଼କୁ ବିସ୍ମିତ ଆଖିରେ ଚାହିଁଲେ। ସଲାମ ଠୁକିସାରି ସିପେହି ଘୋଷଣା କଲା - ଯା'ର କାଲି ଆସିବାର ଥିଲା, ଆସିଲା ନାହିଁ, ଆଜି ଆସିଛି।

ଥାନାବାବୁଙ୍କୁ ଏ କଥା ଅଜଣା ନଥିଲା। କିନ୍ତୁ ତାଙ୍କ ପ୍ରତ୍ୟାଶାରେ ଥିବା ସ୍ତ୍ରୀଲୋକ ଯେ ଏପରି ଯୁବତୀ ଝିଅଟିଏ, ତାହା ସେ ଭାବି ନଥିଲେ।

ଆରତି ହାତ ଯୋଡ଼ି ନମସ୍କାର କଲା।

- ଭିତରକୁ ଆସନ୍ତୁ।

ଜୋତା ମଚମଚ୍ ଶବ୍ଦକୁ ଅନୁସରଣ କରି ଆରତି ଅଫିସ୍ ଭିତରେ ପଶିଲା। ଦୁର୍ବଳ ଭୋଲଟେଜ୍ ହେତୁ କୋଠରିର କୋଣମାନଙ୍କରେ ଅନ୍ଧାର ଝୁଲି ରହିଛି ଅଳନ୍ଧୁ ସାଙ୍ଗରେ, ଫାଇଲ୍ ଓ ଗୁମୁଟି ଗନ୍ଧ ଭିତରେ। ଛାତରୁ ଯୋଉଠି ପାଣି ପଡୁଛି, ତା' ତଳେ, ଚଟାଣ ଉପରେ, ବିଷାଦର ମାନଚିତ୍ର।

- ବସନ୍ତୁ।

ଟେବୁଲ ଆର ପାଖେ ଅଫିସର ବସିଲେ। ଆରତି ଚଉକି ଉପରେ ବସୁ ବସୁ କାଠ ଫଳକରେ ଲେଖା ଥିବା ଅଫିସରଙ୍କ ନାମଟି ପଢ଼ିଲା : ସନାତନ ରାଜଗୁରୁ, ଉପ-ଆରକ୍ଷୀ ନିରୀକ୍ଷକ। ତଳକୁ ଇଂରାଜୀରେ - ଏସ୍.ରାଜଗୁରୁ, ଏସ୍.ଆଇ।

ଯେମିତି ନାଟକର ଦୁଇଟି ଚରିତ୍ର ପରସ୍ପରର ସଂଳାପ ଜାଣି ଥାଆନ୍ତି, କିନ୍ତୁ କହିବାକୁ ପଡ଼େ ଅନ୍ତରାଳରେ ଲୁଚିଥିବା ସ୍ମାରକର ଇଙ୍ଗିତରେ, ସେହିପରି ଆରତି ଓ ଥାନାବାବୁଙ୍କ ଭିତରେ କଥାବାର୍ତ୍ତା ଆରମ୍ଭ ହେଲା, ଏହିପରି :

- ଆପଣଙ୍କ ନାମ ଆରତି ପଟ୍ଟନାୟକ ?

- ଆଜ୍ଞା।

- ଭାଇର ନାମ ?

- ସୁଶାନ୍ତ, ସ୍ୱର୍ଗତ ସୁଶାନ୍ତ ପଟ୍ଟନାୟକ।

ଅଫିସର ଚୁପ୍ ହୋଇଗଲେ। ସଂଳାପ ଭୁଲିଯିବା ପରି। ସ୍ୱର୍ଗତ ଶବ୍ଦଟି ତାଙ୍କର ହିଁ କହିବାର ଥିଲା।

ସେ ଟେବୁଲ ଉପରେ ଜମିଥିବା ଫାଇଲ୍‌ର ସ୍ତୂପ ଅଣ୍ଡାଳିଲେ। ଦଶବାର ପୃଷ୍ଠାର ପତଳା ୟୁ.ଡ଼ି. କେସ୍ ରେକର୍ଡଟି ପାଇବାକୁ ବେଶି ସମୟ ଲାଗିଲା ନାହିଁ। ଫାଇଲଟି ହାତରେ ଧରି ସେ ଆରତିର ମୁହଁକୁ ଚାହିଁଲେ।

ଶୁଖିଲା, ନିଷ୍କରୁଣ ଦୁଇ ଆଖି। ଓଠ ଦୁଇଟା ନିସ୍ତେଜ, ନିଶ୍ଚୁପ୍। ମୁଣ୍ଡବାଳ ଓଦା ସରସର। ଦେହରେ ଭିଜା ଶାଢ଼ି।

ଅଫିସରଙ୍କ ଆଖି ତା' ଦେହରେ ପଡ଼ିବା କ୍ଷଣି, ଆରତି ଛାତି ଲୁଗା ସଜାଡ଼ି ନେଲା।

ଅଫିସର ଡାକିଲେ - ଦଣ୍ଡପାଟ !

ସିପାହି ପାଖକୁ ଆସିଲା।

- ଫ୍ଲାସ୍କରେ ଆଉ ଚାହା ଅଛି ?

- ଦୁଇଟା ହାଫ୍ କପ୍ ଅଛି ସାର୍।

- ନେଇଆସ।

ଚା' ଆସିଲା।

ଅଫିସର୍ କହିଲେ- ନିଅନ୍ତୁ।

କପ୍‌ଭର୍ତ୍ତି ଗରମ ଚାହାରୁ ଢୋକେ ପିଇ ସାରି ଆରତି ଅନୁଭବ କଲା ଶୀତ କ୍ରମଶଃ ବଢୁଛି। ପେଟ ଭିତରର ଭୋକ ବି।

ଅଫିସର ଛୋଟ ଫାଇଲର ପୃଷ୍ଠା ଓଲଟାଇବାରେ କିଛି ସମୟ ବ୍ୟୟ କଲେ।

ତା'ପରେ କହିଲେ - ଆପଣଙ୍କ ଭାଇର ଗୋଟିଏ ଛିଣ୍ଡା ଡାଏରୀ ଆମ ପାଖରେ ଅଛି। ଦି' ଚାରିଟା ବହି ଆଉ ପେଣ୍ଟଶାର୍ଟ ଦି'ହଳ।

ଦଣ୍ଡପାଟ ଯେମିତି ଆଗରୁ ନିର୍ଦ୍ଦେଶ ପାଇଥିଲା। ସେ ଏ ସମସ୍ତ ଗୋଟି ଗୋଟି କରି ଆଣି ପାଖ ଟୁଲ୍ ଉପରେ ରଖିଲା।

ଧୂସର ରଙ୍ଗର ଗୋଟିଏ ଫୁଲ୍‌ପ୍ୟାଣ୍ଟ, ଆଉ ଦୁଇଟା ଚେକ୍ ଶାର୍ଟ। ମଇଳା ଲୋଚାକୋଚା। ବହି ତିନୋଟିର ଅବସ୍ଥା ମଧ୍ୟ ଭଲ ନାହିଁ। ଆଉ ସୁଶାନ୍ତର ସେହି ଡାଏରୀ : ଗୋଟିଏ ଛ' ନମ୍ବରିଆ ମୋଟା ଏକସରସାଇଜ୍ ଖାତା।

ଏ ଡାଏରୀଟି ଆରତି ନିକଟରେ ଅଚିହ୍ନା ନୁହେଁ। ସେ ଖାତାରେ ପ୍ରଥମ କୋଡ଼ିଏ ପଚିଶ ପୃଷ୍ଠାରେ କ'ଣ ଲେଖାଅଛି, ତାହା ବି ତା'କୁ ଜଣା। ସୁଶାନ୍ତ ନିଜେ ତା'କୁ ପଢ଼ି ଶୁଣାଇଛି। ବିଭିନ୍ନ ମହାପୁରୁଷ ବାଣୀ, ନାନା ଚମକପ୍ରଦ ଘଟଣାର ସଂକ୍ଷିପ୍ତସାର, ପୁଣି ତା' ନିଜର ନାନା ବିକ୍ଷିପ୍ତ ଅନୁଭୂତି ଓ ଚିନ୍ତା।

ତା' ନିଜ ଚିନ୍ତାର ସାରାଂଶ କେତୋଟି ଅମୀମାସିଂତ ପ୍ରଶ୍ନକୁ ନେଇ। ଭଗବାନ ମଣିଷକୁ ତିଆରି କଲେ କାହିଁକି ? ମଣିଷ ଯେ ପାପ କରେ ଅନ୍ୟାୟ କରେ, ସେଇଟା କ'ଣ ଭଗବାନଙ୍କ ଇଚ୍ଛା ମୁତାବକ ହୁଏ ନାହିଁ? ମଣିଷ ଯଦି ଭଗବାନଙ୍କ ସନ୍ତାନ, ତେବେ ପିତା ପୁତ୍ରକୁ ଏତେ କଷ୍ଟ କାହିଁକି ଦିଏ ? ଶେଷ ପ୍ରଶ୍ନ ପୁଣି ପ୍ରଥମ ପ୍ରଶ୍ନ - ଭଗବାନ୍ ସତରେ କ'ଣ ଅଛନ୍ତି ?

ଯେଉଁ ଦିନ ଗୁରୁଣ୍ଡିଆ ବ୍ଲକ୍‌ରେ, ଏକ ଭଙ୍ଗାତୁଟା କ୍ୱାର୍ଟର ଭିତରେ ସେରିବ୍ରାଲ୍ ମେଲେରିଆରେ କଲବଲ ହୋଇ ବାପା ମରିଯାଇଥିବା ଖବର ଆସି ପହଞ୍ଚିଥିଲା, ଆଉ ଯେଉଁ ଦିନ ସେଟ୍‌ଲମେଣ୍ଟ ଅଫିସ୍ ଭିତରେ ଆରତି ଉପରେ ତା' ଉପରିସ୍ଥ ହାକିମ ବଳାତ୍କାର କରିବା ସୁଯୋଗ ନେଇଥିଲେ, ସେ ଦୁଇଦିନ ସୁଶାନ୍ତ ରାତି ଅଧରେ ବିଛଣାରୁ ଉଠି ବସି ତା' ଡାଏରୀରେ କ'ଣ ସବୁ ଲେଖିଥିଲା ତାହା ଆରତି ଜାଣେ ନାହିଁ। ତାହା ପଢ଼ିବାକୁ ସେ କେବେ ଚେଷ୍ଟା ବି କରିନାହିଁ।

ପରବର୍ତ୍ତୀ କେତେଟା ଦିନ ସୁଶାନ୍ତ ଭାରି ଚୁପ୍‌ଚାପ୍ ଥିଲା। ନିସ୍ପୃହ ଉଦାସୀନ। ଆରତି କିଛି ନ କହିଥିଲେ ବି ସୁଶାନ୍ତ ଜାଣିଥିଲା, ଦିନେ ସଞ୍ଜରେ, ବନ୍ଦୋବସ୍ତ ଅଫିସର ଗୋଟିଏ ପେଣ୍ଟାଗ୍ରାଫ୍ ଟେବୁଲ୍ ଉପରେ, ଆରତିକୁ କି ନିର୍ଯାତିତ ଅପମାନ ସହ୍ୟ କରିବାକୁ ପଡ଼ିଛି।

ସହକର୍ମୀ ଓ ଶୁଭେଚ୍ଛୁମାନେ ତା'କୁ ଅନେକ ପ୍ରଶ୍ନ ପଚାରିଥିଲେ। ସେହି ସମୟ ଓ ସନ୍ତାପର ଟିକିନିଖି ବର୍ଣ୍ଣନା ଶୁଣିବାକୁ ଚାହିଁଥିଲେ। କିନ୍ତୁ ଆରତି କିଛି କହିପାରି ନଥିଲା। ସତ କଥା କହିବାକୁ ଗଲେ ତା'ର କିଛି କଥା ଠିକ୍ ଠାକ୍ ମନେ ହିଁ ପଡୁ ନଥିଲା। ମୁଠାଏ ତାସ ପରି ଫେଣ୍ଟି ହୋଇ ଯାଇଥିଲା ସେହି ଅଭିଜ୍ଞତା ଓ ସମୟ ତା' ସ୍ମୃତି କୋଷ ଭିତରେ।

- ଏଇ ଦେଖ ଏଇ...

ଦଣ୍ଡପାଟ ଗୋଟିଏ ଅପରିଚ୍ଛନ୍ନ କଳାଧଳା ଫଟୋ ରେକର୍ଡ ଭିତରୁ କାଢ଼ି ଆରତିକୁ ଦେଖାଇବାକୁ ଚେଷ୍ଟା କଲା।

ଯା' ଭିତରେ ଭୋଲଟେଜ୍ ଟିକିଏ ବଢ଼ିଥିଲା, ଏଣୁ ଫଟୋଟିକୁ ଟିକିନିଖି ଦେଖିବାକୁ ଅସୁବିଧା ହେଲା ନାହିଁ। ଫଟୋଟିରେ ଏକ ଧ୍ୟାନମଗ୍ନ ତପସ୍ୱୀ ପରି ବସି

ରହିଥିଲା ମଣିଷଟିଏ। ନା ମଣିଷ ନୁହେଁ, ଗୋଟିଏ କଙ୍କାଳ। ଓସ୍ତଗଛ ତଳେ କୁଢ଼ କୁଢ଼ ପତ୍ର ଓ ଆବର୍ଜନା ଭିତରେ କଙ୍କାଳଟିଏ ଦେଖାଯାଉଥିଲା ଏକ ପ୍ରହରୀ ପରି। ମହାକାଳ ଓ ମହାକ୍ରାନ୍ତିର ବିନିଦ୍ର ପ୍ରହରୀ।

- ଟୋକାକୁ ମୁଁ ଏଇଠି ଆଗ ଦେଖିଲି, ନଭେମ୍ବର ସାତ ତାରିଖ ସକାଳେ। ତା'ପରେ ବାଙ୍ଗୁରୁ ଜାନିର ଭଣଜା ଦେଖିଲା, ଶେଷକୁ ଆସିଲେ ସାର୍। ନଭେମ୍ବର ସାତ ତାରିଖ ସକାଳ।

ଦଣ୍ଡପାଟ ଏତିକି କହି ରାଜଗୁରୁଙ୍କୁ ଅନାଇଲା, ପରିପୂରକ ସମର୍ଥନ ଆଶାରେ। ଆରତି ଫଟୋଟି ଆଡ଼କୁ ଚାହିଁଲା, ଖୋଲାଦିହରେ, ସମ୍ଭବତଃ ପୂରା ଲଙ୍ଗଳା ହୋଇ ବସିଥିବା ସୁଶାନ୍ତର ଫଟୋ। ତପସ୍ୟାସୀନ ଦେହଟି ଭୋକ ଉପାସରେ ଧ୍ୱସ୍ତବିଧ୍ୱସ୍ତ ହୋଇଯିବାକୁ କେତେ ଦିନ ଲାଗିଥିବ? ସପ୍ତାହେ, ଦୁଇ ସପ୍ତାହ, ମାସଟିଏ ନା କେତେ ଦିନ?

ସୁଶାନ୍ତ ନିଖୋଜ ହୋଇ ଯିବା ଦିନଟି ଥିଲା ବୁଦ୍ଧ ଜୟନ୍ତୀ ବାସିଦିନ, ମେ ମାସ ବାଇଶ ତାରିଖ। ମଲାଦେହଟି ମିଳିଲା ନଭେମ୍ବର ସାତ ତାରିଖରେ, ସମ୍ଭବତଃ ସେଦିନ ଥିଲା ଭ୍ରାତୃଦ୍ୱିତୀୟା। କେହି ଜାଣିଲେ ନାହିଁ ସେ ଏଠାକୁ ଆସିଲା କେଉଁଦିନ, ଏଠାକୁ ଆସି କ'ଣ କରୁଥିଲା, କ'ଣ ଭାବୁଥିଲା ଓ କ'ଣ ଥିଲା ତା'ର ଶେଷ ଇଚ୍ଛା।

ପୋଲିସ ଜବତ କରିଥିବା ଚେକ୍‌ଶାର୍ଟ ଓ ଗୋଟିଏ ଫୁଲପ୍ୟାଣ୍ଟ ଆଡକୁ ଚାହିଁଲା ଆରତି। କେମିତି ଗୋଟେ କଟୁ ଗନ୍ଧ ବାହାରୁଥିଲା ସେଥିରୁ। ଅଧାଅଧି ଉଇ ଖାଇଯାଇଥିବା ବହି ତିନୋଟିରୁ ଝଡ଼ି ପଡୁଥିଲା ମେଞ୍ଚା ମେଞ୍ଚା ଧୂଳି ଓ ଜରାଜୀର୍ଣ୍ଣ ପୃଷ୍ଠା। ଡାଏରୀର ଅବସ୍ଥା ବି ବିଶେଷ ଭଲ ନଥିଲା।

ଆରତି ହାତ ବଢ଼େଇ ଆସ୍ତେକିନା ଛୁଇଁଲା ସେ ଡାଏରୀକୁ। ତା'ପରେ ହାତ ଫେରେଇ ଚାହିଁଲା ଥାନାବାବୁଙ୍କ ଆଡ଼କୁ।

- ତା' ଭିତରର ଲେଖା କିଛି ପ୍ରାୟ ପଢ଼ି ହେଉନାହିଁ। ବର୍ଷା କାକରରେ ନଷ୍ଟ ହୋଇଯାଇଛି। କିନ୍ତୁ ଶେଷ ପୃଷ୍ଠାଟି ମୋଟାମୋଟି ପଢ଼ି ହେଲା।

ରାଜଗୁରୁ କହିଲେ ଚଟାଣ ଉପରେ ଲମ୍ବିଥିବା ଅସ୍ଥିର ଅନ୍ଧାର ଆଡ଼କୁ ଚାହିଁ।

କ'ଣ ଲେଖିଥିଲା ସେ ପୃଷ୍ଠାରେ? ଜୀବନଠୁ ନିଜର ବନ୍ଧନ ଓ ବିଶ୍ୱାସ ଫେରେଇ ଆଣିଥିବା ଅଠର ବର୍ଷର ଜଣେ ତରୁଣର ଶେଷ କଥା କ'ଣ ଥିଲା?

ହାତର ଆଙ୍ଗୁଠିକୁ ମଟମଟ୍ କରି ଫୁଟାଉ ଫୁଟାଉ ଦଣ୍ଡପାଟ କହିଲା - ଏ ୟୁ.ଡ଼ି କେସ୍ ଲାଗି ଆମେ କମ୍ ହରକତ ହେଇଛୁ! କିଏ କହିଲା ମର୍ଡର କେସ୍, କିଏ କହିଲା ନକସାଲାଇଟ୍ ସୁଇସାଇଡ୍ କରିଛି, କିଏ କହିଲା ନଙ୍ଗୁଳିବାବା ତା'

ସମାଧିରୁ ଉଠି ଆସି ଏଇଠି ବସିଛି ଗେଙ୍ଗୁଟି ବାବାର ଆତ୍ମା ସଙ୍ଗେ ରୀତିମତ ଝଗଡ଼ା କରି।

କିଛି ଶୁଣିପାରି ନଥିବା ଭଳି ଥାନା ବାବୁ କେଶ୍ ରେକର୍ଡ ଓଲଟାଇ ଲାଗିଲେ। ତା' ପରେ ଗୋଟିଏ ପୃଷ୍ଠାରେ ହାତ ରଖି କହିଲେ - ଏଇ ସେ ଶେଷ ପୃଷ୍ଠାର ଫଟକପି। ଏଇଟା ପଢ଼ି ହେଉଛି ସହଜରେ।

ଆରତି ସେ ପୃଷ୍ଠାଟି ପଢ଼ିଲା। ପାଞ୍ଚ ଧାଡ଼ିର ବକ୍ତବ୍ୟ। ଶେଷ ଧାଡ଼ିଟି ପଢ଼ିବା ବେଳେ ତା' ଆଖିରେ ଲୁହ ଭର୍ତ୍ତି ହୋଇଯାଇଥିଲା। ପୃଷ୍ଠାଟି ମିଳେଇ ଗଲା ସେ ଲୁହ ବୁନ୍ଦା ଭିତରେ।

ଜିଲ୍ଲା ପୋଲିସ ଦପ୍ତରରୁ ପ୍ରାୟ ମାସଟିଏ ତଳେ ଖଣ୍ଡେ ଚିଠି ଆସିଥିଲା ଆରତି ଠିକଣାରେ। ସେଥିରେ ଲେଖାଥିଲା, ନଭେମ୍ବର ସାତ ତାରିଖରେ କୁନ୍ଦୁରକେଲା ଜଙ୍ଗଲ ଭିତରୁ ଗୋଟିଏ ମୃତ ଦେହ ମିଳିଥିଲା ଓ ୟୁ.ଡ଼ି କେସ୍ ନମ୍ବର ୪/୯୬ ଦାୟର୍ କରି ଏହାର ତଦନ୍ତ କରାଯାଇ ଜଣାଗଲା ଯେ ଏ ଅପମୃତ୍ୟୁ ହତ୍ୟାଜନିତ ନୁହେଁ। ମୃତଙ୍କ ପାଖରୁ ଜବତ ହୋଇଥିବା କାଗଜପତ୍ରରୁ ତା'ର ବିଶେଷ ପରିଚୟ ମିଳିନଥିଲା। କିନ୍ତୁ ଡାଏରୀର କେତେକ ତଥ୍ୟକୁ ଭିତ୍ତିକରି ତୁମର ଠିକଣା ମିଳିଲା। ମୃତଦେହଟି ଯଥାସମୟରେ ସଂସ୍କାର କରାଯାଇଛି, କିନ୍ତୁ ମୃତଙ୍କର ଯୋଉ ଜିନିଷଗୁଡ଼ିକ ଜବତ ହୋଇ ମାଲଖାନାରେ ରହିଛି, ତାହା ମାସକ ଭିତରେ ନେଇ ନ ଗଲେ ତାହା ଆଇନ୍ ଅନୁଯାୟୀ ବିନଷ୍ଟ କରାଯିବ।

ଆଖିର ଦି' ବୁନ୍ଦା ଲୁହ ଶୁଖିଯିବା ପରେ, ଆରତି ସାମନାରେ ପୁଣି ପରିଷ୍କାର ହୋଇଉଠିଲା ଡାଏରୀର ଶେଷପୃଷ୍ଠାଟି। ପାଞ୍ଚଧାଡ଼ି ଲେଖା ଗୋଟିଏ ପୃଷ୍ଠା।

ସେ ତା'କୁ ପୁଣି ପଢ଼ିଲା। ସେଇ ଚିହ୍ନା ଅକ୍ଷର, ସେଇ ଚିହ୍ନା ଭାଷା। କିନ୍ତୁ ସବୁ ମିଶି ତଥାପି ଅଚିହ୍ନା।

ଥାନାବାବୁ କହିଲେ - ଆପଣ ଆଜି ସାଙ୍ଗେ ସାଙ୍ଗେ ଫେରିଯିବେ ତ?

ଦଣ୍ଡପାଟ ଆପତ୍ତିର ସ୍ୱର ଉଠିଲା। ସେ କେମିତି ସମ୍ଭବ! ଲାଷ୍ଟ୍ ବସ୍ ତ ଚାରିଘଣ୍ଟା ଆଗରୁ ଯାଇସାରିବଣି!

- ନା, ଯାଇନାହିଁ!

ଶୀତାର୍ତ୍ତ ପବନରେ ଫଡ଼୍‌ଫଡ଼୍ କମ୍ପୁଥିବା ଗୋଟିଏ ଫାଇଲର ପୃଷ୍ଠାକୁ ସଜାଡୁ ସଜାଡୁ, ଥାନାବାବୁ କହିଲେ: ଓରକେଲ୍ ବସ୍ ଆହୁରି ଯାଇନାହିଁ। ପାଞ୍ଚଘଣ୍ଟା ଲେଟ୍ ଅଛି।

- ତା' ହେଲେ ତ ଭାରି ଭଲ ହେଲା। ରାତିରାତି ଏଠୁ ଚାଲିଯିବା ହିଁ ଭଲ।

ଦଣ୍ଡପାଟ ମତାମତ ଦେଇସାରି ଚାହିଁଲା ବାହାରକୁ, ଯୋଉଠି ବର୍ଷାପାଣିରେ ଜୁଡୁବୁଡୁ ହୋଇ ଅନ୍ଧାର କମ୍ପୁଥିଲା ପବନରେ, ଶୀତରେ।

- ହଁ, ଠିକ୍ କହିଚ। ତୁମେ ବି ଟିକେ ଚାଲିଯାଅ ସାଙ୍ଗରେ, ବସ୍‌ଷ୍ଟାଣ୍ଡରେ ଛାଡ଼ିଦେଇ ଆସିବ।

ଆରତି ବି ଚାହିଁଲା ପଦାକୁ। କିଛି କହିଲା ନାହିଁ।

- ଏଇ ରେଜିଷ୍ଟରରେ ଗୋଟେ ଦସ୍ତଖତ ଦେବେ, ଆଉ ଏଇଥିରେ ଦୁଇଟା।

ଥାନାବାବୁ ଆରତି ଆଡ଼କୁ ଦୁଇଟି ମୋଟା ମୋଟା ରେଜିଷ୍ଟର ବଢ଼େଇ ଦେଲେ। ତା' ସହିତ ଗୋଟିଏ କଲମ।

ଆରତି ସେହି ନିର୍ଦ୍ଦେଶ ପରିପାଳନ କଲା, ନୀରବରେ।

ବ୍ୟାଗ୍ ଭିତରେ ଯଥେଷ୍ଟ ଜାଗାଥିଲା ଡାଏରୀ, ଲୁଗାପଟା ଦି'ଖଣ୍ଡ ଓ ବହି ତିନୋଟି ରଖିବା ପାଇଁ।

ଆରତି ତା'ପରେ ଉଠି ଠିଆ ହେଲା। ହାତଯୋଡି ନମସ୍କାର କଲା ଅଫିସରଙ୍କୁ।

ବାହାରେ ପୁଣି ଟୋପେ ଟୋପେ ବର୍ଷା ପଡ଼ିବା ଆରମ୍ଭ କରିଥିଲା। କିନ୍ତୁ ଏବେ ମୁଣ୍ଡ ଉପରେ ଛତା ଥିଲା। ଗୋଟିଏ ହାତରେ ପ୍ଲାଷ୍ଟିକ୍ ବ୍ୟାଗ୍, ଆର ହାତରେ ଛତା। ଦଣ୍ଡପାଟ ହାତରେ ବି ଛତା ଥିଲା, ତା' ସାଙ୍ଗ ଗୋଟିଏ ଟର୍ଚ୍ଚ ଲାଇଟ୍ ବି।

ଚାରିପାଖେ ଅନ୍ଧାର। ଆଦିମ ରାତିର ଶିରଶିର୍ ପବନ। ସ୍ଥାବର ଓ ଜଙ୍ଗମକୁ ଏକାଠି ଧରି ରଖିଥିବା କୀଟପତଙ୍ଗଙ୍କ ନିରବଚ୍ଛିନ୍ନ ସ୍ୱର।

ଏଇ ଅନ୍ଧାର ଭିତରେ, ଆଦିମ-ପୃଥିବୀ କୋଣରେ ବସିରହିଥିଲା ତରୁଣଟିଏ, ଦିନ ଦିନ, ସପ୍ତାହ, ଗୋଟିଏ ଅଶ୍ୱତଥ ଗଛ ତଳେ ନୀରବ, ନିସ୍ପନ୍ଦ ସମାଧିରେ। ନୀରବ : କାରଣ ତା'ର ଯାହାକିଛି ବକ୍ତବ୍ୟ, ତାହା ସେ କହିସାରିଥିଲା ଅନେକ ଆଗରୁ। ତା' ଡାଏରୀରେ ସେ ଲେଖିସାରିଥିଲା ତା'ର ଶେଷ ଇସ୍ତାହାର।

ଅନ୍ଧାର ଭିତରେ ବାଟ ଚାଲୁ ଚାଲୁ ଆରତି ସାମନାରେ ବିସ୍ତାରିତ ହୋଇଗଲା ସେହି ଶେଷପୃଷ୍ଠାଟି। ଝଟକି ଉଠିଲା ଦୀପ ପରି।

ସୁଶାନ୍ତ ଲେଖିଥିଲା - ଭଗବାନ୍, ତୁମେ ଅଛ ବୋଲି ମୁଁ ମୋଟେ ବିଶ୍ୱାସ କରିପାରୁନାହିଁ। ଯଦି ସତରେ ଥାଅ, ତେବେ ଦୟାକରି ଥରଟିଏ ମୋତେ ଦେଖାଦିଅ। ମୋର କେବଳ ଗୋଟିଏ ପ୍ରଶ୍ନର ଉତ୍ତର ଦିଅ। ମୁଁ ଏଇଠି ତୁମ ଅପେକ୍ଷାରେ ବସି ରହିଲି।

ହଠାତ୍ ଆରତିର ପାଦ ପାଖଦେଇ କ'ଣ ଗୋଟେ ଚାଲିଗଲା। ଟର୍ଚ୍ଚ ଆଲୁଅରେ ମନେ ହେଲା ସମ୍ଭବତଃ ଗୋଟିଏ ବିଷାକ୍ତ ସାପ।

ସନ୍ତସନ୍ତିଆ ମାଟି ଉପରେ ମାତ୍ର ମୁହୂର୍ତ୍ତକ ପାଇଁ ସ୍ଥିର ହୋଇଗଲା ଆରତିର ପାଦ ଦୁଇଟି। ତା'ପରେ ସେ ପୁଣି ପାଦ ବଢ଼େଇଲା ଆଗକୁ।

ଦଣ୍ଡପାଟ ଏବେ ଆରତିର ଅତିପାଖକୁ ଆସିଲା। କାନପାଖକୁ ମୁହଁ ଆଣି ଫିସଫିସ୍ କରି କହିଲା - କ'ଣ ଡର ଲାଗୁଚି ? ଡ଼ର ନାହିଁ। ମୁଁ ପରା ତୁମ ପାଖରେ ଅଛି -

ଏପରି କହି ସେ ହାତ ରଖିଥିଲା ଆରତିର କାନ୍ଧ ଉପରେ।

ଏବଂ ସେହି କ୍ଷଣି ଦୂର ଜଙ୍ଗଲ ଭିତରୁ ଭାସିଆସିଥିଲା ଏକ ଅସ୍ପଷ୍ଟ ଜାନ୍ତବ ସ୍ୱର। ହୁଏ ତ ସେଇ ରକ୍ତଲୁବ୍ଧ ମହାବଳ ବାଘଟି ଛେଳିଛୁଆଟିକୁ ଖାଉଖାଉ କିରିକିରି ହସିଉଠୁଚି, କିମ୍ବା ଅପୂର୍ଣ୍ଣ କାମନାର ପ୍ରେତାତ୍ମାଟିଏ ବାଟବଣା ହୋଇ ଡାକ ପାରିପାରି ଆଗେଇ ଆସୁଚି ଏ ଆଡକୁ।

ଆରତିର ଛାତି ଏବେ ଟିକିଏ ବି କମ୍ପିଉଠିଲା ନାହିଁ। ସେ ଜାଣିଥିଲା, ତା'ର କାହାରିକୁ ଭୟ କରିବାର କିଛି ନାହିଁ। ମେଘପବନ ଅନ୍ଧାର ଭିତରେ ନିଶ୍ଚୟ ଏଇଠି କେହି ଜଣେ ତା' ଉପରେ ଆଖି ରଖିଛି। ହୁଏତ ଭଗବାନ୍, ନ ହେଲେ ସୁଶାନ୍ତ।

■

ସୁଦାମାର ଠିକଣା

ଲୋକଟି ନଇଁ ପଡ଼ି ମୋ ପାଦ ଛୁଇଁ ପ୍ରଣାମ କଲା।

କେହି ମୋ ପାଦ ଛୁଇଁ ନମସ୍କାର କଲେ ମତେ ବହୁତ ଖୁସି ଲାଗେ। ଅନ୍ୟମାନଙ୍କଠାରୁ ମୋ ସ୍ଥାନ ଉପରେ, ମୋର ପାଦଧୂଳି ଅନେକ ମଣିଷଙ୍କ ମୁଣ୍ଡ ପାଇଁ ଉଦ୍ଦିଷ୍ଟ, ଏହା ଭାବି ମତେ ବହୁତ ଭଲ ଲାଗେ।

ଲୋକଟି ନଇଁ ପଡ଼ି ମୋ ପାଦଧୂଳି ନେଲା ଓ ଆକର୍ଣ୍ଣ ହସି ହସି କହିଲା, 'ଆଜ୍ଞା ମୁଁ ସୁଦାମ।'

ଏଇ ସୁଦାମ ଲୋକଟି କିଏ, ମୁଁ ତାହା ଆଦୌ ଜାଣେନା। ପୃଥିବୀରେ ଏମିତି ଅନେକ ସୁଦାମ, କୁଦାମ ଅଛନ୍ତି, ଯେଉଁମାନଙ୍କୁ ମୁଁ କେବେ ମନେ ରଖିବାକୁ ଚେଷ୍ଟା କରିନାହିଁ। କିନ୍ତୁ ସେମାନେ ଯେ ମତେ ମନେ ରଖିଥିବେ, ଏଥିରେ ଆଶ୍ଚର୍ଯ୍ୟ ହେବାର କ'ଣ ଅଛି ?

ସୁଦାମ ବୁଝି ପାରିଲା ଯେ, ମୁଁ ତା'କୁ ଚିହ୍ନିପାରି ନାହିଁ। ତେଣୁ ବାଁ ହାତରେ କାନର ପଛପଟ କୁଣ୍ଡାଇ ସଂଶୋଧନ କଲା ପରି କହିଲା, ଆଜ୍ଞା ମୁଁ ସୁଦାମ - ଦମୟନ୍ତୀର ସ୍ୱାମୀ।

ଆଚ୍ଛା କଥା ! ମୁଁ ସୁଦାମକୁ ଯଦି ଚିହ୍ନି ନାହିଁ, ଦମୟନ୍ତୀର ସ୍ୱମୀକୁ ଚିହ୍ନିବି କିପରି ? ମାତ୍ର ସେ କଥା ତ ତା'କୁ କହି ପାରିବି ନାହିଁ (କାରଣ ମୁଁ ଜଣେ ଭଦ୍ରଲୋକ), ତେଣୁ ମୁଁ ହାଇମାରି କହିଲି : ଓ ସତେ ! କ'ଣ ସବୁ ଭଲ ?

କିନ୍ତୁ ସୁଦାମ ଲୋକଟି ଆଶା କରୁଥିଲା କ'ଣ ? ଆଶା କରୁଥିଲା, ଏଇ କେହି ଜଣେ ଦମୟନ୍ତୀ ନାମଟି ଶୁଣି - ଏ ନାମଟି ବୋଧହୁଏ ମୁଁ ମୋ ଜୀବନରେ ଏଇ ପ୍ରଥମଥର ଶୁଣିଲି - ଚଉକିରୁ ଉଠି ଆସିବି ଓ ତା' ପାଦ ତଳେ ନଇଁ ପଡ଼ି ପାଦଧୂଳି ନେବି ? ନ ହେଲେ ସେ ଏତେ ନିରାଶ ହେଲା କାହିଁକି ?

ସୁଦାମ ନାମକ ଲୋକଟି ଦେଖିବାକୁ ଯେଉଁପରି, ଏପରି ଆଚରଣ ମୋ ପଛରେ ଆଦୌ ସମ୍ଭବ ନୁହେଁ। ଲୋକଟି ଦୀନହୀନ, ଗ୍ରାମ୍ୟ। ଯେଉଁ ଭେକ ପୋଷାକରେ ସେ ଆସିଛି, ଏ କଲିକତା ସହରରେ ତାହା ରୀତିମତ ହାସ୍ୟାସ୍ପଦ। ବିଶେଷତଃ ନିଉ ଆଲିପୁରର ଏଇ ଅଭିଜାତ ଅଞ୍ଚଳରେ ମୋର ନୂଆ ତୋଳା ହୋଇଥିବା ପ୍ରାସାଦ ଭିତରେ ତାହା ଏକ ବିରକ୍ତିକର ଦୃଶ୍ୟ।

ମୋର ସେହି 'କ'ଣ ସବୁ ଭଲ' ପ୍ରଶ୍ନଟି ସୁଦାମାକୁ କଥା କୁହାଇବା ପାଇଁ ଯଥେଷ୍ଟ ଥିଲା। ସେ ତା' ଟାକୁଆ ଗାଲରେ ଗୋଟିଏ କାନ୍ଦ-କାନ୍ଦ ହସର ପ୍ରେତରୂପ ଦେଖାଇ କହି ଚାଲିଲା:

ଆଜ୍ଞା ଭଲ ଆଉ କ'ଣ ? ଏ ଗରୀବ ଜୀବନରେ ଭଲମନ୍ଦ ସବୁ ଏକାକଥା। ବରଷା ପଡ଼ିଲେ ବରଷଟା ଖାଇପିଇ ବଞ୍ଚିଯାଉ। ନ ବରଷିଲେ ଉପାସରେ ପଡ଼ି ରହୁ। ଏଇ ତ ଜୀବନ। ଚାଷୀବନ୍ଦୀ ଜୀବନରେ କହିବା ଆଉ କଅଣ -

ଲୋକଟିର ଏଇ କେତେ ପଦ କଥାରୁ ଯାହା ପରିଚୟ ମିଳିଲା - ଲୋକଟି ଚଷା। ଦୁଃଖେ ସୁଖେ ବରଷଟାଏ ଚଳିବା ପାଇଁ ଜମିଜମା ରହିଛି। ତା' ଜୀବନରେ କିଛି ଆଶା ନାହିଁ, ଉଜ୍ଜ୍ୱଳ ଭବିଷ୍ୟତ ପାଇଁ କଳ୍ପନା ବି ନାହିଁ।

ଦେଶର ଏଇ ହେଉଛି ସମସ୍ୟା। ଲୋକମାନଙ୍କର ଆଶା ନାହିଁ, ଆକାଙ୍କ୍ଷା ନାହିଁ। କର୍ମକୁ ଆଦରି, ଭାଗ୍ୟ ଉପରେ ଛାଡ଼ି ଦେଇ ଏମାନେ ନିଶ୍ଚିନ୍ତ। ଏ ଜାତିର ଇତିହାସରେ ତେବେ କ୍ରାନ୍ତି ଆସିବ କିପରି ? ବୈପ୍ଳବିକ ପରିବର୍ତ୍ତନ ପାଇଁ ବୈପ୍ଳବିକ ଚିନ୍ତାଧାରା ହିଁ ଲୋଡ଼ା। ପ୍ରଗତି ମୂଳକ ଦୃଷ୍ଟିଭଙ୍ଗୀ ଲୋଡ଼ା। ତା' ନଥିଲେ...

ଏ ସବୁ ଚିନ୍ତା କରି କରି ମୁଁ ଆଉ ଥରେ ହାଇ ମାରିଲି। ଲୋକଟିର ଉପସ୍ଥିତି ମୋର ଆଦୌ ଯେ ବାଞ୍ଛନୀୟ ନୁହେଁ, ତାହା ଭାବି ଆଉ ଏକ ଅସ୍ପଷ୍ଟ ପ୍ରଶ୍ନ ପଚାରିଲି - ହୁଁ, ଆଉ ସବୁ ଖବର କ'ଣ ?

: ଖବର ଆଉ କ'ଣ ଆଜ୍ଞା। କିଛି ନାହିଁ। ଦମୟନ୍ତୀ ଭଲ ଅଛି। ଚେମା, ପୁଟୁ, ଧଡ଼ି, ମାନି - ଆପଣଙ୍କ ଭଣଜା ଭାଣିଜୀମାନେ ସମସ୍ତେ ଭଲ ଅଛନ୍ତି। ଖାଲି ଆପଣଙ୍କର ଦେଖା ପାଇବି ବୋଲି ଇଆଡ଼େ ଚାଲିଆଇଲି...

ଚାଲି ଆସିବାର ସ୍ପଷ୍ଟ ଦୁଇଟି କାରଣ ଅଛି। ଗୋଟିଏ କାରଣ, କିଛି ଆର୍ଥିକ ସାହାଯ୍ୟ। ଗୋଟେ ବିଖ୍ୟାତ କମ୍ପାନୀରେ ମୁଁ ଜଣେ ଇଞ୍ଜିନିୟର। କିଛି ଦାନ କରି ଦେଲେ ମୋର ଭଣ୍ଡାର ଶୂନ୍ୟ ହୋଇଯିବ ନାହିଁ। ଆଉ ଦ୍ୱିତୀୟ କାରଣ, କୌଣସି ଚାକିରି ବାକିରିର ଆଶା। କଲିକତାରେ କମ୍ପାନୀ ଚାକିରି ଯାହାକୁ ଯେତେ, ଗାଁ ଗହଳିରେ ଏ ଧାରଣା ଆଜି ବି ରହିଛି।

କିନ୍ତୁ ଏଇ କର୍ମାନ୍ଧ ଭାଗ୍ୟବାଦୀମାନେ ଜାଣନ୍ତି ନାହିଁ ସଂସାରରେ ଲଢ଼େଇ କରି ବଞ୍ଚିବାକୁ ହୁଏ। ଯେମିତି ମୁଁ ଲଢ଼େଇ କରିଛି ଆଉ ବଞ୍ଚିଛି। ବଞ୍ଚିଛି ବେଶ୍ ଭଲ ଭାବରେ। ପାହାଚକୁ ପାହାଚ ଶିଡ଼ିରେ ଉଠିଛି ଅନେକ ଅସାଧ୍ୟ ସାଧନା ସହିତ। ଆଉ ଏବେ ମୁଁ ପ୍ରତିଷ୍ଠିତ। ରସେଲ୍ ଇଣ୍ଡିଆ କମ୍ପାନୀରେ ମୁଁ ଡେପୁଟ ଜେନେରାଲ୍ ମ୍ୟାନେଜର। ଅର୍ଥାତ୍ ସଂସ୍ଥାଟିର ଦ୍ୱିତୀୟ ସର୍ବୋଚ୍ଚ ପାହାଚରେ ମୁଁ ଠିଆ ହୋଇଛି।

ସୁଦାମ ନାମକ ଲୋକଟି ଗୋଟିଏ ହାତରେ କାନ କୁଣ୍ଡାଇ ମୋର ସେହି ବସିବା ଘର ଭିତରକୁ ଆଖି ବୁଲାଇ ଦେଖୁଥିଲା। ଦେଖୁଥିଲା ଓ ମୁଗ୍ଧ ହେଉଥିଲା। ଦାମିକା ଟିଭି ସେଟ୍, ଷ୍ଟେରିଓ ସିଷ୍ଟମ୍, ସୋଫା, କାର୍ପେଟ୍ ଓ ଅନ୍ୟାନ୍ୟ ସବୁ ବିଳାସ ସାମଗ୍ରୀ - ଯାହା ଅନ୍ୟ ପାଇଁ ବିଳାସ, କିନ୍ତୁ ମୋ ପାଇଁ ଏକାନ୍ତ ଅପରିହାର୍ଯ୍ୟ। ସୁଦାମ ମୁଗ୍ଧ ଆଖିରେ ସେସବୁ ଦେଖିଲା ଓ ତା'ପରେ ମତେ ଚାହିଁ ସନ୍ଦିଗ୍ଧ ସ୍ୱରରେ ପଚାରିଲା, 'ଆଉ ଆପଣ? ଆପଣ ଭଲ ଅଛନ୍ତି- ନାଇଁ ଆଜ୍ଞା.... ?'

ମୋ ପ୍ରଶ୍ନର ଉତ୍ତର ପାଇବା ପୂର୍ବରୁ ସେ ମୋ ସାମନାରେ ପଡ଼ିଥିବା ସେଣ୍ଟର ଟେବୁଲରେ ଯାହା ଦେଖିଲା ସେଥିରେ ସମ୍ଭବତଃ ଚମକି ଉଠିଲା। ହଁ, ଯେ କୌଣସି ଗାଉଁଲୀ ଲୋକ ସେଥିରେ ଚମକି ଉଠିବା ସ୍ୱାଭାବିକ।

ମତେ କିନ୍ତୁ ଏ ଦୃଶ୍ୟଟି ମଜା ଲାଗିଲା। ମୁଁ ଧୀରେ ସୁସ୍ଥେ ହାତ ବଢ଼ାଇ ଗ୍ଲାସ୍‌ଟି ଉଠାଇଲି ଓ ଗୋଟିଏ ଢୋକରେ ଗ୍ଲାସ୍‌ଟିକୁ ନିଃଶେଷ କରିଦେଲି। ତା' ପରେ ବରଫ ଓ ଲିମୋନେଡ୍ ମିଶାଇ ମୁଁ ଆଉ ଗ୍ଲାସେ ପାନୀୟ ପ୍ରସ୍ତୁତ କଲି। ହଁ, ଏଇ ସମୟକୁ ମୋର ଜିନ୍‌ଟା ଅଧିକ ପସନ୍ଦ।

ଏ ଗ୍ରାମ୍ୟ ଲୋକଟି ଯେ ଏ ଦୃଶ୍ୟଟି ଦେଖି ବାକ୍‌ରୁଦ୍ଧ ହୋଇଗଲା, ଏପରି କୌତୁକର କଥା ଆଉ କ'ଣ ଥାଇପାରେ! ଏଇଟା ସେମାନଙ୍କ ମତରେ ପାପ, ନରହତ୍ୟା ପରି ଜଘନ୍ୟ। ମୁଁ ବି ଏକଦା ସେପରି ଭାବୁଥିଲି। ଆଜିକୁ କୋଡ଼ିଏ ବର୍ଷ ତଳେ, ରସେଲ ଇଣ୍ଡିଆର ଇଞ୍ଜିନିୟରିଂ ଆପ୍ରେଣ୍ଟିସ୍ ହିସାବରେ ଯୋଗ ଦେବା ସମୟରେ ମୋର ବି ଏ ଧାରଣା ଥିଲା। କୁସଂସ୍କାର କାହାର ନଥାଏ? ମିଷ୍ଟର୍ ଜୁତ୍‌ସି କିନ୍ତୁ ବଡ଼ ଅମାୟିକ ଲୋକ। ମୋର ଏ ଇନ୍‌ହିବିସନ୍ ଭାଙ୍ଗିବା ପାଇଁ ତାଙ୍କୁ ବେଶି ସମୟ ଲାଗି ନଥିଲା।

ଏଇ ସୁଦାମ ନାମକ ଲୋକଟି ଗାଁକୁ ଫେରିଯାଇ ଯାହା ବର୍ଣ୍ଣନା କରିବ, ମୁଁ ବୁଝିପାରୁଛି।

: ସବୁ ଭଲ। ବହୁତ ପଇସା। ବହୁତ ଆରାମ। ସବୁ ଭଲ ଯେ କିନ୍ତୁ ଗୋଟାଏ କଥା...

: କି କଥା ? ଶ୍ରୋତାମାନେ ପଚାରି ଉଠିବେ ।

: ସବୁ ଭଲ । କିନ୍ତୁ ଚରିତ୍ର ଖରାପ ହୋଇଯାଇଛି ।

: ଚରିତ୍ର ଖରାପ ହୋଇଯାଇଛି ?

: ମୁଁ ତେବେ ଆଉ କହୁଛି କ'ଣ ? ମୁଁ ଯାଇ ସେଠି ପହଞ୍ଚିଲା ବେଳକୁ ସେ ଗୋଟିଏ ଘରେ ଏକୁଟିଆ ...

:ଗୋଟିଏ ସ୍ତ୍ରୀ ଲୋକ ସଙ୍ଗରେ.... ?

: ନା, ନା - ସ୍ତ୍ରୀ ଲୋକ ସାଙ୍ଗରେ ନୁହେଁ । ଗୋଟାଏ ଘରେ ସେ ଏକୁଟିଆ ବସି ମଦ ପିଉଥିଲେ । ଉଃ, କି ଦୁର୍ଗନ୍ଧ ସେ ମଦଟାର - ମୋ ମୁଣ୍ଡ ବୁଲାଇ ଦେଲା ।

ଅଥଚ, ମୋ ବିଚାରରେ, ଜିନ୍‌ର ଏତେ ସୁନ୍ଦର ମନ ମତାଣିଆ ଗନ୍ଧ ରହିଛି ଯାହାକି ମୋତେ ଅଦ୍ଭୁତ ଭାବରେ ତୃପ୍ତ ଓ ପ୍ରାଣବନ୍ତ କରିଦିଏ ।

ଏ ରକମର କୁତ୍ସାକୁ କିନ୍ତୁ ମୁଁ ଭୟ କରେନା ଆଦୌ । କାରଣ ମୁଁ ଜାଣେ ବାହାରେ ଯେତେ ନିନ୍ଦା କଲେ ବି ଲୋକେ ଏଥି ପାଇଁ ମନେ ମନେ ତାରିଫ୍ କରନ୍ତି ଖୁବ୍ । ଯଦି ସେମାନେ ଏଇ ଅଧମ ଲୋକଟିର ସୌଭାଗ୍ୟକୁ ମତେ କୌଣସି ସ୍ତ୍ରୀଲୋକ ସହିତ ଆବିଷ୍କୃତ ହେବାର ଶୁଣି ଥାଆନ୍ତେ, ତେବେ ଅଧିକ ପୁଲକିତ ହୋଇ ଉଠିପାରି ଥାଆନ୍ତେ । ଏସବୁ ନାମ-ମାତ୍ର କଳଙ୍କ ପ୍ରକୃତରେ ଗୌରବର ଟିକା ସ୍ୱରୂପ ।

ମୋର ମନେ ଅଛି, ଛାତ୍ର ଜୀବନରେ ଆମେ କେତେ ଜଣ ବନ୍ଧୁ ଏକାଠି ବସି ଜଣେ ବିଶିଷ୍ଟ ଗଣ୍ୟମାନ୍ୟ ବ୍ୟକ୍ତିଙ୍କ ଚରିତ୍ରର କୁତ୍ସା କରୁ । ସେ ଆଲୋଚନାରେ ଅନେକ ଆନନ୍ଦ ଥାଏ - ଅନେକ ନିଷିଦ୍ଧ କାମନାର ସୁଖ । ଏକଦା ହିସାବ ପକାଇ ମୁଁ ଆବିଷ୍କାର କଲି ସେ ବ୍ୟକ୍ତି ଜଣକ ମୋର ଜଣେ ଆତ୍ମୀୟ ହେବେ । ଦିନେ ରାତିରେ ଅନେକ ବେଳଯାଏ ତାଙ୍କରି ଚରିତ୍ର ସଂହାର କରି, ପଶୁ, ପାଷାଣ୍ଡ,ବର୍ବର ଆଦି ବିଶେଷଣରେ ଭୂଷିତ କରି, ଆମେ ପରସ୍ପରଠାରୁ ବିଦାୟ ନେବାକୁ ଯିବା ସମୟରେ ମୁଁ କହି ଉଠିଲି - ଜାଣିଛ, ସେ ମୋର ମଉସା ହେବେ । ସେ ମୋ ମାଆଙ୍କ ମାମୁଁଝିଅ ଭଉଣୀଙ୍କ ଯା'ର କକାଝିଅ ଭଉଣୀଙ୍କ... ଇତ୍ୟାଦି ।

'ସତେ ! ସତେ ନା କ'ଣ !' ମୋ ବନ୍ଧୁମାନେ ଉଚ୍ଛ୍ୱସିତ ହୋଇ ଉଠିଥିଲେ । 'ତୁ ଏତେ ଦିନ ଯାଏ ଏ କଥା କହି ନଥିଲୁ ଯେ ? ଆସନ୍ତା ମାସରେ ଆମର କ୍ଲବ୍ ତରଫରୁ ଗୋଟେ ସାଂସ୍କୃତିକ ଉତ୍ସବ ହେବ । ତାଙ୍କୁ ତୁ କହିଲେ ସେ ମୁଖ୍ୟବକ୍ତା ହୋଇ ଆସି କ୍ଲବ୍‌ରେ ଭାଷଣ ଦେଲେ ଭଲ ହୁଅନ୍ତାନି ?'

ମୁଁ କହିଥିଲି । କିନ୍ତୁ ତାଙ୍କ ଦେହ ଭଲ ନଥିଲା ବୋଲି ସେ ରାଜି ହୋଇ ନଥିଲେ । ତା' ଅର୍ଥ, ସେ ମୋ ଅନୁରୋଧକୁ ଗ୍ରାହ୍ୟ କରି ନଥିଲେ ।

- ଦମୟନ୍ତୀ ଆପଣଙ୍କ କଥା ସବୁବେଳେ କହେ। ଆପଣ ଯେ ଏତେ ବଡ଼ ହୋଇପାରିଛନ୍ତି ସେଥିପାଇଁ ତା'ର ଖୁବ୍ ଗର୍ବ। ଆମେ ସମସ୍ତେ ବହୁତ ଖୁସି।

ସୁଦାମର ମୁହଁକୁ ଚାହିଁ ମୁଁ ଏଥର ଗୋଟିଏ କଥା ଅନୁମାନ କରିପାରିଲି। ଏଇ ଦୁଇ ଚାରି ପଦ ସ୍ତୁତି ପରେ ସେ ଅସଲ କଥାଟି ଆରମ୍ଭ କରିଦେବ। ସାହାଯ୍ୟ ପ୍ରାର୍ଥନା: କିଛି ଦାନ ବା କୌଣସି ଗୋଟିଏ ଚାକିରି। ମୁଁ ଏତେ ବୋକା ନୁହେଁ। ତେଣୁ ଯଥେଷ୍ଟ ଗାମ୍ଭୀର୍ଯ୍ୟର ସହିତ ଲୋକଟିକୁ ଚାହିଁ ରହିଲି।

- ହାଓଡ଼ା ଷ୍ଟେସନ୍‌ରୁ ଏଠିକି ଆସିବା କି କାଠିକର ପାଠ ଭାଇନା! ଆଉ ଆମ ପରି ଗାଉଁଲି ଲୋକ ତ ବାଉଳା ହୋଇଯିବା ସାଧାରଣ କଥା।

ଲୋକଟି ଭାଇନା ବୋଲି ସମ୍ବୋଧନ କଲା ବୋଧହୁଏ? ତା' ପୂର୍ବରୁ ତା'ର ପୁଅଝିଅମାନଙ୍କୁ ମୋର ଭଣଜା ଭାଣିଜୀ ବୋଲି ବର୍ଣ୍ଣନା କଲା। ହିସାବରେ ମୁଁ ତା'ର ତେବେ କ'ଣ ହେବି? ଶଳା? ଦମୟନ୍ତୀ - ତା' ସ୍ତ୍ରୀର ଭାଇନା! କିନ୍ତୁ ଏଇ ଦମୟନ୍ତୀ କିଏ? କୋଡ଼ିଏ ବର୍ଷ ତଳର ସ୍ମୃତିରୁ ଏଇ ନାମଟି ଯେ ମୁଁ ଆଦୌ ଖୋଜି ପାଉନାହିଁ!

ମୁଁ ସିନା ଖୋଜି ପାଉନାହିଁ, ସୁଦାମ ନାମକ ଏଇ ଲୋକଟି କିନ୍ତୁ ଠିକ୍ ଖୋଜି ଖୋଜି ଆସିଛି। ତା' କାନ୍ଧରେ ଗୋଟାଏ ଝୁଲା ରହିଛି। ତା' ଅର୍ଥ ସେ ଦିନେ ଦି' ଦିନ ଏଠାରେ ରହି କୁଣିଆଚର୍ଚ୍ଚା ପାଇ ଯିବାର ମତଲବରେ ଆସିଛି। ଦିନଟାଏ ରହିବା ପରେ ତ ଯାଇ ଆର୍ଥିକ ସାହାଯ୍ୟ ବା ଚାକିରି କଥା ଉଠିବ। ପାଗଯୋଗ ଦେଖି।

ମୋର ଖାନସମା ଜଣକ ଅତି ବିନୀତ ଭଙ୍ଗୀରେ କୋଠରିକୁ ପ୍ରବେଶ କଲା। ଅପରାଧୀ ଦୋଷ ସ୍ୱୀକାର କଲା ପରି କହିଲା- ଆଜ୍ଞା, ଖାନା ବନେଇ ସାରିଛି। ହୁକୁମ୍ ଦେଲେ...

ଅପରାଧୀଟି ତା' କଥା ନ ସାରି ମତେ କରୁଣ ଦୃଷ୍ଟିରେ ଅନାଇ ରହିଲା।

ମୁଁ କହିଲି - ଖାନା ତ କରିସାରିଛ। କିନ୍ତୁ ମୋର ଜଣେ ଗେଷ୍ଟ...

- ନାଇଁ ଆଜ୍ଞା। ମୁଁ ଏଇଲେ ଖାଇ ଆସିଛି। ମୋତେ ମୋଟେ ଭୋକ ହେଉନାହିଁ ଆଜ୍ଞା। ସୁଦାମ ନାମକ ଲୋକଟି କୃତକୃତ୍ୟ ସ୍ୱରରେ କହିଉଠିଲା।

ମୁଁ ତା'କଥାକୁ କର୍ଣ୍ଣପାତ ନ କରି କହିଲି ଯା' କହୁଥିଲି- ମୋର ଜଣେ ଗେଷ୍ଟ ଆଜି ଦିଲ୍ଲୀରୁ ଆସିବାର ଥିଲା, କିନ୍ତୁ ଏଯାଏ ଆସିଲେ ନାହିଁ। ବୋଧହୁଏ ସକାଳ ପ୍ଲେନ୍‌ରେ ଆସିପାରିଲେ ନାହିଁ। ତେଣୁ ତୁମେ ବରଂ ଏକା ମୋ ପାଇଁ ଖାଇବାକୁ ବାଢ଼।

ମୁଁ କିନ୍ତୁ ସେତେ ଅଭଦ୍ର ନୁହେଁ। ଖାଇସାରିବା ପରେ ଖାନ୍‌ସାମାକୁ ନିର୍ଦ୍ଦେଶ ଦେଲି- ଗାଆଁରୁ କିଏ ଜଣେ ଆସିଛି, ତା' ପାଇଁ ଗଣ୍ଡିଏ କ'ଣ ବାଢ଼ିଦିଅ।

ବାହାର ବାରଣ୍ଡାରେ ବସି ସୁଦାମ ମୋ ବଗିଚାର ଶୋଭା ନିରୀକ୍ଷଣ କରୁଥିଲା।

ମୋର ନିର୍ଦ୍ଦେଶ ଶୁଣିପାରି ସେ ଏଥର ଆଉ ଆପତ୍ତି କଲାନାହିଁ। ସୁନାପିଲାଟି ପରି ଖାଇବସିଲା। ପାଖ ରୁମରୁ ମୁଁ ଶୁଣିପାରିଲି, ଖାଇବା ସମୟ ଭିତରେ ସେ ଖାନ୍‌ସମାଟି ସହିତ ଭାବ ଜମାଇବାର ଚେଷ୍ଟା କରୁଛି। ତା' କଥାବାର୍ତ୍ତା ଏଇ ଖାନ୍‌ସମାଟି ସଙ୍ଗେ ଅଧିକ ସୁନ୍ଦର ଓ ସହଜ। ଗାଆଁର ନାନା ସମସ୍ୟା, ପାଣିପାଗ, ଦେଶର ହାଲ୍ ଓ ବଜାର ଦର ଭିତରେ ଖାଇବା ଶେଷ ହେଲା।

ସେଦିନ ସଞ୍ଜବେଳେ ସେ ପୁଣିଥରେ ମୋର ଏକାକୀ କୋଠରି ଭିତରେ ପଶିବାର ଦୁଃସାହସ କରିଥିଲା। ଦୁଃସାହସ ସବୁବେଳେ କ୍ଷଣସ୍ଥାୟୀ ହୋଇଥାଏ। ତେଣୁ ସେ ପଶୁ ପଶୁ ଆରମ୍ଭ କରିଦେଲା : 'ଭାଇନା ମୋର ଆପଣଙ୍କ ପାଖରେ ଗୋଟିଏ କାମ ଥିଲା।'

'କାମ ? ହୁଁ ?' ମୁଁ ବିଶେଷ ଆଗ୍ରହ ନ ଦେଖାଇବା ଉଚିତ ମନେକଲି। କାମ ବିଷୟରେ କିଛି କହିବା ଆଗରୁ, ସୁଦାମ ସାମାନ୍ୟ ଟିକିଏ ନିରାଶ ସ୍ୱରରେ ପଚାରିଲା - ଆପଣ କ'ଣ ମତେ ଚିହ୍ନିପାରୁ ନାହାନ୍ତି ?

ମୁଁ ଏଥର ସ୍ପଷ୍ଟବାଦୀ ହେବାକୁ ଚାହିଁଲି। ସ୍ପଷ୍ଟବାଦୀ ହେବାଟା ଖୁବ୍ ଭଲକଥା। କହିଲି -

- ଦେଖ, କୋଡ଼ିଏ ବର୍ଷ ତଳର କଥା। ସବୁ କଥା ତ ଆଉ ମନେ ରଖିବା ସମ୍ଭବ ନୁହେଁ। ତୁମକୁ ମୁଁ ଠିକ୍ କରି ଚିହ୍ନିପାରୁନାହିଁ।

- ମତେ ଆପଣ ଚିହ୍ନି ନ ପାରିଲେ କିଛି ଦୁଃଖ କରିବାର ନାହିଁ ଆଜ୍ଞା। ମୋର ଆପଣଙ୍କ ସହିତ ବହୁତ କମ୍ ଥର ତ ଦେଖା ହୋଇଛି। କିନ୍ତୁ ଦମୟନ୍ତୀକୁ ଆପଣ ଚିହ୍ନିପାରିଲେ ନାହିଁ, ତା'କୁ ଆପଣ ଏକଦମ୍ ଭୁଲି ଯାଇଛନ୍ତି ?

ଏମିତି ପ୍ରଶ୍ନରେ ମୋର ଲୋକଟି ପ୍ରତି ଦୟା ଆସିଲା। ମୁଁ ପୁଣି ଥରେ ଚେଷ୍ଟା କଲି ଦମୟନ୍ତୀ ବୋଲି ମୋର କୌଣସି ଭଉଣୀକୁ ମନେପକାଇବାକୁ। ମୋର ନିଜର ଗୋଟିଏ ଭଉଣୀ ଅଛି, କିନ୍ତୁ ନିକଟ ସମ୍ପର୍କର ଭଉଣୀ ଅସଂଖ୍ୟ। ଅସଲ ସମସ୍ୟା ସେଇଠି।

ଲୋକଟି ମତେ ମନେପକାଇବାରେ ସାହାଯ୍ୟ କରି କହିଲା - ପିଲା ଦିନେ କେତେ ସାଙ୍ଗ ଥିଲେ ଆପଣ ଆଉ ଦମୟନ୍ତୀ। ଏକାଠି ସ୍କୁଲ ଯାଆନ୍ତି। ଏକାଠି ଠାକୁର ପୂଜା କରନ୍ତି, ଖେଳନ୍ତି, ମାଡ଼ଗୋଳ ବି କରନ୍ତି। ଥରେ ଆପଣ ରାଗିଯାଇ ଦମୟନ୍ତୀ ମୁଣ୍ଡରେ ଗୋଟାଏ ଲୁହାଛଡ଼ ବାଡ଼େଇ ଦେଇଥିଲେ। ତା' ମୁଣ୍ଡରୁ ବହୁତ ରକ୍ତ ବାହାରିଥିଲା, ସେଇ ଦାଗଟା ତା' କପାଳରେ ଆଜିଯାଏ ଅଛି। ସେଇ ଦାଗକୁ ଦେଖିଲେ ମୋର ଆପଣଙ୍କ କଥା ମନେ ପଡେ। ଆଉ ଆପଣଙ୍କ ଭଣଜା ଧଡ଼ି - ସେ

ଦେଖିବାକୁ ଅବିକଳ ଆପଣଙ୍କ ପରି । ପାଠ ପଢ଼ାରେ ବି ଠିକ୍ ଆପଣଙ୍କ ପରି ବିଚକ୍ଷଣ – ମାଇନର ପରୀକ୍ଷାରେ ଏ ବର୍ଷ ବୃତ୍ତି ପାଇଛି ।

ଏସବୁ ସତ୍ତ୍ୱେ, ମୋର ଦମୟନ୍ତୀ କଥା ମନେ ପଡ଼ିଲା ନାହିଁ, । ମାଡ଼ ମାରି ରକ୍ତ ବାହାର କରିଦେବାରେ ମୁଁ ତ ବିଶେଷ ବିତୃଷ୍ଣା ଦେଖାଉ ନଥିଲି । ଏ ମୋର ନିୟମିତ ଆମୋଦର ଅନ୍ତର୍ଭୁକ୍ତ ଥିଲା ।

'ଆପଣ ଦମୟନ୍ତୀକୁ ଭୁଲିଯାଇଛନ୍ତି !' ନିରାଶାର ବୋଝ ତଳେ ଲୋକଟି ଯେମିତି ଭାଙ୍ଗିପଡ଼ିଲା । 'କିନ୍ତୁ ସେ ଆପଣଙ୍କୁ ମୁହୂର୍ତ୍ତକ ପାଇଁ ବି ଭୁଲିପାରି ନାହିଁ । ସବୁ ବେଳେ ଧୀରଭାଇନା ଧୀରଭାଇନା କହି ବୁଲୁଥାଏ । କିନ୍ତୁ ଆପଣ...'

ସୁଦାମ ଟିକିଏ ନୀରବ ହେଲା । ତା'ପରେ ପୁଣି କହିଲା –

'ମୁଁ ଆସିଥିଲି ଗୋଟିଏ କାମରେ ଭାଇନା । ମତେ ବହୁତ କହିପୋଛି ସେ ଘରୁ ପଠାଇଥିଲା । କେବଳ ତା' ମୁହଁକୁ ଚାହିଁ ମୁଁ ଘରୁ ବାହାରିଥିଲି । ଆଉ ମତେ ବି ତ ଟିକିଏ ଜ୍ୟୋତିଷ ଶାସ୍ତ୍ର ଜଣାଅଛି । ସେଥିପାଇଁ ମୁଁ ଏଠାକୁ ଆସିଥିଲି...'

ସୁଦାମର ଏତକ କଥା ଟିକିଏ ଅସ୍ପଷ୍ଟ ମନେହେଲା ମତେ । କିନ୍ତୁ ମୁଁ କୌଣସି ମନ୍ତବ୍ୟ ନ ଦେଇ ପରବର୍ତ୍ତୀ କଥା ଶୁଣିବାକୁ ଅପେକ୍ଷା କଲି ।

'ଆପଣଙ୍କର ଆଉ ଆଜିକାଲି ପସନ୍ଦ ହୁଏ କି ନାହିଁ କେଜାଣି, ଦମୟନ୍ତୀର କିନ୍ତୁ ସବୁ କଥା ମନରେ ଅଛି । ଆପଣ ଯେ ଆରିସା ପିଠା ଖାଇବାକୁ ଖୁବ୍ ଭଲ ପାଆନ୍ତି, ସେ କଥା ସେ ମତେ ବି ବାରମ୍ବାର କହେ । ମୁଁ ଆସିବା ବେଳେ ବହୁତ ଯତ୍ନ କରି ଦି' ଚାରିଗଣ୍ଡା ଆରିସା ତିଆରି କରି ପଠାଇଛି ।'

ସୁଦାମ ଝୁଲା ଭିତରୁ ଗୋଟିଏ ପତର ପୁଡ଼ିଆ ବାହାର କରି ସେଣ୍ଟର ଟେବୁଲ୍ ଉପରେ ରଖିଲା । ସେହି ଟେବୁଲ ଉପରେ- ଯେଉଁଠି ବର୍ତ୍ତମାନ ଗୋଟିଏ ବୋତଲ ରମ୍ ରହିଛି । ଦିନ ବେଳା ଲଞ୍ଚ୍ ପୂର୍ବରୁ ମୁଁ ଜିନ୍ ଭଲପାଏ । କିନ୍ତୁ ଡ଼ିନର ଆଗରୁ ମୋର ରମ୍ ବ୍ୟତୀତ ଆଉ କିଛି ପସନ୍ଦଯୋଗ୍ୟ ନୁହେଁ ।

: ଆଉ ତା' ସାଙ୍ଗରେ ଅଳ୍ପ ଦିଇଟା ଖୁଙ୍କୁ ବି ଆଣିଛି ।

ଖୁଙ୍କୁ ?

'ଖୁଙ୍କୁ' ନାମଟି ମତେ ବଡ଼ ଅଦ୍ଭୁତ ନୂଆ ମନେହେଲା । ଖୁଙ୍କୁ କଅଣ ? ମୋର ସ୍ମରଣଶକ୍ତି କିନ୍ତୁ ସେତେ ଦୁର୍ବଳ ନୁହେଁ । ମୁଁ ଚିହ୍ନିପାରିଲି ଜିନିଷଟା କ'ଣ । ଗରିବ ମଣିଷର ଏକ ପ୍ରିୟ ଖାଦ୍ୟ- ଖୁଙ୍କୁ । ତାଳ ଗଜା ଭିତରେ ଏକ ଧଳା ନରମ ଶସ ଥାଏ । କେମିତି ସ୍ୱାଦହୀନ ଗନ୍ଧହୀନ ଜିନିଷଟା । ତା'ର ନାମ ଖୁଙ୍କୁ । ପିଲାଦିନେ ଖାଇଥିବି ହୁଏତ ।

ମତେ ଟିକିଏ ମଜା ଲାଗିଲା। ଓଡ଼ିଶାର ଏକ ସୁଦୂର ପଲ୍ଲୀରୁ ଜଣେ ଆରିସା ପିଠା ଓ ଖୁଙ୍କୁ ନେଇ କଲିକତା ଆସିଛି - କୋଡ଼ିଏ ବର୍ଷର ଅତୀତକୁ ସମ୍ବଳ କରି।

ଟିକିଏ କୌତୁକ ମିଶାଇ ତେଣୁ ପଚାରିଲି : ଆଉ କ'ଣ ଆଣିଛ ? ପୁଡ଼େଇ ଫଳ କିମ୍ବା ମାଣ୍ଡିଆ ପିଠା ?

ସୁଦାମ ଏଥର ସାମାନ୍ୟ ଗମ୍ଭୀର ହୋଇଗଲା। କହିଲା - ଥଟ୍ଟା କରିବେ, ମୁଁ ଜାଣେ। କିନ୍ତୁ ସ୍ନେହ ଭକ୍ତିର ମୂଲ୍ୟ କ'ଣ ପଇସା ଦେଇ ତଉଲ କରାଯାଏ ! ମୋର ଏଠିକି ଆସିବା ଭୁଲ୍ ହୋଇଛି, କିନ୍ତୁ ସେଥିପାଇଁ ଆପଣଙ୍କ ସହିତ ଅଭିମାନ କରି ଲାଭ ନାହିଁ। ମାନ୍ୟରେ ଆପଣ ମୋ' ଠାରୁ ବଡ଼ ହେଲେ ବି ବୟସରେ ମୋ'ଠାରୁ ସାନ। ଆପଣଙ୍କୁ ମୁଁ ଅଭିମାନ କରିବା ଠିକ୍ ହେବନାହିଁ। ଆଣିଛି ଯେତେବେଳେ, ମୁଁ ଜିନିଷଟା ଦେଇଯାଏ। ଆପଣ ତା'କୁ ରଖନ୍ତୁ କି ଫିଙ୍ଗି ଦିଅନ୍ତୁ ମୋର ସେଥିରେ କିଛି ଯାଏ ଆସେ ନାହିଁ। ଆପଣ ଭଗବାନଙ୍କୁ ବିଶ୍ୱାସ କରନ୍ତି ? ବିଶ୍ୱାସ କରିବେ ନ କରିବେ ସେ ଆପଣଙ୍କ ଇଚ୍ଛା। ମୁଁ କିନ୍ତୁ ବିଶ୍ୱାସ କରେ। ମୁଁ ଫଳିତ ଶାସ୍ତ୍ର ଜାଣେ। କେବଳ ସେଥିପାଇଁ ମୁଁ ଏତେ ବାଟ ଦୌଡ଼ିଆସିଛି।

ତା' ପରେ ସେ ଲୋକଟି ମତେ ଯାହା ବୁଝାଇ ବସିଲା, ତାହା ମୋର ବୁଦ୍ଧିବୃତ୍ତିର ବାହାରେ। ବିଛାରାଶି, ଅନୁରାଧା ନକ୍ଷତ୍ରରେ ରବି ମହାଦଶା। ବୃହସ୍ପତି ଓ କେତୁଙ୍କ ଅବସ୍ଥାନ ମଧ୍ୟ ଅଶୁଭ। ଏ ସମସ୍ତ ହିସାବ କରି ସୁଦାମ ମତେ ବୁଝାଇଲା ଏବେ ମୋର ଗ୍ରହ ଖରାପ ପଡ଼ିଛି। ଆସନ୍ତା କେତେ ମାସ ପର୍ଯ୍ୟନ୍ତ ମତେ କଠିନ ସମୟ ଭିତରେ ଯିବାକୁ ପଡ଼ିବ। ସେଥିପାଇଁ ଦମୟନ୍ତୀ ବଡ଼ ବ୍ୟସ୍ତ। ଆଉ ସେଥିପାଇଁ...

ସୁଦାମ ଏଥର ତା' ଝୁଲା ଅଣ୍ଡାଳି ଗୋଟିଏ ଜିନିଷ ବାହାର କଲା। ତାହା କ'ଣ ମୁଁ ଚିହ୍ନି ପାରିଲି ନାହିଁ। ଟିକିଏ ଲକ୍ଷ୍ୟ କଲା ପରେ ଜାଣିଲି, ତାହା ଗୋଟିଏ ଡେଉଁରିଆ।

: ଏଇ ଡ଼େଉଁରିଆ ଦମୟନ୍ତୀ ପଠାଇଛି। ପାଖ ଗାଁରେ ଜଣେ ପ୍ରତ୍ୟକ୍ଷ ଦେବୀ ଅଛନ୍ତି - ଲକ୍ଷେଶ୍ୱରୀ ଠାକୁରାଣୀ। ତାଙ୍କର ସେବକ ଗୌରାଙ୍ଗ ଦାସ ଜଣେ ବଡ଼ ଧର୍ମାତ୍ମା ପୁରୁଷ। ତାଙ୍କ ହାତରେ ଏ ଡ଼େଉଁରିଆ ତିଆରି। ରଖିବେ ଯଦି ରଖିବେ, ଆଉ ନ ରଖିବେ ଯଦି ଫିଙ୍ଗିଦେବେ ଅଳିଆଗଦାକୁ।

...ଦମୟନ୍ତୀ କିନ୍ତୁ ଶ୍ରଦ୍ଧାରେ ଦେଇଛି। ଗତ ଦଶ ପନ୍ଦର ଦିନ ଧରି ମତେ ସେ ଅନେକ କହିବୋଲି ଏଠିକି ପଠାଇଛି। ମୁଁ କିନ୍ତୁ ସବୁକଥା ଜାଣେ - ଅନୁମାନ କରିବା ତ କଷ୍ଟ ନୁହେଁ। ତେଣୁ ଆସିବାକୁ ରାଜି ହେଉନଥିଲି। ଆସି ଦେଖୁଛି, ମୁଁ କିଛି ଭୁଲ୍ ଭାବି ନ ଥିଲି...

ଲୋକଟି ନଇଁପଡ଼ି ମୋ ଟେବୁଲ୍ ଉପରେ ଡେଉଁରିଆଟି ରଖିଲା, ଯେଉଁ ଟେବୁଲ୍‌ରେ ସେହି ପତର ପୁଡ଼ିଆ, ରମ୍ ବୋତଲ ଓ କାଚଗ୍ଲାସଟି ରହିଛି।

... କାଲି ସକାଳେ ଗାଧୋଇସାରି ସୂର୍ଯ୍ୟଙ୍କୁ ନମସ୍କାର କରି ଏ ଡ଼େଉଁରିଆଟି ଡାହାଣ ହାତରେ ପିନ୍ଧିବେ। ସୂର୍ଯ୍ୟ ନମସ୍କାର ଜାଣନ୍ତି ଆପଣ ? ଠିକ୍ ଅଛି - କାଲି ସକାଳେ ମୁଁ ଟ୍ରେନ୍‌ରେ ଥାଇ ବୋଲିଦେବି। ଆପଣ କେବଳ ନମସ୍କାରଟି କରିବେ ଗାଧୋଇସାରି।

ଲୋକଟି ମୋ ନିକଟକୁ ଆସି, ନଇଁପଡ଼ି ପାଦ ଛୁଇଁଲା। ଧୂଳି ମୁଣ୍ଡରେ ମାରି କହିଲା ମୁଁ ଯାଉଛି। ଟ୍ରେନ୍ ନଅଟା ବେଳେ ଛାଡ଼ିବ। ଏବେ ଠୁ ନ ବାହାରିଲେ ଟ୍ରେନ୍ ଆଉ ଧରିପାରିବି ନାହିଁ। ରାସ୍ତାରେ ବହୁତ ଭିଡ଼ ...

ସୁଦାମ ଝୁଲାଟିକୁ ସଜାଡ଼ି କାନ୍ଧରେ ଓହଳାଇ ଦେଲା, କିନ୍ତୁ ଘର ଭିତରୁ ବାହାରିଯିବା ପୂର୍ବରୁ ସାମାନ୍ୟ ଅବିଶ୍ୱାସପୂର୍ଣ୍ଣ ସ୍ୱରରେ ନିଜକୁ ନିଜେ ପଚାରିଲା ପରି କହିଲା - ସତରେ ଆପଣ ଦମୟନ୍ତୀକୁ ଭୁଲିଯାଇଛନ୍ତି ! ଦୟି - ଆପଣଙ୍କ ଏତେ ଆଦରର ଦୟି - ତା'କୁ ଆପଣ -

ଲୋକଟି କୋଠରିରୁ ନିଷ୍କ୍ରାନ୍ତ ହୋଇଯିବା ପରେ ଯେମିତି ହଠାତ୍ ମୋ ଅନ୍ଧାରୀ ମନ ଭିତରେ ବିଜୁଳି ଚହଟି ଉଠିଲା। ଦୟି ! କି ନାମ ସେ କହିଗଲା ଶେଷରେ ? ଦୟି - ଆପଣଙ୍କ ଏତେ ଆଦରର ଦୟି - ?

ମଦ ପ୍ରଭାବରେ ମୁଁ କେବେ ନିଶାଗ୍ରସ୍ତ ହୋଇପଡ଼େ ନାହିଁ, କିନ୍ତୁ ବର୍ତ୍ତମାନ ଉଠିବାକୁ ଚେଷ୍ଟା କରୁ କରୁ ମୋ ପାଦ ସ୍ଥାଣୁ ହୋଇଗଲା। ମୁଁ ଅନ୍ଧାର ଭିତରେ ବାଟ ଅଣ୍ଡାଳି ଯିବା ପରି ଟଳି ଟଳି ବାହାରକୁ ବାହାରି ଆସିଲି।

କିନ୍ତୁ ବାହାରେ ସୁଦାମ- ଦୟିର ସ୍ୱାମୀ - ଆଉ ନଥିଲା। ସେ କୁଆଡ଼େ ଚାଲିଯାଇଥିଲା। ଘରର ଦରୁଆନ୍, ବଗିଚାର ମାଳୀ ଆଉ ରନ୍ଧାଘରର ଖାନ୍‌ସମା ସମସ୍ତଙ୍କୁ ପଚାରି ବୁଝିଲି ସେ ଯିବାବେଳେ କେହି ଦେଖି ନାହାନ୍ତି।

ଏଇ ଘଟଣାର ପାଞ୍ଚଦିନ ପରେ ମୁଁ ଚିଠିଟିଏ ପାଇଥିଲି। ଚିଠିରେ ପ୍ରେରକର ଠିକଣା ନାହିଁ। କେବଳ ଶେଷକୁ ଲେଖାଅଛି 'ତୁମର ଅଭାଗିନୀ ଭଉଣୀ ଦମୟନ୍ତୀ।'

ଚିଠି ମୁଁ ସଙ୍ଗେ ସଙ୍ଗେ ପଢ଼ିବସିଲି। ଅସଂଲଗ୍ନ, ଅସମ୍ପୂର୍ଣ୍ଣ ଚିଠି। ଦମୟନ୍ତୀ ଏତେ ଶିକ୍ଷିତା ନୁହେଁ ଯେ ବସି ବସି ବନେଇ ଚୂନେଇ ଚିଠିଟା ଲେଖିବ। ସେ ଲେଖିଛି -

...ତୁମଘରେ ଦି'ଦିନ ରହି ଫେରିବା ପରେ 'ସେ' ତୁମକଥା ଏତେ କହୁଛନ୍ତି ଯେ କହିଲେ ନ ସରେ। ତୁମେ ବଡ଼ ସୁଖରେ ଅଛ, ବଡ଼ ଶାନ୍ତିରେ। ଏହା ଜାଣି ମତେ

ବହୁତ ଖୁସି ଲାଗିଲା। କେତେ ଆଦରଯତ୍ନ ତୁମେ କଲ ତାଙ୍କର। ମୁଁ ପଠାଇଥିବା ଆରିସା ଓ ଖୁଙ୍କୁ ତୁମେ ବହୁତ ଖୁସିହୋଇ ଖାଇଲ, ଏହା ଶୁଣି ଆନନ୍ଦରେ ମୋ ଆଖିରୁ ଲୁହ ଝରିପଡ଼ିଲା। ତୁମ ଗରୀବ ଅଭାଗିନୀ ଭଉଣୀକୁ ତୁମେ ଏତେ ଭଲପାଅ ତାଙ୍କଠାରୁ ଶୁଣି ନ ଥିଲେ ମୁଁ ବିଶ୍ୱାସ କରିପାରି ନଥାନ୍ତି। ଧଡ଼ି ଭଲ ପାଠ ପଢୁଛି ଶୁଣି ତୁମେ କେତେ ଖୁସି ନ ହେଲ ! ସେ ବହି କିଣିବା ପାଇଁ ଯୋଉ ପଚାଶ ଟଙ୍କା ଦେଇଥିଲ, ବଡ଼ ଦୁଃଖର କଥା ଭାଇନା, ସେ ଟଙ୍କା ବାଟରେ କୋଉଠି ହଜେଇ ଦେଲେ। ଏମିତି ଭୋଳା ମଣିଷଟାଏ ସେ ! ସେଥିପାଇଁ ତାଙ୍କର ଯୋଉ ଦୁଃଖ। ଘରେ ପହଞ୍ଚିବା ବେଳକୁ ତାଙ୍କ ମୁହଁ ଦେଖି ମତେ ବଡ଼ ବାଧିଲା। ଟଙ୍କା ପଚାଶଟା ପାଇଁ ନୁହେଁ ଭାଇନା, ତୁମ ସ୍ନେହର ଦାନ ଧଡ଼ି ପାଇଲା ନାହିଁ, ସେଥିପାଇଁ ମତେ ଦୁଃଖ ଲାଗିଲା। ଆଉ ସେ ଡେଉଁରିଆ କଥା ଭାଇନା, ସେଇ ଡେଉଁରିଆଟା ପାଇ ତୁମ ଆଖି ଛଳଛଳ ହୋଇଉଠିଲା - ଏ କଥା ଶୁଣି ମୋ ଛାତି ଭିତରେ ବି ବଡ଼ କଷ୍ଟ ଲାଗିଲା। ସେ କଷ୍ଟ କିନ୍ତୁ ବଡ଼ ଆନନ୍ଦର।

...ତୁମେ ତାଙ୍କୁ ଦୁଇଦିନ ରହିବା ପାଇଁ ବାଧ କରୁଥିଲ, କିନ୍ତୁ ତୁମେ ତ ଜାଣ, ସେ ଟିକିଏ ଲାଜକୁଳା ମଣିଷ। ପୁଣି ଘରେ ଏଠି ଏତେ ଅସୁବିଧା। (ଏଇଠି ଦମୟନ୍ତୀ ଗୋଟିଏ ଦୁଇଟି ଅସୁବିଧା କଥା ଲେଖିଥିଲା ବୋଧହୁଏ, କିନ୍ତୁ ପରେ ତା'କୁ ଭଲକରି କାଟି ଦେଇଛି। ପଢ଼ି ହେଉନି ଆଦୌ) ସେଇଥିପାଇଁ ସେ ପଳେଇ ଆସିଲେ। ତୁମେ ରାଗିବନି - ତୁମକୁ ମୋ ରାଣ ରହିଲା। ପରେ ସୁବିଧା ଦେଖି ସେ ଯିବେ ନିଶ୍ଚୟ। ହେଲେ ମୁଁ ଏ ସଂସାର ଜଞ୍ଜାଳ ଛାଡ଼ି ଯାଇପାରିବି କୋଉଠୁ ? ତୁମ ପରି ମହତ୍ ଯାହାର ହୃଦୟ, ତା' ପାଇଁ ସବୁବେଳେ ଭଗବାନଙ୍କ ଆଶୀର୍ବାଦ ଥାଏ। ଚିଠି ତ ମତେ ଲେଖିଆସେନା ଭାଇନା, ମୂର୍ଖ ଭଉଣୀଟା ତୁମର, ତା' ଦୋଷ ଧରିବ ନାହିଁ। ହଁ ଭାଇନା, ରବିବାର ଦିନ ତୁମେ ମାଛମାଂସ ଖାଇବ ନାହିଁ। ତୁମ ରବି ମହାଦଶା ପାଇଁ ମୁଁ ବ୍ରତ କରୁଛି। ଉପାସ କରୁଛି ସେ ଦିନଟା।

...ଆଉ କ'ଣ ଲେଖିବି ? ତୁମ ପାଦତଳେ ମୋର କୋଟି ପ୍ରଣାମ। ଇତି। ତୁମର ଅଭାଗିନୀ ଭଉଣୀ ଦମୟନ୍ତୀ।

ଚିଠିଟି ମୁଁ ଓଲଟ ପାଲଟ କରି କେତେଥର ପଢ଼ିଲି। ଚିଠି ଶେଷରେ କିନ୍ତୁ କୌଣସି ଠିକଣା ନଥିଲା। ଏ ଠିକଣା ମତେ କେବେ ଦିନେ ମିଳିବ, ସେ ଆଶା ମୋର ନାହିଁ।

■

ଆକାଶର ସୀମା

ଟ୍ରେନ୍ ଚାଲିବାକୁ ଆରମ୍ଭ କଲା ପରେ କୁପେ ଭିତରକୁ ତରତର ହୋଇ ପଶି ଆସିଥିଲା ଯୁବକଟି।

ପ୍ଲାଟଫର୍ମରେ ଦୌଡ଼ି ଦୌଡ଼ି ସେ ସାମାନ୍ୟ ଅଣନିଃଶ୍ୱାସୀ ହୋଇଯାଇଥିଲା ହୁଏତ, ସିଟ୍ ଉପରେ ବସିପଡ଼ି ଲମ୍ବା ନିଃଶ୍ୱାସ ଛାଡ଼ିଲା ଓ ରୁମାଲ୍‌ରେ ମୁହଁ ପୋଛିଲା।

ଟ୍ରେନ୍ ଛାଡ଼ିବା ପରେ, ଏମିତି ଦୌଡ଼ି ଦୌଡ଼ି ଚଢ଼ିବା ଆଦୌ ପସନ୍ଦ କରନ୍ତି ନାହିଁ ରମାନାଥ। ହୁଏତ ଠିକ୍ ସମୟରେ ଷ୍ଟେସନକୁ ଆସ, କିମ୍ବା ରହିଯାଅ ପରବର୍ତ୍ତୀ ଟ୍ରେନ୍ ଆସିବା ପର୍ଯ୍ୟନ୍ତ।

ସେ ଖବରକାଗଜରୁ ମୁହଁ ଉଠାଇ ଚାହିଁଲେ ଆଗନ୍ତୁକ ଯୁବକ ଆଡ଼କୁ। ମୁହଁଟି ଦେଖି ଚମକି ପଡ଼ିଥିଲେ ରମାନାଥ। ଛାତି ଉପରେ କେଉଁଠି ଏକ ଛୋଟ ଦୁର୍ବଳ ତନ୍ତ୍ରୀରେ ଏକ ଅନୁକ୍ତ ଅନୁଭବ ଖେଳାଇ ହୋଇଗଲା।

ରକ୍ତଚାପ ବଢ଼ିବା ପରେ ଏମିତି ମୃଦୁ ଯନ୍ତ୍ରଣା କେବେ କେବେ ଛାତିରେ ଖେଳାଇ ହୋଇଯାଇଥାଏ, ବେଶ୍ କିଛିଦିନ ହେଲାଣି, କିନ୍ତୁ ଆଜି ତାହା ନ ଥିଲା।

ଯୁବକଟି କ୍ଷଣିକ ପାଇଁ ଚାହିଁଲା ରମାନାଥଙ୍କ ଆଡ଼କୁ, ତା'ପରେ ବୁଲିପଡ଼ି ହାତବ୍ୟାଗ୍ ଫିଟାଇବାରେ ବ୍ୟସ୍ତ ରହିଥିଲା।

ସେହି ସୁଯୋଗରେ ରମାନାଥ ତା'କୁ ଆଉ ଥରେ ଦେଖିଲେ।

ସେହିପରି। ଅବିକଳ ସେହିପରି ଦେଖାଯାଉଛି ଯୁବକଟି। ଆଜି ଯଦି ସେ ବଞ୍ଚି ରହିଥାଆନ୍ତା, ତେବେ ସେ ଦେଖାଯାଉଥାଆନ୍ତା ଏହି ଯୁବକଟି ପରି। ସୌମ୍ୟ, ଦୀର୍ଘଦେହୀ, ପ୍ରାଣବନ୍ତ ଏକ ଯୁବାପୁରୁଷ।

ଛାତି ଭିତରର ଅସ୍ଥିରତା ବେଶି ସମୟ ରହିଲା ନାହିଁ, ଆଇସୋପ୍‌ଟିନ୍‌ର ସ୍ଥାୟୀ ପ୍ରଭାବରେ ତାଙ୍କ ନିଃଶ୍ୱାସ କ୍ରମଶଃ ସହଜ ହୋଇଗଲା।

ସବୁ ସହଜ ହୋଇଯାଏ ସମୟକ୍ରମେ, ସବୁ ସହି ହୋଇଯାଏ ଧୀରେ ଧୀରେ।

କେତେବର୍ଷ ପୂର୍ବେ ସେ କେବେ କ'ଣ କଳ୍ପନା କରିପାରି ଥାଆନ୍ତେ ସେ ଏମିତି ବଞ୍ଚି ରହିପାରିବେ ଅଭିଜିତ୍‌ର ଅବର୍ତ୍ତମାନରେ ? ଯାହାକୁ ଦିନଟିଏ ନ ଦେଖିଲେ, ଯାହା ଆଖିରେ ବିନ୍ଦୁଏ ଲୁହ ଦେଖିଲେ, ଅଫିସ୍ କାମରେ ମନ ଦେଇପାରୁ ନ ଥିଲେ ?

ଯୁବକଟି ଆସ୍ତେ କାଶିଲା। ମୃଦୁସ୍ୱରରେ କହିଲା- ଏକ୍‌ସକିଉଜ୍ ମି।

ସବୁବେଳେ ସେହି କଥା ହିଁ କହୁଥିଲେ ରମାନାଥ। କାଶିଲେ କହିବୁ 'କ୍ଷମା କରିବେ', କାହା ସାମନାରେ ହାଇ ମାରିବୁ ନାହିଁ, ସେଇଟା ଅଭଦ୍ରାମି, ଗୁରୁଜନଙ୍କୁ ସମ୍ମାନ କରିବୁ, ସତ କହିବୁ, ସବୁବେଳେ ଠିକ୍ ବାଟରେ ହିଁ ଯିବୁ।

ବାପାଙ୍କର ସବୁ କଥା ମାନିଥିଲା ଅଭିଜିତ୍। ସୁନା ପିଲା ହେବାକୁ ଚେଷ୍ଟା କରିଥିଲା, ମନଦେଇ ପାଠ ପଢୁଥିଲା, ମିଛ କହିବାକୁ ଭଲ ପାଉ ନ ଥିଲା, ସମସ୍ତଙ୍କ ମନ ନେବାକୁ ଚେଷ୍ଟା କରୁଥିଲା।

କେବଳ ଗୋଟିଏ କଥା ସେ ମାନିଲା ନାହିଁ। ସେ ଆକାଶରେ ଉଡ଼ିବାକୁ ଚାହିଁଥିଲା।

ରମାନାଥ କହିଥିଲେ- ଏତେ କଥା ଅଛି ଜୀବନରେ କରିବା ପାଇଁ। କେତେ ରକମର ପେସା ଅଛି ! ଡାକ୍ତର, ପ୍ରଫେସର, ସଫ୍ଟୱେର ଇଞ୍ଜିନିୟର...

ତଥାପି ସେ ଚାହିଁଥିଲା ଉଡ଼ିବାକୁ। ଆକାଶର ନୀଳ ଦ୍ରାଘିମା ତା'କୁ ଉଚ୍ଚାଟ କରିଥିଲା।

ଯୁବକଟି କହିଲା- ଏକ୍‌ସକିଉଜ୍ ମି, ଅଙ୍କଲ ! ଆପଣଙ୍କର ଚଷମା ଖୋଳଟା ତଳେ ପଡ଼ିଯାଇଛି...

ତା' ପରେ ସେ ନଇଁ ପଡ଼ି ତଳୁ ଉଠାଇ ଆଣିଥିଲା ଚଷମା ଖୋଳଟି, ସିଟ୍ ଉପରେ ରଖି ଦେଇଥିଲା ଯତ୍ନ କରି।

ରମାନାଥ ଚାହିଁଥିଲେ ଯୁବକକୁ, ତା'ର ଭଦ୍ରାମିରେ ଆପ୍ୟାୟିତ ହୋଇ ନୁହେଁ, ସେ ଆଶ୍ଚର୍ଯ୍ୟ ହୋଇଯାଇଥିଲେ ପିଲାଟିର ସ୍ୱର ଶୁଣି।

ଅବିକଳ ସେହି ସ୍ୱର। ଯେମିତି ଅଭିଜିତ୍ ହିଁ କଥା କହୁଛି।

- ଆପଣ କେତେ ଦୂର ଯିବେ ?

ମୃଦୁ ହସି ପଚାରିଥିଲା ଯୁବକଟି।

- ଦିଲ୍ଲୀ।

ତା'ର ଯେମିତି ନିଜ ପକ୍ଷର ଉତ୍ତରଟିଏ ବାକି ରହିଛି, ସେଭଳି କହିଲା ଯୁବକଟି- ମୁଁ ଯିବି ବାରାଣସୀ ଯାଏ।

ରମାନାଥ କିଛି କହିଲେ ନାହିଁ। ବସ୍ତୁତଃ କିଛି କହିବା ପାଇଁ ସାହସ ହେଲା ନାହିଁ ତାଙ୍କର। ସେହି ସ୍ୱରଟିକୁ, ସେହି ସ୍ପନ୍ଦନକୁ ସେ ଭୟ କରୁଥିଲେ ଯେମିତି।

କିନ୍ତୁ ସେ ନୀରବରେ, ସତେକି ଚୋରେଇ ଚୋରେଇ ଦେଖୁଥିଲେ ଯୁବକଟିକୁ।

ତା' କହିବାର ଭଙ୍ଗୀ, ତା' ଭ୍ରୂଲତାର ବିସ୍ତୃତି, ତା' ଚିବୁକର ସୁକୁମାର ପଣ, ସବୁ ଭଲ ଲାଗୁଥିଲା ଦେଖିବାକୁ।

ଯୁବକଟି ବୁଝିପାରିଥିଲା ଯେ ରମାନାଥ ତା'କୁ ଲକ୍ଷ୍ୟ କରୁଛନ୍ତି, ଚାହୁଁଛନ୍ତି ବାରମ୍ବାର କିଛି ଖୋଜିବା ପରି; ସେ ଟିକିଏ ଆତ୍ମସଚେତନ ହୋଇଗଲା। ବର୍ଥ ଉପରେ ଅଧା ଶୋଇ ରହି ବହିଟିଏ ପଢ଼ିବାକୁ ଆରମ୍ଭ କଲା।

ପଢ଼ା ମଝିରୁ, ଆଖି ଫେରାଇ ଦେଖିଥିଲା, ରମାନାଥ ତାକୁ ଚାହିଁଛନ୍ତି।

ଏକାଠି ଆଖି ମିଶିଯିବାରୁ ଟିକିଏ ଅପ୍ରତିଭ ହେଲେ ରମାନଥ। ଆତ୍ମସ୍ଥ ହେବାକୁ ଯାଇ କହିଲେ- ବାରାଣସୀରେ ପହଞ୍ଚୁ ପହଞ୍ଚୁ ସକାଳ ହୋଇଯିବ, ନୁହେଁ?

- ନା, ରାତି ଥିବ ଆହୁରି। ପାହାନ୍ତା ତିନିଟା ପାଞ୍ଚାବନରେ ପହଞ୍ଚିବା କଥା।

ଅଳ୍ପ ହସି କହିଲା ଯୁବକଟି। ଅପ୍ରତିଭ ରମାନାଥଙ୍କୁ ସହଜଭାବ ଫେରାଇଦେଲା ପରି କହିଲା- ମତେ କିନ୍ତୁ ଭାରି କଷ୍ଟ ଲାଗେ ଏତେ ରାତିରୁ ଉଠିବାକୁ। ମୁଡ୍ ଖରାପ ହୋଇଯାଏ।

ରମାନାଥଙ୍କ ଭିତରେ ପୁଣି ଗୋଟିଏ ଲହଡ଼ି ଉଠିଆସି ଭାଙ୍ଗି ଭାଙ୍ଗି ଗଲା। ଅଭିଜିତ୍ ଏଇୟା ହିଁ କହୁଥିଲା ପିଲାଦିନେ, ଏଇ ଢଙ୍ଗରେ। ସାରା ରାତି ବସି ପାଠପଢ଼ିବ ସେ, ରାତି ପାହାନ୍ତା ପର୍ଯ୍ୟନ୍ତ। କିନ୍ତୁ ସକାଳେ ଶୀଘ୍ର ଉଠିବାକୁ କହିଲେ ଯେତେକ ଅନିଚ୍ଛା, ଯେତେକ ଅଭିମାନ।

ରମାନାଥ ହାତଘଡ଼ିକୁ ଦେଖିଲେ: ସମୟ ରାତି ସାଢ଼େ ଦଶଟା। କୁପେ ଭିତରେ ବାକି ଦୁଇଟି ବର୍ଥ ଖାଲି। ଆଉ କାହାରି ଆସିବାର ନାହିଁ। ପରବର୍ତ୍ତୀ ରେଳଷ୍ଟେସନ୍ ଚାରି ଘଣ୍ଟା ଦୂରତ୍ୱରେ।

ଅଭିଜିତ୍‌କୁ ଭଲ ଲାଗୁଥିଲା ଟ୍ରେନ୍‌ରେ ବୁଲିବାକୁ। ଲମ୍ବା ରାସ୍ତା, ଲମ୍ବା ସମୟ। ଜାହାଜରେ ମଧ୍ୟ ସେମାନେ ଥରେ ଯାଇଥିଲେ ଆଣ୍ଡାମାନ୍ ଦ୍ୱୀପ। କିନ୍ତୁ ଅଭିଜିତର ଆଖିରେ ଥିଲା ନୀଳ ଆକାଶର ସ୍ୱପ୍ନ।

'ମୁଁ ପାଇଲଟ୍ ହେବି। ମୁଁ ଆକାଶରେ ଉଡ଼ିବି।'

ସିପ୍ରା କହିଥିଲା- ହଁ ଜିତୁଭାଇନା ପାଇଲଟ୍ ହେବେ। ନିଶ୍ଚୟ ହେବେ! କି ମଜା!

ସେଇ ସିପ୍ରା ହିଁ ଦିନେ ଦୁଃସମ୍ବାଦଟି ଜଣାଇଥିଲା, ଟେଲିଫୋନ୍‌ରେ। ତା'ପରେ ତା' ହାତରୁ ଟେଲିଫୋନର ରିସିଭର୍ ଖସି ପଡ଼ିଥିଲା।

ପାଞ୍ଚବର୍ଷ ତଳେ।

ଏଇ ପାଞ୍ଚବର୍ଷ ଭିତରେ ରମାନାଥ ଆହୁରି ଏକା ହୋଇଯାଇଛନ୍ତି, ଆହୁରି ନିଃସଙ୍ଗ, ସୁମିତ୍ରା ଚାଲିଯିବା ପରେ।

ସିପ୍ରା କହିଥିଲା, ବାପା! ଥରେଟେ ଦିଲ୍ଲୀ ଆସ। ପୁଲକ ତୁମକୁ ବହୁତ ମିସ୍ କରୁଛି। ତୁମେ ଆସିଲେ ସାଙ୍ଗ ହୋଇ ଋଷିକେଶ ଯିବା, ମଶୌରୀ ଯିବା।

ଆଉ କୁଆଡ଼େ ବୁଲିବାର ଆଗ୍ରହ ନାହିଁ ରମାନାଥଙ୍କର, ଆଉ କିଛି ଦେଖିବାର। ଡକ୍ଟର ମହାପାତ୍ର କହିଥିଲେ- ଝିଅ ତ ଦିଲ୍ଲୀରେ ଅଛି; ଏଇ କେତେଟା ଜିନିଷ ପରୀକ୍ଷା କରେଇ ନିଅନ୍ତୁ ଏସ୍‌କର୍ଟ ହସ୍ପିଟାଲ୍‌ରେ। ଡେରି କରି ଲାଭ ନାହିଁ।

ପୁଲକ କହିଥିଲା ଫୋନ୍‌ରେ- ଜେଜେ, ତୁମ ଦିହ ବେଶି ଖରାପ ହେଲେ ଆମ ମନ ବେଶି ଖରାପ ହେବ। ତୁମେ ଜଲ୍‌ଦି ଦିଲ୍ଲୀ ଚାଲିଆସ...

ଛାତି ଭିତରେ କୋଉଠି ଟିକିଏ କଷ୍ଟ ହେଲା। ନିଃଶ୍ୱାସ ଫେରିବାର ବାଟ ନ ପାଇଲା ପରି।

ରମାନାଥ ବ୍ୟାଗ୍ ଭିତରୁ ପାଣି ବୋତଲ କାଢ଼ିଲେ। ସିଲ୍ ଲାଗିଥିବା ମିନେରାଲ୍ ପାଣିବୋତଲ।

ଠିପି ଫିଟାଇବାରେ ଅସୁବିଧା ହେଉଥିଲା। ପ୍ରତି ବୋତଲରେ ଅଲଗା ଅଲଗା କାଇଦା, ଠିପି ଖୋଲିବାକୁ।

ଯୁବକଟି ବର୍ଥରୁ ଉଠି ଆସି କହିଲା- ଦିଅନ୍ତୁ ଅଙ୍କଲ୍, ମୁଁ ଖୋଲି ଦେଉଚି।

ନିଜ ହାତ ବ୍ୟାଗରୁ ଗୋଟିଏ କାଗଜ ଗ୍ଲାସ୍ କାଢ଼ି ସେଥିରେ ପାଣି ଢାଳିଲା ଯୁବକଟି। ବଢ଼ାଇଦେଲା ରମାନାଥଙ୍କ ହାତକୁ।

ହାତରେ ହାତର ସ୍ପର୍ଶ। ନିମିଷକ ପାଇଁ।

ସେହି ସ୍ପର୍ଶରେ କ'ଣ ଥିଲା କେଜାଣି, ରମାନାଥଙ୍କ ହାତ ଅଳ୍ପ ଚହଲିଗଲା।

- ଆପଣ ଯଦି ରାତିରେ ଆଲୁଅ ଜଳାଇ ରଖିବେ ତ ମୋର କିଛି ଆପତ୍ତି ନାହିଁ।

ଯୁବକଟି କହିଲା ନମ୍ର ସ୍ୱରରେ। ଶୋଇବା ପାଇଁ ପ୍ରସ୍ତୁତ ହୋଇସାରି।

- ମୋ ପାଇଁ ସବୁ ଏକା କଥା। ମୁଁ ରାତିରେ ଶୋଇବି ନାହିଁ।

- ଶୋଇବେ ନାହିଁ?

ଉତ୍ତରରେ କିଛି ନକହି ରମାନାଥ ମୃଦୁ ହସିଲେ।

ଅଭିଜିତ୍‌ର ଯେଉଁ ଦିନ ସକାଳୁ କୁଆଡ଼େ ଯିବାର ଥାଏ, ଏନ୍‌ସିସି କ୍ୟାମ୍ପ କିମ୍ବା ପରୀକ୍ଷା, ସେଦିନ ରାତିରେ ରମାନାଥ ଶୁଅନ୍ତି ନାହିଁ। ପାହାନ୍ତା ପହର ବେଳେ ଅଭିଜିତ୍‌କୁ ଯାଇ ଡାକନ୍ତି - ଜିତୁ, ଉଠିପଡ଼, ଜଲ୍‌ଦି ବାହାରିବାକୁ ପଡ଼ିବ।

ଭିଡ଼ିମୋଡ଼ି ହୋଇ ଜିତୁ ଉଠେ। ହାତଯୋଡ଼ି ପ୍ରାର୍ଥନା କରେ ଦୁଇ ମିନିଟ୍ ପାଇଁ। ତା'ପରେ ଉନ୍ମୁକ୍ତ ହୋଇଯାଏ ଗୋଟିଏ ଦୁରନ୍ତ ଦିନର ବିସ୍ତୃତି।

ଝରକା ଦେଇ ବାହାରକୁ ଚାହିଁଲେ ରମାନାଥ। ଅନ୍ଧାର, ତା' ଭିତରେ ବିନ୍ଦୁ ବିନ୍ଦୁ ଆଲୋକର ସଞ୍ଚାର ପଥ। ଆକାଶର ମେଘ ଦିଶୁଛି ଆବର୍ତ୍ତର ଜଳରାଶି ପରି। ଗତିଶୀଳ କିନ୍ତୁ ଦିଗଭ୍ରଷ୍ଟ।

ବର୍ଥରେ ବିଛଣା ପାରି ଯୁବକଟି ଶୋଇଲା। ଆଖି ବନ୍ଦ କରିବା ଆଗରୁ ସେକଡ଼କୁ ମୁହଁ କରି ପ୍ରାର୍ଥନା ବୋଲିଲା, କିଛି ଲୁଚାଛପା କାମଟିଏ କଲା ପରି।

ରମାନାଥ ଚେଷ୍ଟା କଲେ ହାତରେ ଧରିଥିବା ଖବରକାଗଜଟି ପଢ଼ିବା ପାଇଁ। ମନ ଲାଗିଲା ନାହିଁ, ସେ ପୁଣି ବାହାରକୁ ଚାହିଁଲେ। ଅଳ୍ପ ଅଳ୍ପ ତନ୍ଦ୍ରାରେ ତାଙ୍କ ଆଖି ବୁଜି ହୋଇ ଆସୁଥିଲା, ଗୋଟିଏ ପୋଲ ଉପରର ଏକତାଳିକ ଶବ୍ଦରେ ତନ୍ଦ୍ରା ତୁଟିଗଲା।

ଯୁବକଟି ଶୋଇ ନଥିଲା ସେ ପର୍ଯ୍ୟନ୍ତ। ଆଖି ମେଲି ସେ ଦେଖୁଥିଲା ଛାତକୁ, ପଙ୍ଖା ଚାରିପାଖର ଛାଇଛାଇକା ଅନ୍ଧାରକୁ।

- ତୁମେ ଶୋଇପଡ଼। ମୁଁ ତୁମକୁ ଉଠେଇଦେବି ଠିକ୍ ସମୟରେ।

ରମାନାଥ କହିଲେ ଅଶ୍ୱାସନାର ସ୍ୱରରେ।

ଯୁବକଟି ମୁହଁ ଫେରାଇ ତାଙ୍କୁ ଚାହିଁଥିଲା। ସେହି ଚାହାଣି ଭିତରେ ସେ ହୁଏତ ଚେଷ୍ଟା କରୁଥିଲା ତାଙ୍କୁ ଚିହ୍ନିବାକୁ, କିଛି ପରିଚୟ ଉଦ୍ଧାର କରିବାକୁ।

ସେ ପଚାରିଲା- ଦିଲ୍ଲୀରେ ଆପଣଙ୍କର କିଏ ଅଛନ୍ତି ?

ରମାନାଥ କହିଲେ, ତାଙ୍କ ଝିଅ ଜୋଇଁ, ଆଉ ତାଙ୍କର ପ୍ରିୟ ନାତି ପୁଲକ। ସେହି ନାତିର କଥା ଭାଙ୍ଗି ନ ପାରି ସେ ଦିଲ୍ଲୀ ବାହାରିଛନ୍ତି।

ଟିକିଏ ଭାବିଲା ଯୁବକଟି। କହିଲା- ଆପଣ ଭାଗ୍ୟବାନ୍।

ଏମିତି କାହିଁକି କହିଲା ଯୁବକଟି ? କ'ଣ ଏମିତି ବିଶେଷତ୍ୱ ସେ ଏଥିରେ ଦେଖିଥିଲା ଯେ କହିଲା ଆପଣ ଭାଗ୍ୟବାନ୍ !

ପୋଲ ପାରି ହେବା ପରେ ଟ୍ରେନ୍‌ର ଗତି ବଢ଼ୁଥିଲା ଧୀରେ ଧୀରେ। ବାହାରର ଅନ୍ଧାର ଅଧିକ ଗାଢ଼ ହେଉଥିଲା, ଅଧିକ ରହସ୍ୟମୟ। ମନେ ହେଉଥିଲା ଏହି ଅବରୁଦ୍ଧ କୋଠରିଟି ମହାବିଶ୍ୱର କେନ୍ଦ୍ର ପାଲଟି ଯାଇଛି, ବ୍ରହ୍ମାଣ୍ଡ ଏବେ ଘୂରି ବୁଲୁଛି ତା' ଚାରିପଟେ। ଏମିତି ଘୂରି ଚାଲିବ ଅନନ୍ତକାଳ।

ଅଭିଜିତ୍‌ର ମୃତଦେହ ଶେଷ ପର୍ଯ୍ୟନ୍ତ ମିଳି ନ ଥିଲା। ଉତ୍ତର – ପଶ୍ଚିମ ସୀମାନ୍ତର ଏକ ବିପଦସଙ୍କୁଳ ପଥରେ ନିଖୋଜ ହୋଇଯାଇଥିଲା ଏୟାର୍‌ଫୋର୍ସର ଯୁଦ୍ଧ ବିମାନ। ସାତ ଦିନ ପରେ ବିମାନର ଧ୍ୱଂସାବଶେଷ ମିଳିଲା, କିନ୍ତୁ ମିଳିଲା ନାହିଁ ଗୋଟିଏ ରକ୍ତମାଂସର ଶରୀର।

ଦିନେ ସକାଳେ ଆସିଥିଲା ସିପ୍ରାର ଟେଲିଫୋନ୍।

ସେତେବେଳେ ଲାଗିଥିଲା ଯେମିତି ସାରା ପୃଥିବୀ ଭାଙ୍ଗିରୁଜି ଯାଉଛି ଟିକ୍ ଟିକ୍ ହୋଇ, ପବନରେ ସଞ୍ଚରି ଯାଉଛି ବିଷ, ଆକାଶ ଘୁଞ୍ଚି ଘୁଞ୍ଚି ଯାଉଛି ଅମାବାସ୍ୟା ପରି ଅନ୍ଧାରୁଆ ଗହ୍ୱର ଭିତରକୁ।

କିନ୍ତୁ ତଥାପି ଜୀବନ ଉକୁଟି ଉଠେ ନିଆଁଝୁଲ ପରି ଧୀରେ ଧୀରେ, ଚେତିଉଠେ ଜୀବନର ମାୟା, ଲିଭି ଆସୁଥିବା ସଳିତା ପୁଣି ଜଳି ଉଠିଲା ପରି, ଅନ୍ଧାରୁଆ ଘର ଭିତରେ।

ଅଭିଜିତ୍ କେବେ କେବେ ଆସେ ପାଖକୁ, ଧୀର ସ୍ୱରରେ ଡାକେ- ବାପା !

ସ୍ୱପ୍ନ ଭିତରେ ସେହି ଡାକ ସେମିତି ମିଳେଇ ଯାଏ, ରମାନାଥ କିଛି କହିବା ଆଗରୁ, କ'ଣ କହିବେ କିଛି ଭାବିବା ଆଗରୁ।

ହୁଏତ କାହାରି କିଛି କହିବାର ହିଁ ନଥାଏ। ଯାହା କହିଲେ ତା'ର କିଛି ମାନେ ହିଁ ନ ଥାଏ।

– ବାପା !

ରମାନାଥଙ୍କୁ ଶୁଭିଲା ଅଭିଜିତ୍ ଡାକୁଛି। ପାଖରେ ଠିଆ ହୋଇ।

ତାଙ୍କ ନିଦ ଭାଙ୍ଗିଗଲା, ସାମାନ୍ୟ ତନ୍ଦ୍ରାର ଆବେଶ। ଆଖି ଖୋଲି ଦେଖିଲେ, ସେ ଟ୍ରେନ୍ ଭିତରେ। କିନ୍ତୁ ସେ ଏକୁଟିଆ ନୁହନ୍ତି। ସେପାଖ ବର୍ଥରେ ଶୋଇଛି ଅଭିଜିତ୍।

ସେ ଉଠିପଡ଼ି ପାଖକୁ ଗଲେ।

ଦେହରେ ହାତ ରଖି କହିଲେ – ଜିତୁ, ଉଠିପଡ଼।

ଯୁବକଟି ଉଠି ବସିଲା। ତକିଆ ତଳୁ ଚଷମାଟି କାଢ଼ି ଆଣି ପିନ୍ଧିଲା। ହାତ ଘଣ୍ଟା ଦେଖିଲା – ରାତି ତିନିଟା ପଚିଶ।

– ଥ୍ୟାଙ୍କ ୟୁ ଅଙ୍କଲ୍ ! ମୋ ଲାଗି ଆପଣ...

ଆସ୍ତେ ଆସ୍ତେ ଦୋହଲୁ ଥିବା ଟ୍ରେନ୍‌ରେ ଠିଆ ହୋଇ ରହିବା ସମ୍ଭବ ନଥିଲା। ରମାନାଥ ବସିପଡ଼ିଲେ ନିଜ ବର୍ଥ ଉପରେ। ତାଙ୍କୁ ସବୁଆଡ଼ ଯେମିତି କୁହୁଡ଼ିଆ ଦେଖାଯାଉଥିଲା।

ଯୁବକଟି ଉଠିପଡ଼ି ବାଥରୁମ୍ ଗଲା । ଫେରି ଆସି ନିଜ ବ୍ୟାଗ୍‌ଟି ସଜାଡ଼ି ନେଲା । ଝରକା ଦେଇ ଦେଖିଲା ଧୀରେ ଧୀରେ ନିକଟ ହୋଇ ଆସୁଛି ବାରାଣସୀ ସହର ।

ପ୍ଲାଟ୍‌ଫର୍ମରେ ବେଶି ଗହଳି ନଥିଲା । ପାହାନ୍ତି ଆଲୁଅରେ କେମିତି ଶୁଭ୍ର ସତେଜ ଦିଶୁଥିଲା ପୂର୍ବ ଦିଗର ଆକାଶ । ଝରକା ସେ ପାଖରେ ଥିଲା ପବନର ଭିଜା ଭିଜା ଆମନ୍ତ୍ରଣ ।

ଯୁବକଟିର ଏବେ ଓହ୍ଲାଇ ପଡ଼ିବାର ବେଳ । ସେ କିନ୍ତୁ ଉଠିଲା ନାହିଁ । ଟିକିଏ ଇତସ୍ତତଃ ହେଲା; ରମାନାଥଙ୍କ ମୁହଁକୁ ଚାହିଁଲା କୁଣ୍ଠିତ ଲଜ୍ଜାରେ । କିଛି ସ୍ୱୀକାରୋକ୍ତିର ରକ୍ତିମା ଥିଲା ତା' ମୁହଁରେ । ସେ କହିଲା ରହି ରହି:

- ଅଙ୍କଲ୍, କିଛି ଭାବିବେ ନାହିଁ । ଆପଣ ଦେଖିବାକୁ ଠିକ୍ ମୋ ବାପାଙ୍କ ପରି । ଆପଣଙ୍କ ସ୍ୱର ବି ଠିକ୍ ସେମିତି । ଅବଶ୍ୟ ସେ ଆଉ ନାହାନ୍ତି । ସାତ ବର୍ଷ ତଳେ ସେ ଚାଲିଗଲେ, ଗୋଟାଏ ଆକ୍‌ସିଡେଣ୍ଟରେ ।

■

ନୀଡ଼

ସେମାନେ ଥିଲେ ଦୁଇଜଣ।

ଯୁବକଟିର ବୟସ ତିରିଶରୁ କମ୍, ଯୁବତୀଟି ତା' ଠାରୁ ବୟସରେ ଛୋଟ।

ଅଟୋରିକ୍ସାରୁ ଓହ୍ଲାଇ ସେମାନେ ପାହାଚ ଚଢିଲେ। ଯୁବକଟି ଗୋଟିଏ ଚାବିଲେନ୍ଥା ବାହାର କରି କବାଟ ଖୋଲିବାକୁ ଗଲା।

ସଞ୍ଜ ଅନ୍ଧାର। ଟିକିଏ ସମୟ ଲାଗିଲା ଚାବି ଫିଟାଇବାକୁ।

ସେମାନେ ଭିତରକୁ ଗଲେ। ଆଲୁଅ ଜଳିଲା ଗୋଟିଏ କୋଠରିରେ। ଝରକା ଫାଙ୍କରୁ ନୀଳାଭ ଆଲୋକର ଧାରା ଝରି ଆସିଲା ବାରଣ୍ଡାତଳ ଘାସଲନ୍ ଉପରକୁ।

ଘାସ ଲନ୍‌ରେ ଥିଲା ପରିତ୍ୟକ୍ତ ସମୟର ଛାଇ।

ଅନେକଦିନ ଏ ଘରେ ନଥିଲେ କେହି। ଦୁଇଦିନ ତଳେ ଗୋଟିଏ ଛୋଟ ଟ୍ରକ୍‌ରେ ଅଳ୍ପ କିଛି ଘରକରଣା ଜିନିଷ ଆସିଥିଲା। ଆଜି ସନ୍ଧ୍ୟାରେ ଏଇ ଯୁବକ ଯୁବତୀ ଦି ଜଣ।

ମୋ ବସାଘରର ଝରକା ଫିଟାଇ ଦେଲେ ପ୍ରାୟ ମୋଟାମୋଟି ଦୃଶ୍ୟଟି ଆଖିରେ ପଡିଯାଏ। ଛୋଟ ଦୁଇ ବଖରା ଘର, ସଂକୀର୍ଣ୍ଣ ବାରଣ୍ଡା, ଅପ୍ରଶସ୍ତ ପାହାଚ ଓ ଛୋଟ ଘାସଉଠା ବଗିଚା।

ବେଶ୍ କିଛିଦିନ ଖାଲି ପଡିଥିଲା ଘରଟି। କିଏ କହୁଥିଲା ଘରମାଲିକ ଏ ଛୋଟ ଦି ବଖରା ଭାଙ୍ଗି ଦେଇ ଗୋଟେ ବଡ ଘର କରିବ। ତିନିତାଲା ଫ୍ଲାଟ୍। ଦି ଜଣ ଲୋକ ଆସି ଜମି ମାପଚୁପ କରିଯାଇଥିଲେ। କିଛିଦିନ ଆଗରୁ। ତା'ପରେ ଏଇ ଦିଦିନ ତଳେ ଛୋଟ ଟ୍ରକ୍‌ଟିଏ ଆସିଥିଲା ସାମାନ୍ୟ ଆସବାବପତ୍ର ନେଇ, ଆଉ ଆଜି ସଞ୍ଜରେ ଏଇ ଯୁବକ ଯୁବତୀ ଦିଜଣ।

ଆଲୁଅ ଜଳିଲା, ସଂଧ୍ୟାର ଛାୟାଛନ୍ନତା ଭିତରେ ଦୁଇଟି ମଣିଷ ଚଳପ୍ରଚଳ କରିବାର ଦୃଶ୍ୟ ଓ ସାମାନ୍ୟ ଅସ୍ପଷ୍ଟ କଣ୍ଠସ୍ୱର।

ଶୁଣାଗଲା ଯୁବକଟି ପାଟି କରି ହସିବାର ଶବ୍ଦ, ଝିଅଟିର ହାଲୁକା ନରମ ହସ।

ମୋ ଶୋଇବା ଘରେ ଫୋନ୍ ବାଜିଲା, ଅରୁନ୍ଧତୀର ଫୋନ୍, ମୁଁ ଝରକାର ପର୍ଦ୍ଦା ଟାଣିଦେଲି।

ସକାଳୁ ମୁଁ ଉଠେ ଡେରିରେ। ପରଦିନ ଝରକା ଦେଇ ଦେଖିଥିଲି, ସାମନା ଘରର କବାଟ ବନ୍ଦ ଅଛି। ବନ୍ଦ ଥିଲା ସାରାଦିନ।

ସମ୍ଭବତଃ ସେ ଦିଜଣ ଚାକିରି କରନ୍ତି, ବେଶ ଲମ୍ବା ସମୟ ଅଫିସ୍‌ରେ ରହିବାକୁ ପଡେ।

ସନ୍ଧ୍ୟା ଆଠଟା ପରେ ସେମାନଙ୍କ ଘରର ଆଲୁଅ ଜଳେ। ରାତି ଏଗାରଟା ପର୍ଯ୍ୟନ୍ତ। ପ୍ରାୟ ନିଃଶବ୍ଦ, କିନ୍ତୁ ମଝି ମଝିରେ ଗୀତ ଶୁଣାଯାଏ। ଟେଲିଭିଜନ୍‌ର ଗୀତ ନୁହେଁ, ମ୍ୟୁଜିକ୍ ସିଷ୍ଟମ୍‌ର। କେବେ କେବେ ସିତାରର ଅନଭ୍ୟସ୍ତ ଟୁଂ ଟାଂ ଶବ୍ଦ। ଝିଅଟିର ହସ ଶୁଣାଯାଏ। ତା' ସହିତ ଯୁବକଟିର ହସ।

ଲକ୍ଷ୍ୟ କଲି, ଛୋଟ ଘାସ ବଗିଚାର ରଙ୍ଗ କ୍ରମଶଃ ବଦଳୁଛି। ଅଧିକ ସତେଜ, ଅଧିକ ସବୁଜ। ପାହାଚ ତଳେ ଦୁଇଟି ଫୁଲ କୁଣ୍ଡ। ସମ୍ଭବତଃ ମୁଁ ନିଦରୁ ଉଠିବା ଆଗରୁ କେହି ଜଣେ ବଗିଚାର ଯତ୍ନ ନେଇ ସାରିଥାଏ।

ଗଳି ଭିତରେ ଅନେକ ଘର। ଅପେକ୍ଷାକୃତ ଗୋଟିଏ ଛୋଟ ଘରେ ମୁଁ ଥାଏ, ସାମନାରେ ଥିବା ଘରଟି ବି ଛୋଟ। ଗଳି ମୁଣ୍ଡରେ କେତୋଟି ଦୋକାନ, ନିତିଦିନର ଆବଶ୍ୟକତାକୁ ମେଣ୍ଟାଇ ପାରିବା ଭଳି।

ସୁପର୍ ହ୍ୱାଇଟ୍ ଲଣ୍ଡ୍ରୀ ଦୋକାନର ପିଲାଟି କହିଲା- ଆପଣଙ୍କ ଘର ସାମନାରେ ସେମାନେ ଅଛନ୍ତି ନା ?

: କୋଉମାନେ !

ସେ ମୋ' ପ୍ରଶ୍ନର ଉତ୍ତର ଦେଲା ଏକ ସୁନ୍ଦର ବାଲୁଚରୀ ଶାଢ଼ିକୁ ଦେଖାଇ। ତା'ପରେ କହିଲା :

ଭାରି ସୁନ୍ଦର ବାସେ ଯୋଉ ଅତର ସିଏ ଲଗାଇ ଥାଆନ୍ତି। ନିଶ୍ଚୟ ଆମେରିକାରେ ତିଆରି।

ମୁଁ କହିଲି ନାହିଁ ଯେ ଆମେରିକାନ୍‌ମାନେ ଭଲ ଅତର ତିଆରି କରିବା ଏଯାଏ ଶିଖି ପାରି ନାହାନ୍ତି, ସବୁ ଆସେ ୟୁରୋପରୁ, ଓ ଏକଥା ବି କହିଲି ନାହିଁ ଯେ ଅତି ସାଧାରଣ ଅତର ବି ତ୍ୱଚାର ସ୍ପର୍ଶରେ କେବେ କେବେ ଅଧିକ ସୁଗନ୍ଧିତ ହୋଇଥାଏ। ମୁଁ ମୋର ସ୍ୱେଟର ଓ ଦୁଇଟି କମିଜ୍ କାଗଜବ୍ୟାଗରେ ଧରି ଘରକୁ ଫେରିଲି।

ଆମ ଗଳିରେ ସବୁ ପ୍ରାୟ ଠିକ୍ ଠାକ୍, କିନ୍ତୁ ବିଜୁଳି କଟିଯାଏ ଅଚାନକ। ସେ ପୁଣି ଅନିର୍ଦ୍ଦିଷ୍ଟ ସମୟ ପାଇଁ। ବିଜୁଳି ଗଲା ପରେ ସେପାଖ ଡୁ୍ୟପ୍ଲେକ୍ସ୍ ଘରେ ରହୁଥିବା ଦି ଜଣ ପଡୋଶୀଙ୍କ ଘମାଘୋଟ ଯୁକ୍ତିତର୍କ ଆରମ୍ଭ ହୋଇଯାଏ। ମୁଖ୍ୟ ପ୍ରସଙ୍ଗ, ବିଦ୍ୟୁତ ଘରୋଇକରଣ ଦ୍ୱାରା ଲୋକଙ୍କ କିଛି ଲାଭ ହେଲା କି ନାହିଁ। ଅବସରପ୍ରାପ୍ତ ଜଣେ ଇଞ୍ଜିନିୟର ଓ ଖାଉଟି କଲ୍ୟାଣ ବିଭାଗର ଜଣେ ସେକ୍ସନ ଅଫିସରଙ୍କ ଭିତରେ ପ୍ରବଳ ବିତଣ୍ଡା ହୁଏ, କୌଣସି ଉପସଂହାର ହୁଏ ନାହିଁ ଶେଷ ପର୍ଯ୍ୟନ୍ତ।

ସେମାନେ ଯାହା ଭାବୁଛନ୍ତି ହୁଏତ ଠିକ୍, କିନ୍ତୁ ଠିକ୍ ଲାଗେ ନାହିଁ ଏମିତି ଯୁକ୍ତିତର୍କ ହଠାତ୍ ସବୁଆଡ ଅନ୍ଧାର ହୋଇଗଲେ।

ତରକାରି ରାନ୍ଧିସାରି ମୁଁ ରୁଟି ସେକିବାକୁ ଯାଉଛି, ହଠାତ୍ ବିଜୁଳି ଚାଲିଗଲା। ମୋ' ହାତରେ ତାତିଲା ତାୱାର ଚେଙ୍କ ଲାଗିଗଲା। ବିରକ୍ତ ହୋଇ ମୁଁ ବାହାରି ଆସିଲି ରୋଷେଇଘରୁ।

ଏଇ ବୋଧେ ପଛପାଖ ଘରୁ ଯୁକ୍ତିତର୍କର ଝଡ ଛୁଟି ଆସିବ। ଏ ସରକାର ଆଉ ଅଧିକ ଦିନ କ୍ଷମତାରେ ରହିବା ଉଚିତ କି ନୁହେଁ, ହୁଏତ ସେହି ପ୍ରଶ୍ନ ଉପରେ।

ନା, ସବୁଆଡ ଶୁନ୍‌ଶାନ୍। ଜଳନ୍ତା ଚକ୍ରୀ ପରି ଘୂରୁଥିବା ପୃଥିବୀ ଯେମିତି ହଠାତ୍ ନିଥର ହୋଇଗଲା। ଥଣ୍ଡାଥଣ୍ଡା ପବନ ବୋହିଲା ଉତ୍ତରଆକାଶରୁ, ଅଗଣାରେ ଦ୍ୱାଦଶୀର ଜ୍ୟୋସ୍ନା।

ସେହି ନୀରବତା ଭିତରେ, ଅଲୌକିକ ପୃଥିବୀର ଧ୍ୱନି ପରି ଶୁଣାଗଲା ସ୍ୱରଟିଏ। ଯୁବତୀର କୋମଳ ସ୍ୱର। ବେଶ ନରମ, ସାମାନ୍ୟ ବେସୁରା।

ବେସୁରା ସ୍ୱରଟି ହିଁ ଶୁଭୁଥିଲା ଛନ୍ଦମୟ, ଅଧିକ ସ୍ପନ୍ଦନ ଥିଲା ସେହି ଲୟମୁକ୍ତ ରାଗିଣୀରେ। ସନ୍ଧ୍ୟାର ସ୍ତିମିତ ଜ୍ୟୋସ୍ନାରେ ଟୋପା ଟୋପା କାକର ପରି ଝରିପଡୁଥିଲା ମିଠା ମିଠା ସ୍ୱରଟି।

ଆଲୁଅ ଆସିଲା କ୍ଷଣି ସ୍ୱରଟି ନିଶ୍ଚୁପ ହୋଇଗଲା।

ପରଦିନ ସକାଳେ କ୍ଷୀର ଧରି ବସାକୁ ଫେରୁଚି, ଲଣ୍ଡ୍ରୀର ସେଇ ପିଲାଟି ସାଙ୍ଗେ ଭେଟ ହୋଇଗଲା। ହଳଦିଆ ଦାନ୍ତ ଦେଖାଇ ସେ ହସିଲା ଅଳ୍ପ, କହିଲା, ସେମାନଙ୍କର ଲଭ୍ ମ୍ୟାରେଜ୍।

ମୁଁ ହଠାତ୍ ବୁଝିପାରିଲି ନାହିଁ। ସେ କାହା କଥା କହୁଛି ?

: ଦିହିଙ୍କ ଜାତି ଅଲଗା, ଜଣେ ତା' ଭିତରୁ ଖ୍ରୀଷ୍ଟିୟାନ୍। ଘରୁ ଖସିକି ପଳେଇ ଆସିଚନ୍ତି ...

ମୁଁ ବୁଝି ପାରିଲି ସେ କାହା କଥା କହୁଚି। ପଚାରିଲି :

: କିଏ କହିଲା ତୁମକୁ ?

: ବାବୁଠୁ ଶୁଣିଲି, ବାବୁ କହୁଥିଲା ହଟ ଭାଇନାକୁ। ଅବଶ୍ୟ ବାବୁ ଅନୁମାନ କରି କହୁଚି, ସେ ଜାଣିଥିବ, ସେ ବହୁତ ପଢାପଢି କରିଚି ନା, ବହୁତ ନଭେଲ୍ ପଢିଚି।

ତା'ପରେ ଦିନେ ସେ କହିଲା : ସେମାନେ ବୋଧେ ବୁଲି ବାହାରିଚନ୍ତି, ଶିମ୍‌ଲା ଯିବେ କି ଦାର୍ଜିଲିଂ ସେଇ କଥା ପଡିଚି।

ପିଲାଟି ସାଙ୍ଗେ ମୋର ଆଉ ଦେଖା ହୋଇନାହିଁ ଏହାପରେ କିଛି ଦିନ ଧରି, ତେବେ ମୁଁ ସତକୁ ସତ ଦେଖିଲି ଦିନେ ରବିବାର ସକାଳେ ଗୋଟିଏ ଅଟୋରିକ୍ସା ଆସିଲା, ଦୁଇଟି ସୁଟକେସ୍ ଧରି ସେ ଦିଜଣ ଚାଲିଗଲେ କୁଆଡେ। ଘରଟି ବନ୍ଦ ପଡିରହିଲା କିଛି ଦିନ।

ଯଦି ପ୍ରକୃତରେ ସେମାନେ ଶିମ୍‌ଲା କି ଦାର୍ଜିଲିଂ ଯାଇ ଥାଆନ୍ତି, ତେବେ ତ ସେମାନେ ଫେରି ଆସିବା କଥା, ସପ୍ତାହେ କିମ୍ବା ଦଶ ଦିନ ଭିତରେ। କିନ୍ତୁ ସେମାନେ ଫେରିଲେ ନାହିଁ, ତିନି କି ଚାରି ସପ୍ତାହ ଧରି।

ମୁଁ ଦେଖିଲି ଘର ସାମନାର ଫୁଲଗଛ କେତୋଟି ଶୁଖି ଆସିଲା, କ୍ରୋଟନ୍ ଗଛର ପତ୍ର ସବୁ ଝଡି ପଡିଲା ଗୋଟି ଗୋଟି, ଘାସ ବଗିଚାରେ ଅଯତ୍ନର ହଳଦିଆ ଦାଗ।

ମାସ ପୂରିଗଲା। ସମ୍ଭବତଃ ସେ ଦୁଇଜଣ ଅନ୍ୟତ୍ର ଚାଲିଯାଇଛନ୍ତି, କେଉଁ କାରଣରୁ ଜଣା ନାହିଁ।

ଯଦି ତାହା ସତ, ତେବେ ତ କେହି ଜଣେ ଆସି ଘରର ଆସବାବପତ୍ର ନେଇଯାଇ ପାରିଥାଆନ୍ତା। ଅନ୍ତତଃ କୌଣସି ଟ୍ରାନ୍ସପୋର୍ଟ୍ ଏଜେନ୍ସିର ଲୋକ। କିନ୍ତୁ କେହି କେବେ ଆସିବାର ମୁଁ ଦେଖିଲି ନାହିଁ। ଘରଟି ସାମନାରେ ସେମିତି ଝୁଲି ରହିଥାଏ ଗୋଟିଏ ବଡ ପିତ୍ତଳ ତାଲା।

ଦିନେ ଏକ ଶନିବାର ଅପରାହ୍ନରେ ଡାକବାଲା ଆସିଥିଲା। ହାତରେ ରେଜିଷ୍ଟ୍ରୀ ପାର୍ସଲ୍ ଧରି। ମୁଁ ସେଦିନ ଛୁଟିରେ ଥିଲି। ମତେ ଡାକି ପଚାରିଲା : ସେ ଘରେ କେହି ନାହାନ୍ତି କି ! ଗୋଟେ ରେଜିଷ୍ଟ୍ରୀ ଡାକ ଅଛି।

ମନେ ହେଲା କିଛି ଗୋଟେ ଗିଫ୍‌ଟ୍ ପାର୍ସଲ୍। ଉପରେ ନାମଟିଏ ଲେଖାଥିଲା : ନମିତା ରାୟ।

କହିଲି : ନା, ସେମାନେ ନାହାନ୍ତି।

: କେବେ ଫେରିବେ ?

: ଜାଣେ ନାହିଁ।

ସେ ଚିନ୍ତାକଲା ପାର୍ସଲ୍‌ଟି ମତେ ଦେବ କି ନାହିଁ। ହୁଏତ ଭାବିଲା କାଲି ଆଉ ଥରେ ଚେଷ୍ଟା କରି ଦେଖିବ। ସେ ଫେରିଗଲା।

ସେ ଆଉ ଆସିଲା ନାହିଁ, କିମ୍ବା ଆସି ପୁଣି ଫେରି ଯାଇଥିବ, ମୁଁ ଦେଖି ପାରିନାହିଁ।

ନିର୍ଜନ ଘରଟି ଏବେ ଦିଶୁଥିଲା ଏକ ପରିତ୍ୟକ୍ତ ନୀଡ ପରି। ଶେଷଫୁଲ ଗଛଟି ମଉଳି ସାରିଥିଲା, ଘାସ ପଡିଆଟି ଦିଶୁଥିଲା କେଉଁ ସୁକୁମାରୀ ବାଳିକାର ରୋଗଶୀର୍ଣ୍ଣ ଅବୟବ ପରି।

ଦିନେ ରାତିରେ, ପ୍ରାୟ ଦଶଟା ବେଳେ, ମୋ ଘରର କଲିଂବେଲ୍ ବାଜିଥିଲା। ମୁଁ କବାଟ ଖୋଲିଥିଲି। ଦୁଆରେ ଠିଆ ହୋଇଥିଲା ଅଚିହ୍ନା ଝିଅଟିଏ।

ନା, ଅଚିହ୍ନା ନଥିଲା ସେ ଝିଅଟି। ସେ ଥିଲା ମୋ ଘର ସାମନାରେ ରହି ଆସିଥିବା ସେଇ ଝିଅ ଜଣକ।

ସେ ମତେ ନମସ୍କାର କଲା। କହିଲା : ମୁଁ ଏଇ ସାମନା ଘରେ ରହୁଥିଲି, ମୋ ନାମ ନମିତା। ନମିତା ରାୟ।

ଝିଅଟିକୁ ମୁଁ ଆଗରୁ କେବେ ଏତେ ନିକଟରୁ ଦେଖି ନଥିଲି। ଦୂରରୁ ଦେଖିଛି ଅନେକଥର।

ତଥାପି ମୋ ଆଖିରେ ପଡିଥିଲା ତା' ଚେହେରାର ପରିବର୍ତ୍ତନ। ସବୁଥର ସେ ପିନ୍ଧିଥାଏ ପରିଚ୍ଛନ୍ନ ପୋଷାକ, ଏକ ସୁନ୍ଦର ମାର୍ଜିତ ପରିପାଟୀ ତା'କୁ ଅନୁସରଣ କରୁଥାଏ ସାରା ସମୟ। ସ୍ୱରରେ ଛଳଛଳ ଭାବଟିଏ : ଖୁସିର, ଆହ୍ଲାଦର।

ଆଜି ସେ ଦିଶୁଥିଲା ଅଲଗା। ତା' ଆଖିତଳେ କଳାକଳା ଦାଗ, ଦେହର ପୋଷାକ ଅବିନ୍ୟସ୍ତ, ପାଣ୍ଡୁର ଦୁଇଟି ଓଠ। ସତେ ଯେମିତି ସେ କେଉଁ ଝଡର ବିପର୍ଯ୍ୟୟ ଭିତରୁ ବାହାରି ଆସିଛି।

ସେ କହିଲା : ଅସମୟରେ ଆସି ହଇରାଣ କରୁଚି, କ୍ଷମା କରିବେ।

ମୁଁ କିଛି ଉତ୍ତର ଦେବା ଆଗରୁ ସେ ପୁଣି କହିଲା : ମୋର ଉପାୟ ନଥିଲା। ମତେ ଏଇ ସାଙ୍ଗେ ସାଙ୍ଗେ ବସ୍ ଧରିବାକୁ ପଡିବ। ଲାଷ୍ଟ୍ ବସ୍।

ମୁଁ ଭାବି ପାରୁନଥିଲି ଝିଅଟିକୁ ଭିତରକୁ ଡାକିବି କି ନାହିଁ। ଶେଷ ପର୍ଯ୍ୟନ୍ତ ଡାକିଲି ନାହିଁ।

ସେ କହିଲା : ଏଇ ସାମନା ଘରର ଚାବିକାଠିଟା ଆପଣଙ୍କୁ ଦେବାକୁ ଆସିଲି। ଆପଣ କାଲି ଏଇଟା ଘରମାଲିକଙ୍କୁ ଦେଇ ପାରିବେ!

...ଘରମାଲିକ ସାଙ୍ଗେ ମୁଁ କଥା ହୋଇ ସାରିଛି ଫୋନ୍‌ରେ, ଘରଭଡା ଟଙ୍କା ବ୍ୟାଙ୍କ୍ ଆକାଉଣ୍ଟ୍‌ରେ ଦେଇ ବି ସାରିଛି। ଖାଲି ଏଇ ଚାବିଟା। ସେ ସକାଳେ ନିଜେ ଆସି ନେଇଯିବେ।

ଦେଖିଲି ଝିଅଟି ହାତରେ ଚୂଡ଼ି ନାହିଁ, କାନ କି ବେକରେ ଗହଣା ନାହିଁ, କପାଳରେ କୁଙ୍କୁମଦାଗ ବି ନାହିଁ।

ଝିଅଟି ମୋ ହାତରେ ଚାବିକାଠି ଦେବା ପୂର୍ବରୁ ଥରଟିଏ ଚାହିଁଲା ସେହି ଘରଟି ଆଡକୁ। ତା'ପରେ ଓଢଣୀରେ ମୁହଁର ଝାଳ ପୋଛିଲା, କିମ୍ବା ଆଖିର ଟୋପାଏ ଲୁହ। କହିଲା : ମୁଁ ଯାଉଚି, ନମସ୍କାର।

■

ସଚିତ୍ର ଇତିହାସ

ଆଦ୍ୟାଶା ପାଖକୁ ଆସିଲା। ପଛେ ପଛେ ଯୁବକଟି।

: ବାପା, ଇଏ ଆଲୋକ।

ସେ ଦେଖିଲେ ଯୁବକଟିକୁ, ଚଷମା କାଚ ତଳୁ। ପୁରୁଣା କାଚ, ସାମାନ୍ୟ ଅସୁବିଧା ହେଲା ଦେଖିବାରେ।

: ଆଲୋକ ବସ! କହିଲା ଆଦ୍ୟାଶା।

ଭଲ ହେଲା ତାଙ୍କୁ କିଛି କହିବାକୁ ପଡିଲା ନାହିଁ।

ସେ ଖବରକାଗଜଟି ଭାଙ୍ଗି ଟେବୁଲ୍ ଉପରେ ରଖିଲେ।

ଯୁବକଟି ଦ୍ୱିତୀୟ ଥର ପାଇଁ ନମସ୍କାର କଲା। ଠିକ୍ ସମୟରେ ପ୍ରତି ନମସ୍କାର କରି ହେଲା ନାହିଁ। ସେ କିଛି କହିଲେ ନାହିଁ, ଚୁପ୍ ରହିଲେ।

: ଆଲୋକ ପାସ୍ କରିଛନ୍ତି ରେଭେନ୍ଶାରୁ, ତୁମେ ପାସ୍ କରିବାର ଠିକ୍ ପଚିଶ ବର୍ଷ ପରେ।

ବୋଧହୁଏ ଏ କଥା ଆଦ୍ୟାଶା ଆଗରୁ ଥରେ କହିଥିଲା। ବୋଧହୁଏ!

: ଅବଶ୍ୟ ତୁମ ବେଳେ ଆଇ.ଏସ୍. ସି. କହୁଥିଲେ, ଏବେ ପ୍ଲସ୍ ଟୁ।

ଆଦ୍ୟାଶା ଏସବୁ ବ୍ୟାଖ୍ୟା କରିବାର ଆବଶ୍ୟକତା ନଥିଲା। ସେ ଚୁପ୍ ରହିଲେ।

ଯୁବକଟିର ହାତ ସାମାନ୍ୟ କମ୍ପୁଥିଲା। ଶୀତଦିନ ବୋଲି । ନା ଆଉ କିଛି କାରଣରୁ!

ଏମିତି ହାତରେ ପିଲାଟି କ୍ରିକେଟ୍ ବଲ୍ ଧରିପାରେ କେମିତି!

: ଜାଣିଚ ଆଲୋକ, ବାପା ତାଙ୍କ ସମୟରେ କଲେଜ୍ କ୍ରିକେଟ୍ ଟିମ୍‌ର କ୍ୟାପ୍‌ଟେନ୍ ଥିଲେ! ଅଲରାଉଣ୍ଡର! ବୋଲିଙ୍ଗରେ ଦୁଇ ଦୁଇଟା ହାଟ୍‌ରିକ୍ ରେକର୍ଡ୍ ଅଛି।

: ମତେ କ୍ରିକେଟ୍ ଖେଳିବାକୁ ଭଲ ଲାଗେ। ପିଲାଟି କହିଲା ଏମିତି ସ୍ୱରରେ ଯେମିତି ଛୁଆଟିଏ କହୁଚି ମତେ ଲେବେନ୍‌ଚୁସ୍ ଖାଇବାକୁ ଭଲ ଲାଗେ।

ଅବଶ୍ୟ ଆଜିକାଲି କେହି ଲେବେନ୍‌ଚୁସ୍ ଖାଆନ୍ତି ନାହିଁ, ଲେବେନ୍‌ଚୁସ୍ ନାଆଁଟା ବି ଉଠି ଗଲାଣି।

: ତୁମକୁ କହି ଥିଲି ନା ବାପା, ଆଲୋକ ଡବଲ୍ ସେଞ୍ଚୁରି କରିଥିଲେ ଇଣ୍ଟର୍ ୟୁନିଭର୍‌ସିଟି ଲିଗ୍‌ରେ!

ମନେ ନାହିଁ। ଏତେ କଥା ମନେ ରଖିବାର ମାନେ ହିଁ ନାହିଁ।

: ୟାଙ୍କୁ ଫଟୋଗ୍ରାଫି ବି ଭଲଲାଗେ, ଗତବର୍ଷ ଟ୍ରେକିଙ୍ଗରେ ଯାଇଥିଲେ ଉତ୍ତରକାଶୀ, ବଢ଼ିଆ ଫଟୋ ଗୁଡେ ଉଠେଇଛନ୍ତି!

ଆଦ୍ୟାଶା ମୁହଁ ଫେରାଇ କହିଲା ଯୁବକଟିକୁ: ବାପାଙ୍କର ବହୁତ ସଉକ ଫଟୋ ଉଠାଇବାରେ, ଏଇ ଦେଖ ସେ ଫଟୋ ଖଣ୍ଡିକ - ବାପା ଉଠେଇଥିଲେ ଡୁଡୁମା ଜଳପ୍ରପାତ ପାଖରେ।

ଯୁବକଟି ମୁଗ୍ଧ ହୋଇ ଦେଖିଲା ଫଟୋଟିକୁ, ଯେମିତି ସେ ଭାନ୍ ଗଗ୍‌ଙ୍କର ଶ୍ରେଷ୍ଠ କଳାକୃତି 'ଷ୍ଟାରୀ ନାଇଟ୍‌ସ୍'କୁ ଦେଖୁଚି! ଯୁବକଟିର ଆଖିତାରା ଯୋଡିକ ଉଜ୍ଜ୍ୱଳ ଦେଖାଗଲା।

: ବାପା ସେତେବେଳେ ନୂଆ ଚାକିରି ଆରମ୍ଭ କରିଥିଲେ କଳାହାଣ୍ଡିରେ।

ଆଦ୍ୟାଶା ଭୁଲ୍ କହିଲା। କଳାହାଣ୍ଡି ନୁହେଁ, କୋରାପୁଟ। ନିହାତି ବୋକିଟେ, ବୋକି ନହେଲେ କ'ଣ ସେ ଏ ଟୋକାଟାକୁ ....

: ମୋର ପୋଷ୍ଟିଙ୍ଗ୍ ହେଇଚି ବାଙ୍ଗାଲୋରରେ।

ପୃଥିବୀର ଗୁରୁତ୍ୱପୂର୍ଣ୍ଣ ଘଟଣାଟିଏ ଜଣାଇବା ପରି ଯୁବକଟି କହିଲା।

: ହଁ ବାପା, କାଲି ଅର୍ଡର୍ ମିଳିଲା। ଆସିଷ୍ଟାଣ୍ଟ୍ କମିସନର ଅଫ୍ କଷ୍ଟମ୍‌ସ୍, ସର୍କଲ୍ ସେଭେନ୍ ।

କଷ୍ଟମ୍‌ସ୍ ଡିପାର୍ଟ୍‌ମେଣ୍ଟଟା ଭାରି କରପ୍ଟ୍ ଡିପାର୍ଟ୍‌ମେଣ୍ଟ୍, ସେ କହିଲେ ଖବରକାଗଜଟା ଟିକେ ଘୁଞ୍ଚାଇ ଦେଇ।

: ଆଲୋକ, କୁହ କ'ଣ ପିଇବ- ଚା' ନା କଫି, ବାପା ତୁମେ!

: ମୋର କଫି-ଫଫି କିଛି ଦରକାର ନାହିଁ। ସେ ଆଉଥରେ ଆଡେଇ ଦେଲେ ଖବରକାଗଜଟିକୁ, ଏଭଳି ଭାବେ ଯେମିତି ନୂଆ ଘଟଣା କିଛି ଘଟେ ନାହିଁ ପୃଥିବୀରେ, ସେଇ ପୁରୁଣା କଥା ହିଁ ସବୁଦିନ ଖବରକାଗଜରେ ବାହାରୁଥାଏ, ଇତିହାସର ସ୍ଥିରଚିତ୍ର ଭଳି।

ଯୁବକଟି ନୀରବରେ ଚା ପିଇଲା, ତା' ସାଙ୍ଗେ କ'ଣ ଗୋଟେ ସ୍ୟାଣ୍ଡ୍‌ଉଇଚ୍। ଆଦ୍ୟାଶା ଭଲ ସ୍ୟାଣ୍ଡ୍‌ଉଇଚ୍ କରିଜାଣେ, ତା' ମାଆ ପରି। ସେ କିନ୍ତୁ ତାଙ୍କୁ ସାଣ୍ଡ୍‌ଉଇଚ୍ ଯାଚିଲା ନାହିଁ । କେଜାଣି କାହିଁକି।

ପିଲାଟି କହିବା ଉଚିତ ଥିଲା ସାଣ୍ଡ୍‌ଉଇଚ୍‌ଟା ଭଲ ହେଇଚି ବୋଲି। କିନ୍ତୁ ସେ ଚୁପ୍‌ଚାପ୍ ଖାଇ ମୁହଁ ପୋଛିଦେଲା।

ତା'ପରେ ଉଠି କହିଲା, ମୁଁ ଯାଉଚି।

ପିଲାଟି ନଇଁପଡି ତାଙ୍କ ପାଦ ଛୁଇଁ ପ୍ରଣାମ କରିବା ଆଗରୁ ସେ କହିଥିଲେ : ଦେଖ, ତୁମେ ଆଦ୍ୟାଶାକୁ ବାହା ହୋଇପାର। କିନ୍ତୁ ଏଥିରେ ମୋର ସମ୍ମତି ନାହିଁ।

ପିଲାଟି କିଛି ନ କହି ପ୍ରଣାମ କରିଥିଲା, ଯେମିତି ଏକଦା ସେ ପ୍ରଣାମ କରିଥିଲେ ତାଙ୍କ ଶ୍ୱଶୁରଙ୍କୁ, ଆଜିକୁ ପଚିଶ ବର୍ଷ ତଳେ, ଏମିତି ଏକ ସଞ୍ଜରେ। ଆଉ ତା'ର ଦୁଇ ଦିନ ପରେ ସେ ଶିବମନ୍ଦିରରେ ବିବାହ କରିଥିଲେ- କଲିକତାର ଏକ ଶିବ ମନ୍ଦିର- ଆଦ୍ୟାଶା ଜନ୍ମ ହେବାର ଠିକ୍ ଗୋଟିଏ ବର୍ଷ ଆଗରୁ।

■

ଭାଇ

ମତେ ସେ ବହୁତ ଭଲ ପାଉଥିଲା ।

ମୋଠାରୁ ସେ ଥିଲା ସାତବର୍ଷ ସାନ । ସେ ଜନ୍ମହେବା ଦିନ କୁଆଡେ ମାଆ ଭାରି କଷ୍ଟ ପାଇଥିଲା । ସମସ୍ତେ ଭୟ କରିଥିଲେ ମାଆ ମରିଯିବ, ଏମିତି କଷ୍ଟ ।

ମତେ ନୂଆ ନୂଆ ତା'କୁ ଭାରି ଅସନା ଲାଗିଥିଲା । ବେବି ପାଉଡର ଓ ଅଲିଭ ତେଲର ଗନ୍ଧ ମତେ ଭଲ ଲାଗୁ ନଥିଲା, ତା' ଝାଡା-ପରିସ୍ରା-ବାନ୍ତିର ଗନ୍ଧରେ ବି ଥିଲା ବେବି ପାଉଡର ଓ ଅଲିଭ୍ ତେଲର ଗନ୍ଧ, ଯାହା ଆହୁରି ଉତ୍କଟ ଲାଗୁଥିଲା ମତେ ।

ମାଆ କହୁଥିଲା : ତୋ' କୁନି ଭାଇଟା ପରା, ଟିକେ ଗେଲ କରି ଦେ ତାକୁ ।

ମୁଁ ଗେଲ କରି ଦେଉଥିଲି ତା'କୁ, ଖାଲି ମାଆକୁ ଖୁସି କରିବା ପାଇଁ ।

ସେ ବଡ ହେଲା । ଏତେ ଶୀଘ୍ର ଯେ ଭାବି ହେବନି । ତା'ର ତିନି ବର୍ଷ ଟପିଗଲା, ମତେ ହେଲା ଦଶବର୍ଷ ।

ଭାବ ତ ଦେଖି ଜଣେ ପଞ୍ଚମ ଶ୍ରେଣୀରେ ପାଠ ପଢୁଥିବା ପିଲା କ'ଣ କେବେ ସାଙ୍ଗ ହେଇପାରିବ ଘରେ ବସି ଖାଲି ଦୁଷ୍ଟ ହେଉଥିବା ପିଲାଟେ ସାଙ୍ଗରେ ! ମୋର ବହୁତ ସାଙ୍ଗ ଥିଲେ, ମୋଅରି କ୍ଲାସ୍‌ର : ଦୀପକ, କମଲେଶ, ରିଣ୍ଟୁ । ବହୁତ ମଜା କରୁ ଆମେ । ରିଣ୍ଟୁର ଗୋଟେ ସ୍ପୋର୍ଟ୍‌ସ୍ ସାଇକେଲ୍ ଥିଲା, ଦୀପକର ଗୋଟେ ପୁରୁଣା ଗିଟାର, କମଲେଶ ପାଖେ ବହୁତ ପଇସା । ଭାରି ମଜାରେ କଟିଯାଏ ଛୁଟି ଦିନ ଗୁଡାକ ।

ଏଇ ଟିକୁନ୍, ମୋ ସାନଭାଇ, ଭାରି ଚିଡେଇ ଦିଏ ଆମକୁ, ବେଶି କରି ମତେ । ମତେ ତ ସାରା ଦିନ ହଇରାଣ କରୁଥାଏ । ମୁଁ ତରତର ହୋଇ ଖାଇ ବସିଥିବି, ଇସ୍‌କୁଲ୍ ଯିବାରେ ଡେରି ହେଇ ଗଲାଣି, ମାଆକୁ ମୁଁ ପାଣି ମାଗିବି, ଟିକୁନ୍ କୋଉଠି

ଥିବ ଦଉଡ଼ି ଆସିବ, ମୁଁ ନନାକୁ ପାଣି ଦେବି, ମୁଁ ନନାକୁ ପାଣି ଦେବି, କହି ପାଣି ଆଣିବ ଗୋଟେ ଗିଲାସରେ, ତା'ପରେ ପାଦ ଖସି ପଡ଼ିଯିବ ତଳେ, ଗିଲାସ ଯାକ ପାଣି ମୋ ଉପରେ ପଡ଼ିବ। ମୋ ଦେହ ଓଦା, ମୋ ସ୍କୁଲ୍‌ଡ୍ରେସ୍ ଓଦା। ତା'ପରେ ଦେହହାତ ପୋଛାପୋଛି ହୁଅ, ଡ୍ରେସ ବଦଳାଅ, ଭାରି ହଇରାଣ। କିନ୍ତୁ ମାଆ ସେତେବେଳେ ମତେ ସାହାଯ୍ୟ କରେ ନାହିଁ। ଦେଖେ ଟିକୁନ୍ ଦେହରେ କ'ଣ ଚୋଟ ଲାଗିଚି କି ନାହିଁ। ସେ ବେଳେ ବେଳେ ମୁଣ୍ଡ ଆଉଁଶି କାନ୍ଦେ, ମାଆ ଡରିଯାଏ, କାଳେ ତା' ବ୍ରେନ୍ ଭିତରେ କ'ଣ ଅଖଞ୍ଜ ହେଇଯାଇଥିବ।

ମୁଁ ପାଠ ପଢ଼ିଲା ବେଳେ ବି ସେ ମତେ ପଢ଼େଇ ଦିଏନି, ମୋ ହାତର କଲମଟା ଝିଙ୍କି ନେଇ ଦେଖେ, ମୋ ବହିସବୁ ଓଲଟପାଲଟ କରେ, କୋଉଠି ଟିକେ ଚିରି ପକାଏ ବି, ମୋ ଜୋତାକୁ ପିନ୍ଧି ଦେଖେ ତା'କୁ ଫିଟ୍ କରୁଚି କି ନାହିଁ, ବେଳେବେଳେ କୁହେ ହେଇ ଦେଖ ନନାର ଜୋତା ମତେ ହଉଚି, ଭଲକି ହଉଚି!

ନୂଆଡ୍ରେସ୍ ଅପେକ୍ଷା ତା'ର ବେଶି ଖୁସି ମୋ ପୁରୁଣା ଛୋଟ ହୋଇଯାଇଥିବା ଡ୍ରେସ୍ ପିନ୍ଧିବାରେ। ମୋର ଯେତେକ କରାମତି, ଯେତେକ କାମ ସେ ଦେଖେ ମନଧ୍ୟାନ ଦେଇ। ହଠାତ୍ ସେ ତାଳି ମାରି ନାଚିଉଠେ, ବାଃ ବାଃ ବାଃ, କେଡେ ବଢ଼ିଆ ମାଙ୍କଡ ଛବିଟେ ନନା କରିଦେଲା ରେ, ବାଃ ବାଃ ବାଃ...

ମୁଁ ଚିଡ଼ିଯାଏ। ମୂର୍ଖ ତତେ ଏଟା ଗୋଟେ ମାଙ୍କଡ ଛବିଟେ ପରି ଦିଶୁଚି, ଏଇଟା ପରା ଆଇନ୍‌ଷ୍ଟାଇନଙ୍କ ଚିତ୍ର, ପୃଥିବୀର ସବୁଠୁ ବୁଦ୍ଧିଆ ମଣିଷ ଥିଲେ ସିଏ! ଭାରି ଭଲ ମଣିଷ!

ଟିକୁନ୍, ଯିଏ ବୋଧେ ତା' ବୟସର ସବୁଠୁ ବୋକା ପିଲାଟେ, ସେ ଛବିଟାକୁ ଆଉଥରେ ଦେଖେ। ତାଳି ମାରେ : ବାଃ ବାଃ ବାଃ, ନନା କେତେ ବଢ଼ିଆ ଛବି କରିଛି!

ମତେ ସତରେ ଲାଜ ଲାଗେ ଟିକୁନ୍‌କୁ ନେଇ କୁଆଡେ ଯିବାପାଇଁ। ବିଶେଷତଃ ମୋ ସାଙ୍ଗମାନଙ୍କ ସହିତ। ଆମେ କେତେ କଥା ଆଲୋଚନା କରୁ : ପାଠ ବିଷୟରେ, ଖେଳ ବିଷୟରେ, ସାର୍‌ମାନଙ୍କ ବିଷୟରେ। ସେ ଟିକେ ଶୁଣେ ତା'ପରେ ଦୌଡାଦୌଡ଼ି କରେ, ନାଚେ କୁଦେ, ଶେଷକୁ ଆସି ମତେ କୁହେ : ନନା ତୁ କ'ଣ ମୂତିବାକୁ ଯିବୁ ନାହିଁ! ମତେ ମୂତ ଲାଗିଲାଣି। ରିଣ୍ଟୁ ହସେ, କମଳେଶ ହସେ ଆହୁରି ଜୋରରେ। ମତେ ଲାଜ ମାଡେ।

ମୋ ମାଆ ଚାକିରି କରେ ଗ୍ରାମ୍ୟ ବ୍ୟାଙ୍କରେ, ବାପା ତହସିଲ୍ ଅଫିସରେ। ବାପା କେତେବେଳେ କେମିତି ପଳେଇ ଆସିପାରନ୍ତି ଅଫିସ୍‌ରୁ, ମାଆ ପାରେ

ନାହିଁ, କାରଣ ବ୍ୟାଙ୍କରେ କିଏ କେତେବେଳେ ଖୋଜିବ। ମାଆ ଫେରୁ ଫେରୁ ସଞ୍ଜ। ମୁଁ ଇସ୍କୁଲ୍‌ରୁ ଫେରିବାର ବହୁତ ପରେ। ସିଏ ଆସିଲା କ୍ଷଣି ମୁଁ ଟିକୁନ୍ ବିରୁଦ୍ଧରେ ମୋର ସବୁତକ କମ୍ପ୍ଲେନ୍ କହିବାକୁ ଆରମ୍ଭ କରେ। ଛିଟମାଉସୀକୁ ସାକ୍ଷୀ ରଖି, ଯିଏ ଆମ ଘରେ ସାରାଦିନ ଥାଏ। ସେ ମାନିଯାଏ ଯେ ମୋର ଅଭିଯୋଗ ସବୁ ସତ। ମାଆ ଟିକୁନ୍‌କୁ ବେଶି ବିରକ୍ତ ହୁଏ ନାହିଁ, ଧମକାଏ ଅବଶ୍ୟ, କିନ୍ତୁ ତା'ର ଅର୍ଥ କିଛି ନାହିଁ। ମତେ ଗେହ୍ଲା କରେ, ସାକୁଲେଇ କଥା କହେ, କିଛି ଗୋଟେ ମୁଁ ମାଗୁଥିବା ଜିନିଷ ବି ମିଳିଯାଏ, କିନ୍ତୁ ମତେ ଲାଗେ, ଟିକୁନ୍‌ର ଦଣ୍ଡ ମିଳିବାର ଥିଲା।

ଟିକେ ପରେ ଟିକୁନ୍ ମୋ ପାଖକୁ ଆସେ, ନନା ମୁଁ ଆଉ ସେମିତି କରିବି ନାହିଁ, ତୋ' ପେନସିଲ୍‌ଟା ଆଉ ଦାନ୍ତରେ କାମୁଡ଼ିବି ନାହିଁ, ତୋ' କ୍ରିକେଟ୍‌ବଲ୍‌ଟାରେ ଲାଗିବି ନାହିଁ, ତୋ' ସ୍କୁଲ୍‌ବ୍ୟାଗ୍‌ରେ ହାତ ପୂରେଇବି ନାହିଁ, ସତ ସତ ସତ! ନନା ତୁ ପିଜୁଳି ଖାଉଚୁ, ତତେ କିଏ ଦେଲା, ମାଆ?

ମୁଁ ଜାଣେ ତା'ର ପିଜୁଳି ଖାଇବାକୁ ମନଅଛି, କିନ୍ତୁ ମୁଁ ଦିଏ ନାହିଁ। ସେଠୁ ଉଠି ମୁଁ ଅନ୍ୟଆଡେ ଚାଲିଯାଏ।

ମୁଁ ଯେତେବେଳେ ଯୁଆଡେ ବାହାରେ, ସେ ଯେମିତି ଜଗି ବସିଥାଏ, ମୋ ପଛେ ପଛେ ବାହାରି ପଡେ। ମୁଁ ତା'କୁ ଧମକାଏ, ଗାଳି ଦିଏ, କିନ୍ତୁ ମୋ କଥା ଶୁଣି ନପାରିଲା ପରି ସେ ଚାଲିବାକୁ ଲାଗେ। କିଛିବାଟ ଯାଇ ଚେଷ୍ଟା କରେ ମୋ ହାତ ଧରିବାକୁ। ମୁଁ ହାତ ଛାଟିଦିଏ। ସେ ଟିକେ ପଛରେ ପଡିଯାଏ, ପୁଣି ଆସେ ଧାଇଁ ଧାଇଁକା, ଚେଷ୍ଟା କରେ ମୋ ହାତ ଧରିବାକୁ।

ମୋର ଯେତେବେଳେ ଦିହ ଖରାପ ହୁଏ ସେ ମତେ ଛାଡି କୁଆଡେ ଯାଏନି, ସେମିତି ବସିଥାଏ ପାଖରେ, ମୋ ବିଛଣା ପାଖରେ। ମାଆ ବହୁତ ମନା କରେ, ଆକଟ କରେ, ଗାଳି ଦିଏ, କହେ ଯା' ଭାଗ୍ ଏଠୁ, ନନାଠୁ ତତେ ଜର ଡେଇଁବ, ମୋ ପ୍ରାଣ ଖାଇବୁ ସେଉଠୁ, ଯା' ପଳା...

ସେ ସୁନା ପିଲା ପରି ଉଠି ଚାଲିଯାଏ, କିଛି ନକହି। ମାଆ କାମରେ ବ୍ୟସ୍ତ ଥିଲା ବେଳେ କି ଅଫିସ୍ ଚାଲିଗଲା ପରେ ସେ ମୋ ପାଖରେ ପୁଣି ଆସି ବସେ। ନନା ତୋ' ମୁଣ୍ଡ ଆଉଁଶି ଦେବି, ନନାରେ ତୋ' ଗୋଡ ଚିପିଦେବି!

ମୋ ଉତ୍ତରକୁ ଅପେକ୍ଷା ନକରି ସେ ମୋ ଗୋଡ ଘଷିବାକୁ ଲାଗେ, ଚୁମା କରିଦିଏ ମୋ ଗାଲରେ, ପଚାରେ ନନା ତତେ କ'ଣ ବେଶି କଷ୍ଟ ଲାଗୁଚି!

: ଉଫ୍, ଗଲୁ ଗଲୁ ମୋ ପାଖରୁ, ଗନ୍ଧିଆ କାହିଁକା...

ମୁଁ ମୋ ଗାଲରୁ ତା'ର ଲାଳମିଶା ଚୁମାକୁ ପୋଛିବାକୁ ଲାଗେ।

ସେ ଘୁଞ୍ଚିଯାଏ ପାଖରୁ, ଦୂରେଇ ଠିଆହୁଏ।

ଖରାଛୁଟିଯାକ ଆମେ ଭାରି ମଜା କରୁଥିଲୁ, ଆମେ ଅର୍ଥାତ୍ ମୁଁ, କମଳେଶ, ରିଣ୍ଟୁ। ଦୀପକ ଯାଇଥିଲା ପୁରୀ, ତା' ମଉସାଙ୍କ ଘରକୁ। କ୍ରିକେଟ୍ ଖେଳ, ଭିଡିଓ ଗେମ୍, କାଗଜର ଉଡାଜାହାଜ, ଡିଂଡଂ ବେଲ୍ ପ୍ରୋଜେକ୍ଟ୍।

ଡିଂଡଂ ବେଲ୍ ତିଆରି କଲାବେଳେ ରିଣ୍ଟୁ କହିଲା ଜାଣିଚ, କୋଚିଲା ବଣରେ ଗୋଟେ ଝରଣା ଅଛି, ସେଥିରେ ଚକ୍‌ଚକ୍ ମାଣିକ ପଥର ମିଳେ!

: ଗାଲୁ ଗାଲୁ!

କମଳେଶ କହି ଉଠିଥିଲା। ମୁଁ ପଚାରିଥିଲି, ସତରେ!

: ହଁ ସତ, ଭବାନୀ ଦେଖିଚି, ଥରଟେ ଯାଇଥିଲା ତା' ମାମୁଁଙ୍କ ସାଙ୍ଗରେ, ମତେ ଆଣି ଦେଖେଇଥିଲା ବି। ତିନିଟା ମାଣିକ ପଥର।

: ମାଣିକ ପଥରର ଗୋଟେ ସ୍ପେଶାଲିଟି ଅଛି। ଯଦି ପାଖରେ ମାଣିକ ପଥର ଥିବ ତେବେ ସେ ତୁମର ତିନିଟା ମନସ୍କାମନା ପୂରଣ କରିବ, ତା'ପରେ ସେ କଳା ପଡିଯିବ। କଳା ପଡିଗଲା ପରେ ତା'କୁ ପାଖରେ ରଖିଲେ ବିପଦ।

କଥାଟା ମତେ ଭାରି ଆଚମ୍ବିତ କରିଥିଲା। ମାଣିକ ପଥର ମୁଁ କେବେ ଦେଖି ବି ନାହିଁ।

: ଥରଟେ ଯିବା କୋଚିଲା ବଣକୁ!

ସମସ୍ତେ ରାଜି ଥିଲେ। କୋଚିଲା ବଣ ଆମ ଟାଉନ୍‌ଠୁ ଜମା ଦୁଇ କିଲୋମିଟର ଦୂର। ଝରିପାହାଡକୁ ଲାଗି। ବଣଟା ଏମିତି ଭୟଙ୍କର ନୁହେଁ, ବାଘଭାଲୁ ନାହାନ୍ତି, ସାପଫାପ ଥାଆନ୍ତି ଅବଶ୍ୟ।

ଆମେ ଯାଇଥିଲୁ ଗୋଟେ ଦିନ ଦେଖି। ସାଇକେଲ୍ ଅସୁବିଧା ଥିଲା ବୋଲି ଚାଲିଚାଲି ହିଁ ଯାଇଥିଲୁ।

ବାପା ମାଆ ଜାଣି ପାରିଲେନି ମୋ ପ୍ଲାନ। କିନ୍ତୁ ଟିକୁନ୍ ଜାଣି ପାରିଲା। ମୋର ମନେ ନଥିଲା ଡିଂଡଂ ପ୍ରୋଜେକ୍ଟ୍ କଲାବେଳେ ଆମ ପାଖରେ ସେଦିନ ଟିକୁନ୍ ବସିଥିଲା। ଆଶ୍ଚର୍ଯ୍ୟ ହୋଇ ଦେଖୁଥିଲା ଆମେ ତିଆରି କରୁଥିବା ଯନ୍ତ୍ରଟିରୁ କେମିତି ନାନା ରକମର ଶବ୍ଦ ବାହାରୁଚି, ଆଲୁଅ ଜଳୁଚି। ସେ ଆମକୁ ଜମା ଡିଷ୍ଟର୍ବ୍ କରୁ ନଥିଲା, ବରଂ ଛୋଟ ଛୋଟ ହେଲ୍‌ପ କରୁଥିଲା।

ସେ ଆସିଲା ମୋ ପାଖକୁ, ମୁଁ ଜୋତା ପିନ୍ଧୁଥିଲା ବେଳେ। କହିଲା ନନା ମୁଁ ତୋ' ସାଙ୍ଗରେ ଯିବି।

: ଯା ଭାକ୍ !

ସେ କିଛି ନକହି ତା' ଜୋତା ପିନ୍ଧିବାକୁ ଚେଷ୍ଟା କଲା ।

: ଖବରଦାର, ତୁ ମୋ ସାଙ୍ଗେ ଯାଇ ପାରିବୁନି !

ସେ ଗୋଟିଏ ଗୋଡର ଜୋତା ପିନ୍ଧି ସାରିଥିଲା, ଆର ପଟକ ପିନ୍ଧିବାରେ କଷ୍ଟ ହେଉଥିଲା ।

: ତତେ ମୁଁ ଜମା ସାଙ୍ଗରେ ନେବିନି ! ଯା' ଛିଟ ମାଉସୀ ସାଙ୍ଗରେ ବସି ଖେଳିବୁ । ଯା'...

ଘରେ ବାପା ନଥିଲେ, ମାଆ ନଥିଲା । ଦୁଇଜଣ ଯାକ ଅଫିସ୍ ଯାଇଥିଲେ । ଘରେ କେବଳ ଛିଟ ମାଉସୀ । ତା'କୁ ବାହାନା ଦେଖାଇ ଘରୁ ପଳେଇଯିବା କିଛି କଷ୍ଟ ନୁହେଁ ।

ମୁଁ ରାସ୍ତାରେ ଗଲାବେଳେ ଦେଖିଲି, ଟିକୁନ୍ ମୋ ପଛେପଛେ ଆସୁଛି । ପ୍ରଥମେ କିଛି ବାଟ ତା'କୁ ଦେଖି ପାରିନଥିଲି, ତାରିଣୀ ମନ୍ଦିର ଛକରେ ବାଟ ଭାଙ୍ଗିଲା ବେଳକୁ ସେ ମୋ ଆଖିରେ ପଡିଲା । ସେ ଚାଲୁଥିଲା ତରତର ପାଦ ପକେଇ । ଗୋଟିଏ ପାଦରେ ଜୋତା, ଆର ପାଦଟା ଖାଲି । ସେ ପାଦର ଜୋତାଟି ସିଏ ଧରିଥିଲା ଗୋଟେ ହାତରେ ।

ମୋ ଆଖିରେ ତା' ଆଖି ମିଶିଗଲା କ୍ଷଣି ସେ ଡାକିଲା ନନା, ନନା...

ମୁଁ ତା' ଆଡୁ ଆଖି ଫେରାଇ ଆଣି ଦ୍ରୁତ ଗତିରେ ଚାଲିବାକୁ ଆରମ୍ଭ କଲି । ଚିତ୍କାର କରି କହିଲି ଯା' ପଳା, ଯା' ଚାଲି ଯା' କହୁଛି ! ମୁଁ ତା'କୁ ଫେରି ଅନେଇଲି ନାହିଁ, ଭାବିଲି ତା'କୁ ଅଗ୍ରାହ୍ୟ କଲେ ସେ ବଳେ ଫେରିଯିବ ଘରକୁ ।

ସେ ଆଉ କୋଉଠି ଦିଶିଲା ନାହିଁ ।

ନାକା ଚେକ୍ ଗେଟ ପାଖରେ ଅପେକ୍ଷା କରିଥିଲେ ରିଣ୍ଟୁ ଆଉ କମଳେଶ । ସେଇଠୁ କୋଟିଲା ଜଙ୍ଗଲ ଦେଢ କିଲୋମିଟର । କମଳେଶ ତା' କଳା ଚଷମାଟି ମତେ ପିନ୍ଧିବାକୁ ଦେଲା । ତା' ପ୍ଲାଷ୍ଟିକ ବାକ୍ସରେ ଥିଲା କେକ୍, କ୍ରିମ ବିସ୍କୁଟ୍ ଆଉ ଚୁଇଙ୍ଗଗମ୍ । ରିଣ୍ଟୁର ଝୁଲା ବ୍ୟାଗ୍‌ରେ ଥିଲା ପାଣି ବୋତଲ, ଆଳୁ ଚିପ୍‌ସ ଆଉ ଦୁଇଫେଣା କଦଳୀ । ମୋ ହାତରେ କ୍ୟାମେରା, ମାଉଥ ଅର୍ଗାନ । ବଣଭୋଜି ପାଇଁ ଆଉ ଅଧିକ କ'ଣ ଲୋଡା !

କଳା ଚଷମାଟି ପିନ୍ଧି ଚାରି ଆଡକୁ ଦେଖି ଦେଖି ମୁଁ ଆଗକୁ ଆଗକୁ ଚାଲିଲି ସାଙ୍ଗମାନଙ୍କ ସହିତ । ରଙ୍ଗୀନ୍ ଚଷମାଟେ ପିନ୍ଧିଲେ ସତେ କେଡେ ଅଲଗା ଦିଶେ ପୃଥିବୀଟା ! ସଂସାରର ପୂରା ଚେହେରା ବଦଳି ଯାଏ ।

ମତେ ଲାଗିଲା ପଛରୁ ଥାଇ ଟିକୁନ୍ ଡାକୁଛି ନନା ନନା !

ପଛକୁ ଚାହିଁଲି, କେହି ନଥିଲେ କୋଉଠି, ରାସ୍ତା ଫାଙ୍କା ।

ମନର ଭ୍ରମ ହୁଏତ, ନହେଲେ ରିଣ୍ଟୁ କି କମଲେଶକୁ ତ ଶୁଭିଥାଆନ୍ତା !

: ନନା ! ନନା ! ମୁଁ ଯିବି ସାଙ୍ଗରେ...

ସବୁଆଡ ଶୂନ୍‌ଶାନ୍ । ରିଣ୍ଟୁକୁ ପଚାରିଲି, ପଛରୁ କିଏ ଡାକୁଟି କି ?

: ନାଇଁ କେହି ନାହିଁ ତ !

ଖୁବ୍ ଭଲରେ କାଟିଥିଲୁ ଆମେ ସେ ଦିନଟା, ଭାରି ମଜାରେ । ବଣରୁ ଅଁଳାକୋଳି ତୋଳି ଖାଇଲୁ, ଅଜଣା ଫୁଲର କଢ ଆଉ ମଞ୍ଜି ତୋଳିଲୁ, ଝରଣା ପାଣିରେ ପାଦ ବୁଡେଇ ବସିଲୁ ଅନେକ ସମୟ, କେକ୍ ଆଉ କଦଳୀ ଖାଇ ଖାଇକା ।

ମାଣିକ ପଥର ଅବଶ୍ୟ ଆଣିଥିଲୁ ସାଙ୍ଗରେ, ସବୁ ମିଶି ପାଞ୍ଚଟା । ମୋ ଭାଗରେ ପଡିଥିଲା ଦୁଇଟା ।

ଘରେ ପହଞ୍ଚିଲା ବେଳକୁ ସଞ୍ଜ ରତରତ । ବାପା ମା' ଫେରି ନଥାନ୍ତି । ଛିଟ ମାଉସୀ କହିଲା : ଆଉ ଟିକୁନ !

: ଟିକୁନ୍ ?

ଏ ପ୍ରଶ୍ନର ଉତ୍ତର କେହି ଦେଇ ପାରୁ ନଥିଲେ, ନା ତାରିଣୀ ମନ୍ଦିରର ପୂଜାରୀ, ନା ନାକା ଗେଟର ଚୌକିଦାର ନା ସେ ରାସ୍ତା ଦେଇ ଯାଉଥିବା ଆସୁଥିବା କୌଣସି ଲୋକ । କେହି କହି ପାରୁ ନଥିଲେ ସେମାନେ କ'ଣ ଦେଖିଛନ୍ତି ଏମିତି ଗୋଟିଏ ପିଲାକୁ, ସାଢେ ତିନି ବର୍ଷର ପିଲା, ଯିଏ ପିନ୍ଧିଥିଲା ନୀଳ ଧୂସର ରଙ୍ଗର ଗୋଟିଏ ଜାମା, କଳା ରଙ୍ଗର ହାଫ ପ୍ୟାଣ୍ଟ, ଗୋଟିଏ ପାଦରେ ଜୋତା, ଆର ପାଦଟି ଖାଲି ...

କୋଟିଲା ବଣ ଏମିତି କିଛି ନିଘଞ୍ଚ ଜଙ୍ଗଲ ନୁହେଁ, ଆମ ସହରଟା ବି ଛୋଟିଆ ସହର, କିନ୍ତୁ ତା' ଭିତରେ କେମିତି ଅଦୃଶ୍ୟ ହୋଇଗଲା ଟିକୁନ୍ !

ଟିକୁନ୍ ମିଳିନଥିଲା । ସାରା ରାତି ଆମେ ସମସ୍ତେ ଖୋଜିଥିଲୁ, ରାସ୍ତାରେ, ବଣ ଭିତରେ, ଝରଣା କୂଳରେ । ସେ କୋଉଠି ବି ନଥିଲା । କୋଉଠି ବି ଶୁଭୁ ନଥିଲା ସ୍ୱର, ନନା ମୁଁ ଏଇଠି ଅଛି, ବାପା ମୁଁ ଏଇଠି !

ଝରଣା କୂଳଟି ରାତି ଅନ୍ଧାରରେ ଭୟଙ୍କର ଦିଶୁଥିଲା, ସେଇ ଝରଣା, ଯାହା ଏତେ ସୁନ୍ଦର ଦିଶୁଥିଲା ଆଖିକୁ ଦିନ ଆଲୁଅରେ, ଝକ ଝକ ସୂର୍ଯ୍ୟ କିରଣରେ । ବଣ ଭିତରେ ଛମ ଛମ କରୁଥିଲା ଭୟାର୍ତ୍ତ ନିଃଶବ୍ଦତା, ଯାହା ଭାଙ୍ଗି ପଡୁଥିଲା ମଝି ମଝିରେ ମାଆର ବ୍ୟାକୁଳ ଡାକରେ । ମୁଁ ବି ଡାକୁଥିଲି, ହର ମଉସା, ବାପା, ରିଣ୍ଟୁ ।

ଯିଏ ମୋ ପଦକ ଡାକରେ କାହିଁ କୁଆଡୁ ଦୌଡି ଆସୁଥିଲା, ବେକରେ ଝୁଲି ପଡୁଥିଲା, ତା' ଲାଳୁଆ ଓଠରେ ଚୁମା ଦେଉଥିଲା, ସେ କେମିତି ଚୁପ ରହିଲା ମୋ ଡାକ ଶୁଣି, କେଉଁ ଅଭିମାନରେ! ଏକଥା ସତ ଯେ ମୁଁ ତା' ଉପରେ ଚିଡୁଥିଲି ବରାବର, ଗାଳି ବି ଦେଉଥିଲି। କିନ୍ତୁ ସେ କ'ଣ ଜାଣେ ନାହିଁ ଯେ ମୁଁ ତାକୁ ଭଲ ବି ପାଉଥିଲି, ଦୁଇଟା ପିଜୁଳିରୁ ଭଲ ପିଜୁଳିଟି ବାଛି ତା' ହାତରେ ଦେଉଥିଲି, ଭଲ ଉଷୁମ ଚାଦର ନେଇ ତା'କୁ ଢାଙ୍କି ଦେଉଥିଲି ଶୀତ ରାତିରେ। ତା' ଲାଗି ମୁଁ ଚୋରି ବି କରିଛି, ମଣ୍ଡାପିଠା, କ୍ରିମ୍ ବିସ୍କୁଟ୍, କାଜୁ ବରଫି।

ବଣ ଭିତରେ ସାରା ରାତି ଖୋଜିବା ଭିତରେ ମୁଁ ମୋ ପକେଟରୁ ବାହାର କରିଥିଲି ଛୋଟବଡ଼ ମାଣିକ ପଥର ଯୋଡିକ। ମୁଣ୍ଡରେ ମାରି କହିଥିଲି, ଭଗବାନ, ମୋର ଆଉ କିଛି ଲୋଡା ନାହିଁ, ମୋର ତିନିଟା ବର ଲୋଡା ନାହିଁ, ମତେ ଗୋଟେ ବର ଦିଅ, ଖାଲି ଗୋଟେ ବର, ଟିକୁନ୍‌କୁ ଫେରେଇ ଦିଅ, ଆଉ କିଛି ମୁଁ ମାଗିବି ନାହିଁ ତୁମଠୁ, ମୋ ସାରା ଜୀବନ ଭିତରେ।

■

ଆବର୍ତ୍ତ

ପିଲାଦିନୁ, ଖୁବ ପିଲାଟି ଦିନୁ, ଜଣା ପଡୁଥିଲା ସେ ଅଲଗା, ସେ ଅନ୍ୟ ସମସ୍ତଙ୍କ ଠାରୁ ଅଲଗା।

ତା' ସମାନ ବୟସର ପିଲାଙ୍କ ଠାରୁ।

ସେ ହସିଥିଲା ଜନ୍ମ ହେବାର ଅଳ୍ପ କେତେ ଘଣ୍ଟା ପରେ, କଥା କହିଥିଲା ଶୀଘ୍ର, ଚାଲିବାକୁ ଚେଷ୍ଟା କରିଥିଲା ଆଠ ମାସ ପୂରିବା ଆଗରୁ।

ଦିନେ ଅତସୀ ଦୌଡିଆସି କହିଥିଲା, ବୋଉ ଦେଖିବୁ ଆ', ମିତାଲି ଛବିଟେ ଆଙ୍କିଛି, ମଣିଷର ଛବି।

ସୌଦାମିନୀ ଆସି ଦେଖିଥିଲେ, ଦେଢବର୍ଷର ଝିଅଟି ଖଣ୍ଡେ ପେନସିଲ ହାତରେ ଧରି ଛବିଟିଏ ଆଙ୍କିଛି, ଚିରା ଖବରକାଗଜ ଉପରେ।

ସୌଦାମିନୀଙ୍କ ପାଦଶବ୍ଦ ଶୁଣି ସେ ଫେରି ଚାହିଁଲା, କାଗଜ ଖଣ୍ଡିକ ଦେଖାଇ କହିଲା, ଆଈ।

ସୌଦାମିନୀ ନାତୁଣୀକୁ କୁଣ୍ଢାଇ ଧରିଥିଲେ, ଚୁମା ଦେଇଥିଲେ। ଏକଥା ଯଦିଓ ସତ ଯେ ଚିତ୍ରଟି ସହିତ ତାଙ୍କର ସାମାନ୍ୟତମ ସାଦୃଶ୍ୟ ନଥିଲା, ଏପରିକି ମଣିଷର ଛବି ବୋଲି ଚିହ୍ନିବାରେ ବି କଷ୍ଟ ହେଉଥିଲା।

ସେ ସୁନ୍ଦର ଗୀତ ବି ଗାଉଥିଲା, ମିଠା ସ୍ୱରରେ।

ଅତସୀ କହୁଥିଲା, ମିତାଲିର ବହୁତ ଟାଲେଣ୍ଟ ଅଛି, ସେ ଗୋଟେ ମସ୍ତବଡ ଆର୍ଟିଷ୍ଟ ହେବ...

: ଆଉ ଆଇଟମ ଗାର୍ଲ ହେଇ ଧେଇ ଧେଇ ନାଚ କରିବ ! ନା, ମୋ ଝିଅ ସିଭିଲ ସର୍ଭିସରେ ଟପ୍ପର ହେବ, ଆମ୍ବାସାଡର ହେବ...

ସୁଭାଷ କହନ୍ତି, ଝିଅକୁ ଛାତିରେ ଜାକିଧରି।

ଭବିଷ୍ୟତର ଯୋଜନା ବଦଳୁଥାଏ ଦିନକୁ ଦିନ, କାହାରିକୁ ନିରାଶ ନକରି ଝିଅଟି ନୂଆ ନୂଆ ସ୍ୱପ୍ନ ଓ ସମ୍ଭାବନାର ମଞ୍ଜି ବୁଣି ଚାଲିଥାଏ ଅହରହ।

ଛୋଟ ସହରରେ ଚାକିରି, ଚୁକ୍ତିଭିତ୍ତିକ ଦରମା, ଆଶା ଥାଏ, ଚାକିରି ନିୟମିତ ହେବ, ବଦଳି ହେବ ବଡ ସହରକୁ, ଝିଅ ଭଲ ସ୍କୁଲରେ ପାଠ ପଢିବ, ସବୁ ଭଲ ହେବ।

ସୁଭାଷ ଗରୀବ ଘରର ପିଲା, ଦୁଃଖେକଷ୍ଟେ ପାଠ ପଢିଛନ୍ତି, ଚାକିରି ବି ଅସ୍ଥାୟୀ, କିନ୍ତୁ ସୌଦାମିନୀଙ୍କର ଦୁଃଖ ନଥିଲା; ସୁଭାଷ ଭାରି ଭଲ ସ୍ୱଭାବର, କାମ ଭଲ ତ ସେ ଭଲ। ଖାଲି ମାଲକାନଗିରିରୁ ବଦଳି ହୋଇ ଏପାଖକୁ ଆସିଲେ ଚିନ୍ତା ଯିବ।

ମାଲକାନଗିରିରୁ ବାରିପଦାକୁ ସହଜରେ ଫୋନ ଲାଗେ ନାହିଁ, କିନ୍ତୁ ଯେତେବେଳେ ମୋବାଇଲ ଲାଗିଯାଏ ତ ମିତାଲି ଆଗ କଥା କୁହେ, ଶିଖିଥିବା ଗୀତଟିଏ ଆମୂଳଚୂଳ ଗାଏ, ଅତସୀ କହେ, ହଉ ସେତିକି ହେଲା, ବନ୍ଦ କର, ଆଈର ବହୁତ ପଇସା କଟିବ ମୋବାଇଲରୁ।

ସୌଦାମିନୀ କହନ୍ତି, ହଁ ଗାଉ ଆଉ ଟିକିଏ, ଭାରି ବଢିଆ ଗାଉଛି।

: ଆଈ ମୁଁ ଆମ୍ବାସଡର ହେବି।

: ହଁ, ହେବୁ ତ ନିଶ୍ଚୟ।

ଥରଟିଏ ହସି ହସି କହିଲା ମିତାଲି, ଜାଣିଛ ନା ଆଈ, ମୋ ସାଙ୍ଗ ପିଙ୍କି କହିଲା, ଆମ୍ବାସଡର୍! ସିଏ ତ ଗୋଟେ ଗାଡି, ତୁ ଗାଡି ନ ହେଇ ଏରୋପ୍ଲେନ ହେଉନୁ, ଆକାଶରେ କେତେ ଉଚ୍ଚରେ ଉଡିବୁ, ସାରା ସଂସାର ଦେଖିବୁ, ମେଘ, ତାରା,ଜହ୍ନ ...

ସୌଦାମିନୀ ବି ହସନ୍ତି, କହନ୍ତି : ସବୁ ତୁ ଦେଖିବୁରେ ମାଆ, ସବୁ। ମନ ଦେଇ ପାଠ ପଢ -

ମିତାଲି ମନ ଦେଇ ପାଠ ପଢୁଥିଲା, କଥା ମାନୁଥିଲା, ବେଶି ଦୁଷ୍ଟାମି କରୁ ନଥିଲା। ଖାଲି ମନଟା ଖରାପ କରୁଥିଲା ଆଈ ଆସୁନାହାନ୍ତି ବୋଲି। ସେଇ ଯୋଉ ଥରଟେ ଆସିଥିଲେ, ବହୁତ ଦିନ ତଳେ, ଆଉ ଜମ୍ମାରୁ ଆସିବା ନାଆଁ ଧରୁନାହାନ୍ତି। ସେ ଆଈଙ୍କୁ ଅନେକ ପ୍ରଲୋଭନ ଦେଖାଏ, ମାଲକାନଗିରିରେ ବହୁତ ଜିନିଷ ଦେଖିବାର ଅଛି। ତାଙ୍କ ଘର ପଛପାଖ ବଣ ଭିତରୁ ଭାଲୁଟିଏ ଆସେ ରାତି ଅନ୍ଧାରରେ, ଦିନ ଦିପହର ବେଳେ ତାଙ୍କ ଘର ଅଗଣାରେ ଗୁଣ୍ଡୁଚିମୂଷା ଓ ନେଉଳମାନେ ନିୟମିତ ଲୁଚକାଳି ଖେଳନ୍ତି, ଆଉ କେବେ ଦିନେ ଦିନେ ମୟୂରଟିଏ ଆସେ, ନାଚି ନାଚି ଥକିଗଲା ପରେ ବଣ ଭିତରକୁ ଚାଲିଯାଏ।

: ଆଈ, ଏଥର ବି ମୁଁ ଫାଷ୍ଟ !

ତୃତୀୟରୁ ଚତୁର୍ଥକୁ ଉଠିଲା ପରେ ଫୋନରେ କହିଥିଲା ମିତାଲି, ଆଉ ଆଈଙ୍କ ମତାମତ ଲୋଡିଥିଲା, ପଚାରିଥିଲା, କୁହ ତ ଆଈ, ମୁଁ ବଡ ହେଲେ କ'ଣ ହେବି, ଡାକ୍ତର ନା ପାଇଲଟ ! ତୁମେ ଯାହା କହିବ ସେଇଆ ।

ସେଇ ଟିକକ ଆନନ୍ଦ ସୌଦାମିନୀଙ୍କର, ତାଙ୍କ ଏକୁଟିଆ ଜୀବନରେ । ସ୍ୱାମୀ ଚାଲି ଯିବାର ସତର ବର୍ଷ ହେଲାଣି ଆଜିକୁ, ସେତେବେଳକୁ ଅତସୀର ବୟସ ହୋଇଥିଲା ଆଠ ବର୍ଷ । ବିନା ପେନସନର ଚାକିରି, ବନ୍ଦୋବସ୍ତ ବିଭାଗରେ, ସ୍ୱାମୀ ଚାଲିଯିବା ପରେ ବଡ କଷ୍ଟରେ କଟୁଥିଲା ଦିନ ସବୁ ।

ଦିନେ ହଠାତ ଫୋନ କଲା ଅତସୀ ମାଲକାନଗିରିରୁ, ବୋଉ ଗୋଟେ ଭଲ ଖବର, ଇୟେ ଗୋଟେ ଚାକିରି ପାଇଛନ୍ତି ଭୁବନେଶ୍ୱରରେ; ଭଲ ଦରମା, ପରମାନେଣ୍ଟ ଚାକିରି, ମାସକ ଭିତରେ ଯିବୁ ।

ଠାକୁରଙ୍କ ପାଦତଳେ ମୁଣ୍ଡ ଲଗାଇ ଥିଲେ ସୌଦାମିନୀ, ଦୁଃଖ ଘୁଞ୍ଚିବ ଏଥର ।

ବୟସ ସେତେ ହୋଇ ନଥିଲେ ବି ଦେହ ତାଙ୍କର ବିଶେଷ ଭଲ ରହୁ ନଥିଲା, ଆଣ୍ଠୁଗଣ୍ଠି ବାତ ସହିତ ବ୍ଲଡ ପ୍ରେସର । ସବୁବେଳେ ଭୟ ଲାଗୁଥାଏ କେତେବେଳେ କ'ଣ ହୋଇଯିବ ତାଙ୍କର, ଯେମିତି ସ୍ୱାମୀଙ୍କର ହୋଇଥିଲା – ଖାନାପୁରି କ୍ୟାମ୍ପରୁ ଫେରିବାର ଦି'ଦିନ ପରେ ହଠାତ କ'ଣ ହେଲା, ଚେତା ବୁଡିଗଲା, ତା'ପରେ ସବୁ ଶେଷ ।

ଅତସୀ ଫୋନରେ କହେ, ଭୁବନେଶ୍ୱରରେ ଘରଭଡା ଆଲାଉନ୍ସ ଭଲ ମିଳିବ, ସେମାନେ ଗୋଟେ ଫ୍ଲାଟ ନେବେ ଚନ୍ଦ୍ରଶେଖରପୁରରେ ।

ପୁଣି କହିଥିଲା, ୟା'ଙ୍କର ଏ ନୂଆ ଚାକିରିରେ ବହୁତ ଟୁର, ତୁ ଆସି ମୋ ପାଖରେ ରହିବୁ, ମିତାଲି ବହୁତ ଖୁସି ହେବ, ଆଉ ମୁଁ ବି ଭାବୁଛି ବି.ଏଡ.ଟା ସାରିଦେବି...

ଆଉ ଦିନେ କହିଥିଲା, ଆମେ ଅନଲାଇନରେ ଫ୍ଲାଟ ପାଇଁ ଫର୍ଣ୍ଣିଚର ଦେଖୁଛୁ, ଭଲ ଶସ୍ତାରେ ମିଳିଯାଏ ଜିନିଷ ସବୁ ।

ମାଲକାନଗିରିରୁ ଭୁବନେଶ୍ୱର ଆସିବା ବାଟରେ ଦୁର୍ଘଟଣା ଘଟିଥିଲା । ରାତିରେ ।

ଠିକ୍ ତା' ଆଗଦିନ ସୌଦାମିନୀ ବାରିପଦା ବଡ ଡାକ୍ତରଖାନାରେ ସ୍ୱାସ୍ଥ୍ୟ ପରୀକ୍ଷା କରିଥିଲେ । ଇସିଜି ରିପୋର୍ଟ ଦେଖିସାରି ଡାକ୍ତର କହିଥିଲେ: ଟିକେ ହୁସିଆର ଥିବେ, ହାର୍ଟ ଦୁର୍ବଳ ଅଛି, କେବେ କଟକ ଗଲେ କେତେଟା ଚେକ ଅପ କରେଇନେବେ, ମୁଁ ଲେଖି ଦେଉଚି –

ଡାକ୍ତର ଭୁଲ୍ କହିଥିଲେ। ସୌଦାମିନୀଙ୍କ ହାର୍ଟ ଏମିତି ଦୁର୍ବଳ ନଥିଲା, ନହେଲେ ସେ କ'ଣ ସହି ନେଇ ପାରିଥାନ୍ତେ ସେସବୁ ଦିନର ମର୍ମାନ୍ତକ ମୁହୂର୍ତ୍ତ?

ଗୁମୁଡା ପୋଲ ପାଖରେ ଟାକସିଟି ଚୁରମାର୍ ହୋଇଯାଇଥିଲା। ଅତସୀର ମୃତଦେହଟି ସହଜରେ ଉଦ୍ଧାର କରାଯାଇ ପାରିଲା, କିନ୍ତୁ ସୁଭାଷଙ୍କ ଦେହଟି ବାହାର କରିବାରେ କଷ୍ଟ ହେଲା। ମିତାଲିକୁ ଦେଖି ଜଣାପଡୁ ନଥିଲା ସେ ବଞ୍ଚିଛି କି ନାହିଁ।

ମିତାଲି ବଞ୍ଚିଥିଲା। ଯେଉଁ କଟକ ବଡ ହସ୍ପିଟାଲରେ ସୌଦାମିନୀଙ୍କର ସ୍ୱାସ୍ଥ୍ୟ ପରୀକ୍ଷା ହେବାର କଥା, ସେଇଠି ଗୋଟେ ଦଦରା ବେଡରେ ପଡିରହିଲା ମିତାଲିର ଧ୍ୱସ୍ତବିଧ୍ୱସ୍ତ ଦେହ। ନଅବର୍ଷର ସୁକୁମାର ଦେହରେ ଛାଇଟିଏ ପରି ଜୀବନ ଲୁଚକାଳି ଖେଳୁଥିଲା ମୃତ୍ୟୁ ସହିତ।

ସାତ ଦିନ ଅଚେତ ରହିବା ପରେ, ଦିନେ ସଞ୍ଜରେ ମିତାଲି ଆଖି ଖୋଲିଥିଲା, ସ୍ତିମିତ ଦୃଷ୍ଟିରେ ଚାହିଁଥିଲା ସୌଦାମିନୀଙ୍କୁ, କ୍ଷୀଣ ସ୍ୱରରେ କହିଲା 'ଆଈ', ତା'ପରେ ପୁଣି ଫେରିଗଲା ଗହୀର ନିଦକୁ।

ଡାକ୍ତର କିଛି ଭରସା ଦେଉନଥିଲେ। ବେଶି କଥା କହିବାକୁ ସମୟ ବି ନ ଥିଲା ତାଙ୍କର। ଠାକୁରଙ୍କୁ ଡାକିବା ଛଡା, ମିତାଲିର ଶ୍ରାନ୍ତ ମଳିନ ମୁହଁଟିକୁ ସାରା ରାତି ଚାହିଁ ରହିବା ଛଡା, ମୁଣ୍ଡ ଉପରର ପ୍ରାୟ ଖସି ପଡୁଥିବା ପୁରୁଣା ପଙ୍ଖାକୁ ଅନାଇ ରହିବା ଛଡା ସୌଦାମିନୀଙ୍କର ଆଉ କିଛି କରିବାର ନଥିଲା।

ଶେଷକୁ ଡାକ୍ତର ସେମାନଙ୍କର ଆଶଙ୍କା କଥା କହିଥିଲେ। ଝିଅଟି ଆଉ ଆଗର ଜୀବନ ଫେରି ପାଇବ ନାହିଁ, ଯଦିଓ ସେ ବଞ୍ଚି ରହିବ କୌଣସି ମତେ। ସାରା ସମୟ ସେ ଶୋଇ ହିଁ ରହିବ ବିଛଣାରେ।

ନଅବର୍ଷର ପିଲାଟିଏ ଖାଲି ଶୋଇ ହିଁ ରହିବ ବିଛଣାରେ! ଉଠିବ ନାହିଁ, କଥା କହିବ ନାହିଁ!

ପିଜି କରୁଥିବା ଜଣେ ଡାକ୍ତର ଚେଷ୍ଟା କରିଥିଲେ ସୌଦାମିନୀଙ୍କୁ ସବୁକଥା ବୁଝାଇ କହିବା ପାଇଁ, ଯେତିକି ବୁଝିହେବ, ବୁଝାଇ ହେବ। ସୌଦାମିନୀ ବୁଝିଲେ ଅତି ସାମାନ୍ୟ, ଏବଂ ତାହା ହିଁ ଥିଲା ଅସାମାନ୍ୟ ସତ୍ୟ ତାଙ୍କ ପାଇଁ।

ସତ୍ୟ ହିଁ ସରଳ ସବୁ ସମୟରେ, ବୁଝିବାରେ କଷ୍ଟ ହୁଏ ନାହିଁ। ଅତସୀ ନାହିଁ, ସୁଭାଷ ନାହାନ୍ତି, ମିତାଲି ଅଛି। ସୌଦାମିନୀ ନିଜେ ବି ଅଛନ୍ତି। ଜୀବନ ଅଛି ବଞ୍ଚିବାକୁ।

ଡାକ୍ତରଖାନାର ଆମ୍ବୁଲାନ୍ସ ମାଗଣାରେ ମିଳିଥିଲା, ବାରିପଦା ପର୍ଯ୍ୟନ୍ତ। ଘର ଭିତରେ ଶେଯ ପ୍ରସ୍ତୁତ ହେବା ଯାଏ ସେମାନେ ଅପେକ୍ଷା ବି କଲେ। ତା'ପରେ ମିତାଲିର ଅଥର୍ବ ଦେହଟିକୁ ବିଛଣାରେ ଶୁଆଇ ଦେଇ ଫେରିଗଲେ ନିଜ ବାଟରେ।

ସୌଦାମିନୀଙ୍କ ସାନଭାଇ ବି ଫେରିଗଲା ଭିଲାଇ, କହିଗଲା ସୁବିଧା କରି ଆସିବ, ହାତରେ ଅଳ୍ପ କିଛି ଟଙ୍କା ବି ଦେଇଗଲା।

ମିତାଲି ଶୋଇଛି ବିଛଣାରେ, ଗହୀର ନିଦରେ।

ସେମିତି ସେ ଶୋଇ ହିଁ ରହିଥାଏ, ଅନେକ ଦିନର ବାକିଆ ନିଦରେ ଶୋଇଲା ପରି। ଭୋକ ଲାଗିଲେ କାନ୍ଦେ, ଝାଡା କି ପରିସ୍ରା ଲାଗିଲେ କାନ୍ଦେ। ସବୁବେଳେ ଆଖି ଖୋଲେ ନାହିଁ। ଯେମିତି ଆଖିପତା ଯୋଡିକ ତା'ର ନୁହେଁ, ଏ ଦେହ ବି ତା'ର ନୁହେଁ; ସ୍ପର୍ଶ,ରୂପ,ଗନ୍ଧ ଠାରୁ ଅନେକ ଦୂରରେ ତା'ର ଅବସ୍ଥାନ।

ମିତାଲି କାନ୍ଦେ ଅସମୟରେ, ଦିନ ରାତି ଏବେ ସମାନ ତା' ଲାଗି। ଜାଣି ହୁଏ ନାହିଁ ସେ କାନ୍ଦୁଚି କାହିଁକି। ଭୋକ ଶୋଷ ଝାଡା କି ପରିସ୍ରା। ସେ କାନ୍ଦିବାର ସ୍ୱର ହିଁ ଅଲଗା। ନଅବର୍ଷ ଝିଅର ସ୍ୱର ନଥାଏ ସେ ଗଳାରେ। ରୁନ୍ଧି ହୋଇଗଲା ପରି, ଓଟାରି ହୋଇ ଆସିଲା ପରି ସେ ସ୍ୱରଟି, ସେଥିରେ ନଥାଏ ଇଟିକିଲି ମିଟିକିଲି ଗୀତର ଛନ୍ଦ, ଟୁଇଙ୍କଲ ଟୁଇଙ୍କଲ ଲିଟିଲ ଷ୍ଟାରର ରହସ୍ୟମୟତା।

କିଛିଦିନ ପରେ ଗୋଟିଏ ମିନିଟ୍ରକ୍‌ରେ ଆସିଥିଲା ସବୁ ଜିନିଷପତ୍ର, ମାଲକାନଗିରିରୁ। ତା'ର କିଛି ଏବେ ଆବଶ୍ୟକତା ନଥିଲା, ରଖିବାକୁ ଘରେ ଜାଗା ବି ନଥିଲା। ଜିନିଷ ସବୁ ବାଡିପାଖ ଘରଟିରେ ଜମା ହୋଇରହିଲା, ବାକ୍ସ ଭିତରେ ବନ୍ଦ ହୋଇ ରହିଲା ମିତାଲିର ଭଲି କି ଭଲି ପୋଷାକ ସବୁ। ଏବେ ସେ ଚାଖଣ୍ଡେ ଓସାରର କନା ପିନ୍ଧେ, ଲାଜ ଲୁଚେଇବାକୁ।

ସୌଦାମିନୀଙ୍କୁ ସବୁ ଲାଗୁଥାଏ ସ୍ୱପ୍ନ ପରି, ଅନିଶ୍ଚିତ ଆଧିଭୌତିକ ପୃଥିବୀ ଭିତରେ। ଲାଗୁଥାଏ, ସୁଭାଷ ଓ ଅତସୀ ଅଛନ୍ତି ଦୂରରେ; ସେଇ ମାଲକାନଗିରିରେ ହିଁ ଅଛନ୍ତି। ଦିନେ ଆସିବେ, କେବେ ଅବଶ୍ୟ କହିବା କଷ୍ଟ। ସବୁ ଭାବନା ଏବେ ଖାଲି ଏଇ ଝିଅଟି ପାଇଁ।

ଝିଅଟି ଶୋଇଥାଏ ସାରା ସମୟ, ଥକିଗଲା ପରି, ଅବା ସନ୍ତୁଷ୍ଟ ନିଦରେ ଶୋଇବା ପରି। ଭୋକ ଲାଗିଲେ ଉଠେ, ଝାଡ଼ାପରିସ୍ରା ଲାଗିଲେ ଉଠେ। ସେମିତି ନିଦରେ ଥିଲା ଭଳି ଆଖି ତା'ର ବନ୍ଦ ଥାଏ ଖାଇବା ସମୟରେ, ପରିସ୍ରା କଲାବେଳେ।

ଏମିତି କେତେଦିନ!

ପିଜି ପଢୁଥିବା ଡାକ୍ତର ପିଲାଟି ଚୁପ ରହିଥିଲା ଏକଦା ଏ ପ୍ରଶ୍ନ ଶୁଣି, ଉତ୍ତର ଦେଇଥିଲା ଦୀର୍ଘ ନୀରବତା ପରେ : କହିବା ସମ୍ଭବ ନୁହେଁ –

ସାନ ଭାଇ ବିମଳ ପଚାରିଥିଲା, ଦିଲ୍ଲୀ କି ବମ୍ବେ ନେଇଗଲେ କିଛି ହେବ!

ଏ ପ୍ରଶ୍ନ ସେ ପଚାରିଥିଲା ଡାକ୍ତରମାନଙ୍କୁ, ଅଲଗା ଅଲଗା ସମୟରେ, ସବୁ ଉତ୍ତର ଥିଲା ସମାନ, ଏଥିରେ ଆଉ ଅଧିକ କରିବାର କିଛି ନାହିଁ, ତେବେ -

: ତେବେ, କିଛି ମିରାକଲ ତ ଘଟିଥାଏ ଜୀବନରେ...

ପିଜି ପଢୁଥିବା ଛାତ୍ରଟି କହିଥିଲା ଓ କହିସାରି ସଙ୍କୋଚଭରା ଆଖିରେ ଚାରିଆଡକୁ ଅନେଇଥିଲା, ନିଜେ ସେ କରିଥିବା ଅପରାଧଟିଏକୁ ଲୁଚାଇ ରଖିଲା ଭଳି।

ଅବଧାରିତ ସତ୍ୟଟି ଧୀରେ ଧୀରେ ମେଘ ପରି ଜମାଟ ବାନ୍ଧୁଥିଲା ଆଖି ସାମନାରେ। ଏକୁଟିଆ ଘର ଭିତରେ, ନିର୍ଜନ ଦ୍ୱିପ୍ରହର ଓ ଶୂନଶାନ ରାତି ଭିତରେ।

ଧୀରେ ଧୀରେ ବଦଳିଗଲା ସମୟର ଦ୍ରାଘିମା ଓ ଅକ୍ଷାଂଶ। ପୃଥିବୀର ରଙ୍ଗ ବଦଳିଗଲା, ଆକାଶର ବ୍ୟାପ୍ତି।

ଘର ଭିତରେ ଦୁଇଜଣ, ନିଜ ନିଜ ସୀମାବଦ୍ଧତା ଭିତରେ, ଅସମ୍ପୂର୍ଣ୍ଣତା ଭିତରେ।

ମିତାଲିର ଦେହର ସୀମା ମାପି ହୋଇଯାଏ ସହଜରେ - ତା' ଦେହରେ ହାତ ରଖିଲେ କିଛି ଜଣାପଡେ ନାହିଁ, ନରମ ରବର ଖେଳନାର ନିର୍ବେଦତା ଭରି ହୋଇଥାଏ ସାରା ଶରୀରରେ। ଭିଜା ଭିଜା ନିସ୍ପୃହ ଏକ ପରିମିତି। କେବେକେବେ ସେହି ନିରାସକ୍ତ ଅବୟବ ହଠାତ୍ ସ୍ପନ୍ଦିତ ହୋଇଉଠେ, ସାମାନ୍ୟ ଶିହରଣ, ଯେମିତି ଶୀତ ରାତିର ବର୍ଷା -

ସୌଦାମିନୀଙ୍କ ପରିମିତି ଏକ ବିଖଣ୍ଡିତ ବିଭକ୍ତ ବଳୟ, ମୁହୂର୍ମୁହୂ ବଦଳୁଥିବା ମାନଚିତ୍ର। ରାତିଅଧରେ ନିଦ ଭାଙ୍ଗିଯାଏ ହଠାତ। କିଏ ଡାକୁଛି ଏତେ ରାତିରେ! ମାଲକାନଗିରିରୁ ଆସୁ ଆସୁ ବହୁତ ଡେରି କରିଦେଲା ଅତସୀ, ଏତେ ଦୂର ବାଟ! ସୌଦାମିନୀ ଉଠି ବସନ୍ତି, ଅନ୍ଧାର ଭିତରେ ବାଟ ଅଣ୍ଡାଳନ୍ତି କବାଟ ଫିଟାଇବା ପାଇଁ। ନା, ଅତସୀ ଡାକୁ ନାହିଁ, ଅତସୀ ଆସିନାହିଁ। ପାଖ ବିଛଣାରୁ ମିତାଲି ଡାକୁଚି। ଅନେକ ଗହୀରରୁ ଆସୁଥିବା ନିର୍ବେଦ ସ୍ୱରଟିଏ।

ସୌଦାମିନୀ ଦେଖିଲେ, ଝିଅ ଝାଡା ପରିସ୍ରା କରିନାହିଁ, ଶୁଖିଲା ପରିଷ୍କାର ବିଛଣା, ପିଠିପାଖେ ଅଳ୍ପଅଳ୍ପ ଝାଳ। ସେ ଝିଅ ପାଟିପାଖେ ପାଣିଗ୍ଲାସ ଧରିଲେ, ସେ ମୁହଁ ଫେରାଇ ନେଲା, ଫଳରସ କି ଶାଗୁପଥି ବି ଛୁଇଁଲା ନାହିଁ। ରୁନ୍ଧି ହୋଇଥିବା ଗଳାରେ ମିତାଲି ଚେଷ୍ଟା କରୁଥିଲା କିଛି କହିବାକୁ, କିନ୍ତୁ କହି ପାରୁ ନଥିଲା କିଛି ବି।

ସୌଦାମିନୀ ବସି ରହିଲେ କିଛିକ୍ଷଣ ବିଛଣା କଡରେ, ମିତାଲିର ହାତଟିଏ ଧରି। ସେ ବୋଧେ ସ୍ୱପ୍ନ ଦେଖୁଥିଲା, କି ଜାଣି କି ସ୍ୱପ୍ନ।

... କାଲି ରାତିରେ ମୁଁ ତୁମକୁ ସ୍ୱପ୍ନ ଦେଖିଲି - କେବେକେବେ କହେ ମିତାଲି

ଫୋନରେ, କହେ - ଦେଖିଲି ତୁମେ ମୁଁ ସାଙ୍ଗ ହେଇ ଯାଉଚୁ ଦୁଇଟା ଘୋଡା ପିଠିରେ ବସି, ଦୁଇଟା ପକ୍ଷୀରାଜ ଘୋଡା ପିଠିରେ, ମେଘ ଭିତରେ ଭିତରେ, ସେ ମେଘ ଭିତରେ ଗୋଟେ ଅଗନାଅଗନି ବନସ୍ତ, ତା' ଭିତରେ ଉଆସଟିଏ, ସନ୍ଦେଶ ଆଉ ଚକୋଲେଟରେ ତିଆରି...

ଗପ ସରେ ନାହିଁ, ଅତସୀ ତା' ହାତରୁ ଫୋନ ଛଡେଇନିଏ,'ହଉ ମୁଁ ରହିଲି ଆଇ, ବାକି ଗପ ଆର ଥରକ କହିବି...'

ଅତସୀ ଗୋଟେ ପିଲାକୁ ଭଲ ପାଉଥିଲା, ଆରପାଖ ଗଳିରେ ରହୁଥିବା ପିଲାଟିଏ, ଚାକିରି ନଥିଲା, ଭଲ ଗୀତ ଗାଏ, ଦେଖିବାକୁ ମୋଟାମୋଟି ଭଲ ବି। ଏତିକିବେଳେ ବିମଳ ସୁଭାଷର ପ୍ରସ୍ତାବ ନେଇ ଆସିଥିଲା, ତା' ଶ୍ୱଶୁରଙ୍କ ଗାଁ ଆଡର ପିଲାଟିଏ। ସୌଦାମିନୀ ଅଡ଼ି ବସିଥିଲେ ଅତସୀ ତା'କୁ ବାହା ହେଉ, ପ୍ରେମାନନ୍ଦର ଚାକିରି ବାକିରି କିଛି ନାହିଁ, ଖାଲି ଗୀତ ବୋଲି ବୋଲି ସମୟ କାଟୁଛି, ନିର୍ଘାତ ସିଗାରେଟ ଟାଣୁଛି, କିଏ ଜାଣେ ଆଉ କ'ଣ ସବୁ ଅଭ୍ୟାସ ଅଛି ତା'ର...

: ବୋଉ ମୁଁ ମାନୁଛି ତା'ର ଚାକିରି ନାହିଁ, ସେ ବେକାର, କିନ୍ତୁ ପ୍ଲିଜ୍ ତା' ବିଷୟରେ ଖରାପ କଥା କିଛି କହନି, ସେ ଭଲ ପିଲା, ମୁଁ ଜାଣେ ସେ ବହୁତ ଭଲ ପିଲା... ଭୋ ଭୋ କାନ୍ଦି କହିଥିଲା ଅତସୀ।

ସେ ଦିନ ରାତିରେ ଅତସୀ କିଛି ଖାଇ ନଥିଲା। ଅନିଦ୍ରା ଥିଲା ସାରା ରାତି ଓ କାନ୍ଦିଥିଲା। ପରଦିନ କହିଥିଲା ସେ ବାହା ହେବାକୁ ରାଜି ଓ କାନ୍ଦିଥିଲା ଦିନ ତମାମ।

ମିତାଲିର ହାତ ଥରିଲା, ଦେହ ଭିତରେ ମୃଦୁ ଶିହରଣ। ସ୍ୱପ୍ନରେ ସେ ହସୁଛି ନା ଡରି ଯାଉଚି? କ'ଣ ଦେଖି ଡରୁଛି, କି ଭୟ ଏବେ ତା' ସରଳ ସୁକୁମାର ମନରେ! କେମିତି ସୌଦାମିନୀ ତା'କୁ ସାହସ ଦେବେ, କି ପ୍ରକାର ଅଭୟ! ସେ ଧୀରେ ଧୀରେ ଆଉଁଶି ଲାଗିଲେ ମିତାଲିର ହାତକୁ, ଦେହକୁ। ବେଶ୍ ସମୟ ଧରି। ତାଙ୍କ ନିଦ ଭାଙ୍ଗି ଯାଇଥିଲା। ରାତି ପାହୁ ନଥିଲା।

ରାତି ପାହେ ନାହିଁ, ଦିନ ବିତେ ନାହିଁ। ସେଇ ଅନନ୍ତ ଅବଧି ଭିତରେ ସେ ବାଟ ଖୋଜିଛନ୍ତି, ଭରସା ଦରାଣ୍ଡିଛନ୍ତି। କିଏ କହିଲା କରଞ୍ଜିଆର ପ୍ରଚଣ୍ଡ ବାବା ପାଖକୁ ଯାଆ, ଚନ୍ଦ୍ରନାଗ-ମଣ୍ଡଳ-ମଣି-ଭସ୍ମ ଟିକିଏ ମାଗିଆଣ, କିଏ କହିଲା, ତେର ସପ୍ତାହ ସିଦ୍ଧଚଣ୍ଡୀ ପୂଜା କର, କିଏ କହିଲା ଏତେ କଥା କାହିଁକି, ଏଇ ଆମ ବାରିପଦାର ବାନା କବିରାଜ ପାଖରେ ବିଶଲ୍ୟ ଔଷଧୀ ଅଛି, ତହସିଲଦାରଙ୍କ ଶାଶୂ ସେଥିରୁ ପାଞ୍ଚ ପାନ ଖାଇ ପୂରା ଭଲ ହୋଇଗଲେ। ଥରଟେ ଚେଷ୍ଟା କରି ଦେଖିଲେ କ୍ଷତି କ'ଣ!

ଯାହା ସମ୍ଭବ ସୌଦାମିନୀ ସବୁ ଚେଷ୍ଟା କରିଛନ୍ତି। ଓପାସ ବ୍ରତଠୁ ଆରମ୍ଭ କରି

ଜଡିବୁଟି ପର୍ଯ୍ୟନ୍ତ। ଯେଉଁ ଦିନ କସ୍ତୁରୀ ନାହାକ ଆସି ଝୁଣା ଜଳେଇ, ସିନ୍ଦୂର ହଳଦୀ ଅରୁଆ ଚାଉଳ ବିଞ୍ଚି, ପଞ୍ଚପଶୁରକ୍ତ ବୋଲା ଛାଞ୍ଚୁଣି ହଲାଇ ମନ୍ତ୍ର ପଢିଥିଲା କିଳାକିଳା ପାଟିରେ, ସେଦିନ ସତେ କି ଛାତି ଫାଟିଯାଇଥିଲା ତାଙ୍କର।

ଖଟ ଉପରେ ନିର୍ଜୀବ ପଡିରହିଥିବା ନଅ ବରଷର ଝିଅଟି ବାଷ୍ପରୁଦ୍ଧ କୋଠରି ଭିତରେ ଛଟପଟ ହେବାକୁ ଲାଗିଥିଲା, ତଣ୍ଟିତଳୁ ଓଟାରି ହୋଇ ଆସୁଥିଲା ଜାନ୍ତବ ସ୍ୱରଟିଏ। ଗହୀର ମାଟି ତଳେ ରୁନ୍ଧି ହୋଇ କାନ୍ଦିଲା ପରି। କସ୍ତୁରୀ ନାହାକ କିନ୍ତୁ ପୂଜାପାଠ ବନ୍ଦ କରି ନଥିଲା, ସୌଦାମିନୀଙ୍କ ଅନୁରୋଧ ସତ୍ତ୍ୱେ - ପୂଜା ବିଘ୍ନ ହେଲେ କେବଳ ତା'ର ପାଞ୍ଚପୁରୁଷର କୁଳବିଦ୍ୟା ତ ପୋଡି ଭସ୍ମ ହୋଇ ଯିବ ନାହିଁ, ତା' ସାଙ୍ଗେ ତା' କୁଟୁମ୍ବର ଜଣେ କାହାର ମୁଣ୍ଡ ଛିଡିଯିବ।

ଦିନକୁ ଦିନ କ୍ଷୟ ହୋଇ ଆସୁଥିଲା ମିତାଲିର କୁମାରୀ ଦେହଟି। ଦିନ, ସପ୍ତାହ, ପକ୍ଷ, ମାସ। ଏମିତି ତିନୋଟି ବର୍ଷ। ଆଉ କେତେ ଦିନ, ଆଉ କେତେ କାଳ!

ଗୋଟିଏ କଥା କିନ୍ତୁ ଜଳଜଳ ଦିଶୁଥାଏ ଆଖିକୁ, ସୌଦାମିନୀଙ୍କ ପାଣିଚିଆ ପଡିଆସୁଥିବା ଆଖିକୁ। ମିତାଲି ଚାହୁଁଛି ବଞ୍ଚିବାକୁ, ସଂସାରରେ ଜିଇ ରହିବାକୁ। ବୋତଲଯାକ କ୍ଷୀର ସେ ପିଇଦିଏ ସଁ ସଁ କରି, ଓଠ ଚାଟେ, ଖୋଜି ହୁଏ ଆଉ ମୁନ୍ଦାଏ କ୍ଷୀର କି ଫଳରସ, ଯଦି ମନକୁ ନ ଆସିଲା ତ କାନ୍ଦେ ଏଡେ ପାଟି କରି, ବେଳେ ବେଳେ ଗର୍ଜନ କରେ ଚୋଟ ଖାଇଥିବା ପଶୁଟିଏ ଭଳି।

ଆଖି ସେ ଖୋଲେ କେବେକେବେ। ଭିଜାଭିଜା ଦୁର୍ବଳ ଆଖି, କିଛି ଖୋଜିଲା ପରି, କିଛି ମାଗିଲା ପରି। ସେ ଅବଶ୍ୟ ଚିହ୍ନିପାରେ ନାହିଁ ଆଈକୁ, କିଛି କଥା ବୁଝିପାରେ ନାହିଁ, କିଛି ବୁଝିବାର ଆଗ୍ରହ ଥାଏ କି ନା କେଜାଣି।

ସେ ହସେ ବି ନାହିଁ।

ବାରିପଦା ବଡ ହସପିଟାଲର ସେଇ ପୁରୁଣା ଡାକ୍ତର ଆଉଥରେ ମନେ ପକେଇଦେଲେ, ହାର୍ଟ ଅବସ୍ଥା ଭଲ ନାହିଁ, ହୁସିଆର ହେବାକୁ ପଡିବ, ଅପରେସନ ପଡିପାରେ।

ଅପରେସନ କଥା ଜଣା ନାହିଁ, କିନ୍ତୁ ବେଳେବେଳେ ଭାରି ଦୁର୍ବଳ ଲାଗେ ସୌଦାମିନୀଙ୍କୁ, ଭାରି କଷ୍ଟ ଲାଗେ, ବିଶେଷ କରି ରାତିଯାକ।

ସାନଭାଇ ଆଗରୁ କିଛି କିଛି ଟଙ୍କା ପଠାଉଥିଲା, ଏବେ ପଠାଇ ପାରେ ନାହିଁ, ତା'ର ଦୁଇଟା ଯାକ ପୁଅ ଇଞ୍ଜିନିୟରିଂ ପଢୁଛନ୍ତି, ପ୍ରାଇଭେଟ କଲେଜରେ, ତା' ସାଙ୍ଗେ ପୁଣି ଘର ତିଆରି ଲୋନ ଶୁଝା ଚାଲିଛି।

ଭଞ୍ଜ ମେଡିକାଲ ଷ୍ଟୋରର ଚିନ୍ତାମଣି ବାବୁ କହିଲେ, ଆଉ କାଲିରେ ଦେଇ

ହବନି, ତେରଶ ଟଙ୍କା ବାକି ଖାତାରେ ରହିଲାଣି। ନନ୍ଦଗଉଡ କହିଲା,ଏଥରଠୁ ଲିଟରକୁ ବତିଶ ଟଙ୍କା ନେବି, ଦାନା ଚୋକଡ ଦାମ୍ ଆକାଶ ଛୁଇଁଲାଣି। ପରିବାବାଲୀ କହିଲା, ମଲା, ଅଠର ଟଙ୍କା ଦେଲ କ'ଣ ବା, କେଜି ପରା ଷାଠିଏ !

ଦୁଧରେ ଟିକେ ପାଣି ମିଶେଇ ପିଇବାକୁ ଦେଇଥିଲେ ସୌଦାମିନୀ, ଦୁଧ କମ ଥିଲା ବୋଲି। ବୋତଲରୁ ମୁହଁ କାଢି ଆଣି ଚିତ୍କାର କରି କାନ୍ଦିଥିଲା ମିତାଲି, ରାଗରେ ଗଁ ଗଁ ଗର୍ଜନ କରି। ରାଗରେ ସେ ଆଉ କିଛି ଛୁଇଁଲା ନାହିଁ - ଫଳରସ, ଡାଲିପାଣି, ପରିବାସୁପ।

ଆଣ୍ଠୁଗଣ୍ଠି ବାତ ଏବେ ଟିକେ ବଢିଥିଲା ସୌଦାମିନୀଙ୍କର, ଚାଲିବାରେ କଷ୍ଟ ହେଉଥିଲା, ତଥାପି ସେ ପାଦ ଗଣି ଗଣି ଗଲେ ନନ୍ଦଗଉଡ ଘରକୁ, ବେଶ ବାଟ। ନନ୍ଦଗଉଡ ନଥିଲା ଘରେ, ତା' ସ୍ତ୍ରୀ ସଫା ମନା କରିଦେଲା, ଘରେ ଦୁଧ ନାହିଁ। ଫେରନ୍ତା ବାଟ ଆହୁରି କଷ୍ଟ ଲାଗିଲା।

ରୋଷେଇଘର ଭୁଲରେ ଖୋଲା ଛାଡି ଯାଇଥିଲେ ସୌଦାମିନୀ। ପଡିଶାଘରର କାଳିବିଲେଇ କେତେବେଳେ ଆସି ଭାତ ତରକାରି ଖାଇଦେଇଥିଲା, ବାର୍ଲିପାଣି ଡେକିଚିକ ବି।

ଘର ଭିତରେ କେମିତି ଗୋଟେ ଦୁର୍ଗନ୍ଧ। କୋଉଠୁ ଆସୁଚି ସେ ଗନ୍ଧ ! ଅଗଣାର ନଳାରୁ ନୁହେଁ, ପାଇଖାନାରୁ ନୁହେଁ, ମିତାଲି ଶୋଇଥିବା ଘରୁ ବି ନୁହେଁ, ଏ ଗନ୍ଧ କ'ଣ ତାଙ୍କ ଦେହ ଭିତରର ! ରୋଗରେ କ୍ଷୟ ହୋଇ ଆସୁଥିବା ହୃତପିଣ୍ଡର !

ଆଖି ବନ୍ଦ ଥିବା ସତ୍ତ୍ୱେ, ସତେ କି ନିଃଶ୍ୱାସରେ, ମିତାଲି ଜାଣିପାରିଲା ସୌଦାମିନୀ ଫେରି ଆସିଛନ୍ତି। ଫେରି ଆସିଛନ୍ତି ଖାଲି ହାତରେ। ସେ ହିସହିସ ଗର୍ଜନ କଲା ଗୋଟିଏ ଆହତ, ବାଟବଣା ସରୀସୃପ ପରି, ପାଟିରୁ ଛେପ କାଢିଲା।

ସୌଦାମିନୀ ଝିଅଟି ପାଖକୁ ଗଲେ,ଲଙ୍ଗଳା ଶୋଇଥିବା ଏଗାର ବର୍ଷର ଝିଅଟି ପାଖକୁ, କପାଳରେ ହାତ ରଖିଲେ। ଝିଅଟି ଦେହର ମାଂସପେଶୀ ଶକ୍ତ ହୋଇଗଲା, ସେ ଲମ୍ବା ପ୍ରଶ୍ୱାସ ଟାଣିନେଲା ସେମିତି ଆଖିବୁଜି।

ସୌଦାମିନୀଙ୍କ ଦୁର୍ବଳ ହୃତପିଣ୍ଡ ଟିକିଏ ଝୁଣ୍ଟିପଡି ପୁଣି ଚାଲିଲା ସହଜ ଗତିରେ। ନ ଜାଣି ହେଲା ପରି ସାମାନ୍ୟ କଷ୍ଟ ବିଞ୍ଚିହୋଇଗଲା ଦେହ ସାରା। ସେ କହିଲେ ଅକ୍ଷର ଚିହ୍ନି ଚିହ୍ନି ପ୍ରାର୍ଥନା ବହିଟିଏ ପଢିବା ପରି, ଆଉ କେତେ ଦିନ ତୁ ମତେ ଏମିତି ସନ୍ତାପିବୁ ଲୋ ଝିଅ, ଆଉ କେତେଦିନ, ମୁଁ ଆଉ ପାରୁନାହିଁ, ଆଉ ନୁହେଁ। ତୋତେ ମୁଁ ହାତ ଯୋଡୁଛି, ତୁ ଯା' ଏଥର, ମତେ ତୁ ମୁକ୍ତି ଦେ...

ଝିଅଟି ଆଖି ଖୋଲିଲା, ଅନେକ ଦିନର ନିଦରୁ ଉଠିଲା ପରି। ଜାଣି ହେଉ ନ ଥିଲା ତା' ଆଖିରେ କ'ଣ ଥିଲା। ତା' ଓଠ ଥରିଲା ସାମାନ୍ୟ। ହୁଏତ ସେ ଚାହୁଁ ଥିଲା କିଛି କହିବ ବୋଲି କିମ୍ବା ଆଦୌ କିଛି ନ କହିବାକୁ ଚେଷ୍ଟା କରୁଥିଲା। ସେହି ପ୍ରୟାସରେ ସମ୍ଭବତଃ ଓଦା ହୋଇଆସିଲା ତା'ର ଆଖି ଦୁଇଟି, ସେ ଦୀର୍ଘ ନିଃଶ୍ୱାସ ପକାଇଲା, ଅନେକ ଦିନର ସଞ୍ଚିତ ନିଃଶ୍ୱାସ। ସେ ତା'ପରେ ଆଖି ବୁଜିଦେଲା, ଗୋଟିଏ ବିନ୍ଦୁ ଲୁହ ଗଡି ଆସିଲା ତା' ଆଖି ତଳକୁ।

■

ମଧ୍ୟାହ୍ନର ଛାଇ

କଲିଂବେଲ୍ ଶୁଣି କବାଟ ଖୋଲିବା ପରେ ଅଳକା ବୁଝିପାରିଲା, କାମଟି ସେ ଠିକ୍ କଲାନାହିଁ।

କବାଟ ସେ ପାଖେ, ଦୁଇହାତରେ ଦୁଇଟି ଭାରି ବ୍ୟାଗ୍ ଧରି ଠିଆ ହୋଇଥିଲା ଗୋଟିଏ ବୁଲାବିକାଳି।

ସହରର ପ୍ରଚଳିତ ଭାଷାରେ ତା'କୁ ଅବଶ୍ୟ ବୁଲାବିକାଳି କୁହାଯିବ ନାହିଁ। ଯେହେତୁ ସେ ଭଲ ଶାର୍ଟପେଣ୍ଟ୍ ପିନ୍ଧି, ବେକରେ ଗୋଟେ ଟାଇ ବାନ୍ଧି ଆସିଛି, ସେ ଗୋଟିଏ ଟ୍ରାଭେଲିଙ୍ଗ୍ ସେଲ୍ସମ୍ୟାନ୍ କିମ୍ବା ମାର୍କେଟିଙ୍ଗ ଏକ୍‌ଜିକ୍ୟୁଟିଭ୍।

ନାମ ଯାହା ହେଲେ ବି ଉଦ୍ଦେଶ୍ୟ ଏକ - ସେ ଆସିଛି ଜବରଦସ୍ତି କରି, ମିଛସତ ପ୍ରଚାର ଓ ପ୍ରତିଶ୍ରୁତିକୁ ପୁଞ୍ଜିକରି ବିକିବ ସାବୁନ୍, ଶାମ୍ପୁ କିମ୍ବା କିଛି ଘରକରଣା ସାମଗ୍ରୀ। ବଜାର ଦରଠାରୁ ଅଧିକ ଦାମ୍‌ରେ, ନିକୃଷ୍ଟଧରଣର କିଛି ଜିନିଷ। ଏମିତି ଲୋକ ସାଙ୍ଗେ, ଏମିତି ଅସମୟରେ କଥାବାର୍ତ୍ତା କରିବାକୁ ଅଳକାର ଆଦୌ ରୁଚି ନଥିଲା। ସେ ତେଣୁ ପାଟି ଫିଟାଇଲା ନାହିଁ।

- ଗୁଡ୍ ଆଫ୍‌ଟରନୁନ୍ ମା'ମ୍, ମୁଁ ଆସିଚି ରବର୍ଟସନ୍ ରିଚାର୍ଡସନ୍ କମ୍ପାନୀର ରିପ୍ରେଜେଣ୍ଟେଟିଭ୍। ମୁଁ ଭିତରକୁ ଯାଇପାରେ କି ?

କହୁକହୁ ଲୋକଟି ପ୍ରାୟ ପଶିଆସିଥିଲା ଘର ଭିତରକୁ।

ଅଳକା ରହୁଥିବା ଘରେ ଏଇ ଅସୁବିଧା। ବାରଣ୍ଡା ବୋଲି କିଛି ନାହିଁ। କବାଟ ଖୋଲିଲେ ସିଧା ଡ୍ରଇଂରୁମ୍।

ଲୋକଟି ଘର ଭିତରେ ପଶି ଟିକିଏ ଅପ୍ରସ୍ତୁତ ହୋଇଗଲା, ସୁନ୍ଦରଭାବେ ସଜା ହୋଇଥିବା ଡ୍ରଇଂରୁମ୍‌ର ଦାମିକା କାର୍ପେଟ୍ ଉପରେ ରହିଥିବା ତା'ର ଧୂଳିଧୂସରିତ ଜୋତା ଦୁଇଟି ପାଇଁ। ତା'ପରେ କହିଲା -

- ମା'ମ୍, ମୁଁ ଆପଣଙ୍କର ବେଶି ସମୟ ନେବି ନାହିଁ। ମାତ୍ର ଦଶମିନିଟ୍। ଆମ କମ୍ପାନୀର କେତେଟା ନୂଆ ପ୍ରଡକ୍ଟ ବାହାରିଛି, ଦେଖନ୍ତୁ।

ଏଥର ଅଳକା ପାଟିଫିଟାଇଲା।

- ମୋର କିଛି ଦରକାର ନାହିଁ।

ଟିକିଏ ଆଶ୍ଚର୍ଯ୍ୟ ହେଲାପରି ଲୋକଟି ଚାହିଁଲା। କହିଲା - ମା'ମ୍, ଆପଣ ତ ମୋର ଜିନିଷ କିଛି ଦେଖିନାହାନ୍ତି। ଆଗ ଥରେ ଦେଖନ୍ତୁ ନା...

- ନା ମୋର କିଛି ଦରକାର ନାହିଁ। ମୋର ହାତରେ ଏବେ ସମୟ ବି ନାହିଁ। ଆଭାସ ଇଙ୍ଗିତରେ ଅଳକା ସ୍ପଷ୍ଟ କରିଦେଲା ଯେ ଲୋକଟି ଏବେ ଏଠାରୁ ବିଦାୟ ହୋଇଯାଉ।

ଲୋକଟି କିନ୍ତୁ ଟିକିଏ ଜିଦ୍‌ଖୋର। 'ମୁଁ ଟିକିଏ ବସିପାରେ କି' ବୋଲି କହି ସେ ବସିପଡ଼ିଲା ଡ୍ରଇଂରୁମ୍‌ରେ। ଅବଶ୍ୟ ସୋଫା ଉପରେ ନୁହେଁ, ତଳେ କାର୍ପେଟ୍ ଉପରେ। ତା'ପରେ ସେ ଗୋଟିଏ ବ୍ୟାଗ୍ ଫିଟାଇଲା।

- ମା'ମ୍, ଏଇ ଦେଖନ୍ତୁ ଆମର ଗୋଟେ ନୂଆ ପ୍ରଡକ୍‌ଟ। ଆଜିକାଲି ରୋଷେଇଘରେ ଅସରପାମାନଙ୍କର ବଡ଼ ପ୍ରାଦୁର୍ଭାବ। ଫିନିଟ୍‌ଠାରୁ ଆରମ୍ଭ କରି ହେକ୍‌ସାଇଟ୍ ପର୍ଯ୍ୟନ୍ତ କୋଉଥିରେ ଅସରପାଙ୍କୁ ସମ୍ଭାଳି ହେବ ନାହିଁ। ଆମ ଏଇ ଜିନିଷଟିର ନାମ ଡ୍ୟାମ୍-ଇଟ୍। ଏଥିରୁ ଗୋଟିଏ ଟାବ୍‌ଲେଟ୍ ରୋଷେଇଘର ଥାକରେ ରଖିଦେଲେ ଅସରପା ମୋଟେ ରହିବେ ନାହିଁ। ବାସ୍‌ନା ବି ଚମତ୍କାର - ଲାଭେଣ୍ଡର ବାସ୍‌ନା !

ଲୋକଟି ବଡ଼ ଉତ୍ସାହରେ କହିଲା। ଅବଶ୍ୟ ତା'ର ସେହି ଉତ୍ସାହ ଭିତରେ ଗୋଟିଏ ଚାବିମୋଡ଼ା ଯନ୍ତ୍ର କାମ କରୁଥିଲା- ଉତ୍‌ଥାନ କି ପତନ ନଥିଲା ତା' କଣ୍ଠସ୍ୱରରେ।

- ମୋ ଘରେ ଅସରପା ନାହାନ୍ତି। ଗମ୍ଭୀର ଓ ରୋକ୍‌ଠୋକ୍ ଥିଲା ଅଳକାର ସ୍ୱର।

ସେଲସ୍‌ମ୍ୟାନ୍‌ଟି ଚାହିଁଲା ଅଳକା ଆଡ଼କୁ। ଟିକିଏ ସମୟ ପାଇଁ କିଛି ଖୋଜିଲା ସେ ତା' ମୁହଁରେ। ତା'ପରେ ବ୍ୟାଗ୍‌ରୁ କାଢ଼ିଥିବା ଡ୍ୟାମ୍-ଇଟ୍ ପ୍ୟାକେଟ୍‌ଟି ପୁଣି ଭିତରେ ରଖିଦେଲା।

ଅଳକା ଏବେ ଲୋକଟିକୁ ଭଲକରି ଦେଖିଲା। ବୟସ ତା'ର ବେଶି ନୁହେଁ, ତିରିଶ କି ବତିଶ ଭିତରେ ହେବ। ପତଳା ଦୁର୍ବଳ ଦେହ। ମୁହଁରେ ଖରା ଧାସ ବାଜି ତମ୍ବାଟିଆ ରଙ୍ଗ ଉକୁଟି ଉଠିଛି। ଦାଢ଼ି ସେ ପରିଚ୍ଛନ୍ନ କରି କାଟିଛି, ମୁଣ୍ଡରେ

ସମ୍ଭବତଃ ଷ୍ଟାଇଲିଙ୍ଗ୍ ଜେଲ୍ ମାରିଛି। କିନ୍ତୁ ଆଖି ତଳେ ଯେଉଁ କଳାଦାଗ, ତାହା ଲୁଚେଇ ପାରିନାହିଁ।

– ତେବେ ଆଉ ଗୋଟେ ଜିନିଷ ଦେଖନ୍ତୁ – ଲୋକଟି ପୁଣି ଆରମ୍ଭ କଲା ନୂତନ ଉତ୍ସାହରେ – ଏଇ ଜିନିଷଟା ଆମ କମ୍ପାନୀର ଖୁବ୍ ବଡ଼ ସ୍ପେଶାଲିଟି। ଆମେରିକାରେ ଏଗାର ବର୍ଷ ରିସର୍ଚ୍ଚ ହେଲା ପରେ ଏଇ ଜିନିଷଟା ବାହାରିଚି। ଆମ କମ୍ପାନୀର ପେଟେଣ୍ଟ୍ ଅଛି ଯା' ଉପରେ। ଅଲଟ୍ରାସାଇନ୍ ଷ୍ଟେନ୍ ରିମୁଭର। କମିଜ୍, ଶାଢ଼ି, ଚାଦର, ଟେବୁଲ କ୍ଲଥ୍, ଏମିତିକି କାର୍ପେଟ୍‌ରେ ଲାଗିଥିବା ସବୁପ୍ରକାର ଦାଗ ଲିଭିଯିବ ଏଇ ଲିକୁଇଡ୍ ପ୍ରୟୋଗ କଲେ। ଦାମ୍ ବି ଭାରି ଶସ୍ତା, ମାତ୍ର ଏକଚାଳିଶ ଟଙ୍କା ପଚାଶ ପଇସା। ଏଥିରୁ ଗୋଟିଏ ଶିଶି ନିଅନ୍ତୁ।

ଅଳକା କିଛି କହିଲା ନାହିଁ। ଖାଲି ନୀରବ କଠିନ ଦୃଷ୍ଟିରେ ଚାହିଁଲା।

ଅନ୍ୟ ସମୟ ହୋଇଥିଲେ ହୁଏତ ସେ ଅଳ୍ପ କିଛି ଆଗ୍ରହ ଦେଖାଇଥାନ୍ତା ଲୋକଟି ମେଲି ଧରିଥିବା ପସରାଆଡ଼େ। କିନ୍ତୁ ଖରାଦିନ ଦିପହରେ ଭାତ ଖାଇସାରି ଏବେ ସେ ବଡ଼ କ୍ଳାନ୍ତ ଅନୁଭବ କରୁଛି। ଠିକାଚାକରାଣୀ ଘଣ୍ଟାଏ ଭିତରେ ଆସି ପହଞ୍ଚିଯିବ। ସେ ଆସିବା ଆଗରୁ ଅଧଘଣ୍ଟା ଅନ୍ତତଃ ବିଶ୍ରାମ ନ ନେଲେ ଭାରି ଥକ୍‌କା ଲାଗିବ। ଆଜି ପୁଣି ସଞ୍ଜରେ ଗୋଟିଏ ଡିନର ଅଛି ଅଫିସର୍ସ କ୍ଲବ୍‌ରେ। ଏ ସହରରୁ ବଦଳି ହୋଇଯାଉଥିବା ଜଣେ ଅଫିସରଙ୍କୁ ବିଦାୟ ଦେବା ପାଇଁ ଏ ଭୋଜିର ଆୟୋଜନ।

ସେଲସ୍‌ମ୍ୟାନ୍‌ଟି ପାଟିରେ ଖଣ୍ଡିଏ ଲବଙ୍ଗ ଜାକିଥିଲା ହୁଏତ। ତା'ରି ରସ ସାମାନ୍ୟ ଢୋକି, ମେରୁଦଣ୍ଡ ସାମାନ୍ୟ ସିଧାକରି କହିଲା, ମା'ମ୍, ମୋ କମ୍ପାନୀ ତରଫରୁ ଅନ୍ତତଃ ଦୁଇଟି କଥା ସଫା ସଫା ମୁଁ କହି ଦେବା ଉଚିତ ମନେକରୁଛି। ଆମର ପ୍ରତିଟି ଜିନିଷ ଅତ୍ୟାଧୁନିକ କ୍ୱାଲିଟି କଣ୍ଟ୍ରୋଲ୍ ପଦ୍ଧତିରେ ତିଆରି ଓ ପ୍ରତି ଆଇଟମ୍ ବଜାରରେ ମିଳୁଥିବା ଜିନିଷଠାରୁ ଢେର୍ ଶସ୍ତା। ଉଦାହରଣ ସ୍ୱରୂପ ଆମର ଏକ କ୍ରିମ୍ ବିସ୍କୁଟ...

ଲୋକଟି ତା' ବ୍ୟାଗରୁ ଗୋଟିଏ ପ୍ୟାକେଟ୍ ବିସ୍କୁଟ ବାହାର କରି ଗଡ଼ଗଡ଼ ହୋଇ କହିବାକୁ ଲାଗିଲା – ବ୍ରିଟାନିଆ, ପାର୍ଲେ, ମୋନାକୋ, ଶେରିଙ୍ଗହାମ୍ ଓ ବେକ୍‌ମ୍ୟାନ୍ ବିସ୍କୁଟ୍‌ଠାରୁ ସ୍ୱାଦରେ ଆହୁରି ଉତ୍କୃଷ୍ଟ ଓ ଦାମ୍‌ରେ ଅନେକ ଶସ୍ତା ଆମ କମ୍ପାନୀ ଦ୍ୱାରା ପ୍ରସ୍ତୁତ ଏହି ଡ୍ରିମ୍‌ଲାଣ୍ଡ ବିସ୍କୁଟ। ସେ ଗୋଟି ଗୋଟି କରି ସବୁ ବ୍ରାଣ୍ଡ୍ ବିସ୍କୁଟ୍‌ର ଦାମ୍, କ୍ୟାଲୋରି, ପ୍ରୋଟିନ୍ ଅଂଶ ଓ ଲହୁଣୀ ପରିମାଣର ହିସାବ ଦେଇ ତା' ମନ୍ତବ୍ୟର ସତ୍ୟତା ପ୍ରତିପାଦିତ କଲା ଓ ପ୍ୟାକେଟଟି ବଢ଼ାଇ ଦେଲା ଅଳକା ଆଡ଼କୁ।

- ନା, ମୋର ବିସ୍କୁଟ ଦରକାର ନାହିଁ ବର୍ତ୍ତମାନ - ଅଳକା ମନାକଲା, ସେମିତି ରୋକ୍‌ଠୋକ୍ ସ୍ୱରରେ।

ଲୋକଟି ଡ୍ରଇଂରୁମର ସାଜସଜ୍ଜା ଆଡ଼କୁ ଚାହିଁଲା। କାନ୍ଥରେ ନିଶ୍ଚଳ ହୋଇ ଶୋଇରହିଥିବା ଗୋଟିଏ ଝିଟିପିଟି ଆଡ଼କୁ। ଅନ୍ୟମନସ୍କ ଭାବେ ସେ ମୁଣ୍ଡବାଳ ସାଉଁଳିଲା, ବେକତଳେ ଝୁଲିଥିବା ପୁରୁଣା ଲୋଚାକୋଚା ଟାଇଟିକୁ ସିଧା କରିଦେଲା।

ତା'ପରେ ସେ ମୁହଁ ଫେରାଇ ଅଳକାକୁ ପ୍ରଶ୍ନକଲା - ମା'ମ୍, ସାର୍ କ'ଣ ଏବେ ଘରେ ନାହାନ୍ତି ?

ଏମିତି ଅପ୍ରାସଙ୍ଗିକ ପ୍ରଶ୍ନର କ'ଣ ଉଦ୍ଦେଶ୍ୟ ଅଳକା ବୁଝିପାରିଲା ନାହିଁ। ସେ ନିସ୍ପୃହ ଭାବେ କହିଲା - ନା, ନାହାନ୍ତି। ତା'ପରେ ଆତ୍ମରକ୍ଷାର ଏକ ସହଜାତ ବୁଦ୍ଧି ଖଟାଇ କହିଲା - ବୋଧେ ଆସିଯିବେ ଏଇ ସଙ୍ଗେ ସଙ୍ଗେ ।

- ତେବେ ମା'ମ୍ ଗୋଟେ କାମ କରନ୍ତୁ।

ସେଲସ୍‌ମ୍ୟାନ୍‌ଟି ଏବେ ଏମିତି ସ୍ୱରରେ କଥା କହିଲା, ଯେମିତି ସେ ଦୁହେଁ ମିଶି ସ୍ୱାମୀ ଜଣକ ବିରୁଦ୍ଧରେ କିଛି ଗୋପନ ଷଡ଼ଯନ୍ତ୍ର କରୁଛନ୍ତି। ସେ କହିଲା - ଆଜି ଆପଣ ସାର୍‌ଙ୍କୁ ଗୋଟେ ସରପ୍ରାଇଜ୍ ଦିଅନ୍ତୁ। ଏଇ ମା'ମ୍ ନିଅନ୍ତୁ, ପେସ୍ତା, ପେକାନ୍ ଅଖରୋଟ୍ ସାଙ୍ଗରେ ଆମେରିକାନ ଲାଇମ୍ ଫ୍ଲେଭର ବି ମିଶିଛି। ଭାରି ଚମତ୍କାର ଜିନିଷ, ମା'ମ୍। ସାର୍‌ଙ୍କୁ ସଞ୍ଜବେଳେ ଚା' ସହିତ ଖାଇବାକୁ ଦେଲେ ଦେଖିବେ ସାର୍ କି ଖୁସି ହୋଇଯିବେ।

ଲୋକଟି ଗୋଟେ ପ୍ୟାକେଟ୍ ମିକ୍‌ଶ୍ଚର ଡ୍ରଇଂରୁମ୍‌ର ଛୋଟ କାଚ ଟେବୁଲ ଉପରେ ରଖିଦେଲା।

- ନା, ଘରେ ମୋର ମିକ୍‌ଶ୍ଚର ଅଛି। ଆଉ ତା' ଛଡ଼ା ସିଏ ଲୁଣି ଜିନିଷ ମୋଟେ ଭଲପାଆନ୍ତି ନାହିଁ।

- ତଥାପି ରଖିଥାଆନ୍ତୁ। କେହି ଗେଷ୍ଟ୍ ଆସିଲେ ଦେବେ। ମୁଁ ତିରିଶ ପର୍ସେଣ୍ଟ ଡିସ୍‌କାଉଣ୍ଟ ଦେବି ଯା' ଉପରେ।

- ନା, ମୋର ଦରକାର ନାହିଁ।

ହୁଏତ ଖରାଦିନର କ୍ଳାନ୍ତି ଯୋଗୁ, କିମ୍ବା ଗୁଡ଼ାଏ କଥା କହିଥିବା ହେତୁ, ଲୋକଟି ନିଃଶ୍ୱାସଟାଏ ପକାଇଲା। ତା'ପରେ ସେ ମନେମନେ କ'ଣ ଚିନ୍ତାକଲା। ଗୋଟିଏ ସିଦ୍ଧାନ୍ତ ନେବ କି ନାହିଁ, ଏମିତି ଦ୍ୱିଧା ଭିତରେ ବ୍ୟାଗ୍ ଭିତରେ ହାତ ବୁଲାଉ ବୁଲାଉ ମୁଣ୍ଡ ଉଠାଇ ସେ ପଚାରିଲା - ମା'ମ୍, ଆପଣ କ'ଣ ଏବେ ଘରେ ଏକଦମ୍ ଏକୁଟିଆ ?

ପ୍ରଶ୍ନଟିର କିଭଳି ଉତ୍ତର ଦେବ, ଅଳକା ବୁଝିପାରିଲା ନାହିଁ। କ'ଣ ଏ ଲୋକଟିର ମତଲବ? କାହିଁକି ଏ ଲୋକଟି ତା' ପିଛା ଛାଡୁ ନାହିଁ।

ପ୍ରକୃତରେ ଅଳକା ଏବେ ଘରେ ଏକୁଟିଆ ନୁହେଁ। ପାଖଘରେ ଶାଶୂ ଶୋଇଛନ୍ତି, ଉପରମହଲା ଫ୍ଲାଟ୍‌ରେ ଅଛନ୍ତି ଗୋଟିଏ ବହୁକୁଟୁମ୍ବୀ ପରିବାର। ବାହାରେ ଯଦିଓ ଜ୍ୟେଷ୍ଠମାସର ଧୂ ଧୂ ଗରମ, ଜଣେ ଅଧେ ଲୋକ ଚାଲିଛନ୍ତି ରାସ୍ତାରେ।

ଲୋକଟି ତା'ର ରଙ୍ଗଛଡ଼ା ପୁରୁଣା ଟାଇ ଖଣ୍ଡିକ ଆସ୍ତେ ଆସ୍ତେ ସାଉଁଳୁଥିଲା, ମନେ ମନେ ଗୋଟିଏ ଜଟିଳ ଯୋଜନାର ଖସଡ଼ା ତିଆରି କଲାପରି କ୍ଲିଷ୍ଟ ଦିଶୁଥିଲା ତା' ମୁହଁଟି। ସେ ଅଳକାର ନୀରବତାର କି ଅର୍ଥ ପାଇଲା କେଜାଣି, କହିଲା - ଆପଣ ବହି ପଢ଼ିବାକୁ ଭଲପାଆନ୍ତି? ମୋ ପାଖେ କେତେ ଖଣ୍ଡ ବହି ଅଛି। ଦେଖିବେ?

ଅଳକାର ବହିପଢ଼ାରେ ସଉକ ଅଛି। ଇଏ ତା'ର ପିଲାଦିନର ନିଶା। ସେ ଆଉ ଏଥର ସେମିତି ନାହିଁ-ନାହିଁ ମନୋଭାବର ଆଢୁଆଳରେ ରହିଲା ନାହିଁ। ତା'ର ଅଳ୍ପ କୌତୂହଳ ହେଲା ବହିଗୁଡ଼ିକ ଦେଖିବା ପାଇଁ। ତା'ଛଡ଼ା ବହିପତ୍ରରେ ଭେଜାଲ ତ ନଥାଏ।

ଲୋକଟି ତା' ବ୍ୟାଗ୍ ଭିତରୁ କାଢ଼ିଆଣିଲା ଖଣ୍ଡେ ଛୋଟ ବହିବସ୍ତାନି। ଦଶବାରଖଣ୍ଡ ବହି ଧରିବା ପରି ଗୋଟିଏ ବସ୍ତାନି। କାର୍ପେଟ୍ ଉପରେ ସେଇଟି ରଖିଦେଇ, ଅଳକାକୁ ଉଦ୍ଦେଶ୍ୟ କରି କହିଲା - ମା'ମ୍, ଯା' ଭିତରେ ବହି ଅଛି ଦେଖନ୍ତୁ। ମୁଁ ଟିକିଏ ବାହାରୁ ଦେଖି ଆସୁଚି, ମୋ ସାଇକେଲର ଚାବି ପକେଇଚି କି ଭୁଲିଯାଇଚି।

ଲୋକଟି ଉଠିପଡ଼ି ବାହାରକୁ ଗଲା।

ବସ୍ତାନି ଖୋଲି ବହିଗୁଡ଼ିକ ଦେଖି ଅଳକା ଆଶ୍ଚର୍ଯ୍ୟ ହୋଇଗଲା। ସବୁଗୁଡ଼ିକ ବହି ଅଶ୍ଳୀଳ ଓ ରୁଚିହୀନ। ତଳକୁ ତଳ ଯେତେ ବହିଥିଲା, ସେ ସବୁରେ ଅଧିକରୁ ଅଧିକ ବୀଭତ୍ସ ଲେଖା ଓ ଫଟୋସବୁ ଥିଲା। ଏପରି ବହି ଯେ ଛପା ହୋଇ ବିକ୍ରି ହୁଏ ତା'ର ଧାରଣା ନଥିଲା।

ସେ ବହି ବ୍ୟାଗ୍‌ଟି ବନ୍ଦ କରି ଦେଲା ଓ ଚେୟାର ଉପରେ ଆସ୍ତେ କରି ବସିପଡ଼ିଲା।

ସେଲସ୍‌ମ୍ୟାନ୍‌ଟି ଯେ ଜାଣିଶୁଣି ବାହାନା କରି ପଦାକୁ ଚାଲିଯାଇଛି ସେ କଥା ବୁଝିପାରିଥିଲା ଅଳକା। ଏକଥା ମଧ୍ୟ ବୁଝିପାରିଥିଲା ଯେ ବହିଗୁଡ଼ିକ ଦେଖାଇବା

ଆଗରୁ ସେ କାହିଁକି ଯାଞ୍ଚ କରିନେଉଥିଲା, ଏବେ ସେ ଘରେ ଏକୁଟିଆ ଅଛି କି ନାହିଁ।

ଠିକ୍ ପାଞ୍ଚ ମିନିଟ୍ ବ୍ୟବଧାନ ରଖି ସେଲସ୍‌ମ୍ୟାନ୍‌ଟି ଭିତରକୁ ଆସିଲା। ଆଡ଼ ଆଖିରେ ବହି ବସ୍ତାନିଟି ଆଡ଼କୁ ଅନାଇ ସେ ଠିକ୍ ବୁଝି ନେଲା ଯେ ଅଳକାର କୌଣସି ବହି ପସନ୍ଦ ହୋଇନାହିଁ। କିଛି ନ ଜାଣିଲା ପରି, ଅନ୍ୟମନସ୍କ ଥିଲା ପରି, ସେ ଛୋଟ ବହି ପୁଟୁଳାଟି ବଡ଼ ବ୍ୟାଗ୍‌ଟି ଭିତରେ ରଖିଦେଲା।

ତା'ପରେ ସେ ହାତ ବଢ଼ାଇ କାଚ ଟେବୁଲ୍ ଉପରୁ ଉଠାଇ ଆଣିଲା ମିକ୍ସଚର ପ୍ୟାକେଟ୍ ଗୋଟିକ, ଯାହା ଉପରେ ସେ ତିରିଶ ପର୍ସେଣ୍ଟ ପର୍ଯ୍ୟନ୍ତ ଡିସ୍‌କାଉଣ୍ଟ୍ ଦେବାକୁ ପ୍ରସ୍ତୁତ ଥିଲା। ବଡ଼ ଓଜନିଆ ବ୍ୟାଗ୍ ଭିତରେ ସେଇଟି ସଜାଡ଼ି ରଖୁ ରଖୁ ସେ ଫେରି ଚାହିଁଲା ଅଳକା ଆଡ଼କୁ। କହିଲା - ମା'ମ୍ ଗିଲାସେ ପାଣି ଦେବେ ?

ଅପରାଧ କବୁଲ କଲା ପରି ଲୋକଟି ବାହାରକୁ ଚାହିଁଲା, ଯେଉଁଠି ଧୂ ଧୂ ମଧ୍ୟାହ୍ନର ଖରା ଝଲସିଯାଉଥିଲା। ଗରମ ପବନ ବୋହୁ ଥିଲା ଈଶାନ କୋଣରୁ ଅଗ୍ନିକୋଣକୁ, ପୃଥିବୀକୁ ତାତିଲା ଖଣ୍ଡାରେ ଦୁଇଖଣ୍ଡ କଲାପରି।

ଗୋଟିଏ ପୁରୁଣା କାଚ ଗ୍ଲାସ୍‌ରେ ଗିଲାସେ ପାଣି ଆଣି ଅଳକା ଲୋକଟି ହାତକୁ ବଢ଼େଇଦେଲା।

'ଧନ୍ୟବାଦ୍ ମା'ମ୍' କହି ଲୋକଟି ପାଣି ଗ୍ଲାସ୍‌ଟି ନେଲା। ତା'ପରେ ସବୁ ପକେଟ୍ ଅଣ୍ଡାଳି ଅଣ୍ଡାଳି ସେ ବାହାର କଲା ଗୋଟିଏ ବଟିକା- ମୁଣ୍ଡ ବିନ୍ଧା କମେଇବା ଲାଗି ଖିଆଯାଏ ଯୋଉ ବଟିକା। ତା'କୁ ପାଟିରେ ପକେଇ, ଢକଢକ କରି ସେ ପାଣି ଗ୍ଲାସ୍‌କୁ ପିଇଦେଲା।

ଖୁବ୍ ଆସ୍ତେ ସ୍ୱରରେ 'ଆଃ' କହି ଲୋକଟି କାଚଗ୍ଲାସଟି ତଳେ ରଖିଦେଲା। ତା'ପରେ ଦୁଇଟିଯାକ ଓଜନିଆ ବ୍ୟାଗ୍ ହାତରେ ଧରି, ଥଣ୍ଡା ଥଣ୍ଡା ଡ୍ରଇଂରୁମ୍‌ରୁ ବାହାରର ଖରା ଭିତରକୁ ଫେରିଯିବା ଆଗରୁ ଅଳକା ଆଡ଼କୁ ଚାହିଁ କହିଥିଲା - ମୁଁ ଯାଉଚି ମା'ମ୍, ନମସ୍କାର।

■

ବିଶଲ୍ୟ

ଦୁର୍ବଳ ଦୁଇଟି ଆଙ୍ଗୁଠିରେ ପିଲାଟି ଛୁଇଁବାକୁ ଚେଷ୍ଟା କଲା ଲୋକଟିର ଭିଜି ଭିଜି ଆସିଥିବା ଗୋଟିଏ ହାତ ପାପୁଲିକୁ। ଫିସ୍ ଫିସ୍ କରି କହିଲା, ବାପା, ମତେ ଭାରି ଡର ଲଗୁଚି।

ଲୋକଟି ଚୁପ୍‌ଚାପ୍ ଚାହିଁଥିଲା ସାମନା କାନ୍ଥର ଦୁର୍ବୋଧ୍ୟ କେତୋଟି ଚିତ୍ରକୁ ଓ ଆହୁରି ଦୁର୍ବୋଧ୍ୟ କେତେକ ସୂଚନା ପତ୍ରକୁ। ସେହି ଛବି ଓ ଲେଖପଟର ଶଙ୍କିତ ଆର୍ଦ୍ର ଅନୁଭବ ଥିଲା ଲୋକଟିର ଭିଜା ଭିଜା ହାତ ପାପୁଲିରେ। ପିଲାଟି ପୁଣି ଥରେ ଡାକିଲା, ବାପା !

ପିଲାଟିର ନୁଖୁରା ମୁଣ୍ଡକୁ ଆଉଁସି ଦେଉ ଦେଉ, ଲୋକଟି ଅନୁଚ୍ଚ ସ୍ୱରରେ କିଛି କହିଲା। ସେ ଯାହା କହିଲା ପିଲାଟି ଅବଶ୍ୟ ଶୁଣି ପାରିଲା ନାହିଁ, ଲୋକଟି ନିଜେ ବି ହୁଏତ ନିଶ୍ଚିତ ନଥିଲା ତା' କଥାରେ। ପିଲାଟି ତା'ପରେ ଚୁପ୍ ରହିଲା ଓ ଲୋକଟିର ଆଖିରେ କାନ୍ଥର ଚିତ୍ରସବୁ ଆଉ ସେତେ ଭୟଙ୍କର ଦିଶିଲା ନାହିଁ।

ପରଦା ସେପାଖେ ଜଣେ ନର୍ସ୍ ଅସନ୍ତୁଷ୍ଟ ହେବା ପରି କାହାକୁ କ'ଣ କହୁଥିଲା, ଦି ଜଣ ବେହେରା ଖଣ୍ଡେ ଭଙ୍ଗାବେଞ୍ଚରେ ବସି କିଛିଗୋଟେ ଯୁକ୍ତି କରୁଥିଲେ, ଡାକ୍ତରବାବୁଙ୍କ ଆସିବା ବେଳ ହେଲାଣି ବୋଲି ଟେକନିସିଆନ୍ ଦିଥର କହି ସାରିଥିଲା। ଲୋକଟି ଦେଖୁଥିଲା ତା' ହାତଘଣ୍ଟାକୁ,ସମୟକୁ ସନ୍ଦେହ କଲାଭଳି।

: ବାପା, ହିମାଳୟ କ'ଣ ସବୁଠୁ ଉଚ୍ଚା ପର୍ବତ ? ସେମାନେ ଏ କଥା କେମିତି ଜାଣିଲେ ଯେ ! ପାହାଡକୁ କ'ଣ କିଏ ମାପି ପାରିବ !

ଏତେ ଗୁଡାଏ କଥା ପିଲାଟି ଏବେ ନକହିବା ହିଁ ଉଚିତ, କିନ୍ତୁ ଲୋକଟି କହିଲା ନାହିଁ କିଛି। ସେ ନୀରବରେ ଦେଖିଲା କାଲେଣ୍ଡରର ସେଇ ଛବିକୁ, ଧଳା ବରଫରେ ଢଙ୍କା ଗୋଟିଏ ପର୍ବତ,ଉଚ୍ଚ ନିବିଡ ଆକାଶକୁ ଛୁଇଁ।

ବରଫ, ବରଫ, ଧଳା ବରଫ...

:ମତେ ଆଇସକ୍ରିମ୍ ଭଲଲାଗେ, ଷ୍ଟ୍ରବେରି ଆଇସକ୍ରିମ୍ ...

ନିଜକୁ ଭୁଲେଇଦବା ପରି କହୁଥିଲା ପିଲାଟି, ଯଦିଓ ଭଲ କି ଜଣା ତା'କୁ ଶୀତ ଦିନେ ବାପା ଭୁଲରେ ବି ଆଇସକ୍ରିମ୍ ଦେବେନାହିଁ।

'ଦେଖିଲୁ ନା ତୋ' ଛାତି କେମିତି କାଟିଲା କାଲି ରାତିରେ, ମୋ କଥା ନ ମାନି ଆଇସକ୍ରିମ୍ ଖାଇଲୁ ବୋଲି!' ବାପା ଦିନେ କହିଥିଲେ ତା' ପିଠି ଆଉଁସି ଦେଉ ଦେଉ।

ଛାତି କିନ୍ତୁ ଆଉ ଥରେ ଆଗରୁ ବି କାଟିଥିଲା, ଆଇସକ୍ରିମ୍ ନ ଖାଇ ବି।

କିନ୍ତୁ ତା'ପରେ ଦିନେ ଛାତି ଏମିତି କାଟିଲା ଯେ ତା'କୁ ଲାଗିଲା ସେ ଏଥର ମରିଯିବ। ମରିଗଲେ କିପରି ଲାଗେ ତା'କୁ ଅବଶ୍ୟ ଜଣା ନାହିଁ, କିନ୍ତୁ ତା'କୁ ଏମିତି ଲାଗିଲା ଯେମିତି ସବୁଆଡ ଏବେ କିଟ୍ କିଟ୍ ଅନ୍ଧାର, ଆଉ ଟିକିଏ ପରେ ଅନ୍ଧାର ସବୁ ତରଳି ଯାଇ ଧଳା ଧଳା ବାଦଲ୍ ପାଲଟିଯିବ, ତା'ପରେ ତା'କୁ ହାଲକା ଲାଗିବ, ପବନରେ ଉଡିବା ପରି। ପ୍ରକୃତରେ ତା'କୁ ସେମିତି ଟିକେ ଟିକେ ଲାଗିବା ଆରମ୍ଭ କରି ଥିଲା ବି।

ସମସ୍ତେ କହିଲେ ସେ କୁଆଡେ ମୂର୍ଚ୍ଛା ହୋଇଯାଇଥିଲା।

ପୁଣି ଥରେ ସେମିତି ହୋଇଥିଲା ଯୋଗୀକକାଙ୍କ ବାହାଘର ଭୋଜିଦିନ। ଠିକ୍ ତା' ପର ଦିନ ସେ ଆସିଥିଲା ଏଠିକି, ଡାକ୍ତରବାବୁ ବହୁତ ସମୟ ଧରି ତା' ଛାତିପିଠି କ'ଣ ସବୁ ଦେଖିଥିଲେ। ବାପାଙ୍କୁ କ'ଣ ସବୁ କହିଥିଲେ, କିଛି ବୁଝି ନ ହେଲା ପରି ଭାଷାରେ।

ଛବିନାନୀର ପୁଅ ଟିଣ୍ଟୁ କହିଥିଲା : ଦେଖିଲ ତ ବୁବୁନ୍‌ର କେମିତି ହେଲା! ବାହାଘର ଭୋଜିରେ ସେ ଗଣି ଗଣି ଆଠଟା କୁଲଫି ଖାଇଥିଲା, ମୁଁ ମୋ ଆଖିରେ ଦେଖିଛି।

ସବୁ ମିଛ, ପକକା ମିଛ। ସେ ଜମା ଦୁଇଟା ଖାଇଚି, ଆଉ ଗୋଟିକରୁ ଫାଳେରୁ କମ୍। ମିଛ କଥା ବୋଲି ସେ ଯେତେ ଦୁଃଖ କରି ନଥିଲା, ତା'ଠୁ ବେଶି ଦୁଃଖୀ ହୋଇ ଯାଇଥିଲା ବାପାଙ୍କ ମୁହଁ ଦେଖି, ଡାକ୍ତରଖାନାରୁ ତା' ପରଦିନ ଫେରିବା ବାଟରେ।

'ଡାକ୍ତରବାବୁ ଆସିଗଲେ' କହିଦେଇ ଚାଲିଗଲା ଜଣେ କିଏ ସ୍ତ୍ରୀଲୋକ, ଛବି ନାନୀଠୁ ଆହୁରି ମୋଟା, ଆହୁରି ଗୋରା। ଆଖିରେ ଚଷମା।

ଲୋକଟି ଏବେ ସଜାଡି ହୋଇ ବସିଲା, ଓଠ ତଳୁ ହାତ କାଢି ଆଣି। ପୁଣି

ସେ ଦେଖିଲା ସାମ୍ନାର ଛବି ଓ ସୂଚନାପତ୍ର ଗୁଡ଼ିକୁ। କିନ୍ତୁ କାନ୍ଥର କାଲେଣ୍ଡରଟି ହିଁ ତା'କୁ ଲାଗିଲା ସବୁଠୁ ନିରାପଦ ଆଶ୍ରୟ। ନର୍ସ୍ ଆସିଲା, ଜଣେ ଟେକନିସିଆନ୍ ବି, ଶେଷକୁ ଡାକ୍ତର।

ଡାକ୍ତରଙ୍କ ମୁହଁରେ ଥିଲା କଳା କଳା ମେଘ ପରି ମେଞ୍ଚାଏ ଅନ୍ଧାର। ଆଜି ବି ସେ କଥା କହିଲେ କମ୍, ସବୁ ଥର ଭଳି। ହାତ ଘଣ୍ଟାକୁ ସେ ଦେଖିଲେ ତିନି ଥର, ଯେମିତି ଜରୁରୀ କାମରେ କୁଆଡେ ଯିବାର ଅଛି ଏ ସବୁ ଝମେଲା ତୁଟିଲେ।

: ସବୁ ଠିକ୍ ହୋଇଯିବ ତ ଡାକ୍ତରବାବୁ!

ଡାକ୍ତର କହିଲେ, ବ୍ଲଡପ୍ରେସର ଦେଖିଛ! ଏକସ-ରେ ରିପୋର୍ଟଟା କାହିଁ?

ନର୍ସ ଜଣକ ହାତକୁ ବଢାଇ ଦେଲା ଗୋଛାଏ କାଗଜପତ୍ର।

ପାଞ୍ଚବର୍ଷର ଗୋଟିଏ ପିଲାର ଚିକିତ୍ସା ପାଇଁ ଦରକାର ଏତେ କଥା! ଗୋଟିଏ ଅଧଚାଖଣ୍ଡ ଛାତି ଭିତରେ ଏମିତି କ'ଣ ଛିଟ ରହିଚି ଯେ ପାଞ୍ଚଥର ପରୀକ୍ଷା ହେବ, ପନ୍ଦର କିସମର! ଲୋକଟି କପାଳରୁ ଝାଳ ପୋଛିଲା।

: ବାପା ମୁଁ ତୁମକୁ ଖୁବ୍ ଭଲ ପାଏ। ବହୁତ୍, ବହୁତ୍, ବହୁତ୍!

ତୁଣ୍ଡ ଫିଟିବା ଦିନୁ ପିଲାଟି ଢେର୍ ଢେର୍ କଥା ହୋଇଚି ବାପ ସାଙ୍ଗରେ, ବିଚରା ମା-ଛେଉଣ୍ଡ ପିଲାଟା। ତା'ର ସବୁ ସ୍ୱପ୍ନ, ସବୁ ଦୁଃଖ, ସବୁ ଆନନ୍ଦ: ସବୁ ସେ ଦେଇ ଦିଏ ଅକାତରେ, ଯେତିକି ସମ୍ଭବ ତା'ର ସୀମିତ ସାମର୍ଥ୍ୟରେ।

: ବାପା କାଲି ରାତିରେ ମୁଁ ଗୋଟେ ଭାରି ଅଦ୍ଭୁତ ସ୍ୱପ୍ନ ଦେଖିଲି! ମୁଁ ଦେଖିଲି ଆମ ମା'କୁ...! ତୁମେ, ମୁଁ ଆଉ ଆମ ମା ... ପୁରୀ ସମୁଦ୍ର କୂଳରେ...

ଆଶା ଥିଲା, ବାପା ଏ ସ୍ୱପ୍ନ କଥା ଶୁଣି ଖୁସି ହେବେ, ମନ କରିବେ ସବୁ କଥା ଭଲକି ଶୁଣିବାକୁ, କିନ୍ତୁ ସେ ପୁରା ଚୁପ୍ ହୋଇଗଲେ, ଏମିତି ଚୁପ୍, ଯେମିତି ସେ ମାଆକୁ ଜମା ଜାଣନ୍ତି ବି ନାହିଁ।

ଘର ଭିତରକୁ ଏବେ ପଶି ଆସିଲେ ତିନିଟା ଲୋକ, ଜଣେ ଖୁବ୍ ଡେଙ୍ଗା, ଜଣେ ଭାରି କଳା, ଜଣେ ଭାରି ରାଗୀ ରାଗୀ। ରାଗୀ ରାଗୀ ଲୋକଟା କହିଲା, ଏ ପିଲା, ଏଣିକି ଆ।

ବାପା ଟିକିଏ ଧଡପଡ ହୋଇ ସଳଖି ବସିଲେ, ଗୋଟେ ହାତ ଆଣି ରଖିଲେ ତା' ପିଠି ଉପରେ। ବାପା ତା' ଦେହରେ ହାତ ରଖିଲେ ବହୁତ୍ ଭଲ ଲାଗେ। ଲାଗେ ସବୁ କଷ୍ଟ କୁଆଡେ ଏଥର ଉଭେଇ ଯିବ। କିନ୍ତୁ ତା'କୁ ଏ ଲୋକଟା ଜମା ଭଲ ଲାଗିଲା ନାହିଁ, ତା' ପାଖେ ଠିଆ ହୋଇଥିବା କଳା କଳା ଲୋକଟାକୁ ବି।

ବାପାଙ୍କ ଝାଳଭିଜା ହାତଟିକୁ ଅଣ୍ଟାଳି ଅଣ୍ଟାଳି ଧରିଲା ପିଲାଟି, କହିଲା : ବାପା ମତେ ଡର ଲାଗୁଚି...

ବାଟ ଯାକ ବାପା କହି ଆସିଥିଲେ ଡରିବାର କିଛି ନାହିଁ, ସବୁ ଠିକ୍ ହୋଇଯିବ। ତୋ' ଦେହ ଭଲ ହୋଇଗଲା ପରେ ଆମେ ନନ୍ଦନ କାନନ ଯିବା, ଆଉଥରେ କଲିକତା ଯିବା।

ଏଥର କିନ୍ତୁ ବାପା କିଛି କହିଲେ ନାହିଁ, ଥିଇରି କିନା ତା' ପିଠିରେ ହାତ ରଖିଲେ, ହେଲେ ପାଖକୁ ଜାକି ଆଣିଲେ ନାହିଁ, ଆସ୍ତେ କିନା ଆଗକୁ ଠେଲି ଦେଲେ।

ବାପା, ସେମାନେ ମୋର କ'ଣ କରିବେ,ଏ ପ୍ରଶ୍ନ ଆଉ ବେଶିଥର ପଚାରି ନଥିଲା ପିଲାଟି, ଏତିକି ବୁଝିବା ପରେ ଯେ ତା' ପ୍ରଶ୍ନର ସଠିକ୍ ଉତ୍ତର କେହି ଦେବେ ନାହିଁ।

ବାପା କହିଥିଲେ, କିଛି ନା ସେମାନେ ଖାଲି ତୋତେ ନିଦରେ ଶୁଆଇ ତୋ' ଛାତିର ଯାହା ଅସଜ ଅଛି ତା'କୁ ଠିକ୍ କରିଦେବେ। ତୁ କିଛି ଜମା ଜାଣି ପାରିବୁ ନାହିଁ।

ଏତେ ସାମାନ୍ୟ କଥା ଯଦି, ବାପା ଏତେ ବ୍ୟସ୍ତ ହେଉଛନ୍ତି କାହିଁକି ମନେ ମନେ! ସବୁବେଳେ ଚୁପ୍ ଚାପ୍, ବିକଳ ହେଲା ପରି ଚାହୁଁଛନ୍ତି କେବେକେବେ ଏଣିକି ତେଣିକି।

ସବ୍ ଜାନତା ଟିଣ୍ଟୁ କହିଥିଲା, ଅପରେସନ୍ ବେଳେ କିଛି ଜଣା ପଡେ ନାହିଁ, ନିଦରେ ଶୋଇପଡିବ ଆରାମ-ସେ, କିନ୍ତୁ ଅପରେସନ୍ ପରେ ତ ମଜା!

: କି ମଜା ?

ଗମ୍ଭୀର ହୋଇଯାଇ ଟିଣ୍ଟୁ କହିଥିଲା, ଅପରେସନ୍ ପରେ ଜଣେ ଜଣେ ମରି ଯାଆନ୍ତି।

: ମରି ଯାଆନ୍ତି ?

: ହଁ, କିନ୍ତୁ ତୋ'ର ତ କିଛି ହେଇନି, ଖାଲି କୋଲଡଡ୍ରିଙ୍କସ୍, ଆଇସକ୍ରିମ୍ ଖାଇ ଖାଇକା ତୋ'ର ଏମିତିକା ଅବସ୍ଥା। ତୁ କୋଉଠୁ ମରୁଚୁ!

ମରିଯିବା ସମୟରେ କ'ଣ କଷ୍ଟ ହୁଏ ? ମଲା ପରେ ମଣିଷ ଯାଏ କୁଆଡେ!

କଷ୍ଟ ହେବା ନ ହେବା କଥା ସେ ଜାଣେ ନାହିଁ, କିନ୍ତୁ ସେ ଜାଣେ ମଲାପରେ ମଣିଷ କୁଆଡେ ଯାଏ, କେମିତି ରହେ। ଯେମିତି ଅଛି ତା'ର ମାଆ...

:ଏ ପିଲା, ତୋ' ନାଆଁ କ'ଣ ଟି, ଆ ୟାଡିକି...

ଗୋଟିଏ ଖଟିଆରେ ତା'କୁ ଶୁଆଇ ଦେଲେ ସେମାନେ, ତା'କୁ ଟେକିଲେ ଦି'ଜଣ ଲୋକ, ଜଣେ କଳା ବାଙ୍ଗରା ଲୋକ, ଆର ଜଣକ ନିଶୁଆ, ବଡ ପେଟବାଲା।

ଅପରେସନ୍ ରୁମକୁ ସେ ସହଜରେ ଚାଲି ଚାଲି ଯାଇପାରି ଥାଆନ୍ତା, କିନ୍ତୁ ସେମାନେ ତା'କୁ ବୋହିନେଲେ ଗୋଟେ ଗନ୍ଧଉଥିବା ଖଟରେ, ଏମିତି ଗନ୍ଧ ଯେ ବାନ୍ତି ଲାଗିବ।

ପଛେପଛେ ବାପା ଆସିଲେ, କବାଟ ପାଖେ ଟିକେ ଧକ୍‌କା ଖାଇଲେ।

ବାପା ଧକ୍‌କା ଖାଇଲା ପରେ ନିଶୁଆ ଲୋକଟି ପଚାରିଲା, ପେମେଣ୍ଟ ସରିଚି ? ରସିଦ୍ ରଖିଚ ତ !

ବାପା ଯେମିତି ଟିକେ ଛନ୍ଦି ହୋଇପଡିଲେ। କହିଲେ: ପେମେଣ୍ଟ କରିଚି ଯେ ହେଲେ...

ବାପାଙ୍କୁ ସେମାନେ ଯାହା ମାଗିଥିଲେ ବାପା ଦେଇନାହାନ୍ତି। କାହିଁକି ସେକଥା ଜଣା ତା'କୁ। ବନୁମାମୁଁ ଟଙ୍କା ଧରି ଆସିବାର ଥିଲା, କିନ୍ତୁ ସେ ମଟର ଫେଲ୍ ହୋଇଗଲେ। ଆଜି ସିଏ ବି ଏଠିକି ଆସି ଥାଆନ୍ତେ, ବାପାଙ୍କ ସାଙ୍ଗରେ, ଡାକ୍ତରବାବୁଙ୍କ ସାଙ୍ଗେ କଥା ହୋଇ ଥାଆନ୍ତେ ଇଂରାଜୀରେ। ସେ ଚୋସ୍ତ ଇଂରାଜୀ କହିପାରନ୍ତି।

: ଡକ୍ଟର ମିଶ୍ରଙ୍କୁ ତମେ ଜାଣିନା, ସେ ଭାରି ପ୍ରିନସିପୁଲ୍ ଲୋକ ଏ ବିଷୟରେ, ଠିକ୍ ଅଛି, କାଲି ସଞ୍ଜ ସୁଦ୍ଧା ସେଟେଲ୍ କରିଦେବ। ନା, ସେଇଠି ରୁହ, ଭିତରକୁ ଯିବା ମନା ...

ଭିତରଟା କେମିତି ଗୋଟେ କଟ୍‌କଟ୍ ଗନ୍ଧଉଥିଲା। ବାଦୁଡି ଗୁହରେ ମେଞ୍ଚାଏ ଭିକସ ମିଶେଇ ଦେଲେ ଯେମିତି, ସେମିତି। ଛାତ ସାରା ଝଲ୍ ଝଲ୍ ତିନିଟା ଆଲୁଅ, ଶାଗୁଆ ରଙ୍ଗର ମୁଖାପିନ୍ଧା ଲୋକ ଦି ଜଣ।

: ବାପା, ମତେ ଡର ଲାଗୁଚି ! ସେ କହିଥିଲା, ଅବଶ୍ୟ ମନେ ମନେ।

ଲୁହାଖଟ ଉପରକୁ ତା'କୁ ଟେକି ନେଲା ବେଳେ, ନାକ ଭିତରକୁ ପଶି ଆସୁଥିଲା ଆଉ ଗୋଟେ ପ୍ରକାର କଡା ଗନ୍ଧ। ସେ ମୁହଁ ବୁଲେଇ ଚାହିଁଲା ବାପାଙ୍କୁ, ଯିଏ ଦୁଆର ପାଖେ ଠିଆ ହୋଇଥିଲେ ଆଖିକୁ ଦିଶୁ ନଥିବା ଗୋଟେ ମନ୍ତ୍ର ଦଉଡିରେ ବାନ୍ଧି ହୋଇଗଲା ଭଳି। ହାତ ଜୋଡି ନ ଥିଲେ ବି ତାଙ୍କ ଆଖିକୁ ଦେଖି ଜାଣି ହେଉଥିଲା ସେ ପ୍ରାର୍ଥନା ବୋଲୁଛନ୍ତି, ନୀଳାଚଳ ନିବାସାୟ ନିତ୍ୟାୟ ପରମାତ୍ମନେ...

ନାକରେ କ'ଣ ଗୋଟେ ସେମାନେ ଗୁଞ୍ଜି ଦେବାକୁ ଚେଷ୍ଟା କରୁଥିଲେ, ହାତରେ ଫୋଡୁଥିଲେ ଗୋଟେ ମୁନିଆ ଛୁଞ୍ଚି, ଦେହଟା କେମିତି ଝିମ୍ ଝିମ୍ କରିବାକୁ ଆରମ୍ଭ କରିଥିଲା, କେମିତି ବାନ୍ତି ବାନ୍ତି, ଏଃ ମତେ ମୂତ ଲାଗିଲାଣି କି କ'ଣ...

ବାପାଙ୍କ ଆଡକୁ ଚାହିଁ ସେ ଭାବୁଥିଲା କହିବାକୁ ଗୋଟିଏ କଥା, ଯାହା ସେ ଭାବିଚି ଅନେକଥର, କିନ୍ତୁ କହିନାହିଁ।

ଏବେ ସେ ଚାହୁଁଥିଲା ସେତିକି କହିବାକୁ, ବାପା, ତୁମେ ଜମାରୁ ବ୍ୟସ୍ତ ହବ ନାହିଁ, ମତେ ଯେତେ କଷ୍ଟ ହେଲେ ସୁଦ୍ଧା ମୁଁ କାନ୍ଦିବି ନାହିଁ, ଟିକେ ବି ନୁହେଁ। ଆଉ ଯଦି ମରିଯାଏ, ତେବେ ବି ମନ ଖରାପ କରିବ ନାହିଁ, ମୁଁ ତ ତେବେ ମାଆପାଖକୁ ଚାଲିଯିବି ! ମୁଁ ଅବଶ୍ୟ ତା'କୁ ଭଲକି କେବେ ଦେଖି ନାହିଁ, ତା'କୁ ଚିହ୍ନି ପାରିବିନି ଜମାରୁ, କିନ୍ତୁ ସିଏ ତ ମତେ ଦେଖି ଚଟ୍ କିନା ଚିହ୍ନି ପକେଇବ। ଆଉ ତା'ପରେ ଆମେ ଦି ଜଣ ଦିନେ ଆସିବୁ ତୁମ ପାଖକୁ, ପୁରୀ ସମୁଦ୍ରକୂଳରେ ତୁମେ ସେଦିନ ଆମକୁ ଅପେକ୍ଷା କରିଥିବ, ଆମେ ବାହାରି ଆସିବୁ ଲହଡି ଭିତରୁ, ଭାସି ଭାସିକା, ଭାସି ଭାସିକା, ଭାସି ଭାସିକା...

■

ଶାର୍ବର

ସାତ ନମ୍ବର ସ୍ପେଶାଲ୍ କ୍ୟାବିନ୍‌ର ଠିକ୍ ସାମ୍ନାରେ କୃଷ୍ଣଚୂଡ଼ା ଗଛଟି। ଫୁଲ ଫୁଟିବାକୁ ଅନେକ ଦିନ ବାକି, କିନ୍ତୁ ଶାଖା ପ୍ରଶାଖାରେ ଅଜସ୍ର ସମ୍ଭାବନାର ଉଷ୍ଣ ଅନୁଭବ। ସେହି ଉଷ୍ଣତାର କିଛି ଭଗ୍ନାଂଶ କ୍ୟାବିନ୍ ଭିତରେ ବି ସଞ୍ଚାରିତ ହେଉଥିଲା।

କ୍ୟାବିନଟି ବେଶ୍ ପ୍ରଶସ୍ତ। ପ୍ରକୃତପକ୍ଷେ ଦୁଇଟି କ୍ୟାବିନ୍ ପାଇଁ ପ୍ରଥମେ ଯୋଜନା ରହିଥିଲା, କିନ୍ତୁ ସଂଶୋଧିତ ଅଟକଳ ଅନୁଯାୟୀ ଗୋଟିଏ କ୍ୟାବିନ୍ ତିଆରି ହୋଇଥିଲା। ଛଅଟି କ୍ୟାବିନ୍ ଏକାଠି ଲଗାଲଗି, କିନ୍ତୁ ଏଇ କ୍ୟାବିନ୍‌ଟି ଟିକେ ଦୂରରେ, ଏକୁଟିଆ।

ଡକ୍ଟର ସାମନ୍ତ କହିଥିଲେ, ଦିନଟିଏ ଅପେକ୍ଷା କରନ୍ତୁ। କ୍ୟାବିନ୍ ଖାଲି ହୋଇଯିବ।

ଯଯାତି ଇତି ମଧ୍ୟରେ ତିନିଦିନ ଅପେକ୍ଷା କରିସାରିଥିଲା। ତିନୋଟି ବିନିଦ୍ର ରାତି। ତା' ସହିତ ଡାକ୍ତରଖାନାର ଅପରିଛନ୍ନ ଚଟାଣ, ଦୁର୍ଗନ୍ଧମୟ ପାଇଖାନା, ଅସଂଖ୍ୟ ରୋଗୀ, ତହିଁରୁ ଢେର୍ ଅଧିକ ରୋଗୀଙ୍କ ଆତ୍ମୀୟସ୍ୱଜନ। ହଠାତ୍ ଆସିବାକୁ ପଡ଼ିଥିଲା ଡାକ୍ତରଖାନାକୁ। ସୁପ୍ରିୟାକୁ ସାଙ୍ଗରେ ଧରି।

ବେଡ୍ ନଥିଲା। ଦିନଟିଏ ଭୂଇଁରେ ଶୋଇବାକୁ ପଡ଼ିଲା ସୁପ୍ରିୟାକୁ। ଅପରେସନ୍ ପରେ ଜେନେରାଲ ୱାର୍ଡରେ ଖଟଟିଏ ଅବଶ୍ୟ ମିଳିଗଲା, କିନ୍ତୁ ଯଯାତି ପାଇଁ ଚଟାଣ ହିଁ ଥିଲା ଏକମାତ୍ର ଆଶ୍ରୟ।

ଡକ୍ଟର ସାମନ୍ତ କହିଥିଲେ - ଦିନକଟିଏ ଅପେକ୍ଷା କରନ୍ତୁ। ଭଲ କ୍ୟାବିନ୍‌ଟିଏ ମିଳିଯିବ।

ତୃତୀୟ ଦିନ ମଧ୍ୟ କ୍ୟାବିନ୍ ମିଳିଲା ନାହିଁ। ସୁପ୍ରିୟାର ଜର ଅଛି କି ନାହିଁ ଦେଖିସାରି, ଗୋଟିଏ ଔଷଧ ବଟିକା ଖାଇବାକୁ ଦେଉ ଦେଉ ନର୍ସଟି କହିଥିଲା - ଯେ କୌଣସି ମୁହୂର୍ତ୍ତରେ ମିଳିଯିବ, ଏମିତି କି ଦି' ଘଣ୍ଟା ଭିତରେ ବି।

- ଦି' ଘଣ୍ଟା ଭିତରେ ବି?

- ଡକ୍ଟର ପ୍ରଧାନ ଏବେ ସେଇ କଥା କହୁଥିଲେ। କହୁଥିଲେ ଯେ କୌଣସି ମୁହୂର୍ତ୍ତରେ ଲୋକଟା ଚାଲିଯିବ।

ନିସ୍ପୃହ ଉଦାସୀନ ଥିଲା ନର୍ସଟିର ସ୍ୱର, ଯେମିତି ଉଦାସୀନ ନିର୍ବେଦ ଥାଏ ରେଳ ପ୍ଲାଟ୍‌ଫର୍ମରେ ଶୁଭୁଥିବା ଘୋଷିକାର କଣ୍ଠସ୍ୱର।

- ଲୋକଟାର କ'ଣ ହୋଇଛି ?

ଏ ପ୍ରଶ୍ନର ଉତ୍ତର ଦେବାକୁ ନର୍ସ ଆଉ ନଥିଲା। ଏ ଜେନେରାଲ୍ ୱାର୍ଡରେ ଉଣେଇଶଟି ବେଡ୍। ତା' ସହିତ ତଳେ ପଡ଼ିରହିଛନ୍ତି ସାତଜଣ ରୋଗୀ। ସମସ୍ତଙ୍କ କଥା ତା'କୁ ଏକୁଟିଆ ହିଁ ବୁଝିବାକୁ ପଡ଼ୁଛି।

ଝାଳଭିଜା ସନ୍ତସନ୍ତିଆ ଗରମ ଭିତରେ, ଚାରିପାଖ ଶବ୍ଦ ଓ ଗହଳି ଭିତରେ ସୁପ୍ରିୟା ଚେଷ୍ଟାକଲା ଟିକିଏ ଶୋଇପଡ଼ିବାକୁ। ଯଯାତି ଗୋଟିଏ ପୁରୁଣା ସାପ୍ତାହିକ ପତ୍ରିକାର ପୃଷ୍ଠା ଲେଉଟାଇବାରେ ମନଦେଲା। ସମ୍ପାଦକୀୟଠାରୁ ଆରମ୍ଭ କରି ଶେଷ ପୃଷ୍ଠାର ଚଟପଟି ଚିତ୍ର ଓ ଖବର, ସବୁ ତା'କୁ ମନେହେଲା ବିରକ୍ତିକର। ସେ ବହିଟି ବନ୍ଦ କରିଦେଇ ବାହାରକୁ ଚାହିଁରହିଲା।

ଟିକିଏ ପରେ ଜେନେରାଲ୍ ୱାର୍ଡ ବାରଣ୍ଡା ଦେଇ ତରତର ପାଦରେ ଚାଲିଗଲା ସେହି ନର୍ସଟି। ବଡ଼ପାଟିରେ ଡାକି ଡାକି...

- ଡକ୍ଟର ପ୍ରଧାନଙ୍କୁ ଖବର ଦିଅ। ଡକ୍ଟର ସାମନ୍ତଙ୍କୁ ବି। କୁହ ସାତ ନମ୍ବର କେବିନ୍‌କୁ ଆସିବେ, ଶୀଘ୍ର...

ଟିକିଏ ପୂର୍ବରୁ ଯେଉଁ ଗଳାରେ ଥିଲା ନିସ୍ପୃହ ଉଦାସୀନତାର ଆର୍ଦ୍ର ଆସ୍ତରଣ, ଏବେ ସେଥିରେ ଉଦବିଗ୍ନ ଆଶଙ୍କାର ଉଷ୍ଣପ୍ରସ୍ରବଣ।

ନର୍ସର ସ୍ୱରଟି ମିଳେଇଗଲା ଡାକ୍ତରଖାନାର ଗହଗହ ଶୂନ୍ୟତା ଭିତରେ, ଯେଉଁଠି କାହାରି ଦୁଃଖ ଆଉ କାହାରି ଦୁଃଖ ନୁହେଁ, କାହାରି ପ୍ରାର୍ଥନା ଆଉ କାହାରି ପ୍ରାର୍ଥନା ନୁହେଁ।

ଯଯାତି ବାହାରକୁ ଆସିଲା। ବାରଣ୍ଡାରୁ ଥାଇ ଦିଶୁଥିଲା ସାତ ନମ୍ବର କ୍ୟାବିନ୍‌ଟି। କେହି ନଥିଲେ କାହିଁ କେଉଁଠି, ସାମ୍‌ନାର କୃଷ୍ଣଚୂଡ଼ା ଗଛଟି ଦିଶୁଥିଲା ଏକ ବିମର୍ଷ କିଶୋରୀର ଅବସନ୍ନ ଦେହ ପରି।

ଇତସ୍ତତଃ ପଦକ୍ଷେପରେ ଯଯାତି ଆଗେଇ ଆସିଲା ସେହି କ୍ୟାବିନ୍ ଆଡ଼କୁ। କିଛି କୌତୂହଳରେ, କିଛି ଆଉ କ'ଣ ଯଯାତି ଜାଣେ ନାହିଁ।

କ୍ୟାବିନ୍‌ର ଦରଜା ଖୋଲାଥିଲା, ଗୋଟିଏ ଝରକା ବି। ସେଇ ଫାଙ୍କରେ ଯଯାତି ଦେଖିଥିଲା ଭିତରର ଦୃଶ୍ୟ। ସାରା ଦେହ ଚାଦରରେ ଢଙ୍କା ଯୁବକଟିଏ

ଶୋଇରହିଥିଲା ଖଟ ଉପରେ। ପାଖରେ ଗୋଟିଏ ଛୋଟ ଟୁଲ୍ ଉପରେ ବସିଥିଲା ଝିଅଟିଏ, ଚୁପ୍‌ଚାପ୍, ଗାଲରେ ହାତ ରଖି।

ଝିଅଟି ଚାହିଁ ରହିଥିଲା ସେ ପାଖ ଝରକାର ଫାଙ୍କ ଦେଇ ଦୂର ଆକାଶର ନିର୍ଲିପ୍ତ ଦ୍ରାଘିମାକୁ; ଯଯାତିର ପାଦଶବ୍ଦ ଶୁଣି ଆଖି ଫେରାଇ ସେ ଚାହିଁଥିଲା ନିମିଷକ ପାଇଁ, ତା' ପରେ ଦୃଷ୍ଟି ଫେରାଇ ନେଇଥିଲା।

- ଭାରି ଦୁଃଖୀ ଝିଅଟିଏ, ବଡ଼ କଷ୍ଟ ବିଧାତା ଲେଖିଥିଲା ତା' କପାଳରେ...

ଏକଥା କହିଥିଲା ନର୍ସଟି, ଦ୍ୱିପ୍ରହର ସମୟରେ ସୁପ୍ରିୟାକୁ ଔଷଧ ଖୁଆଇ ସାରି। କହିଥିଲା - ପିଲାଟି ଏବେ ଚାଲିଯିବା ହିଁ ଭଲ। ଏମିତି କଷ୍ଟ ସହି ବଞ୍ଚିବାର କିଛି ମାନେ ନାହିଁ।

ସଂକ୍ଷେପରେ ଯଯାତି ତା'ଠାରୁ ଯାହା ଶୁଣିଥିଲା, ତା'ର ସାରାଂଶ, ଯୁବକଟି ବର୍ଷକ ତଳେ ବାହା ହୋଇଥିଲା, ବାପାମାଆଙ୍କ ଅରାଜିରେ, ଏଇ ଝିଅଟିକୁ। ଚାକିରି ବେଶ୍ ଭଲ କରେ, କମ୍ପାନୀ ଚାକିରି। ପ୍ରଥମ ବିବାହ ବାର୍ଷିକୀ ପରଦିନ ସେ ଖସି ପଡ଼ିଥିଲା, ସ୍କୁଟରରୁ, ଗୋଟିଏ ବସ୍ ଚକ ତଳେ।

ଏବେ ସେ ଚାଲି ଯିବା ହିଁ ମଙ୍ଗଳ। ସ୍ଥବିର, ସ୍ନାୟୁହୀନ, ପରାଙ୍ଗଭୋଜୀ ଜୀବନଟିଏ ନ ବଞ୍ଚି।

ବିବାହ ବାର୍ଷିକୀ ରାତିରେ ପିନ୍ଧିଥିବା ଗହଣା କିଛି କିଛି ଏବେ ବି ଥିଲା ଝିଅଟି ଦେହରେ। ସବୁ ତକ ଓହ୍ଲାଇ ସାଇତି ରଖିବାକୁ ତା'କୁ ସମୟ ମିଳିନାହିଁ।

ଯାହା କିଛି ଓହ୍ଲାଇ ଯାଇଥିଲା ଝିଅଟି ଦେହରୁ, ତାହା ତା'ର ସହଜ ସଜଳ ସୌନ୍ଦର୍ଯ୍ୟ। ଆଖି ଦୁଇଟି ଦିଶୁଥିଲା ସ୍ତିମିତ ଦୀପଶିଖାର ଅବଶିଷ୍ଟାଂଶ ପରି, ଓଠରେ ଥିଲା ନିଃସ୍ୱ ହୋଇଯିବାର ପାଣ୍ଡୁର ପ୍ରତିଲିପି।

କ୍ୟାବିନ ସାମନା ଦେଇ ସଞ୍ଜବେଳେ ଆଉଥରେ ଚାଲିଯିବା ସମୟରେ ଯଯାତି ଦେଖିଥିଲା ଝିଅଟିକୁ। ନିଶ୍ଚଳ ହୋଇ ଶୋଇ ରହିଥିବା ଯୁବକଟିକୁ।

ବାଥ୍‌ରୁମରୁ ଫେରିଆସି ରାତିରେ ସୁପ୍ରିୟା ଭକ୍‌ଭକ୍ ବାନ୍ତି କରି ପକାଇଥିଲା। କାନ୍ଦ କାନ୍ଦ ଗଳାରେ କହିଥିଲା - ଆଉ ରହି ହେବନାହିଁ ଏଠି। ବାଥ୍‌ରୁମ୍ ଯାକ କି ଅସନା...

ସେ କିଛି ଭୁଲ୍ କହି ନଥିଲା। ଜେନେରାଲ୍ ୱାର୍ଡର ମଇଳା ଖଟରେ, ଏପରିକି ଚଟାଣରେ ମଧ୍ୟ ଶୋଇ ହେବ ଦରକାର ପଡ଼ିଲେ। କିନ୍ତୁ ବାଥ୍‌ରୁମ୍ କଥା ଅଲଗା।

ଓଦା ତଉଲିଆରେ ମୁହଁ ପୋଛି ସୁପ୍ରିୟାକୁ ଦି' ଢୋକ ପାଣି ପିଆଇ ଦେଉ

ଦେଉ ଯଯାତି ଆଶ୍ୱାସନା ଦେଇ କହିଥିଲା - ଆଉ ଟିକିଏ ଅପେକ୍ଷା କରିଯାଅ, କିଏ ଜାଣେ କାଲି ସକାଳେ ହିଁ ଆମକୁ ଗୋଟେ କ୍ୟାବିନ୍ ମିଳିଯିବ...

ପରଦିନ କୌଣସି କ୍ୟାବିନ୍ ମିଳିନଥିଲା, ଅନ୍ତତଃ ଦିନ ଗୋଟିଏ ପର୍ଯ୍ୟନ୍ତ। ତା'ରି ଭିତରେ ଯଯାତି ଦୁଇଥର ଯାଇ ବୁଲି ଆସିଥିଲା କ୍ୟାବିନ୍‌ଗୁଡ଼ିକ ସାମ୍‌ନାରେ। କୌଣସି ଗୋଟିକ ଏବେ ଖାଲି ହେବାର ସମ୍ଭାବନା ନାହିଁ, ସାତ ନମ୍ବର କ୍ୟାବିନ୍ କଥା ଅବଶ୍ୟ ଅଲଗା।

ସୁପ୍ରିୟାର ରୋଗ ଏମିତି କିଛି ଅସାଧ୍ୟ ନଥିଲା। ପ୍ରକୃତରେ ତା'ର ରୋଗ ବୋଲି କିଛି ନଥିଲା। ଅପରେସନ୍ ସରିବା ପରେ, ଡାକ୍ତର ଦୁଇଜଣ କହିଥିଲେ, ଟିକିଏ ରହି ଯାଆନ୍ତୁ ଡାକ୍ତରଖାନାରେ। କିଛି ଦିନ ଅବଜରଭେସନ୍ ଦରକାର ପଡୁଛି। ଯିବେ, ପୁଣି ହୁଏ ତ ଆସିବାକୁ ପଡ଼ିବ ପାଞ୍ଚ ଦିନ ପରେ, ତା' ଅପେକ୍ଷା ରହିଯାଆନ୍ତୁ ଆଉ କେତେଦିନ। ଗୋଟିଏ ଭଲ କ୍ୟାବିନ୍ ଖାଲି ହୋଇଯିବାର ତ ଅଛି।

ଦ୍ୱିପ୍ରହର ସମୟରେ, ସୁପ୍ରିୟା ଟିକିଏ ଶୋଇପଡ଼ିବା ପରେ, ଯଯାତି ବାହାରେ ଆସି ବୁଲାଚଲା କରିଥିଲା। ତା'ପରେ ନିଜ ଅଜାଣତରେ ଆସି ଠିଆ ହୋଇଥିଲା ସାତ ନମ୍ବର କ୍ୟାବିନ୍ ସାମ୍ନାରେ। ଦରଜା ଅଳ୍ପ ଫାଙ୍କ ଥିଲା, ଏକାକୀ ନିର୍ଜନତାଠୁ ମୁକ୍ତି ଖୋଜିଲା ପରି।

ଶୂନ୍‌ଶାନ୍ କୋଠରି ଭିତରେ, ଯୁବକଟି ଶୋଇ ରହିଥିଲା ଭଙ୍ଗାରୁଜା ଦେହକୁ ଚାଦର ତଳେ ଢାଙ୍କି ରଖି। ଧଳା ବିଛଣା ଉପରେ ତା'ର ନିଶ୍ଚଳ ଦେହଟି ଦିଶୁଥିଲା ପଥରରେ ଗଢ଼ା ମୂର୍ତ୍ତିଟିଏ ପରି। ପାଖକୁ ଲାଗି, ଟୁଲ୍ ଉପରେ ଝିଅଟି ବସିଥିଲା, ଯୁବକଟିର ଦେହ କଡ଼ରେ ମୁଣ୍ଡ ରଖି।

ସାମାନ୍ୟ ତନ୍ଦ୍ରାରେ ହୁଏତ ବୁଜି ହୋଇଆସିଥିଲା ତା'ର ଆଖି ଦୁଇଟି। ପାଦଶବ୍ଦ ଶୁଣି ସେ ମୁଣ୍ଡଟେକି ଚାହିଁଲା। କ୍ଲାନ୍ତ ନିସ୍ତେଜ ଦୁଇ ଆଖିରେ।

ଝିଅଟି ଆସ୍ତେ ଆସ୍ତେ ଉଠିଲା ତା' ବସିବା ସ୍ଥାନରୁ, ଦରଜା ପାଖକୁ ଆସିଲା।

ସେ ହୁଏତ କିଛି କହିବାକୁ ଚାହୁଁଥିଲା ଯଯାତିକୁ, ଯାହା ଏଇ ବର୍ତ୍ତମାନ ତା'କୁ କହିବାକୁ ହେବ କିମ୍ବା କିଛି ପ୍ରଶ୍ନ ପଚାରିବାକୁ ରହିଛି ଯାହାର ଉତ୍ତର କେବଳ ଜଣେ ମାତ୍ର ହିଁ ଦେଇପାରିବ। କିନ୍ତୁ ସେ କିଏ ଜଣା ନାହିଁ।

ଝିଅଟି ଦରଜା ପାଖେ ଠିଆ ହେଲା ମୁହୂର୍ତ୍ତକ ପାଇଁ, ବିଭ୍ରାନ୍ତ ଆଖିରେ ନିମିଷେ ମାତ୍ର ଚାହିଁଲା ଯଯାତିକୁ। ତା'ପରେ ଫେରିଗଲା ଭିତରକୁ।

ସନ୍ଧ୍ୟାର ଶେଷ ବିମର୍ଷ ରଶ୍ମି କୃଷ୍ଣଚୂଡ଼ା ଡାଳରୁ ଲିଭିଯିବା ଆଗରୁ, କ୍ୟାବିନ୍ ଭିତରୁ କୋହଭରା କାନ୍ଦ ଶୁଭିଥିଲା, ଗୋଟିଏ ଯୁବତୀର ଆକୁଳ ଅଶ୍ଳୀଳ ସ୍ୱର।

ଜେନେରାଲ୍ ୱାର୍ଡ଼ର ଝରକା ଦେଇ ଯଯାତି ଦେଖିଥିଲା, କ୍ୟାବିନ୍ ଭିତରୁ ବାହାରୁଥିଲା ଧଳାଚାଦରରେ ଢଙ୍କା ଗୋଟିଏ ମୃତଦେହ, ତା' ପଛେ ପଛେ ଶୋକାକୁଳ ଝିଅଟିଏ। ଟିକିଏ ଦୂରରେ, କୌଣସି ଷଡ଼ଯନ୍ତ୍ରରେ ନିଜ ଅଜଣାରେ ଜଡ଼ିତ ହୋଇଯାଇଥିବା ପରି ଦେଖାଯାଉଥିବା ଏକ ବୟସ୍କ ଦମ୍ପତି। ସମ୍ଭବତଃ ଯୁବକଟିର ବାପାମାଆ।

ସେତେବେଳେ ସେଠାରେ କେହି ନଥିଲେ, ନା ଡକ୍ଟର ସାମନ୍ତ ନା ଡକ୍ଟର ପ୍ରଧାନ। ନର୍ସଟେ ବି ନଥିଲା। ଦୁଇଜଣ ବେହେରାଙ୍କ ହାତରେ ଥିଲା ଗୋଟିଏ ପୁରୁଣା ଅପରିଚ୍ଛନ୍ନ ଷ୍ଟ୍ରେଚର୍। ପାଖରେ ଥିବା ଅବଶିଷ୍ଟ ବ୍ୟକ୍ତିଟି ସମ୍ଭବତଃ ଥିଲେ ଜଣେ ଜୁନିୟର୍ ରେସିଡେଣ୍ଟ୍ ଡାକ୍ତର।

ଝିଅଟି ଅଧିକ ସମୟ କାନ୍ଦି ନଥିଲା, ତା'କୁ ଜଣାଥିଲା ଯେ କାନ୍ଦିବା ପାଇଁ ତା' ସାମନାରେ ରହିଛି ବିସ୍ତୀର୍ଣ୍ଣ ଅନୁଦାର ଭବିଷ୍ୟତ। ଆଖିରୁ ଲୁହ ପୋଛି ସେ ପାଖେଇ ଆସିଥିଲା ଶବାଧାର ପାଖକୁ, କଡ଼କୁ ଢଳି ପଡୁଥିବା ମୁଣ୍ଡଟିକୁ ସିଧା କରି ଦେଉ ଦେଉ ସେ ଚାହିଁଥିଲା ବେହେରା ଆଡ଼କୁ, ଯାହାର ଆଖି ଦୁଇଟି ନିବଦ୍ଧ ଥିଲା ତା'ର ସାମାନ୍ୟ ଅନାବୃତ ନିଟୋଳ ସ୍ତନରେ।

ଝିଅଟି ଦି' ପାଦ ଆଗେଇ ଯାଇ ଷ୍ଟ୍ରେଚର୍‌ର ଗୋଟିଏ ବାହାକୁ ଧରିଲା, ଯେପରି କି ଶବଟି କଡ଼କୁ ଢଳି ପଡ଼ିବ ନାହିଁ। ଟିକିଏ ଆଗରେ ଥିଲା ଡାକ୍ତରଖାନାର ଦାତବ୍ୟ ଶବବୁହା ଗାଡ଼ି।

ଦୁଇଘଣ୍ଟା ଭିତରେ ବେହେରା ଦୁଇଜଣ କ୍ୟାବିନ୍‌ଟିକୁ ପରିଷ୍କାର କରି ଦେଇଥିଲେ, ପରିଚ୍ଛନ୍ନ ବିଛଣା, ପରିଶୁଦ୍ଧ ଶୌଚାଳୟ। ଏଥିପାଇଁ ସେମାନେ ପ୍ରତ୍ୟାଶିତ ବକ୍‌ସିସ୍ ଅବଶ୍ୟ ପାଇଥିଲେ।

ପରିଷ୍କାର ବାଥ୍‌ରୁମ୍‌ରୁ ବାହାରି ଆସି ସୁପ୍ରିୟା ଭାରି ଉତ୍‌ଫୁଲ୍ଲ ଦେଖାଯାଉଥିଲା। ତିନିଦିନ ପରେ ସେ ଆଜି ଭଲ କରି ଗାଧୋଇଛି, ହାଲୁକା ପ୍ରସାଧନରେ ଶୁଭ୍ର ସତେଜ ଦେଖାଯାଉଥିଲା ତା'ର ଦେହମୁହଁ।

- ଏଆର୍ କଣ୍ଡିସନ୍‌ର ଚଲେଇଦେବି ?

ପଚାରିଥିଲା ଯଯାତି, ଗୋଟିଏ ଛୋଟ ନରମ ସୋଫା ଉପରେ ଆଉଜି ବସିରହି।

- ଏସି ଅଛି ଏ ରୁମ୍‌ରେ ? ମୁଁ ତ ଭାବିଥିଲି, ଏସି ଫେସି କାମ କରୁନଥିବ ସରକାରୀ ଡାକ୍ତରଖାନାରେ।

ମୁଣ୍ଡର ଅଳ୍ପ ଭିଜା ଭିଜା ଚୂର୍ଣ୍ଣକୁନ୍ତଳକୁ ଆୟତରେ ଆଣୁ ଆଣୁ କହିଥିଲା ସୁପ୍ରିୟା।

ଏଆର୍‌କଣ୍ଡିସନ୍‌ର ଚାଲୁ ହେବା ପରେ ଧୀରେ ଧୀରେ କ୍ୟାବିନ୍ ଭିତରର ଆବେଶ ବଦଳି ଯାଇଥିଲା।

ଫ୍ଲାସ୍କରୁ ଦୁଇ କପ୍ ସୁପ୍ ଢାଳି ଯଯାତି ଗୋଟିଏ କପ୍ ସୁପ୍ରିୟା ହାତକୁ ବଢ଼ାଇ ଦେଇଥିଲା, ଭୀନସ୍ କାଫେରୁ ଆସିଥିବା ଚମତ୍କାର ପରିବା ସୁପ୍।

ପରିବା ସୁପ୍ ଦି' ଢୋକ ପିଇବା ଭିତରେ ହଠାତ୍ ଅନ୍ଧାର ହୋଇଯାଇଥିଲା ସବୁଆଡ଼। ଏମିତି ଅନ୍ଧାର, ଯେମିତି କାନ୍ଥ ସବୁ ମିଳେଇ ଗଲା ନିରନ୍ଧ୍ର ଅନ୍ଧାର ଭିତରେ।

ଗତ ଦୁଇଦିନ ଧରି ମଝି ମଝିରେ ବିଜୁଳି ଚାଲି ଯାଉଥିଲା, କିନ୍ତୁ ତାହା ଦିନ ବେଳେ। ଆଜି ରାତି ଅନ୍ଧାରରେ ଆଲୁଅ ସବୁ ଲିଭି ଗଲା ପରେ ଏକ ଅଶରୀରୀ ଧୂମିକା ଖେଳାଇ ହୋଇଗଲା ଚାରିପାଖେ।

ଅନ୍ଧାର ଭିତରେ ଯଯାତି ହାତ ବଢ଼ାଇ ଚେଷ୍ଟା କଲା ସୁପ୍ରିୟାକୁ ଛୁଇଁବାପାଇଁ। କିନ୍ତୁ ତା'କୁ ଲାଗିଲା ଖଟ ଉପରେ କେହି ନାହାନ୍ତି। ସୁପ୍ରିୟା ଅନ୍ଧାରରେ ମିଳେଇ ଯାଇଛି।

- ସୁପ୍ରିୟା ! ସେ ଡାକିଲା ମୃଦୁସ୍ୱରରେ।

କିଛି ଉତ୍ତର ମିଳିଲା ନାହିଁ।

- ସୁପ୍ରିୟା।

ଏବେ ସାମାନ୍ୟ ଆତଙ୍କିତ ଥିଲା ଯଯାତିର ସ୍ୱରରେ। ଅଜଣା ଆତଙ୍କ।

- କ'ଣ ହେଲା ?

ବିସ୍ମିତ ସ୍ୱରଟି ଶୁଣାଗଲା ଖଟ ଉପରୁ। ସୁପ୍ରିୟା ପାଖରେ ଆସି ଠିଆ ହେଲା। ପଚାରିଲା ଆଉ ଥରେ - କ'ଣ ହେଲା।

ଯଯାତି କିଛି କହିଲା ନାହିଁ। ଅନ୍ଧାର ଭିତରେ ଖୋଜିଖୋଜି ସେ ଧରିଲା ସୁପ୍ରିୟାର ଗୋଟିଏ ହାତ। ତା'କୁ ଲାଗିଲା, ସେ ଧରିଥିବା ହାତଟି ସୁପ୍ରିୟାର ହାତ ନୁହେଁ। ଆଉ କାହାର।

ସେ ହାତ ଫେରାଇ ନେଲା ସନ୍ତର୍ପଣରେ।

ତା'ର ମନେହେଲା ସାମ୍ନାରେ ଥିବା ଖଟଟି କିଭଳି ବଦଳି ବଦଳି ଯାଉଛି। ଦେଖାଯାଉଛି ସନ୍ଧ୍ୟା ବେଳେ ଦେଖିଥିବା ସେଇ ଶବଧାର ପରି, ଯେଉଁଠି ଥିଲା ଦୁଇପରସ୍ତ ଧଳା ଚାଦର ତଳେ ଗୋଟିଏ ନିଷ୍ପ୍ରାଣ ଶରୀର।

କୋଠରି ଭିତରଟି ଧୀରେ ଧୀରେ ଉଷୁମ ହୋଇଆସୁଥିଲା, ଯେମିତି ଅନେକ ସଞ୍ଚିତ ନିଃଶ୍ୱାସ ଫେରିଆସୁଛି କୋଠରି ଭିତରକୁ। ଅନେକ ଅବରୁଦ୍ଧ ଦୀର୍ଘଶ୍ୱାସ।

ହଠାତ୍ ଚମକେଇ ଦେବାପରି ଜଳି ଉଠିଥିଲା କୋଠରି ଭିତରର ଦୁଇଟିଯାକ ବିଜୁଳିବତି। ଏଆର୍‌କଣ୍ଡିସନ୍‌ର ପୁଣି ଗର୍ଜଉଠି ଚାଲିବା ଆରମ୍ଭ କରିଥିଲା।

ସାମ୍‌ନାରେ ଠିଆ ହୋଇଥିଲା ସୁପ୍ରିୟା। ପରିପୁଷ୍ଟ ଯୌବନର ଛବିପରି। ସେ ଆସି ବସିପଡ଼ିଲା ପାଖ ଚଉକିରେ।

ସେ କିଛି କହିବା ଆଗରୁ ଦରଜା ପାଖରେ ଶବ୍ଦ ହେଲା। କବାଟ ହଠାତ୍ ଫିଟିଯିବାର ଶବ୍ଦ।

ମୁହଁ ଫେରାଇ ଯଯାତି ଦେଖିଲା, ଦରଜା ସେ ପାଖେ ଛିଡ଼ା ହୋଇ ରହିଛି ସେହି ଝିଅଟି, ଯିଏ ଟିକିଏ ଆଗରୁ ଚାଲିଯାଇଥିଲା ଶବାଧାର ସହିତ, ଆଖିରୁ ଲୁହ ପୋଛି ପୋଛି।

ମାତ୍ର ଚାରିଘଣ୍ଟା ଭିତରେ ଅନେକ କିଛି ବଦଳି ଯାଇଥିଲା ଝିଅଟିର ଦେହ ମୁହଁରେ। ଗୋଲାପି ରଙ୍ଗର ସୂତା ଶାଢ଼ିଟି ଏବେ ଦିଶୁଥିଲା ପୁରୁଣା ଲୋଚାକୋଚା ମାଟିକାଗଜ ପରି, ମୁହଁରେ ଚିହ୍ନିତ ଥିଲା ତାତିଲା ଲୁହରେ ସିଝି ଯାଇଥିବା ବିବର୍ଣ୍ଣ ନିଃସ୍ୱତା।

ଝିଅଟି କାହାରି ଆଡ଼କୁ ଚାହିଁଲା ନାହିଁ, ଯେମିତି କୋଠରି ଭିତରେ କେହି ନାହାନ୍ତି। ସେ ଧୀରେ ଧୀରେ ଆସିଲା ଖଟ ପାଖକୁ। ନଇଁପଡ଼ି ଖଟତଳ ଅନ୍ଧାର ଭିତରେ କିଛି ଖୋଜିଲା। ଟିକିଏ ସମୟ। ତା'ପରେ ଉଠି ଠିଆ ହେଲା।

ଝିଅଟି ହାତରେ ଏବେ ଥିଲା ଗୋଟିଏ ମଙ୍ଗଳସୂତ୍ର, ଟିକିଟିକି ସୁନା ଓ ରତ୍ନପଥରରେ ଗଢ଼ା ଗୋଟିଏ ମଙ୍ଗଳସୂତ୍ର। ଗୋଟିଏ ପଲକ ପାଇଁ ଝିଅଟି ସେ ହାରଟିକୁ ଦେଖିଲା, ତା' ପରେ କୋଠରିରୁ ବାହାରିଗଲା ନିଃଶବ୍ଦରେ।

ବାହାର ଅନ୍ଧାରରେ ସବୁଦିନ ପାଇଁ ମିଳେଇ ଯିବା ଆଗରୁ ଝିଅଟି ଥରେ ଚାହିଁଥିଲା ସେ ଦୁଇ ଜଣକୁ। ତା'ର ପାଣ୍ଡୁର ଦୁଇ ଓଠ କମ୍ପିଥିଲା ମୁହୂର୍ତ୍ତକ ପାଇଁ। ହୁଏତ କିଛି କହିବାକୁ। କିନ୍ତୁ ସେ ଠିକ୍ ବୁଝିପାରିଥିଲା ଯେ ସେ ଭୁଲିଯାଇଛି ଅବଶିଷ୍ଟ ପୃଥିବୀର ଭାଷା, ଅବସିତ ଜୀବନର ଭାଷ୍ୟ। ଏବେ ତା'କୁ ଶିଖିବାକୁ ହେବ ବଞ୍ଚିବାର ଭିନ୍ନ ପରିଭାଷା।

■

ଦୀର୍ଘପଥ

ବାହାରେ କିଏ ଜଣେ କବାଟ ଠକ୍‌ଠକ୍ କଲା। ଖୁବ୍ ଆସ୍ତେ। ଶୁଣି ନପାରିଲା ପରି।

ଦରଜା ଖୋଲା ହିଁ ଥିଲା। ଭିତରକୁ ଆସିବାରେ ବାଧା ନଥିଲା କିଛି।

ସୁଧାକର ଅପେକ୍ଷା କଲେ। କାନ ଡେରି।

କାନ ହିଁ ତାଙ୍କ ଶରୀରର ସବୁଠାରୁ ସକ୍ରିୟ ପ୍ରତ୍ୟଙ୍ଗ ଏବେ। ଆଖିର ଦୃଷ୍ଟିଶକ୍ତି କମି କମି ଆସିଥିଲା ଅନେକ ଆଗରୁ। ଅପରେସନ୍ ପରେ ଗୋଟିଏ ଆଖି ପୂରା ନଷ୍ଟ ହୋଇ ଯାଇଥିଲା। ଆର ଆଖିଟି ଘର ଭିତରେ ଚଳିଯିବା ପାଇଁ ଯଥେଷ୍ଟ।

କିଛି ଦିନ ହେଲା ଏବେ ନାକ ବି ତାଙ୍କୁ ଧୋକା ଦେବାରେ ଲାଗିଛି। ଯେମିତି ଏଇ ଗଲା ଗୋବିନ୍ଦ ଦ୍ୱାଦଶୀ ରାତିରେ, ହଠାତ୍ ତାଙ୍କୁ ଲାଗିଲା...

ଦୁଆରେ ପୁଣି ଖଟ୍ ଖଟ୍ ଶବ୍ଦ। ଏଥର ଟିକେ ଜୋରରେ।

ସୁଧାକର କହିଲେ, ଦୁଆର ଖୋଲା ଅଛି। ଭିତରକୁ ଆସ।

ଏଇ ସମୟରେ ତିନିଜଣ ହିଁ ଆସିବାର ସମ୍ଭାବନା ରହିଥାଏ। ପ୍ରଥମେ ପିଲ୍‌ଟୁ, ଘରକାମ କରିବା ଟୋକା। କିନ୍ତୁ ଆଜି ସେ ଆସିବ ନାହିଁ, ସେ ତା ମାମୁଘରକୁ ଯାଇଛି। କଥାଟା ଅବଶ୍ୟ ମିଛ। ସେ ମାମୁଘର କେବେ ଯାଏ ନାହିଁ, ମାମୁ ସାଙ୍ଗେ ତାର ଅହିନକୁଳ ସଂପର୍କ। ସେ ଯାଇଚି ସେଇ ଛତରି ଟୋକୀ ପାଖକୁ, କ'ଣ ତା' ନାଆଁଟି.. ରେଶମି ନା ରୋଶ୍‌ନି ?

ଆଉ ଜଣେ ଆସିବା ଲୋକ ରଙ୍ଗାଧର ଟେକ୍‌ନିସିଆନ୍। ପାଥୋଲାବ୍‌ରେ କାମକରେ। ପ୍ରତି ମାସ ପ୍ରଥମ ସପ୍ତାହରେ ଆସି ରକ୍ତ ନେଇଯାଏ, କେବେ କେବେ ପରିସ୍ରା। ସେ ଆସିଥିଲା ଦିହପ୍ତା ତଳେ, ତା'ର ଏବେ ଆସିବା ସମୟ ହୋଇନାହିଁ।

ତୃତୀୟ ଜଣକ ପ୍ରେମାନନ୍ଦ।

ପ୍ରେମାନନ୍ଦ କିନ୍ତୁ ଆସିନାହିଁ । ସେ ଆସି ପାରିବ ନାହିଁ । ସେ ବାଥ୍‌ରୁମ୍‌ରେ ପଡିଯାଇଥିଲା ଦି'ଦିନ ତଳେ । ତାର ହାଇ ବ୍ଲଡ୍ ପ୍ରେସର୍ ଅଛି ।

ସୁଧାକରଙ୍କର ବି ଅଛି । ଆଉ ଦି ତିନି ରକମର ବେମାରୀ ବି ଅଛି । ପ୍ରେମାନନ୍ଦ କହେ, ତୋର ସିନା ତିନିଟା ବେମାରୀ, ମୋର କିନ୍ତୁ ପାଞ୍ଚଟା ।

ଖୁବ୍ ପିଲାଟି ଦିନରୁ ପ୍ରେମାନନ୍ଦ ସହିତ ତାଙ୍କର ପ୍ରତିଦ୍ୱନ୍ଦ୍ୱିତା ଥିଲା । ପାଠରେ ବି, ଶାଠରେ ବି । ଚାକିରି କଲେ ଅଲଗା ଅଲଗା, ଭିନ୍ନ ସହରରେ, ତେଣୁ ପ୍ରତିଦ୍ୱନ୍ଦ୍ୱିତାର ଶାଣିତଧାର ସମୟ କ୍ରମେ କମି ଆସିଥିଲା । ଦେଖା ସାକ୍ଷାତ ବି । ଚାକିରିରୁ ଅବସର ନେଲା ପରେ ପୁଣି ସମ୍ପର୍କର ସୂତ୍ର ବଢିଚି । ଏକାଠି ବସାଉଠା, ଗପସପ ।

ଦରଜାରେ ପୁଣି ଅସ୍ପଷ୍ଟ ଶବ୍ଦ, ଅନିଶ୍ଚିତ ଛାଇ କାହାରି ।

ସୁଧାକର ବିଛଣାରୁ ଉଠିବାକୁ ଚାହିଁଲେ, କିନ୍ତୁ ମୁଣ୍ଡ ଭାରି ଭାରି ଲାଗୁଥିଲା, ପାଦ ଦୁଇଟା ଥକା ଥକା ଲାଗୁଥିଲା, ଅନେକ ବାଟ ଚାଲିଚାଲି ଆସିଥିବା ପରି । ସେ ପୁଣି କହିଲେ :

– ଭିତରକୁ ଆସ, କବାଟ ଖୋଲା ଅଛି ।

ଯେ କେହି ଆସିଥାଉ ନା କାହିଁକି, ଭଲ ଲାଗିବ । ହୁଏତ ଗଣେଶପୂଜା ଚାନ୍ଦା ମାଗିବାକୁ ଆସିଥିବା ନନ୍‌ସେନ୍‌ସ୍ କ୍ଲବ୍‌ର ଜଣେ ମେମ୍ବର, ଛତିଶ ପର୍ସେଣ୍ଟ୍ ଡିସ୍କାଉଣ୍ଟରେ ଡିଟର୍‌ଜେଣ୍ଟ୍ ପାଉଡର୍ ବିକିବାକୁ ଆସିଥିବା ସେଲ୍‌ସ୍‌ମ୍ୟାନ୍, କିମ୍ବା ଛୟାଳିଶ୍ ବାଇ ତିନି ପ୍ଲଟ୍‌କୁ ଖୋଜି ଖୋଜି ବାଟ ହୁଡିଥିବା କେହି ପଥଚାରୀ ।

ଚାନ୍ଦା ମାଗିବାକୁ ଆସିଥିବା ପିଲାଟିକୁ ସେ ଧମକ ଦେଇ ବିଦା କରିଦେବେ ନାହିଁ, ପଇସାମୁଣିରୁ ଟଙ୍କା କାଢି ଦେବେ ଖୁସିରେ, କହିବେ, ଭକ୍ତିରେ ପୂଜା କରିବ, ପାଠ ମାଗିବ ଗଣେଶଙ୍କୁ, ଭଲବୁଦ୍ଧି ମାଗିବ । ପୂଜା ପରେ ଆସି କହିବ କେମିତି ଭଲରେ ଭଲରେ ପୂଜା ହେଲା ।

ଡିଟର୍‌ଜେଣ୍ଟ୍ ସେ କିଣିବେ ଅବଶ୍ୟ, କିନ୍ତୁ ରଖିବେ ନାହିଁ, ପିଲ୍‌ଟୁ ହାତରେ ଦେବେ, କହିବେ, ନେ ତୋ ପେଣ୍ଟ୍ ଶାର୍ଟ୍ ଭଲ କି ସଫା କର ଏଥିରେ, ଯାହା ଗନ୍ଧଉଚୁ ନା ତୁ ଆଜିକାଲି ।

ବାଟ ହୁଡିଥିବା ଲୋକଟିକୁ ପାଖରେ ବସାଇବେ ସେ ଆଦରରେ, ପଚାରିବେ, ଶୋଷ ହେଉଥିବ, ପାଣି ପିଇବେ ! ତା'ପରେ କହିବେ, ଛୟାଳିଶ୍ ବାଇ ତିନ୍ ? ସେଇଟା ତ ସର୍ବେଶ୍ୱର ପ୍ରହରାଜଙ୍କ ଘର ! ହେଇ ସେ ବାଁ ହାତି ବୁଲାଣିରେ, ମାତ୍ର ପାଞ୍ଚ ମିନିଟ୍‌ର ବାଟ ।

ଲୋକଟି ପାଣି ଗ୍ଲାସ୍‌ଟି ଅଧା ପିଇ ଉଠି ପଡ଼ିବ । ଠକ୍ କରି ଗ୍ଲାସ୍‌ଟି କାଚ

ଟେବୁଲ୍ ଉପରେ ଥୋଇ ଦେଇ କହିବ, ଏ ପଡାର ଲୋକଗୁଡାକ କେତେ ଅଭଦ୍ର ସତେ ! ଏତିକି କହିବାକୁ ବି କାହାରି ଧୈର୍ଯ୍ୟ ନାହିଁ ! ଲୋକଟି ତାପରେ ବାହାରି ଯିବ ଝଡ ପରି।

ସୁଧାକରଙ୍କର କିନ୍ତୁ ଇଚ୍ଛା ନଥିଲା ଲୋକଟି ଏମିତି ଚାଲିଯାଉ ବୋଲି। ସେ ଆଶା କରୁଥିଲେ ଲୋକଟି ପାଣି ପିଇ ପାଞ୍ଚ ମିନିଟ୍ ବସିବ, ତା' ଭିତରେ ସୁଧାକର ପଚାରିବେ ସେ ଆସିଛି କୋଉଠୁ, କେଉଁ ସହରରୁ। ସେ ସହରର ପାଣିପାଗ ଏବେ କେମିତି, ସମୁଦ୍ରଠୁ କେତେ ଦୂରରେ ସେ ସହର।

ଭାରି ତାଙ୍କର ଇଚ୍ଛା ହୁଏ ଗପିବାକୁ, କାହାରି ନା କାହାରି ସାଙ୍ଗରେ। କିଛି ନା କିଛି।

ଭିତରକୁ ଆସ ବୋଲି ତିନି ଥର କହିବା ସତ୍ତ୍ୱେ ପରଦା ସେପାଖରୁ କାହା ମୁହଁ ଦିଶିଲା ନାହିଁ। ପ୍ରବଞ୍ଚନାର ପ୍ରତିଭାସ ପରି କିଛି ଥଣ୍ଡା ପବନ ବୋହି ଆସିଲା ଘର ଭିତରକୁ। ସବୁ ତା'ପରେ ନିଥର ହୋଇଗଲା କିଛି ସମୟ।

ସାମାନ୍ୟ ତନ୍ଦ୍ରା ଆଖିପତା ତଳେ ଜମାଟ ବାନ୍ଧୁଥିଲା ହାଲୁକା କାକର ଟୋପା ପରି। କାଲି ରାତିରେ ନିଦ ହେଲା ନାହିଁ, ଛାତି ଭିତରଟା କେମିତି ରୁନ୍ଧି ହୋଇ ଯାଉଥିଲା ରହି ରହି।

ଏମିତି ତୋ'ର କେତେ ସମୟ ଧରି ହୁଏ, ସପ୍ତାହରେ କେତେଥର ?

ପ୍ରେମାନନ୍ଦ ପଚାରେ ସାମାନ୍ୟ ଉଦ୍‌ବେଗର ସହିତ। ମୁଁ ଭାବୁଚି ତୁ ଥରେ ଡକ୍ଟର ତ୍ରିପାଠୀଙ୍କୁ ଦେଖା। ମୋର ତାଙ୍କ ସଙ୍ଗେ ଚିହ୍ନା ଅଛି, ନେଇଯିବି। କାଲି ସଞ୍ଜରେ ଯିବା ?

ହଉ ଯିବା କେବେ। ନିରାସକ୍ତ ଉତ୍ତରଟିଏ ପୂର୍ଣ୍ଣଚ୍ଛେଦ ଟାଣିଦିଏ ଏ ସବୁ ଆଲୋଚନାର।

ପ୍ରେମାନନ୍ଦଟା ଭାରି ଭାବପ୍ରବଣ ସତରେ। ସେଦିନ ସେ କାନ୍ଦି ପକେଇଥିଲା ଛୋଟ ପିଲାଟେ ପରି। ଘରେ କ'ଣ ଅଶାନ୍ତି ହୋଇଥିଲା, ସାନବୋହୂ ସାଙ୍ଗେ କ'ଣ ସବୁ ଯୁକ୍ତିତର୍କ। ସେଇ କଥା କହୁ କହୁ ତା' ଆଖିରୁ ଲୁହ ଗଡି ପଡିଥିଲା।

ପ୍ରେମାନନ୍ଦର ତିନି ପୁଅ, ଦୁଇ ଝିଅ, ସମସ୍ତେ ଭଲରେ ଅଛନ୍ତି, ଭଲରେ ବାହାସାହା ହୋଇଛନ୍ତି। ଏଇ ଭୁବନେଶ୍ୱରରେ ଅଛନ୍ତି ତିନିଜଣ। ଭଲ ଭଲ ପୋଷାକପତ୍ର ପିନ୍ଧି ପ୍ରେମାନନ୍ଦ ଆସେ, କହେ ଏଇଟା ମୋ ବଡ଼ ପୁଅ ଆଣି ଦେଇଚି, ସିଙ୍ଗାପୁର ଯାଇଥିଲା କ'ଣ ଅଫିସ୍ କାମରେ।

ସେ ଦୃଷ୍ଟିରୁ ସୁଧାକରଙ୍କ ଭାଗ୍ୟ ଛୋଟ। ଅଳକାଙ୍କ କୋଳକୁ ସନ୍ତାନ ଆସି ନଥିଲେ, ଆଉ ସେ ବି ଚାଲିଗଲେ ଅସମୟରେ, ଅତି ଅଚାନକ।

ପାଞ୍ଚଟି ପିଲାର ସୌଭାଗ୍ୟ ସତ୍ତ୍ୱେ, ବଡ ଦୁଃଖୀ ରହିଥିଲା ପ୍ରେମାନନ୍ଦ। ଭାରି ଏକା ଏକା। ସମୟ ପାଇବା ମାତ୍ରକେ ଚାଲି ଆସୁଥିଲା ସୁଧାକରଙ୍କ ପାଖକୁ।

କିଛି ସମୟ କଟି ଯାଉଥିଲା ପୁରୁଣା ଦିନର କଥା ଗପି ଗପି। ତା'ପରେ ହଠାତ୍ କେହି ଜଣେ ଚୁପ୍ ହୋଇଯାଉଥିଲା। ଶେଷରେ ପ୍ରେମାନନ୍ଦ କହୁଥିଲା, ହଉ ଚାଲିଲି ରେ ଭାଇ। ସେପଟେ ସାନ ବୋହୂ ଆମର ବାଟ ଚାହିଁ ବସିଚନ୍ତି, ଲମ୍ବା ଲେକ୍‌ଚର ଦେବାକୁ।

ବିମର୍ଷ ମେଘର ଛାଇ ଏବେ ଢାଙ୍କି ଦେଉଥିଲା ପ୍ରେମାନନ୍ଦର ଦୁଇଟି ଆଖିକୁ।

ପ୍ରେମାନନ୍ଦ ଥରେ ଆତ୍ମହତ୍ୟା କରିବାକୁ ଯାଉଥିଲା। ଏମ୍ଏସ୍‌ସି ଫାଇନାଲ୍ ବର୍ଷରେ। ପାରମିତାର ବାହାଘର ନିମନ୍ତ୍ରଣପତ୍ର ହାତରେ ଧରି। ପାରମିତାକୁ ସେ ଭଲ ପାଉଥିଲା, ଏକତରଫା ପ୍ରେମ। ଦୁହିଁଙ୍କ ଭିତରେ କଥାବାର୍ତ୍ତା ଥିଲା। ବହିପତ୍ର ଦିଆନିଆ। କିନ୍ତୁ ସେ ମୁହଁ ଖୋଲି ତା' ମନକଥା କେବେ କହି ନଥିଲା, ଏହି ବିଶ୍ୱାସରେ ଯେ ପାରମିତାକୁ ଜଣା ତା' ହୃଦୟର କଥା।

ଏତିକି ବିଷ ଖାଇଲେ ଆମ ହଷ୍ଟେଲର କାଣି ବିଲେଇ ବି ମରିଯିବ ନାହିଁ, ତୋ' କଥା ଛାଡ୍.. କହି ସୁଧାକର ତା' ହାତରୁ ବିଷ ଶିଶିଟି ଛଡେଇ ନେଇଥିଲେ।

ଢେର୍ କିଛିଦିନ ଲୁହଢାଳିବା ପରେ ପ୍ରେମାନନ୍ଦ ଫାଇନାଲ୍ ପରୀକ୍ଷାରେ ଫାଷ୍ଟ୍ ହୋଇଥିଲା, ପ୍ରଥମ ଥର ପାଇଁ ସୁଧାକର ଖସିଥିଲେ ଦ୍ୱିତୀୟ ସ୍ଥାନକୁ।

: ପାରମିତା ଏବେ କୋଉଠି ଅଛୁ ଜାଣୁ!

ଦିନେ କେବେ ଅଚାନକ ପ୍ରଶ୍ନଟି ପଚାରିଥିଲା ପ୍ରେମାନନ୍ଦ, କେବେ ଦିନେ ସଞ୍ଜରେ।

: ହଁ, ଜାଣେ। ଏଡ୍‌ମଣ୍ଟନ୍‌ରେ। କହିଥିଲେ ସୁଧାକର। ସହଜରେ ଭୁଲି ଯିବାପରି ଝିଅଟିଏ ନଥିଲା ପାରମିତା।

: ନା ଏବେ ସେ ଅଛି ଆଶ୍‌ଭିଲ୍‌ରେ।

ଟିକେ ଚୁପ୍ ରହି ପ୍ରେମାନନ୍ଦ ମନ୍ତବ୍ୟ ଦେଇଥିଲା, ଭାରି ସୁନ୍ଦର।

କହିଥିଲା, ଆମେରିକାର ସବୁଠୁ ସୁନ୍ଦର ସହର ଆଶ୍‌ଭିଲ୍। ସ୍ମୋକି ମାଉଣ୍ଟେନ୍ ପାଖରେ।

ସନ୍ଧ୍ୟାର ମ୍ଳାନ ଅନ୍ଧାର ଭିତରେ ପ୍ରେମାନନ୍ଦର ଗଳା ଶୁଣାଗଲା ଦୂରଦୂରାନ୍ତରର ସ୍ୱର ପରି :

... ଏତେ ସୁନ୍ଦର ସହରରେ ରହି, ଏତେ ଭଲ ଜୀବନ ଭିତରେ, ପାରମିତାର କ'ଣ ମନେ ପଡୁ ନଥିବ ଏ ଦେଶ କଥା, ଏଠିକାର ସଞ୍ଜ ଓ ସକାଳ, ବର୍ଷା ରାତି, ରଜନୀଗନ୍ଧାର ବାସ୍ନା! ତା'କୁ କେବେ କେବେ କଷ୍ଟ ହେଉ ନଥିବ!

ସୁଧାକରଙ୍କ ଛାତି ଭିତରେ କୋଉଠି ଟିକେ କଷ୍ଟ ହେଲା, ନିଃଶ୍ୱାସ ରୁନ୍ଧି ହୋଇ ଗଲା ପରି। ସେ ଚେଷ୍ଟା କଲେ ଖଟରୁ ଉଠି ବସିବାକୁ। ସହଜ ହେବାକୁ।

ସେ ଉଠି ପାରିଲେ ନାହିଁ। ଶୋଇ ରହିଲେ ସେମିତି ଖଟ ଉପରେ, ତକିଆ ଉପରେ ମୁଣ୍ଡଟା ଭାରି ଭାରି ଲାଗୁଥିଲା, ପୁରୁଣା ବୋଝ ପରି।

ଧମନୀରେ ରକ୍ତର ସ୍ରୋତ ବହୁଥିଲା, ବାଟ ପାଉ ନଥିବା ଅଭିଭାଷ ପରି। ଛାତି ତଳେ ପରସ୍ତ ପରସ୍ତ ସ୍ଥବିରତା। ପବନ ଝୁଲି ରହିଥିଲା ମୁଣ୍ଡ ଉପରେ ପଙ୍ଖାର ନିଶ୍ଚଳ ଡେଣାରେ।

ଏବେ ସକାଳ ନା ସଞ୍ଜ! କେତେଟା ବାଜିଛି କାନ୍ଥର ଘଣ୍ଟାରେ?

ଘଣ୍ଟା ବନ୍ଦ ହୋଇ ଯାଇଛି ବେଶ୍ କେତେଦିନ ହେଲାଣି। ସଜାଡିବାକୁ ମନେ ପଡେ, ପୁଣି ମନେ ପଡେନାହିଁ। ଅବଶ୍ୟ ଚଳି ଯାଉଚି ଯେମିତି ହେଉ।

ଅନେକ କଥା ଚଳିଯାଉଛି ଏବେ। ଚା' କପ୍ ଠିକ୍ ସମୟରେ ନମିଳିଲେ ବି। ଭାତ ସାଙ୍ଗେ ଡାଲି ନଥିଲେ ବି, ତରକାରିରେ ଲୁଣ ନ ଥିଲେ ବି, ଦୁଇଦିନ ନ ଗାଧୋଇଲେ ବି, ରାତିଯାକ ଶୀତ ଲାଗିଲେ ବି।

: ଇସ୍, ତମେ! ମୁଁ ଚାଲିଗଲା ପରେ ତମେ ଚଳିପାରିବ ଦିନଟିଏ! ଗୋଟେ ବି ରାତି! ପାନରୁ ଚୂନ ଖସିଲେ ଯାହାର ଫିଉଜ୍ ଉଡିଯାଏ... ହସି ହସି କହନ୍ତି ଅଳକା।

ସବୁ ଏବେ ଲାଗେ ସ୍ୱପ୍ନ ପରି। ଭାବି ହୁଏ ନାହିଁ କେବେ ଦିନେ ଏ ଘରେ ଆଉ ଜଣେ କେହି ଥିଲା, ଯେ ରହିଥିଲା ସମୟକୁ ଆଚ୍ଛନ୍ନ କରି, ଏବଂ ସେ ଏକା ହିଁ ଥିଲା ସର୍ବମୟ। ସୁଧାକର ଅବଶ୍ୟ ଥିଲେ, ଥିଲେ ଛାଇଟିଏ ପରି, ଅଭିଳାଷର ପ୍ରତିକାୟା ପରି। ଅଳକାଙ୍କର ସନ୍ତାନ ନଥିଲେ, କେହି ସହୋଦର। ସୁଧାକରଙ୍କ ଭିତରେ ସେ ପାଉଥିଲେ ଏ ସବୁରିଙ୍କୁ। ସୁଧାକରଙ୍କୁ ବି ଭଲ ଲାଗୁଥିଲା ସେହି ତ୍ରିକାୟ ଆନନ୍ଦ।

ନିଃଶ୍ୱାସ ନେବାରେ ଟିକେ କଷ୍ଟ ହେଉଥିଲା, ମୁଣ୍ଡ ଭିତରେ କେମିତି ଝିମ୍ ଝିମ୍ ଭାବ। ପାହାଡ ଉପରକୁ ଚଢୁଥିବା ପରି। ସେ ଆଖି ବନ୍ଦ କଲେ।

ବାହାରେ ହୁଏତ ବର୍ଷା ପଡିବା ଆରମ୍ଭ କରିଚି। ଝିପିଝିପି ବର୍ଷା। ଅଳ୍ପ ଥଣ୍ଡା ପବନ ପଶି ଆସୁଛି ଭିତରକୁ।

ସେଇ ଥଣ୍ଡା ପବନ ବାଜି ଟିକେ ଆରାମ ଲାଗିଲା ସୁଧାକରଙ୍କୁ। ଛାତି ଭିତରର ଯନ୍ତ୍ରଣା କମି ଗଲା।

ବର୍ଷା ଛାଡିଗଲା ଟିକକରେ। ପବନ କିନ୍ତୁ ରହିଗଲା ବିଛଣାକୁ ଡେରି ହୋଇ।

ଦୂରରୁ ଶୁଭୁଥିଲା କିଛି ଅସ୍ପଷ୍ଟ ସ୍ୱର, କେଉଁ ଦୂରଦୂରାନ୍ତରରୁ। ଟିକିଏ କାନ

ଡେରିଲାରୁ ଶୁଣିହେଲା ଗୀତଟି, ଖୁବ୍ ପୁରୁଣା ଗୀତ। ସ୍ୱର ମନେ ପଡୁଥିଲା, କିନ୍ତୁ ଶବ୍ଦ ସବୁ ଅଜଣା।

ଶବ୍ଦ ଚିହ୍ନିବା ଦରକାର ନଥିଲା। ସ୍ୱର ହିଁ ଯଥେଷ୍ଟ। ସୁଧାକର ଶୁଣିବାକୁ ଲାଗିଲେ ସେ ସ୍ୱରକୁ। ଏ ଗୀତଟି କଣ ଅଳକା ଗାଉଥିଲେ ବର୍ଷାଭିଜା ଅନ୍ଧାରରେ! ପାହାନ୍ତି ତାରାର ଶୀତଳ ଛାଇରେ!

ଫୁଲଟିଏ ଫୁଟୁଛି କି ଏଇ ପାଖରେ କେଉଁଠି! ଏଇ ବର୍ତ୍ତମାନ! ଅଦ୍ଭୁତ ତା'ର ସୁରଭି, ଅନନ୍ୟ ମହକ।

ପୁଣି ଛାତି ଭିତରେ କଷ୍ଟ ହେଲା। ଅଳିନ୍ଦ ଓ ନିଳୟରେ ଛନ୍ଦି ହୋଇଯାଉଥିଲା ଯନ୍ତ୍ରଣାର ଉର୍ଣ୍ଣନାଭ, ମନ୍ଥର ହୋଇ ଯାଉଥିଲା ଧମନୀ ଭିତରର ପ୍ଲାବନ। ଧୀରେ ଧୀରେ କଷ୍ଟ ବଢିବାକୁ ଲାଗିଲା।

: ଇସ୍, କି ଅନ୍ଧାର!

ଶୁଣାଗଲା କାହାରି ସ୍ୱର, ଅତି ପରିଚିତ। ଏତେ ପରିଚିତ ସ୍ୱରଟିଏ ଯେ ହଠାତ୍ ଚିହ୍ନି ହେଲାନାହିଁ।

: ଏ ଅନ୍ଧାରରେ ବସି ତୁମେ କ'ଣ କରୁଚ!

ପାଖରେ ଆସି ଠିଆ ହେଲେ ଅଳକା। ଅଗଣାରେ ଫୁଟିଥିବା ଫୁଲଟି ଏବେ ଯେମିତି ଅତି ନିକଟରେ।

ଅଳକା ଆଲୁଅ ଜାଳିଲେ ନାହିଁ, ହୁଏତ ଭାବୁଥିଲେ ସେ ଆସିଯିବା ପରେ ଆଲୁଅ ଆଉ ଜାଳିବା ଦରକାର ହେବ ନାହିଁ।

ସେ ଝୁଙ୍କି ପଡିଲେ ଖଟ ଉପରକୁ। ନାମଅଜଣା ଫୁଲଟିର ସୁରଭି ଏବେ ଖେଳାଇ ହୋଇଗଲା ସାରା ପୃଥିବୀରେ। ହାତ ଉଠାଇବାକୁ ଟିକେ କଷ୍ଟ ହେଉଥିଲା ସୁଧାକରଙ୍କୁ। ଅନ୍ଧାରରେ ସେ ଅଣ୍ଡାଳି ଅଣ୍ଡାଳି ଠାବ କଲେ ଗୋଟିଏ ଦେହର ଅଦୃଶ୍ୟ ଜ୍ୟାମିତିକୁ। ଗୋଟିଏ ମସୃଣ ହାତ, ନମ୍ର ନିବିଡ ଦୁଇ ସ୍ତନ ଓ ନରମ ଦି ପାଖୁଡା ଓଠ।

: ଅଳକା! ସେ ଡାକିଲେ ଚାପା ସ୍ୱରରେ, କିନ୍ତୁ ଦରକାର ନଥିଲା।

ନରମ ଓଠ ଦୁଇଟି ସ୍ପର୍ଶ କଲା ସୁଧାକରଙ୍କ କପାଳକୁ। ଉଷୁମ ନିଃଶ୍ୱାସ ଛୁଇଁଗଲା।

ସୁଧାକର ବୁଝିପାରୁଥିଲେ ତାଙ୍କର ଏବେ କହିବାର କିଛି ନାହିଁ, କିଛି ଶୁଣିବାର ବି। ସେ ଚେଷ୍ଟା କରୁଥିଲେ ଟିକେ ଶୋଇପଡିବାକୁ, ଦୀର୍ଘ ଯାତ୍ରାର ପ୍ରସ୍ତୁତି ପର୍ବରେ।

■

ଅତିଥି ସକାଳ

ମୁଁ ଲୁଚିଲୁଚିକା ଯାଇ ଆଉ ଥରେ ଝରକା ଫାଙ୍କରେ ଚାହିଁଲି। ରାସ୍ତା ଉପରେ କେହି କୁଆଡ଼େ ନଥିଲେ। ବରଗଛ ତଳେ ଧକଉଥିଲା ଆର ସାହିର ରୋଗଣା କୁକୁରଟି, ବାପା ବସିଥିଲେ ବାରଣ୍ଡା ଉପରେ, ଏକୁଟିଆ। ବୋଉ ଥିଲା ରୋଷେଇ ଘରେ।

ବାପା ବସିଥିଲେ ଚୁପ୍‌ଚାପ୍। ଗାଲରେ ହାତ ରଖି। ଯେମିତି କାହାକୁ ଅପେକ୍ଷା କରିଛନ୍ତି।

ମୁଁ ଜାଣିଛି କାହାକୁ।

ରୋଷେଇଘରୁ ବୋଉ ଡାକିଲା - ସୋମୁ!

ମୋ ନାଆଁ ପ୍ରକୃତରେ ସୌମେନ୍ଦ୍ର। ସୌମେନ୍ଦ୍ର ନାରାୟଣ ନିଃଶଙ୍କ। କିନ୍ତୁ ଘରେ ସମସ୍ତେ ମତେ ଡାକନ୍ତି ସୋମୁ, ସ୍କୁଲରେ ବି। କେବଳ ଖେଳସାର୍ ଡ଼ାକନ୍ତି ସୌମେନ୍ଦ୍ର।

ବୋଉ ପୁଣି ଥରେ ଡାକିଲା - ସୋମୁ!

- ଗଲି ବୋଉ।

ରୋଷେଇ ଘର ଯାକ ଧୂଆଁ ଭର୍ତ୍ତି। କାଠଚୁଲିରେ ଧୂଆଁ ହେବା କଥା ତ! ଆମର ଗୋଟେ ଗ୍ୟାସ୍ ଥିଲା, ସରିଯାଇଛି। ବହୁତ ଦିନ ହେଲାଣି। ଆଉ କିଣା ହୋଇନି, ପଇସା ନାହିଁ।

ପଇସା ନାହିଁ ବୋଲି ତ ବହୁତ କଥା ନାହିଁ, ଯେମିତି ଟେବୁଲ୍ ଫ୍ୟାନ୍‌ଟା ଖରାପ ହୋଇଯାଇଛି, ନୂଆ କିଣା ହୋଇନି, ଆଗରୁ ଦୁଧ ଆସୁଥିଲା ଗୋଟେ ଲିଟର, ସେଥିରୁ ଅଧା ପିଉଥିଲି ମୁଁ। ଏବେ ଆସୁଚି ହାଫ୍ ଲିଟର୍, ମୁଁ ସବୁ ପିଉଛି। ଆଉ ବାପାଙ୍କ ହାତ ଘଣ୍ଟାଟା ସେଦିନ ହଜିଗଲା, କିନ୍ତୁ -

- ସୋମୁ! ଟିକେ ଧାଇଁ ଯିବୁ ଦେଖିବୁ ବାଡ଼ିପଟ ଆମ୍ବ ଗଛରେ କଞ୍ଚାଆମ୍ବ

ଅଛି କି ନାହିଁ, ଥିବ ଯଦି ଦୁଇଟା ନେଇ ଆସିବୁ। ଚଟଣି କରିବା, ଭଲ ଲାଗିବ ପଖାଳ ସାଙ୍ଗରେ...

ଧାଇଁଯାଇ ମୁଁ ଦେଖିବା ଦରକାର ନଥିଲା। ସକାଳୁ ମୁଁ ତିନିଥର ବାଡ଼ିସାରା ବୁଲି ଆସିଚି, ଚଉଠେ ବି ଆମ୍ବ ଆମ ସାଇଡ୍‌ରେ ନାହିଁ।

ଆମ ସାଇଡ୍ ମାନେ ଆମ୍ବ ଗଛଟା ଭାରି ବଡ଼। ଅଧା ଡ଼ାଳ ଆମ ଘର ପଟକୁ, ବାକି ଅଧାକ ପଡ଼ିଶା ଘର ଯଦୁମଉସାଙ୍କ ପଟକୁ। ଏପାଖ ଆମ୍ବ ଆମର, ସେ ପାଖ ଆମ୍ବ ତାଙ୍କର।

ଆମ ସାଇଡ୍‌ରେ ଖଣ୍ଡେ ବି ଆମ୍ବକଷି ନାହିଁ।

- ଯଦୁ ମଉସାଙ୍କ ସାଇଡ୍‌ରେ ବଢ଼ିଆ ଆମ୍ବ ଅଛି। ପୂରା ଭର୍ତ୍ତି। ନେଇ ଆସିବି ସେଥିରୁ ଦିଇଟା ?

'ନା', ବୋଉ କହିଲା ଗମ୍ଭୀର ସ୍ୱରରେ, 'ପର ଜିନିଷ ଛୁଇଁବା ପାପ'।

ମୁଁ ଜମା ଏକଥା ବୁଝିପାରେନି। ଗଛ ତ ଭଗବାନଙ୍କର। ଏ ଗଛଟି ଆମେ ଲଗେଇନୁ କି ଯଦୁମଉସା ଲଗେଇ ନାହାନ୍ତି। ସେମାନେ ଯଦି କଞ୍ଚା ଆମ୍ବ ନ ଖାଇବେ, ତଳେ ପଡ଼ି ନଷ୍ଟ ହେବ, ଆମେ କାହିଁକି ତୋଳିଆଣି ଖାଇବୁନି ?

ଏକଥା ଯେ ମୁଁ ବୋଉକୁ ଥରେ ଅଧେ ନ କହିଚି ସେ କଥା ନୁହେଁ। ସେ କିନ୍ତୁ ଯୁକ୍ତିତର୍କରେ ପଶେ ନାହିଁ। କହେ - ତୁ ବୁଝିପାରିବୁ ନାହିଁ। ବୁଝିବୁ ବଡ଼ ହେଲେ।

ସତ କଥା, ମୁଁ ବହୁତ କଥା ବୁଝିପାରେ ନାହିଁ। ଯେମିତି ଭାବ, ଗୋଟେ ଲୋକ ଭୋକରେ ବିକଳ ହୋଇ ଦୋକାନରୁ ଜଳଖିଆ ଚୋରି କଲା, ତା'କୁ ଜେଲ୍ ଦବା କ'ଣ ଭଲ ନା ଖରାପ ? କିମ୍ବା ଭାବ, ତୁମର ଜଣେ ସାଙ୍ଗ, କ୍ଲାସ୍ ଟିଚରଙ୍କ ନୂଆ କଲମଟା ଦେଖୁଦେଖୁ ତଳେ ପକେଇ ଭାଙ୍ଗିଦେଇଛି, ସାର୍ ପଚାରିଲେ ସତ କୁହ କିଏ ଭାଙ୍ଗିଲା, ଯଦି ତୁମେ କହିବ ମୁଁ ଦେଖିନି କିଏ ଭାଙ୍ଗିଚି, ଏଇଟା କ'ଣ ଭୁଲ୍ ନା ଠିକ୍ ? ଆଚ୍ଛା, ତୁମେ ତା' ହେଲେ ତା'ର ସାଙ୍ଗ ହୋଇ ଲାଭଟା କ'ଣ ?

ସତରେ ମୁଁ ବହୁତ କଥା ବୁଝିପାରେ ନାହିଁ।

ବୋଉ କହିଲା - ଆଜି ଖାଲି ଛଚିନ୍ଦ୍ରା। ଛଚିନ୍ଦ୍ରା ଭଜା ସାଙ୍ଗରେ ପଖାଳ ଭାତ। ଖାଇ ବସିଲା ବେଳେ କେଁ କେଁ ହେବୁନି, ବାପାଙ୍କ ମନ ଖରାପ ହେବ।

ମିଛ କଥା। ମୁଁ ଆଉ ଏବେ ଖାଇ ବସିଲା ବେଳେ ଜମା କେଁ କେଁ ହୁଏନି।

ମୁଁ ଅବଶ୍ୟ ଛୋଟ ପିଲାଟେ, ମତେ ବହୁତ କଥା ଜଣା ନାହିଁ। ହେଲେ ବି ମତେ ଗୋଟେ କଥା ଭଲକି ଜଣା। କଥା କ'ଣ କି ଆମର ବେଶି ପଇସା ନାହିଁ। ପଇସା ନାହିଁ ମାନେ ଆମେ ଗରୀବ ହୋଇଯାଇଚୁ।

ମୁଁ ଆହୁରି ବି ଜାଣିଚି, ବାପା କାହିଁକି ବାରଣ୍ଡାରେ ଏମିତି ଚୁପ୍‌ଚାପ୍ ବସିଛନ୍ତି। ସେ ଅପେକ୍ଷା କରିଛନ୍ତି ସେମାନଙ୍କୁ। ସେମାନେ ଆସିଲା ପରେ ଆମେ ଆହୁରି ଗରୀବ ହୋଇଯିବୁ।

- ସକାଳୁ ଉଠି ପ୍ରାର୍ଥନା ବୋଲିଚୁ?

ବୋଉ ପଚାରିଲା।

- ହଁ, ବୋଲିଛି। 'ଅସତୋ ମା ସଦଗମୟ' ବି ବୋଲି ଦେଇଛି।

ବୋଉ ଆଖିରୁ ଲୁହ ପୋଛିଲା। ବହୁତ ଧୂଆଁ ଘର ଭିତରେ।

କହିଲା - ସବୁଦିନ ନିଶ୍ଚୟ ପ୍ରାର୍ଥନା ବୋଲିବୁ। ସକାଳେ ଥରେ, ସଞ୍ଜରେ ଥରେ।

ନିଆଁ ଲିଭି ଲିଭି ଆସୁଥିଲା, ଧୂଆଁ ବେଶି ବେଶି ଖୁନ୍ଦି ହୋଇଯାଉଥିଲା ରୋଷେଇଘର ଭିତରେ। ବୋଉ କହିଲା - ଗଲୁ ବାପାଙ୍କୁ ପଚାରି ଆସିବୁ ଚା' ପିଇବାକୁ ମନ କରିଛନ୍ତି କି?

ତା'ପରେ କହିଲା - ଥାଉ, ମୁଁ ନିଜେ ଯାଇ ପଚାରି ଆସୁଛି।

ଭଲ ହେଲା, ବୋଉ ଯାଉ। ମତେ ଏଇନା ବାପାଙ୍କ ପାଖକୁ ଯିବାକୁ ମନ ନାହିଁ।

ନା' ବାପା ମତେ ବହୁତ ଭଲ ପାଆନ୍ତି। ମୁଁ ବି ଭଲ ପାଏ। ବାପା ଯେତେବେଳେ ସୂତାକଳରେ ଚାକିରି କରୁଥିଲେ, ସେତେବେଳେ ସେ ମତେ ପ୍ରତିମାସ ଦରମା ପାଇବା ଦିନ ଆଇସ୍‌କ୍ରିମ୍ ଦିଅନ୍ତି। ଯୋଉ ଆଇସ୍‌କ୍ରିମ୍ କହିଲେ ସେଇ ଆଇସ୍‌କ୍ରିମ୍!

ବୋଉ ଥଟ୍ଟା କରି କହେ - ଏ ଟୋକାକୁ ଗୋଟେ ଆଇସ୍‌କ୍ରିମ୍ କମ୍ପାନୀ ମ୍ୟାନେଜରର ଝିଅ ସାଙ୍ଗେ ବାହା କରିଦେବା ଯେ ସବୁଦିନ ଆଇସ୍‌କ୍ରିମ୍ ଖାଉଥିବ।

ବାପା ହସନ୍ତି।

ବାପା ଥିଲେ ଭାରି ଏକ୍‌ସପାଟ୍ ଲୋକ। କୋଉ ତୁଳା ପଞ୍ଜାବରୁ ଆସିଛି, କୋଉ ତୁଳା ରାୟଗଡ଼ାର, ଆଉ କୋଉଥିରେ କେତେ ଖାଦ, ଦେଖୁ ଦେଖୁ କହିଦେବେ। କାରଖାନାର ସମସ୍ତେ ତାଙ୍କୁ ଭଲ ପାଉଥିଲେ ବହୁତ।

ଦିନେ କାରଖାନା ବନ୍ଦ ହୋଇଗଲା।

ଯୋଉଦିନ ଲାଷ୍ଟକୁ ଜଣାପଡ଼ିଲା ଯେ କାରଖାନା ବନ୍ଦ, କାଲିଠୁ ଆଉ ଚାଲିବ ନାହିଁ, ସେଇଦିନ ବାପା ଘରକୁ ଫେରିଥିଲେ ବହୁତ ରାତିରେ।

ବାପାଙ୍କ କାନ୍ଦ ମୁଁ ଜୀବନରେ କେବେ ଦେଖି ନାହିଁ, କିନ୍ତୁ ସେଦିନ ମତେ

ଲାଗିଥିଲା ସେ କାନ୍ଦି ପକେଇବା ଉଚିତ ଥିଲା। ଛାତିରେ ବେଶି କୋହ ରହିଲେ ଛାତି ଫାଟିଯିବ ଯେ!

ରାତିରେ ବାପା କହିଥିଲେ - ମୁଁ ସୁରାଟ ପଳେଇବି। ସେଠି ବହୁତ ସୂତାକଳ ଅଛି।

ବୋଉ କହିଥିଲା - ନା, ସୁରାଟ ଯାଅ ନାହିଁ। ସେଠି କ'ଣ ଖରାପ ବେମାରି ଅଛି। ଏଡ୍‌ସ!

- ଏଠି ମୁଁ କ'ଣ କରିବି ଯେ! ଏଠି ସୂତାକଳ କାହିଁ? ସରକାର ତ ସାତଟା ଯାକ ସୂତାକଳ ବନ୍ଦ କରିଦେଲା, ଗୋଟିକ ପରେ ଗୋଟେ। ତିନିଟା ଆଇ.ଏ.ଏସ୍ ଅଫିସର ଚଲୁ କରିଦେଲେ ସାତଟା ସୂତାକଳକୁ! ଏ ଶଳା ଆଇ.ଏ.ଏସ୍ ଅଫିସରମାନଙ୍କର...

- ଛି! ଛି! ଛି!

ବୋଉ ଆକଟ କଲା।ବାପାଙ୍କ ମୁଣ୍ଡଟା ଛାତିରେ ଚାପି ଧରି କପାଳରେ ଚୁମା ଦେଲା। ବୋଧେ ଏଇ ଫାଷ୍ଟ୍ ସେ ବାପାଙ୍କୁ ଥରେ ଚୁମା ଦେଲା।

ରାତିଯାକ ସେ ବାପାଙ୍କୁ ଆଉଁଶି ଦେଉଥାଏ, ଜର ହେଲେ ମତେ ଯେମିତି ଆଉଁଶି ଦିଏ।

ବାପା ବହୁତ ଦିନ ଚାକିରି ଖୋଜିଲେ, କୋଉଠି କୋଉଠି ଚାକିରି ବି କଲେ, ସିକ୍ୟୁରିଟିଗାର୍ଡ଼ଠୁ ଆରମ୍ଭ କରି ଲୁଗାଦୋକାନ ଯାଏ। କିନ୍ତୁ ସବୁ ଅକାରଣ। କୋଉଠି ଦରମା ମିଳେନି ତ କୋଉଠି କହନ୍ତି - କାଲିଠୁ ଆଉ ଆସିବ ନାହିଁ। ଆମର ଚଳି ଯାଉଛି।

ଶେଷକୁ ବାପା ଦିନେ କହିଲେ - ମୁଁ ଗୋଟେ ଟାକସି ଚଲେଇବି।

- ଟାକସି! ତୁମେ ଚଲେଇ ପାରିବ? ବୋଉ ପଚାରିଥିଲା ଆଶ୍ଚର୍ଯ୍ୟ ହୋଇ।

ଭୁଲି ଯାଅ ନାହିଁ ତିନି ବର୍ଷ ମୁଁ କମ୍ପାନୀ ଗାଡ଼ି ଚଲେଇଚି, କେଶିଙ୍ଗାରୁ ବାଲିଆପାଳ ଯାଏ। ମନେ ଅଛି ଟି?

- ହଁ, ସତ ଯେ, ହେଲେ ପଇସା କାଇଁ ଗାଡ଼ି କିଣିବାକୁ?

- ଲୋନ୍ କରିବି।

ବାପା ତା'ପରେ କହିଥିଲେ ସିଏ ଗୋଟେ ଭଲ ଗାଡ଼ି ଦେଖିଛନ୍ତି। ଶସ୍ତା, ସାଢ଼େ ତିନି ଲକ୍ଷର ଗାଡ଼ି ଅଢ଼େଇ ଲକ୍ଷରେ ମିଳିବ। ମାଡ୍ରାସ୍‌ର ଲୋକ, ଏଠିକା ବିଜିନେସ୍ ଛାଡ଼ି ମାଡ୍ରାସ୍ ଫେରିଯାଉଛି। ତା' ଗାଡ଼ି ବିକିଦେବ।

- ଅଢ଼େଇ ଲକ୍ଷ! ଏତେ ଟଙ୍କା କୋଉଠୁ ପାଇବ!

ବାପା ପଇସା ଯୋଗାଡ଼ କରିଥିଲେ। ଲୋନ୍ ଟଙ୍କା, ବୋଉର ଗହଣା ବିକା ଟଙ୍କା। ସବୁ ମିଶାଇ ଗାଡ଼ି କିଣା ହେଲା।

ଗାଡ଼ିରେ ବସି ଆମେ ଆଗ ଗଲୁ ଲିଙ୍ଗରାଜ ମନ୍ଦିର, ତା'ପରେ ନନ୍ଦନକାନନ। ଭାରି ସୁନ୍ଦର ଗାଡ଼ି ଖଣ୍ଡେ, ଚକ୍‌ଚକ୍ ଝକ୍‌ଝକ୍।

ଗାଡ଼ି କିଣା ହେଲା ପରେ ବେଶ୍ ଚାଲିଲା ସବୁକଥା। ମୋର ନୂଆ ଡ୍ରେସ୍ କିଣା ହେଲା, ନୂଆ ନୂଆ ରକମର ଖେଳନା। ଆଉ ଆଇସ୍‌କ୍ରିମ୍ କଥା ତ ଛାଡ଼!

ଦିନେ ବହୁତ ରାତିରେ ବାପା ଘରକୁ ଫେରିଥିଲେ। ବହୁତ ଟାୟାର୍ଡ଼ ଦିଶୁଥିଲେ। ରୁଟି ତରକାରି ଖାଉ ଖାଉ କହିଲେ ବୋଉକୁ - ଶୁଣୁଚ, ଗୋଟେ ଭାରି ଅସୁବିଧା ହୋଇଗଲା।

- କି ଅସୁବିଧା ?

- ଏ ଗାଡ଼ିର ବହୁତ ପ୍ରବ୍ଲେମ୍ ଅଛି।

- କ'ଣ ପ୍ରବ୍ଲେମ୍ ?

ବାପା ପାଣି ପିଇଲେ ଦି' ଢୋକ। କହିଲେ ଗାଡ଼ିର ପାର୍ଟସ୍‌ଯାକ ସବୁ ପୁରୁଣା। ଆଉ କେତେଟା ନକଲି। ଭାରି ହଇରାଣ କରୁଛି ଗାଡ଼ିଟା, ଡ଼ୋର ଖୋଲୁନି, ଏସି କାମ କରୁନି, ଷ୍ଟାର୍ଟ ବି ହେଉନି ବେଳେ ବେଳେ। ପାସେଞ୍ଜରମାନେ ବିରକ୍ତ ହେଉଛନ୍ତି।

ଦିନକୁ ଦିନ ଗାଡ଼ିର ଅସୁବିଧା ବଢ଼ିଲା। ଅଧାଦିନ ଗ୍ୟାରେଜ୍‌ରେ ପଡ଼ି ରହିଲା ଗାଡ଼ି।

- ଲୋକଟା ଠକ। ଠକି ଦେଇ ଚାଲିଗଲା ମୋତେ।

ବାପା କହିଲେ ମନ ଦୁଃଖରେ।

ବାପାଙ୍କର ରୋଜଗାର ଧୀରେ ଧୀରେ କମିଗଲା, ଲୋନ୍ ଶୁଝି ହେଲାନି। ବ୍ୟାଙ୍କ୍ ଫାଇନ୍ କଲା। ଫାଇନ୍ ଉପରେ ପୁଣି ଫାଇନ୍।

ସାତ ଦିନ ଗାଡ଼ି ଗ୍ୟାରେଜ୍‌ରେ ପଡ଼ି ରହିବା ପରେ କାଲି ଦିନକ ପାଇଁ ଗାଡ଼ି ଚାଲିଥିଲା। ଉପର ଓଳି ବ୍ୟାଙ୍କ୍ ବାବୁ ଡ଼କାଇ ଥିଲେ। ନିଃଶଙ୍କବାବୁ, ଆପଣଙ୍କ ଗାଡ଼ିଟା ଆମେ ଜବତ କରି ନେବୁ। ଆପଣଙ୍କ ଲୋନ୍ ଟଙ୍କା ସବୁ ବାକି ରହିଲାଣି, ସୁଧ ମୂଳ ମିଶି ଦି' ଲକ୍ଷ ବୟାଅଶୀ ହଜାର ଟଙ୍କା।

ବାପା କହିଥିଲେ କିଛି ଦିନ ସମୟ ଦିଅନ୍ତେ ନାହିଁ!

ବ୍ୟାଙ୍କବାବୁ ରାଜି ହେଲେ ନାହିଁ। କହିଲେ କାଲି ସକାଳେ ଆମେ ଆସି ଗାଡ଼ି ନେଇଯିବୁ। ଲୋନ୍ ସବୁ ଆଦାୟ ହୋଇପାରୁନି ବୋଲି ଉପରବାଲା ପାଟି କରୁଛନ୍ତି ଆମ ଉପରେ। ଆମେ ଆଉ କିଛି କରିପାରିବୁ ନାହିଁ। ଗାଡ଼ି ଜବତ ହେବ।

ବୋଉ ରୋଷେଇ ଘରକୁ ଆସି ଦି' କପ୍ ଚା' କଲା। ଗୋଟିଏ କପ୍ ବାପାଙ୍କର, ଗୋଟେ କପ୍ ତା' ର। ଚା' ହେବ ମାନେ ଦି' କପ୍ ଚା' ନିଶ୍ଚୟ ହେବ। ମୁଁ ତା' ପଛେ ପଛେ ରୋଷେଇ ଘରକୁ ଆସିଲି।

- ବୋଉ, ଗୋଟେ କଥା ପଚାରିବି ?

- ବୋଉ ଚା' କେଟଲି ବସେଇଲା ଚୁଲିରେ।

ବୋଉ, ଭଗବାନ୍ କ'ଣ ପ୍ରକୃତରେ ଅଛନ୍ତି ?

ମୋ ମୁହଁକୁ ଚାହିଁଲା ବୋଉ।

- କାହିଁକି ପଚାରୁଛୁ ଯେ ?

- ନା, ଏମିତି ପଚାରି ଦେଲି।

କାଲି ମତେ ବାପା କହିଥିଲେ, ଆଉ ଦିନେ ଆଗରୁ ବି, ଭଗବାନ୍ ସମସ୍ତଙ୍କର ଭଲ ଚାହାନ୍ତି। ସମସ୍ତଙ୍କ ଦୁଃଖ ନେଇ ଯାଆନ୍ତି, ଦୁଃଖ ଫେଡ଼ି ଦିଅନ୍ତି ନ ହେଲେ ଦୁଃଖ ହରଣ କରିଦିଅନ୍ତି। କିନ୍ତୁ ନେଇ ଯାଆନ୍ତି ଠିକ୍।

- କିନ୍ତୁ ସତରେ କ'ଣ ଅଛନ୍ତି ଭଗବାନ୍ !

ବୋଉ କହିଲା ଭାବି ଭାବି :

- ଭଗବାନ୍ ନିଶ୍ଚୟ ଅଛନ୍ତି। ତୁ ଏଇ ଯୋଉ କାମିଜ ପିନ୍ଧିଛୁ, ତା'କୁ ତ ଜଣେ କିଏ ସିଲେଇ କରିଚି। ଏଇ ଚା' କେଟଲି, କିଏ ଜଣେ ତ ଏଇଟା ତିଆରି କରିଛି। ଏ ଝରକା, ଏ ଘର, ଏ ରାସ୍ତା - ଏସବୁ ତ କିଏ ତିଆରି କିରିଚି। ସେମିତି ସବୁ ସବୁ ଜିନିଷ, ସବୁ ସବୁ ପଦାର୍ଥ, ପାଣି, ପବନ ଆଉ ଆକାଶ ନିଶ୍ଚୟ କିଏ ଜଣେ ତ ତିଆରି କରିଥିବ ! ସେଇ ହେଲେ ଭଗବାନ୍, ତାଙ୍କୁ ତୁ ସବୁଦିନ ପ୍ରାର୍ଥନା କରୁଥିବୁ।

କେହି ଜାଣନ୍ତି ନାହିଁ ଆଜି ସକାଳୁ ମୁଁ ଠାକୁରଙ୍କୁ ବହୁତ ପ୍ରାର୍ଥନା କରିଛି। ମନେ ମନେ। ଆଗ ବୋଲିଥିଲି 'ହେ ଆନନ୍ଦମୟ କୋଟି ଭୁବନ ପାଳକ'। ତା'ପରେ 'ଜଗନ୍ନାଥ ସ୍ୱାମୀ ନୟନପଥଗାମୀ ', ଶେଷକୁ 'ଅସତୋ ମା ସଦ୍‌ଗମୟ'। ବାପା କହିଥିଲେ ଯେତେ ଜୋର୍‌ରେ ମନ ପ୍ରାଣ ଦେଇ ପ୍ରାର୍ଥନା କରିବ, ସେତେ ଭଲକି ଠାକୁର ତୁମ କଥା ଶୁଣିବେ।

ବାରଣ୍ଡାରେ କାହାର ଜୋତା ମଚ୍‌ମଚ୍ ଶୁଭିଲା। କାହା କଥା ବି।

ସକାଳୁ ମୁଁ ବାରଣ୍ଡାକୁ ଯାଇନି। ଅବଶ୍ୟ ସବୁଦିନ ସକାଳେ ମୁଁ ନିଦରୁ ଉଠି ଆଗ ବାରଣ୍ଡାକୁ ଯାଏ, ଆମ କଳା-ହଳଦିଆ ରଙ୍ଗ ଆମ୍ବସାଡର୍ ଗାଡ଼ିକୁ ଦେଖେ। ହାତମାରେ, ଭିତରକୁ ଯାଇବସେ। ଭାରି ଭଲ ଲାଗେ ଆମ ଗାଡ଼ିଟା।

ଆଜି କିନ୍ତୁ ଯାଇନି। ଯାଇପାରିନି। ଦୁଃଖରେ। ବେଶି ଦୁଃଖ ଏଥିପାଇଁ ଯେ ବାପା ମୁହଁ ଶୁଖାଇ ବସିଛନ୍ତି ସକାଳୁ। ମନ ଭଲ ନାହିଁ।

ଜୋତା ମଚ୍‌ମଚ୍ ବୋଉ ବି ଶୁଣିଲା। ତା’ ମୁହଁଟା କଳାପଡ଼ିଗଲା। ପରଦା ଫାଙ୍କରେ ତୁଙ୍ଗି ଦେଖିଲା ବାହାରକୁ।

ସେ ଚା’ କପ୍ ସଜାଡ଼ିଲା ତିନି ଜଣଙ୍କ ପାଇଁ। ବିସ୍କୁଟ ଡ଼ବା ଖୋଲିଲା, କିଛି ପାଇଲାନି। ମିକ୍‌ଶ୍ଚର ଡବା ଖୋଲିଲା, କିଛି ପାଇଲାନି। ଖାଲି ଶେଷକୁ ଚା’ କପ୍ ତିନିଟା ଗୋଟେ ଥାଳିରେ ସଜାଡ଼ିଲା।

ବୋଉ ତା’ ପରେ ଟିକିଏ ଅଟକି ଯାଇ ତା’ ଶାଢ଼ିକୁ ଦେଖିଲା। ମୁଁ ବୁଝିପାରିଲି ସେ କ’ଣ ଭାବିଲା। ସେ ଭାବୁଥିଲା ଏଇ ମଇଳା ଶାଢ଼ି ପିନ୍ଧି ସେ ପଦାକୁ ଯିବ କି ନାହିଁ। ନା ତାକୁ ଶାଢ଼ି ପାଲଟିବାକୁ ପଡ଼ିବ ?

ଟିକିଏ ପରେ ଗାଡ଼ିର ଷ୍ଟାର୍ଟ ହେବା ଶବ୍ଦ ଶୁଭିଲା। ଆମ ଗାଡ଼ି। ଆମ ବାପାଙ୍କ ଆମ୍ବାସାଡର ଗାଡ଼ି। ଘଡ଼ ଘଡ଼ କରି ଗାଡ଼ି ଚାଲିଲା। ତା’ ଶବ୍ଦ ମିଳେଇଗଲା ରାସ୍ତାରେ।

ବୋଉ ଦେଖିଲା ତିନି କପ୍ ଚା’କୁ। ଏମିତି ଆଖିରେ, ଯେମିତି ସବୁତକ ଚା’ ବିଷ ପାଲଟି ଯାଇଛି।

ଶବ୍ଦଟା ପୂରାପୂରି ମିଳେଇଗଲା ପରେ ବୋଉ ବାରଣ୍ଡାକୁ ଗଲା। ପଛେ ପଛେ ମୁଁ। ବାପା ଏକୁଟିଆ ବସିଥାନ୍ତି ମସିଣା ଉପରେ। କାନ୍ଦୁରା ମୁହଁ। ମୁଣ୍ଡବାଳ ଏମିତି ଫୁରୁଫୁରୁ ଯେମିତି କିଏ ମୁଣ୍ଡବାଳ ଜୋର୍‌ରେ ଝିଙ୍କିଟାଣି ପକେଇଛି।

ବୋଉକୁ ଦେଖି ବାପା ଚେଷ୍ଟା କଲେ ହସିବାକୁ। ପିଠି କୁଣ୍ଡେଇଲେ ଯେମିତି ଅସରପାଟିଏ ଚାଲିଗଲା ପିଠି ଉପରେ।

- ଗୋଟେ ବିଡ଼ି ଦେବ ?

ବାପା ବିଡ଼ି ପିଅନ୍ତି। କେବେ କେମିତି। ବୋଉ ଭାରି ଚିଡ଼େ। ବିଡ଼ିକଠା ଦିଆସିଲି ଫୋପାଡ଼ି ଦିଏ ବାଡ଼ିପଟ ଖତଗଦାରେ। କହେ ଏ ନିଆଁରଡ଼ଚୁଲି କାହିଁକି ଖାଉଚ !

ବୋଉ ଏଇନା କିନ୍ତୁ କିଛି କହିଲା ନାହିଁ। ଶୋଇବା ଘର ଥାକରୁ ବିଡ଼ି ନେଇ ଆସିଲା। ଖାଲି ସେତିକି ନୁହେଁ, ଡିଆସିଲି ମାରି ବିଡ଼ିରେ ନିଆଁ ଧରେଇଦେଲା ବି।

ଫୁ କରି ଧୂଆଁ ଛାଡ଼ି ବାପା କହିଲେ - ଯାଃ ଚାଲିଗଲା।

ଯେମିତି କ’ଣ ଗୋଟେ ରୋଗ କି ବିପଦ କି ଦୁଷ୍ଟ ପ୍ରେତାତ୍ମା ଛାଡ଼ି ଚାଲିଯାଇଛି।

- କ’ଣ ଚା’ ପିଇବାନି କି ?

ମଜା କଥାଟେ ପଚାରିଲା ପରି କହିଲେ ବାପା। ବୋଉ ଆଖି ମୁହଁ ପୋଛିଲା।

ବାପା ମୋ ଆଡ଼କୁ ଚାହିଁଲେ। କହିଲେ - ସୋମୁ, ଆଜି ଆଇସକ୍ରିମ୍ ଖାଇବା ? ସଞ୍ଜକୁ ଯିବା, ଠିକ୍ ?

ମତେ ଭାରି କାନ୍ଦ ମାଡ଼ିଲା। ମୁଁ ଆଖିରୁ ଲୁହ ପୋଛି ପୋଛି ଭିତରକୁ ପଳେଇ ଆସିଲି। ଆଖିବୁଜି ଜପିବାକୁ ଲାଗିଲି 'ଜଗନ୍ନାଥ ସ୍ୱାମୀ ନୟନପଥଗାମୀ'।

ଗୋଟେ ପରେ ଗୋଟେ ଯେତେକ ପ୍ରାର୍ଥନା ମୁଁ ଜାଣିଚି ସବୁ ବୋଲିଲି। ନିଃଶ୍ୱାସ ଅଟକେଇ ଅଟକେଇ। ମୁଁ ଭାବିଲି, ଯେତେ ସମୟ ନିଃଶ୍ୱାସ ଅଟକେଇ ରଖିପାରିବି, ଠାକୁରେ ସେତିକି ମନଦେଇ ମୋ ପ୍ରାର୍ଥନା ଶୁଣିବେ।

କେତେ ସମୟ ଗଲା ମୁଁ ଜାଣିନି। ନିଃଶ୍ୱାସ ବନ୍ଦ କରିଦେଲେ ସମୟଟା ବି ଅଟକିଗଲା ପରି ଲାଗେ ତ!

ବାହାରେ ଗାଡ଼ି ଶବ୍ଦ ଶୁଭିଲା।

ଆମ ଗାଡ଼ି! ଫେରି ଆସିଲା? କ'ଣ ମନକୁ ମନ! ହେତ୍ ବୋକା!

ଏଟା ଅବଶ୍ୟ ଗୋଟେ ଅଲଗା ରକମର ଗାଡ଼ିର ଶବ୍ଦ। ଗାଡ଼ିର କବାଟ ଖୋଲିଲା, ପୁଣି ବନ୍ଦ ହେଲା। ବୋଧେ ତିନିଜଣ ଲୋକ ଆସିଛନ୍ତି।

ମୁଁ ସମ୍ଭାଳି ପାରିଲି ନାହିଁ। ଦୌଡ଼ିଲି ବାରଣ୍ଡାକୁ। ବାରଣ୍ଡାରେ ଥିଲେ ତିନି ଜଣ ଲୋକ। ଜଣେ ବାବୁ ପିନ୍ଧିଥିଲେ କୋଟ୍ ପ୍ୟାଣ୍ଟ ଟାଇ, ଜଣେ ଟି-ଶାର୍ଟ ଜିନ୍‌ପ୍ୟାଣ୍ଟ, ଆଉ ଜଣକ ଟିଅଟିଏ। ଝିଅଟିଏ ମାନେ କଲେଜରେ ପଢୁଥିବା ଝିଅ।

ଯିଏ କୋଟ୍ ପିନ୍ଧିଥିଲେ ସିଏ ପଚାରିଲେ- ରୀନା, ଏଇ ସେ ଲୋକ?

ଝିଅ ଜଣକ କହିଲା - ହଁ ବାପା।

ବାପା ମସିଣା ଉପରେ ବସିଥିଲେ, ଉଠି ଠିଆ ହୋଇ ପଡ଼ିଥିଲେ ଏମାନଙ୍କୁ ଦେଖି।

- ଆପଣଙ୍କ ନାଁ ନିଃଶଙ୍କ?

ବାପା ଆଶ୍ଚର୍ଯ୍ୟ ହୋଇ, ଆସ୍ତେ କିନା କହିଲେ - ହଁ ଆଜ୍ଞା।

ଟି-ଶାର୍ଟ ପିନ୍ଧା ଲୋକଟି କହିଲା - ଠିକ୍ ଜାଗାରେ ଆସି ପହଞ୍ଚିଲୁ। ଥାନାବାବୁ ଠିକ୍ ବାଟ ବତେଇଦେଲେ।

ମୋତେ ଭାରି ଡ଼ର ମାଡ଼ିଲା। ଏ ଟି-ଶାର୍ଟ ପିନ୍ଧା ଲୋକଟା ଜମା ଭଲ ଲୋକ ନୁହେଁ, ମୁଁ ବୁଝିପାରିଲି।

- ନିଃଶଙ୍କବାବୁ ଆପଣଙ୍କର ଗୋଟେ ଟାକ୍‌ସି ଅଛି ନା?

- ହଁ ଅଛି। ଥିଲା ଯେ ....

- ଏ ଝିଅକୁ ଆପଣ ଚିହ୍ନି ପାରୁଛନ୍ତି?

ବାପା ଚିହ୍ନିପାରିଥିଲେ। ମୁଁ ବି ତା'ପରେ ଚିହ୍ନିଲି। ଚିହ୍ନିଲି ମାନେ ଜାଣିପାରିଲି ସେ କିଏ।

କାଲି ରାତିରେ ବାପା ବୋଉକୁ କହୁଥିଲେ, ଦିନ ଯାକ ସେ କେମିତି ହଇରାଣ ହୋଇଛନ୍ତି। ଗାଡ଼ି ଖାଲି ଷ୍ଟାର୍ଟ ହେଉଥାଏ, ବନ୍ଦ ହୋଇଯାଉଥାଏ। ମହା ହୀନସ୍ତା। ଦିନ ଭିତରେ ସେ ମାତ୍ର ଗୋଟେ ପାସେଞ୍ଜରକୁ ନେଇଥିଲେ, ଏଆରପୋର୍ଟରୁ ଚନ୍ଦ୍ରଶେଖରପୁର ଯାଏ। ଏକୁଟିଆ ଝିଅଟେ। ସେ ଝିଅଟା ପୁଣି କ'ଣ ଗୋଟେ ବ୍ୟାଗ୍ ଭୁଲ୍‌ରେ ଟାକ୍ସିରେ ଛାଡ଼ିଦେଇଥିଲା, ତା'କୁ ନେଇ ବାପାଙ୍କୁ ଫେର୍ ଥରେ ଚନ୍ଦ୍ରଶେଖରପୁର ଯିବାକୁ ପଡ଼ିଲା। ସେଠୁ ଫେରିବା ବାଟରେ କମ୍ ହଇରାଣ ! ଗାଡ଼ି ପଡ଼ିରହିଲା ନାଲ୍‌କୋ ଛକରେ। ତିନି ଘଣ୍ଟା।

ରୀନା କାଲି ଆପଣଙ୍କ ଟାକ୍ସିରେ ଗୋଟେ ବ୍ୟାଗ୍ ଛାଡ଼ିଦେଇ ଆସିଥିଲା। ମନେପଡ଼ୁଛି !

ହେ ଭଗବାନ୍, ସେ ବ୍ୟାଗ୍‌ରେ କ'ଣ ଥିଲା ସବୁ ହଜିଯାଇଛି ନା କ'ଣ ! ମୁଁ ଡ଼ରିଗଲି।

'ବ୍ୟାଗ୍‌ଟା ଆପଣ ଅବଶ୍ୟ ଖୋଲି ନାହାନ୍ତି। ଖୋଲିଥିଲେ ଦେଖିଥାଆନ୍ତେ ଭିତରେ କ'ଣ ଥିଲା'। ଟି-ଶାର୍ଟ ପିନ୍ଧା ଲୋକଟି ଏଥର ମୁହଁ ଖୋଲିଲା। 'ସଂସାରଯାକର ସମ୍ପତ୍ତି ଥିଲା ତା' ଭିତରେ। ବହୁତ କଥା। ଆପଣ ଜମା ଖୋଲି ନାହାନ୍ତି କି ଦେଖି ନାହାନ୍ତି'...

ଟିକିଏ ରହି ସେ ପୁଣି କହିଲା -

'ଆପଣ ସାର୍‌ଙ୍କୁ ଚିହ୍ନି ନଥିବେ। ବାସ୍କିନ୍ ରବିନ୍‌ସ ନାଆଁ ତ ନିଶ୍ଚୟ ଶୁଣିଥିବେ। ପୃଥିବୀର ସବୁଠାରୁ ବଡ଼ ଆଇସକ୍ରିମ୍ କମ୍ପାନି। ସାର୍ ତା'ର ହେଡ୍। ଆମ ଓଡ଼ିଶାର ହେଡ୍। ମିଷ୍ଟର୍ ଆନନ୍ଦ।'

ମିଷ୍ଟର ଆନନ୍ଦ କହିଲେ - କାଲି ସଞ୍ଜରେ ଅଫିସ୍‌ରୁ ଫେରିଲି। ଶୁଣିଲି ତମ କଥା, ରୀନାଠୁ।

'ଆଉ ଶୁଣୁଶୁଣୁ ସାର୍ କହିଲେ, ସତରେ ଏମିତି ଲୋକ ଥାଆନ୍ତି ? ଚାଲ ଦେଖି ଆସିବା ତାଙ୍କୁ।' ଟି-ଶାର୍ଟ ପିନ୍ଧା ଲୋକଟି କହି ଲାଗିଲା, 'ରୀନା ମାଡ଼ାମ୍‌ଙ୍କ ଗାଡ଼ି ନମ୍ବରଟା ମନେ ଥିଲା। ଥାନାବାବୁଙ୍କୁ ଯାଇ ପଚାରିଲି। ସିଏ କହିଲେ ନମ୍ବର ଫମ୍ବର କହିପାରିବିନି। ଇଏ ସେଇ ନିଃଶଙ୍କ ହେଇଥିବ। କାଳୀମନ୍ଦିର ଗଳିରେ ରୁହେ, ଦୁଆର ମୁହଁରେ ଗୋଟେ କଇଥ ଗଛ ଅଛି।'

ଥାନାବାବୁ କିନ୍ତୁ ଭୁଲ୍ କଥା କହିଥିଲେ। ଆମର ଗୋଟେ ନୁହେଁ ଦୁଇଟା କଇଥ ଗଛ ଅଛି। ଗୋଟେ ବଡ଼, ଗୋଟେ ଛୋଟ। ସେ ବୋଧେ ଠିକ୍ କରି ଦେଖିପାରି ନାହାନ୍ତି।

ମିଷ୍ଟର୍ ଆନନ୍ଦ କହିଲେ - ଦେଢ଼ ବର୍ଷ ହେଲା ଭୁବନେଶ୍ୱର ଆସିଲିଣି, ଜଣେ ବି ମନ ମୁତାବକ କାହାକୁ ପାଉ ନାହିଁ। ମୋ ଗାଡ଼ି ଚଳେଇବା ପାଇଁ। କାଲି ରୀନାଠାରୁ ଶୁଣିଲି ତୁମ କଥା। ଆଉ ଭାବିଲି...

ଟି-ଶାର୍ଟ ପିନ୍ଧା ଲୋକଟି କହିଲା - ଦରମା ସତର ହଜାର ଟଙ୍କା। ପରେ ବଢ଼ି ବି ପାରେ। ଆପଣ ଟାକ୍‌ସି ପାଇଁ ଚିନ୍ତା କରନ୍ତୁ ନାହିଁ, କାହାକୁ ଦେଇ ଦିଅନ୍ତୁ। ସେ ଚଲଉଥିବ, ଦିନାକେତେ।

ବାପା କିଛି କହିଲେ ନାହିଁ। ତାଙ୍କ ମୁଣ୍ଡବାଳ ସେମିତି ଫୁରୁ ଫୁରୁ ଉଡୁଥାଏ ପବନରେ। ମୁହଁଟା ଦେଖିଲେ ଲାଗୁଥାଏ ଯେମିତି ବସିଛନ୍ତି ସେ ଚକ୍ରିଦୋଳିରେ।

- ଆରେ, ଆପଣ ଏତେ କଷ୍ଟ କଲେ କାହିଁକି, ଆମେ ତ ଏଇନା ଘରୁ ଚା' ପିଇ ଆସିଚୁ।

ମିଷ୍ଟର୍ ଆନନ୍ଦ ହଠାତ୍ ବ୍ୟସ୍ତ ହୋଇ ପଡ଼ି କହିଲେ।

ମୁଁ ଦେଖିଲି ବୋଉ ଏରୁଣ୍ଡି ବନ୍ଧ ପାଖରେ ଠିଆ ହୋଇଛି। ତା' ହାତରେ ଥିଲା ଦୁଇ କପ୍ ଚା'। ଗୋଟେ କପ୍ ଚା' ବାପାଙ୍କ ଲାଗି, ଆରଟି ତା' ନିଜ ପାଇଁ।

ବୋଉର ପୁରୁଣା ଲୋଚାକୋଚା ଶାଢ଼ିଟି ମତେ ସେତେ ଅବଶ୍ୟ ଖରାପ ଦିଶୁ ନଥିଲା।

■

ପ୍ରତିପକ୍ଷ

ଲୋକଟି କଳେ ବିଡିଧୂଆଁ ଛାଡିଲା ପାଟିରୁ, କହିଲା: ଏ ଜାଗାରେ ନୂଆ ବୋଧେ !

ରେସ୍ତୋରାଁରେ ଗହଳି ଥିଲା ବେଶ୍, ସଞ୍ଜ ସମୟ । ଘରକୁ ଫେରିବା ବାଟରେ ଭାବିଲି, ଟିକେ କ'ଣ ଖାଇ ଦେଇଯାଏ । ମନେହେଲା ରେସ୍ତୋରାଁଟି ମୋଟାମୋଟି ଭଲ, ସ୍କୁଟର୍ ରଖି ଭିତରକୁ ପଶିଲି ।

ବସିବାକୁ ଜାଗା ନଥିଲା । ଅନ୍ଧାରୁଆ କୋଣରେ ଗୋଟିଏ ଟେବୁଲକୁ ଛାଡି । ଟେବୁଲରେ ଜଣେ ଲୋକ, ବାକି ତିନୋଟି ଚେୟାର ଖାଲି । ମୁଁ ସେଇଠି ଯାଇ ବସିଲି ।

କଳେ ବିଡି ଧୂଆଁ ଭିତରେ ଲୋକଟି କହିଲା, ଏ ଜାଗାରେ ନୂଆ ବୋଧେ !

ସଂକ୍ଷିପ୍ତ ଥିଲା ମୋର ଉତ୍ତର: ହଁ ।

: ବୁଝି ପାରିଚି । ଚାକିରିଆ ନା କ'ଣ !

ଲୋକଟିର ପଚାରିବା ଢଙ୍ଗଟା ମୋତେ ଭଲ ଲାଗିଲା ନାହିଁ । ମୁଁ ଖାଲି ହୁଁଟିଏ ମାରିଲି ।

: କଲେଜ୍ ମାଷ୍ଟର୍ । ଠିକ୍ କହିଲି ନା !

ମୁଁ ଆଶ୍ଚର୍ଯ୍ୟ ହୋଇଗଲି, ଲୋକଟି ଜାଣିଲା କେମିତି ।

: ଆପଣଙ୍କୁ ଦେଖିଲେ ଲାଗୁଚି ଆପଣ ଜଣେ ମାଷ୍ଟର, ହାତରେ ଖଣ୍ଡେ ବହି ଧରିଚନ୍ତି । ଆମ ଟାଉନରେ ବହି ପଢିବାଲୋକ କମ୍, ପାଠପଢିବା ପିଲାଙ୍କୁ ଛାଡି ।

ଅବଶ୍ୟ ମୋ ହାତରେ ଖଣ୍ଡେ ବହି ଥିଲା, ଲାଇବ୍ରେରୀରୁ ଆଣିଥିଲି, କଲେଜ ଛୁଟି ହେବା ଆଗରୁ ।

: ମୁଁ ବି ବହି ପଢିନି ଢେର୍ ଦିନ ହେଲାଣି, ମନେ ନାହିଁ ଲାଷ୍ଟ କୋଉ ବହିଟା ପଢିଥିଲି, କହିଲେ ଆଜିକାଲି କ'ଣ କ'ଣ ସବୁ ନୂଆ ବହି ବାହାରିଲାଣି ?

ବୟଟିଏ ଆସି ପହଞ୍ଚିଗଲା, ପଚାରିଲା: କଣ ଦେବି ?

ଗୋଟିଏ ଦୋସା ଓ କପେ ଚାହାର ବରାଦ ଦେଲି, ଟିକେ ଶୀଘ୍ର ଦେଲେ ଭଲ ହେବ ବୋଲି କହି।

: ଚାହା ନୁହେଁ, କଫି ମଗାନ୍ତୁ, କଫି- ବଢ଼ିଆ କଫି ମିଳେ ଏଠି। ଏୟ୍, ମୋ ଲାଗି ବି ଗୋଟେ ନେଇଆସିବୁ!

ପିଲାଟି ମୋଠାରୁ କିଛି ଶୁଣିବାକୁ ଅପେକ୍ଷା ନକରି ଚାଲିଗଲା।

: ଏ ହୋଟେଲଟା ଏଠି ସବୁଠୁ ପୁରୁଣା, ବିଜୁ ପଟ୍ଟନାୟକ ଏଠି ବରା ଖାଇଥିଲେ, ବାଷଠି ମସିହାରେ।

ଅନ୍ଧାରୁଆ କୋଣରେ ଲୋକଟିର ମୁହଁଟି ସେତେ ସ୍ପଷ୍ଟ ଦିଶୁ ନଥିଲା। ବିଡି ଧୂଆଁ ଗୋଟିଏ ପତଳା ପରଦା ପରି ଘେରି ରହିଥିଲା ତାକୁ। ଚାରିପାଖେ ଗହଳି, କୋଳାହଳ।

ବୋଧେ ଏଇଠି ନ ଅଟକି ଘରକୁ ଫେରି ଯାଇଥିଲେ ଭଲ ହୋଇ ଥାଆନ୍ତା। ଘରେ ମୁଁ ଏକୁଟିଆ, ଛୋଟ ବସାଘର,ବଡ ଘର ଖୋଜୁଛି।

ଲୋକଟି ତା' ପକେଟ୍ ଅଣ୍ଡାଳିବାରେ ଲାଗିଲା, ଯେମିତି ସେ ଗୋଟେ କୁହୁକ ଚିଜ ଖୋଜୁଚି ତା' ପକେଟରେ, ହାତରେ ଧରିଲେ ଧନ୍ୟ ହୋଇଯିବ।

ସେ ଆଉ ଗୋଟିଏ ବିଡି କାଢ଼ିଲା ପକେଟରୁ, ମାଚିସ୍ ଜାଳି ନିଆଁ ଧରେଇବା ଆଗରୁ ମୋ ମୁହଁକୁ ଥରେ ଅନେଇଲା, ତା'ପରେ ପକେଟରେ ପୁଣି ରଖିଦେଲା। ନା, ଥାଉ- ଆପଣଙ୍କୁ ଭଲ ଲାଗିବ ନାହିଁ।

ମୋ ମୁହଁରେ ଅବଶ୍ୟ ବିରକ୍ତଭାବଟିଏ ଥିବ ସେତେବେଳେ। ତା'କୁ ସେ ଦେଖିପାରିଥିବ।

ପାଖ ଟେବୁଲରେ ଦିଜଣ ବସି ଗୋଟେ ଟିଭି ସିରିଆଲ୍ ଉପରେ ଗପୁଥିଲେ, ଆରପାଖ ଟେବୁଲରେ ଏ ଅଞ୍ଚଳର ରାଜନୀତି। ପ୍ଲେଟର ଟୁଂଟାଂ ଶବ୍ଦ, ପୁରୁଣା ଟେପରେକର୍ଡରରେ ଆହୁରି ପୁରୁଣା ସିନେମା ଗୀତ, ହସ-କାଶ-ଛିଙ୍କ ଭିତରେ ଭିତରଟା ଗହଗହ କରୁଥିଲା।

ଏଠି ନ ଅଟକି ଥିଲେ ଭଲ ହୋଇଥାଆନ୍ତା ପରା, ମୁଁ ପୁଣି ଭାବିଲି। ଝରକା ବାହାରକୁ ଦେଖିଲି, ସଞ୍ଜ ଆଲୁଅ ମିଳେଇ ଯାଉଛି ନିଷ୍ପ୍ରଭ ଆକାଶରେ। ସ୍ଥବିର ପବନ ଝୁଲି ରହିଛି ଗଛର ଡାଳରେ, ବାଦୁଡିର ଡେଣା ପରି।

ପାଖ ଟେବୁଲରେ ଟିଭି ସମ୍ପର୍କିତ ଆଲୋଚନା ଜମାଟ ବାନ୍ଧିଥିଲା, ଜଣକର ବକ୍ତବ୍ୟ ଥିଲା ଯେ ଝିଅଟି ସେ ପରିସ୍ଥିତିରେ ବିଷ ଖାଇ ଆତ୍ମହତ୍ୟା କରିବାଟା ହିଁ ଉଚିତ ଥିଲା।

: ବିଷ ! ଆତ୍ମହତ୍ୟା !

କହୁ କହୁ ମୋ ପାଖରେ ବସିଥିବା ଲୋକଟି ହୁମ୍ ହୁମ୍ ହସିଲା। ପଚାରିଲା: ଆପଣ କେବେ ବିଷ ଖାଇଚନ୍ତି ?

ପ୍ରଶ୍ନଟି ଯେ ଠିକ୍ ନଥିଲା ସେ କଥା ବୁଝିପାରିଲା ଲୋକଟି। ସଂଶୋଧନ କରି କହିଲା, ବିଷ ଖାଇ ମରୁଥିବା କୋଉ ମଣିଷକୁ ଆପଣ ଦେଖିଛନ୍ତି !

ମୁଁ ଦେଖିନାହିଁ ପ୍ରକୃତରେ, ସିନେମା ପରଦା ଛଡା ଆଉ କୋଉଠି ମୋର ବିଷ ସହିତ ପରିଚୟ ହୋଇନାହିଁ।

: ମୁଁ ଦେଖିଛି ମଣିଷ ବିଷ ଖାଇ ମରିବାର ଦୃଶ୍ୟ। ଭୟାନକ ! ମୁଁ ଜାଣିନଥିଲି ବିଷ ଖାଇ ଦେଲେ ମଣିଷ ଏମିତି ଛଟପଟ ହୁଏ ବୋଲି, ଏତେ କଷ୍ଟ ପାଇ ମରେ ବୋଲି !

ଲୋକଟି ଚୁପ ରହିଲା ଟିକିଏ, ମନେ ମନେ କ'ଣ ଭାବିଲା। ଯେମିତି କି ବିଷ ଖାଇ ଛଟପଟ ହୋଇ କେହି ମରିବାରେ ସେ ନିଜେ ହିଁ ଦାୟୀ।

ଏତେବେଳେକେ ମୋ ଆଖିରେ ପଡିଲା, ଲୋକଟି ହାତରେ ଗୋଟିଏ ବୋତଲ, ଛୋଟ ମଦ ବୋତଲଟିଏ। ସେହି ବୋତଲରୁ ସେ ଢୋକେ ପିଇଲା, ମୁହଁ ପୋଛିଲା ହାତ ପାପୁଲିରେ, ତା'ପରେ ମୋ ଆଡକୁ ଚାହିଁ ସାକ୍ଷୀ ମାନିବା ପରି କହିଲା, ଆଜି ଭାରି ଗରମ ପଡିଚି ନା !

ଗରମ ପଡିଥିଲା ସତ, କିନ୍ତୁ ମୋର ଅସ୍ୱସ୍ତିର କାରଣ ଥିଲା ଭିନ୍ନ। ବଡ ଭୁଲ୍ ହେଲା ଏ ରେଷ୍ଟୁରାଁରେ ପଶି।

ଅନ୍ୟ ଟେବୁଲକୁ ଅବଶ୍ୟ ଉଠିଯାଇ ପାରି ଥାଆନ୍ତି, ଏଠି କିଛି ଅସୁବିଧା ହେଉଥିବା ବାହାନାରେ, କିନ୍ତୁ ଠିକ୍ ଏତିକି ବେଳେ ହୋଟେଲବୟଟି ଆସି ରଖି ଦେଇଗଲା ଦୋସା ପ୍ଲେଟ୍, କଫି ସହିତ।

ହାତ ହଲାଇ ଲୋକଟି ପିଲାଟିକୁ କଫି କପଟି ଫେରାଇ ନେବାକୁ କହିଲା, ଏବେ ନୁହେଁ, ଏବେ ନୁହେଁ, ଥଣ୍ଡା ହେଇଯିବ।

ତା'ପରେ ତା'ର ବିଚାରପୂର୍ଣ୍ଣ ଭାବ ଦେଖାଇ କହିଲା, ହଉ, ଥୋଇ ଦିଅ। ମୁଁ ପିଇ ଦେବି। ଆଉ ମୋ କପଟା ପ୍ରଫେସରଙ୍କୁ ଆଣିଦେବ।

ଆର ପାଖ ଟେବୁଲରେ ରାଜନୀତିର ଉଷ୍ମତା ଚା କପରେ ମିଳେଇ ଯାଉଥିଲା, ଚିନି ଓ ପାଣିଚିଆ କ୍ଷୀର ସହିତ। ପ୍ରଧାନମନ୍ତ୍ରୀଙ୍କର ଖେଳୁଆଡ୍ ମନୋବୃତ୍ତି ନାହିଁ, ଜଣେ କହୁଥିଲା ଅଭିଯୋଗ କରି।

: ଆସିବ କେମିତି, ଖାଲି କ୍ରିକେଟ୍ ଖେଳି ଖେଳି ଉଚ୍ଛନ୍ନ ହୋଇଗଲା ଏ

ଦେଶଟା। କହିଲା ଲୋକଟି, ମୋ ମୁହଁକୁ ଚାହିଁ ଉପଦେଶ ଦେବାପରି; କହିଲା, ଖେଳୁଆଡ୍ ହେବ ତ ଫୁଟବଲ୍ ଖେଳ, ଫୁଟବଲ୍...

ମୁଁ କିଛିଟା ସହମତ ଏଥିରେ, ତେଣୁ ପ୍ରତିବାଦ କଲିନାହିଁ। ଚୁପ ଚାପ ଦୋସା ଖାଇବାରେ ମନଦେଲି। ବେଶ୍ ଭଲ ଦୋସା, ଏଠିକି ଆସି ଭୁଲ୍ କରିନାହିଁ, ଏ ସବୁ ଗହଳି ହୋ-ହା ସତ୍ତ୍ୱେ।

: ଆପଣ ଫୁଟବଲ ଖେଳନ୍ତି, ଏବେ ନହେଲେ ବି ପିଲାଦିନେ? ଲୋକଟି ପଚାରିଲା ମତେ।

: ହଁ, ଟିକେ ଟିକେ।

: ମୁଁ ଖେଳିଚି ଫୁଟବଲ୍, ଏଗାର ବର୍ଷ। ତା'ପରେ ଦିନେ ଖେଳିଲି ନାହିଁ। ମୋ ସାଥୀ ଓ ପ୍ରତିପକ୍ଷ ଖେଳାଳି ଜଣକ ବିଷ ଖାଇ ମରିଗଲା ପରେ। ଅବଶ୍ୟ ବିଷ ମୁଁ ଆଣି ଦେଇଥିଲି।

ଲୋକଟି ସଡ୍ ସଡ୍ ଦି'ଢୋକ କଫି ପିଇଲା, ଦାଢି ଆଉଁଶିଲା ଟିକିଏ, ତା'ପରେ ତା'ର ପୁରୁଣା ଅଭିଯୋଗଟି ଦୋହରାଇଲା ଆଉଥରେ: ଉଃ, ଆଜି କି ଗରମ!

: ପ୍ରଫେସର, ଆପଣ କ'ଣ ପଢାନ୍ତି, ଅଙ୍କ?

ଉତ୍ତରକୁ ଅପେକ୍ଷା ନ କରି ସେକହି ଲାଗିଲା: ମୁଁ ଜମା ବୁଝି ପାରେନି ଲୋକଙ୍କୁ ଅଙ୍କ କେମିତି ଭଲ ଲାଗେ! ପୁଣି ମାଷ୍ଟ୍ର ହୋଇ ସେ ପାଠ ସାରା ଜୀବନ ପଢେଇବାକୁ କେମିତି ମନ ହୁଏ! ମୋ ଦେହାତି କେବେ ଅଙ୍କ ହେଲାନି ପ୍ରଫେସର୍...

: ଅଙ୍କ ନୁହେଁ, ମୁଁ ଏନ୍‌ଥ୍ରୋପୋଲୋଜି ପଢାଏ, ନୃତତ୍ତ୍ୱ।

: ନୃତ୍ୟ! ସତେ ନା କ'ଣ? ଦେଖିଲେ ଲାଗୁନି କିନ୍ତୁ ଆପଣ ନଚାନଚି କରନ୍ତି ବୋଲି।

ଲୋକଟିକୁ ବୁଝାଇବା ଅକାରଣ ଭାବି ମୁଁ ନୀରବରେ ଖାଇବାକୁ ଲାଗିଲି।

: ଚିଣ୍ଟୁ ମୁଁ ଆମେ ଦିଜଣ ଭାରି ସାଙ୍ଗ ଥିଲୁ ପିଲାଟି ଦିନୁ, ଫୁଟବଲ ଖେଳୁ ଏକାଠି, ସାଙ୍ଗ ହେଇ ପିଉ, ବିଡି ନହେଲେ ତାଡି, ମାଡଗୋଳ ବି ହେଉ, କୋଉ ଝିଅ କେତେ ସୁନ୍ଦର ସେ ବିଷୟରେ ଆଲୋଚନା ବି କରୁ।

...ଝଗଡା ଆମର ହୋଇଯାଏ, ଝିଅଙ୍କ ବିଷୟରେ, କିଏ ବେଶି ସୁନ୍ଦର ଆମ ଟାଉନରେ, ପୁଣି କିଏ ବେଶି ସୁନ୍ଦର - ନର୍ଗିସ୍ ନା ରେଖା, ତେବେ ଯୁକ୍ତିଟା ବେଶି ହେଇଯାଏ ଫୁଟବଲ୍ ପଡିଆରେ। ନିଜ ଯୁକ୍ତିର ପ୍ରମାଣ ଦେବା ଲାଗି ଆମେ ତେଣୁ ଖେଳୁ ପ୍ରତିପକ୍ଷ ହୋଇ, ବେଳେବେଳେ ଦେଖାଯାଏ ଯେ ଆମ ଦି ଜଣଙ୍କ କଥା ହିଁ ଭୁଲ୍!

: ଆପଣ ତା'କୁ ବିଷ ଦେଇ ଦେଲେ କାହିଁକି !

: ବିଷ ତା'କୁ ମୁଁ ଦେଇନାହିଁ, ସେ ମତେ ବିଷ ମାଗିଥିଲା ।

ଏତିକି ବେଳେ ଫଟ୍ କରି ଗୋଟେ ଆଲୁଅ ଜଳିଥିଲା, ବଡ ଫ୍ଲୋରେସେଣ୍ଟ୍ ଆଲୁଅଟିଏ, ଠିକ୍ ଆମ ମୁଣ୍ଡ ଉପରେ । ଭୋଲ୍‌ଟେଜ୍ ବଢିବା ଫଳରେ ଅନ୍ୟାନ୍ୟ ବଲବଗୁଡ଼ିକ ମଧ୍ୟ ଉଜ୍ଜ୍ୱଳ ହୋଇ ଉଠିଥିଲା ।

ଏବେ ମୋତେ ଲୋକଟିର ମୁହଁ ଦେଖାଗଲା ପରିଷ୍କାର । ଅନେକ ଦିନର ଅଚଞ୍ଚା ଦାଢି ଭିତରେ ଯାହା ସବୁଠୁ ପରିସ୍ଫୁଟ ତାହା କେତୋଟି କଟାଦାଗ, ଛୁରିରେ କାଟି ପକାଇବା ପରି । ଆଖି ଦିଓଟି ନିଷ୍ପ୍ରଭ ଛଳଛଳ, କଳାକଳା ବିଡ଼ିପିଆ ଓଠରେ ଅଫୁଟା ହସ ।

ଲୋକଟି ସାଙ୍ଗେ କଥା ଆରମ୍ଭ ନ କରିଥିଲେ ଭଲ ହୋଇ ଥାଆନ୍ତା । ଖାଇବା ସରିବା ଉପରେ, ଏବେ ମୁଁ ଚଟ୍ ପଟ୍ ଉଠିଯାଇ ପାରି ଥାଆନ୍ତି ।

ନା, କଫି ବାକି ଥିଲା, ପିଲାଟି ସାଙ୍ଗେ ସାଙ୍ଗେ କଫି ନେଇ ଆସିଥିଲା । ଠକ୍ କରି କପଟି ଥୋଇ ଦେଉଦେଉ କହିଲା: ସୁଡିସ୍ ଖାଇବେନି !

: ପଚାରୁଚୁ କ'ଣ ନେଇଆ ! ବାବୁ ଏଠି ନୂଆ, ସେ କ'ଣ ଜାଣିଚନ୍ତି ପଞ୍ଚୁଭାଇନା କେଡେ ବଢିଆ ରସମଲେଇ କରେ !

କଫିକପରେ ଓଠ ଦେଇ ମୁଁ କହିଲି, ନା, ଆଜି ନୁହେଁ, ଆଉଦିନେ ।

ଲୋକଟି ହାତ ଠାରିଲା, ପିଲାଟି ଚାଲିଗଲା ତା'ପରେ ।

ମୁଁ ବ୍ୟସ୍ତତାର ସହିତ କଫି ପିଉଥିଲି, କେମିତି କପଟା ସାରିଦେଇ ପଳାଇଯିବି ।

: ଚିଣ୍ଟୁକୁ ମୁଁ ବିଷ ଦେଇନାହିଁ, ମତେ ସେ ବିଷ ମାଗିଥିଲା, ମରିବାର ବେଶ୍ କିଛି ଦିନ ଆଗରୁ । ପଚାରିଲେଣି ଯେତେବେଳେ, ଶୁଣନ୍ତୁ କହୁଚି ।

ମୁଁ ଏଣିକି ତେଣିକି ଚାହିଁଲି, ହୋଟେଲ୍ ବୟଟି କୋଉଠି ଅଛି, ଶୀଘ୍ର ବିଲ୍ ନେଇ ଆସିବା ଦରକାର । ଏ ଲୋକ କବଳରୁ ଏବେ ମୁକ୍ତ ହେବା ଦରକାର ।

: ଚିଣ୍ଟୁ ଆଉ ମୁଁ ଦିଇଟା ଟିମରେ ଥିଲୁ, ସେ ଥିଲା ରାଇଜିଙ୍ଗ୍ ଷ୍ଟାରରେ, ମୁଁ ଖେଳୁଥିଲି କ୍ରାଉଚିଙ୍ଗ୍ ଟାଇଗର୍ସରେ । ସବୁବେଳେ ପ୍ରତିପକ୍ଷ । ପଡିଆର ଘମାଘୋଟ୍ ଲଢେଇ ସରିବା ପରେ ଏକାଠି ବୋତଲ ଧରି ବସୁଥିଲୁ, ହସାହସି ହେଉଥିଲୁ ।

....ଥରଟିଏ ଯାଇଥିଲୁ ବଡ ଡାକ୍ତରଖାନା, ଷ୍ଟାଡିଅମରେ ମ୍ୟାଚ୍ ଖେଳି ସାରିବା ପରେ । ତା' ମାମୁଘର ଗାଆଁର କିଏ ଜଣେ ଆତ୍ମୀୟ ପଡିଥିଲେ ଡାକ୍ତରଖାନାରେ । ବସ୍ ଆକ୍ସିଡେଣ୍ଟ୍ । ଛିନଛତ୍ର ହୋଇ ଯାଇଥିଲା ସେ ଲୋକଟିର ଅଧାଅଧି ଦେହ । ବଞ୍ଚିବା ଆଶା କମ୍, ଆଉ ଯଦିବା ବଞ୍ଚିଯାଏ ଭଗବାନଙ୍କ ଦୟାରୁ, ସେ ଜିଇଁ ରହିବ

ମାଦଳଟେ ପରି, କଥା କହି ପାରିବ ନାହିଁ, ଦେଖି ପାରିବ ନାହିଁ, ଶୁଣି ପାରିବ ନାହିଁ, ହଗି ପାରିବ ନାହିଁ, ଖାଲି ଗଛଗଣ୍ଡିଟେ ପରି ଶୋଇଥିବ ବାକି ଜୀବନ। ଯଦି ସେ ବଞ୍ଚିଯାଏ ଭଗବାନଙ୍କ ଦୟାରୁ, ତେବେ! ଡାକ୍ତର କହିଥିଲେ।

...ଭଗବାନଙ୍କ ଦୟା! ଯା'କୁ ତୁମେ କହିବ ଭଗବାନଙ୍କ ଦୟା! ହିସ୍ ହିସ୍ ତାତିଲା ସ୍ୱରରେ ସେଦିନ କହିଥିଲା ଚିଣ୍ଟୁ। ମାରିଦିଅ କି ବଞ୍ଚେଇଦିଅ, କିନ୍ତୁ ଯିଏ ମଣିଷକୁ ଏମିତି କଲବଲ କରେ ସେ ଭଗବାନ ନୁହେଁ, ସେ ଗୋଟେ ସଇତାନ!

ଚିଣ୍ଟୁ ତା'ପରେ ମୋତେ କହିଥିଲା,ଫାପୁଲି! ତୁ ମତେ କେତେ ଲାଇକ୍ କରୁ ମୁଁ ଜାଣିନି, ସତରେ ଜାଣିନି। କିନ୍ତୁ ତତେ ଭଗବାନଙ୍କ ରାଣ, ଯଦି କେବେ ଦିନେ ମୁଁ ଏମିତି ଖଣ୍ଡିଆ ଖାବରା ହେଇ ଡାକ୍ତରଖାନାରେ ଆସି ପଡିଥିବି, ଭଲ ହେବା ଆଶା ନଥିବ, ତୁ ପ୍ଲିଜ୍ ମତେ ଟିକେ ବିଷ ଦବୁ, ଖାଇ ମୁଁ ମରିଯିବି। ହାତ ରଖ ମୋ ମୁଣ୍ଡରେ, ପ୍ରମିଶ୍ କର!

ମତେ ଭାରି ଚିଡି ଲାଗିଥିଲା ତା' ଉପରେ ସେତେବେଳେ – ତା' କଥା ଶୁଣି ନୁହେଁ, ସେ ଏତେ ଲୋକଙ୍କ ଆଗରେ ମତେ ଫାପୁଲି ଡାକିଲା ବୋଲି। ମୁଁ ତା'କୁ ବାହାରେ କେବେ ଚିଣ୍ଟୁ ବୋଲି ଡାକେନି, ଡାକେ ଚନ୍ଦନ।

ହୋଟେଲବୟ ବିଲ୍ ଆଣିଲା ନାହିଁ, ତା' ବଦଳରେ ଆଣିଲା ଗୋଟିଏ ପ୍ଲେଟ୍ ରସମଲାଇ।

: ମୁଁ ତ ମାଗି ନ ଥିଲି!

ପିଲାଟି ଉତ୍ତରରେ କହିଲା, ବାବୁ ପଠାଇଲେ, କହିଲେ ନୂଆ ସାର୍ ଆସିଚନ୍ତି, ଯା' ଦେବୁ ଟେଷ୍ଟ କରିବେ, ବିଲ୍ କାଟିବୁ ନାହିଁ।

: ଚଲାନ୍ତୁ, ଚଲାନ୍ତୁ, ମୋ' କଥା ତ ସରିନି ଏଯାଏଁ।

ଲୋକଟି ପିଇଲା ପୁଣି ସୋଡକାଏ ମଦ, ବିଡିଟିଏ ଅଣ୍ଟାଳି ଅଣ୍ଟାଳି ଏ ପକେଟରୁ କାଢି ସେ ପକେଟରେ ପୂରାଇ ଦେଲା, ମୁଣ୍ଡ ହଲାଇ କହିଲା – ନାଃ ଭଲ କଥା ନୁହେଁ।

: ଚିଣ୍ଟୁକୁ ବିଷ ଦେଇ ମାରିଦେବା କଥା ମୁଁ କେବେ ସ୍ୱପ୍ନରେ ବି ଭାବି ନଥିଲି। ହଁ, ଚିଣ୍ଟୁଟା ସାଙ୍ଗେ ମୋର ଝଗଡା ହୁଏ, ବହୁତ ଥର ତା'କୁ ଜାଣି ଜାଣି ଫାଉଲ୍ ବି ମାରିଚି, କିନ୍ତୁ ବିଷ ଦେବାଟା...

: ବିଷ ଦେଲେ କାହିଁକି ?

ବିଜୁଳି ହଠାତ୍ ଚାଲିଗଲା। ଅବଶ୍ୟ ଆସିଲା ଟିକିଏ ପରେ, କିନ୍ତୁ ଲୋ ଭୋଲଟେଜ୍, ରେଷ୍ଟୁରାଁର ଦୁଇ ତିନୋଟି ବଲ୍‌ବ ଜଳିଲା ମିଞ୍ଜିମିଞ୍ଜି କରି। ଆମ ମୁଣ୍ଡ ଉପରର ଟିଉବ୍ ଲାଇଟ୍ ଆଉ ଜଳିଲା ନାହିଁ।

ଅଧା ଅଧା ଅନ୍ଧାର ଭିତରେ ଲୋକଟିର ସ୍ୱର ଶୁଭୁଥିଲା ରହି ରହି, ପୁରୁଣା ରେଡିଓର ସ୍ୱର ପରି।

: ମତେ ସେ ହାତ ଯୋଡି ବିକଳ ହେଇ ବିଷ ମାଗିଥିଲା, ଠିକ୍ ତା'ର ପାଞ୍ଚ ସପ୍ତାହ ପରେ। ତା' ଛଳଛଳ ଆଖିକୁ ଦେଖି ସହି ପାରି ନଥିଲି।

... ସିଏ ବି ସେମିତି ଗୋଟେ ଆକ୍‌ସିଡେଣ୍ଟରେ ଖଣ୍ଡିଆ ଖାବରା ହୋଇ ଆସିଥିଲା, ସେଇ ବଡ ଡାକ୍ତରଖାନାକୁ, ଦିନେ ସଂଜରେ। ଖବରଦାର କହିବେ ନାହିଁ ଯେ ସେ ଭଲ କି ପେଟେ ପିଇ ଦେଇଥିଲା ବୋଲି, ସେ ହଁ ପିଏ, ମୋ' ସାଙ୍ଗେ ତା' ଆଗ ଦିନ ଚୋସ୍ତ ପିଇଥିଲା ବି ମୋ ପଇସାରେ, ଭଲ ଅରିଜିନାଲ୍ ବାକାର୍ଡି, କିନ୍ତୁ ସେଦିନ ତା' ପେଟରେ ଟୋପାଟେ ବି ମଦ ନଥିଲା। ତା' ଭାଗ୍ୟଟା ଖରାପ, ମୁନିସିପାଲିଟିର ଗୋଟେ ମଇଳାବୁହା ଗାଡି ତଳେ ପଡିଗଲା। ମ୍ୟୁନିସିପାଲିଟି ଗାଡିମାନଙ୍କୁ ତ ଆପଣ ଭଲକି ଚିହ୍ନନ୍ତି, ହର୍ଣ୍ଣ ନଥାଏ, ଲାଇଟ୍ ନଥାଏ, କେବେ କେବେ ବ୍ରେକ୍ ବି ନଥାଏ।

... ରାତାରାତି ଖବର ପାଇ ତା' ପାଖକୁ ଗଲି। ଅଚେତାଟା ହେଇପଡିଥାଏ ହସ୍‌ପିଟାଲରେ। ଦେହ ଯାକ ବ୍ୟାଣ୍ଡେଜ୍, ପାଞ୍ଚ ରକମ ଛୁଞ୍ଚି ଗଳିଥାଏ ଦେହରେ, ନାକରେ କାନରେ ବି କ'ଣ ସବୁ ଗେଞ୍ଜି ଦେଇଥାଆନ୍ତି, ମତେ ସତରେ ଭାରି କାନ୍ଦ ମାଡିଲା, କାନ୍ଦିଲି, ଲାଗିଲା କିଏ ଜଣେ ପଛରୁ ମୋ' ପିଠି ଥାପୁଡ଼େଇ ଦେଉଚି, ଦେଖିଲି ନିଜେ ମେୟର୍ ସାହାବ। କହିଲେ, ଜମା କାନ୍ଦ ନା, ସବୁ ରକମ ଚେଷ୍ଟା ହେବ, ଯେମିତି ହେଲେ ଚନ୍ଦନକୁ ବଞ୍ଚାଇବାକୁ ପଡିବ। ଇଂରାଜୀରେ କହିଲେ, ସିଏ ଆମ ଷ୍ଟାର୍ ମାନଙ୍କର ଷ୍ଟାର୍! ସେ ବଞ୍ଚିବ।

...ଦୁଇ ଦିନ ଯାଏ ଚିଣ୍ଟୁର ଚେତା ଆସିଲା ନାହିଁ। ଡାକ୍ତର କହିଥିଲେ, ବଞ୍ଚିବା କଷ୍ଟ, ମୁଣ୍ଡ ଭିତରଟାରେ କିଛି ନାହିଁ, ପାଦରେ ପୁଣି କେବେ ଚାଲିବା ପ୍ରଶ୍ନ ତ ଉଠୁ ନାହିଁ...

...ଯଦି ସେ ବଞ୍ଚେ, କେମିତି ହେବ ତାର ଜୀବନ! ମାଦଳଟେ! ଗଛର ଗଣ୍ଡି? ଏମିତି କ'ଣ ବଞ୍ଚିବା କଥା ତା'ର! ଚିଣ୍ଟୁ ଆମ ଦେଶରେ ଜନ୍ମ ହୋଇ ନ ଥିଲେ ଅଲିମ୍ପିକ୍ ଯାଏ ଯାଇଥାନ୍ତା। ଅନ୍ତତଃ ମୁନିସିପାଲିଟି ଗାଡ଼ି ତଳେ ପଡିନଥାନ୍ତା! କ'ଣ ତା'ର ପାପ ଯେ!

...ତିନି ଦିନ ପରେ ଚିଣ୍ଟୁର ଚେତା ଆସିଥିଲା। ଜୁଲୁଜୁଲୁ କରି ସେ ଚାହିଁ ଥିଲା ଏଣିକି ତେଣିକି, ମତେ ବି ଦେଖିଥିଲା। ଜାଣି ପାରିଲି ନାହିଁ ସେ ମତେ ଚିହ୍ନି ପାରିଲା କି ନାହିଁ। ସେ ହସିଲା ନାହିଁ, କଥା କହିଲା ନାହିଁ, ପୁଣି ଆଖି ବୁଜି ଦେଲା।

ଦିନକ ପରେ ସେ ପୁଣି ଆଖି ଖୋଲିଲା, ମତେ ଦେଖିଲା, ମନେ ହେଲା ସେ ମତେ ଚିହ୍ନି ପାରିଚି, କିନ୍ତୁ କିଛି କହିଲା ନାହିଁ, କିଛି ସେ କହି ପାରିଲା ନାହିଁ। ସେଦିନ ସଂଜରେ ମତେ ଲାଗିଲା, ସେ ମତେ କ'ଣ କହିବାକୁ ଚାହୁଁଚି, କିନ୍ତୁ କହି ପାରୁନି, ତା' ଆଖି ଦୁଇଟା ଖାଲି ଛଳ ଛଳ ହୋଇଯାଉଥିଲା।

ସେତେବେଳେ ଏକୁଟିଆ ମୁଁ ହିଁ ଥିଲି ତା' ପାଖରେ। ସଂଜ ସଂଜ ଅନ୍ଧାର। ପଚାରିଲି ଚିଣ୍ଟୁକୁ:

: ଚିଣ୍ଟୁ, ମତେ କ'ଣ କହିବୁ।

ଚିଣ୍ଟୁର ଓଠ ଖାଲି ଥରୁଥାଏ।

: କହ, କହ!

ଚିଣ୍ଟୁ ଆଖିରୁ ଟୋପେ ଲୁହ ବୋହିଲା।

: ଚିଣ୍ଟୁ, ତତେ କ'ଣ ଭାରି କଷ୍ଟ ଲାଗୁଚି!

ମତେ ଲାଗିଲା ସେ ନେହୁରା ହୋଇ ମତେ କ'ଣ କହୁଚି, କ'ଣ ଗୋଟେ ମାଗୁଚି ହାତ ପତେଇ।

: ଚିଣ୍ଟୁ, ତୁ ସତରେ...

ଚିଣ୍ଟୁ ମତେ ଚାହିଁଥାଏ ବିକଳରେ।

: ଚିଣ୍ଟୁ ତୁ ସତରେ ଚାହୁଁଚୁ ମୁଁ ତତେ ବିଷ ଆଣି ଦେବି!

ଟୋପାଏ ଲୁହ ଗଡିଲା ଚିଣ୍ଟୁର ଆଖିରୁ, ମୁଁ ସମ୍ଭାଳି ପାରିଲି ନାହିଁ, ଉଠି ଆସିଲି ସେଠାରୁ। ହସପିଟାଲ ବାରଣ୍ଡାସାରା ବୁଲିଲି ପାଗଳ ପରି କିଛି ସମୟ।

ପରଦିନ ମୁଁ ତା'କୁ ବିଷ ଆଣି ଦେଇଥିଲି। ସେତେବେଳେ ବି କେହି ନ ଥିଲେ, ସେ ମୁଁ ଥିଲୁ ଏକୁଟିଆ।

: ଆଣିଚି!

ମୁଁ କହିଥିଲି ଫିସ୍ ଫିସ୍ କରି। ସେ ମତେ ଚାହିଁଥିଲା କିଛି ନ କହି। କ'ଣ ବା ସେ କହିପାରିବ ଯେ! ମୁଁ କିନ୍ତୁ ବୁଝି ପାରୁଥିଲି ସେ ମତେ କ'ଣ କହିବାକୁ ଚାହେଁ। ସେ ନିଶ୍ଚୟ ଚାହୁଁଥିଲା କହିବାକୁ ଯେ ସେ ଏମିତି ବଞ୍ଚିବାକୁ ଚାହେଁ ନାହିଁ, ଏମିତି ଅପାହିଜ ଜୀବନ। ସେ ଖେଳୁଆଡ଼, ସେ ଲଢେଇ କ'ଣ ଜାଣେ, ହାରିବା ଜିଣିବା କ'ଣ ଜାଣେ, କିନ୍ତୁ ଜୀବନଠୁ ଲୁଚିଲୁଚି ଜିଇବା କ'ଣ ସେ ଜାଣେନା। ସେମିତି ସେ ବଞ୍ଚିବ ନାହିଁ କଦାପି।

: ମତେ ବିଷ ଟୋପେ ଦେ ରେ ଭାଇ, ମତେ ତୁ ଉଦ୍ଧାର କର!

ମୁଁ କଳ୍ପନା କରି ପାରୁଥିଲି ତା' ଆଖି ଭିତରର ଅକୁହା ଭାଷା।

କେହି ନ ଥିଲେ କୁଆଡେ, ଖାଁ ଖାଁ ଦି ପହର। କ୍ୟାବିନ ଭିତରେ ଆମେ ଦୁଇଜଣ।

କାଗଜପୁଡିଆରୁ ବିଷତକ ଢାଳି ଦେଲି ତା' ପାଟିରେ, ହୋମିଓପାଥି ଓଷଦ ଖୁଆଇ ଦେଲା ପରି। ସେ ଓଠ ଚାଟିଚାଟି ଖାଇଲା ଅମୃତ ଖାଇଲା ପରି। ଶାନ୍ତିରେ ଟିକେ ଆଖି ବୁଜିଦେଲା।

ବେଶି ସମୟ ପାଇଁ ନୁହେଁ। ମିନିଟିକ ପରେ ସେ ଖୋଲିଲା ତା'ର ଆଖି, ଜୁଳୁଜୁଳୁ କରି ମତେ ଚାହିଁଲା, କିଛି ଅବିଶ୍ୱାସ କଲା ପରି। ତା'ପରେ ଘନଘନ ହିକ୍କା ଉଠିଲା ତା'ର, ଦିହ କମ୍ପି ଉଠିଲା ବିଜୁଳି ଶକ୍ ଖାଇଲା ପରି, ଆଖି ଦୁଇଟା ତରାଟି ହୋଇଗଲା ଯେମିତି କି ଛିଟିକି ବାହାରି ଆସିବ କୋରଡ ଭିତରୁ, ସେ ଚେଷ୍ଟା କଲା କିଛି କହିବାକୁ ମତେ, ତା' ଥରିଲା ଥରିଲା ଓଠରେ କିମ୍ବା କରୁଣ ଦୁଇଟା ଆଖିରେ, ପାରିଲା ନାହିଁ, ସେ ଛଟପଟ ହେଲା ଟିକେ ସମୟ, ତା'ପରେ ମୁଣ୍ଡ ତା'ର ଢଳି ପଡିଲା ଗୋଟିଏ କଡକୁ, ଆଖିପତା ବୁଜି ହୋଇଗଲା।

ମୋ' ଭିତରେ କ'ଣ ଗୋଟେ କଷ୍ଟ ହେଉଥିଲା, ଗୋଟେ ଅଣନିଃଶ୍ୱାସୀଭାବ, ଭୀଷଣ ବାନ୍ତି ଲାଗୁଥିଲା ମତେ, ଲାଗୁଥିଲା ଏଇଠି ବାନ୍ତି କରିଦେବି। ମୁଁ ତରତର ହୋଇ ପଦାକୁ ବାହାରି ଆସିଲି, ବାରଣ୍ଡାରେ ବସି ପଡିଲି ବାନ୍ତି କରିବି ବୋଲି। ବାନ୍ତି ହେଲା ନାହିଁ ଟିକେବି, ପେଟଟା ଘାଣ୍ଟି ହେଉଥିଲା ଯେମିତି ମୁଁ ବି ବିଷ ଖାଇଚି। ଚେଷ୍ଟାକଲି ଉଠିବାକୁ, ଉଠିପାରିଲି ନାହିଁ, ଲାଗିଲା ମୁଁ ଅପାହିଜ୍ ହୋଇଯାଇଛି।

ଫେରି ଚାହିଁ ଦେଖିଲି, ଚିଣ୍ଟୁର କ୍ୟାବିନ୍ ଭିତରକୁ ଡାକ୍ତରବାବୁ ଗଲେ, ପଛେପଛେ ନର୍ସ, ନର୍ସଟି ଆଗ ଫେରି ଆସିଲା।

ଡାକ୍ତରବାବୁ ଯେତେବେଳେ ମୋ କାନ୍ଧରେ ହାତରଖି କହୁଥିଲେ, ଆମେ ଚେଷ୍ଟା କଲୁ କିନ୍ତୁ ପାରିଲୁ ନାହିଁ ଚନ୍ଦନବାବୁଙ୍କୁ ବଞ୍ଚାଇବା ପାଇଁ, ଭଗବାନଙ୍କ ଯାହା ବରାଦ... ମୁଁ ତାଙ୍କ ହାତ ଛିଞ୍ଚାଡି ଦେଇ ଦୌଡିଦୌଡି ପଳାଇ ଯାଇଥିଲି ଡାକ୍ତରଖାନା ବାହାରକୁ।

ମୁଁ ଚିଣ୍ଟୁର ଶବ ସାଙ୍ଗେ ଶ୍ମଶାନକୁ ଗଲି ନାହିଁ, ଶ୍ରାଦ୍ଧଦିନ ବି ନଥିଲି, ପରେ କେବେ ତା' ଘରକୁ ଯାଇନାହିଁ, ତା' ବାପାମାଆଙ୍କୁ ଦେଖା ଦେଇ ନାହିଁ। କେହି କେହି କହିଲେ, ପ୍ରତିପକ୍ଷ ଠିକ୍, କିନ୍ତୁ ତା' ବୋଲି ଏତେ ଦୂର ନିର୍ଦ୍ଦୟ! ଏଟା କ'ଣ ଠିକ୍?

ସେ ପ୍ରଶ୍ନ ମୋର ବି ପଚାରିବାର ଅଛି। ଏଇଟା କ'ଣ ଠିକ୍! ମୁଁ କ'ଣ ଚିଣ୍ଟୁକୁ ବିଷ ଆଣି ଦେଇ ଠିକ କରିନାହିଁ? ସେ ପ୍ରକୃତରେ କଣ ଚାହୁଁଥିଲା ସେଦିନ! ସେ

ମତେ କ'ଣ ମାଗୁଥିଲା, ବିଷ ନା ଅମୃତ ! ସେ କ'ଣ ଭାବିଥିଲା ବନଦୁର୍ଗାଙ୍କ ପ୍ରସାଦ ଧରି ମୁଁ ଆସିଚି, ଯେଉଁ ବନଦୁର୍ଗାଙ୍କ ଆଶୀର୍ବାଦ ସେ ମାଗିଥାଏ ପ୍ରତିଥର ପଡ଼ିଆକୁ ଓହ୍ଲାଇବା ଆଗରୁ ! ସେ ସେଦିନ ଚାହୁଁଥିଲା ବଞ୍ଚିବାକୁ !

ମତେ ଭାରି କଷ୍ଟ ଲାଗେ ଏ କଥା ଚିନ୍ତାକରି ଯେ ସେ ପ୍ରକୃତରେ ସେଦିନ ମତେ କ'ଣ କହିବାକୁ ଚାହୁଁଥିଲା...

ବିଜୁଳି ଆଲୁଅ ଆସିଗଲା ପୁଣି, ଦୁର୍ବଳ ମଳିନ ଆଲୋକ । ସେଇ ଆଲୁଅରେ ଦେଖିଲି, ଲୋକଟି ଟେବୁଲରେ ମୁଣ୍ଡ ରଖି ଶୋଇଚି, ଶୋଇଚି ଯେମିତି ଅନେକବେଳୁ । ମୋ ସାଙ୍ଗେ ସେ ପଦେ ବି କଥା ହୋଇ ନାହିଁ, ଏପରି କି ମତେ ସେ ଏଯାଏ ଦେଖି ବି ନାହିଁ ।

ମୁଁ ହାତଘଣ୍ଟା ଦେଖିଲି, ଢେର ଡେରି ହୋଇଯାଇଚି ମୋର, ଚାରିଆଡ ଅନ୍ଧାର ।

ମୁଁ କାଉଣ୍ଟରରେ ପଇସା ତୁଟାଇ ବାହାରକୁ ଆସିଲି । ସ୍କୁଟରରେ ଷ୍ଟାର୍ଟ ଦେବାକୁ ଯାଉଛି, ହୋଟେଲର ପିଲାଟି ଦୌଡି ଦୌଡି ଆସି ପହଞ୍ଚିଗଲା । 'ହେଇଟି ସାର୍, ଆପଣଙ୍କ ବହି ! ଛାଡି ଆସିଥିଲେ !'

'... ଏ ବହିଟା ତ ମୁଁ ଜମାରୁ ଦେଖିପାରି ନଥିଲି । ଫାପୁଲିବାବୁ ଆଖିରେ ପଡିଲା ଆଗ । ସେ ମତେ ଡାକି କରି କହିଲେ, ଧାଇଁ ଯା ଦେଇ ଆସିବୁ ସାର୍‌ଙ୍କୁ । ପ୍ରଫେସରଲୋକ ତ, ଭୁଲିଯାଇଚିନି ।'

: ଫାପୁଲି ବାବୁ !

ମୁଁ ହଠାତ୍ ଧରି ପାରିଲି ନାହିଁ ।

: ସେଇ ଯୋଉ ବାବୁଙ୍କ ପାଖେ ଆପଣ ବସିଥିଲେ ମ ! ଫାପୁଲି ବାବୁ ! ଦିନ ଯାକ ସେ ସେଠି ବସିଥାଆନ୍ତି, କିଛି ଖାଆନ୍ତି ନାଇଁ, ଖାଲି ପିଉ ଥାଆନ୍ତି, ଚାହା ନହେଲେ କଫି ନହେଲେ କ'ଣ ସବୁ ଟନିକ୍ । ସାରା ଦିନ !

: ସାରା ଦିନ ! ତାଙ୍କର ଆଉ କିଛି କାମ ନାହିଁ ନା କ'ଣ !

: କାମ ! ହେଃ ! କାମ ଆଉ କ'ଣ କରିବେ, ଚଉକିରୁ ଉଠି ପାରିଲେ ତ ! ତାଙ୍କର ତ ପିଚା ତଳକୁ ଆଉ କିଛି ନାହିଁ ।

: ମାନେ !

: ବମ୍ ଫୁଟେଇ ଦେଲେ ସେମାନେ । ଦିନେ ସେ ନଈବନ୍ଧ ଦେଇ ଯାଉଥିଲେ, ତାରକେଶ୍ୱରୀ ମନ୍ଦିରକୁ, ଦେଖିଲେ ଗୋଟେ ଝିଅକୁ ତିନିଟା ଛତରା ଗୋଡେଇଛନ୍ତି, ଅରଣା ମଇଁଷିଙ୍କ ପରି । ଜାଡିଝିଅଟେ ମ ! ପଦେ ବି କଥା କହିପାରେ ନାହିଁ । ଫାପୁଲି

ବାବୁ ଦେଖିକି ତ ରାଗି ପଞ୍ଚମ ! ସିଏ ଯେମତା ଜଣକୁ ଗୋଟେ ଜାବଡା ଲଗେଇଚନ୍ତି, ଦେଲେ ସେମାନେ ବମ୍ ଫୁଟେଇ ! ଫାପୁଲି ବାବୁର ଅଣ୍ଟାଠୁ ତଳକୁ ଉଡିଗଲା, ପବନରେ ଉଡିଗଲା ପରି। ହାତମୁହଁ ରକ୍ତରେ ଲାଲେଲାଲ୍ !

'...ଏଇଟା କ'ଣ ତମର କରିବା ଉଚିତ୍ ହେଲା, ଏଁ? ତମେ ତ ଫୁଟ୍‌ବଲ ଖେଳିବା ଲୋକ, ମେଡାଲ୍ ପାଇବା ଲୋକ, ତମର କ'ଣ ଦରକାର ଥିଲା ହେଥିରେ ପଶିବା ! ସେ ଝିଅର ଯାହା ହେଲା ନହେଲା, ହେଥିରେ ତା' ବାପା ମା' ଅଛନ୍ତି, ସରକାର ଅଛନ୍ତି, ତମେ କାହିଁକି ପଶୁଥିଲ ମିଛଟାରେ ! ପାଇଲ ଫଳ !'

ପିଲାଟି ଟିକେ ଚୁପ୍ ହୋଇଗଲା, କାନେଇ ଶୁଣିଲା କିଛି, ତା'ପରେ କହିଲା, ହେଇ, ବାବୁ ଡାକି ଡାକି ଉଛନ୍ନ କଲାଣି, ଯାଉଚି ମୁଁ...

ପିଲାଟି ଦୌଡ଼ି ଦୌଡ଼ି ଭିତରକୁ ଚାଲିଗଲା।

■

ଜହ୍ନରାତିର ଗୀତ

ଠିକ୍ ସଞ୍ଜ ବେଳେ ଗୋଟିଏ ପିକ୍‌ଅପ୍ ଭ୍ୟାନରେ ଜିନିଷଟି ଆସି ଆମ ଘରେ ପହଞ୍ଚିଲା। ସଞ୍ଜର ଅନେକ ଆଗରୁ ଜେଜେବାପା ଘର ଭିତରେ ଏପଟ ସେପଟ ହେଉଥିଲେ, କାନ ଡେରି ଶୁଣୁଥିଲେ ରାସ୍ତାରେ ଗାଡି ଯିବାର ଶବ୍ଦ। କେବେ କେବେ ଝରକା ପାଖକୁ ଆସି ଦେଖୁଥିଲେ ଓ ଫେରିଯାଉଥିଲେ।

କିନ୍ତୁ ପିକ୍‌ଅପ୍‌ଟି ଯେତେବେଳେ ଆସି ଦୁଆରେ ପହଞ୍ଚିଲା, ସେ ପଦାକୁ ବାହାରିଲେ ନାହିଁ। ମତେ ଉଦ୍ଦେଶ୍ୟ କରି କହିଲେ, ଯା କହିବୁ, ଜିନିଷଟା ଉପର ମହଲାକୁ ଆଣିବେ।

ଜେଜେମା ସେତେବେଳେ ଠାକୁର ଘରେ ଥିଲେ, ପୂଜା ସାରି ବାହାରିବାକୁ ଆହୁରି ଅଧଘଣ୍ଟେ ଲାଗିଯିବ।

ଚାରି ଜଣ ଲୋକ ଜିନିଷଟି ବୋହି ବୋହି ଉପରକୁ ଆଣିଥିଲେ। ତା'ପରେ ଜଣେ ବସିପଡି ପେଟି ଖୋଲି ଥିଲେ। ପେଟି ଖୋଲିବା ଆଗରୁ ଥରଟେ ଖାଲି ଜେଜେଙ୍କୁ ପଚାରିଥିଲେ କୋଉଠି ରଖାହେବ।

କୋଉଠି ରଖାହେବ ସେ କଥା ଆଗରୁ ସ୍ଥିର ହୋଇ ସାରିଥିଲା।

କଥାଟା ଯେମିତି ଶଟକଟ୍‌ରେ କହିଦେଲି ସେମିତି ଶଟ୍‌କଟ୍‌ରେ କଥା ଛିଣ୍ଡି ନଥିଲା।

ଜେଜେମା ରାଗିଗଲେ ଭାରି ରାଗିଯାଆନ୍ତି, ଭାରି ବଡ ପାଟିକରି କଥା କହନ୍ତି। ଜେଜେବାପାଙ୍କ ସ୍ୱର ତା'ପରେ ଦବିଯାଏ, ସେ ଘର ଭିତରେ ଏପଟ ସେପଟ ହେଇ ବୁଲନ୍ତି, ଯେମିତି ପଦାକୁ ଯିବାର ବାଟ ଭୁଲି ଯାଇଛନ୍ତି, ଏବେ କଅଣ କରିବେ କିଛି ଭାବି ପାରୁ ନାହାନ୍ତି।

ଦିଦିନ ତଳେ ଜେଜେମା ବଡ ପାଟିଟେ କରି କହିଥିଲେ, କ'ଣ କହିଲ, ପିଆନୋ! ତମେ ଗୋଟେ ପିଆନୋ କିଣି ପକେଇଚ? ବତିଶ ହଜାର ଟଙ୍କା ଦେଇ!

ଜେଜେମା ଯେ କଥାଟା ପସନ୍ଦ କରିବେ ନାହିଁ ଏ କଥା ଜଣାଥିଲା ଜେଜେଙ୍କୁ, କିନ୍ତୁ ସେ ଏତେ ଉତ୍ତେଜିତ ହୋଇଯିବେ ବୋଲି ଜେଜେ ଭାବିପାରି ନଥିଲେ।

ବୋକାଙ୍କ ପରି କଥାଟିଏ କହିଲେ ଜେଜେ। କହିଲେ, ବହୁତ ଶସ୍ତାରେ ମିଳିଗଲା ତ, ଚାଳିଶ ପର୍ସେଣ୍ଟ୍ ଡିସ୍‌କାଉଣ୍ଟରେ ମିଳିଗଲା।

ଜେଜେମାଆ ପଇସାପତ୍ର ବିଷୟରେ ଭାରି ହୁସିଆର। ଦେଖିଚାହିଁ ପଇସା ଖର୍ଚ୍ଚ କରନ୍ତି। କିନ୍ତୁ ମୋ ପରି ଏତେ ଟିକେ ପିଲା ବି ବୁଝିପାରିବ ଜେଜେବାପାଙ୍କ ଉତ୍ତରଟା ଠିକ୍ ନଥିଲା।

ଜେଜେମା ହାଉଁ କି ମାଡ଼ି ବସିଲେ ଜେଜେବାପାଙ୍କ ଉପରେ। ପାଟିଟେ କରି କହିଲେ, ଶସ୍ତାରେ ମିଳିଗଲା, ନାଇଁ! ଶସ୍ତାରେ ମିଳିଗଲା ବୋଲି ଗୋଟେ ମାଇପଟେ ଧରି ଚାଲି ଆସୁନା ହାଟରୁ!

ଜେଜେବାପା ବାଥ୍‌ରୁମ୍‌ରେ ପଶି ଯାଇ ଆଲୋଚନାକୁ ସେତେବେଳ ପାଇଁ ସ୍ଥଗିତ ରଖିଲେ।

ଇଏ ଥିଲା ଗଲା କାଲିର କଥା।

ଆଜି ସକାଳେ ବି ସେଇ କଥା ପଡିଲା।

...ଜିନିଷଟେ ଆଣିଲ ଯେ ଘରେ ରଖିବ କୋଉଠି? ଦେଖୁଚ ତ ଏତିକି ଟିକିଏ ଘର!

ସେ ପ୍ରଶ୍ନ ପାଇଁ ବହୁତ ଆଗରୁ ପ୍ରସ୍ତୁତ ଥିଲେ ଜେଜେବାପା। ସେ କହିଲେ ତୁମର କିଛି ଅସୁବିଧା ହବ ନାହିଁ, ମୋ ଷ୍ଟଡି ରୁମ୍‌ରେ ରହିଯିବ।

: ଷ୍ଟଡିରୁମ୍‌ରେ! ଆଉ ତୁମର ସେ ଗଦା ଗଦା ଆକାଉଣ୍ଟସ୍ ବହି, ଜର୍ଣ୍ଣାଲ୍, ସେ ସବୁ ଯିବ କୁଆଡେ ?

: ରତ୍ନାକରକୁ ଦେଇଦେବି, କଥା ହେଇ ସାରିଚି। ତା' ଛଡା ରିଟାୟର୍ କଲା ପରେ ସେସବୁର ଆଉ ଦରକାରଟା ଆଉ କ'ଣ ଅଛି ଯେ!

: ଜାଣିଚ! ପିଲା ଦିନରୁ ମୋର ଭାରି ମନ ଥିଲା ମିଉଜିକ୍ ଶିଖିବା ପାଇଁ। ସେତେବେଳେ ତ ଆଜି କାଲିକା ପରି କିବୋର୍ଡ୍-ଫିବୋର୍ଡ୍ ନଥିଲା। ମୋ ମାମୁଁଙ୍କର ଗୋଟେ ବଇଁଶୀ ଥିଲା, ଥରେ ଲୁଚେଇକି ନେଇ ବଜଉଥିଲି ଯେ ମାମୁଁ ତାଙ୍କ କଠଉରେ ପିଟି ପକେଇଥିଲେ। ଏଇ ଦେଖୁଚ ମୋ' ମୁଣ୍ଡର ଏ ଦାଗଟା!

ଥିଲା ଗୋଟେ ଦାଗ ଜେଜେବାପାଙ୍କ ମୁଣ୍ଡରେ। ଜେଜେମା ଜାଣନ୍ତି ଏ ଗପଟା ଆଗରୁ, ଅନେକ ଥର ଶୁଣିଛନ୍ତି। ସେ କିଛି ତର୍କ ନ ବଢେଇ କହିଲେ, ହଉ ତୁମର ଯାହା ଇଚ୍ଛା। ଏବେ ଏ ବୁଢା ବୟସରେ କି ସଙ୍ଗୀତ ସାଧନା କରିବ ମା' ତାରିଣୀ ଜାଣନ୍ତି।

ଜେଜେବାପାଙ୍କ ବୟସ ଏବେ ବାଷଠି ବର୍ଷ, ଦି ବର୍ଷ ଆଗରୁ ଗୋଟେ ସରକାରୀ କମ୍ପାନୀରୁ ରିଟାୟର୍ କରିଛନ୍ତି। କଥା ପଡିଲେ ନିଜେ ନିଜେ କହନ୍ତି ମୁଁ ଏଥର ବୁଢା ହେଲିଣି, କିନ୍ତୁ ଆଉ କିଏ ସେକଥା କହିଲେ ଭଲ ପାଆନ୍ତି ନାହିଁ କଥାଟା।

ସେ କହିଲେ, ବୁଢା! ଜାଣିଚ ନା ସକ୍ରେଟିସ୍ ଯେବେ ସଂଗୀତ ଶିଖିବାକୁ ଆରମ୍ଭ କଲେ, ସେତେବେଳେ ତାଙ୍କ ବୟସ କେତେ ହୋଇଥିଲା!

: ଆହାରେ ସକ୍ରେଟିସ୍! ଲୁଗାକଚା ସାବୁନ୍‌ରେ ଯିଏ ସକାଳୁ ଉଠି ଗାଧେଇ ପଡୁଚି ସିଏ ପୁଣି କହୁଚି କ'ଣ ନା ସକ୍ରେଟିସ୍!

କଥା କ'ଣ କି ସେଦିନ ସକାଳେ ଜେଜେବାପା ଭୁଲ୍‌ରେ ଗାଧେଇ ପଡିଥିଲେ ସନ୍‌ଲାଇଟ୍ ସାବୁନ୍ ଦେହରେ ଲଗେଇ। ସେ ଅବଶ୍ୟ ଟିକେ ଭୁଲା ମଣିଷ, କେତେବେଳେ କ'ଣଟେ କରି ପକାନ୍ତି, ଜେଜେମା ନଥିଲେ ସେ କେମିତି ଯେ ଚଳି ଥାଆନ୍ତେ ମୁଁ ଭାବିପାରେ ନାହିଁ।

ସେଇ ଜେଜେମା, ଯିଏ ଏତେ ବକୁଥାଏ ଜେଜେବାପାଙ୍କୁ ଦିନରାତି, ବେଳେ ବେଳେ କହେ ଅନ୍ୟମାନଙ୍କୁ, ବୁଝିଲ, କମ୍ପାନିର ସବୁତକ ହିସାବ କିତାବ ୟା'ଙ୍କ ଜିଭ ଅଗରେ ଥୁଆ। ଇଏ ନଥିଲେ କମ୍ପାନି କେବେଠୁ ବୁଡି ସାରନ୍ତାଣି, କୋଣାର୍କ ଟିଭି କମ୍ପାନୀ ବୁଡିଗଲା ପରି।

ଲୋକଟି କହିଲା, ଏଥର ରେଡି। ଦେଖି ଦିଅନ୍ତୁ ଥରଟେ।

ଜେଜେବାପା ପିଆନୋ ପାଖକୁ ଗଲେନି। ଲାଜ କଲା ପରି ଆଡେଇ ହୋଇ ରହିଲେ, କହିଲେ ହଉ ଠିକ୍ ଅଛି ଆପଣ ଯାଆନ୍ତୁ। ରଘୁବାବୁଙ୍କୁ କହିବେ ରସିଦ୍‌ଟା କାଲି କାହା ହାତରେ ପଠେଇଦେବେ।

ପିଆନୋ ମୁଁ ସିନେମାରେ ଦେଖିଚି। ସତକୁ ସତ କୋଉଠି ଦେଖିନି। ବଡ ଆଗ୍ରହରେ ମୁଁ ପିଆନୋ ପାଖକୁ ଗଲି। ମୋ ପଛେ ପଛେ ଜେଜେ ଆସିଲେ। ହାତ ଦେଲା କ୍ଷଣି ଚମତ୍କାର ସ୍ୱରଟିଏ ଭାସି ଆସିଲା। କୁହୁକ ବାକ୍‌ସର ସ୍ୱର ପରି।

ଜେଜେବାପା ବି ଚମତ୍କୃତ ଦେଖାଗଲେ, ସେ ବି ଛୁଇଁଦେଲେ ଗୋଟିଏ ରିଡ୍‌କୁ। ସୁନ୍ଦର ସ୍ୱର।

ପୂଜା ସାରି ଜେଜେମା ବି ଆସିଥିଲେ, ଆଶ୍ଚର୍ଯ୍ୟର କଥା, କିଛି କହି ନଥିଲେ ସେ ଜେଜେବାପାଙ୍କୁ, ମତେ ଚାହିଁ କହିଥିଲେ : ଗଲୁ ଜିତୁ ଡଷ୍ଟିଙ୍ଗ୍ କପଡାଟା ନେଇ ଆସିବୁ, ଧୂଳି ଜମିଚି, ଭଲ କି ଝାଡି ନଦେଲେ ଜେଜେଙ୍କର ପୁଣି ଆଜ୍‌ମା ବାହାରି ପଡିବ।

ଜେଜେମା ଧୂଳି ଝାଡିବାକୁ ଲାଗିଲେ ନିଠେଇ ନିଠେଇ, ତା' ଭିତରେ ଟୁଂ ଟାଂ

ଶବ୍ଦ ବାହାରୁଥିଲା ପିଆନୋ ଭିତରୁ। ସେ ଶବ୍ଦକୁ ଚୁପ୍‌ଚାପ୍ ଶୁଣୁଥିଲେ ଜେଜେବାପା, ଷ୍ଟିରିଓରୁ ଗୀତ ଶୁଣିବା ପରି। ମତେ ବି ସେ ଶବ୍ଦ ଭଲ ଲାଗୁଥିଲା, ମନେ ହେଉଥିଲା ଜେଜେମା ତାଳଲୟ ଧରି ପିଆନୋ ବଜାଉଛନ୍ତି।

ରାତିରେ, ଖାଇବା ଶେଷ କରି, ଜେଜେବାପା ପିଆନୋ ପାଖରେ ଆସି ବସିଲେ। ଏମିତି ଶାନ୍ତ ଭାବେ, ଯେମିତି ଜେଜେମା ବସନ୍ତି ଠାକୁର ଘରେ। ସେ ଗୋଟି ଗୋଟି ଛୁଇଁଲେ ପ୍ରତ୍ୟେକ ରିଡ୍‌କୁ। ସର୍ବମୋଟ ଛଅସ୍ତୋରୀଟା ରିଡ୍। ମନେ ପଡିଲା ସେ କହୁଥିଲେ ଜେଜେମାଙ୍କୁ, ସବୁ ପିଆନୋରେ ସାଧାରଣତଃ ଏକଷଠିଟି ରିଡ୍ ଥାଏ, କିନ୍ତୁ ଏଥିରେ ଅଛି, ଛଅସ୍ତରିଟା। ସଙ୍ଗୀତ ସମ୍ରାଟ ବୀଥୋଭେନ୍‌ଙ୍କ ପିଆନୋରେ ଥିଲା ଅଠାଅଶୀଟା।

: ବହୁତ ଦାମ୍ ପଡିଗଲା। ଜେଜେମା କହିଥିଲେ ଖାଇବା ଟେବୁଲ୍ ପୋଛୁ ପୋଛୁ।

ଜେଜେବାପା ଗଲାମାସ ତିନିଲକ୍ଷ ଟଙ୍କା ପାଇଥିଲେ, ବକେୟା ପେନ୍‌ସନ୍। ସେଥିରୁ ସେ ଖର୍ଚ୍ଚ କରିଦେଇଥିଲେ ବତିଶ ହଜାର ଟଙ୍କା ପିଆନୋ କିଣିବାରେ। କହିଥିଲେ, ଶସ୍ତାରେ ପାଇଛନ୍ତି। ଷ୍ଟେଇନ୍‌ୱେ ବ୍ରାଣ୍ଡର ପିଆନୋ ଏତେ ଶସ୍ତାରେ କୋଉଠି ମିଳେନି। ଫରେନ୍‌ର ଜଣେ ଆର୍ଟିଷ୍ଟ୍ ବିକି ଦେଇ ଚାଲିଗଲେ, ତାଙ୍କ ଦେଶକୁ ଫେରିଯିବା ଆଗରୁ।

: ହଉ ଠିକ୍ ଅଛି, ହେଲେ ପିଆନୋ ଖଣ୍ଡକ ବଜେଇ ପାରିଲେ ତ !

ଜେଜେମାଙ୍କ କହିବା ଠିକ୍ ଥିଲା। ଜେଜେବାପା ଅବଶ୍ୟ କହିପାରି ଥାଆନ୍ତେ ସେ ମୂଷିବାବୁ ମ୍ୟୁଜିକ୍ ମାଷ୍ଟର କି ଶାନ୍ତନୁ କରଙ୍କୁ ଡାକି ପିଆନୋ ବଜାଇ ଶିଖିବେ। ସେ କିନ୍ତୁ ସେମିତି କିଛି କହିଲେ ନାହିଁ। ଖାଲି କହିଲେ ଦେଖିବା।

ରାତିରେ ଖାଇବା ଶେଷ କରି ସେ ଆସି ବସିଲେ ପିଆନୋ ପାଖରେ। ଅତି ଯତ୍ନରେ ତାଙ୍କ ପଞ୍ଜାବୀ ପକେଟରୁ ବାହାର କଲେ ଗୋଟେ ଏକ୍‌ସରସାଇଜ୍ ଖାତା। ପୁରୁଣା, ଲୋଚାକୋଚା, ଛିଣ୍ଡାମିଣ୍ଡା। ସେ ମନଦେଇ ପଢିଲେ ଖାତାଟିକୁ। ପରୀକ୍ଷାହଲ୍‌ରେ ପିଲାଟେ ବସି ପ୍ରଶ୍ନପତ୍ର ପଢିବା ଭଳି। ତା'ପରେ ହାତ ରଖିଲେ ପିଆନୋରେ।

ହାତ ରଖିଲେ କିନ୍ତୁ କିଛି ଶବ୍ଦ ବାହାରିଲା ନାହିଁ ପିଆନୋରୁ। ସେ କ'ଣ ସବୁ ଭାବୁଥିଲେ ଚୁପ୍‌ଚାପ୍, କିଛି ମନେ ପକାଇବା ପରି, କାହାକୁ ମନେ ମନେ ଖୋଜି ହେଲା ପରି।

ବୋଧେ ସେ କ'ଣ ସ୍ୱପ୍ନଟେ ଦେଖିବାକୁ ଆରମ୍ଭ କରିଥିଲେ।

ସେମିତି ସେ ବସି ରହିଲେ କିଛି ସମୟ। ତା'ପରେ ଉଠିଆସି ଝରକା ପାଖେ ଠିଆ ହେଲେ, ବାହାରକୁ ଚାହିଁଲେ। ଆଲୁଅ ଲିଭାଇ ଶୋଇବାଘରକୁ ଚାଲିଗଲେ।

ତା' ପର ଦିନ ବି ସେ ଆସି ବସିଥିଲେ ପିଆନୋ ପାଖରେ, ସେଇ ପୁରୁଣା ଖାତା ଖଣ୍ଡିକ ହାତରେ ଧରି। ଅନ୍ୟମନସ୍କ ଭାବେ ଟୁଂଟାଂ ଶବ୍ଦ କରିଥିଲେ, କ'ଣ ସବୁ ଭାବିଥିଲେ। ତା'ପରେ ୱାକ୍‌ରେ ଯାଇଥିଲେ।

: କିରେ ତୁ କ'ଣ ଆଉ ପାଠପଢା ବହି ଖଣ୍ଡେ ଧରିନୁ ଦିଦିନ ହେଲା! ଜେଜେମା କହିଥିଲେ ମତେ।

କହିଥିଲେ : ତୋ' ବାପ ଆସିଲେ ମତେ କ'ଣ କହିବ! ଆଉ ତୋ' ମାଆ!

ଗୋଟେ କଥା କହିନି, ଭୁଲି ଯାଇଚି। ମୋ ବାପାମାଆ ଏଠି ନାହାନ୍ତି, ବାଲିମେଳାରେ ଅଛନ୍ତି। ବାପା ଏଠି ଥିଲେ ହେଡ୍ ଅଫିସରେ। ବଦଳି ହେଇଯାଇଚି ଛ' ମାସ ତଳେ। ତାଙ୍କ ଉପରବାଲା କହିଛନ୍ତି ସେଠି ସେ ବର୍ଷେ ରହିଲା ପରେ ଫେରିଆସିବେ। ଜେଜେମା କହିଲେ, ବାଲିମେଳାରେ ଭଲ ସ୍କୁଲ୍ ନାହିଁ, ଜିତୁ ଥାଉ ଏଠି, ମୁଁ ବୁଝିବି ତା' କଥା, କିଛି ଅସୁବିଧା ହବନି।

ବାପାଙ୍କ ଖିଆପିଆରେ ଅସୁବିଧା ହେବ, ତେଣୁ ମାଆ ବି ଗଲେ ସାଙ୍ଗରେ। ଆସନ୍ତି ମାସକୁ ମାସ।

: ଯା' ଗଲୁ ଜେଜେଙ୍କୁ କହିବୁ ତତେ ଗସାଗୁ ଲସାଗୁଟା ପଢେଇଦେବେ, ଆଉ ସେ ପଦ୍ୟଟା ବି - 'ଆକାଶତଳେ ଧୂଳି କଣା ମୁଁ ବିଶ୍ୱେ ଅତି ସାନ!'

ଏଇ କବିତାଟି ପଢଉ ପଢଉ ଜେଜେବାପା ସଞ୍ଜବେଳେ ହଠାତ୍ ଅନ୍ୟମନସ୍କ ହୋଇଗଲେ।

କ'ଣ ମନେ ପକେଇବା ପରି କହିଥିଲେ, ଆମ କ୍ଲାସ୍‌ରେ ଶ୍ରୀଲତା ବୋଲି ଝିଅଟିଏ ଥିଲା, ଭାରି ସୁନ୍ଦର ଗାଉଥିଲା ଏ ଗୀତଟି! ଭଲ ନାଚୁଥିଲା, ସୀତାର ବି ଶିଖିଥିଲା!

: ତୁମେ ବି ଜେଜେ ଗୀତ ଗାଉଥିଲ ? ଡ୍ରାମା କରୁଥିଲ ?

: ନା। ସେ ଚାନ୍‌ସ୍ ମତେ ମିଳୁନଥିଲା। ମୋ ପାଠ ଯାହା ଭଲ ହେଉଥିଲା ସେତିକି ...

... ମୋର କିନ୍ତୁ ପିଲାଦିନେ ଭାରି ମନଥିଲା ଗୀତ ଗାଇବାକୁ, ସ୍ୱର ମୋର ଭଲ ନଥିଲା, ପୁଣି ଆଜ୍‌ମା ହେଉଥିଲା ମଝି ମଝିରେ, ସୁଯୋଗ ମିଳିଲା ନାହିଁ। ଏବେ ବି କୋଉଠି ବସି ମ୍ୟୁଜିକ୍ ପ୍ରୋଗ୍ରାମ୍ ଦେଖିଲା ବେଳେ ଲାଗେ, ମୁଁ ଗୋଟେ

ଭଲ ଗାୟକ ହେଇ ଥାଆନ୍ତି କି, ଅନ୍ତତଃ ଗୋଟିଏ ଭଲ ଗୀତ ମୋ ଜୀବନରେ ଗାଇ ପାରିଥାଆନ୍ତି କି!

... ଶ୍ରୀଲତା ଭାରି ସୁନ୍ଦର ଗୀତ ଗାଉଥିଲା।

: ଶ୍ରୀଲତା କିଏ! ଓ ସେଇ ଝିଅଟା!

ମୁଁ ଏମିତି କହିଲି ଯେମିତି ସେ ମୋରି ବୟସର ଝିଅଟିଏ।

ସତରେ ମତେ ସେୟା ହିଁ ଲାଗୁଥିଲା, ଲାଗୁଥିଲା ମୁଁ ଆଉ ଜେଜେବାପା ଜଣେ ମଣିଷ, ଶ୍ରୀଲତା ମୋହରି ସାଙ୍ଗରେ ପାଠ ପଢୁଥିବା ଝିଅ ଜଣେ।

ଏକ୍‌ସରସାଇଜ୍ ଖାତା ଦେଖି ଜେଜେ କ'ଣ ଗୋଟେ ଗୀତ ଗୁଣୁ ଗୁଣୁ ହେଲେ, ମତେ ଲାଗିଲା ପୁରୁଣା ସିନେମା ଗୀତଟିଏ। ତା'ପରେ ଉଠିଯାଇ ଟେପ୍ ବଜେଇଲେ, ବହୁତ ପୁରୁଣା ଟେପ୍। ମତେ ଅବଶ୍ୟ ଗୀତଟା ଖାସ୍ ଲାଗିଲା ନାହିଁ, କିନ୍ତୁ ସେ ମନ ଦେଇ ଶୁଣିଲେ; ଟିକେ ପରେ, ଟେପ୍ ଟା ଖୁବ୍ ବେଶି ଚେଁ ଚେଁ କଲାରୁ ବନ୍ଦ କରି ଦେଇ ପିଆନୋ ପାଖେ ବସିଲେ, ମତେ ଚାହିଁ କହିଲେ, ଶ୍ରୀଲତା ଭାରି ଭଲ ଗାଉଥିଲା ଏ ଗୀତଟା।

:ମୁଁ ଜାଣିଚି, ସିଏ ଭାରି ସୁନ୍ଦର ଥିଲେ ନା! ଜେଜେମାଙ୍କ ପରି!

: ନା, ତୋ' ଜେଜେମା ବେଶି ସୁନ୍ଦର। କିନ୍ତୁ ସିଏ ବି କିଛି କମ୍ ନଥିଲା। ଆଉ ଆକ୍ଟିଙ୍ଗ୍ କରୁଥିଲା ଭଲ।

: ପିଆନୋ କିଣିଲ, ଏତେ ପଇସା ଖର୍ଚ୍ଚ କଲ, ଥରଟେ ବଜଉନ କାହିଁକି ?

: କାଲି ବଜେଇବି। ତୁ ସ୍କୁଲରୁ ଆସିଲେ ଶୁଣିବୁ।

ସତ କହୁଚି, ଜେଜେବାପା ଜମାରୁ ବଜେଇ ପାରୁ ନଥିଲେ। ପରଦିନ ସଞ୍ଜ ବେଳେ ପିଆନୋ ପାଖେ ବସି ଖାଲି ଟୁଂ ଟାଂ କଲେ ଟିକେ ସମୟ। ତା'ପରେ ବଜେଇବା ବନ୍ଦ କରିଦେଇ କହିଲେ, ଚାଲ୍, ଗଣିତ ପଢିବା।

ଜେଜେ ଖୁବ୍ ବଢିଆ ପଢାନ୍ତି। ଗଣିତ, ସାହିତ୍ୟ, ବିଜ୍ଞାନ, ସବୁ ବିଷୟ। କିନ୍ତୁ ଏବେ ବେଳେବେଳେ ସେ ପାଠ ପଢେଇବା ସମୟରେ ହଠାତ୍ ଚୁପ୍ ହୋଇ ଯାଆନ୍ତି। କ'ଣ ସବୁ ମନେ ପଡିଗଲା ପରି ଚିନ୍ତାଛନ୍ନ ଦିଶନ୍ତି।

ମୁଁ ଜେଜେଙ୍କ ଛିଣ୍ଡା ଏକ୍‌ସରସାଇଜ୍ ଖାତାଟା ଥରେ ଦେଖି ଦେଇଥିଲି। ସେଥିରେ ଗୋଟେ କ୍ଲାସ୍‌ର ରୁଟିନ୍ ଥିଲା, କେତେ ଗୁଡେ କୌତୁକପ୍ରଶ୍ନ ଥିଲା, ଆଉ ଥିଲା ମେଞ୍ଚେ ଗୀତ। ହିନ୍ଦୀ, ଓଡିଆ, ଗୋଟେ ଦିଟା ଇଂଲିଶ୍ ବି। ମୁଁ ସେ ଗୀତ କେବେ ଶୁଣି ନଥିଲି। ଦିଲ୍ ତେରା ଦିବାନା ହୈ ସନମ୍, ଆଜା ସନମ୍ ମଧୁର୍ ଚାନ୍ଦନୀ ମେଁ ହମ୍, ପ୍ରିୟାର ନାମ ଚନ୍ଦ୍ରା, ସେଭ୍ ଇଓର୍ କିସେସ୍ ଫର୍ ମି... ଏମିତି କ'ଣ ନା କ'ଣ

ସବୁ ଗୀତ। ସେ ଗୀତଗୁଡାକ ଜେଜେ ମନ ଦେଇ ଖାତାରୁ ପଢନ୍ତି, ତା'ପରେ ପିଆନୋର ରିଡ୍ ଟିପନ୍ତି।

ଦିନେ ମୁଁ ସ୍କୁଲ୍‌ରୁ ଫେରି ବସ୍ତାନିଟା ଟେବୁଲ୍‌ରେ ଥୋଇଚି କି ନାହିଁ, ଜେଜେବାପା ସେପାଖରୁ ଦଉଡି ଆସିଲେ। ଜିତୁ ଜିତୁ ଆ' ଏ ପାଖକୁ, ମୋ ଷ୍ଟଡିରୁମ୍‌କୁ!

ମୁଁ ଷ୍ଟଡିରୁମ୍‌କୁ ଗଲି। ମନରେ ଆଶଙ୍କା, କ'ଣ ଗୋଟେ ସାଙ୍ଘାତିକ ଘଟଣା ଘଟି ଯାଇଛି। ବୋଧେ ପିଆନୋଟା ଭାଙ୍ଗି ପଡିଲା କି କଅଣ!

ନା ପିଆନୋଟା ଠିକ୍ ଠାକ୍ ଥିଲା। ଜେଜେବାପା ଯାଇ ବସି ପଡିଲେ ଟୁଲ୍ ଉପରେ, ପ୍ରବଳ ଉତ୍ସାହରେ ବଜେଇବାକୁ ଲାଗିଲେ ପିଆନୋକୁ। ଟିକେ ପରେ ଅଟକି ଯାଇ କହିଲେ, ଶୁଣିଲୁ!

ମୁଁ କହିଲି: ହୁଁ।

: କହିଲୁ କୋଉ ଗୀତଟା!

ମୁଁ କହିବା ଜମା ସମ୍ଭବ ନଥିଲା।

ଜେଜେବାପା ଗାଇଲେ ଗୁଣୁଗୁଣୁ କରି, ଆ ଯା' ସନମ୍ ମଧୁର୍ ଚାନ୍ଦନୀ ମେଁ ହମ୍, ତୁମ୍ ମିଲେ ତୋ ବୀରାନେ ଭି ଆ ଜାୟେ ବହାର...

ମୋର ଏମିତି କିଛି ଗୀତ ଜମାରୁ ମନେ ପଡିଲା ନାହିଁ। ତେବେ ଗୋଟେ କଥା, ଜେଜେବାପା ଯୋଉ ସ୍ୱରରେ ଗୀତ ଗାଇଲେ, ତା' ସାଙ୍ଗରେ ପିଆନୋ ସ୍ୱର ଜମାରୁ ମିଶୁ ନଥିଲା।

'ତୁମେ ବହୁତ୍ ବଢିଆ ପିଆନୋ ବଜଉଛ', କହି ମୁଁ ଷ୍ଟଡିରୁମ୍‌ରୁ ଫେରିବାକୁ ବାଟ ଖୋଜିଲି। ମତେ ଅସଲରେ ଭାରି ପରିସ୍ରା ଲାଗୁଥିଲା, ଇସ୍କୁଲରୁ ଫେରି।

ଜେଜେବାପା ନିରାଶ ଆଖିରେ ଥରେ ମତେ ଚାହିଁଲେ, ଥରଟିଏ ତାଙ୍କ ଗୀତ ଖାତାକୁ ଓ ଶେଷରେ ପିଆନୋକୁ। କହିଲେ: ତୋ' ଜେଜେମାଆଟା ବି ଗୀତଟା ଧରି ପାରିଲା ନାହିଁ। କଥା କ'ଣ କି ଏ ଗୀତଟା ସେ ଏବେ ଆଉ ଶୁଣିନି ତ, ସ୍ୱରଟା ତା'ର ଆଉ ଭଲକି ମନରେ ନାହିଁ।

ପରଦିନ ଜେଜେବାପା ପୁଣି ଡାକିଲେ ମତେ ପାଟି କରି: ଜିତୁ ଜିତୁ ଶୁଣିଲୁ!

ମୁଁ ଗଲି।

ସେ ବସିଥିଲେ ପିଆନୋ ପାଖରେ। ମୁଁ ପହଞ୍ଚିଲା ପରେ ସେ ସ୍ୱରଟିଏ ବଜେଇବାକୁ ଆରମ୍ଭ କଲେ।

: ବାଃ, ବଢିଆ ବଜଉଚ ତ, ଟୁ ଟିଜ୍ ବଡି ହୈ ମସ୍ତ୍ ମସ୍ତ୍...

ସେ କହିଲେ, ତତେ ଏଇଟା ସେ ଛତରା ଗୀତଟା ପରି ଶୁଭୁଚି!

: ତେବେ କଅଣ ?

ଜେଜେଙ୍କ କହିବା ଅନୁସାରେ ସେ ବଜଉଥିଲେ ପ୍ୟାର କିୟା ତୋ ଡରନା କ୍ୟା ଜବ୍ ପ୍ୟାର କିୟା ...

ମୁଁ କେବେ ସେ ଗୀତ ଶୁଣିଥିଲି ମନରେ ନାହିଁ, କହିଲି, ୟେ ... ମୁଁ ଠିକ୍ ଜାଣି ପାରିଲି ନାହିଁ।

ଜେଜେ ବୁଝିଲେ ମୁଁ ତାଙ୍କ ମନ ବହଲେଇବାକୁ କହୁଚି। ଜାଣିଲେ କିନ୍ତୁ କିଛି କହିଲେ ନାହିଁ।

ଦି ଦିନ ପରେ, ଜେଜେଙ୍କ ଷ୍ଟଡି ରୁମ୍‌କୁ ଯାଇଥିଲେ ଜେଜେମାଆ। ଆଲମାରୀରୁ କ'ଣ ଗୋଟେ ଆଣିବା ପାଇଁ। ଜେଜେବାପା ଟୁଲ୍ ଉପରେ ବସି ପିଆନୋ ଟୁଂ ଟାଂ କରୁଥାଆନ୍ତି। ଜେଜେମା ଫେରି ଯାଉ ଯାଉ ଅଟକି ଗଲେ, କହିଲେ: ଆୱାରା ସିନେମାର ଗୀତଟା ନା !

ଜେଜେବାପା ପୂଜାରେ ବସିଥିବା ପରି ମୁଣ୍ଡ ଟୁଙ୍ଗାରିଲେ, କିଛି ନ କହି।

ଜେଜେମା ମୁଗ୍‌ଧ ହୋଇଗଲା ପରି ଠିଆ ହୋଇ ରହିଲେ ମିନିଟିଏ। ତା' ସାଙ୍ଗକୁ ଗୁଣୁଗୁଣୁ ହେଇ ଗାଇଲେ: ଘର୍ ଆୟା ମେରା ପରଦେଶୀ...ପ୍ୟାସ୍ ବୁଝି ମେରି ଅଖିୟନ୍ କି... ହୁଁ ହୁଁ ଉଁ...

...ବାଃ କି ସୁନ୍ଦର ବଜଉଚ ମ !

ଜେଜେବାପା, ଯିଏ ମୋ ପ୍ରଶଂସାକୁ ଏଡେ ବିକଳ ହେଇ ଖୋଜୁଥିଲେ ସେ ଦିନ, କିଛି ଶୁଣି ନପାରିଲା ପରି ବଜେଇ ଚାଲି ଥାଆନ୍ତି ସେ ସ୍ୱରଟା। ଟିକେ ସମୟ ବଜେଇ ସାରି ସେ ଅଟକି ଗଲେ, ଚାହିଁଲେ ଜେଜେମାଆଙ୍କୁ, ଯେମିତି ପାଣିରେ ପହଁରି ପହଁରି ଥକି ଯାଇଛନ୍ତି।

ଜେଜେମାଆ ପୁଣି କହିଲେ, ଭାରି ବଢିଆ ବଜଉଚ।

ତା'ପରେ ସେ ତରତର ହେଇ ଚାଲିଗଲେ, ତାଙ୍କର ମନେ ପଡିଗଲା ଚନ୍ଦରା ବାଡିଆଡେ ଅପେକ୍ଷା କରିଚି, ଟଙ୍କା ନେଇ ବଜାର ଯିବ।

ଜେଜେବାପା ଟୁଲ୍‌ରୁ ଉଠିପଡି ଝରକା ପାଖେ ଠିଆ ହେଲେ, ଚାହିଁଲେ ଯେମିତି ଝରକା ସେପାଖେ କିଛି ଅଦୃଶ୍ୟ ଜିନିଷ ଲୁଚି ରହିଚି।

ତା' ପରଦିନ ମୁଁ ପଢାଘରୁ ଜେଜେଙ୍କ ପାଖକୁ ଦୌଡି ଆସିଲି। କହିଲି, ରଙ୍ଗବତୀ ଗୀତ ନା !

ତା'ପରେ, ତାଙ୍କ ଉତ୍ତରକୁ ଅପେକ୍ଷା ନକରି ମୁଁ ଗାଇ ଚାଲିଲି, ହାଇଗୋ ରଙ୍ଗବତୀ ଗୋ ରଙ୍ଗବତୀ...

ନାଚି ନାଚିକା।

ମୋ ନାଚ ଜେଜେଙ୍କୁ ବହୁତ ଉତ୍ସାହ ଆଣିଦେଲା। ସେ ଜୋରରେ ଜୋରରେ ବଜେଇ ଲାଗିଲେ ଗୀତର ସ୍ୱର। ମୁଁ ନାଚି ନାଚି ଥକିଗଲି।

ଜେଜେଙ୍କ ମୁହଁରେ ହସଟିଏ ଝୁଲି ରହିଥିଲା, ଆଖି ଦୁଇଟା ଚକ୍ ଚକ୍ କରୁଥିଲା, ହଜେଇ ଦେଇଥିବା କ'ଣ ଜିନିଷଟେ ପାଇ ଯାଇଥିବା ପରି।

ପର ସପ୍ତାହ ସାରା ଜେଜେ ମଜ୍ଜି ରହିଥିଲେ ପିଆନୋ ବଜାଇବାରେ। ଭଲିକି ଭଲି ଗୀତର ସ୍ୱର।

ଦିନେ ଗୋଟେ ରାତିରେ ସେ ଆକାଶର ଜହ୍ନକୁ ଚାହିଁଲେ, ବେଶ ସମୟ ଧରି, ଯେମିତି କ'ଣ ଟେ ଖୋଜୁଚନ୍ତି, ପୁଣି ଜାଣି ପାରୁନାହାନ୍ତି କଅଣ, ତା'ପରେ ଆସି ବସିଲେ ପିଆନୋ ପାଖେ। ଏଣୁ ତେଣୁ ରିଡ୍ ଟିପିଲେ, ଝରକା ବାହାରକୁ ଚାହିଁଲେ, ପୁଣି ଭାବିଲେ, ତା'ପରେ ବଜେଇ ଲାଗିଲେ ପିଆନୋ। ବଡ ଅଦଭୁତ ରକମର ସଂଗୀତ। ମୁଁ ଶୁଣିଲି ଟିକେ ସମୟ।

ଏଟା କୋଉ ସିନେମାର ଗୀତ ! ମୁଁ ଜାଣିପାରୁନି।

ଜେଜେବାପା ଟୁଲ୍‌ରୁ ଉଠି ଟେପ୍ ରେକର୍ଡର୍ ପାଖକୁ ଗଲେ, ବଜେଇଲେ ଗୋଟେ ଦଦରା ଟେପ୍। ଅଲଗା ରକମର ଗୀତଟେ। ଭଲ ଲାଗୁଥିଲା, ପୁଣି କେମିତି ଗୋଟେ ଦୁଃଖ ଦୁଃଖ।

: ମୁନ୍‌ଲାଇଟ୍ ସୋନାଟା।

ସତେ ଯେମିତି ସବୁ କଥା ମତେ ଜଣା, ସେମିତି ଢଙ୍ଗରେ କହି ସେ ଟେପ୍ ବନ୍ଦ କରିଦେଲେ। ପିଆନୋ ପାଖରେ ପୁଣି ବସିଲେ, ବଜେଇ ଲାଗିଲେ। ଟେପ୍‌ଠୁ ଆହୁରି ଭଲ ଶୁଭିଲା ପିଆନୋର ସ୍ୱର। ଟେପ୍‌ଟା ପୁରୁଣା ଥିଲା ତ !

କିଛି ସମୟ ବଜେଇ ସାରି ଜେଜେ ମତେ ଚାହିଁଲେ। କହିଲେ: ଯୋଉ ଝିଅ ଲାଗି ବୀଥୋଭେନ୍ ଏ ଗୀତଟି ବଜେଇଥିଲେ, ଗୋଟେ ଜହ୍ନରାତିରେ, ସେ ଝିଅଟି ପରେ ସତେ ଯେମିତି ଉଭେଇ ଯାଇଥିଲା ପବନରେ। ସେ ଝିଅଟିର ଆଖି ନଥିଲା, ସାରା ଜୀବନ ଅନ୍ଧୁଣୀ ଥିଲା, ସେ ଜାଣି ବି ନଥିଲା ବୀଥୋଭେନ୍ ତା' ଲାଗି ଏ ଗୀତଟି ବଜଉଚନ୍ତି, ପୃଥିବୀର ସବୁଠୁ ଶ୍ରେଷ୍ଠ ଗୀତ।

ଗୀତଟିର ସ୍ୱର ମତେ ଶୁଭୁଥିଲା ପବନ ଭିତରେ, ଝରକା ସେପାଖ ପବନ।

ଗୋଟେ ସ୍ୱର ଭିତରେ ଏତେ କାନ୍ଦ କାନ୍ଦ ଜିନିଷ ଥାଏ !

ପରଦିନ ଜେଜେମାଆ କହିଲେ, ତୁମେ ଭାରି ଭଲ ବଜଉଚ। ଏଥର ତୁମ କ୍ଲବ୍ ବାର୍ଷିକ ଉତ୍ସବରେ ପିଆନୋ ବଜେଇବ, ସମସ୍ତେ ଖୁସି ହୋଇଯିବେ।

ଜେଜେ କଥାଟା ଶୁଣି ନ ପାରିଲା ଭଳି ଚୁପ୍ ରହିଲେ।

ତିନିଦିନ ପରେ ସେଇ ପିକଅପ୍ ଭ୍ୟାନ୍‌ଟି ପହଞ୍ଚିଥିଲା, ଯୋଉଥିରେ ପିଆନୋ ଆସିଥିଲା ଆମ ଘରକୁ।

ଜେଜେମାଆ କହିଲେ, ଏ କ'ଣ!

ଜେଜେ ଭାରି ଚୁପ୍‌ଚାପ୍ ଥିଲେ। ଦୁଃଖୀ ଦୁଃଖୀ ନୁହଁ, ଗମ୍ଭୀର। ଯେମିତି ସେ ଦିଶୁଥିଲେ ତାଙ୍କୁ ଯୋଉଦିନ ବେଷ୍ଟ ଅଫିସର୍ ମେଡାଲ୍ ମିଳିଥିଲା, ତିନି ବର୍ଷ ତଳେ।

ସେ ଜେଜେମାଆଙ୍କୁ କହିଲେ, ହେଲେନ୍ କେଲର୍ ଅନ୍ଧ ସ୍କୁଲ୍‌କୁ ପଠେଇଦେବି, ପିଲାଏ ବଜେଇ ଶିଖିବେ।

: ଟଙ୍କା ତ ଯାଚି ପାରିଥାଆନ୍ତ, ପିଆନୋଟେ କିଣିବା ପାଇଁ। ଏଇଟା ଦେଇ ଦେଉଚ କାହିଁକି!

ଜେଜେ କିଛି କହିଲେ ନାହିଁ।

ଜେଜେମାଆ ଆସି ପିଆନୋ ପାଖରେ ଠିଆ ହେଲେ। ହାତ ରଖିଲେ ଶ୍ରଦ୍ଧାରେ, ଆଖିକୁ ଦିଶୁ ନଥିବା ଧୂଳି ପୋଛି ଦେଲେ।

: କେଡେ ସରାଗରେ କିଣି ଥିଲ!

ଜେଜେ ଆସି ତାଙ୍କ ଚଉକି ଉପରେ ବସି ପଡିଲେ, ଯେମିତି ଭାରି ଥକି ପଡିଚନ୍ତି।

ଚାରି ଜଣ ମଣିଷ ପିଆନୋକୁ ଟେକି ଟେକି ଗାଡିକୁ ନେଲେ। ଜେଜେମାଆ ଯାଉ ଥାଆନ୍ତି ପଛରେ ପଛରେ, କହିକହି : ସାବଧାନରେ ନିଅ, ସାବଧାନରେ, କୋଉଠି ବଜାଅ ନାହିଁ।

ପିକ୍ ଅପ୍ ଗାଡି ଚାଲିଗଲା ପରେ ଜେଜେବାପା ଆସି ଝରକା ପାଖେ ଠିଆ ହେଲେ। ଚାହିଁଲେ ସଞ୍ଜ-ଅନ୍ଧାର ଭିତରକୁ, ନିରେଖି ନିରେଖି, ଯେମିତି କୁହୁଡି ଭର୍ତ୍ତି ହେଇ ଯାଉଚି ଚାରିଆଡ।

ମୁଁ ତାଙ୍କ ପାଖେ ଆସି ଠିଆ ହେଲି। ମନ ହେଲା ତାଙ୍କ ହାତଟା ଧରିବାକୁ, କିନ୍ତୁ ସାହସ ହେଲାନି।

ଟିକେ ସମୟ ସେମିତି ଠିଆ ହୋଇ ରହିବା ପରେ ମୁଁ ପଚାରିଲି : ଜେଜେ, ଶ୍ରୀଲତା ମରିଗଲା ବେଳେ ତା'କୁ କେତେ ବର୍ଷ ହେଇଥିଲା!

ଜେଜେବାପା ଅଳ୍ପ ଚମକି ପଡିଲା ପରି ଚାହିଁଲେ ମୋ ଆଡକୁ।

କିନ୍ତୁ କିଛି କହିଲେ ନାହିଁ।

■

କୋମଳ ଗାନ୍ଧାର

ତା' ବିଷୟରେ ଏବେ ଲେଖି ବସି ଭାବୁଛି, ଏ ମୋ' ପକ୍ଷରେ ଠିକ୍ ହେଲା ନାହିଁ। ତା' ବିଷୟରେ ମୁଁ କ'ଣ ବା ଜାଣେ ? ଏଇ ବିଗତ ପଚିଶ ବର୍ଷ ଧରି ସେ କେଉଁଠି ଅଛି, କିପରି, ମୋଟ ଉପରେ ସେ ବଞ୍ଚିଛି କି ନାହିଁ, ମୁଁ ଜାଣେନା। ମୋ ପକ୍ଷରେ ତା' ବିଷୟରେ ଲେଖିବା କେତେଦୂର ସୀମାଚୀନ, ଯେତେବେଳେ ତା'ର ମୋର ପରିଚୟ ମାତ୍ର ଗୋଟିଏ ବର୍ଷର; ଆଉ ଯେତେବେଳେ ଆମ ଦୁହିଁଙ୍କର ବୟସ ଥିଲା ମାତ୍ର ପନ୍ଦର ବର୍ଷ। ମୁଁ ବୋଧହୁଏ ତା' ଠାରୁ ସାମାନ୍ୟ ବଡ଼ ଥିଲି- ଏଇ ଦୁଇ ଚାରିମାସର ପାର୍ଥକ୍ୟ ମାତ୍ର।

ତଥାପି ମୁଁ ଲେଖି ବସିଛି, ସେଦିନର କଥା ମୋର ଅବିକଳ ମନେ ନାହିଁ; ସେଇ ପୁରୁଣା ପରିତ୍ୟକ୍ତ ସହରର ରୂପ ମଧ୍ଯ ମନେ ନାହିଁ ଠିକ୍ ଭାବରେ। କିଛି ଅନୁମାନ କିଛିଟା ଧାରଣା।

କିନ୍ତୁ, ତା' ମୁହଁଟା ମୋର ଠିକ୍ ମନେ ଅଛି - ଏଇ ଏବେ ମଧ୍ଯ ମୋର ଆଖି ସାମନାରେ ସେଇ ମୁହଁଟି ଦେଖାଯାଉଛି। ଗହଳ କଳା ମଥାଏ ବାବୁରି ବାଳ, ଉଚ୍ଚ କପାଳ, ଲମ୍ବା ନାକ, ଗୋରା ସୁନ୍ଦର ସୁଢ଼ଳ ଗୋଟିଏ ମୁହଁ।

ତା' ନାମଟା କହି ନାହିଁ ଯେ - ତା' ନାମ ସୁମନ୍ୟୁ।

ବାଲେଶ୍ୱରରୁ ବାପାଙ୍କ ବଦଳି ହେଲା କେନ୍ଦୁଝରେ। ସେଇ କେନ୍ଦୁଝର ଗିବ୍‌ସନ୍ ହାଇସ୍କୁଲରେ ମୁଁ ନାମ ଲେଖାଇଥିଲି, ଏକାଦଶ ଶ୍ରେଣୀରେ। ଏ ବର୍ଷ ମାଟ୍ରିକ ପରୀକ୍ଷା ଦେବି।

ସେଇ ସ୍କୁଲରେ ମୋର ତା' ସହିତ ପରିଚୟ।

ନୂଆ କରି ମୁଁ ସେଦିନ କ୍ଲାସକୁ ଆସି ବଡ଼ କୁଣ୍ଠିତ ହୋଇ ପଡ଼ିଥିଲି; ଲଜ୍ଜା ଠିକ୍ ନଥିଲେ ବି ସଂକୋଚ ମୋର ଥିଲା ଖୁବ୍। ଶ୍ରେଣୀର ପଛ ବେଞ୍ଚରେ ଯାଇ ବସିଥିଲି।

ଯେଉଁଠି ବସିଲି, ସେଠାରେ ସବୁ ସିଟ୍‌ଶୂନ୍ୟ, ଜଣେ କେବଳ ବସିଥିଲା ଏକାକୀ - ନିଜକୁ ଅନ୍ୟଠାରୁ ଦୂରେଇ ନେବା ପରି। ସେ ସୁମନ୍ୟୁ।

ଉଚ୍ଚତାରେ ସେ ଏମିତି ବେଶି ବି କିଛି ନୁହେଁ, ତଥାପି ସେ ବସିଥିଲା ପଛରେ। କାହିଁକି, ସେ କଥା ମୁଁ ବୁଝିଥିଲି ପରେ।

ସେଇ ପଛ ବେଞ୍ଚରେ ତା'ର ମୋର ପରିଚୟ। ପ୍ରଥମେ ସେ ଚୋରେଇ ଚୋରେଇ ମୋ ଖାତାରେ ଥିବା ନାମକୁ ପଢ଼ିଲା। ମୋ ମୁହଁକୁ ଚାହିଁଲା। ମୁଁ ମଧ୍ୟ ତା' ଖାତାକୁ ଚାହିଁଲି- ତା' ନାମ ଜାଣିବା ଅଭିପ୍ରାୟରେ। କିନ୍ତୁ ଖାତା ଉପରେ କିଛି ନାମ ଲେଖା ନଥିଲା। ତେଣୁ ପଚାରିଲି -

ତୁମ ନାଆଁ କଅଣ ?

- ସୁମନ୍ୟୁ।

ଅତି ଚାପା କ୍ଷୀଣ ତା'ର କଣ୍ଠ। ପନ୍ଦର ବର୍ଷ ବୟସରେ କଣ୍ଠ ସ୍ୱରରେ ଏକ ଆପାତ କର୍କଶତା ଥାଏ, କିନ୍ତୁ ଯେପରି କର୍କଶତା ତା' ସ୍ୱରରେ ନଥିଲା।

- ମୋ ନାମ ଦୀପକ। ଦୀପକ ପଟ୍ଟନାୟକ।

ସେ ମୁଣ୍ଡ ହଲାଇ ଆସ୍ତେ ହସିଲା। ତା' ଅର୍ଥ ମୁଁ ଜାଣେ।

ତା' ପରେ କଥାବାର୍ତ୍ତାରେ ଖିଅ ବଢ଼ିଲା।

ବୟସ ପନ୍ଦର ବର୍ଷ, ପଢୁଛୁ ଏକାଦଶ ଶ୍ରେଣୀରେ, ଆଉ ଦଶମାସ ପରେ ମାଟ୍ରିକୁଲେସନ୍ ପରୀକ୍ଷା ଦେବୁ। ଏଣୁ ଯାହା କଥାବାର୍ତ୍ତା ହେବାର କଥା- ପଢ଼ାପଢ଼ି କେତେ ଆଗେଇଛି, କୋଉ ସାର୍ କେମିତି ପଢ଼ାନ୍ତି।

ତୁମର ପୋଜିସନ୍ କ୍ଲାସ କ'ଣ ଥିଲା ? ମୁଁ ପଚାରିଲି। ମୋର ଉଦ୍ଦେଶ୍ୟ ଥିଲା ସ୍ପଷ୍ଟ। ସେ କହିଲା - ମୁଁ ଶ୍ରେଣୀରେ ସେକେଣ୍ଡ ହୁଏ।

ମୁଁ ମନେ ମନେ ସତର୍କ ହୋଇଗଲି। ଏଇ ତେବେ ମୋର ଜଣେ ପ୍ରତିଦ୍ୱନ୍ଦ୍ୱୀ ହେବ ଏଥରକ।

: ଟୋଟାଲ ମାର୍କ କେତେ ଥିଲା ?

: ଚାରିଶହ ସତୁରି।

ମୁଁ ଆଶ୍ୱସ୍ତ ହେଲି।

: ତମର ଏଗ୍ରିଗେଟ୍ କେତେ ଥିଲା। ସେ ପଚାରିଲା।

: ମୋର ଥିଲା ପାଞ୍ଚଶହ ସତାଅଶୀ। ମୁଁ ଗାମ୍ଭୀର୍ଯ୍ୟ ରକ୍ଷା କରି କହିଲି।

ସେ ମୋ ଆଡ଼କୁ ଆଶ୍ଚର୍ଯ୍ୟ ହୋଇ ଚାହିଁଲା। ଏତେ ବଡ଼ ଗୋଟାଏ ସଂଖ୍ୟା ସେ ମୋଠାରୁ ଶୁଣିବାକୁ ଚାହିଁ ନଥିଲା ନିଶ୍ଚୟ। ମନେ ମନେ ଟିକିଏ ସଂକୁଚିତ

ହୋଇଉଠିଥିବ ହୁଏତ। ସେଇ ସଙ୍କୋଚ ମନରେ ରଖି କହିଲା : ତୁମେ ସେଠି ଫାଷ୍ଟ ହେଉଥିଲ ?

ମୁଁ ମୁଣ୍ଡ ହଲାଇଲି।

ସୁମନ୍ୟୁ ଆଉ କିଛି କହିଲା ନାହିଁ। ଚୁପ୍ ରହିଲା।

: ଏଠି କିଏ ଫାଷ୍ଟ ହୁଏ ? ମୁଁ ପଚାରିଲି।

: ଇନ୍ଦୁ।

ଏତେବେଳ ଯାଏ ମୋର ଦୃଷ୍ଟିରେ ସେ ପଡ଼ିନଥିଲା। କିନ୍ତୁ ଏଥର ଦେଖିବାକୁ ପାଇଲି, କ୍ଲାସର ସବା ଆଗ ଧାଡ଼ିରେ ଅଲଗା, ଏକୁଟିଆ ଗୋଟିଏ ସିଟ୍‌ରେ ଗୋଟିଏ ଝିଅ। ସୁମନ୍ୟୁର କଥା ଅନୁସାରେ, ଇନ୍ଦୁ।

: ଏଇ ?

ସୁମନ୍ୟୁ ମୁଣ୍ଡ ହଲାଇଲା। ସ୍ୱୀକୃତି ସୂଚକ। ମୁଁ ଜାଣିଲି ଆପାତତଃ ଏଇ ମୋର ପ୍ରତିଦ୍ୱନ୍ଦୀ। ମୋତେ ବେଶ ଭଲ ଲାଗିଲା, ମୋ ବୟସର ଗୋଟିଏ ଝିଅକୁ ପ୍ରତିଦ୍ୱନ୍ଦ୍ୱୀ ମନେ କରି।

ଦେଖିବାକୁ ବେଶ୍ ସୁନ୍ଦର, ପିନ୍ଧିବା ପୋଷାକରୁ ମନେ ହେଲା ଯେମିତିକି ଧନୀ ଘରର ଝିଅ। ମୁଁ ମନେ ମନେ ଉତ୍ସାହିତ ବୋଧ କଲି।

କେତେ ନମ୍ବର ଥିଲା ?

ସେଦିନ ପ୍ରଥମ ସାକ୍ଷାତ। ତେଣୁ ମୁଁ ଲକ୍ଷ୍ୟ କରି ପାରି ନଥିଲି, କି ଏକ ଅଦ୍ଭୁତ ଉଜ୍ଜଳ ସମ୍ଭ୍ରମବୋଧ ସୁମନ୍ୟୁ ମୁହଁରେ ଫୁଟି ଉଠିଥିଲା। ଏକ ପ୍ରଚ୍ଛନ୍ନ ଗୌରବ ବୋଧ ତା' ସହିତ। କିନ୍ତୁ କ୍ଷଣିକରେ ସେ ଅଭିବ୍ୟକ୍ତି ତା' ମୁହଁରୁ ଲିଭି ଗଲା, ସେ କହିଲା: ଏଠାରେ ବଡ଼ ଷ୍ଟ୍ରିକ୍‌ଟ ମାର୍କିଂ ହୁଏ। ବେଶି ନମ୍ବର ମିଳେ ନାହିଁ। ସେମିତି ନମ୍ବର ମିଳୁଥିଲେ ତ ସେ ଛଅଶହରୁ କମ୍ ନମ୍ବର ପାଆନ୍ତେ ନାହିଁ। ତୁମେ ଜାଣି ନାହଁ, ସେ ବଡ଼ ବ୍ରିଲିଆଣ୍ଟ, ବଡ଼ ...

ସୁମନ୍ୟୁର କଥାଟା ଅସମ୍ପୂର୍ଣ୍ଣ ରହିଲା, କାରଣ ସେ କହେ ଅତି ସଂକ୍ଷେପରେ, ସେ ରହିଗଲା। ଟିକିଏ ଚୁପ୍ ରହି କହିଲା:

ସେ ବଡ଼ ବ୍ରିଲିଆଣ୍ଟ। ଅତି ଭଲ ପଢ଼ନ୍ତି। ତୁମେ ନୂଆ ଆସିଛ, ଜାଣି ପାରିବ ନାହିଁ।

ତେବେ - ମୁଁ ସଂଖ୍ୟାଟି ଜାଣିବାକୁ ଚାହିଁଲି, କାରଣ ସେହି ସଂଖ୍ୟାଟି ଉପରେ ମୋର ଅନେକ କିଛି ନିର୍ଭର କରୁଥିଲା- କେତେ ରଖିଥିଲା ସେ ଝିଅଟା ?

ମୁଁ ସେଦିନ ଜାଣି ପାରି ନଥିଲି ମୋ ସ୍ୱରରେ କିଭଳି ଉପେକ୍ଷା ଓ ଅବଜ୍ଞା ଫୁଟି

ଉଠିଥିଲା, 'ସେ ଝିଅଟା' କହିବା ଭିତରେ - ମୁଁ ଜାଣି ପାରି ନଥିଲି। ସୁମନ୍ୟୁ ମନେ ମନେ ଏଥିରେ ମୋ ଉପରେ ବଡ଼ ଅସନ୍ତୁଷ୍ଟ ହୋଇଥିବ ନିଶ୍ଚୟ; କାରଣ ପରେ ବନ୍ଧୁତା ଜମି ଉଠିବା ପରେ ମୁଁ ସୁମନ୍ୟୁକୁ ଅଧିକ ଚିହ୍ନିବାର ସୁଯୋଗ ପାଇଥିଲି ତ !

ସୁମନ୍ୟୁ ଶେଷକୁ ମତେ ନମ୍ବରଟି କହିଥିଲା। ପାଞ୍ଚଶହ ସତେଇଶି, ମୋ ଠାରୁ ଷାଠିଏ ନମ୍ବର କମ୍। ମୁଁ ମନେ ମନେ ଆଶାନ୍ୱିତ ହେଲି। ଝିଅଟିକୁ ଚାହିଁ ଦେଖିଲି, ମୋର ପନ୍ଦର ବର୍ଷ ବୟସର କିଶୋର ପ୍ରାଣରେ ପୁଲକ ସଞ୍ଚରିଗଲା।

ସେଇ ସଞ୍ଚରିତ ପୁଲକକୁ ମୁଁ ଅନୁଭବ କଲି ଆସିବାର ପ୍ରଥମ ଦିନ - ଥରେ ନୁହେଁ ଦୁଇଥର। ଗଣିତ ଶିକ୍ଷକ ଦୁଃଖୀଶ୍ୟାମ ବାବୁ କ୍ଲାସରେ ଉପସ୍ଥାପନା ନେଇ ସାରି, ଶେଷରେ ଲେଖାଥିବା ମୋର ନାମ ପଢ଼ିଲେ ଓ ପଚାରିଲେ।

: ତୁମେ ତ ସେଇ - ବାଲେଶ୍ୱରରୁ ଆସିଛ ?

ମୁଁ ଠିଆ ହୋଇ ହଁ ଭରିଲି।

: କ୍ଲାସ୍‌ରେ ଫାଷ୍ଟ ହେଉଥିଲ ? କେତେ ଥିଲା ଏଥର ପରୀକ୍ଷାରେ ?

ଇନ୍ଦୁ ଆଡକୁ ମୁଁ ଥରେ ଚାହିଁ ଦେଇଥିଲି ଏ ଭିତରେ। ସେ ଚୁପ୍ ଚାପ୍ ଡ଼େସ୍କ ଉପରର ଗୋଟିଏ ବହିକୁ ଚାହିଁ ରହିଥିଲା। କିନ୍ତୁ ଗଣିତ ଶିକ୍ଷକଙ୍କ ଦ୍ୱିତୀୟ ପ୍ରଶ୍ନ ଶୁଣି ସେ ଥରେ ମୋ ଆଡ଼କୁ ଚାହିଁଲା, ସାମାନ୍ୟ ଏକ ମୁହୂର୍ତ୍ତ ପାଇଁ।

ମୁଁ ମୋ ନମ୍ବର କହିଲି। 'ପାଞ୍ଚଶହ ସତାଅଶୀ।' କ୍ଲାସର ସବୁ ପିଲା ଫେରି ମତେ ଚାହିଁଥିଲେ, ନୂଆ ଏକ ମେଧାବୀ ଛାତ୍ରକୁ ଚିହ୍ନିବା ପାଇଁ। ମୁଁ ପୁଲକିତ ହୋଇଉଠିଥିଲି। ସେଠି ଆମର ବଏଜ୍‌ସ୍କୁଲ। କିନ୍ତୁ ଏଠି ତାହା ନୁହେଁ, ଯାହା ସଦ୍ୟ ବିକାଶ ପ୍ରାୟ ଗୋଟିଏ କିଶୋର ପାଇଁ ଗୋଟିଏ ଗୁରୁତ୍ୱପୂର୍ଣ୍ଣ ବ୍ୟାପାର। ପୁଣି ଯେଉଁଠି ପ୍ରତିଦ୍ୱନ୍ଦ୍ୱୀ ଜଣେ ବାଳିକା, ଏକା ବୟସର।

ଇନ୍ଦୁ ଯେତେବେଳେ ମୋ ଆଡ଼କୁ ଚାହିଁଲା ଏକ ଚଞ୍ଚଳ ଶିହରଣ ଖେଳିଗଲା ମୋ ଭିତରେ, ମୁଁ ତା' ଆଡୁ ଆଖି ଫେରାଇ ଆଣି ଗମ୍ଭୀର ହେବାକୁ ଚେଷ୍ଟା କଲି।

ଗଣିତରେ ତୁମର କେତେ ଥିଲା ? ସାର୍ ପଚାରିଲେ।

କମ୍ପଲଶରୀରେ ଶହେ, ଅପ୍‌ସନାଲ୍‌ରେ ଅନେଶତ।

ଦୁଃଖୀଶ୍ୟାମ ସାର୍ ସେଦିନ ଭାରି ଖୁସି ହୋଇଥିଲେ। ଆହୁରି ଅନେକ କଥା ବି ପଚାରିଥିଲେ।

ତେବେ ପ୍ରଥମରୁ ହିଁ ମୋର ସନ୍ଦେହ ହୋଇଥିଲା, ସୁମନ୍ୟୁ ନାମକ ପତଳା, ସ୍ୱାସ୍ଥ୍ୟହୀନ କିନ୍ତୁ ସୁନ୍ଦର ବାଳକଟି ମୋର ଏକ ପ୍ରକାର ସମ୍ବର୍ଦ୍ଧନାରେ ସନ୍ତୁଷ୍ଟ ହୋଇପାରି ନଥିଲା।

ତଥାପି - ସୁମନ୍ୟୁ ସହିତ ମୋର ସମ୍ପର୍କ ହୋଇଥିଲା ସବୁଠାରୁ ପ୍ରଗାଢ଼। ଯଦିଓ

ମାତ୍ର ଗୋଟିଏ ବର୍ଷ ପାଇଁ, ତଥାପି ଏତେ ଶୀଘ୍ର ସେ ମୋର ନିକଟ ହୋଇଆସିଥିଲା, ଏତେ ଅନ୍ତରଙ୍ଗ ହୋଇ ଉଠିଥିଲା, ଯାହା ମୋତେ ଏବେ ମଧ୍ୟ ଅଭିଭୂତ କରିଦିଏ।

ତେବେ ପ୍ରଥମରୁ ହିଁ ସେ କହିଥିଲା, ତୁମେ ତାଙ୍କ ଠାରୁ ବେଶି ନମ୍ବର ରଖିଛ ସତ, ହେଲେ ସେ ଭାରି ଭଲ ପଢ଼ନ୍ତି। ସେ ଭଲ। ସେ ଖୁବ୍ ଭଲ। ତୁମେ ନୂଆ ଆସିଚ, କିଛି ଜାଣି ନାହଁ। ସତକହୁଚି ସୁମନ୍ୟୁର ଏହି ଅବରୁଦ୍ଧ ଅସନ୍ତୋଷ ବିରୁଦ୍ଧ ଭାବ ମତେ ବେଶ ଭଲ ଲାଗିଥିଲା।

ସୁମନ୍ୟୁ ପଚାରିଥିଲା: ତୁମର ହବି କଅଣ? ତୁମକୁ କ'ଣ ଭଲ ଲାଗେ?

: କ୍ରିକେଟ୍।

ସୁମନ୍ୟୁ ମୋ ଉତ୍ତର ପାଇ ସନ୍ତୁଷ୍ଟ ହେଲା ବୋଲି ମୋର ମନେ ହେଲା ନାହିଁ। ମୋର କୌତୂହଳ ହେଲା, ପଚାରିଲି:

ତମର ପ୍ରିୟ ଖେଳ କ'ଣ?

: ମତେ ଖେଳିବାକୁ ଭଲ ଲାଗେ ନାହିଁ। ଧୀରେ, ଶାନ୍ତ ଭାବରେ ଉତ୍ତର ଦେଲା ସୁମନ୍ୟୁ। ମୋ ହବି କଥା ଯଦି ପଚାରୁଚ, ତେବେ....

ସେମାନେ ଜଣେ ଜଣେ ଥାଆନ୍ତି। ଆମ ଭିତରେ। ଆମର ଅତି ନିକଟରେ। ଅଥଚ ଆମେ କେହି ଚିହ୍ନି ପାରୁନା ସେମାନଙ୍କୁ। କ୍ଲାସର ସବୁ ଠାରୁ ପଛ ବେଞ୍ଚରେ ବସୁଥିବା ଏବଂ ଶ୍ରେଣୀରେ କେବେ ଦ୍ୱିତୀୟ କେବେ ଚତୁର୍ଥ ସ୍ଥାନ ଅଧିକାର କରୁଥିବା ସେଇ ପିଲାମାନଙ୍କୁ ଆମେ ଜାଣିପାରୁ ନାହିଁ। ସେମାନେ ଥାଆନ୍ତି ନିଃଶବ୍ଦ, ଚାପା। ଯଦିଓ ଆମର ଆଖି ସାମନାରେ। ମାତ୍ର ଆମେ ସେମାନଙ୍କ ଉପସ୍ଥିତି ଜାଣି ପାରୁ ନାହିଁ, ଉପଲବ୍ଧି କରି ପାରୁ ନାହିଁ।

ସୁମନ୍ୟୁ କହିଥିଲା - ମୋ ହବି କ'ଣ ମୁଁ ତୁମକୁ କହିବି ନାହିଁ। ତୁମେ ସେ କଥା ବୁଝିପାରିବ ନାହିଁ।

ସତରେ, ସେତେବେଳେ ମୁଁ ଠିକ୍ ବୁଝିପାରି ନଥିଲି, ତେବେ ଅଭିଭୂତ ଯେ ହୋଇପଡ଼ିଥିଲି, ଏକଥା ଠିକ୍। ନହେଲେ ଆଜି, ସେଇ ଦିନ ସବୁ ବିତିବାର ପଚିଶ ବର୍ଷ ପରେ, ତାକୁ ହଠାତ୍ ମନେପକାଇ ପାରି ନଥାନ୍ତି - ଆଉ ଏକ ନିରୁପାୟ ବ୍ୟାକୁଳତା ମୋ ଭିତରେ ଛାଟିପିଟି ହୁଅନ୍ତା ନାହିଁ।

ମୋ ହବି ତୁମେ ବୁଝିବ ନାହିଁ, ମୋଟେ ବୁଝିପାରିବ ନାହିଁ। ସେ ମୃଦୁ ସ୍ୱରରେ କହିଥିଲା।

- ତେବେ, ମୁଁ ଆଗ୍ରହର ସହିତ ପ୍ରଶ୍ନ କରିଥିଲି, ତୁମକୁ କ'ଣ ଭଲ ଲାଗେ ସେ କଥା ମୁଁ ବୁଝିପାରିବି ନାହିଁ?

- ନା -

ସୁମନ୍ୟୁ କିନ୍ତୁ ଶେଷ ପର୍ଯ୍ୟନ୍ତ କହିଥିଲା - ମତେ ଭାବିବାକୁ ଭଲ ଲାଗେ। ଚୁପ୍‌ଚାପ୍ ବସି ଭାବିବା ପାଇଁ ଭାରି ଭଲ ଲାଗେ।

ଏ ପୁଣି କି ପ୍ରକାରର ହବି ? ଭାବିବା ଓ ଭାବିବା ପାଇଁ ଭଲ ପାଇବା ! ମତେ ବଡ଼ ଆଶ୍ଚର୍ଯ୍ୟ ଲାଗିଥିଲା।

- ମୁଁ ବସି ବସି ଭାବେ ରାତିରେ ଶୋଇବା ଆଗରୁ, ଘଣ୍ଟା ଘଣ୍ଟା ଧରି ଭାବେ। ଅନେକ କଥା ଅନେକ ଲୋକଙ୍କ କଥା। ମତେ ଭଲ ଲାଗେ।

- ଭାବିବାକୁ ଭଲ ଲାଗେ ? ଭାବି ଭାବି ତୁମ ମୁଣ୍ଡ ବଥାଏ ନାହିଁ ?

ସୁମନ୍ୟୁ ହସିଥିଲା।

ରିସେସ୍ ଆୱାର୍‌ରେ ଅଧଘଣ୍ଟା ପାଇଁ ଛୁଟି ମିଳେ। ପଡ଼ିଆରେ ଖେଳ କସରତ, ଧାଁ ଦଉଡ଼ ଚାଲେ। କିନ୍ତୁ ସୁମନ୍ୟୁ ଚାଲିଯାଏ ସେଇ ଗହଳି ଓ ପାଟି ତୁଣ୍ଡ ଠାରୁ ଦୂରକୁ। ସେଠାରେ ଅନେକ ଗଛର ଛାଇ। ଚୁପ୍‌ଚାପ୍ ସେଠି ବସେ ସେ। ଯେତେବେଳେ ଦେଖେ ପଡ଼ିଆରୁ ପିଲାଏ ଚାଲି ଯାଉଛନ୍ତି ସେ ଉଠେ। ଛୁଟି ସରିଲା।

ମୁଁ ତା' ସହିତ ସେଇ ଗଛ ଛାଇ ତଳର ଶୂନ୍ୟ ନିର୍ଜନ ସମାଧିକୁ କେତେ ଥର ଆସିଥିଲି। ପ୍ରଥମେ ପ୍ରଥମେ କେବେ କେମିତି ଯାଚି ହୋଇ। କିନ୍ତୁ ତା'ପରେ ଦୁହେଁ ସାଙ୍ଗ ହୋଇ ଆସୁ।

- ଆଚ୍ଛା, ତୁମେ କ'ଣ ସବୁ ଭାବ ବସି କହିଲ ? ମୁଁ ଦିନେ ପଚାରି ଦେଲି।

ମୋର ପ୍ରଶ୍ନ ଶୁଣି ସେ ହସିଲା। କହିଲା - ସେ କଥା ତମେ ବୁଝିପାରିବ ନାହିଁ। ସେ ନିହାତି ବାଜେ କଥା - ଭାବି ଲାଭ ନାହିଁ।

ମୁଁ ତା' ମୁହଁକୁ ଆଶ୍ଚର୍ଯ୍ୟ ହୋଇ କିଛି ସମୟ ଚାହିଁ ରହିଲି। ପଚାରିଲି 'ତମେ କବିତା ଲେଖ ସୁମନ୍ୟୁ ?'

ଏମିତି ଧାରଣା ଗୋଟିଏ ଆସିବା ସ୍ୱାଭାବିକ। ଏଇ ପ୍ରକାର ପିଲାଙ୍କଠାରୁ ଏମିତି କିଛି ଯେ ଆଶା କରାଯାଏ, ସେ କଥା ମୁଁ ଜାଣିଥିଲି।

ସୁମନ୍ୟୁ ହସିଥିଲା, ଯେମିତି ସେ ଲୁଚାଛପା କିଛି ଗୋଟାଏ ଅପ୍ରିୟ କାମ କେଉଁଠି କରୁଥିଲା, ଧରା ପଡ଼ିଯାଇଛି, ଆଉ ମୁକୁଳି ଯାଇପାରିବ ନାହିଁ।

: ସତେ ? ତୁମେ କବିତା ଲେଖ ? ଗପ ଲେଖ ?

ସେ ଜଣେ କବି। କଥାଟା ଆବିଷ୍କାର କରିବା ମାତ୍ରେ ମୋ' ମନ ଭିତରେ ଗୋଟାଏ ଅଦ୍ଭୁତ କୌତୂହଳ ଖେଳିଗଲା।

କଅଣ ସବୁ ଲେଖ ତୁମେ? କିପରି? କିପରି କବିତା? ମତେ ଦିନେ ଦେଖାଇବ!

କବିତା ମୁଁ କିଛି ପଢ଼ିଥିଲି; ଜଣେ ଅଧେ କବିଙ୍କୁ ମଧ୍ୟ ଦେଖିଥିଲି। ଜଣେ ବଡ଼ କବି ଆସିଥିଲେ ମୁଁ ବାଲେଶ୍ୱରରେ ପଢୁଥିବା ସ୍କୁଲର ବାର୍ଷିକ ଉତ୍ସବରେ ଯୋଗ ଦେବା ପାଇଁ। ଦେଖିବାକୁ ଅସୁନ୍ଦର। ଲୁଗାପଟା ପିନ୍ଧାରେ ଗୋଟାଏ ଅଦ୍ଭୁତ ଅସୁନ୍ଦର ଢଙ୍ଗ। ହାତ ଦୁଇଟା ଲୋମଶ, ଶିରାବହୁଳ। ଯେତେବେଳେ ଭାଷଣ ଦେଇଥିଲେ ବଡ଼ ଚିଡ଼ି ଲାଗିଥିଲା ଶୁଣିବା ପାଇଁ। ସ୍ୱର କର୍କଶ। ଉଚ୍ଚାରଣ ମଧ୍ୟ ଅସ୍ପଷ୍ଟ।

ମୋ' ପନ୍ଦର ବର୍ଷ ବୟସର ଅଭିଜ୍ଞତାରେ କବି ଥିଲେ ଏମିତି ଜଣେ। କିନ୍ତୁ ସୁମନ୍ୟୁକୁ ଦେଖି, ମୋ ମନରେ ଧାରଣା ଆସିଲା, ଯେଉଁ ଭାବରେ କବି ଓ କବିତାକୁ ମୁଁ ବୁଝୁଛି, ତାହା ଠିକ୍ ନୁହେଁ ହୁଏତ। ଏଇ ସୁମନ୍ୟୁ ହିଁ ଜଣେ କବି। ତା'ର ପ୍ରତିଟି ଭାଷା, ପ୍ରତିଟି ହାବଭାବ କବିତାର ଏକ ପଙ୍‌କ୍ତି।

ଯେତେବେଳେ ଜାଣିଲି ସୁମନ୍ୟୁ କବିତା ଲେଖେ, ମୁଁ ତା'କୁ ନୂଆ ରୂପରେ ଦେଖିବାକୁ ଚେଷ୍ଟା କଲି। ତା' କଥା ହାବଭାବରୁ ନୂଆ ଅର୍ଥ ଓ ନୂଆ ପ୍ରତୀକ ଖୋଜିବାକୁ ଚେଷ୍ଟା କଲି।

ସବୁଠାରୁ ଆଶ୍ଚର୍ଯ୍ୟଜନକ ଥିଲା ତା'ର ଅଦ୍ଭୁତ ଲଜ୍ଜାଶୀଳତା, ଯାହା ସେ କଠିନ ଗାମ୍ଭୀର୍ଯ୍ୟ ଭିତରେ ଚପାଇ ରଖିବାକୁ ବିପନ୍ନ ପ୍ରୟାସ କରେ।

ସେ ବେଳେବେଳେ ବାଙ୍ମୟ ହୋଇଉଠେ, ଅସ୍ୱାଭାବିକ ପ୍ରଗଲ୍‌ଭ। ମୁଁ ଚୁପ୍‌ଚାପ୍ ତାକୁ ଅନାଏ, ତା' ମୁହଁର ବଦଳୁଥିବା ଅଭିବ୍ୟକ୍ତିକୁ ଲକ୍ଷ୍ୟକରେ।

: ତମେ ବଡ଼ ହେଲେ କ'ଣ ହେବ ବୋଲି ଭାବିଛ? ଥରେ ସେ ମତେ ଏକଥା ପଚାରିଲା। ମୁଁ ଚଟ୍‌ପଟ୍ ଜବାବ ଦେଇଥିଲି।

: ସାଇଣ୍ଟିଷ୍ଟ୍! ମତେ ସାଇନସ ଭାରି ଭଲ ଲାଗେ, ମୁଁ ସାଇଣ୍ଟିଷ୍ଟ ହେବି, ତମେ? ତମେ କ'ଣ ହେବ!

ମୋ ପ୍ରଶ୍ନର କିଛି ଉତ୍ତର ଦେଲା ନାହିଁ ସେ, ଯେମିତିକି ମୋ' କଥା ସେ ଶୁଣିପାରି ନାହିଁ, ଆପଣା ଚିନ୍ତାରେ ହଜିଯାଇଛି।

ଟିକିଏ ପରେ, ସେ କହିଲା, ଧୀରେ ଧୀରେ, ମନକୁ ମନ ଭାବି ହେଲା ପରି!

ମୁଁ ଜାଣିପାରୁନି, ମୁଁ କ'ଣ ହେବି! ମୋର କ'ଣ ହେବା ଉଚିତ। ତେବେ ମୋର ଇଚ୍ଛା, ମୁଁ ଏମିତି କିଛି କରିବି, ଯାହା ଫଳରେ ମୁଁ ମରିବା ସମୟରେ ମୋର ଦୁଃଖ ହେବ ନାହିଁ ଯେ, ମୋ ଜୀବନଟା ବ୍ୟର୍ଥ ହୋଇଯାଇ ନାହିଁ। ମତେ ଲାଗିବ, ମୋର ମୃତ୍ୟୁ ପରେ ବି ମୁଁ ବଞ୍ଚିଛି!

କିଶୋର ଜୀବନରେ ଏ କାମନା ଅତି ଅସାଧାରଣ ନୁହେଁ ଅବଶ୍ୟ। ଅମର ହେବାର ଅଭିଳାଷ ଏଇ ବୟସରେ ହିଁ ରୂପ ନେଇଥାଏ। ମୃତ୍ୟୁକୁ ଜୟ କରି ସମୟ ସହିତ ସାଲିସ୍ ନ କରି, ଅମର ଜୀବନ ପାଇବାର ଇଚ୍ଛା - ଏଇ ତ ଏ ବୟସର ଗୁଣ।

ମୁଁ ଠିକ୍ ଜାଣେ ନାହିଁ, ସୁମନ୍ୟୁର କବିତା ଲେଖିବାର ସ୍ପୃହା ଏଇ ଅମର ହେବାର ଅଭିଳାଷରୁ ଜାତ କି' ନା। ତେବେ ସେ ଲେଖୁଥିଲା ଭଲ। ସାହିତ୍ୟରେ ମୁଁ ଭଲ ନମ୍ବର ରଖୁଥିଲେ ମଧ୍ୟ ଏକଥା ମାନିବାକୁ ହେବ, ଏପରି ଲେଖାଲେଖି ମୋ ଦ୍ୱାରା ଆଦୌ ସମ୍ଭବ ନୁହେଁ। ସୁମନ୍ୟୁର କବିତା ବି ମୁଁ ଠିକ୍ ରୂପେ ବୁଝିପାରୁ ନଥିଲି। ଦୁର୍ବୋଧ ପଦଗୁଡ଼ିକ ଦେଖାଇ ମୁଁ ପଚାରେ: ଏଇ ଧାଡ଼ିର ମାନେ କ'ଣ କହିଲ ?

ସେ ମୋତେ ବୁଝାଇବାକୁ ଚେଷ୍ଟା କରେ।

କିନ୍ତୁ ଗୋଟାଏ କବିତାପଢ଼ି ମୁଁ ଚମକି ଉଠିଥିଲି। ମୋ ଗଣିତ-ସର୍ବସ୍ୱ ମନରେ ବି ତାହା ଗାର ଟାଣି ଦେଇଥିଲା କିଛି ସମୟ ପାଇଁ।

: ଏଇ କବିତାଟି ତୁମେ ତା'କୁ ନେଇ ଲେଖିଛ !

ସୁମନ୍ୟୁର ଗୋଟିଏ ଭୀଷଣ ଅପରାଧ ଯେମିତି ମୋ' ଆଖିରେ ଧରାପଡ଼ିଯାଇଛି। ସେ ଲଜ୍ଜିତ ଭାବରେ ତଳକୁ ମୁହଁ ପୋତି ଦେଲା। କିଛି କହିଲା ନାହିଁ।

କିନ୍ତୁ ଏ କିପରି ସମ୍ଭବ! ଯାହା ସହିତ ସେ କେବେ ଦିନେ କଥାବାର୍ତ୍ତା ବି କରି ନାହିଁ, ଯାହା ସାମନାରେ ପହଞ୍ଚି ଗଲେ ସେ ପଳାଇ ଯିବାକୁ ବାଟ ପାଏ ନାହିଁ, ତା'କୁ ନେଇ ସେ କବିତା ଲେଖିବ !

ସୁମନ୍ୟୁ ମତେ ଭୟ ଭୟ ଆଖିରେ ଚାହିଁଲା। ଡରିଲା ସ୍ୱରରେ କହିଲା : ଏ କଥା କାହାକୁ କହିବ ନାହିଁ, ତୁମ ବିଦ୍ୟା ରାଣ।

ନା, ମୁଁ କାହାକୁ କହିବି ନାହିଁ। ମୁଁ ଆଶ୍ୱାସନା ଦେଇ କହିଲି। କିନ୍ତୁ ତା' ସହିତ ମୋର କୌତୂହଳ ମଧ୍ୟ ଆସିଲା, ପଚାରିଲି- ଇନ୍ଦୁକୁ ତୁମେ ଏଇ କବିତାଟି ଦେଖାଇଛ ?

ଆତଙ୍କିତ ହୋଇ ଉଠି ସୁମନ୍ୟୁ କହିଲା: ନା, ନା - ମୁଁ କେବେ ଦେଖାଇବି ନାହିଁ।

ମୁଁ ଆଶ୍ଚର୍ଯ୍ୟ ହୋଇଥିଲି। ଯାହା ଉଦ୍ଦେଶ୍ୟରେ ତା'ର ଏଇ କବିତାଟି ଲେଖା, ତା'କୁ ସେଇଟି ଲୁଚାଇ ରଖିବାର ଏତେ ଚେଷ୍ଟା କାହିଁକି ?

କିଛି ସମୟ ଚୁପ୍ ରହି ସୁମନ୍ୟୁ କହିଥିଲା, ଏ କବିତା ମୁଁ ତାଙ୍କୁ କେବେ ଦେଖାଇବି ନାହିଁ। କେବେ ନୁହେଁ। ଯଦି ସେ ଜାଣିପାରନ୍ତି... ଯଦି ସେ ଜାଣିପାରନ୍ତି... ଯେ ମୁଁ ତାଙ୍କୁ ନେଇ କବିତା ଲେଖିଛି, ତେବେ...

: ତେବେ ହେବ କ'ଣ ? ମୁଁ ବୁଝିପାରିଲି ନାହିଁ।

: ତେବେ ସତ କହୁଚି ମୁଁ ଆଉ ବଞ୍ଚିବି ନାହିଁ। ସତ କହୁଚି ମୁଁ ଆତ୍ମହତ୍ୟା କରିଦେବି।

ତା'ପରେ ସେ ମୋ ହାତରୁ ସେହି କବିତା ଖଣ୍ଡିକ ଛଡ଼େଇ ନେଇଗଲା। କାଗଜଟି ଅତି ଯତ୍ନରେ ଭାଙ୍ଗି ପକେଟରେ ପୂରାଇଲା।

ଏ ଘଟଣାଟି ଘଟିବାର କିଛିଦିନ ପରେ ସେ ମତେ ଚୁପିଚୁପି ଗୋଟିଏ କଥା ପଚାରିଲା। ପ୍ରଶ୍ନଟିର ସେମିତି କିଛି ଗଭୀରତା ହୁଏତ ନାହିଁ; କିନ୍ତୁ ସେଇ ବୟସରେ ଏଇ ପ୍ରଶ୍ନଟି ଏକାନ୍ତ ମାରାତ୍ମକ।

ସେ ପଚାରିଲା: ଏଇଟା କ'ଣ ନିହାତି ପାପ କଥା ?

: କୋଉ କଥାଟା ?

: ଏଇ... ମାନେ... ତୁମେ ଖରାପ ଭାବିବ... କିନ୍ତୁ-

ମୁଁ ସୁମନ୍ୟୁର କୁଣ୍ଠା ଦେଖି ଟିକିଏ ଭରସା ଦେବା ପରି କହିଲି: କୁହ ! ମୁଁ ଆଦୌ ଖରାପ ଭାବିବି ନାହିଁ।

ଚାପା ସ୍ୱରରେ ସୁମନ୍ୟୁ ପଚାରିଲା-

: ଏଇ... ମୁଁ ଯେ- ମୁଁ ଯେ - ମନେ ମନେ ଇନ୍ଦୁକୁ ଲଭ୍ କରୁଛି, ଏଇଟା... କ'ଣ... ନିହାତି ପାପ କଥା ?

: ଇସ୍, ପାପ ନୁହେଁ ! ପାପ ନୁହେଁ ତ ତେବେ କ'ଣ ? ଏ ନିହାତି ଖରାପ କଥା। ମୁଁ ଯେଉଁ ସ୍ୱରରେ କଥା କହିଲି, ତାହା ମୋର ନିଜସ୍ୱ ସ୍ୱର ନୁହେଁ। ଅଭିଭାବକଙ୍କୁ ଅନୁକରଣ କରିଥିବା ଗମ୍ଭୀର ଗଳା।

ସୁମନ୍ୟୁ ତଳକୁ ମୁହଁ ପୋତି ବସି ରହିଲା କିଛି କ୍ଷଣ। ମୋ ଠାରୁ ସେ ଟିକିଏ ପ୍ରଶ୍ରୟପୂର୍ଣ୍ଣ କଥା ଶୁଣିବାକୁ ଆଶା କରିଥିଲା ହୁଏତ, ମୁଁ କିନ୍ତୁ ସେତକ ପ୍ରଶ୍ରୟ ଦେଇ ପାରିଲି ନାହିଁ। ଝିଅଙ୍କ ସମ୍ପର୍କରେ ମୋର ଯେତେ କିଛି କୌତୂହଳ ଓ ଆଗ୍ରହ ଥିଲେ ମଧ୍ୟ, ଗୁରୁଜନଙ୍କ ତୀକ୍ଷଣ ନଜର ଓ କଠିନ ଶାସନ ଭିତରେ ଗଢ଼ି ଉଠିଥିବା ଏକ ଅକାଳ ପରିପକ୍ୱ ବିବେକ ଭିତରୁ ଏତିକି ଭାଷା ହିଁ ଉଚ୍ଚାରିତ ହେଲା। ନିଜକୁ ନିଜେ ଶାସନ କଲାପରି... ନା- ଝିଅମାନଙ୍କ କଥା ଭାବିବା ଭଲ ନୁହେଁ। ସେମାନେ ଅଲଗା, ଆମେ ଅଲଗା। ସେମାନଙ୍କ ସହିତ ଆମର କି ସମ୍ପର୍କ !

ସୁମନ୍ୟୁ କିନ୍ତୁ ନିରସ୍ତ ହେଲା ନାହିଁ। ମତେ ପଚାରିଲା - ଆଚ୍ଛା, ସତ କୁହ ତ... ଇନ୍ଦୁକୁ ଦେଖିଲେ ତୁମକୁ କେମିତି ଲାଗେ ?

ଇନ୍ଦୁକୁ ଦେଖିଲେ ମତେ କିପରି ଲାଗେ, ସେ କଥା ମୋର ଏବେ ସ୍ପଷ୍ଟ ମନେ ଅଛି। ଏବେ ମଧ୍ୟ ମୋ ମନ ଭିତରେ ଏକ ଚଞ୍ଚଳ ଶିହରଣ ଖେଳିଯାଏ। ତା'ର ସେହି

ପନ୍ଦର ବର୍ଷ ବୟସର କୁମାରୀ ରୂପ ମୁଁ ଭୁଲି ପାରି ନାହିଁ। ମଥାରେ ଗହଳ କଳାବାଳ, ଯାହା ବେଶ୍ ଲମ୍ବା ଓ ସୁନ୍ଦର, ଗାଢ଼ କଳା ଭୁରୁ ତଳେ ଗଭୀର ଦୁଇ ଆଖି, ନରମ ଓଠ ଓ ଧଳା ଧଳା ମୁକ୍ତା ପରି ସଜଡ଼ା ଦାନ୍ତ - ସବୁ ମିଶି ସେ କେବଳ ସୁନ୍ଦର ଦେଖାଯାଏ ନାହିଁ, ମହିମାନ୍ୱିତ ମନେହୁଏ। ଖୁବ୍ ଶାନ୍ତ ଧୀର ସ୍ୱଭାବର ଝିଅ ଥିଲା ସେ, ସ୍କୁଲର ସବୁଠାରୁ ଦୁର୍ଦ୍ଦାନ୍ତ ଛାତ୍ର ବି ତା'କୁ ଚିଡ଼େଇବା ପାଇଁ ସାହସ ପାଏ ନାହିଁ।

ମୁଁ ଏତେ କଥା ଲେଖି ମଧ୍ୟ ଯେତିକି ବୁଝାଇ ପାରୁନାହିଁ, ସେତକ ସୁମନ୍ୟୁ ଖୁବ୍ ସଂକ୍ଷିପ୍ତରେ ମତେ ସେଦିନ ବୁଝାଇ ଦେଇପାରିଥିଲା। ମୋର ଛୋଟିଆ 'ବେଶ୍ ଭଲ ଝିଅଟିଏ' ମନ୍ତବ୍ୟ ଶୁଣିବା ପରେ ଟିକିଏ ଚୁପ୍ ରହି ସେ କହିଥିଲା -

ତା'କୁ ଦେଖିଲେ ମତେ କେମିତି ଲାଗେ ମୁଁ ଆଦୌ ବୁଝାଇ ପାରିବି ନାହିଁ, ଦୀପକ। ତାକୁ କ୍ଲାସରେ ଦେଖିଲେ ମୋର ମନେହୁଏ ମୋ ଜୀବନରେ ଆଉ କିଛି ଲୋଡ଼ା ନାହିଁ, ଏ ଜୀବନରେ ମୁଁ ଆଉ କିଛି ଚାହେଁ ନାହିଁ। ମୁଁ ଏବେ ଏଇଠି ମରିଗଲେ ମଧ୍ୟ ମୋତେ କିଛି ଦୁଃଖ ନାହିଁ। ମୁଁ ସୁଖୀ। ମୁଁ ଧନ୍ୟ।

କେବଳ ଦୂରରୁ ପଲକଟିଏ ଦେଖିପାରିବାର ଏ ଯେଉଁ ସନ୍ତୋଷ, ସେକଥା ବୋଧହୁଏ କେତେକଙ୍କୁ ଅଦ୍ଭୁତ ମନେହେବ। ପଦେ ବି କଥା ନ କହି, ନିକଟ ସାନ୍ନିଧ୍ୟର କୌଣସି ଲାଳସା ନ ରଖି, ଏତିକିରେ ପରିତୃପ୍ତ ହେବାର ଦୃଷ୍ଟାନ୍ତ ବୋଧହୁଏ ବହୁତ ବେଶି ନାହିଁ।

ସୁମନ୍ୟୁ କିନ୍ତୁ ସେହିପରି ଜଣେ।

ମୁଁ କହିଲି - ମତେ ସେଇ କବିତାଟି ଟିକିଏ ଦିଅ। ମୁଁ ଆଉ ଥରେ ଭଲ କରି ପଢ଼ିବି।

କବିତାଟି ମୁଁ ସେହି ଦିନ ତା'ଠାରୁ ନେଇ ପାଖରେ ରଖିଥିଲି। କେଉଁ ଦୁର୍ବୁଦ୍ଧିର ବଶବର୍ତ୍ତୀ ହୋଇ ଏପରି କାମଟିଏ ମୁଁ କରିଥିଲି, ତାହା ମୁଁ ଆଜି ପର୍ଯ୍ୟନ୍ତ ଠିକ୍ ରୂପେ ବୁଝି ପାରିନାହିଁ। ଏହା ପ୍ରକୃତରେ ଏକ ଦୁଃସାହସପୂର୍ଣ୍ଣ କାମ - ଅନ୍ତତଃ ମୋ' ପକ୍ଷରେ। ଏପରି ଦୁଷ୍ଟାମି ମୁଁ ମୋ ଜୀବନରେ ପୂର୍ବରୁ କେବେ କରିନଥିଲି। ପରେ କେବେ କରିବାକୁ ସାହସ ମଧ୍ୟ କରିନାହିଁ। ସେଇ ମୋର ପ୍ରଥମ ଓ ଶେଷ କଳୁଷିତ ଅପରାଧ।

ନା - କଳୁଷିତ ବୋଲି କହିବି ନାହିଁ। ଏହା ପାପ ଏହା ମଧ୍ୟ ମୁଁ ସ୍ୱୀକାର କରେ ନାହିଁ। ତେବେ ଅପରାଧ ନିଶ୍ଚୟ। କିନ୍ତୁ ମୋର ସେହି ଅପରାଧର ପ୍ରାୟଶ୍ଚିତ୍ତ ମୁଁ କଲିନାହିଁ। ଯେ କଲା ସେ ସୁମନ୍ୟୁ। ତା' ଆଖିରୁ ସେତେବେଳେ ଧାର ଧାର ଲୁହ ନିଗିଡ଼ି ପଡୁଥିଲା, ସେଇ ଲୁହ ଓ ଉଦ୍‌ଗତ କୋହ ଭିତରେ ସେ ମତେ କହିଲା ....

ଯାହା କହିଲା ସେ ତ ପରର କାହାଣୀ। ତା' ପୂର୍ବରୁ ଯାହା ଘଟିଲା, ତାହା ପ୍ରଥମେ କହୁଛି।

ସୁମନ୍ୟୁ ଠାରୁ କବିତାଟି ମୁଁ ନେବାର ଦୁଇ ଦିନ ପରେ ଇନ୍ଦୁର ବାପା ଆମ ସ୍କୁଲକୁ ଆସିଥିଲେ। ବଡ଼ ଗମ୍ଭୀର, ଥମ ଥମ। ସେ ଜଣେ ବଡ଼ ଅଫିସର। ତାଙ୍କୁ ଆମ ସ୍କୁଲରେ ସମସ୍ତେ ଚିହ୍ନନ୍ତି। ତାଙ୍କ ସୁନ୍ଦର ଘରଟି ମଧ୍ୟ ଆମେ ସମସ୍ତେ ଦେଖିଛୁ।

ଇନ୍ଦୁର ବାପା ସ୍କୁଲକୁ ଆସି ହେଡ୍ ମାଷ୍ଟରଙ୍କ ସହିତ କ'ଣ କଥାବାର୍ତ୍ତା ହେଲେ। ତା'ପରେ ଚାଲିଗଲେ। ସେ ଚାଲି ଯିବା ଠିକ୍ ପରେ ପରେ ଆମ କ୍ଲାସ୍‌କୁ ହେଡ୍ ସାର୍ ଆସିଲେ। ହାତରେ ଗୋଟିଏ ଲମ୍ବା ବେତ - ସେହି ବେତର କରାମତି ଆମ କାହାରିକୁ ଅଜଣା ନୁହେଁ।

କ୍ଲାସ୍‌ରେ ପହଞ୍ଚି ସେ ଗମ୍ଭୀର ସ୍ୱରରେ ଡାକିଲେ - ସୁମନ୍ୟୁ !

ସୁମନ୍ୟୁ କ୍ଲାସରେ ଅନ୍ୟମନସ୍କ ହୋଇ ବସିରହିଥିଲା; ଯେମିତି ସେ ଅଧିକାଂଶ ସମୟରେ ବସି ରହିଥାଏ। ନିଜ ନାମ ଡ଼କାହେବା ଶୁଣି ସେ ଠିଆ ହୋଇ ପଡ଼ିଲା।

ଏଠିକି ଆସ।

ସୁମନ୍ୟୁ ଟେବୁଲ୍ ପାଖକୁ ଗଲା।

ହେଡ୍ ସାର ତାଙ୍କ ହାତରେ ଧରିଥିବା ଗୋଟିଏ କାଗଜ ତା'କୁ ଦେଖାଇଲେ।

ଏଇଟା ତୁମେ ଲେଖିଚ ?

ସୁମନ୍ୟୁ କାଗଜଟି ଦେଖିଲା। ଚିହ୍ନି ପାରିଲା। ଏକ ଶିହରିତ ବିସ୍ମୟ ଖେଳିଗଲା ତା' ଭିତରେ। ଏ କାଗଜଟି ହେଡ୍ ସାର୍‌ଙ୍କ ହାତକୁ ଆସିଲା କିପରି ? ମୁଁ ବି ଚମକି ଉଠିଲି। କିନ୍ତୁ ମୋର ଚମକିବାର କି କାରଣ ଥିଲା ? ଦୁଇ ଦିନ ତଳେ ମୁଁ ନିଜେ ତ ଏଇ କବିତାଟିର ତଳେ ସୁମନ୍ୟୁ ମିଶ୍ର ନାମ ଲେଖି ଡାକରେ ପଠାଇ ଦେଇଥିଲି। ଇନ୍ଦୁର ଘର ଠିକଣାରେ।

ଏମିତି ମୁଁ କାହିଁକି କରିଥିଲି ? ମୁଁ ଜାଣେ ନାହିଁ। ଭଗବାନଙ୍କ ଦ୍ୱାହି, ମୁଁ ଜାଣେ ନାହିଁ। କିନ୍ତୁ ପଠାଇ ଦେଇଥିଲି। ଆଜି ଇନ୍ଦୁର ବାପା ଆମ ସ୍କୁଲକୁ ଆସିଥିଲେ। ବର୍ତ୍ତମାନ ହେଡ୍ ସାରଙ୍କ ହାତରେ ସେଇ ଅଭିଶପ୍ତ କାଗଜ ଖଣ୍ଡିକ। ମୋ ଆଖି ଆଗରେ ଏବେ ସମ୍ପୂର୍ଣ୍ଣ ଚିତ୍ରଟି ସ୍ପଷ୍ଟ - ଦିନ ଆଲୁଅ ପରି।

ହେଡ୍ ସାର୍‌ଙ୍କର ଗୋଟିଏ ଅଭ୍ୟାସ, ସେ ବେତରେ ପିଟିବା ସମୟରେ ଗଣନ୍ତି। ଏକ୍, ଦୁଇ, ତିନି, ଚାରି...। କିଏ ଦଶ ପାହାର ବେତମାଡ଼ ଖାଏ, କିଏ ପନ୍ଦର ପାହାର, କିଏ ପଚିଶ ପାହାର।

କିନ୍ତୁ ଆଜି ସିଏ ନିଜେ ବି ଗଣି ପାରିଲେ ନାହିଁ କେତେ ପାହାର। ଦଶ, ପନ୍ଦର, ପଚାଶ, ଶହେ ?

ମୁଁ ବି କହି ପାରିବି ନାହିଁ। କାରଣ ସାରା ସମୟ ମୁଁ ଆଖିବନ୍ଦ କରି ବସି ରହିଥିଲି। ମୋତେ ଖାଲି ଶୁଭୁଥିଲା ସୁମନ୍ୟୁର କୋହଭରା କାନ୍ଦ।

ଦଣ୍ଡ ଦେଇ ସାରି ହେଡ଼ ସାର ଗୋଟିଏ ଛୋଟ ଭାଷଣ ଦେଇଥିଲେ ଆମକୁ। ମଣିଷ ଜୀବନରେ ଚରିତ୍ର ହିଁ ସବୁଠାରୁ ବଡ଼ କଥା। ଯାହାର ଚରିତ୍ର ନାହିଁ ସେ ପଶୁ, ସେ ସତରେ କଳ୍ପନା କରିପାରିନଥିଲେ ସେ ସୁମନ୍ୟୁ ନାମକ ଏକ ମେଧାବୀ ଛାତ୍ର ଏପରି ନୀଚ କାମଟିଏ କରିବ। ଯେଉଁ ଆର୍ଯ୍ୟଭୂମି ଭାରତବର୍ଷରେ ମହାତ୍ମା ଗାନ୍ଧୀ ଓ ବୁଦ୍ଧଙ୍କ ପରି ମହାମାନବ ଜନ୍ମ ହୋଇଛନ୍ତି... ଇତ୍ୟାଦି, ଇତ୍ୟାଦି।

ହେଡ୍ ସାରଙ୍କ ଭାଷଣ ଆହୁରି ଲମ୍ବି ଥାଆନ୍ତା ବୋଧହୁଏ, କିନ୍ତୁ ଖେଳ ଛୁଟିର ଘଣ୍ଟା ବାଜି ଉଠିଲା। ସେ ବିଦାୟ ନେଲେ।

ଏଇ ଆକସ୍ମିକ ଘଟଣାରେ ହତବାକ୍ ଓ ବିମୂଢ଼ ଅନ୍ୟାନ୍ୟ ସବୁ ଛାତ୍ରମାନେ ମଧ୍ୟ ସାଙ୍ଗେ ସାଙ୍ଗେ କ୍ଲାସ୍ ଛାଡ଼ି ଚାଲିଗଲେ - ବୋଧ ହୁଏ ଟିକିଏ ଅଧିକ ତରତର ହୋଇ।

କ୍ଲାସ୍ ନିର୍ଜନ ହୋଇଯିବା ପରେ ମୁଁ ସୁମନ୍ୟୁ ପାଖକୁ ଗଲି। ସୁମନ୍ୟୁ ଟେବୁଲ ପାଖରେ ସେମିତି ଆଣ୍ଠୁମାଡ଼ି ବସି ଆଖି ଲୁହ ପୋଛୁଥାଏ।

- ସୁମନ୍ୟୁ !

ମୁଁ ଭୀତସ୍ୱରରେ ଡାକିଲି। ତା'ର ଆହତ ଦେହରେ ହାତ ଦେବାପାଇଁ ମୋର ସାହସ ହେଉ ନ ଥାଏ। ସେ ମୋ ଡାକ ଶୁଣିଲା ନାହିଁ।

- ସୁମନ୍ୟୁ, ଭାଇ, ମୋର ଦୋଷ ହୋଇଛି। ମୁଁ ତୁମକୁ ନ କହି...

ମୋ ଭିତରେ କେଉଁଠି ଏତେ ଲୁହ, ଏତେ ଦୁଃଖ, ଏତେ ଅନୁତାପ ଜମି ରହିଥିଲା କେଜାଣି, ମୁଁ ଭୋ ଭୋ କାନ୍ଦି ଉଠିଲି, ତା'ର ଗୋଟିଏ ହାତକୁ ମୋ ମୁହଁରେ ଚାପିରଖି।

ସୁମନ୍ୟୁ ତା' ହାତଟି ମୋ ହାତରୁ ଛଡ଼ାଇ ନେଇଗଲା ! ମୁଁ ତା' ପାଖରେ ବସି ସେମିତି କାନ୍ଦି ଲାଗିଲି। ତା' ଆଖି ଏବେ ଶୁଖିଲା, କିନ୍ତୁ ମୋ ଆଖିରୁ ଧାର ଧାର ଲୁହ ବହିବାକୁ ଲାଗିଲା। ମୁଁ ବିକଳ ହୋଇ କହିଲି - ମତେ କ୍ଷମା କର ସୁମନ୍ୟୁ - ମୁଁ ଜାଣି ନ ଥିଲି... ଜାଣି ନ ଥିଲି...

ସୁମନ୍ୟୁର ହାତ ଏଥର ମୋ ଆଡ଼କୁ ଲମ୍ବି ଆସିଲା। ମୋ ପିଠି ଉପରେ ହାତ ରଖି, ସେ ଅଶ୍ରୁସଜଳ କଣ୍ଠରେ କହିଲା - ମୁଁ ତୁମର କି ଦୋଷ କରିଥିଲି, ଦୀପକ, ତୁମେ ମତେ ଏମିତି...

: ମୋର ଦୋଷ ହୋଇଛି ସୁମନ୍ୟୁ। ମତେ କ୍ଷମା କର।

: ମୁଁ ଏବେ- ମୁଁ ଏବେ- ମୁହଁ ଦେଖେଇବି କାହାକୁ ? ମୁଁ ବଞ୍ଚିବି କିପରି !

ସେଦିନର ବର୍ଣ୍ଣନା ଆଉ ଦୀର୍ଘ କରିବା ମୋର ଅଭିପ୍ରାୟ ନୁହେଁ। ତେବେ ଏତିକି ଲେଖିଲେ ଯଥେଷ୍ଟ ହେବ ଯେ ସେ ଦିନ ସୁମନ୍ୟୁ ପଛ ସିଟ୍‌ରେ ବସି ରହି ନିଃଶବ୍ଦରେ କାନ୍ଦୁଥିଲା। ମୁଁ ଅନ୍ୟର ଅଲକ୍ଷ୍ୟର ତା' ପିଠି ଆଉଁଶି ଦେଉଥିଲି। କ୍ଲାସ ଶେଷ ହେବା ପରେ, ହେଡ୍‌ସାରଙ୍କ ନିର୍ଦ୍ଦେଶ ଅନୁସାରେ ସେ ଡିଟେଣ୍ଡ ରହିଥିଲା ସନ୍ଧ୍ୟା ଛଅଟା ପର୍ଯ୍ୟନ୍ତ। ମୁଁ ସ୍କୁଲଗେଟ୍ ପାଖରେ ଠିଆ ହୋଇ ଅଧୀର ଭାବରେ ତା'କୁ ଅପେକ୍ଷା କରି ରହିଥିଲି।

ସନ୍ଧ୍ୟା ଛଅଟା ବେଳେ, ବିଷଣ୍ଣ ମ୍ରିୟମାଣ ଗୋଟିଏ କିଶୋର କ୍ଲାସ୍ ରୁମ୍ ଛାଡ଼ି ବାହାରି ଆସିଥିଲା। ସାରା ଦିନର ନିର୍ଯାତନା ଓ ମାନସିକ ଯନ୍ତ୍ରଣାରେ ସେ ନଇଁ ପଡ଼ିଥିଲା ଆଗକୁ। ମୁଣ୍ଡବାଳ ଅବିନ୍ୟସ୍ତ। ଆଖି ଲାଲ ଓ ଓଠ କମ୍ପୁଛି।

ସେ ଗେଟ୍ ପାଖକୁ ଆସିବା କ୍ଷଣି, ମୁଁ ଆଗେଇ ଯାଉଥିଲି। ମୁଁ ଜାଣେ ସୁମନ୍ୟୁ ମୋ ଅପରାଧକୁ କ୍ଷମା ଦେବ ନାହିଁ। ମୁଁ ତା'ର ଏଇ ବିପର୍ଯ୍ୟୟର ଏକମାତ୍ର କାରଣ। ଆଜି ମୋତେ ଏଇ ଦଣ୍ଡ ଦିଆଯିବା ଉଚିତ ଥିଲା। କିନ୍ତୁ ମୁଁ ଦଣ୍ଡ ପାଇଲି ନାହିଁ। ଯେ ଦଣ୍ଡ ପାଇଲା ସେ ସୁମନ୍ୟୁ। କେହି ଜାଣିଲେ ନାହିଁ ଯେ ମୁଁ ଦୋଷୀ -

ଏ କଥା ଭାବି ଭାବି ଆଗେଇ ଯାଉ ଯାଉ ମୁଁ ହଠାତ୍ ରହିଗଲି। ଦେଖିବାକୁ ପାଇଲି - ଗେଟ୍ ସେ ପାଖରୁ ଆଉଜଣେ ବାହାରି ଆସୁଛି। ଅଶରୀରୀ ଛାୟା ପରି। ସନ୍ଧ୍ୟାର ଛାୟାନ୍ଧକାର ଭିତରେ ସେପଟୁ ଯିଏ ବାହାରି ଆସିଲା, ତା'କୁ ମୁଁ ଚିହ୍ନି ପାରିଲି। ସେ ଇନ୍ଦୁ।

ଇନ୍ଦୁ କଥା ମୁଁ ଏ ଯାଏଁ କିଛି କହି ନାହିଁ। ହେଲେ ତା' ସମ୍ପର୍କରେ ଆଉ କହିବାର ବା ଥିଲା କ'ଣ ? ସେ ଦିନସାରା ଅତି ଗମ୍ଭୀର ହୋଇ ନିଜ ସ୍ଥାନରେ ବସି ରହିଥିଲା - ସୁମନ୍ୟୁ ଯେବେ ବେତମାଡ଼ ଖାଇ କାନ୍ଦୁଥିଲା, ହେଡ୍‌ସାର ଯେତେବେଳେ ଚରିତ୍ର ଉପରେ ଭାଷଣ ଦେଉଥିଲେ, ଯେତେବେଳେ ପିଅନ ନୋଟିସ୍ ନେଇ ଆସିଲା ଯେ ସୁମନ୍ୟୁ ଆଜି ସନ୍ଧ୍ୟା ଛଅଟା ଯାଏ ଡିଟେଣ୍ଡ୍ ରହିବ, ସାରା ସମୟ ଇନ୍ଦୁ ଥିଲା ନୀରବ ନିଶ୍ଚଳ। ଯେମିତି ତା' ଦେହରେ ପ୍ରାଣ ନାହିଁ। ସେ ପଥର ପାଲଟି ଯାଇଛି।

ଏବେ କିନ୍ତୁ ମୋ ସାମନାରେ ଇନ୍ଦୁ! ସେ ଗେଟ୍ ସେପଟରୁ ଧୀର ପାଦରେ ବାହାରି ଆସିଲା। ଅତି ସନ୍ତର୍ପଣରେ। ସାମନାରେ ଇନ୍ଦୁକୁ ଦେଖି ସୁମନ୍ୟୁ ଥମକି ଠିଆ ହୋଇପଡ଼ିଲା। କିନ୍ତୁ କିଛି ସେ କହିବା ପୂର୍ବରୁ ଶୁଣାଗଲା ଇନ୍ଦୁର ଆବେଗ କମ୍ପିତ ସ୍ୱର।

- ସୁମନ୍ୟୁ, ମୁଁ ତୁମକୁ ଭଲ ପାଏ।

ନୀରବ ନିର୍ଜନ ସେତେବେଳେ ସାରା ପୃଥିବୀ ଯେପରି। ଆକାଶରେ ସନ୍ଧ୍ୟାର ବିଷଣ୍ଣ ଅନ୍ଧାର। ପବନର ଗତି ନାହିଁ। ସାରା ପରିବେଶ ଶୂନ୍ୟ ଓ ନିର୍ଜନ। ସେହି ପରିବେଶ ଭିତରେ ଏ ସ୍ୱୀକାରୋକ୍ତି ଶୁଣାଗଲା ଅଦ୍ଭୁତ ଅସହାୟ ଓ ବିପନ୍ନ। ମୋର ମନେହେଲା ଯେମିତି ସେଇ ସ୍ୱରଟି ନିଃଶବ୍ଦରେ ବ୍ୟାପିଯାଇ ସାରା ଆକାଶ ଓ ଅନ୍ଧକାରକୁ ଆଛନ୍ନ କରିଦେଲା।

ତା'ପରେ ଇନ୍ଦୁ ସୁମନ୍ୟୁର ଅତି ନିକଟରୁ ଚାଲି ଆସିଲା। କହିଲା - ସୁମନ୍ୟୁ ମୁଁ ତୁମକୁ ସତରେ ଭଲ ପାଏ।

ଗଭୀର ବେଦନା ଓ ଅଶ୍ରୁରେ ଇନ୍ଦୁର ସ୍ୱର ସଜଳ ହୋଇଉଠିଲା। ତା'ର ନିଃଶ୍ୱାସର ଗତି ଦ୍ରୁତ ହୋଇ ଉଠିଲା ଯେମିତି। ସେ ଦୁଇ ହାତରେ ସୁମନ୍ୟୁକୁ ନିଜ ଛାତିରେ ଚାପି ଧରିଲା। ଗଭୀର ରୂପେ ତା' ଓଠରେ ଚୁମ୍ବନ ଦେଲା। ତା'ପରେ ଗୋଟିଏ ଝଟ୍‌କାରେ ନିଜକୁ ମୁକ୍ତ କରିନେଇ, କେଉଁ ଅନ୍ଧାରରେ ମିଶିଗଲା।

ଏବଂ ସୁମନ୍ୟୁ ଏକ ବଜ୍ରାହତ ବୃକ୍ଷ ପରି କିଛି ସମୟ ନୀରବରେ ସେଇଠି ଠିଆ ହୋଇ ରହିଲା, ତଳକୁ ମୁଣ୍ଡପୋତି। ସ୍ଥିର, ନିଶ୍ଚଳ। ଯେମିତି ତା ଛାତି ହଠାତ୍ ନିଷ୍ପନ୍ଦ ହୋଇଯାଇଛି। ନିଃଶ୍ୱାସ ଯାଉନାହିଁ। ଦେହରେ ପ୍ରାଣ ନାହିଁ।

ତା'ପରେ ଟିକିଏ କମ୍ପି ଉଠିଲା ତା' ଦେହ - ସେ ଧୀରପାଦରେ ଚାଲିବାକୁ ଲାଗିଲା। ପ୍ରେତାୟିତ ଗତି ପରି ନିରୁଦ୍ଦିଷ୍ଟ।

ମୁଁ ମୋର ଲୁଚିବା ସ୍ଥାନରେ ହିଁ ନିଜକୁ ଗୋପନ କରି ରଖିଲି। ପଦାକୁ ବାହାରିଲି ନାହିଁ ବହୁତ ସମୟ ଧରି। ତା'ପରେ ଆକାଶର ଅସଂଖ୍ୟ ତାରା ମତେ ଚାହିଁ ମିଟିମିଟି ହସିବା ପରେ, ଗୋଟିଏ ଆହତ ପଶୁ ପରି ମୁଁ ବାହାରି ଆସିଲି।

ପରଦିନ ଠାରୁ କିନ୍ତୁ ଆଉ ସୁମନ୍ୟୁର ଦେଖା ମିଳିଲା ନାହିଁ। ନା - ତା'ପର ଦିନ ବି ନୁହେଁ। କ୍ରମଶଃ ଗୋଟିଏ ଗୁଜବ ରଟିଲା - ସୁମନ୍ୟୁ ଘରଛାଡ଼ି କୁଆଡ଼େ ଚାଲିଯାଇଛି। କାହାକୁ କିଛି ନ କହି। ଠିକ୍ ସେହିଦିନ ରାତିରେ ହିଁ।

ଅବଶିଷ୍ଟ ଯେତେଦିନ ମୁଁ ସେ ସହରରେ ଥିଲି, ସୁମନ୍ୟୁର କୌଣସି ଖବର ଆଉ ମତେ ମିଳି ନାହିଁ। ମୁଁ ସ୍କୁଲ ପାସ୍ କରି କଟକକୁ ଆସି କଲେଜରେ ନାମ ଲେଖାଇଛି। ତା'ପରେ ମୋ ଜୀବନର ପଚିଶିବର୍ଷ ପାଣି ପରି ବହିଯାଇଛି। କିନ୍ତୁ ମୁଁ ତା'ର ଖବର ଆଉ ପାଇନାହିଁ।

ମୁଁ ଜାଣେ ନାହିଁ, ସୁମନ୍ୟୁ ଏବେ କେଉଁଠି ଅଛି। ମୁଁ ଜାଣେ ନାହିଁ, ସେ ବଞ୍ଚିଛି କି ନାହିଁ। ହୁଏତ ସେ ଏଠି କେଉଁଠି ଅଛି। ହୁଏତ ସେ ମୋର ଏଇ ଗପଟି ପଢ଼ିବ। ପଢ଼ି ହସି ଦେବ। 'କାପୁରୁଷ - ଭୀରୁ' ଏତିକି ସେ କହିବ ମତେ ମନେ ମନେ।

ମୁଁ କାପୁରୁଷ ନିଶ୍ଚୟ। ଭୀରୁ ନିଶ୍ଚୟ। ନହେଲେ ସେ ଦିନର ସେଇ ଘଟଣାଟି ପରେ ମୁଁ ମୋର ଅପରାଧକୁ ଏମିତି ନୀଚ ଭାବରେ ଲୁଚାଇ ରଖିଥାନ୍ତି କିପରି ? ମୋର କ'ଣ ଏତିକି ସତ୍‌ସାହସ ନ ଥିଲା ଯେ ମୁଁ ଯାଇ କହିଥାନ୍ତି ଏ କବିତାଟି ସୁମନ୍ୟୁ ପଠାଇ ନାହିଁ। ମୁଁ ପଠାଇଛି ଇନ୍ଦୁ ପାଖକୁ। ମତେ କି ଦଣ୍ଡ ଦେଉଛନ୍ତି ଦିଅନ୍ତୁ।

ନା - ସେ କଥା ମୁଁ କହି ପାରିଲି ନାହିଁ। ତା' କାରଣ ମୁଁ ଇନ୍ଦୁକୁ କେବେ ହୃଦୟ ଦେଇ ଭଲପାଇନାହିଁ। କେବଳ ତା' ରୂପକୁ ଦେଖି ମୁଗ୍ଧ ଓ ସନ୍ତୁଷ୍ଟ ହୋଇଛି ମାତ୍ର। ତା'ର ଦୃଷ୍ଟି ଆକର୍ଷଣ କରିବା ହିଁ ଥିଲା ମୋର ମୁଗ୍ଧ ମନର କାମନା। ସେଥିପାଇଁ ଏକ କାପୁରୁଷ ପରି, ଏକ ଭୀରୁ ପରି ମୁଁ ଆତ୍ମଗୋପନ କରିଥିଲି। କିନ୍ତୁ ସୁମନ୍ୟୁ-ଆଖିର ଲୁହ ଓ ହୃଦୟର ଯନ୍ତ୍ରଣା ନେଇ ସେ ଚାଲି ଗଲା। ବୋଧହୁଏ ଖୁବ୍ ଦୂରକୁ। ଯେଉଁ ଦୂରତ୍ୱ ଅତିକ୍ରମ କଲେ ପାଇବା ଓ ନପାଇବାର ଅର୍ଥ ଏକ ହୋଇଯାଏ। ଆନନ୍ଦ ଓ ବେଦନାର ପାର୍ଥକ୍ୟ ଦୂର ହୋଇଯାଏ।

ସେହି ଦୂରତ୍ୱ ବୋଧହୁଏ ସମସ୍ତେ ଅତିକ୍ରମ କରିପାରନ୍ତି ନାହିଁ।

■

ଅବରୋହ

ଟ୍ରେନ୍ ଆସ୍ତେ ଆସ୍ତେ ଚାଲିବା ଆରମ୍ଭ କଲା ପରେ ବିରୂପାକ୍ଷ ସିଟ୍ ଉପରେ ଆରାମ କରି ବସିଲା ଓ ହାତବ୍ୟାଗ୍ ଭିତରୁ ଖବରକାଗଜଟି କାଢ଼ି ପଢ଼ିବାକୁ ଆରମ୍ଭ କଲା । ଝରକା ଦେଇ ଏଥର ଟିକେ ଟିକେ ପବନ ଭିତରକୁ ଆସିଲା । ପ୍ଲାଟ୍‌ଫର୍ମ ଗହଳି ଓ କମ୍ପାର୍ଟମେଣ୍ଟର ଝାଳୁଆ ଗରମ ଏତେ ସମୟ ସହି ସହି ସୁମତିକୁ ନିସ୍ତେଜ ଲାଗୁଥିଲା ।

ରିଜର୍ଭ କମ୍ପାର୍ଟମେଣ୍ଟ ବୋଲି ଅତିରିକ୍ତ ଭିଡ଼ ନଥିଲା ଭିତରେ, କିନ୍ତୁ ଯାତ୍ରୀ ଥିଲେ ଅନେକ । ସେମାନଙ୍କ ସାଙ୍ଗେ ଜିନିଷପତ୍ର ବି ଥିଲା ପ୍ରଚୁର । ବିରୂପାକ୍ଷ ପାଞ୍ଚମିନିଟ୍ ଖବରକାଗଜ ପଢ଼ିବା ପରେ ହଠାତ୍ ସିଟ୍‌ରୁ ଉଠିପଡ଼ି ଲଗେଜ ସବୁ ଅଣ୍ଡାଳିବା ଆରମ୍ଭ କଲା । ଟିକିଏ ବ୍ୟସ୍ତ ଶୁଣାଗଲା ତା'ର ସ୍ୱର, 'ଆରେ ସେ କଳା ରଙ୍ଗର ସୁଟ୍‌କେଶଟା ସାଙ୍ଗରେ ଆସିଛି ତ !'

କଳା ରଙ୍ଗର ସୁଟ୍‌କେଶ୍‌ଟା ଯଥା ସ୍ଥାନରେ ଥିଲା । ତା' ସହିତ ଯଥା ସ୍ଥାନରେ ଥିଲା ନାଲି ସୁଟ୍‌କେଶ୍, ଲୁହାଟ୍ରଙ୍କ, ଦୁଇଟା ହ୍ୟାଣ୍ଡବ୍ୟାଗ୍, ପାଣିବୋତଲ, ଜଳଖିଆ ପ୍ୟାକେଟ୍ ଓ ସୁମତିର ଭ୍ୟାନିଟୀ ବ୍ୟାଗ୍ ।

ଘରୁ ବାହାରିବା ବେଳେ ସବୁତକ ଜିନିଷ ଗଣି ଗଣି ବିରୂପାକ୍ଷ ରିକ୍‌ସାରେ ଲୋଡ କରିଥିଲା, ପ୍ଲାଟ୍‌ଫର୍ମରେ ପହଞ୍ଚି ସେ ସବୁ ସଜାଡ଼ି ରଖିଥିଲା ଓ ଟ୍ରେନ୍ ଆସିବା ପରେ କମ୍ପାର୍ଟମେଣ୍ଟ ଭିତରକୁ ବୋହି ଆଣିଥିଲା । କିଛି ଜିନିଷ ହଜିନାହିଁ, କିଛି ଭାଙ୍ଗି ତୁଟି ଯାଇ ନାହିଁ ।

ଜିନିଷ ସବୁ ଠିକ୍‌ଠାକ୍ ଅଛି, ଏହା ନିଶ୍ଚିତ କରି ସାରି ସେ ବସିପଡ଼ିଲା ତା' ଜାଗାରେ, ଖବରକାଗଜ ଫିଟାଇ ପୁଣି ପଢ଼ିବାକୁ ଆରମ୍ଭ କଲା ।

ସୁମତି ଝରକା ଦେଇ ବାହାରକୁ ଚାହିଁଲା । ଟ୍ରେନ୍ ଏବେ ଯାଉଥିଲା ଗୋଟେ ବଡ଼ ବ୍ରିଜ୍ ଉପରେ, ତଳକୁ ଚାହିଁଲେ ଦେଖାଯାଉଥିଲା ଅକାତକାତ ପାଣି ।

ପବନର ସ୍ପର୍ଶରେ ଏବେ ଥିଲା ଅଧିକ ଆର୍ଦ୍ରତା।

ବିରୂପାକ୍ଷ ଖବରକାଗଜର ମଝି ପୃଷ୍ଠାରୁ ମୁହଁ କାଢ଼ି କହିଲା- ଯାଃ ଶଳା, ଏ ସରକାରର ଆଉ ବେଶିଦିନ ଆୟୁଷ ନାହିଁ।

ତା' ପରେ ସେ ସ୍ତ୍ରୀକୁ ଶୁଣାଇ ପାଟି କରି ପଢ଼ିଥିଲା ମଝିପୃଷ୍ଠାର ସମ୍ବାଦଟି, ଯାହାର ସାରାଂଶ ମୁଖ୍ୟମନ୍ତ୍ରୀଙ୍କ ପୁଅ ଓ ଅର୍ଥମନ୍ତ୍ରୀଙ୍କର ଜୋଇଁ ଭିତରେ ଯେଉଁ ଶୀତଳଯୁଦ୍ଧର ସୂତ୍ରପାତ ହୋଇଥିଲା, ସେଥିରେ କ୍ରମଶଃ ଉତ୍ତାପ ବଢ଼ୁଛି। ଏବେ ଅବକାରୀ ମନ୍ତ୍ରୀଙ୍କ ଉପରେ ନିର୍ଭର କରୁଚି ସରକାରର ଭବିଷ୍ୟତ, ସେ କାହାକୁ ସମର୍ଥନ କରିବେ, ସେ କଥା ଏ ଯାଏ ସ୍ପଷ୍ଟ ହେଉନାହିଁ।

ସୁମତି ଏ ସମ୍ବାଦ ଶୁଣିଲା, ନୀରବରେ, କିଛି କହିଲା ନାହିଁ। ସାମନା ସିଟ୍‌ରେ ଶୋଇଥିବା ମାଡ୍ରାସୀ ଯାତ୍ରୀଟି ଆଖି ଖୋଲି ବିରୂପାକ୍ଷ ମୁହଁଟି ଦେଖିଦେଇ, ପୁଣି ଶୋଇ ପଡ଼ିବାକୁ ଚେଷ୍ଟା କଲା।

ବିରୂପାକ୍ଷ ପୁଣି ମନ ଧ୍ୟାନ ଦେଇ ଖବରକାଗଜ ଖଣ୍ଡିକ ପଢ଼ି ବସିଲା।

ସୁମତିକୁ ଟିକେ ଟିକେ ପରିସ୍ରା ଲାଗୁଥିଲା। କିନ୍ତୁ ବାଥ୍‌ରୁମ୍‌ର ଅସନା ଗନ୍ଧ କଥା ଭାବି ସେ ଚାହୁଁ ନ ଥିଲା ଏବେ ସାଙ୍ଗେ ସାଙ୍ଗେ ଯିବାକୁ।

ଭଦ୍ରକରୁ ରାଜଗାଙ୍ଗପୁର ଆଠଘଣ୍ଟାର ରେଳରାସ୍ତା। ନିହାତି ଦରକାର ହେଲେ ଥରଟିଏ ବାଥ୍‌ରୁମ୍ ଯିବ, ଏମିତି ନିଷ୍ପତ୍ତି ସେ ନେଇଥିଲା ସକାଳେ ପ୍ରସ୍ତୁତ ହେବା ସମୟରେ। ସେଥିପାଇଁ ସେ ପାଣି ବି କମ୍ ପିଇଥିଲା।

ବିରୂପାକ୍ଷ କହିଲା- ପାଣି ବୋତଲଟା କେଉଁଠି ରଖିଲ? ଦିଅ ତ ଦେଖି, ମୁନ୍ଦାଏ ପାଣି ପିଇବା!

ପାଣିବୋତଲ ଉପରକୁ ଟେକି ଢକଢକ କରି ବିରୂପାକ୍ଷ ପେଟେ ପାଣି ପିଇଲା। ତା' ତଣ୍ଟିର ଘଣ୍ଟିକା ଗୋଟିଏ ଆଦିମ ଜନ୍ତୁ ପରି ଉପରତଳ ହେଉଥିଲା ପାଣି ପିଇବା ସମୟରେ। ସୁମତିକୁ ସେ ଦୃଶ୍ୟ ମୋଟେ ଭଲ ଲାଗିଲା ନାହିଁ।

ପାଣି ପିଇସାରି ଓଦା ଓଠ, ଓଦା ନିଶ ଓ ଓଦା ଗାଲକୁ ବାଁ ହାତ ପାପୁଲିରେ ପୋଛି ବିରୂପାକ୍ଷ ଲମ୍ବା ଏଉଡ଼ି ମାରିଲା। ତା'ପରେ ପଚାରିଲା, ତମେ ପାଣି ପିଇବ?

ସୁମତି କିଛି ନ କହି ନୀରବରେ ମୁଣ୍ଡ ହଲାଇଲା। ବିରୂପାକ୍ଷ ପାଣିବୋତଲଟି ରଖିଦେଲା ସିଟ୍ ଉପରେ।

ସକାଳେ ଷ୍ଟେସନ୍‌ରେ ପହଞ୍ଚିବା ପରେ ରିକସାବାଲା ସହିତ ବିରୂପାକ୍ଷ ଖୁବ୍ ଝଗଡ଼ା କରିଥିଲା। ରିକ୍ସାବାଲା କହିଥିଲା, ସେ ଧାର୍ଯ୍ୟ ଟଙ୍କାଠାରୁ ତିନିଟଙ୍କା ଅଧିକ ନେବ; କାରଣ ସାଙ୍ଗରେ ଲଗେଜ୍ ବେଶି ଥିଲା। ବିରୂପାକ୍ଷ ଯୁକ୍ତି କରିଥିଲା, ଜବାବ

ହୋଇଥିବା ଭଡ଼ାଠାରୁ ସେ ପଇସାଟିଏ ବି ଅଧିକ ଦେବ ନାହିଁ। କିନ୍ତୁ ଟ୍ରେନ୍ ଆସିବା ସମୟ ହୋଇଗଲାଣି ଦେଖି ସେ ବାଧ ହୋଇ ସାଲିସ୍ କରିଥିଲା। ଦୁଇ ଟଙ୍କା ଅଧିକ ଦେଇଥିଲା। ତା' ସହିତ ସେ ଫେରିଯାଉଥିବା ରିକ୍ସାବାଲାକୁ ଲକ୍ଷ୍ୟ କରି ପଦେ ଅସଭ୍ୟ ଗାଳି ବି ଦେଇଥିଲା। ସୁମତିକୁ ଖରାପ ଲାଗିଥିଲା ବିରୂପାକ୍ଷ ତୁଣ୍ଡରୁ ସେ କଥାପଦକ ଶୁଣି।

ବିରୂପାକ୍ଷ ପାଟିରୁ ଏମିତି ବେଳେବେଳେ ଖରାପ ଭାଷା ବାହାରି ଯାଏ। ଦି'ଦିନ ତଳେ, ରାତିରେ, ମଶାରି ଭିତରେ ପଶି ଭଣ ଭଣ ହେଉଥିବା ଗୋଟିଏ ମଶାକୁ ମାରିବାକୁ ବୃଥା ଚେଷ୍ଟା କରୁକରୁ, ଭାରି ଖରାପ ଭାଷା ଉଚ୍ଚାରଣ କରିଥିଲା ବିରୂପାକ୍ଷ। ସୁମତିକୁ ଲାଗିଥିଲା ଏ ଅସଭ୍ୟ ଗାଳି ପ୍ରକୃତରେ ତା' ପାଇଁ ହିଁ ଉଦ୍ଦିଷ୍ଟ। ନ ହେଲେ କ'ଣ କେହି ଜଣେ ପୁରୁଷ, ତିନି ସପ୍ତାହ ତଳେ ବାହା ହୋଇଥିବା ସ୍ତ୍ରୀ ଆଗରେ, ଏମିତି ଭାଷା ପ୍ରୟୋଗ କରିବ ?

ତିନି ସପ୍ତାହ ମାନେ ମାତ୍ର ଏକୋଇଶଟି ଦିନ। କିନ୍ତୁ ସୁମତିକୁ ଲାଗେ, ଏ ତିନି ସପ୍ତାହ ପ୍ରକୃତରେ ତିନି ଯୁଗ ପରି ଲମ୍ବା ଗୋଟେ ସମୟ। ନିଷ୍କୃତି ନଥିବା ଗୋଟିଏ ଅସରନ୍ତି ମହାକାଳ ପରି ଲମ୍ବା।

- ଟ୍ରେନ୍ ଚାଲୁଛି ଘଣ୍ଟେ ପନ୍ଦର ମିନିଟ୍ ଲେଟ୍‌ରେ। ତା' ମାନେ ରାଜଗାଙ୍ଗପୁରରେ ପହଞ୍ଚିବା ବେଳକୁ ସାତଟା ବାଜି ସାରିଥିବ।

ହାତ ଘଡ଼ି ଦେଖି ଅଧା ମନକୁ ମନ, ଅଧା ସୁମତିକୁ ଲକ୍ଷ୍ୟ କରି, ବିରୂପାକ୍ଷ କହିଲା। ତା'ପରେ ହାଇମାରିଲା ଉପରକୁ ମୁହଁ ଟେକି, ଭଲକରି ଘୂରୁ ନ ଥିବା ପଙ୍ଖା ଆଡ଼କୁ ଚାହିଁ।

ଏଇ ହାତଘଡ଼ିଟି ବିରୂପାକ୍ଷର ଆଦୌ ପସନ୍ଦ ନୁହେଁ। ସେ ଚାହିଁଥିଲା ଗୋଟେ ସୁନା ଚେନ୍ ଥିବା ରୋଲେକ୍‌ସ ଘଣ୍ଟା କିନ୍ତୁ ତାକୁ ମିଳିଥିଲା ଗୋଟେ ସାଧାରଣ ଏଚ୍‌ଏମ୍‌ଟି ଘଣ୍ଟା। ଟେଲିଭିଜନ୍ ସେଟ୍, ହାତମୁଦି, ଏପରିକି ସୁଟ୍‌କନା ଖଣ୍ଡିକ ମଧ୍ୟ ତା' ମନକୁ ପାଇ ନ ଥିଲା। ଏ କଥା ସେ ଖୋଲାଖୋଲି କହି ନ ଥିଲେ ମଧ୍ୟ ତା' ମନୋଭାବ ସୁମତି ପାଖେ ଅଛପା ରହି ନ ଥିଲା।

'ଆହେ ନୀଳ ଶଇଳ ପ୍ରବଳ ମତ୍ତ ବାରଣ...'

ହଠାତ୍ ଶୁଣାଗଲା ଉଚ୍ଚସ୍ୱରରେ କିଏ ଗାଇବାକୁ ଆରମ୍ଭ କରିଛି ଏ ଭଜନଟି, କମ୍ପାର୍ଟମେଣ୍ଟର ସେ କୋଣରେ ଥାଇ।

ସ୍ୱରଟି ନରମ ଭଙ୍ଗା ଭଙ୍ଗା। ହୁଏ ତ ଗୋଟିଏ ବାର ତେର ବର୍ଷର ପିଲା ଗୀତ ଗାଇ ଗାଇ ଭିକ ମାଗୁଚି।

'ଓଃ- ଯେତେସବୁ ଝାମେଲା ଏଇ ରିଜର୍ଭ କମ୍ପାର୍ଟମେଣ୍ଟରେ!'

କେହି ଜଣେ ଯାତ୍ରୀ ସେ ପାଖରୁ ପାଟି କରି ଉଠିଲା।

ସାମନା ବର୍ଥରେ ଶୋଇଥିବା ମାନ୍ଦ୍ରାସୀ ଲୋକଟି ବିରକ୍ତିର ସହିତ ଟିକେ ଏ କଡ଼ ସେକଡ଼ ହେଲା। ତା' ବିରକ୍ତି ଯେତେ ନଥିଲା ଭିକାରି ପିଲାଟି ପ୍ରତି, ତା'ଠୁ ବେଶି ଥିଲା ସେହି ସହଯାତ୍ରୀଟି ପ୍ରତି, ଯିଏ ଏଡ଼େ ପାଟିଟାଏ କରୁଥିଲା।

ବିରୂପାକ୍ଷ ଖବରକାଗଜ ବନ୍ଦ କରି ମୁହଁ ଟେକିଲା; ଥରେ କମ୍ପାର୍ଟମେଣ୍ଟ ସାରା ଆଖି ବୁଲେଇ ଆଣି ପଦାକୁ ଚାହିଁଲା।

ବାହାରେ ଏମିତି ଦେଖିଲା ପରି କିଛି ଦୃଶ୍ୟ ନଥିଲା। ସାଧାରଣ ବୈଚିତ୍ର୍ୟହୀନ ପୃଥିବୀଟି ଖେଳାଇ ହୋଇଯାଉଥିଲା ଧୂସର ଆକାଶ ତଳେ।

ଭିଡ଼ିମୋଡ଼ି ହୋଇ ବିରୂପାକ୍ଷ ସିଟରୁ ଉଠିଲା। ସୁମତି ବୁଝିପାରିଲା, ସେ ବାଥ୍‌ରୁମ୍ ଯାଉଚି।

ଗୀତ ବୋଲି ବୋଲି ଧୀରେ ଧୀରେ ପିଲାଟି ପାଖକୁ ଆସିଲା। ତା'ର ପତଳା ଦୁର୍ବଳ ଦେହ ଦେଖି ବୟସ ଅନୁମାନ କରିବା ସହଜ ନଥିଲା। ଛିଣ୍ଡା ପ୍ୟାଣ୍ଟ ଓ ପୁରୁଣା ଶାର୍ଟ ଆଢୁଆଳରେ ଭୋକଉପାସିଆ ଜୀବନଟି ପୂରାପୂରି ଲୁଚି ରହିପାରୁ ନଥିଲା।

ପିଲାଟି ଯେ ଅନ୍ଧ, ସେ କଥା ସୁମତି ବୁଝି ପାରିଲା, ତା'ର ବାଟ ଅଣ୍ଡାଳି ଅଣ୍ଡାଳି ଆସିବା ଢଙ୍ଗ ଦେଖି।

ସେଇ ଆସିବା ଭିତରେ ଥରେ ତା' ମୁଣ୍ଡ ପିଟି ହୋଇଗଲା ଗୋଟିଏ ବର୍ଥର ଧାରୁଆ କୋଣରେ, ଥରେ ସେ ଝୁଣ୍ଟି ପଡ଼ିଲା ଗୋଟିଏ ବଡ଼ ବାକସ ଉପରେ ଓ ଶେଷରେ ଗୋଟିଏ ମୋଟାସୋଟା ଲୋକ ଦେହରେ ଧକକା ଖାଇ ଘୁଞ୍ଚି ଆସିଲା ସୁମତିର ସିଟ୍ ପାଖକୁ।

ସୁମତିର ଖୁବ୍ ନିକଟରେ ଛିଡ଼ା ହୋଇ, ନିଜର ଭାରସାମ୍ୟ ରଖୁ ରଖୁ ପୁଣି ପଦେ ଗୀତ ଗାଇବାକୁ ଚେଷ୍ଟା କଲା - କାଳିଆ ସାଆନ୍ତେ ହୋ...

ସ୍ୱରଟି ଠିକ୍ ବାହାରିଲା ନାହିଁ, ମଝିରୁ ବେତାଳ ହୋଇଗଲା। ପିଲାଟି ଚୁପ୍ ରହି ଲମ୍ବା ନିଃଶ୍ୱାସ ଟାଣି ଚେଷ୍ଟା କଲା ତା' ଚାରିପାଖର ଅଦୃଶ୍ୟ ପରିବେଶକୁ ନିର୍ଣ୍ଣୟ କରିବା ପାଇଁ।

ତା'ପରେ ସେ ସୁମତିକୁ ଲକ୍ଷ୍ୟ କରି କହିଲା- ମା' ସାନ୍ତାଣି ଏ ଗରୀବ ପୁଅକୁ ଟିକିଏ ଦୟା ହେଉ... ପଇସାଟିଏ ମିଳୁ!

ସୁମତି ଖୁବ୍ ଆଶ୍ଚର୍ଯ୍ୟ ହୋଇଗଲା। କେମିତି ଏ ପିଲାଟି ଚିହ୍ନିପାରିଲା ସୁମତିକୁ, କେଉଁ ଅଦୃଷ୍ଟ ଆଖି ଉପରେ ଭରସା କରି।

ପିଲାଟି ପୁଣି କହିଲା- ମା'ସାନ୍ତାଣି, ଭଗବାନ୍ ତୁମର ମଙ୍ଗଳ କରିବେ, ତୁମେ ସାତ ପୁଅ ସାତ ଝିଅ ନେଇ ଘର କରିବ, ଏ ଅନ୍ଧ ପିଲାଟିକୁ ଟିକେ ଦୟାକର, ପଇସାଟିଏ ଦିଅ।

ପିଲାଟି ହାତରେ ନିର୍ମମ ହତାଶା ପରି ଜିକ୍‌ଜିକ୍ କରୁଥିଲା କେତୋଟି ଦଶ ପଇସି, ଗୋଟିଏ ସୁଉକି।

କମ୍ପାର୍ଟମେଣ୍ଟରେ ଢ଼େର ଲୋକ ଥିଲେ। କିନ୍ତୁ କାହାରି ନଜର ନଥିଲା ଏ ପିଲାଟି ଉପରେ। କିଏ ଉପର ବର୍ଥକୁ ଉଠିଯାଇ ଗୋଡ଼ ହାତ ଲମ୍ବାଇ ଶୋଇଥିଲା, କିଏ ଗପ କରୁଥିଲା ପାଖ ସହଯାତ୍ରୀ ସହିତ। ଆଉ କିଏ ପଦାକୁ ଚାହିଁଥିଲା ଚିନ୍ତାଚ୍ଛନ୍ନ ଅନ୍ୟମନସ୍କ ଆଖିରେ।

ସୁମତି ଫିସ୍ ଫିସ୍ କରି କହିଲା- ସତ କହ ତୁ ଯଦି ସତରେ ଅନ୍ଧ, ତୁ ମତେ ଚିହ୍ନିଲୁ କେମିତି ?

ପିଲାଟି ଏ ପ୍ରଶ୍ନ ଠିକ୍ କରି ଶୁଣିପାରିଲା କି ନାହିଁ ଜଣାନାହିଁ, କିନ୍ତୁ ସେ କିଛି କହିବା ଆଗରୁ ବିରୂପାକ୍ଷ ବାଥ୍‌ରୁମ୍‌ରୁ ଫେରିଆସିଲା, ରୁମାଲ୍‌ରେ ମୁହଁ ପୋଛି ପୋଛି। ସୁମତି ପାଖେ ଭିକାରି ପିଲାଟିକୁ ଠିଆ ହୋଇଥିବାର ଦେଖି, ଟିକିଏ ଚଢ଼ା ସ୍ୱରରେ କହିଲା- ହେ ଟୋକା, ଯା' ଭାଗ୍ ଏଠୁ!

ପିଲାଟି କିଛି ନ କହି ଚାଲିଗଲା।

ଅଣନିଃଶ୍ୱାସୀ ହୋଇ ଏତେ ବାଟ ଧାଇଁଥିବା ଟ୍ରେନ୍‌ଟି ଏବେ ହୁଇସିଲ୍ ମାରିଲା - ଯେମିତି ଗୋଟେ ଆର୍ତ୍ତ ଚିତ୍କାର।

ବିରୂପାକ୍ଷ ହାତଘଡ଼ି ଦେଖି ମନ୍ତବ୍ୟ ଦେଲା- ବାଲେଶ୍ୱର ପହଞ୍ଚିଲା, ଏଠି ସାତ ମିନିଟର ଷ୍ଟପେଜ୍।

କିଛି କିଛି ଲୋକ, ଯେଉଁମାନେ ଏଯାବତ୍ ଶୋଇଥିଲେ, ମହାକାଳର କୋଡ଼ ଭିତରେ ଅବୋଧ ଶିଶୁ ପରି ନିଶ୍ଚିନ୍ତ ପ୍ରଶାନ୍ତିରେ, ସେମାନେ ଏବେ ହଲ୍‌ଚଲ୍ ହେବାକୁ ଆରମ୍ଭ କରିଥିଲେ। କେହି କେହି ଜିନିଷପତ୍ର ସଜାଡ଼ି ବ୍ୟଗ୍ର ପ୍ରତ୍ୟାଶାରେ ଚାହୁଁଥିଲେ ପଦାକୁ।

ଗୋଟିଏ ଆହତ ସରୀସୃପ ପରି, ଲମ୍ବା ନିଃଶ୍ୱାସ ଛାଡ଼ିଛାଡ଼ି, ଥରିଥରି ଟ୍ରେନ୍‌ଟି ଶେଷରେ ପ୍ଲାଟଫର୍ମକୁ ଆଶ୍ରୟ କରି ଅଟକିଗଲା। ଯାତ୍ରୀ କେତେଜଣ ତରତର ହୋଇ ଓହ୍ଲାଇଗଲେ ଗାଡ଼ିରୁ; ଯେମିତି ଆସନ୍ନ ବିପଦ କୋଉଠି ଅପେକ୍ଷା କରି ରହିଚି।

ପ୍ଲାର୍ଟଫର୍ମ ସାରା ଚିତ୍କାର, ଠେଲାପେଲା, ଅସ୍ଥିର ଯାତାୟତ।

ସିଟ୍‌ରୁ ଉଠି ବିରୂପାକ୍ଷ ଝରକା ବାଟେ ବାହାରକୁ ଚାହିଁଲା । କହିଲା- ଯାଉଚି, ଗୋଟେ ସିଗାରେଟ୍ ପ୍ୟାକେଟ୍ ଆଣୁଚି । ତମଲାଗି ଗୋଟେ ପେପ୍‌ସି ଆଣିବି ?

ସୁମତି ମୁଣ୍ଡ ହଲାଇ ନାହିଁ କଲା ।

ବିରୂପାକ୍ଷ ପ୍ଲାଟଫର୍ମର ଗହଳି ଭିତରେ ନିଖୋଜ ହୋଇଯିବା ପର୍ଯ୍ୟନ୍ତ ସୁମତି ତା'କୁ ଚାହିଁଥିଲା । ବିରୂପାକ୍ଷ ଚାଲିବା ଢଙ୍ଗରେ ଏମିତି ରହିଛି, ଯାହା ତା'କୁ ଅନ୍ୟଠାରୁ ଅଲଗା କରି ଚିହ୍ନେଇ ଦିଏ । ସେ ଚାଲିରେ କେମିତି ଗୋଟେ ଅବଜ୍ଞା ରହିଛି ନିଜ ଚାରିପାଖର ପୃଥିବୀ ପ୍ରତି । ସେ ଢଙ୍ଗରେ ନିଜ ପ୍ରତି ବି ବିଶେଷ କିଛି ସମ୍ଭ୍ରମ ନାହିଁ, ପ୍ରତ୍ୟୟ ନାହିଁ । ମୋଟାମୋଟି ଏମିତି ଭାବ, ଏ ପୃଥିବୀ ଥିଲେ କେତେ, ନଥିଲେ କେତେ, ଏ ପୃଥିବୀରେ ମୁଁ ଥାଇ କେତେ ନଥାଇ କେତେ !

ବିରୂପାକ୍ଷ ଆଖି ଉହାଡ଼କୁ ଚାଲିଯିବା ପରେ, ଅନ୍ଧ ଟୋକାଟି ପୁଣି ସୁମତି ପାଖକୁ ଆସିଲା ।

: ପଇସାଟିଏ ଦିଅ ମା' ଧର୍ମ ହେବ ତୁମର !

ସୁମତି କହିଲା, ତୁ ଅନ୍ଧ ନୋହୁ ।

ଭିକାରି ପିଲାଟି ଏମିତି ଉତ୍ତର ଆଶା କରିନଥିଲା, ତା' ଚାରି ପାଖର ଅନ୍ଧାର ପୃଥିବୀରୁ । ତା' ପାଟି ମେଲା ହୋଇଗଲା ବିସ୍ମୟରେ ।

ସୁମତି ପୁଣି କହିଲା - ତୁ ଯଦି ଅନ୍ଧ, ତୁ କେମିତି ଜାଣିଲୁ ମୁଁ ଗୋଟେ ସ୍ତ୍ରୀ ଲୋକ ?

ହଳଦିଆ ଦାନ୍ତ ଭିତରେ ହସକୁ ସୀମାବଦ୍ଧ ରଖି, ପିଲାଟି କହିଲା- ବାଃ, ମଣିଷ ଦିହର କ'ଣ ବାସନା ନାହିଁ ! ଲେଡିଜ୍‌ଙ୍କ ଦେହରେ ଗୋଟେ ଅଲଗା ବାସ୍ନା ଥାଏ...

- ହେଃ ଟୋକା, ଘୁଞ୍ଚ ସେଠୁ । ବାଟ ଛାଡ଼...

ସେହି ମୋଟାସୋଟା ଲୋକଟି, ଯାହା ସହିତ ଟିକିଏ ଆଗରୁ ଧକ୍କା ଖାଇଥିଲା ଭିକାରି ପିଲାଟି, ଏବେ ପାଟି କରି ଗାଳି ଦେଉଥିଲା । ଲୋକଟି ହାତରେ ଥିଲା ଦୁଇଟି ଠୁଙ୍ଗାଭର୍ତ୍ତି ଜଳଖିଆ ଓ ତରକାରି ।

ପଛକୁ ପଛ ଆସୁଥିଲେ ଦୁଇଜଣ ନବାଗତ ଯାତ୍ରୀ, ସେମାନେ ମଧ୍ୟ ଖିଙ୍କାରି ହେଉଥିଲେ ରେଳଡ଼ବା ଭିତରର ଅନାବଶ୍ୟକ ଗହଳି ଦେଖି ।

ପିଲାଟି ଘୁଞ୍ଚିଗଲା ସେଠାରୁ, ପୁଣି କୁଆଡ଼େ ହଜିଗଲା କମ୍ପାର୍ଟମେଣ୍ଟ ଭିତରେ ।

ଲେଡ଼ିଜ୍‌ଙ୍କ ଦେହରେ ଗୋଟେ ଅଲଗା ବାସ୍ନା ଥାଏ । ହସି ହସି କହି ଦେଇଗଲା ଅନ୍ଧପିଲାଟି । ଏକଥା କ'ଣ ସତ !

ଯଦି ସତ, କାହିଁ ଦିନେ ତ ଏକଥା ସ୍ୱୀକାର କରିନାହିଁ ବିରୂପାକ୍ଷ ସୁମତି ପାଖରେ। ଏକୋଇଶଟି ଦିନ, ଏକୋଇଶଟି ରାତି ଏକାଠି କାଟିବା ପରେ ସୁଦ୍ଧା। କେବେ ଦିନେ ତା'କୁ ସ୍ପର୍ଶ କରିନାହିଁ - ସେହି ସମ୍ଭ୍ରମ ଓ ସଚେତନା ଭିତରେ। ତା'କୁ ସେ ଏତେ ଦିନ ଦେଖିଆସିଚି ଗୋଟିଏ ବସ୍ତୁ ପରି, ଗୋଟିଏ ଆବଶ୍ୟକୀୟ ପଦାର୍ଥ ପରି - ଯେମିତି ଦାନ୍ତଘଷା ବ୍ରଶ, ସକାଳୁ ଥରଟିଏ ବ୍ୟବହାର କରି ସାରିବା ପରେ, ଦିନ ଯାକ ତା' କଥା ମନରେ ହିଁ ପଡ଼େ ନାହିଁ।

କି ସୁଖ ଅଛି ଏମିତି ଗୋଟେ ଲୋକ ସହିତ ସାରା ଜୀବନ ଛନ୍ଦି ହୋଇ ଯାଇ! ତା' ଦେହ ତଳେ ରାତି ପରେ ରାତି ନିଷ୍ପେଷିତ ହୋଇ!

ଏକୋଇଶ ଦିନ ତଳେ ଏ ଲୋକଟି ଏକଦମ୍ ଅଚିହ୍ନା ଥିଲା। ଏ ଯାଏ ତା' ପାଇଁ ଅଚିହ୍ନା ରହିଛି- ରାଜଗାଙ୍ଗପୁର ବୋଲି ଏକ ଅଦେଖା ସହର, ତା'ର ଗଳିକନ୍ଦି, ତା' ଭିତରେ ଏକ ଛୋଟ ଅଣଓସାରିଆ ଭଡ଼ାଘର, ସେହି ଘର ଭିତରେ ବନ୍ଦିନୀ ରାତି ଦିନ।

ଜୀବନ କ'ଣ ଏମିତି ତୁଚ୍ଛ, ଏମିତି ଅସାର!

ସାତମିନିଟ୍‌ର ବିରତି ପରେ ଏବେ ଧୀରେ ଧୀରେ ଟ୍ରେନ୍ ଚାଲିବା ଆରମ୍ଭ କରିଦେଇଥିଲା। ଏମିତି ଅନିଚ୍ଛା ନେଇ, ଯେମିତି ଆଗକୁ ରାସ୍ତା ନାହିଁ ଓ ଏଇ ପ୍ଲାଟଫର୍ମ ହିଁ ପୃଥିବୀ ଶେଷ ସୀମା।

ଟ୍ରେନ୍ ଚାଲିଲା କ୍ଷଣି ବାହାରେ ଠିଆ ହୋଇ ଅଳସ ଭାଙ୍ଗୁଥିବା ଯାତ୍ରୀମାନେ ତରତର ହୋଇ ଡବା ଭିତରକୁ ପଶି ଆସୁଥିଲେ, ଠେଲିପେଲି, ଦଳିମକଚି।

ସମସ୍ତେ ଆସିଗଲେ, କିନ୍ତୁ ବିରୂପାକ୍ଷର ଦେଖା ନାହିଁ।

ଟ୍ରେନ୍‌ର ଗତି ଧୀରେ ଧୀରେ ବଢୁଥିଲା। ଝରକା ସେ ପାଖର ପ୍ଲାଟଫର୍ମ ଓ ଗହଳି ଘୁଞ୍ଚିଯିବାକୁ ଆରମ୍ଭ କରିଥିଲା ବିସ୍ୱାଦ ସ୍ମୃତି ଭଳି।

ବିରୂପାକ୍ଷ ହୁଏତ ଠିକ୍ ସମୟରେ ଚଢ଼ି ଯାଇଛି କମ୍ପାର୍ଟମେଣ୍ଟରେ, ଗହଳି ଭାଙ୍ଗି ଏ ପାଖକୁ ଆସୁଚି, କିମ୍ବା ପାଖ କୌଣସି ଡବାରେ ପଶିଯାଇଚି, ସୁବିଧା ଦେଖି ଏଠାରେ ଆସି ପହଞ୍ଚିଯିବ।

ସୁମତି ମୋଟେ ବ୍ୟସ୍ତ ହେଲା ନାହିଁ; ଏତେ ସାମାନ୍ୟ ଉଦ୍‌ବେଗର ମୁଦ୍ରା ତା' ମୁହଁରେ ଫୁଟିଲା ନାହିଁ।

ଟ୍ରେନ୍ ବେଶ୍ ସ୍ପିଡ୍ ନେଇଥିଲା, କିନ୍ତୁ ହଠାତ୍ କମିଗଲା ଟ୍ରେନ୍‌ର ବେଗ। ଚକତଳେ ହଠାତ ବ୍ରେକ୍ କଷିବାର କର୍କଶ ଶବ୍ଦ ଶୁଣାଗଲା, ଅଳ୍ପ ଅଳ୍ପ ଦୋହଲିଗଲା ଡବାଗୁଡ଼ିକ।

ଟ୍ରେନ୍ ଅଟକିଗଲା।

- କ'ଣ ହେଲା ? ଟ୍ରେନ୍ ରହିଲା କାହିଁକି ?

କେହି କେହି ଯାତ୍ରୀ ପାଟିକରି ପଚାରିଲେ। କିନ୍ତୁ କିଛି ସମୟ ଧରି ଏ ପ୍ରଶ୍ନର ଉତ୍ତର ମିଳିଲା ନାହିଁ।

ଟ୍ରେନ୍‌ଟି ଯା' ଭିତରେ ପ୍ଲାଟଫର୍ମ ଛାଡ଼ି ବାହାରି ଆସି ସାରିଲାଣି, ଏ ପାଖରେ ଦିଶୁଥିଲା ସିଗ୍‌ନାଲ ଖୁଣ୍ଟି, ସେ ପାଖରେ ଦିଶୁଥିଲା ଶ୍ରମିକ ବସ୍ତି, ତା' ଭିତରେ ମଇଳା ପୋଖରୀ ଓ ତା' ଭିତରେ ପଦ୍ମ ଫୁଲ।

ଗାଡ଼ି ଏଠିଆସି ଅଟକିଲା କାହିଁକି !

ଅନୁସନ୍ଧିତ୍ସୁ କେତେକ ସହାଯାତ୍ରୀ ଟ୍ରେନ୍‌ରୁ ଓହ୍ଲାଇ ପଡ଼ିଲେ। ଏଣେ ତେଣେ ଦେଖିବାକୁ ଲାଗିଲେ।

ଜଣେ ଲୋକ ଦୌଡ଼ି ଦୌଡ଼ି ଆସି ଖବର ଦେଲା।

- ଟ୍ରେନ୍ ଚକତଳେ ଗୋଟେ ଲୋକ କଟିଯାଇଛି।

- ଟ୍ରେନ୍ ଚକତଳେ। କେମିତି ?

ଖବର ଗୋଟି ଗୋଟି ମିଳିବାକୁ ଲାଗିଲା। ପ୍ରଥମେ ଜଣେ ଆସି କହିଲା, ସ୍ତ୍ରୀ ଲୋକଟିଏ, ଗାଡ଼ିରୁ ଓହ୍ଲାଇ ପଡ଼ିଲା ବେଳକୁ ପାଦ ଖସିଗଲା। ଟ୍ରେନ୍ ଚକତଳେ ଦି'ଖଣ୍ଡ ହୋଇଯାଇଛି। ତା'ପରେ ଜଣେ କହିଲା, ଦି' ଖଣ୍ଡ ହୋଇଯାଇଥିବା ଖବର ସତ, କିନ୍ତୁ ସେ ସ୍ତ୍ରୀ ଲୋକ ନୁହେଁ, ପୁରୁଷ ଲୋକ।

କେମିତି ଦେଖିବାକୁ ସେ ଲୋକଟି, କେତେ ବୟସ, ଡାକ୍ତର ଆସିଲା କି ନାହିଁ, ପୋଲିସ ଏବେ କେଉଁଠି- ପ୍ରଶ୍ନ ଥିଲା ଅସରନ୍ତି।

ସବୁ ଉଡ଼ାଖବର ଏକାଠି କଲା ପରେ ଯେଉଁ ସମ୍ବାଦଟି ପୂର୍ଣ୍ଣାଙ୍ଗତା ପାଇଲା ତାହା ଏହି: ପ୍ରାୟ ପଚିଶ ତିରିଶ ବର୍ଷର ଜଣେ ଯୁବକ ଟ୍ରେନ୍ ତଳକୁ ଖସି ପଡ଼ି ଦି'ଖଣ୍ଡ ହୋଇଯାଇଛି। ସେ ପିନ୍ଧିଛି ଗୋଟିଏ ଧଳା ରଙ୍ଗର ହାୱାଇନ୍ ଓ ବାଦାମି ରଙ୍ଗର ଫୁଲ୍ ପ୍ୟାଣ୍ଟ। ହାତରେ ସେ ଧରିଥିବା ସିଗାରେଟ୍‌ଟି ନିଆଁ ଏଯାଏ ଲିଭି ନାହିଁ।

ଧଳା ରଙ୍ଗର ହାୱାଇନ୍ ଓ ବାଦାମ୍ ରଙ୍ଗର ପ୍ୟାଣ୍ଟ, ହାତରେ ତା'ର ସିଗାରେଟ୍, ସୁମତି ଶୁଣିଲା ଏତିକି ବୃତ୍ତାନ୍ତ। ତା' ଆଖି ସାମନାରେ ଉଭା ହୋଇଗଲା ବିରୂପାକ୍ଷ। ସେହି ବୟସ ସେହି ପୋଷାକ, ହାତରେ ସିଗାରେଟ୍ ଧରିଥିବା ବି ଠିକ୍।

କିନ୍ତୁ ଆଶ୍ଚର୍ଯ୍ୟ, ସୁମତି ଛାତି ଭିତରର ସ୍ପନ୍ଦନ ଏତେ ଟିକିଏ ବି ବଢ଼ିଲା ନାହିଁ। ଆଖି ଦୁଇଟା ଥିଲା ସ୍ଥିର, ଅବିଚଳ, ଭାବଶୂନ୍ୟ। ଓଠ ଦୁଇଟା ନିଶ୍ଚୁପ୍, ଯେମିତି କେଉଁଠି କିଛି ଘଟି ନାହିଁ।

କ'ଣ ତା'ର ସମ୍ପର୍କ ବିରୂପାକ୍ଷ ନାମକ ଏକ ଅବାର୍ଚୀନ ଯୁବକ ସହିତ ? କି ସମ୍ବନ୍ଧ, କି ସାମୀପ୍ୟ ? ଗତ ପୂର୍ଣ୍ଣିମା ଦିନ ସୁମତି ପାଖେ ଏକଦମ୍ ଅଜଣା ଅଚିହ୍ନା ଲୋକଟିଏ ଥିଲା, ଆଜି ସେ ନାହିଁ, କ'ଣ ହୋଇଗଲା ସେଇଠୁ ?

ସୁମତି କ'ଣ ତା' ଅବର୍ତ୍ତମାନରେ ବଞ୍ଚି ପାରିବ ନାହିଁ ଆଗଭଳି ? ଯେମିତି ସେ ବଞ୍ଚି ଆସିଚି ଏତେ ଦିନ, ଏକୋଇଶଟି ବର୍ଷରେ ଗଢ଼ା ଗୋଟିଏ ଜୀବନକୁ ନେଇ।

ସୁମତିର ଛାତିସାରା କୋରି ଆଣିଲେ ଏତେ ଟିକିଏ ବି ସରାଗ ନାହିଁ, ଶ୍ରଦ୍ଧା ନାହିଁ ସେ ଲୋକଟି ପାଇଁ। ଆଉ ସେ ଲୋକଟିର ମନ ଭିତରେ ବା କେତେ ସରାଗ ଥିଲା ! ଆଉ କେତେ ଥିଲା ସେଇ ଗୋଟେ ଜିନିଷ, ଯାହାକୁ ଏଡ଼େ ସୁନ୍ଦର ଭାଷାରେ କହନ୍ତି 'ପ୍ରେମ' !

ଠିକ୍ ଅଛି। ଏଇ ତେବେ ଥିଲା ଭବିତବ୍ୟ, ଏଇ ଥିଲା ସୁମତିର ଭାଗ୍ୟ, ଏବେ ସେ ରାଜଗାଙ୍ଗପୁର ଯିବ ନାହିଁ ଫେରି ଯିବ ଭଦ୍ରକ, ସେଇଠୁ ବିଞ୍ଝାରପୁର, ତା' ବାପଘର।

ସେଇ ପୁରୁଣା ମୁହଁ, ପରିଚିତ ସୁଖ ଦୁଃଖ, ଚିହ୍ନା ଚିହ୍ନା ରାତିଦିନ। ସୁମତି ଦୁଇ ଆଖି ବନ୍ଦ କରି ଆଉଜି ପଡ଼ିଲା ସିଟ୍ ଉପରେ। ତା' ଚାରିପାଖର ଗହଳି, ଉତ୍ତେଜନା ଓ କୌତୂହଳକୁ ଭୁଲି ଯିବାକୁ ଚେଷ୍ଟା କରି।

କେତେ ସମୟ ସେ ଏମିତି ବସି ରହିଲା ଠିକ୍ ଜଣାନାହିଁ। ଟ୍ରେନ୍‌ଟି ଧୀରେ ଧୀରେ ଆରମ୍ଭ କଲା ଚାଲିବାକୁ, ଡବା ଭିତରେ ଲୋକମାନେ ଯେଝା ସ୍ଥାନରେ ବସି ପଡ଼ିଥିଲେ।

- ସାଂଘାତିକ, ବୁଝିଲ ସୁମତି, ବଡ଼ ସାଂଘାତିକ ସେ ଦୃଶ୍ୟ। ଦେଖିଲେ ଆଖି ବୁଜି ହୋଇଯିବ।

ସୁମତି ଶୁଣି ପାରିଲା ଗୋଟିଏ ସ୍ୱର, ତା'ର ଅତି ନିକଟରେ। ସ୍ୱରଟି ଚିହ୍ନା। ସୁମତି ଆଖି ଖୋଲିଲା ନାହିଁ।

- ସେଇ ଭିକାରି ଟୋକାଟି, ଯିଏ ଆସି ତୁମକୁ ପଇସା ମାଗି ବିରକ୍ତ କରୁଥିଲା, ସେଇଟା ସତରେ ବିବାକ୍ ଅନ୍ଧ। ଟ୍ରେନ୍ ଚାଲିଲାଣି, ତଥାପି କିଛି ନ ଭାବି ନ ଚିନ୍ତି ସେ ଡେଇଁ ପଡ଼ିଲା ତଳକୁ। ପ୍ଲାଟଫର୍ମ ତ ନଥିଲା, ମୁହଁ ମାଡ଼ି ପଡ଼ିଗଲା ଚକତଳେ। ଇସ୍ କି ବୀଭତ୍ସ ମରଣ ଥିଲା ତା' କପାଳରେ...

ବିରୂପାକ୍ଷ ଧପ୍ କରି ବସିପଡ଼ିଲା ସୁମତି ପାଖକୁ ଲାଗି। ତା' ପାଟିରୁ ଯେଉଁ ସିଗାରେଟ୍ ଗନ୍ଧ ବାହାରୁଥିଲା, ତାହା ତୀବ୍ର ହଳାହଳ ପରି ଖେଳାଇ ହୋଇଯାଉଥିଲା ସୁମତିର ସ୍ନାୟୁକୋଷମାନଙ୍କରେ।

ଝଡ଼ପରି, ଆକସ୍ମିକ ବନ୍ୟାପରି, ହଠାତ୍ କୋହ ଭାଙ୍ଗି ପଡ଼ିଲା ସୁମତିର ଛାତି ଗହୀରରେ। କି ଦୁଃଖ, ଅବା କି ଆନନ୍ଦରେ ସେ ମୁହ୍ୟମାନ ହୋଇପଡ଼ିଥିଲା, ତାହା ଜଣାପଡ଼ିଲା ନାହିଁ। ସେ ଭୋ ଭୋ କାନ୍ଦିପକାଇ, ଜମାଟ କୋହ ଢୋକି ଢୋକି ଢଳି ପଡ଼ିଲା ବିରୂପାକ୍ଷର କାନ୍ଧ ଉପରେ।

ବିରୂପାକ୍ଷ ଗୋଟିଏ ହାତ ସୁମତିର ପିଠି ଉପରେ ରଖିଲା, ଆର ହାତରେ ସେ ଧରିଥିଲା ଗୋଟିଏ ଜଳନ୍ତା ଫିଲଟର ସିଗାରେଟ୍।

■

କେହି ଜଣେ ଏକା ଏକା

ସେ ତା'ପରେ କ୍ରମଶଃ ମତେ ଭାରି ବିରକ୍ତ କରିବାକୁ ଆରମ୍ଭ କରିଥିଲା ।

ବିରକ୍ତ ବୋଲି କହିବା ଅବଶ୍ୟ ଠିକ୍ ହେବ ନାହିଁ, କାରଣ ସେ ମୋର କୌଣସି କାମରେ ସମସ୍ୟା ସୃଷ୍ଟି କରୁ ନଥିଲା, ଅସୁବିଧାରେ ପକାଉ ନଥିଲା, ଖାଲି ସେ ମୋ ପଛେ ପଛେ ଘୁରି ବୁଲୁଥିଲା ଛାଇଟିଏ ଭଳି ।

ସେ ଛାଇଟିଏ ହିଁ ଥିଲା । ନିଃଶବ୍ଦରେ ମୋ ପାଖେ ପାଖେ ବିଚରଣ କରୁଥିବା ଛାଇ ।

ବଡ ଆକସ୍ମିକ ଥିଲା ତା' ସହିତ ମୋର ସାକ୍ଷାତ, ଖୁବ ଅଚାନକ ।

ସେଇବାଟେ ମୁଁ ସବୁଦିନ ଆସେ, ସ୍କୁଲ୍‌ଫେରନ୍ତା ବାଟ । ଏବର୍ଷ ଦଶମ ଶ୍ରେଣୀ, ଫାଇନାଲ ପରୀକ୍ଷା ପାଇଁ ପ୍ରସ୍ତୁତ ହେବାକୁ ପଡିବ, ଏକ୍‌ସ୍ଟ୍ରା କ୍ଲାସ୍ ସାରି ମୁଁ ଘରକୁ ଫେରିବା ବେଳକୁ ଜହ୍ନ ଉଠିସାରିଥାଏ ।

ଦଶହରା ମେଳଣ ପଡିଆରୁ ମୁଁ ଥରଟିଏ ଫେରୁଥିଲି ବହୁତ ରାତିରେ, ସେଇ ରାସ୍ତା ଦେଇ, ଅଜାଙ୍କ ସହିତ । ବନଦେବୀ ମନ୍ଦିର ଆଗରୁ, ଡାହାଣପଟ ମୋଡରେ ଥାଏ ଗୁଡାଏ ଲମ୍ବା ଲମ୍ବା ଗଛ, ଯେମିତିକି ଆଦିମ ଯୁଗରୁ ରହିଚି ସେ ସବୁ ଗଛ, ରହିବ ଅନନ୍ତ କାଳକୁ । ସେଇ ତୋଟା ପାରି ହେଲା ବେଳେ ଅଜା କହିଥିଲେ : ଏଇଠି ସେମାନେ ରହନ୍ତି, ରହିଲେଣି ବହୁତ ଦିନରୁ ।

ପଚାରି ଥିଲି, କୋଉମାନେ !

: କାହାରି ଅବଶ୍ୟ କିଛି କ୍ଷତି କରନ୍ତି ନାହିଁ, ନିଜ ଦୁଃଖସୁଖରେ ଥାଆନ୍ତି ।

: କିଏ କୁହତ !

: ଏଇ ଶିମୂଳି ଗଛଟା ଦେଖୁଚୁ, ଏଇଠି ସେ ଝିଅଟି ଆଶ୍ରା କରିଥାଏ, ଚୁପ୍ ଚାପ୍ ଶାନ୍ତ ଝିଅଟେ, ବୟସ ବେଶୀ ନୁହେଁ । ତୋ ଠୁ ସାନ ହେବ ବୟସରେ ।

: ଡାହାଣୀ !

ଅଜା ଅସନ୍ତୁଷ୍ଟ ହେଲେ ମୋ କଥାରେ। ଯେମିତି ଅସୁନ୍ଦର କଥାଟେ କହି ପକେଇଚି ତାଙ୍କ ସାମନାରେ।

: ଡାହାଣୀ ବୋଲି କେହି ନଥାନ୍ତି ସଂସାରରେ। ଯିଏ ସୂକ୍ଷ୍ମଶରୀରକୁ ଚାଲିଯାଇଚି ସେ କାହାକୁ ଡରାଏ ନାହିଁ, କାହା ରକ୍ତ ପିଇଯାଏ ନାହିଁ, କାହାରି ଅମଙ୍ଗଳ ମନାସେ ନାହିଁ। ସେ ଥାଏ ତା' ନିଜ ଖିଆଲରେ, ନିଜ ଦୁଃଖସୁଖରେ।

ମୁଁ କିଛି କହିଲି ନାହିଁ, କ'ଣ କହିବି କିଛି ପ୍ରକୃତରେ ଭାବି ପାରିଲି ନାହିଁ।

ଅଜା କହିଲେ ଟିକିଏ ପରେ : ମୁଁ ଥରଟେ ତା'କୁ ଦେଖିଥିଲି, ଠିକ୍ ଏଇଠି !

ଆଗକୁ ଦିଶୁଥିଲା ବନଦେବୀଙ୍କ ମନ୍ଦିର। ଧୋବ ଫରଫର ମନ୍ଦିର ଚୂଳରେ ରଙ୍ଗୀନ ପତାକା ଦିଶୁଥିଲା ରହସ୍ୟଘନ ତ୍ରିଭୂଜଟିଏ ପରି, ଆକାଶର ଟିକି ଟିକି ତାରାଙ୍କ ମେଳରେ। ମୋ ଦେହ ଟିକେ ଶିରଶିର୍ କଲା, ଛାତି ଭିତରେ ଅସମତଳ ସ୍ପନ୍ଦନ।

ଅଜା ଆମପାଖେ ସବୁଦିନ ରହନ୍ତି ନାହିଁ, କେବେ ରହନ୍ତି ମାଉସୀ ପାଖେ ତ କେବେ ମାମୁଙ୍କ ପାଖେ। ସେ କାଳୀପୂଜା ବେଳକୁ ଚାଲିଗଲେ ବାଲେଶ୍ୱର, ମାଉସୀ ଘରକୁ।

ପ୍ରଥମାଷ୍ଟମୀ ପରଦିନ ରାତିରେ ମୁଁ ଫେରୁଥିଲି ଏକାଏକା। ଜହ୍ନ ଉଠିସାରିଥିଲା ଆକାଶରେ। ହେନା ଫୁଲର ବାସ୍ନା ଭାସି ଆସୁଥିଲା ଦୂରରୁ।

ବନଦେବୀ ମନ୍ଦିର ଠାରୁ ଟିକିଏ ଦୂରରେ ମୋ ସାଇକେଲ୍‌ର ଚେନ୍ ଖସିଗଲା। ପୁରୁଣା ସାଇକେଲ୍, ସପ୍ତାହେ ତଳେ ମରାମତି ବି କରିଥିଲି।

ଓହ୍ଲାଇ ପଡି ସାଇକେଲ୍‌ର ଚେନ୍ ସଜାଡିଲି। ହେନା ଫୁଲର ଗନ୍ଧ ମତେ ଘେରି ଯାଉଥିଲା ଯେମିତି।

ଚେନ୍ ଠିକ୍ କରି ମୁଁ ବସିଲି ସାଇକେଲ୍‌ରେ। ମତେ ଲାଗିଲା କିଏ ଜଣେ ଯେମିତି ବସିଛି ମୋ ପଛରେ। ତା'ର ହାତ ଗୋଟିଏ ମୋ ପିଠିକୁ ଛୁଇଁଛି।

ଦିନ ଯାକର ବ୍ୟସ୍ତତା ଭିତରେ ମୁଁ ଥକି ଯାଇଥିଲି। ଭାବିଲି, ଶ୍ରାନ୍ତ ଦେହର ଅନୁଭବ, ଝାଳଭିଜା ପିଠିର ଜମାଟ କ୍ଳାନ୍ତି। ମୁଁ ଘରେ ପହଞ୍ଚିଲି।

ଘରେ ପହଞ୍ଚିବା ଠିକ୍ ଆଗରୁ କିଏ ଜଣେ ଯେମିତି ମୋ ପଛପଟୁ ସାଇକେଲ୍‌ରୁ ଓହ୍ଲେଇ ଗଲା।

ସେ ବିଷୟରେ ବେଶୀ କିଛି ଭାବିଲି ନାହିଁ, ବହୁତ ପଢା ବାକି ରହିଯାଇଥିଲା, ବହି ଧରି ବସି ଗଲି।

ପରଦିନ ସକାଳେ, ସଦାଗଉଡ ଘରୁ କ୍ଷୀର ନେଇ ଆସିଲା ବେଳେ ମତେ

ଲାଗିଲା କିଏ ଜଣେ ମୋ ପଛେ ପଛେ ଆସୁଛି। ବୁଲି ପଡି ଦେଖିଥିଲି, କେହି ନଥିଲେ କୁଆଡେ। ଶୁନ୍‌ଶାନ୍ ପଡିଆରେ ମୁଁ ଥିଲି ଏକୁଟିଆ। ପଡିଆ ସେପାଖ ତାଳବଣ ଭିତରେ ଏକୁଟିଆ ସୁ-ସୁ ପବନ।

ସେଦିନ ସ୍କୁଲ୍ ଯିବା ବାଟରେ, ଆଉ ଟିକକରେ ଗୋଟେ ଦୁର୍ଘଟଣା ଘଟି ଯାଇଥାଆନ୍ତା। ଅଚାନକ କାହିଁ କୁଆଡୁ ଛୋଟ ପିଲାଟିଏ ଦୌଡି ଆସିଲା, ମୋ ସାଇକେଲ୍ ଚକ ତଳେ ପଡି ଯାଉ ଯାଉ ରକ୍ଷା ପାଇଗଲା। ମୁଁ ବି ଜାଣି ପାରି ନଥାନ୍ତି, କିନ୍ତୁ ଆଖି ପିଛୁଡାକେ ଘଟଣା ଘଟିବା ଆଗରୁ କିଏ ଜଣେ ମତେ ଫିସ୍‌ଫିସ୍ କରି କହିଲା, ସାବଧାନ! ଛୋଟ ପିଲାଟେ ...

କିଏ କହିଲା ମତେ ଏକଥା!

ସ୍ୱରଟି ଥିଲା ଭାରି ନରମ, ଆପଣାର ଆପଣାର। ଜାଣି ହେଲାନି, ସ୍ୱରଟି ପୁଅପିଲାର କି ଝିଅର।

ଦିନଯାକ ବ୍ୟସ୍ତ ରହିଲି, ପାଠ, ଖେଳ, ସାଙ୍ଗସାଥୀ, ସଞ୍ଜର କୋଚିଙ୍ଗ୍ କ୍ଲାସ୍।

କ୍ଲାସ୍ ସାରି ଫେରୁଚି, ଠିକ୍ ବନଦେବୀ ମନ୍ଦିର ପାଖରେ ମୋ ସାଇକେଲ୍‌ଟା ଟିକେ ଦୋହଲି ଗଲା, ଯେମିତି କି କିଏ ଜଣେ ମୋ ସାଇକଲ୍‌ରୁ ଓହ୍ଲେଇ ପଡି ଚାଲିଗଲା।

କେହି ଅବଶ୍ୟ ନଥିଲେ କୁଆଡେ।

ଘରେ ପହଞ୍ଚି କେମିତି ଡରଡର ଲାଗିଲା। ଏସବୁ ହେଉଚି କ'ଣ!

ମୋର ଏ ପ୍ରଶ୍ନର ଉତ୍ତର ଦେବାକୁ କେହି ନଥିଲେ। ଅଭିଜ୍ଞତା ମୋର ଏପରି ବ୍ୟକ୍ତିଗତ ଓ ସଂଗୋପନ ଯେ କାହା ସହିତ ଏ ବିଷୟରେ କଥା ହେବାକୁ ଭରସା ପାଇଲି ନାହିଁ।

ମତେ କିନ୍ତୁ ଲାଗୁଥିଲା ଧୀରେ ଧୀରେ ଯେ ଜଣେ କେହି ରହିଚି ମୋ ପାଖେ ପାଖେ, ମୋର ଅତି ନିକଟରେ, ବିଶ୍ୱାସୀ ସହଚର ଭାବରେ। କିଏ ସେ? କାହିଁକି ସେ ମୋ ପଛେ ପଛେ ଘୁରି ବୁଲୁଚି ଛାଇଟିଏ ପରି!

ତା' ସ୍ୱର ମୁଁ କେବେ ଶୁଣେ ନାହିଁ। ସାରା ସମୟ ସେ ଥାଏ ଚୁପ୍ ଚାପ୍। ନା, ବେଳେବେଳେ ସେ କଥା କହିଥାଏ, କଥା କହିଥାଏ ଖୁବ୍ ଧୀର ସ୍ୱରରେ, ଏତେ ଧୀର ସ୍ୱରରେ ଯେ ଜାଣି ହୁଏ ନାହିଁ ସେ ଝିଅ ସ୍ୱର କି ପୁଅ ସ୍ୱର।

ଥରକର ଘଟଣାରୁ ମୁଁ ବୁଝିପାରିଲି ସ୍ୱରଟି ଗୋଟିଏ ଝିଅର। ଥରଟେ ମୁଁ ଝୁଣ୍ଟି ପଡିଥିଲି ରାସ୍ତାରେ, ଦୋଷଟା ଅବଶ୍ୟ ମୋରି। ମୁହଁ ମାଡି ମୁଁ ପଡିଯାଇଥିଲି ରାସ୍ତାରେ। ବେଶି କିଛି ଚୋଟ ଲାଗିନଥିଲା, ଆଣ୍ଠୁ ଛିଣ୍ଡି ଯାଇ ଦି ତିନି ଟୋପା ରକ୍ତ ବାହାରିଥିଲା।

: ଦେଖି ଚାହିଁ ବାଟ ଚାଲ। ସେ କହିଥିଲା କିଛି ସହାନୁଭୂତିରେ, କିଛି ଲଘୁ ପରିହାସ ବି ଥିଲା ତା' ସ୍ୱରରେ। ସେ କହିଥିଲା : ଆକାଶରେ ଯୋଡ଼ ଚଢ଼େଇଟା ଏଇନା ଉଡ଼ିଗଲା ସେଇଟା ଗୋଟେ କଜଳପାତି। ବୁଝିଲ !

କେମିତି ବୁଝି ପାରିଥିଲା ସେ ଝିଅଟି, ଝିଅ ହିଁ ନିଶ୍ଚୟ, ଯେ ମୁଁ ଆକାଶକୁ ଦେଖୁଥିଲି ସେଇ ମାତ୍ର ଉଡ଼ିଯାଇଥିବା ଚଢ଼େଇ ଗୋଟିକ ଚିହ୍ନିବାକୁ !

ଟିକେ ଟିକେ କାଟୁଥିଲା ମୋ ଆଣ୍ଠୁର କ୍ଷତଟି। ଦିଟୋପା ରକ୍ତ ବୋହି ସାରିଥିଲା। ଲାଗିଲା କିଏ ଜଣେ ସେ କ୍ଷତକୁ ଛୁଇଁଲା, ଆଉଁସି ଦେଲା। କଳ୍ପନା ? ହେଇଥିବ। ଯଦି କିଏ ଆଉଁସି ଦେଇଥିବ ତ ସେ ଝିଅଟିଏ ନିଶ୍ଚୟ !

ମତେ ସେ ତା'ପରେ ନାନା କଥାରେ ଆକଟ କରିବା ଆରମ୍ଭ କରିଥିଲା। ନୀରବରେ, ବିଭିନ୍ନ ଇଶାରାରେ। ସକାଳୁ ଉଠିବାରେ ଡେରି ହେଲେ, ପାଠ ପଢ଼ୁ ପଢ଼ୁ ଅନ୍ୟମନସ୍କ ହୋଇଯାଇ ବାଜେ ସବୁ କଥା ଚିନ୍ତା କରିବାରେ, କାହାକୁ ପଦେ ମିଛ କହିଦେଲେ, ସେ ନିଃଶବ୍ଦରେ କହୁଥିଲା ଏଇଟା କ'ଣ ଠିକ୍ କଥା ! ଏମିତି ମିଛ କହିବାଟା ! ଆଚ୍ଛା ତୁମେ କ୍ଲାସରେ ବସି ସେ ଝିଅଟାକୁ ଏମିତି ଅଭଦ୍ରଙ୍କ ପରି ଚାହୁଁଥିଲ କାହିଁକି ଯେ ! ଛି ମତେ ଏମିତି ଖରାପ ଲାଗୁଥିଲା ସେତେବେଳେ !

ସତ କହିବାକୁ ଗଲେ ଅନେକ କଥା ମୋର ହୋସ୍‌ରେ ବି ନଥାଏ। ଫୁଟ୍‌ବଲ୍ ଖେଳିଲା ବେଳେ କାହାକୁ ଫାଉଲ୍ ମାରିବାଟା, କାହାକୁ ବାଧିଲା ପରି କଥା କହିବାଟା, କୋଉ ଝିଅକୁ 'ଅଭଦ୍ର' ଭାବେ ଅନେଇବାଟା। ସେ କିନ୍ତୁ ମତେ ଜଗି ବସିଥାଏ ଯଖଙ୍କ ପରି।

: ହୁଁ, କହୁଚ ମୁଁ ଜଗିଚି ଯଖଙ୍କ ପରି !

ଥରଟେ ସେ ମତେ ପଚାରି ଦେଇଥିଲା, ରାତିରେ ଏକାଏକା ଘରକୁ ଫେରିବା ରାସ୍ତାରେ।

କେମିତି ସେ ଜାଣିପାରିଲା ମୋ ମନ କଥା ! ମୁଁ ଆତଙ୍କିତ ହେଲି ମନେ ମନେ।

: ହଉ, ଏଥରକ ଛାଡ଼ିଦେଲି। କିନ୍ତୁ ଆଉ ଥରେ ଯଦି ମତେ ଏମିତି କହିବ...

: ଉଃ, କିଏ ତୁମେ ! ସତ କୁହ ତୁମେ କିଏ, କ'ଣ ଚାହୁଁଚ ତୁମେ ମୋ ପାଖରୁ !

ଦିନେ ମୁଁ ପଚାରିଥିଲି ବଡ଼ପାଟି କରି, ଏକୁଟିଆ ଘରଟି ଭିତରେ। ଛଳଛଳ ହସି ଉଠିଥିଲା ଝିଅଟି। କହିଥିଲା, ଏମିତି ପାଟି କର ନାହିଁ। ଯିଏ ଶୁଣିବ, ଭାବିବ ତୁମେ ପାଗଳ ହୋଇ ଯାଇଚ।

ମୁଁ ମୋର ଭ୍ରମ ବୁଝିପାରିଥିଲି। ଝିଅଟି ତା'ପରେ ଉତ୍ତର ଦେଇଥିଲା, ମୁଁ ଜଣେ ସାଙ୍ଗ ତୁମର। କ'ଣ କହନ୍ତି ଟି... 'ଶୁଭାକାଙ୍କ୍ଷୀ' ବନ୍ଧୁ...!

: ଜାଣ, ମତେ ଭାରି ଏକୁଟିଆ ଲାଗୁଥିଲା, ଭାରି ଏକା ଏକା। ତା'ପରେ ଦିନେ ମୁଁ ତୁମକୁ ଦେଖିଲି। ଦେଖିଲି ଆଉ ମତେ ତୁମକୁ ଭଲ ଲାଗିଲା। ମୁଁ ବି ଦେଖିଲି ତୁମେ କେତେ ଏକା ଏକା, ଠିକ୍ ମୋପରି। ତା'ପରେ ଭାବିଲି...

ସମସ୍ୟା ଥିଲା ଏଇ ଯେ ଝିଅଟି ଅନେକ ସମୟରେ ତା'ର ସବୁ କଥା ଶେଷ କରୁ ନଥିଲା। କହୁ କହୁ ହଠାତ୍ ସେ ଚୁପ୍ ହୋଇ ଯାଉଥିଲା କିମ୍ବା ତା' ସ୍ୱରଟି ଧୀରେ ଧୀରେ ନରମି ଯାଇ ମିଳେଇ ଯାଉଥିଲା ପବନରେ।

ସେ ଯେତେବେଳେ ଥାଏ ମୋ ପାଖରେ, ମୁଁ ଜାଣି ପାରେ; ଯେତେବେଳେ ସେ ଚାଲିଯାଏ ମତେ ଛାଡି, ମୁଁ ତା' ଅନୁପସ୍ଥିତି ଅନୁଭବ କରିପାରେ।

: ମତେ ତୁମେ ଭୟ କରନାହିଁ! ଭାବନାହିଁ ଯେ ମୁଁ ତୁମର କିଛି କ୍ଷତି କରିବି।

ନା, ମୁଁ ପ୍ରକୃତରେ ସେମିତି କିଛି ଭାବୁନଥିଲି। କିନ୍ତୁ ମତେ ଗୋଟେ କଥା ଭାରି ଆନ୍ଦୋଳିତ କରୁଥିଲା। ସଂସାରରେ ଏତେ ଲୋକ ଥାଉ ଥାଉ ସେ ମୋ ପିଛା ପଡିଚି କାହିଁକି! କାହିଁକି ସେ ଘୁରି ବୁଲୁଚି ମୋ ସହିତ ରାତିଦିନ!

ନା, ମତେ ଭୟ ଲାଗୁ ନଥିଲା, କିଛି ଆଶଙ୍କା ବି। ଅଜା କହିଥିଲେ ଏମାନେ କାହାର କିଛି କ୍ଷତି କରନ୍ତି ନାହିଁ, ରକ୍ତମାଂସହାଡ ଚୋବେଇ ଖାଇ ଯାଆନ୍ତି ବି ନାହିଁ। ସେମିତି ହେବାର ଥିଲେ ମୁଁ ତ କେବେଠୁ ନିଃଶେଷ ହୋଇ ସାରନ୍ତିଣି।

: ମୋ ନାଆଁ ଶୋଭନା।

ଥରେ ସେ ଯାଚି ହୋଇ କହିଥିଲା। କିନ୍ତୁ ପଚାରିଲା ନାହିଁ ମୋ ନାଆଁ। ବୋଧେ ସେ ଜାଣିଥିଲା ମୋର ନାମଟି।

: ଶୋଭନା! ପୁରା ନାମଟା କ'ଣ କୁହ। କୋଉଠି ତୁମ ଘର, ତା' ମାନେ...

: ମୋର ପୂରା ନାଆଁ ହିଁ ଶୋଭନା। ମୋର ଘର କୋଉଠି ତ ତୁମେ ଜାଣ, ସେଇ ବାଟ ଦେଇ ତୁମେ ଆସ ପ୍ରତିଦିନ।

ବୁଝି ପାରିଲି ସେ ଆଉ ଅଧିକା କିଛି କହିବ ନାହିଁ।

ଗୋଟିଏ କଥା ମୁଁ ଜାଣିଥିଲି ଯେ ସେ ମୋ ପାଖେ ସାରା ସମୟ କଟାଏ ନାହିଁ। ମୁଁ ଯେତେବେଳେ ମନଧ୍ୟାନ ଦେଇ ପଢି ବସେ, ରାତିରେ ମୋ ବିଛଣାରେ ଆସି ଶୁଏ, ସକାଳୁ ବାଥ୍ରୁମରେ ପଶିଯାଏ, ସେ ମୋ ପାଖେ ନଥାଏ। ସେ ସମୟ ଦେଖି ଆସେ।

ସେ ମୋ ଦେହକୁ ଅନାବଶ୍ୟକ ସ୍ପର୍ଶ କରେ ନାହିଁ, ସମ୍ଭବତଃ ଦୂରରେ ଦୂରରେ ହିଁ ଥାଏ। କିନ୍ତୁ ମତେ ଲକ୍ଷ୍ୟ କରୁଥାଏ, ଚାହିଁ ରହିଥାଏ ମନଯୋଗ ଦେଇ।

ଦିନେ କିନ୍ତୁ ଭିନ୍ନ ଘଟଣାଟିଏ ଘଟିଲା ।

ସେ ଥିଲା ଝଡବର୍ଷାର ଗୋଟିଏ ରାତି । ସମ୍ଭବତଃ ଅମାବାସ୍ୟାର ରାତି । ବିଜୁଳି ଆଲୁଅ ଯାଉଥିଲା, ଆସୁଥିଲା । ଢେର ରାତିରେ, ମୁଁ ମୋ ପାଠପଢା ସାରି ବିଛଣାକୁ ଆସିଥିଲି । ଖୁବ୍ କ୍ଲାନ୍ତ, ଅବସନ୍ନ । ଆଲୁଅ ଲିଭାଇ ମୁଁ ବିଛଣାରେ ଢଳି ପଡୁଛି, ମତେ ଲାଗିଲା କିଏ ଜଣେ ଶୋଇଛି ମୋ ଖଟରେ । ମୁଁ ଚମକି ଉଠି ବସିଲି । ଶୂନ୍ୟ ବିଛଣା, ଶୂନ୍ୟ କୋଠରୀ ।

ମୋ ଚାରିପାଖେ ନିଶୂନ୍ ରାତି, ଅମାବାସ୍ୟାର ରାତି ।

କିଏ ଶୋଇଚି ମୋ ବିଛଣାରେ !

ବୁଝିବା ଅସମ୍ଭବ ନଥିଲା ।

ଶୋଭନା ହିଁ ଶୋଇ ରହିଥିଲା ବିଛଣାରେ । ନିଦରେ ତ ଆଦୌ ନୁହେଁ ।

ସେ ଜାଣି ପାରିଲା ମୁଁ ଆଶ୍ଚର୍ଯ୍ୟ ହୋଇଯାଇଚି, ହୁଏତ ଟିକେ ଡରି ବି ଯାଇଥିବି ।

ସେ କହିଲା ଫିସ୍‌ଫିସ୍ କରି : ଡର ନାହିଁ ! ମୁଁ ... !

ଦୋଷ ମାନି ଗଲା ପରି ସେ କହିଲା : ମୁଁ ଫେରି ଯାଉଥିଲି ବନଦେବୀ ତୋଟାକୁ । ବାଟରେ ମନଟା ଭାରି ଗୋଳେଇଘାଣ୍ଟି ହେଲା, ଜାଣେନି କାହିଁକି । ଆଗକୁ ଆଉ ଯାଇ ପାରିଲି ନାହିଁ, ଫେରି ଆସିଲି, ଦେଖିଲି ତୁମେ ପଢୁଚ ମନଦେଇ, ତୁମକୁ ଡିଷ୍ଟର୍ବ୍ ନକରି ଶୋଇ ପଡିଥିଲି ତୁମ ଖଟରେ । ଆଜି ରାତିଟା ମତେ କାହିଁକି ... ଜାଣ, ଅନେକ ଦିନ ତଳେ, ଏମିତି ଗୋଟେ ରାତିରେ...

ମୁଁ ତୀବ୍ର କ୍ରୋଧରେ ହିସ୍‌ହିସ୍ କରୁଥିଲି ସେତେବେଳେ, କ'ଣ କେମିତି କହିଥିଲି ରାଗରେ ମନେ ନାହିଁ, ତେବେ ଏତିକି ନିଶ୍ଚୟ କହିଥିଲି ସେ ଏବେ ଏଠାରୁ ଚାଲିଯାଉ, ଏଇ ବର୍ତ୍ତମାନ !

: ଏତେ ରାତିରେ ... ଏମିତି ଅନ୍ଧାରରେ !

: ହଁ, ଏଇକ୍ଷଣି !

ସେ ବୋଧେ ଉଠିବସିଲା ଖଟରୁ । ବସି ରହି ଟିକେ କ'ଣ ଭାବିଲା ।

ନରମ ସ୍ୱରରେ ପଚାରିଲା : ତୁମେ ମୋତେ ବହୁତ... ବହୁତ ଘୃଣା କର ନା !

ମୁଁ ଚୁପ୍ ରହିଥିଲି, ଏଇଥିପାଇଁ ଯେ ଏହାର ଉପଯୁକ୍ତ ଉତ୍ତର ମୋତେ ଜଣା ନଥିଲା ।

ମୋର ନୀରବତାରେ ହିଁ ହୁଏତ ସେ ଅନୁମାନ କରିନେଲା ତା' ପ୍ରଶ୍ନର ଉତ୍ତର । ସେ ଖଟ ଉପରୁ ଓହ୍ଲାଇ ଆସିଲା ।

ମୋର ନିକଟକୁ ଆସିଲା ସମ୍ଭବତଃ। ଗାଢ ଅନୁପ୍ଲାବିତ ଶୁଣାଗଲା ତା'ର ସ୍ୱର।

: ମୁଁ ତୁମର କିଛି କ୍ଷତି କରୁନଥିଲି, ଖାଲି ତୁମ ପାଖେ ପାଖେ ରହିବାକୁ ଚାହୁଁଥିଲି, କିଛି ସମୟ ପାଇଁ। ତୁମେ ମତେ ଭଲ ଲାଗୁଥିଲ। ଭାବୁଥିଲି ତୁମକୁ ବି ଭଲ ଲାଗୁଥିଲା...

ମତେ ଲାଗିଲା ଝିଅଟିର ସ୍ୱର ଧୀରେ ଧୀରେ ମୋର ନିକଟତର ହୋଇ ଆସୁଛି। ମୋର ଏକାନ୍ତ ସାନ୍ନିଧ ଭିତରକୁ। ମୋ ଚିବୁକରେ ଅନୁଭବ କଲି କାହାର ଉଷୁମ ନିଃଶ୍ୱାସ, ହୁଏତ କେହି ଓଠ ଛୁଆଁଇବାକୁ ଚାହୁଁଚି ମୋ ଗାଲରେ।

ମୁଁ ଘୁଞ୍ଚିଗଲି।

... ଠିକ୍ ଅଛି, ଯାଉଚି ମୁଁ। ଯଦି କେବେ, ଯଦି କେବେ ଦିନେ ...

ଝିଅଟି ତା' କଥା ଶେଷକଲା ନାହିଁ। ସତେ କି ସେ ବୁଝି ସାରିଥିଲା ଆଉ କିଛି କହିବାର ପ୍ରୟୋଜନ ନାହିଁ। ତା'ର ଛଳ ଛଳ ସ୍ୱରଟି ପୋତି ହୋଇଗଲା ଅବରୁଦ୍ଧ ଦୀର୍ଘନିଃଶ୍ୱାସ ତଳେ। ଘରର ବନ୍ଦ ଦରଜା ଖୋଲିଗଲା, ହୁଏତ ଝଡପବନର ଆଘାତରେ। ବର୍ଷାଭିଜା ଥଣ୍ଡା ପବନ କିଛି ପଶି ଆସିଲା ଭିତରକୁ। ମନେ ହେଲା ତା'ରି ଭିତରେ ଛାଇଟିଏ, ଅବା ଆଞ୍ଜୁଳାଏ ଅନୁଭବ ମିଳେଇଗଲା ଅମାବାସ୍ୟାର ତିମିରିତ ଆକାଶରେ।

ସବୁଦିନ ପାଇଁ।

■

ମୋକ୍ଷ

ଠିକ୍ ପାହାନ୍ତା ବେଳକୁ, ଯେତେବେଳେ ଟିକେ ଟିକେ ଅନ୍ଧାର ତଥାପି ଲଟକି ରହିଥାଏ ହାତୀପଥର ପାହାଡ଼ ସନ୍ଧିରେ, ସେତେବେଳେ ସେଇ ଲୋକଟି ଆସି ବସି ରହିଥିଲା ଆମ ଘର ସାମନା ଚଉତରା ଉପରେ।

ସାନମାମୁ ଠିକ୍ ସେଇ ସମୟରେ ମୋଟର ସାଇକେଲ୍ ଧରି ହଦଗଡ଼ ବାହାରନ୍ତି, ସବୁ ସୋମବାର ସକାଳେ, ରବିବାର ଛୁଟି କଟାଇସାରି।

ଚଉତରା ଉପରେ ବସିଥିବା ଲୋକଟି ଉପରେ ମାମୁଙ୍କ ନଜର ପଡ଼ିଲା; ମୋଟର ସାଇକେଲ ଷ୍ଟାର୍ଟ ବନ୍ଦ କରି ସେ ପାଖକୁ ଆସିଲେ।

ମାମୁ କିଛି କହିବା ଆଗରୁ ଲୋକଟି ବଡ଼ ଚିହ୍ନା ଚିହ୍ନା ହସ ହସି କହିଲା- ମୁରଲୀ ଭାଇନାଙ୍କ ସାନ ପୁଅ ନା ? ମୁଁ ଠିକ୍ ଚିହ୍ନି ପାରିଛି।

ତା'ପରେ ସେ ଚାରିଆଡ଼କୁ ଚାହିଁଲା। ଉପରର ଆକାଶକୁ, ପାଦ ତଳର ମାଟିକୁ। ଭାରି ଆଶ୍ଚର୍ଯ୍ୟ ହେଲା ପରି କହିଲା- କେତେ ବଦଳି ଯାଇଛି ସବୁ ଜିନିଷ।

- ଆପଣ କିଏ ?

ମାମୁ ଭାବି ପାରୁ ନ ଥିଲେ କେମିତି ଭାବରେ ଏ ପ୍ରଶ୍ନଟା ପଚାରିବେ। ଅବଶ୍ୟ ପଚାରିଲେ ଶେଷକୁ।

ଏ କଥାର ସିଧା ଉତ୍ତର ଦେଲା ନାହିଁ ଲୋକଟା। କହିଲା- ତମ ମୁହଁଟା ମୁରଲୀ ଭାଇନାଙ୍କ ପରି ହଁ, କିନ୍ତୁ ସାବିନାନୀର ଆଖି ଆଉ ନାକ ଅବିକଳ ଆଣିଚ।

- କିଏ ତମେ !

ଲୋକଟି ତା'ର ଅଧା ମଇଳା ରୁମାଲ୍‌ରେ ମୁହଁ ପୋଛିଲା, ପାଦସାରା ଜମିଥିବା ଧୂଳିକୁ ଚାହିଁ ଟିକିଏ ଗୋଡ଼ କଚାଡ଼ିଲା। ତା'ପରେ ମାମୁଙ୍କ ମୁହଁକୁ ଚାହିଁ ପଚାରିଲା- ଚୁନି ଭାଉଜଙ୍କ ସଙ୍ଗେ ଟିକେ କଥା ହୋଇପାରିବି ? କହିବ, ମୁଁ ଚକ୍ରପାଣି।

- କିଏ ?

ମାମୁ ଏ ପ୍ରଶ୍ନ ପଚାରିବାର ଅଧଘଣ୍ଟା ଭିତରେ ଆମ ଘରସାରା ସେଇ ପ୍ରଶ୍ନଟା ଷାଠିଏ ଥର ପଚରା ହୋଇଗଲା। ସମସ୍ତେ ସମସ୍ତଙ୍କୁ ଥରେ ଲେଖାଏଁ ପଚାରିଲେ, ଜଣ ଜଣକା, ଜଣକୁ ସମସ୍ତେ ଓ ସମସ୍ତଙ୍କୁ ଜଣେ।

ଏତେ ପଚରାଉଚୁରା ହଇଚଇ ଭିତରେ ସବୁଠୁ ନିଶ୍ଚୁପ୍ ଥିଲା ସାନଆଈ। ସେ କାହାକୁ କିଛି ପଚାରିଲା ନାହିଁ କି ଝରକା ଫାଙ୍କରେ ଯାଇ ଭୁଙ୍ଗିଲା ନାହିଁ, ଯେମିତି କଲେ ବଡ଼ଆଈ, ମଝିଆଆଈ, ବଡ଼ମାଈଁ, ସାନମାଈଁ, କୁନିନାନୀ।

- ଚକ୍ରପାଣି ? ସେ କହିଲା ସେ ଚକ୍ରପାଣି ?

ବଡ଼ଆଈ ଘରସାରା ଚକ୍‌କର କାଟିଲା ପରି ଘୂରି ଆସିଲା। ପ୍ରତିଥର ଘୂରିବା ପରେ ସେ ଝରକା ପାଖକୁ ଯାଇ ଥରଟିଏ ଦେଖୁଥିଲା ବାହାର ଚଉତରାରେ ବସିଥିବା ସେଇ ଲୋକଟିକୁ।

ବାହାର ଚଉତରାରେ ବସିଥିବା ଲୋକ ଜଣକର ବୟସ ବୋଧେ ଷାଠିଏ କି କ'ଣ, ମୁହଁରେ ତା'ର ମେଞ୍ଚା ମେଞ୍ଚା କଳାଧଳା ଦାଢ଼ି, ଦେହରେ ଗେରୁଆ ପଞ୍ଜାବି, ଗେରୁଆ ଧୋତି ଓ ହାତ ପାଖକୁ ଥିଲା ଗୋଟିଏ ବଡ଼ ବ୍ୟାଗ୍, ଗୋଟେ ବେଡିଙ୍ଗ୍ ସାଇଜ୍‌ର।

- ତୁ ଠିକ୍ ଶୁଣିଚୁ ସେ କହିଲା ସେ ଚକ୍ରପାଣି ?

ମଝିଆଁଆଈ, ଯାହାର କାନକୁ ଏବେ ଭଲ ଶୁଭେ ନାହିଁ, ସେ ପଞ୍ଚମଥର ଏ ପ୍ରଶ୍ନ ପଚାରିଲା ମାମୁଙ୍କୁ।

- ଶୁଣିନି କ'ଣ ଖାଲି ବାଉଳି ହେଉଚି ?

ଟିକିଏ ଚିଡ଼ିଯାଇ ମାମୁ କହିଲେ। ପ୍ରଥମ କାରଣ ତାଙ୍କର ହଦଗଡ଼ ଯିବାରେ ଡେରି ହୋଇଯାଉଛି, ଆଜି ପୁଣି ତାଙ୍କ ଅଫିସବାଲାଏ ପିକ୍‌ନିକ୍ ଯିବାର ଅଛି; ଆଉ ଦ୍ୱିତୀୟ କାରଣ ଏ ଅଜବ ଲୋକଟା ସକାଳୁ ସକାଳୁ ସମସ୍ତଙ୍କ ମୁଣ୍ଡ ଖାଇଦେଇ ବସିଛି।

ମାମୁ ପରିଷ୍କାର କହିଥିଲେ ଆଗରୁ ଦୁଇ ଥର ଯାକ, ମତେ ଦେଖି ସେ କହିଲା ମୋ ମୁହଁଟା ଅବିକଳ ବାପାଙ୍କ ପରି, ପୁଣି ମୋ ଆଖି ନାକ ଠିକ୍ ସାବି ପିଇସୀନାନୀ ପରି। ଆଉ ତା' ସ୍ୱରଟା, ସତ କହୁଚି, ମତେ ଲାଗିଲା ଆମ ଘର ମଣିଷ ପରି, ଠିକ୍ ଯେମିତି ସାନ ଜେଜେବାପାଙ୍କର ସ୍ୱର।

ଝରକା ଦେଇ କୁନିନାନୀ ପଦାକୁ ଚାହିଁଲା, କହିଲା - ସେ ଲୋକଟା ପଛପଟୁ ବଡ଼ଅଜାଙ୍କ ପରି ଦିଶୁ ନାହିଁ ? ସେମିତି ପିଠି, ସେମିତି ପିଚା।

କୁନି ନାନୀ ଉପରେ ମୁଁ ମନେ ମନେ ବହୁତ ରାଗିଗଲି। ସେ ପଞ୍ଚମ ଶ୍ରେଣୀରେ ପଢ଼େ, ମୋଠାରୁ ଦୁଇବର୍ଷ ବଡ଼, ତେବେ ସୁଦ୍ଧା ସେ କେତେ ଅଭଦ୍ର କଥା କହୁଛି!

ତା' କଥା ଶୁଣିବାକୁ ଅବଶ୍ୟ କେହି ନ ଥିଲେ। ସମସ୍ତେ ଚୁପ୍‌ଚାପ୍ କଥା ହେଉଥିଲେ, ଏତେ ଦିନ ସେ ଲୋକଟା ଥିଲା କୋଉଠି? କାହିଁକି ସେ ଆଜି ଆସି ଏଠି ପହଞ୍ଚିଛି, ଏତେ ବର୍ଷ ପରେ!

ସତେଇଶ ବର୍ଷ ପରେ। ଏଇ ଫଗୁଣକୁ ସତେଇଶ ବର୍ଷ।

ମଝିଆଁଆଇ କହିଥିଲା, ତା'ପରେ ଝରକା ପାଖକୁ ଯାଇ ଉଙ୍କି ମାରି ଦେଖିଥିଲା ସେଇ ଏକା ଦୃଶ୍ୟକୁ। ଚଉତରା ଉପରେ ବସିଥିବା ଲୋକଟିକୁ। ଲୋକଟି ଚାହିଁଥିଲା ମଝି ଆକାଶକୁ, କିଛି ନୂଆ ଜିନିଷଟିଏ ଦେଖିଲା ପରି।

ମଝିଆ ଆଈ ତା'ପରେ ଅନେଇଥିଲା ସାନଆଈକୁ। ସେ ଚୁପ୍‌ଚାପ୍ ବସିଥିଲା ପଲଙ୍କରେ, ଗାଲରେ ହାତରଖି।

ସାନଆଈ ଯେବେ ଏମିତି ଗାଲରେ ହାତ ରଖି ଏକୁଟିଆ ବସିଥାଏ କ'ଣ କଥା ସବୁ ଭାବି ଭାବି, ମୋତେ ଭାରି ସୁନ୍ଦର ଦିଶେ ତା' ଗୋରା ଗୋରା ମୁହଁଟି, ପୁଣି କେମିତି ଦୁଃଖ ଦୁଃଖ ବି ଲାଗେ। ମଝିଆ ଆଈ ଧୀରେ ଧୀରେ ସାନଆଈ ପାଖକୁ ଆସିଲା। ଥିର କିନା ତା'ର ଗୋଟିଏ ହାତ ରଖିଲା ସାନଆଈ ପିଠିରେ।

ସାନଆଈ ଚମକି ପଡ଼ିଲା ହଠାତ୍। ତା'ପରେ ମୁହଁ ଟେକି ଚାହିଁଲା ମଝିଆଆଈକୁ। କିଛି ପଦେ କହିଲା ନାହିଁ।

- ଆପଣ ତେବେ ଚକ୍ରପାଣି, ମାନେ, ମୋ ସାନବାପା...

ଟିକିଏ ପରେ ମାମୁ ଯାଇ ଏକଥା ପଚାରିଥିଲେ ସେଇ ଲୋକଟିକୁ, ଚଉତରା ଉପରେ ଚକାମାଡ଼ି ବସିଥିବା ଲୋକଟିକୁ।

ଲୋକଟି ମୁହଁ ଉଠାଇ ଚାହିଁଥିଲା ମାମୁଙ୍କୁ। ମଜାକଥାଟିଏ ଶୁଣିଲା ପରି ଅଳ୍ପ ହସି ସେ ମୁଣ୍ଡ ହଲାଇ କହିଲା- ହଁ।

ଟିକିଏ ଦୂରରେ, ଗୋଟିଏ ଚମ୍ପାଗଛ ଆଢୁଆଳରେ ଲୁଚି ଲୁଚି ମୁଁ ଶୁଣିଥିଲି ସେମାନଙ୍କ କଥାଭାଷା।

- ଏତେ ଦିନ ଧରି ତୁମେ... ଆପଣ ଥିଲେ କୋଉଠି?

- ସବୁ କଥା କହିବି। ଚୁନି ଭାଉଜଙ୍କୁ କହିବି, ମାନେ ତୁମ ମାଆଙ୍କୁ।

କ'ଣ ଗୋଟେ ଜିନିଷ ହଜେଇ ଦେଇଥିବା ପରି ଲୋକଟି ତା'ର ଦୁଇ ପକେଟ ଅଣ୍ଡାଳିଲା, ତା'ପରେ ଖାଲି ହାତ ବାହାରକୁ କାଢ଼ିଆଣି ଆଙ୍ଗୁଠି ଫୁଟେଇଲା ପଟ୍‌ପାଟ୍।

ଚୁନିଭାଉଜ ବି କ'ଣ ଆଜିକାଲି ସେମିତିକା ଚା' ବନଉଚନ୍ତି ? ଶୁଣ୍ଠି, ଡାଲଚିନି, ଗୋଲମରିଚ ?

ଶୁଣ୍ଠି ଜିନିଷଟି ଚୁନିଆଈର ସ୍ପେଶାଲ୍ ଆଇଟମ୍। ଭାରି ସୁଆଦିଆ, ମହମହକିଆ ପାଲଟିଯାଏ ଚା' ହାଣ୍ଡି ଗୋଟାକ, ଶୁଣ୍ଠି ଟିକିଏ ମିଶିଗଲେ, ମାଆ ମାଇଁ ସମସ୍ତେ କହନ୍ତି। କିନ୍ତୁ ଏ ଖବର ଏ ଲୋକକୁ ମିଳିଲା କେମିତି ?

- ଯଦି ଚା' ଅବିକା ବସିବ ତ, ମୋ ପାଇଁ ବି କପେ ପାଣି ଢାଳି ଦେଇଥିବ।

ଲୋକଟି ଆଉଜି ବସିଲା ତା' ବିଶାଳ ବ୍ୟାଗ୍ ଉପରେ। ମତେ ଏବେ ସେ ଦିଶିଲା ଅବିକଳ ବଡ଼ଅଜାଙ୍କ ପରି।

ବଡ଼ଅଜାଙ୍କୁ ମୁଁ ଦେଖିଚି ବହୁତଦିନ ଧରି, ଅଶୀ ବର୍ଷ ବୟସରେ ମଲା ଯାଏଁ, ମଝିଆଅଜା ତାଙ୍କ ଆଗରୁ ମରିଗଲେ, ମତେ ସେତେବେଳେ ତିନିବର୍ଷ କି ଚାରିବର୍ଷ, କିନ୍ତୁ ସାନଅଜାଙ୍କୁ କେଭେ ଜୀବନରେ ଦେଖି ନାହିଁ।

ଜୀବନରେ କେଭେ ଦେଖି ନାହିଁ ବୋଲି ମୁଁ କେମିତି କହୁଚି ଯେ! ଏଇ ପରା ମୋ ସାମନାରେ ସାନଅଜା, ଚକ୍ରପାଣି ଅଜା !

ଚକ୍ରପାଣି ଅଜା ବହୁଦିନ ତଳେ, ଯେବେ ମୁଁ ଜନ୍ମ ହୋଇନଥିଲି କି ଆମ ସାନ ମାମୁ ବି ଜନ୍ମ ହୋଇ ନଥିଲେ, ଘର ଛାଡ଼ି ଚାଲିଯାଇଥିଲେ। ଏଇ ଏମିତି ହଠାତ୍। କାହିଁକି ଚାଲିଗଲେ କେହି କହିପାରିବେ ନାହିଁ। ଗୋଟିଏ ଛୋଟ ଖବରକାଗଜ ଟୁକୁଡ଼ା ଉପରେ ଲେଖିଦେଇ ଯାଇଥିଲେ, ମତେ କିଛି ଭଲ ଲାଗୁ ନାହିଁ, ମୁଁ ଯାଉଛି, କୁଆଡ଼େ ଯାଉଚି ଜାଣେ ନାହିଁ, ରୋଜି ତୁମେ ମତେ କ୍ଷମା କରିଦେବ, ମତେ ଭୁଲିଯିବ।

ରୋଜି ମୋ ସାନଆଈର ନାଆଁ, ପୂରା ନାଆଁ ଶ୍ରୀମତୀ ସରୋଜିନୀ ତ୍ରିପାଠୀ।

ସେତେବେଳେ ରୋଜିଆଈ ବାହା ହୋଇ ଆମ ଘରକୁ ଆସିବାର ବର୍ଷଟିଏ ବି ହୋଇ ନ ଥାଏ। ଓଢ଼ଣା ଟାଣି ବୁଲୁଥାଏ ଏ ଘର ସେ ଘର।

ମତେ ଏ ସବୁ କଥା କେହି କେବେ କହି ନାହାନ୍ତି, କିନ୍ତୁ ମୁଁ ଶୁଣିଛି ବହୁତ କଥା, ଯେତେବେଳେ ଦି' ପହର ନିରୋଳାରେ ବସି ବସି ମାଇଁମାନେ ଗପନ୍ତି ଆଈଙ୍କ ସାଙ୍ଗରେ। ମିଛିମିଛିକା ନିଦରେ ଶୋଇ ମୁଁ ଶୁଣିଛି ସେ ସବୁ ପୁରୁଣା ଦିନର କଥା, ଯେତେବେଳେ ସାନଆଈ ଥିଲା ଆମ ପଡ଼ିଶାଘରର ମାନୀଅପାଠୁ ବି ସାନ, ଆଉ ଚକ୍ରପାଣି ଅଜା ଥିଲେ ମୋଗୋଲେଆଜମ୍ ସିନେମାର ଦିଲୀପ କୁମାର୍ ପରି ସୁନ୍ଦର।

ମୁଁ ଅବଶ୍ୟ ମୋଗୋଲେଆଜମ୍ ସିନେମା ଦେଖି ନାହିଁ, ମାଇଁମାନେ ଆଈମାନେ ଦେଖିଛନ୍ତି। କିନ୍ତୁ ସିନେମା ପରି ମତେ ଦିଶିଯାଏ ସବୁ କଥା, ସେସବୁ ପୁରୁଣା ଦିନର କଥା। ମୋତେ ଭରି କଷ୍ଟ କରିବାକୁ ପଡ଼େ, ସାନଆଈକୁ ମାନୀଅପା ପରି କଳ୍ପନା

କରିବାକୁ। ସାନଆଈର ଗୋରା ଗାଲ, ସୁନ୍ଦର ସୁନ୍ଦର ଆଖି, କେମିତି ଦିଶୁଥିଲା ସେତେବେଳେ ?

ଚମ୍ପା ଗଛ ଆଢୁଆଳରେ ବସି ମୁଁ ଶୁଣୁଥିଲି ମାମୁ ଯାହାସବୁ ପଚାରୁଥିଲେ, ସେଇ ଲୋକଙ୍କୁ ଯିଏ କାଳେ ଚକ୍ରପାଣି ଅଜା। ତାଙ୍କ ପ୍ରଶ୍ନ ଏତେ ପ୍ରକାରର ଥିଲା ଯେ ମୁଁ ବହୁତ କଥା ବୁଝିପାରୁ ନ ଥିଲି। ସତକଥା କହିବାକୁ ଅବଶ୍ୟ ମତେ ଲାଜ ମାଡୁଛି, ଅନେକ କଥା ମୁଁ ଜମା ବୁଝିପାରେ ନାହିଁ। କେମିତି ପଚାରିବି କାହାଠୁ ବୁଝିବି ଜାଣି ବି ପାରେ ନାହିଁ ବେଳେବେଳେ।

ଚକ୍ରପାଣି ଅଜା ମାମୁଙ୍କୁ କ'ଣ ଗୋଟେ କହିବାକୁ ମୁହଁ ଉଠେଇଛନ୍ତି, ଦେଖିଲେ ସାମନାରେ କୁନିନାନୀ। ତା' ହାତରେ ଗୋଟିଏ ବଡ଼ ଗ୍ଲାସ୍‌ରେ ଗରମ ଚା'। ବଡ଼ଆଈ ତିଆରି କରିଥିବା ଗରମ ଗରମ ଚା'।

- ଆରେ ବାଃ, ଆସିଗଲା।

ମାମୁ କାହାକୁ ଘରେ ଖବର ଦେଇନଥିଲେ ସୁଦ୍ଧା କେମିତି ଯେ ଗରମ ଗରମ ଚା' ଚାଲିଆସିଲା ମନକୁ ମନ, ମୁଁ ଜମା ବୁଝିପାରିଲି ନାହିଁ।

ଫେରିଚାହିଁ ଦେଖିଲି, ଝରକା ଫାଙ୍କରେ ଅନେଇଛନ୍ତି ବଡ଼ଆଈ, ମଝିଆଁଆଈ, ବଡ଼ମାଇଁ, ସାନମାଇଁ। ଖାଲି ସାନ ଆଈ ଦିଶୁନଥିଲା ଝରକା ଫାଙ୍କରେ।

'ବାଃ ବହୁତ ଭଲ। ଦେ ମା' ମୋ ହାତକୁ।'

ଗ୍ଲାସଟି ହାତରେ ଧରି ଚକ୍ରପାଣି ଅଜା ପଚାରିଲେ - କହିଲୁ ମା', ତୋ'ର ନାଆଁ କ'ଣ ?

କୁନିନାନୀ ବଡ଼ ଗମ୍ଭୀର ସ୍ୱରରେ କହିଲା 'କୁମାରୀ ପ୍ରିୟଦର୍ଶିନୀ ତ୍ରିପାଠୀ'। ତା' ପରେ ସେ ଫେରିଗଲା ଘର ଭିତରକୁ।

ଢୋକଟିଏ ଚା' ପିଇ ଚକ୍ରପାଣି ଅଜା କହିଲେ- ଚୁନି ଭାଉଜଙ୍କ ପରି ଚା' ଏ ସଂସାରରେ କେହି କରି ପାରିବେ ନାହିଁ।

ତା'ପରେ ମାମୁଙ୍କ ଆଡ଼କୁ ଚାହିଁ ପଚାରିଲେ- ଚୁନି ଭାଉଜଙ୍କ ସାଙ୍ଗେ ଦେଖା ହୋଇ ପାରିବ ନାହିଁ ? ଆଉ ମିତାଭାଉଜ, ସେ ନିଦରୁ ଉଠିଲେ କି ନାହିଁ ? ଆଗରୁ ତ ସାଢ଼େ ସାତଟା ଆଗରୁ ବିଛଣା ଛାଡୁ ନ ଥିଲେ।

ମାମୁଙ୍କ ଆଖିରେ ଏବେ ପଡ଼ିଗଲା ମୁଁ ଚମ୍ପା ଗଛ ଆଢୁଆଳରେ ଲୁଚି ବସିଛି। ବସିବସି ସେମାନଙ୍କ କଥାବାର୍ତ୍ତା ଶୁଣୁଛି। ସେ କିଛି କହିବା ଆଗରୁ ମୁଁ ଦୌଡ଼ି ପଳାଇଲି, ଯେତେ ଶୀଘ୍ର ଦୌଡ଼ି ପାରିବା ମୋ ପକ୍ଷରେ ସମ୍ଭବ। ଧଇଁସଇଁ ହୋଇ ମୁଁ ପଶିଗଲି ଭିତର ଖଞ୍ଜାରେ, ଗୋଟିଏ ଅଙ୍କ ବହି ହାତରେ ଧରି ବସିପଡ଼ିଲି ପଢ଼ିବାକୁ।

ଅଧଘଣ୍ଟାଏ ବି ବସି ରହିବା ସମ୍ଭବ ହେଲା ନାହିଁ ମୋ ପକ୍ଷରେ। ଲୁଚିଲୁଚିକା ମୁଁ ପୁଣି ବାହାରକୁ ଆସିଲି।

ଚଉତରା ଉପରେ କେହି ନଥିଲେ। ନା ଥିଲେ ମାମୁ, ନା ବସିଥିଲେ ଚକ୍ରପାଣି ଅଜା।

ଚକ୍ରପାଣି ଅଜା ତେବେ ଗଲେ କୁଆଡ଼େ? ମାମୁଙ୍କ କଥା ଶୁଣି ସେ କ'ଣ ମନ ଖରାପ କରି ଫେରିଗଲେ ନା କ'ଣ? କୋଉଠିକୁ ଫେରିଗଲେ? ଏତେ ଦିନ ଧରି ସେ ଥିଲେ ବା କୋଉଠି?

ଚକ୍ରପାଣି ଅଜା ଚାଲିଯାଇ ନଥିଲେ। ସେ ଆସି ବସିଥିଲେ ଆମ ଦାଣ୍ଡଘରେ। ଗୋଟେ କାଠ ଚଉକି ଉପରେ।

ପଶ୍ଚିମ ପଟ ଶୋଇବା ଘରେ ଏକାଠି ବସି ଆଈ ଓ ମାଈଁମାନେ ଜୋର୍‌ସୋର୍ କଥାବାର୍ତ୍ତା ଚଲେଇଥିଲେ। କ'ଣ ପ୍ରମାଣ ସେ ଲୋକ ଜଣକ ଚକ୍ରପାଣି? କାହିଁକି ସେ ଆସିଛି ଆଜି, ଏତେ ଦିନ ପରେ? ସେ ଥିଲା କୋଉଠି ଏତେ ଦିନ ଧରି? କରୁଥିଲା କ'ଣ?

ସାନମାଈଁଙ୍କ ବାପା ଓକିଲ। ଭାରି ବୁଦ୍ଧିର କଥା କହନ୍ତି ସେ ସବୁବେଳେ। ସେ କହିଲେ- କିଏ ଜାଣେ କି ଅପରାଧ କରି ଖସି ଆସିଛି ଲୋକଟା! କେଜାଣି କି ବିପଦରେ ସେ ଆମକୁ ଫସେଇ ଦେବ!

ଟିକିଏ ଦୂରରେ, ଖଟ ଉପରେ ଚୁପ୍‌ଚାପ୍ ବସି ରହିଥାଏ ସାନଆଈ। ଓଠ ତଳେ ହାତ ରଖି, କାହାରି ଆଡ଼କୁ ନ ଚାହିଁ। ଯେମିତି ସେ ଏଠି ନାହିଁ, ତା'ର ଏ ସବୁଥିରେ କିଛି ଜମା ଯାଏ ଆସେ ନାହିଁ।

- ଏଥିରେ ଅବଶ୍ୟ କିଛି ସନ୍ଦେହ ନାହିଁ ସେ ପ୍ରକୃତରେ ଚକ୍ରପାଣି। ମାନେ ସାନବାପା।

ମାମୁ କହୁଥିଲେ ଗମ୍ଭୀର ହୋଇ, ସବୁ ସନ୍ଦେହକୁ ପୋଛିପାଛି ଦେଲାପରି।

ମାମୁ ତାଙ୍କୁ ଅନେକ କଥା ପଚାରିଛନ୍ତି। ବଡ଼ଆଈ, ବଡ଼ମାଈଁ, ସାନମାଈଁ ସମସ୍ତଙ୍କଠାରୁ ପ୍ରଶ୍ନ ବୁଝି ନେଇ ଗୋଟି ଗୋଟି କରି ପଚାରିଛନ୍ତି ଚକ୍ରପାଣିଙ୍କୁ, ମାନେ ସାନଅଜାଙ୍କୁ। ସବୁ କଥାର ସେ କାଳେ ଠିକ୍ ଠିକ୍ ଉତ୍ତର ଦେଇଛନ୍ତି। ଏ ଘର କେବେ ତିଆରି ହେଲା; ସେ କୋଉଠି ପାଠ ପଢ଼ିଥିଲେ; ତାଙ୍କଠୁ ବଡ଼ଅଜା କେତେ ବଡ଼ ଥିଲେ ବୟସରେ, କୋଉ ବର୍ଷ, କୋଉଠି, କେମିତି ଜନ୍ମ ହୋଇଥିଲେ ବଡ଼ମାମୁ, ପାଖଘର ରଙ୍କ ପିଉସା କେମିତି ମରିଗଲେ, କୋଉ ବର୍ଷ, କୋଉଠି।

...ଏମିତିକି ବାପାଙ୍କ ସାଙ୍ଗରେ କୋଉଦିନ ଚଣ୍ଡିମନ୍ଦିର ପଛପଟେ ଭୂତ ଦେଖି ମୂର୍ଚ୍ଛା ହୋଇଯାଇଥିଲେ, ସେ କଥା ବି କହିଥିଲେ ଅବିକଳ, କାଲିକା କଥା ପରି।

- ଠିକ୍ ଅଛି, ମୁଁ ତାଙ୍କ ସାଙ୍ଗେ କଥା ହେବି। ମିତା, ତୁ ବି ଚାଲ୍ ମୋ ସାଙ୍ଗରେ।

ବଡ଼ଆଈ ଓ ମଝିଆଁଆଈ ତା'ପରେ ଯାଇଥିଲେ ଦାଣ୍ଡଘରକୁ। ଅଧଘଣ୍ଟେ କି ଚାଳିଶ ମିନିଟ୍ ପରେ ଫେରିଆସି ବଡ଼ଆଈ କହିଥିଲା- ଚକ୍ରପାଣି! ସିଏ ପ୍ରକୃତରେ ଚକ୍ରପାଣି।

- କେତେ କଥା ଟିକିନିକି ମନେ ଅଛି ତାଙ୍କର! ମଝିଆଁଆଈ କହିଥିଲା ଉଚ୍ଛୁଳି ପଡ଼ିଲା ପରି, ଯୋଉ କଥା ଆମର ବି ମନେ ନାହିଁ, ପାଶୋରି ଯାଇଥିଲୁ କେବେଠୁ, ସବୁ ମନେ ଅଛି ତାଙ୍କର। ନାନୀ, ତମର କ'ଣ ମନରେ ଥିଲା ଚିତୋଉ ଅମାବାସ୍ୟା ଦିନ ଆମ ଦୁଆରେ ନାଗନାଗୁଣୀ ନାଚିବା କଥା? ରଜବାସି ଦିନ ରୋଜିର ଲୁଗା କାନିରେ ଦୀପରୁ ନିଆଁ ଲାଗିଯିବା କଥା?

ଏତିକି କହି ମଝିଆଆଈ ଚାହିଁଥିଲା ସାନଆଈକୁ। କ'ଣ ଗୋଟେ ଚିନ୍ତାରେ ଘାରି ହେବା ପରି ସାନଆଈ ବସିଥିଲା ମୁଣ୍ଡପୋତି। ସେ ମୁହଁ ଉଠାଇ କାହାରିକୁ ଚାହିଁଲା ବି ନାହିଁ।

ସାନମାଈଁ ପଚାରିଲେ- କିନ୍ତୁ ସେ ଲୋକଟା... ମାନେ ସାନବାପା ଏତେ ଦିନ ପରେ ଆଜି ଆସିଛନ୍ତି କାହିଁକି? କି ମତଲବରେ... ମାନେ କି କାମରେ?

ବଡ଼ଆଈ କହିଲା- ସେଇକଥା ତ ମୁଁ ପଚାରିଥିଲି। ଥରକୁଥର। ସବୁଥର ସେଇ ଗୋଟିଏ ଜବାବ: ମନହେଲା ସମସ୍ତଙ୍କୁ ଥରେ ଦେଖିବାକୁ। ମାଣକ ପୂରିଲା, ଏବେ ବାହୁଡ଼ି ଯିବାର ବେଳ। ତା' ଆଗରୁ ଭାବିଲି ଥରଟିଏ ସମସ୍ତଙ୍କୁ ଦେଖି ଦେଇ ଯିବି। ଥରେ ରୋଜିକୁ ବି ଦେଖିବି। ପଦେ କଥା ହେବି ତା' ସାଙ୍ଗରେ...

କ'ଣ ଯେ ସତେ ସିଏ କଥା ହେବେ ଆମ ସାନଆଈ ସାଙ୍ଗରେ! ଏତେ ଦିନ ପରେ, ଏତେ ଦୁଃଖରେ ସମସ୍ତଙ୍କୁ ଛାଡ଼ିଦେଇ! ଆଉ କାହା କଥା ତ ସେତେ ଭଲକି କହିପାରିବି ନାହିଁ, କିନ୍ତୁ ସାନଆଈ କଥା କହୁଚି। ସବୁବେଳେ କେମିତି ମନମରା ହୋଇ ରହିଥାଏ ସାନଆଈ। କ'ଣ ଦୋଷଟେ କରିଦେଲା ପରି, କ'ଣ ଗୋଟେ ଭାଙ୍ଗି ଦେଲା ପରି। ସେ ହସେ ସତ, ମତେ ଗୀତ ଗାଇ ଶୁଆଇ ଦିଏ ସତ, ସୁନ୍ଦର ଝୋଟି ଚିତା ପକାଏ ସତ, କିନ୍ତୁ କ'ଣ ଯେମିତି ଗୋଟିଏ ଚିଜ ତା' ଭିତରେ ନଥାଏ। କ'ଣ ଗୋଟେ ଜିନିଷ ହଜିଗଲା ପରି ଛଳ ଛଳ ଆଖି।

କୁନିନାନୀ ଦାଣ୍ଡଘରୁ ଆସିଲା। କହିଲା- ସେ ଦାନ୍ତପତ୍ର ଘଷି ସାରିଲେଣି। ତଉଲିଆ ଦେଲି ମନା କଲେ, କହିଲେ ଦରକାର ନାହିଁ, ମୋ ପାଖରେ ଗାମୁଛା ଅଛି।

ବଡ଼ମାଈଁ ପଚାରିଲେ- ଚକୁଳିପିଠା ପଠେଇଦେବି?

କୁନିନାନୀ କହିଲା- ମୁଁ ପଚାରି ସାରିଛି। ସେ କହିଲେ ଚକୁଳି ପିଠା କରିଚ ତ ଆଳୁଦମ୍ ବି କରିଥିବ! ହଉ ନେଇଆସ, କିନ୍ତୁ ଅଳ୍ପ ଆଣିବ।

କେମିତି ସେ ଲୋକଟା- ମାନେ ଚକ୍ରପାଣି ଅଜା- ଜାଣିପାରିଲେ ଯେ ଆଜି ଆମର ଆଳୁଦମ୍ ହୋଇଚି ଚକୁଳିପିଠା ସାଙ୍ଗରେ! ସେ କ'ଣ ସର୍ବଜ୍ଞ! ସତରେ ?

କୁନିନାନୀ ତା' ପରେ ବଡ଼ଆଈ ପାଖକୁ ଗଲା। ତା' କାନରେ ଫୁସୁରୁ ଫୁସୁରୁ ହୋଇ କ'ଣ କହିଲା। କଥା କହିଲା ବେଳେ ସେ ଚାହିଁଥାଏ ସାନଆଈକୁ।

ବଡ଼ଆଈ ଆସିଲା ସାନଆଈ ପାଖକୁ। କହିଲା- ଚକ୍ରପାଣି ତୋ' ସାଙ୍ଗେ ପଦେ କଥା ହେବାକୁ ଚାହୁଁଛି।

ସାନଆଈ ଏମିତି ଚାହିଁଲା, ଯେମିତି ସେ କିଛି ବୁଝିପାରୁନାହିଁ; ଏମିତିକି ଶୁଣିପାରୁନାହିଁ କିଛି କଥା।

- ପଦଟିଏ କଥା ହେବ। ଚାଲିଯିବ ତା'ପରେ। ଉଠ୍, ଶାଢ଼ି ବଦଳେଇପକା, ମୁହଁଟା...

- କିଛି ଦରକାର ନାହିଁ।

ଫଟାକ୍ କିନା ସାନଆଈ ଉଠିପଡ଼ିଲା ପଲଙ୍କରୁ, ଉଠି ଚାଲିଗଲା ଆରଘରକୁ। ମୁହଁ ପୋଛି ପୋଛି। ନା, ସେ ଆଖି ପୋଛୁଥିଲା, ପଣତକାନିରେ।

ସାନଆଈ ପଛେ ପଛେ ବଡ଼ଆଈ ଗଲା, ତା' ପଛକୁ ପଛ ମଝିଆଁଆଈ, ସାନମାଈଁ, ବଡ଼ମାଈଁ। ବଡ଼ମାଈଁ ସେ ଘର ଭିତରେ ପଶିଲା ପରେ ଭିତର ପଟୁ କବାଟ ବନ୍ଦ କରିଦେଲେ।

ମୋର ଇଚ୍ଛା ଥିଲା କବାଟ ପାଖେ ଠିଆ ହୋଇ କାନେଇ ଶୁଣିଥାନ୍ତି ଭିତରେ କ'ଣ କଥାବାର୍ତ୍ତା ଚାଲିଛି। କୁନିନାନୀ ମହାଚାଲାକ୍। ମୁଁ ପାଦେ ଆଗକୁ ଯାଇଛି କି ନାହିଁ, ପାଟି କରି ଉଠିଲା- ହେଇକ୍! ଖବରଦାର୍! ପଳା ଏଠୁ -

ମୁଁ କିଛି ନ ଜାଣିଲା ପରି ମୁହଁ ଫେରାଇଲି ଦାଣ୍ଡଘର ଆଡ଼କୁ।

ଦାଣ୍ଡଘରେ ମାମୁ ଆଉ ଚକ୍ରପାଣି ଅଜା। ମାମୁ ବସିଥିଲେ ଭିତରୁ କବାଟ ଆଡ଼କୁ ମୁହଁ କରି। ଆଉ ଆଗକୁ ଯିବାକୁ ମୋ ପକ୍ଷରେ ସମ୍ଭବ ହିଁ ନ ଥିଲା।

ଏପଟ ସେପଟ କିଛି ସମୟ ଘୂରିବା ପରେ, ମୁଁ ଦେଖିଲି ବନ୍ଦ କବାଟ ଖୋଲି ବାହାରିଲେ ମଝିଆଁଆଈ, ବଡ଼ମାଈଁ, ସାନମାଈଁ ଓ ଶେଷରେ ବଡ଼ଆଈ।

- ଆହା, କେତେ ଲୁହ ଥିଲା ବିଚାରିର ଆଖିରେ।

ବଡ଼ଆଈ କହୁକହୁ ପୋଛି ଲାଗିଲା ତା' ଆଖିର ଲୁହ। ମାଈଁମାନଙ୍କ ମୁହଁରେ ବି ଥିଲା ଅଳ୍ପ ଅଳ୍ପ ଲୁହ ଦାଗ।

ମାମୁ ଏତିକିବେଳକୁ ଆସିଲେ ଭିତରକୁ। ବଡ଼ଆଇ କହିଲା- ହଁ ରାଜି ହେଲା ବହୁତ କଷ୍ଟରେ।

ଟିକିଏ ରହି ପୁଣି କହିଲା- ପୋଡ଼ିଗଲା ତିଅଣରେ ଆଉ କି ସୁଆଦ ଥାଏ! ଏବେ ଦେଖିବା ଯାହା ନ ଦେଖିବା ବି ସେୟା।

ବଡ଼ଆଇର କୋହ ଏବେ ଟୋପା ଟୋପା ଲୁହ ପାଲଟିଯାଇ ବୋହିପଡ଼ିଲା।

ବେଶ୍ କିଛି ସମୟ ପରେ ସାନଆଇ ବାହାରିଲା ଭିତର ଘରୁ। ସେ ପିନ୍ଧିଥିଲା ଗୋଟିଏ ପରିଷ୍କାର ଧଳାଲୁଗା, ମୁହଁରେ କୁଙ୍କୁମ ଫୁଙ୍କୁମ କିଛି ନ ଥିଲା।

- ମୁଁ ଏକୁଟିଆ କଥା ହେବି। କେହି ରହିବେ ନାହିଁ ସାଙ୍ଗରେ।

ଆସ୍ତେ ଆସ୍ତେ କହିଲା ସାନଆଇ, ଆଉ କାହା ଆଡ଼କୁ ନ ଚାହିଁ।

ଦି'ପାଦ ଆଗକୁ ଚାହିଁ ସେ ଅଟକିଗଲା ମିନିଟିଏ ପାଇଁ। ଚାହିଁଲା ଘରର ଚାରିଆଡ଼କୁ, କ'ଣ ଜିନିଷଟା ଖୋଜିହେଲା ପରି, ଭୁଲ୍‌ରେ କୋଉଠି କ'ଣ ପକେଇଦେଲା ପରି।

ମତେ ସତରେ କେମିତି କାନ୍ଦ କାନ୍ଦ ଲାଗୁଥିଲା। ପ୍ରକୃତରେ କାହିଁକି, ବିଦ୍ୟାରାଣ ମୁଁ ଜାଣେ ନାହିଁ। ଖାଲି ଏତିକି ଭାବୁଥିଲି ଆଜି ସକାଳଟା ଅନ୍ୟ ସକାଳ ପରି ହୋଇଥିଲେ ଭାରି ଭଲ ହୋଇଥାନ୍ତା।

ସାନଆଇ ମୋ ଆଡ଼କୁ ଚାହିଁଲା। କହିଲା- ତୁ' ଚାଲ ମୋ ସାଙ୍ଗରେ।

ଆଶ୍ଚର୍ଯ୍ୟ ହୋଇ ଦେଖିଲି, କେହି ଜଣେ ବି ମନା କଲେ ନାହିଁ। ବରଂ ଟିକେ ଟିକେ ଖୁସି ହୋଇଗଲେ। ସାନମାଇଁ ବଡ଼ ବୁଦ୍ଧିଆ କଥା କହିଲା ପରି କହିଲେ- ହଁ ଯାଉ ସେ ସାଙ୍ଗରେ। ଭଲ ହେବ।

ସତେ କି ଚକ୍ରପାଣି ଅଜା ଖାଇଯିବେ ସାନଆଇକୁ, ମୁଁ ଥାଇ ରକ୍ଷା କରିବି, ଏମିତି ଶୁଭିଲା ମତେ ତାଙ୍କ କଥାଟି।

କୁନିନାନୀ ଚାହିଁଲା ମୋ ଆଡ଼କୁ କଟମଟ ଆଖିରେ। ଯାହା ସେ କହିଲା ତା' କଟମଟିଆ ଆଖିରେ, ତା'ର ମାନେ ଖବରଦାର୍ ବଦମାସ୍, ଚୁପ୍‌ଚାପ ବସିବୁ ସେଇଠି। ଖୁଜୁରୁବୁଜୁରୁ ହେବୁ ନାହିଁ କି ସେ ଲୋକ ସାଙ୍ଗେ ଭଡ଼ରଭଡ଼ର ହେବୁ ନାହିଁ।

ସାନଆଇ ଧୀରେ ଧୀରେ ଗଲା ଦାଣ୍ଡଘର ଆଡ଼କୁ, ପଛରେ ପଛରେ ମୁଁ।

ଦାଣ୍ଡଘର କବାଟ ପାଖେ ପହଞ୍ଚି ଆଇ ଅଟକିଗଲା, ଯେମିତି ସାମନାରେ ଗୋଟେ ଅଦୃଶ୍ୟ କାଚପରଦା ରହିଚି, କି ଯେମିତି ସେ ଜାଣେ ନାହିଁ ଆଗକୁ ଯିବାର ବାଟ କୁଆଡ଼େ।

ମୁଁ କହିଲି- ଆଈ, ଭିତରକୁ ଚାଲ।

ଅଜଣା ଜାଲରେ ଛନ୍ଦିହୋଇ ଆଗକୁ ଟାଣି ହୋଇଗଲା ପରି ଆଈ ଆଗକୁ ଗଲା ପାଦ ମାପି ମାପି।

ଦାଣ୍ଡଘର ଭିତରଟା ଶୂନଶାନ୍। ଅଜା, ମାନେ ଚକ୍ରପାଣି ଅଜା, ବସି ରହିଥିଲେ ଗୋଟେ ପଥର ତିଆରି ମୂର୍ତ୍ତି ପରି।

ଆଈକୁ ଦେଖି ଅଜା ଟିକିଏ ଦୋହଲିଗଲେ, ପୁରୁଣା କ୍ୟାଲେଣ୍ଡରର ଛବି ପବନରେ ହଲିଗଲା ପରି। ତାଙ୍କ ଦାଢ଼ିଆ ମୁହଁରେ କେତେ ରକମର ରଙ୍ଗ ଖେଳେଇ ହୋଇଗଲା, ଯେମିତି ରଙ୍ଗ ବଦଳି ବଦଳି ଯାଉଥାଏ ଶୀତଦିନିଆ ଧାନକିଆରିର।

ଅଜା ଚେଷ୍ଟା କଲେ ହସିବାକୁ। କିନ୍ତୁ ଦାଢ଼ି ଭିତରେ ହସ କି କାନ୍ଦ ଜାଣିବା କଷ୍ଟ, ମୁଁ ମୋଟେ ଧରିପାରିଲି ନାହିଁ।

ସେ କହିଲେ ବସି ଯାଇଥିବା ଗଳାରେ- ଜିନ୍‌ନି! କେମିତି ଅଛ!

ସାନଆଈର ନାମ ସରୋଜିନୀ, ଆମେ କହୁ ରୋଜିଆଈ। କିନ୍ତୁ ସେ ଡାକିଲେ ଜିନ୍‌ନି। ମୋତେ ଭାରି ଅଡୁଆ ଲାଗିଲା କେମିତି।

ସାନଆଈକୁ ବି। ସେ ବି କେମିତି କମ୍ପିଉଠିଲା ଟିକିଏ। ଯେମିତି ସେ ଜାଣି ନ ଥିଲା କିମ୍ବା ଭୁଲିଯାଇଥିଲା ଏମିତି ଗୋଟେ ନାଆଁ କାହାର ଅଛି ବୋଲି।

ସାନଆଈ ଖୋଜି ହେଲା ପରି ଧରି ପକାଇଲା ମୋର ଗୋଟିଏ ହାତ। ଯେମିତି କି ମୋ ହାତ ଧରି ପାରି ନ ଥିଲେ କୁଆଡ଼େ ଭାସି ଯାଇଥାଆନ୍ତା।

ମୋ ହାତକୁ ଭରସା କରି ସେ ବସି ପଡ଼ିଲା ଗୋଟିଏ ଚଉକିରେ। ବସିପଡ଼ିଲା ତଳକୁ ମୁହଁ ପୋତି।

- ଜିନ୍‌ନି! ତୁମକୁ ପଦେ କଥା କହିବାକୁ ଆସିଥିଲି। ଖାଲି ପଦେ କଥା।

ପବନ ଭିତରେ ବୋଧେ କ'ଣ ଗୋଟେ ଅଦ୍ଭୁତ ଜିନିଷ ଅଛି। ସବୁ ସେ ଶୋଷିନିଏ ସେଥିରେ, ପୁଣି ହୁସ୍‌କିନା ଫେରାଇଦିଏ। ପୁଣି କେବେ କେବେ ମିଳେଇ ଯାଏ ଖୁବ୍ ଧୀରେ ଧୀରେ ଫୁଟ୍‌ବଲ୍‌ରୁ ପମ୍ପ ବାହାରିଗଲା ପରି।

ଆଈ ମୁହଁ ଉଠାଇ ଚାହିଁଲା ଅଜାଙ୍କୁ, ମାନେ ଯିଏ ବୋଧେ ଚକ୍ରପାଣି ଅଜା। ଆଈ ବୋଧେ କହିବାକୁ ଚାହୁଁଥିଲା ଏମିତିକା କିଛି: କାହିଁକି ତୁମେ ଆସିଚ ଏତେ ଦିନ ପରେ? ଜାଣିଚ କି କେତେ କଷ୍ଟରେ ଆମେ ଥିଲୁ ଏତେଦିନ କାଳ? ଆଉ ମୁଁ ବି? ତୁମେ କ'ଣ ଜାଣିଚ ଥରେ ମୋ ଦେହ କେତେ ଖରାପ ହୋଇଥିଲା, ଏତେ ଖରାପ ଯେ ମରିଯାଇଥାନ୍ତି, ଖାଲି ଏଇ ଲିପୁନ୍ ଯୋଗୁଁ ମୁଁ ଭଲ ହୋଇଗଲି, ସେ ମୋର ବହୁତ ସେବା କରିଥିଲା। ମୋ ଗୋଡ଼ ହାତ ଘଷି ଦେଉଥିଲା। ତୁମେ କ'ଣ ଜାଣିଚ ମୁଁ କେତେ

କାନ୍ଦେ ତୁମ ପାଇଁ ଲୁଚେଇ ଲୁଚେଇ ? କେହି ଦେଖି ନାହାନ୍ତି, ଖାଲି ଏଇ ଲିପୁନ୍ ଛଡ଼ା !

ଆଈ କିନ୍ତୁ କିଛି କହିଲା ନାହିଁ। ଖାଲି ଚୁପ୍ ହୋଇ ରହିଲା।

ଜିନ୍‌ନି, ମୁଁ ଜାଣେ ତୁମ ପ୍ରତି ମୁଁ ଅନ୍ୟାୟ କରିଛି। ତୁମକୁ ବହୁତ କଷ୍ଟ ଦେଇଛି। କିନ୍ତୁ ମୋର କିଛି ଚାରା ନଥିଲା ଜିନ୍‌ନି। ମତେ ଯିବାକୁ ପଡ଼ିଥିଲା ତୁମକୁ ଛାଡ଼ି। କାରଣ ଠାକୁର ସେୟା ହିଁ ଚାହୁଁଥିଲେ।

ଏତିକି କହି ଚୁପ୍ ରହିଲେ ଅଜା, ଯେମିତି କିଛି ଗୋଟେ ଜିନିଷ ତରଳି ତରଳି ଯାଉଛି। ଟୋପାଟୋପା ପାଣି ପାଲଟି ଯାଉଛି। ପବନରେ ତାହା ମିଶିଯାଇ ଆକଟା କରିଦେଉଛି ତାଙ୍କୁ।

- ଭଗବାନ୍ ତାହାହିଁ ଚାହୁଁଥିଲେ ଜିନ୍‌ନି। ମତେ କହୁଥିଲେ ଅହର୍ନିଶ, ଚକ୍ରପାଣି, ତୁ ଆଉ କେତେଦିନ ଠକିବୁ ସଂସାରକୁ, ନିଜକୁ ଠକିବୁ, ମତେ ବି ଭଣ୍ଡିବୁ ! ଆଉ ନୁହେଁ ମାୟାବନ୍ଧନ ଛିଡ଼େଇ ଦେଇ ବାହାରିପଡ଼। ବାହାରିପଡ଼ ତୁ ଯୋଉଠିକୁ ଯିବାର ଅଛି...

ଏସବୁ କଥା ସତରେ ମୁଁ କିଛି ବୁଝିପାରୁ ନଥିଲି। ସାନଆଈ ବୁଝିପାରୁଥିଲା କି ନାହିଁ ମୁଁ ଜାଣି ନାହିଁ। କିନ୍ତୁ ଅଜା କହି ଚାଲିଥିଲେ ମନକୁ ମନ। ସାର୍‌ଙ୍କ ପାଖରେ ପଦ୍ୟ ମୁଖସ୍ଥ ଦେଲା ପରି।

ଏତେ କଥା ଭିତରେ ଏତିକି ଅବଶ୍ୟ ବୁଝିପାରିଲି, ଠାକୁର ଡାକିଲେ ବୋଲି ସେ ଘରଛାଡ଼ି ଚାଲିଗଲେ। ଏବେ ସେଇ ଠାକୁର ଆଦେଶ ଦେଲେ ବୋଲି ଆସିଛନ୍ତି, ଦେଖା କରିବାକୁ। ଖାଲି ଦେଖା କରିବେ, ଚାଲିଯିବେ, ବାସ୍ ଏତିକି।

ଅଜା ଯେତେବେଳେ ଏକଥା କହୁଥିଲେ, ଆଈ ବସି ରହିଥିଲା ଚୁପ୍‌ଚାପ୍। କିଛି କଥା ନ କହି। ଯେମିତି ଖୁବ୍ ଜୋର୍‌ରେ ଦଡ଼ାମ୍ କିନା ପଡ଼ିଗଲେ ଦେହସାରା ଦରଜ ହୋଇଯାଏ, କିନ୍ତୁ ଜାଣିହୁଏନି କଷ୍ଟ କୋଉଠି ଲାଗୁଛି, ସେମିତି ଆଈକୁ ଦେଖିଲେ ଲାଗୁଥିଲା, ସେ ଜାଣିପାରୁ ନାହିଁ ତା'ର କ'ଣ କଷ୍ଟ, କୋଉଠି ରହିଛି ସେ କଷ୍ଟ।

ଅଜା କାଠ ଚଉକିରୁ ଉଠି ଆସି ବସିଲେ ଆଉ ଗୋଟେ ଚଉକିରେ, ଆଈ ବସିଥିବା ବେତଚଉକି ପାଖରେ। ହାତକୁ ହାତ ଛୁଇଁଲା ପରି ଦୂରତାରେ।

- ତୁମକୁ ମୁଁ କହିବାକୁ ଆସିଥିଲି, କହିବାକୁ ଏତିକି ଯେ ତୁମ ପାଖରେ ମୁଁ ଦୋଷୀ। ଏତିକି ଦୋଷ ମୁଁ ସ୍ୱୀକାର ନ କଲେ ମୋର ମୋକ୍ଷ ନାହିଁ, ମୋ ଆତ୍ମାର ମୁକ୍ତି ନାହିଁ।

ଆଈ ଶୁଣୁଥିଲା ଚୁପ୍‌ଚାପ୍, ଆଖି ତଳକୁ କରି, ଯେମିତି ପବନ ଭିତରୁ ଶୁଣୁଚି ଗୋଟେ ସ୍ୱର ଅନେକ ଦୂରରୁ, ଯାହା ବୁଝିବା କଷ୍ଟ।

ସେ ମୁହଁ ଉଠାଇ ଅଜାଙ୍କୁ ଦେଖିଲା। ଯେମିତି ଗୋଟିଏ ଅଦୃଶ୍ୟ ଛବି, ପହଞ୍ଚିପାରୁ
ନ ଥିବା ଜାଗାରେ ରହିଥିବା ଗୋଟିଏ ଚିତ୍ର। ସେ ଧୀରେ ଧୀରେ ହାତ ବଢ଼େଇଲା,
ବୋଧେ ଜାଣିବା ପାଇଁ ଯେ ଅଜାଙ୍କ ଦେହ ଗୋଟିଏ ଛବି କି ସତସତିକା ରକ୍ତମାଂସର
ଦେହ।

ଆଈର ହାତଟି ପବନରେ ଲଟକି ରହିଲା କିଛି ସମୟ। ଯେମିତି ଚଢ଼େଇଟିଏ
ବାଟବଣା ହୋଇଯାଇଛି।

ବାଟବଣା ଚଢ଼େଇଟି କିନ୍ତୁ ଜାଣିପାରୁ ନ ଥିଲା, ଏବେ ସେ ଆଗକୁ ଯିବ କି
ପଛକୁ।